H. Klemesch '88

Über dieses Buch »Procida ist eine der Inseln im neapolitanischen Meer, überragt von der alten Zitadelle. Arturo, der rückblickend seine Kindheitserinnerungen erzählt, wird nicht müde, die Schönheit der Insel zu preisen.
Drei Personen sind es nur: der vierzehnjährige Arturo, der noch junge Vater, Wilhelm Gerace, und Nunziata, die ein wenig über sechzehn Jahre alte zweite Frau, die dieser eines Tages auf die Insel mitbringt. Der Inhalt des Buches ist einzig und allein das innere Drama Arturos, des mutterlos heranwachsenden Knaben, der sich verzehrt in der Vergötterung des Vaters und im geheimen Tumult der verhaltenen Liebe zu der fast noch kindlichen Stiefmutter. Im Augenblick, da er sich seine Liebe zur Stiefmutter eingesteht, überblickt er die zurückliegende Zeit, und sie erscheint ihm als eine Überfahrt ohne Kompaß, unter Stürmen und drohendem Schiffbruch, bis ihm plötzlich richtungsweisend sein Polarstern aufging: Nunziata, seine erste Liebe. Doch die einzige, bei der jede Hoffnung auf Erwiderung verboten ist. Eines jedoch kann man mit Gewißheit sagen: daß Elsa Morante durch Arturo die Weltliteratur mit einer der schönsten Knabengestalten bereichert hat.«
(Neue Zürcher Zeitung)

Die Autorin Elsa Morante, die 1918 in Rom geboren wurde und im November 1985 dort starb, gehört zu den meistdiskutierten Autoren Italiens. Ihr schriftstellerisches Werk umfaßt vier große Romane, Erzählungen, Essays und Gedichte; ihr früher Roman ›Arturos Insel‹ wurde mit dem »Premio Strega« ausgezeichnet und ihr Roman ›La Storia‹ (1974; deutsch 1976) wurde zu einem der größten Romanerfolge der modernen italienischen Literatur. Elsa Morante sagte in einem Gespräch kurz nach Erscheinen ihres letzten Romans ›Aracoeli‹: »Ich möchte, daß allein das Bild bleibt, das meine Bücher von mir geben können.«
Im *Fischer Taschenbuch Verlag* erschienen von der Autorin außerdem der Roman ›Aracoeli‹ (Bd. 5982) und der Erzählungsband ›Der andalusische Schal‹ (Bd. 9144).

Elsa Morante

Arturos Insel

Roman

Aus dem Italienischen von
Susanne Hurni-Maehler

Fischer Taschenbuch Verlag

Ungekürzte Neuausgabe
Veröffentlicht im Fischer Taschenbuch Verlag GmbH,
Frankfurt am Main, März 1988

Lizenzausgabe mit freundlicher Genehmigung des
Claassen Verlags GmbH, Düsseldorf
Die italienische Originalausgabe erschien
1957 unter dem Titel ›L'Isola di Arturo‹.

Umschlaggestaltung: Hallveig Tettenborn
Gesamtherstellung: Clausen & Bosse, Leck
Printed in Germany
ISBN 3-596-25981-9

Inhalt

Erstes Kapitel
König und Stern des Himmels

Zweites Kapitel
Ein Nachmittag im Winter

Drittes Kapitel
Familienleben

Viertes Kapitel
Königin der Frauen

Fünftes Kapitel

Tragödien

Sechstes Kapitel

Der verhängnisvolle Kuß

Siebentes Kapitel

Die Festung

Achtes Kapitel

Abschied

Erstes Kapitel
König und Stern des Himmels

... il Paradiso
altissimo e confuso ...

Eines der ersten Dinge, deren ich mich rühmte, war mein Name. Früh hatte ich erfahren (›er‹ war, scheint mir, der erste, der es mir mitteilte), daß Arkturus ein Stern ist: das schnellste und strahlendste Licht im Sternbild des Bootes am nördlichen Himmel; und daß außerdem ein König des Altertums diesen Namen trug, Anführer einer Schar von Getreuen, welche alle Helden waren gleich ihrem König und von ihrem König ebenbürtig behandelt wurden wie Brüder.

Leider brachte ich dann in Erfahrung, daß dieser berühmte Arthur, König von Britannien, nur eine Legende, nicht verbürgte Geschichte war, und so kümmerte ich mich nicht mehr um ihn, anderer Könige wegen, die historischer waren (meiner Meinung nach waren Legenden etwas Kindisches). Aber ein anderer Grund genügte mir, dem Namen Arturo dennoch einen heraldischen Wert zu verleihen: daß nämlich die, welche mir diesen Namen bestimmt hatte (obgleich sie, glaube ich, die damit verbundenen Symbole nicht kannte), meine Mutter gewesen war. An sich war sie nichts weiter als eine kleine, einfache Frau, die nicht lesen und schreiben konnte, für mich aber mehr als eine Fürstin.

Von ihr habe ich in Wirklichkeit immer nur wenig, beinahe gar nichts gewußt: da sie nämlich im Alter von kaum achtzehn Jahren starb, in demselben Augenblick, als ich, ihr erstes Kind, geboren wurde. Und das einzige Bild von ihr, welches ich jemals gekannt habe, war eine Abbildung auf einer Postkarte: eine verblichene, mittelgroße und fast schemenhafte, zarte Gestalt. Doch galt ihr die phantastische Verehrung meiner ganzen Kindheit.

Der arme Wanderphotograph, dem dieses einzige Bild von

ihr zu verdanken ist, hat in den ersten Monaten ihrer Schwangerschaft diese Aufnahme gemacht. Ihr Körper läßt selbst unter den Falten ihres weiten Kleides schon erkennen, daß sie schwanger ist, und sie hält ihre beiden kleinen Hände vor sich gefaltet, als wollte sie sich verbergen, in einer Gebärde voll Schüchternheit und Scham. Sie ist sehr ernst und in ihren Augen liest man nicht allein jene Unterwürfigkeit, die fast allen unseren Mädchen und jungen Frauen vom Lande eigentümlich ist, sondern ein erstauntes und leicht verängstigtes Fragen; als ahne sie unter den üblichen Täuschungen der Mutterschaft schon ihre Bestimmung zum Tode und zum ewigen Nicht-Wissen.

Die Insel

Die Inseln unseres Archipels dort unten im Meer von Neapel sind alle schön.

Ihr Boden ist zum großen Teil vulkanischen Ursprungs, und besonders in der Nähe der einstigen Krater sprießen Tausende von Blumen wild empor, wie ich sie ähnlich niemals auf dem Festland wiedersah. Im Frühling bedecken sich die Hügel mit Ginster: du erkennst seinen scheuen und schmeichelnden Duft, sobald du dich unseren Häfen näherst, wenn du im Monat Juni vom Meere herüberkommst.

Die Hügel hinan zu den Feldern führen auf meiner Insel einsame Wege, eingebettet zwischen altertümlichem Gemäuer; dahinter erstrecken sich Obstgärten und Weinberge, die kaiserlichen Gärten gleichen. Auf meiner Insel gibt es verschiedenartigen Strand mit hellem und weißem Sand und andere kleinere Ufer mit Kieseln und Muscheln bedeckt und zwischen großen Felsenklippen verborgen. Auf diesen Klippen, welche wie Türme aus dem Wasser ragen, bauen die Möwen und die Wildtauben ihr Nest, und besonders am frühen Morgen sind ihre Stimmen zu vernehmen, bald klagend, bald wieder heiter. Dort ist an ruhigen Tagen das Meer sanft und frisch und benetzt das Gestade wie Tau. Ach, ich begehre ja nicht, eine Möwe zu sein, auch nicht ein Delphin; ich wäre es zufrieden, eine Stachelkrake zu sein, welche der häßlichste Fisch des Meeres ist, wäre ich nur wieder dort unten, mich zu tollen in jenen Gewässern.

Um den Hafen herum sind alle Wege nur enge, sonnenlose Gäßchen zwischen den bäuerlichen, jahrhundertealten Häusern, welche streng und traurig aussehen, wenngleich sie in den schönen Farben der Muscheln rosa und aschgrau getönt sind. Auf der Brüstung der kleinen, fast wie Schießscharten schmalen Fenster sieht man hin und wieder eine Nelkenpflanze, die aus einer Blechbüchse wächst; oder auch einen winzigen Käfig, der, man könnte meinen, für eine Grille geeignet wäre, aber eine gefangene Turteltaube einschließt. Die Kaufläden sind tief und finster wie Räuberhöhlen. In der Kaffeestube am Hafen gibt es einen Kohlenherd, auf dem die Inhaberin den Kaffee nach türkischer Art kocht, in einer türkisblauen, emaillierten Kaffeekanne. Die Wirtin ist seit etlichen Jahren Witwe und trägt noch immer das schwarze Trauerkleid, das schwarze Umschlagtuch und schwarze Ohrringe. Die Photographie des Verstorbenen hängt an der Wand neben der Kasse, mit einer Girlande staubiger Blätter umkränzt.

In seiner Schenke, dem Standbild Christi als Fischer gegenüber, zieht der Gastwirt einen Uhu auf – mit einer kleinen Kette ist er an eine Stange gebunden, die oben aus der Wand hervorspringt. Der Uhu hat schwarze und graue weiche Federn, ein elegantes Häubchen auf dem Kopf, azurblaue Lider und große, schwarzumrandete Augen von goldroter Farbe. Einer seiner Flügel blutet beständig, weil er selber ihn fortwährend mit dem Schnabel zerfleischt. Wenn du die Hand ausstreckst und ihn leicht an der Brust kitzelst, neigt er das Köpfchen mit einem verwunderten Ausdruck zu dir herab.

Sobald es Abend wird, beginnt er wild mit den Flügeln zu schlagen, versucht sich loszureißen und aufzuschwingen und fällt wieder zurück. Manches Mal hängt er dann flatternd mit dem Kopf nach unten an seinem Kettchen.

In der Kirche am Hafen, der ältesten auf der Insel, sind Heilige aus Wachs aufgestellt, knapp drei Spannen groß, in Glaskästchen eingeschlossen. Sie tragen Gewänder aus vergilbter echter Spitze, verblichene Mantillen aus leichtem

Brokat, echte Haare, und von ihren Handgelenken hängen winzige Rosenkränze aus echten Perlen herab. Auf ihren leichenblassen kleinen Fingern sind die Nägel durch fadendünne Zeichen rot angedeutet.
In unserem Hafen legen fast niemals jene eleganten Sport- oder Segelboote an, welche die anderen Häfen des Archipels so zahlreich bevölkern; du wirst hier außer den Fischerbooten der Inselbewohner nur kleine Nachen und schwere Lastkähne finden. Der weite Hafenplatz erscheint zu vielen Stunden des Tages nahezu verlassen; zur Linken, bei der Statue Christi als Fischer, wartet eine einzige kleine Mietdroschke auf die Ankunft des Kursdampfers, der wenige Minuten bei uns anhält und höchstens drei oder vier Passagiere an Land bringt, meistens Leute von der Insel. Niemals, auch nicht in der schönen Jahreszeit, sind unsere einsamen Strandufer von dem Lärm der Badenden erfüllt, die aus Neapel und aus allen Städten, aus allen Teilen der Welt an den anderen Strandplätzen der Umgebung zusammenströmen. Und wenn zufällig ein Fremder in Procida aussteigt, so wundert er sich, hier nicht jenes buntgemischte, heitere Leben zu finden, Feste und Lustbarkeiten auf den Straßen, Gesang, Mandolinen- und Gitarrenklänge, deretwegen die Gegend von Neapel auf der ganzen Erde berühmt ist. Die Procidaner sind unzugänglich, schweigsam. Die Türen sind stets verschlossen; niemand zeigt sich an den Fenstern; eine jede Familie lebt innerhalb ihrer vier Wände, ohne sich um die anderen Familien zu kümmern. An Freundschaften findet man wenig Gefallen bei uns. Und die Ankunft eines Fremden erweckt nicht Neugier, sondern eher Mißtrauen. Wenn er Fragen stellt, antwortet man ihm nur ungern; denn die Leute auf meiner Insel lieben es nicht, ausgehorcht zu werden in ihrer eigenen Verschwiegenheit. Sie sind von kleiner Rasse, dunkel, mit schwarzen, länglichen Augen wie die Orientalen. Und man könnte meinen, sie seien alle untereinander verwandt, so ähnlich sind sie einander. Die Frauen leben nach altem Brauch in einer Klausur wie die Nonnen. Viele von ihnen tragen das lange Haar noch aufgesteckt, ein Tuch um den Kopf geschlungen, lange Kleider und, im Winter, Holzpantoffeln über den groben schwarzen Baumwollstrümpfen, während im

Sommer manche barfuß gehen. Wenn sie auf bloßen Füßen eilig und geräuschlos vorüberlaufen und den Begegnungen ausweichen, dann sind sie wie wilde Katzen oder wie Marder. Sie gehen niemals zum Strand hinunter; für die Frauen ist es Sünde, im Meer zu baden, und selbst andere baden zu sehen, ist Sünde.

Oft werden in den Büchern die Häuser der altertümlichen Feudalstädte, die in kleinen Gruppen im Tal und an den Abhängen des Hügels verstreut liegen, alle in Sichtweite der Burg, welche sie von der höchsten Kuppe aus beherrscht, mit einer Herde verglichen, die sich rings um ihren Hirten schart. So erscheinen auch in Procida die Häuser – von jenen zahlreichen und dichtgedrängten unten am Hafen bis hinauf zu den vereinzelt dastehenden oben auf den Hügeln und zu den abgelegenen Gehöften in den Feldern – von weitem wirklich einer Herde ähnlich, verstreut zu Füßen der Burg. Diese erhebt sich auf dem höchsten der Hügel, der zwischen den anderen Hügelchen wie ein Berg aufragt, und da sie im Laufe der Jahrhunderte durch überlagerte und hinzugefügte Bauten erweitert wurde, hat sie nun den Umfang einer gigantischen Zitadelle angenommen. Von den Schiffen aus, die auf offener See vorüberfahren, ist von Procida, besonders des Nachts, allein dieser düstere, wuchtige Bau zu sehen; deshalb erscheint unsere Insel wie eine Festung mitten im Meer.

Seit ungefähr zweihundert Jahren findet die Burg als Strafanstalt Verwendung: eine der größten, glaube ich, des ganzen Landes. Der Name meiner Insel bedeutet für viele Leute, die fern von hier wohnen, den Namen eines Kerkers.

Auf der Seite nach Sonnenuntergang hin, welche auf das Meer hinausschaut, liegt mein Haus im Gesichtskreis der Burg, jedoch in einer Entfernung von mehreren hundert Metern Luftlinie, oberhalb der zahllosen kleinen Buchten, aus denen in der Nacht die Fischerboote mit ihren brennenden Lampen ausfahren. Aus dieser Entfernung läßt sich nicht das Gitterwerk der schmalen Fenster erkennen noch das Aufundabschreiten der Wächter rings um die Mauern, so daß, besonders im Winter, wenn die Luft nebelfeucht ist und die wandernden Wolken an ihr vorüberziehen, die

Strafanstalt wie eine verlassene Ritterburg anmutet, wie man sie in so vielen altertümlichen Städten findet: eine phantastische Ruine, bewohnt allein von Schlangen, von Uhus und Schwalben.

Nachrichten von Romeo, dem Amalfitaner

Mein Haus ragt als einziges Bauwerk hoch oben auf einer steilen Anhöhe empor, inmitten eines brachliegenden, mit Lavageröll übersäten Geländes. Die Fassade ist dem Dorf zugekehrt, und an dieser Seite ist der Abhang durch eine alte Mauer aus Felsblöcken gestützt; hier wohnt die Smaragdeidechse, die man nirgendwo sonst antrifft, an keinem anderen Ort der Welt. Zur Rechten führen Treppenstufen aus Erde und Steinen auf die Fahrbahn hinab.

Hinter dem Haus erstreckt sich eine weite ebene Fläche; unterhalb davon wird das Gelände abschüssig und unwegsam. Durch eine tiefe Bergschlucht gelangt man zu einem kleinen Strand in der Form eines Dreiecks, mit schwarzem Sand. Es gibt keinen Pfad, der zu diesem Strand führt, doch mit bloßen Füßen ist es leicht, geschwind hinabzulaufen zwischen den Steinen. Dort unten war ein einziges Boot festgemacht: es war meines und hieß ›Torpedoboot der Antillen‹.

Mein Haus liegt nicht weit entfernt von einer fast städtischen kleinen Piazza, die unter anderem von einem Marmordenkmal geschmückt wird, und den eng beieinanderstehenden Häusern des Dorfes. In meiner Erinnerung jedoch ist es eine verlassene Stätte geworden, welche die Einsamkeit mit einem ungeheuren Raum umgibt. Es liegt da, unheimlich und wunderbar wie eine goldene Spinne, welche ihr irisierendes Netz über die ganze Insel gesponnen hat.

Es ist ein *Palazzo*, der außer den Kellerräumen und dem Speicher aus zwei Stockwerken besteht (in Procida nennt man die Häuser von ungefähr zwanzig Zimmern, die in Neapel klein erscheinen würden, Palazzo), und ebenso wie für einen großen Teil der Häuser von Procida, das ein sehr altes Dorf ist, liegt die Zeit seiner Erbauung mindestens drei Jahrhunderte zurück.

Es ist von verblichener, rosa Farbe, quadratisch, plump und ohne Eleganz gebaut. Es würde wie ein großes Landhaus aussehen, wären da nicht das majestätische Eingangstor und die gebogenen Eisengitter in einem barocken Stil, die alle Fenster von außen schützen. Der einzige Schmuck der Fassade sind zwei kleine eiserne Balkons, zu beiden Seiten des Haustors vor zwei blinden Fenstern angebracht. Diese kleinen Balkons und ebenso die Eisengitter waren vor Zeiten einmal weiß lackiert, jetzt aber sind sie alle fleckig und vom Rost zerfressen.
In einem Flügel des Haustores ist ein kleineres Türchen eingelassen, und dies ist unser gewohnter Durchgang, wenn wir das Haus betreten. Die beiden Flügeltüren hingegen werden niemals geöffnet, und die gewaltigen Schlösser, welche sie von innen verriegeln, sind durch den Rost, der an ihnen nagt, zu unbrauchbaren Vorrichtungen geworden. Durch das Türchen tritt man in eine langgestreckte Vorhalle, die mit Schiefer ausgelegt und ohne Fenster ist, an deren Ende – im Stil der Palazzi von Procida – sich eine Pforte öffnet, die in einen Innen-Garten führt. Diese Pforte wird von zwei bemalten, doch stark verblichenen Terrakottastatuen bewacht, welche Gestalten in Kapuzenmänteln darstellen, von denen man nicht weiß, ob es Mönche oder Sarazenen sind. Und jenseits der Gitterpforte, eingeschlossen zwischen den Mauern des Hauses wie ein Hof, erscheint der Garten wie ein Triumph von wildem Grün.
Dort unter dem schönen sizilianischen Johannisbrotbaum liegt meine Hündin Immacolatella begraben.
Vom Dach des Hauses aus kann man die ausgestreckte Gestalt der Insel überblicken, die einem Delphin gleicht, ihre kleinen Buchten, die Strafanstalt und, nicht sehr fern im Meer, die blaupurpurne Form der Insel Ischia. Silbrige Schatten von Inseln weiter in der Ferne. Und nachts das Firmament, wo Bootes dahinzieht mit seinem Stern Arkturus.
Seit dem Tag seiner Erbauung ist unser Haus über zwei Jahrhunderte hindurch ein Mönchskloster gewesen: diese Tatsache ist nichts Besonderes bei uns und hat nichts Romanhaftes an sich. Procida war stets ein Dorf armer Fischer und Bauern, und seine wenigen Palazzi waren alle unwei-

gerlich entweder Klöster oder Kirchen, Festungen oder Gefängnisse.

Später zogen jene Ordensbrüder fort, und das Haus hörte auf ein Teil des Kirchengutes zu sein. Während und nach den Kriegen des vergangenen Jahrhunderts beherbergte es für eine gewisse Zeit Abteilungen von Soldaten; dann blieb es ziemlich lange verlassen und unbewohnt, und schließlich, vor etwa einem halben Jahrhundert, wurde es von einem Privatmann erworben, einem reichen Spediteur aus Amalfi, der sich auf der Durchreise in Procida befand und es zu seinem Wohnsitz machte und in Müßiggang darin lebte für dreißig lange Jahre.

Im Innern veränderte er es zum Teil, besonders im oberen Stockwerk, wo er die Trennmauern der zahlreichen Zellen des ursprünglichen Klosters niederriß und die Wände mit Tapeten auskleidete. Noch zu meiner Zeit bewahrte das Haus – so übel es auch zugerichtet war und obwohl es sich in fortschreitendem Verfall befand – die Anordnung und Einrichtung, so wie er sie damals zurückgelassen hatte. Das Mobilar, das mit einer malerischen, doch einfältigen Phantasie in den kleinen Antiquitäten- und Althändlerläden von Neapel zusammengesucht war, verlieh den Zimmern ein gewisses romantisch-bäuerisches Aussehen. Beim Eintreten hatte man die Vorstellung einer Vergangenheit von Urgroßmüttern und Großmüttern und alten weiblichen Geheimnissen.

In Wirklichkeit aber hatten jene Mauern seit der Zeit, da sie errichtet wurden, bis zu dem Jahr, als unsere Familie dort einzog, niemals irgendeine Frau gesehen.

Als vor wenig mehr als zwanzig Jahren mein Großvater väterlicherseits, Antonio Gerace, der aus Procida ausgewandert war, mit einem bescheidenen Vermögen aus Amerika zurückkehrte, bewohnte noch der nunmehr hochbetagte Amalfitaner den altertümlichen Palazzo. Er war im Alter erblindet, und man erzählte sich, daß dies eine Strafe der heiligen Lucia sei, weil er die Weiber haßte. Er hatte sie immer gehaßt, seit seiner Jugend, so sehr, daß er nicht einmal seine eigenen leiblichen Schwestern empfangen wollte, und die Nonnen der Consolazione ließ er draußen vor der Tür stehen, wenn sie kamen, um ein Scherflein zu erbitten.

Darum hatte er auch nicht geheiratet, und er ließ sich niemals weder in der Kirche noch in den Kaufläden blicken, wo man den Frauen am ehesten begegnet.
Er war kein Feind der Geselligkeit, im Gegenteil, er war von überaus prachtliebendem Wesen; oft gab er festliche Gelage und sogar Masken- oder Kostümfeste, und bei solchen Anlässen zeigte er sich großzügig bis zur Tollheit, so daß er auf der Insel zu einer legendären Figur geworden war. Bei seinen Lustbarkeiten jedoch wurde keine einzige Frau zugelassen, und die Mädchen von Procida, neidisch auf ihre Verlobten und Brüder, die an jenen geheimnisvollen Abendgesellschaften teilnahmen, gaben dem Wohnsitz des Amalfitaners voller Verachtung den Spitznamen ›Casa dei Guaglioni‹, Haus der Buben (›Guaglione‹ heißt im neapolitanischen Dialekt: Bub, Bürschlein oder Bengelchen).
Als mein Großvater Antonio nach langen Jahren der Abwesenheit wieder in der Heimat landete, ahnte er noch keineswegs, daß das Schicksal einmal das Haus der Buben für seine Familie ausersehen würde. Er erinnerte sich des Amalfitaners kaum, denn er hatte niemals irgendwelche freundschaftlichen Beziehungen zu ihm gehabt, und jene alte Klosterkaserne zwischen den Dornen und indischen Feigen glich ganz und gar nicht dem Wohnsitz, den er sich drüben erträumt hatte. Er kaufte auf der Südseite der Insel ein kleines Landhaus mit einem Gut, und dort ließ er sich nieder, allein mit seinen Bauern, denn er war Junggeselle und ohne nahe Verwandte.
In Wirklichkeit aber gab es für Antonio Gerace *einen nahen Verwandten* auf der Welt, den er freilich niemals gesehen hatte. Es war ein Sohn. Er wurde in der ersten Zeit seines Auswandererdaseins geboren und entstammte der Beziehung zu einer kleinen deutschen Lehrerin, die jedoch bald von ihm verlassen wurde. Noch etliche Jahre, nachdem er sich von ihr getrennt hatte (nach Ablauf einer kurzen Arbeitszeit in Deutschland war der Auswanderer nach Amerika übergesiedelt), hatte die junge Mutter ihm immer und immer wieder geschrieben und ihn, da sie ohne Anstellung war, um materielle Hilfe angefleht, indem sie ihn durch wunderbare Beschreibungen des Kindes zu rühren suchte. Doch zu jener Zeit war der Auswanderer selbst so elend

dran, daß er sogar aufgehört hatte, die Briefe zu beantworten, bis das entmutigte junge Mädchen ihm nicht mehr geschrieben hatte. Und als Antonio, alt geworden und ohne Erben, nach Procida zurückkehrte und Nachforschungen über sie anstellte, erfuhr er, daß sie gestorben war und den Sohn, jetzt etwa sechzehn Jahre alt, in Deutschland zurückgelassen hatte.
Darauf rief Antonio Gerace diesen Sohn zu sich, um ihm endlich seinen Namen und sein Erbe zu geben. Und so landete derjenige, welcher später mein Vater werden sollte, auf der Insel Procida, in Lumpen gekleidet wie ein Zigeuner – soviel ich später erfuhr.
Er mußte ein hartes Leben hinter sich haben. Und sein kindliches Herz nährte sich vom Groll nicht nur gegen seinen unbekannten Vater, sondern auch gegen alle andern unschuldigen Procidaner. Vielleicht aber verletzten auch sie durch irgendeine Handlung oder sonst in irgendeiner Weise von Anfang an und für immer seinen gereizten Stolz. Gewiß ist, daß seine gleichgültige und beleidigende Haltung ihm den Haß aller eintrug. Gegen seinen Vater, der ihn für sich einzunehmen suchte, verhielt sich der Knabe abweisend bis zur Grausamkeit.
Die einzige Person, die er auf der Insel häufig besuchte, war der Amalfitaner. Seit einiger Zeit gab dieser keine Feste und Gesellschaften mehr und lebte vereinsamt in seiner Blindheit, übellaunig und hochmütig, und weigerte sich zu empfangen, wer immer ihn aufsuchte, und scheuchte mit dem Stock zurück, wer sich ihm auf der Straße näherte. Seine hochgewachsene und boshafte Gestalt war allen verhaßt geworden.
Sein Haus öffnete sich nur noch für einen einzigen Menschen: den Sohn des Antonio Gerace, der sich in einer solchen Freundschaft mit ihm verband, daß er alle Tage in seiner Gesellschaft zubrachte, so als ob er und nicht Antonio Gerace sein wirklicher Vater sei. Der Amalfitaner seinerseits faßte zu ihm eine ausschließliche und tyrannische Zuneigung: es schien, als könnte er nicht einen Tag mehr ohne ihn leben. Wenn sein Freund bei seinen täglichen Besuchen sich verspätete, ging er ihm entgegen und stellte sich am Anfang der Straße auf, um ihn zu erwarten. Und da er nicht

sehen konnte, ob er endlich am Ende der Straße auftauchte, rief er in der angstvollen Sehnsucht des Blinden alle Augenblicke seinen Namen mit einer heiseren Stimme, die schon wie die Stimme eines Begrabenen klang. Wenn irgendein Vorübergehender ihm dann antwortete, daß der Sohn von Gerace nicht da sei, warf er verächtlich aufs Geratewohl Geldstücke und Banknoten zu Boden, damit die Umstehenden auf diese Bezahlung hin forteilten, um ihn herbeizuholen. Und wenn sie dann zurückkehrten und ihm sagten, daß sie ihn zu Hause nicht gefunden hätten, ließ er auf der ganzen Insel nach ihm forschen und hetzte sogar seine Hunde auf die Suche nach ihm. In seinem Leben gab es nun nichts anderes mehr als entweder in Gesellschaft seines einzigen Freundes zu weilen oder auf ihn zu warten. Als er zwei Jahre später starb, hinterließ er ihm als Erbe sein Haus in Procida.

Nicht lange Zeit danach starb auch Antonio Gerace, und der Sohn, der ein paar Monate zuvor ein aus Massa gebürtiges kleines Waisenmädchen geheiratet hatte, zog ins Haus des Amalfitaners ein, zusammen mit seiner jungen Frau, die bereits schwanger war. Er war damals etwa neunzehn Jahre alt, und die Ehefrau noch nicht einmal achtzehn. Es war das erste Mal in den fast drei Jahrhunderten, seit der alte Palazzo erbaut worden war, daß eine Frau in seinen Mauern wohnte.

Im Haus und auf dem Gut meines Großvaters blieben die Bauern ansässig, die es noch heute in Halbpacht bewirtschaften.

Das Bubenhaus

Der frühzeitige Tod meiner Mutter, die mit achtzehn Jahren bei ihrer ersten Entbindung verschied, war sicherlich eine Bestätigung, wenn nicht gar der Ursprung eines volkstümlichen Gerüchtes, demzufolge der Haß des verstorbenen Besitzers Frauen den Aufenthalt im Haus der Buben – oder auch nur das bloße Eintreten dort – für immer zum Verhängnis werden ließ.

Mein Vater fand kaum ein halbes Lächeln des Spottes für solcherlei Dorfmärchen, so daß auch ich von Anfang an lernte, sie mit gebührender Verachtung als die abergläubischen Flausen zu betrachten, die sie ja auch waren. Sie hatten jedoch eine solche Geltung auf der Insel gewonnen, daß keine Frau jemals einwilligte, unser Dienstmädchen zu werden. Während meiner Kindheit diente bei uns ein aus Neapel gebürtiger Bursche namens Silvestro, der vierzehn oder fünfzehn Jahre alt war, als er kurz vor meiner Geburt in unser Haus eintrat. Er kehrte nach Neapel zurück, um seinen Militärdienst zu leisten, und wurde von einem unserer Bauern ersetzt, der nur ein paar Stunden täglich für die Küchenarbeiten kam. Niemand machte sich Gedanken über die Unordnung und den Schmutz in unseren Zimmern, die uns so natürlich schienen wie die Pflanzen des ungepflegten Gartens zwischen den Mauern des Hauses.

Von diesem Garten (heute der Friedhof meiner Hündin Immacolatella) eine zutreffende Beschreibung zu geben, ist unmöglich. Dort lag rings um den ausgewachsenen Johannisbrotbaum unter anderem sogar altes Gerümpel von Möbeln, das vermoderte und mit Moos bedeckt war, zerbrochenes Geschirr, große Korbflaschen, Ruder, Wagenräder. Und inmitten der Steine und Abfälle sproßten Pflanzen mit fleischigen, stachligen Blättern hervor, die oft wunderschön waren und geheimnisvoll wie exotische Gewächse. Nach der Regenzeit erblühten dort auch Blumen edlerer Art, Samen- oder Knollenpflanzen zu Hunderten, die wer weiß wie lange schon dort begraben lagen. Und alles loderte wie in Flammen in der sommerlichen Dürre.

Trotz unserer Wohlhabenheit lebten wir wie Wilde. Ein paar Monate nach meiner Geburt war mein Vater von der Insel abgereist und blieb fast ein halbes Jahr lang fort. Er ließ mich in den Armen unseres ersten Burschen zurück, der sehr ernst war für sein Alter und mich mit Ziegenmilch aufzog. Dieser selbe Bursche war es auch, der mich sprechen, lesen und schreiben lehrte, und später habe ich mich dann selbst weiter unterrichtet, indem ich die Bücher las, die ich im Haus vorfand. Meinem Vater kam es niemals in den Sinn, mich irgendeine Schule besuchen zu lassen: ich lebte beständig in Ferien, und mein Vagabundendasein kannte vor allem in der Zeit, da mein Vater abwesend war,

weder Regel noch Zeiteinteilung. Nur der Hunger und die Müdigkeit bezeichneten mir die Stunde, da ich ins Haus zurückzukehren hatte.
Niemand dachte daran, mich mit Geld zu versehen, und ich verlangte keines; übrigens brauchte ich ja auch nichts. Ich entsinne mich nicht daran, während meiner ganzen Kindheit und Jugend jemals einen Soldo besessen zu haben.
Das vom Großvater geerbte Gut lieferte die Erzeugnisse, die unser Koch benötigte, der den Primitiven und Barbaren in der Kunst der Küche nicht sehr überlegen war. Er hieß Costante, und er war so schweigsam und ungehobelt, wie sein Vorgänger Silvestro, den ich in gewisser Weise meine Amme nennen könnte, liebenswürdig gewesen war.
Die Winterabende und die Regentage brachte ich mit Lesen zu. Außer dem Meer und dem Umherstrolchen auf der Insel gefiel mir das Lesen besser als alles andere. Meistens las ich in meinem Zimmer auf dem Bett oder auf dem Sofa ausgestreckt, Immacolatella zu meinen Füßen.
Unsere Zimmer führten auf einen schmalen Gang, auf welchen sich vor Zeiten einmal die Zellen der Mönche öffneten (im ganzen vielleicht etwa zwanzig) Der einstige Besitzer hatte, um über geräumigere Zimmer zu verfügen, die Wände zwischen dem einen und dem anderen Raum zum großen Teil niedergerissen, doch – vielleicht entzückt von ihren Verzierungen und Schnitzereien – hatte er einige der alten Zellentüren, so wie sie waren, in einer Reihe auf dem Korridor stehenlassen.
So hatte zum Beispiel das Zimmer meines Vaters drei Türen, alle nebeneinander auf dem Korridor, und fünf Fenster, ebenfalls alle in einer Reihe. Zwischen meinem Zimmer und dem meines Vaters war eine Zelle in ihren ursprünglichen Ausmaßen erhalten geblieben, wo zur Zeit meiner Kindheit unser Bursche Silvestro schlief. Dort steht noch heute sein Diwanbett (oder, besser gesagt, eine Art Feldbett) und die leere Makkaroni-Kiste, in welcher er seine Kleidungsstücke unterbrachte.
Was mich und meinen Vater anlangt, so brachten wir unser Zeug überhaupt nirgendwo unter. Unsere Zimmer

waren mit Kommoden und Schränken ausgestattet, welche über einem zusammenzustürzen drohten, wenn man sie öffnete, und die Düfte von wer weiß welchem verstorbenen bourbonischen Bürgertum ausströmten. Doch wir benutzten diese Möbel niemals, höchstens um manchmal Gegenstände hineinzuwerfen, die außer Gebrauch und im Wege waren: zum Beispiel alte Schuhe, zerbrochene Harpunen, in Fetzen gerissene Hemden usw. Oder aber um irgendeine Beute dort aufzuheben: versteinerte Gehäuse aus der Zeit, da die Insel noch ein Vulkan unter dem Meere war; Patronenhülsen, vom Sand gefleckte Flaschenböden, Teile verrosteter Motoren. Und auch Wasserpflanzen und Seesterne, die dann austrockneten oder im Innern der Schubladen verfaulten. Vielleicht habe ich auch deshalb jenen Geruch, den man in unseren Zimmern einatmete, später dann niemals mehr irgendwo wiedergefunden, in keiner menschlichen Behausung und nicht einmal in den Höhlen der Erdtiere; eher mag es vielleicht sein, daß ich einen ähnlichen auf dem Boden eines Schiffes oder in irgendeiner Grotte wiedererkannt habe.
Jene gewaltigen Kommoden und Schränke, die in unseren Zimmern einen großen Teil der freien Wände einnahmen, ließen dort nur mit knapper Not den Platz für die Betten frei, die sich in nichts von den mit Perlmutter-Einlagen oder mit bunt gemalten Landschaften geschmückten Eisenbetten unterschieden, die man in allen Zimmern Procidas und Neapels findet. Unsere Winterdecken, in denen ich eingewickelt schlief wie in einem Sack, waren alle von Motten durchlöchert, und da die Matratzen niemals aufgeschüttelt oder geklopft wurden, hatten sie sich mit den Jahren plattgelegen wie Blätterteig.
Ich erinnere mich, daß mein Vater dann und wann mit meiner Hilfe – als Besen nahm er ein Kopfkissen oder eine alte Lederjacke, die einstmals Silvestro gehörte – rund um sein Bett die ausgedrückten Zigarettenstummel wegfegte, die wir in einer Zimmerecke aufhäuften und dann aus dem Fenster warfen. Es war unmöglich, zu sagen, aus welchem Material und von welcher Farbe die Fußböden in unserem Hause waren, die unter einer Schicht von verkrustetem Schmutz verborgen lagen. So waren auch die Fensterschei-

ben alle geschwärzt und undurchsichtig. Hoch oben in den Ecken und zwischen den Eisenstäben sah man die irisierenden Spinnenfäden im Lichte glänzen.
Ich glaube, daß die Spinnen, die Eidechsen, die Vögel und überhaupt alle nichtmenschlichen Wesen unser Haus für einen unbewohnten Turm aus den Zeiten Barbarossas hielten oder geradezu für eine hohe Felsenklippe des Meeres. An den Außenmauern, aus Spalten und geheimen Laufgängen schossen Eidechsen hervor wie aus dem Erdboden; Tausende von Schwalben und Wespen bauten dort ihre Nester. Vögel von fremdländischer Art, die auf ihren Wanderzügen die Insel überflogen, machten Halt, um auf den Fenstersimsen auszuruhen. Und selbst die Möwen ließen sich auf unserem Dach nieder wie auf dem Mast eines Schiffes oder der Spitze eines Felsen, um sich nach dem Tauchen die Federn zu trocknen. Auch mehrere Uhus nisteten in unserem Haus, obgleich es mir nicht möglich war, ihren Schlupfwinkel zu entdecken; sobald der Abend hereinbrach, sah man sie jedoch aus den Mauern auffliegen. Andere Uhus und Eulen kamen von weit her, um auf unserem Gelände zu jagen wie in einem Wald. Eines Nachts ließ sich ein riesiger Uhu von königlichem Aussehen auf meinem Fenster nieder. Seiner Größe wegen hatte ich ihn einen Augenblick lang für einen Adler gehalten, doch waren seine Federn sehr viel heller, und dann erkannte ich ihn an seinen kleinen hochgestellten Ohren.
In einigen unbewohnten Räumen des Hauses blieben die Fenster aus Vergeßlichkeit zu allen Jahreszeiten offen. Und wenn man in Abständen von Monaten in jene Zimmer eintrat, kam es vor, daß man auf eine Fledermaus stieß, oder auch, daß man Schreie aus rätselhaften Brutnestern vernahm, die in einer Truhe oder zwischen den Balken der Decke versteckt waren.
Es gelangten sogar manche Wesen von so absonderlicher Art hierher, die man auf der Insel vorher nie gesehen hatte. Eines Morgens hockte ich auf dem Gelände hinter dem Haus und schlug mit einem Stein Mandeln herab, als ich oben aus der Bergschlucht ein überaus zierliches kleines Tier auftauchen sah, ein Mittelding zwischen Katze und Eichhörnchen. Es hatte einen dicken Schwanz, eine drei-

eckige Schnauze mit weißem Schnurrbart und beobachtete mich aufmerksam. Ich warf ihm eine aufgeknackte Mandel hin in der Hoffnung, es anzulocken. Doch meine Gebärde machte ihm Angst und es floh.

Ein anderes Mal, des Nachts, als ich an den Rand des Steilufers trat, sah ich, wie sich von der Marina herauf ein leuchtend weißer Vierfüßler in Richtung auf unser Haus zu bewegte, etwa von der Größe eines mittleren Thunfisches, den Kopf bewaffnet mit geschwungenen Hörnern, die wie Mondsicheln aussahen. Kaum gewahrte er mich, so machte er kehrt und verschwand zwischen den Klippen. Ich vermute, daß es sich um eine Seekuh handelte, eine seltene Art von wiederkäuenden Amphibien. Einige behaupten zwar, es habe sie niemals gegeben, andere wiederum, sie seien ausgestorben. Viele Seeleute aber versichern, mehrmals eine dieser Kühe gesehen zu haben, welche in der Umgegend der blauen Grotte von Capri wohnen. Sie leben im Meer wie die Fische, doch sind sie gierig auf Gartengemüse, und während der Nacht tauchen sie aus dem Wasser empor, um in den Ländereien auf Raub auszugehen.

Besuche von menschlichen Wesen, von Procidanern oder Fremden, blieben jedoch aus. Schon seit Jahren empfing das Bubenhaus niemanden mehr.

Im ersten Stock befand sich das ehemalige Refektorium der Mönche, vom Amalfitaner in einen Empfangssaal umgewandelt. Es war ein riesengroßer Raum, die Decke fast doppelt so hoch wie in den anderen Räumen, und die sehr hoch gelegenen Fenster blickten auf die Marina hinaus. Die Wände waren im Unterschied zu den anderen Zimmern nicht mit Tapeten bekleidet, sondern ringsum mit Fresken geschmückt, die eine Säulenloggia mit Rebstöcken und Trauben nachahmten. An der hinteren Wand befand sich ein über sechs Meter langer Tisch, und überall waren Diwane und halbzerbrochene Sessel verstreut, Stühle in jeder Form und ausgeblichene Kissen. Die eine Ecke nahm ein großer Kamin ein, in dem wir niemals Feuer machten. Und von der Saaldecke hing ein mächtiger, ganz mit Staub bedeckter Lampenschirm aus buntem Glas herab; nur wenige schwarz gewordene Glühbirnen waren übriggeblieben, so daß sein Licht nicht heller war als das eines Leuchters.

Hier war es, wo zu den Zeiten des Amalfitaners die ganze Garde der Buben mit Sang und Klang ihre Zusammenkünfte abhielt. Einige Spuren ihrer Feste blieben in dem großen Raum noch zurück, der ein wenig an die Säle gewisser Villen erinnerte, die im Kriege von den Eroberern besetzt wurden, oder in mancherlei Hinsicht auch an die weiten Räume von Gefängnissen und überhaupt an alle die Orte, an denen junge Männer und Knaben sich in Geselligkeit zusammenfinden ohne Frauen. Die schmutzigen und übel zugerichteten Stoffe der Diwane zeigten Brandstellen von Zigaretten. Und auf den Wänden und ebenso auf den Tischchen waren Inschriften und Zeichnungen zu sehen: Namen, Unterschriften, Sprüche voll Spott oder auch solche voll Schwermut und Liebe und Verse, welche Kanzonen entstammten. Dann ein durchbohrtes Herz, ein Schiff, die Gestalt eines Fußballspielers, der einen großen Ball auf der Fußspitze im Gleichgewicht hält, und einige Zeichnungen witziger Art: ein pfeiferauchender Totenschädel, eine Sirene, die einen Regenschirm über sich hält usw.

Zahllose andere Zeichnungen und Inschriften waren weggekratzt worden, ich weiß nicht von wem. Auf den getünchten Wänden und auf den Tischchen blieben die Kratzwunden sichtbar. Auch in den anderen Räumen konnte man derlei ähnliche Spuren der früheren Gäste wiederfinden. So las man zum Beispiel in einem unbenutzten Zimmerchen oberhalb einer Weihwasserschale aus Alabaster, die aus den Klosterzeiten dort zurückgeblieben war, auf der Tapete noch eine wenn auch verblichene, mit der Feder geschriebene Unterschrift inmitten reicher Schnörkel: *Taniello*. Doch außer diesen unbekannten Unterschriften und wertlosen Zeichnungen fand man im Hause nichts mehr, das von der Zeit der Gelage und Festlichkeiten Zeugnis ablegte. Ich habe erfahren, daß nach dem Tode des Spediteurs viele Procidaner, welche in ihrer Jugend an jenen Festen teilgenommen hatten, im Bubenhaus vorsprachen, um Gegenstände und Andenken zu fordern. Sie beteuerten – und einer machte sich zum Garanten für den anderen –, daß der Amalfitaner sie ihnen für den Tag seines Todes als Geschenk zugedacht hatte. Es fand also eine Art von Plünderung statt, und vielleicht geschah es damals, daß jene

Kostüme und Masken fortgeschleppt wurden – von denen noch heute so viel gesprochen wird auf der Insel – und die Gitarren und Mandolinen und die Becher, auf denen die Trinksprüche in Gold auf das Kristall geschrieben sind. Vielleicht werden manche dieser Beutestücke noch in Procida aufbewahrt, in den ärmlichen Häusern von Bauern oder Fischern. Und die nunmehr hochbetagten Frauen der Familie schauen dergleichen kostbare Antiquitäten mit einem Seufzer an und verspüren immer wieder jene Eifersucht, die sie einstmals als Mädchen auf die geheimnisvollen Feste hegten, von denen sie ausgeschlossen waren. Sie fürchten sich fast, diese toten Gegenstände zu berühren, welche den feindseligen Einfluß des Bubenhauses in sich bergen könnten.
Etwas anderes, das rätselhaft bleibt, ist auch das Ende, welches den Hunden des Amalfitaners beschieden war. Man weiß, daß er ziemlich viele Hunde besaß und sie liebte; bei seinem Tode aber sind sie aus seinem Hause verschwunden, ohne eine Spur zu hinterlassen. Irgend jemand behauptete, daß sie eingingen, nachdem ihr Herr auf den Friedhof gebracht worden war, da sie jegliche Nahrung verweigerten und freiwillig alle starben. Jemand anderer wiederum erzählte, daß sie auf der Insel herumzustrolchen begannen wie wilde Tiere, jeden anknurrten, der ihnen nahe kam, bis sie schließlich alle tollwütig wurden und die Schutzleute einen nach dem anderen einfingen und umbrachten, indem sie sie von einem steilen Felsen hinabstürzten. So sind alle Begebenheiten, die sich vor meiner Geburt im Bubenhaus zutrugen, mir als unverbürgt überkommen gleich Abenteuern, die Jahrhunderte zurückliegen. Selbst von dem kurzen Aufenthalt meiner Mutter – wenn ich das berühmte Bildchen ausnehme, das Silvestro für mich aufbewahrt hatte – habe ich nicht ein Zeichen im Hause wiederfinden können. Von diesem selben Silvestro habe ich erfahren, daß eines Tages – als ich etwa zwei Monate alt war und mein Vater seit kurzer Zeit sich auf Reisen begeben hatte – gewisse Verwandte aus Massa ankamen, von bäuerlichem Aussehen, welche alles, was meiner Mutter gehört hatte, mit sich nahmen, als sei es ihre rechtmäßige Erbschaft: ihre als Mitgift hierher gebrachte Aussteuer, ihre Kleider und

sogar ihre kleinen Holzpantoffeln und ihren Rosenkranz aus Perlmutter. Sicherlich nutzten sie es aus, daß keine erwachsene Person im Hause war, um sich zu widersetzen, und Silvestro fürchtete in einem gewissen Augenblick, daß sie auch mich wegtragen wollten. Daraufhin lief er unter einem Vorwand in seine Zelle, wo er mich zum Schlafen aufs Bett gelegt hatte, und versteckte mich eilig unter seinen Sachen in der Makkaronikiste, die wegen ihres eingedrückten Deckels Luft durchließ. Neben mich legte er das mit Ziegenmilch gefüllte Fläschchen, damit ich still wäre, wenn ich aufwachte, und kein Zeichen meiner Gegenwart von mir gäbe. Doch ich erwachte nicht und blieb die ganze Zeit stumm während des Besuches der Verwandten, welche sich übrigens nicht viel darum kümmerten, etwas über mich zu erfahren. Erst in dem Augenblick, als sie mit ihrem Bündel voller Zeug fortgingen, fragte einer von ihnen mehr aus Anstand als aus sonstigen Gründen, ob ich gut gediehe und wo ich sei, und Silvestro erwiderte ihm, daß ich bei einer Amme sei. Damit waren sie es zufrieden und kehrten für immer nach Massa zurück, von wo sie niemals mehr etwas von sich hören ließen.

Und so verstrich meine Kindheit einsam in dem Palazzo, welcher den Frauen verwehrt war.

Im Zimmer meines Vaters hängt eine große Photographie des Amalfitaners. Darauf ist ein hagerer Alter abgebildet in einer sackartigen langen Jacke und unmodernen, ziemlich engen Hosen, aus denen die hellen Strümpfe hervorschauen. Die schlohweißen Haare fallen ihm hinter den Ohren herab wie die Mähne bei den Pferden, und seine hohe und glatte Stirn, auf welche das Licht fällt, scheint von unwirklicher Blässe. Seine weit offenen und erloschenen Augen haben den klaren und verzückten Ausdruck mancher Tieraugen.

Der Amalfitaner hat angesichts des Photographen eine einstudierte, herausfordernde Pose angenommen. Er steht im Schritt und setzt wie zum Gruß ein galantes Lächeln auf. In der Rechten erhebt er – als wolle er es im Kreise schwingen – ein schwarzes Stöckchen mit eiserner Spitze, und mit der Linken hält er zwei große Hunde an einer Leine. Unter das Bildnis hat die unsichere Hand des Alten, Halb-Analphabeten und Blinden, die Widmung für meinen Vater gekritzelt:

Für Wilhelm
Romeo

Dieses Bild des Amalfitaners gemahnte mich an die Gestalt von Bootes, dem Sternbild des Arkturus, wie es auf einer großen Karte der nördlichen Hemisphäre gezeichnet war in einem astronomischen Atlas, den wir in unserem Hause besaßen.

Die Schönheit

Alles, was ich in bezug auf die Herkunft meines Vaters weiß, habe ich erst erfahren, als ich groß war. Schon als kleiner Knabe hatte ich die Leute der Insel ihn manches Mal ›Bastard‹ nennen hören; doch klang dieses Wort für mich wie eine Bezeichnung von Macht und geheimnisvollem Ansehen, wie zum Beispiel ›Markgraf‹ oder ein anderer ähnlicher Titel. Viele Jahre lang enthüllte mir niemand je irgend etwas über die Vergangenheit meines Vaters und Großvaters: die Leute von Procida sind wenig gesprächig, und ich, andererseits, schenkte nach dem Vorbild meines Vaters niemandem auf der Insel Vertrauen; ich besuchte niemanden. Costante, unser Koch, war eine eher tierische als menschliche Erscheinung. Ich entsinne mich nicht, in den vielen Jahren, die er bei uns diente, jemals zwei Worte der Unterhaltung mit ihm gewechselt zu haben; freilich sah ich ihn äußerst selten. Sobald er seine Arbeit in der Küche beendet hatte, begab er sich wieder auf die Felder, und wenn ich zu der Stunde, die mir gerade paßte, ins Haus zurückkehrte, fand ich seine barbarischen Gerichte vor, die mich – unterdessen kalt geworden – in der leeren Küche erwarteten.
Mein Vater lebte die meiste Zeit in der Ferne. Er kam für ein paar Tage nach Procida, und dann reiste er wieder ab, mitunter blieb er während einer ganzen Jahreszeit fort. Wollte man seine seltenen und kurzen Aufenthalte auf der Insel zusammenzählen, so hätte sich am Ende des Jahres heraus-

gestellt, daß er von den zwölf Monaten vielleicht nur zwei mit mir in Procida verlebt hatte.
So verstrichen fast alle meine Tage in völliger Einsamkeit. Und diese Einsamkeit, welche für mich mit der Abreise meines Pflegevaters Silvestro in der ersten Kindheit begann, schien mir mein natürlicher Zustand zu sein. Ich sah jeden Aufenthalt meines Vaters auf der Insel als eine außergewöhnliche Gnade seinerseits an, ein ganz besonderes Zugeständnis, auf das ich stolz war.
Ich glaube, ich hatte vor kurzem erst laufen gelernt, als er mir ein Boot kaufte. Und als ich etwa sechs Jahre alt war, nahm er mich eines Tages mit auf das Gut, wo die Schäferhündin des Pächters ihre einen Monat alten Jungen säugte, damit ich mir eines davon aussuchte. Ich wählte dasjenige, das mir am übermütigsten schien und das die freundlichsten Augen hatte. Es erwies sich, daß es eine Hündin war, und da sie so makellos weiß aussah wie der Mond, gaben wir ihr den Namen: Immacolatella. Was meine Ausrüstung mit Schuhen und Kleidern anbetraf, so erinnerte sich mein Vater überaus selten daran. Im Sommer bestand meine ganze Bekleidung aus einem Paar Hosen, mit denen ich auch ins Wasser sprang und die ich mir dann von der Luft am Leibe trocknen ließ. Nur selten fügte ich einen zu kurzen, gänzlich zerrissenen und offenstehenden kleinen Baumwollpullover hinzu. Mein Vater aber besaß überdies noch ein Paar Badehosen aus Tropenleinen; doch außer diesen trug auch er im Sommer niemals irgendeine andere Kleidung als alte, ausgeblichene lange Hosen und ein Hemd ohne einen einzigen Knopf, das die Brust frei ließ. Manchmal knüpfte er sich ein großes, mit Blumen gemustertes Tuch um den Hals, so eines, wie es die Bäuerinnen auf dem Markt kaufen für die Messe am Sonntag. Und dieser Baumwollfetzen schien mir an ihm das Zeichen einer Vorrangstellung, gleichsam eine Blumenkette, welche den ruhmreichen Sieger auszeichnet!
Weder ich noch er besaßen irgendeinen Mantel. Im Winter trug ich zwei dicke Pullover, einen über dem anderen, und er einen dicken Pullover unter einer karierten Wolljacke, die abgetragen und unförmig war und übertrieben ausgepolsterte Schultern hatte, die seiner hochgewachsenen Gestalt

ein noch größeres Ansehen verliehen. Der Brauch, unter den Kleidern Unterwäsche zu tragen, war uns fast völlig unbekannt.

Er besaß eine Armbanduhr mit einem Gehäuse aus Stahl und einem Armband ebenfalls aus schweren Stahlmaschen, welche auch die Sekunden anzeigte und die man auch im Wasser anbehalten konnte. Außerdem besaß er eine Maske, um beim Schwimmen unter Wasser sehen zu können, ein Gewehr und ein Marinefernglas, mit dem man die Schiffe, die auf hoher See vorüberfuhren, und die kleinen Gestalten der Matrosen auf der Brücke zu erkennen vermochte.

Meine Kindheit ist wie ein glückseliges Land, über das er der absolute Herrscher ist!

Er war immer auf der Durchreise, immer im Fortgehen begriffen; in den kurzen Zwischenzeiten aber, die er in Procida verbrachte, folgte ich ihm nach wie ein Hund. Wir mußten ein merkwürdiges Paar sein für jeden, der uns begegnete! Er, der entschlossen voranschritt wie ein Segel im Wind, mit seinem blonden, fremdländischen Kopf, den geschwellten Lippen und den harten Augen, welche niemandem ins Gesicht sahen, und ich, der hinter ihm herlief und meine schwarzen Augen stolz nach rechts und links schweifen ließ, als wollten sie rufen: ›Procidaner, mein Vater geht vorüber!‹

Meine Statur war zu jener Zeit nicht viel höher als ein Meter, und mein schwarzes Haar, so kraus wie das eines Zigeuners, hatte niemals den Friseur kennengelernt. Wenn es zu lang wurde, kürzte ich es sehr energisch mit der Schere, um nicht für ein Mädchen gehalten zu werden. Nur bei seltenen Gelegenheiten kam es mir in den Sinn, es zu kämmen, und im Sommer war es stets vom Meeressalz verkrustet. Fast immer sprang uns Immacolatella voraus, machte kehrt und lief dann wieder nach vorn, beschnüffelte alle Mauern, steckte ihre Schnauze in alle Türen und begrüßte jeden. Ihre Vertraulichkeit den Landsleuten gegenüber ließ mich oft die Geduld verlieren, und mit gebieterischen Pfiffen berief ich sie zu Rang und Würden der Gerace zurück. Ich hatte auf diese Weise Gelegenheit, mich im Pfeifen zu üben. Seit dem Zahnwechsel war ich Meister geworden in dieser Kunst. Wenn ich mir den Zeige- und Mittelfinger in den Mund steckte, verstand ich martialische Töne hervorzubringen.

Ich konnte auch leidlich gut singen, und von meinem Pflegevater hatte ich verschiedene Lieder gelernt. Zuweilen, wenn ich hinter meinem Vater herlief oder mit ihm im Boot fuhr, sang ich immer aufs neue: ›Die Frauen von Havanna, Tabarin, die Sierra misteriosa‹, oder auch die neapolitanischen Kanzonen, zum Beispiel jene, in der es heißt: ›Tu si' a canaria! tu si' l'amore!‹, in der Hoffnung, mein Vater möge in seinem Herzen meine Stimme bewundern. Er aber gab kein Zeichen, sie auch nur zu hören. Immer war er schweigsam, kurz angebunden und argwöhnisch und gönnte mir kaum ein paar Blicke. Doch bedeutete es schon eine große Auszeichnung für mich, daß meine Gesellschaft die einzige war, welche er auf der Insel duldete.

Im Boot ruderte er, und ich überwachte den Kurs, am Heck sitzend oder im Reitersitz am Bug. Manches Mal, von jener göttlichen Seligkeit berauscht, brach ich los und fing an, mit einer ungeheuerlichen Einbildung Befehle zu erteilen: – Feste, rechtes Ruder! Feste, mit dem linken! Rückwärts stemmen! – Doch wenn er dann die Augen hob und mich ansah, rief sein schweigender Glanz mich wieder zum Bewußtsein meiner Kleinheit. Und ich kam mir vor wie eine Sardelle in der Gegenwart eines großen Delphins.

Der Hauptgrund seiner Überlegenheit über alle bestand in seinem Anderssein, welches sein schönstes Geheimnis war. Er war verschieden von allen Menschen in Procida, was soviel besagte: von allen Menschen, die ich auf der Welt kannte und auch (o Bitternis!) von mir selber. Vor allem war es sein hoher Wuchs, weshalb er unter den Inselbewohnern die erste Stelle einnahm (doch seine Größe zeigte sich erst im Vergleich, wenn man ihn neben den anderen sah. Wenn er allein dastand, abseits, dann erschien er fast klein, so überaus anmutig waren seine Körpermaße).

Außer durch seine hochgewachsene Gestalt unterschied er sich von den andern auch durch seine Farbe. Sein Körper nahm im Sommer einen bräunlichen, schmeichelnden Schimmer an, es schien, als sauge er die Sonne in sich hinein wie ein Öl; in der winterlichen Jahreszeit jedoch wurde er wieder hell wie die Perlen. Und ich, der ich stets dunkel war zu jeder Jahreszeit, sah darin fast das Kennzeichen eines überirdischen Geschlechtes: als sei er ein Bruder der Sonne oder des Mondes.

Sein weiches und glattes Haar war dunkelblond, und bei bestimmter Beleuchtung flammte es auf in köstlichem Glanz, und im Nacken, wo es kürzer, wie ausrasiert war, schimmerte es ganz und gar golden. Seine Augen, von einem dunklen Veilchenblau, glichen der Farbe mancher Meeresspiegelungen, wenn sie von Wolken getrübt sind.

Seine schönen Haare, immer voll Staub und in Unordnung, fielen ihm in Strähnen in die gefurchte Stirn, wie um in ihrem Schatten seine Gedanken zu verbergen. Und sein Antlitz, welches all die Jahre hindurch die zornige Zeichnung des Jünglingsalters bewahrte, hatte einen verschlossenen und hochmütigen Ausdruck.

Zuweilen zuckte über sein Gesicht ein Blitz jener eifersüchtig gehüteten Heimlichkeiten, mit denen seine Gedanken stets beschäftigt schienen: etwa ein rasches, scheues und beinahe betörendes Lächeln oder eine flüchtige Grimasse, listig und beleidigend, oder aber – ohne ersichtliche Ursache – eine unerwartete Verstimmung. Für mich, der ich ihm nicht eine menschliche Laune zuzuschreiben vermochte, war sein verdüstertes Antlitz majestätisch gleich dem Dunkelwerden des Tages, ein sicheres Anzeichen rätselhafter Begebenheiten, gewichtig wie die Weltgeschichte.

Seine Beweggründe gehörten nur ihm allein. Für sein Schweigen, seine festlichen Freuden, seine Verachtung und sein Martyrium suchte ich keine Erklärung. Sie waren für mich wie Sakramente: groß und ernst und außerhalb jeder Nichtigkeit und jeden irdischen Maßstabes.

Wenn er eines Tages, sagen wir einmal, betrunken oder im Delirium vor mir erschienen wäre, so hätte ich ihn darum sicherlich nicht verdächtigt, daß auch er den gewöhnlichen Schwächen der Sterblichen unterworfen sei. Er – ebenso wie ich – wurde niemals krank, soweit ich mich erinnere; hätte ich ihn jedoch krank gesehen, so wäre mir seine Krankheit nicht wie einer der üblichen unglücklichen Zufälle der Natur vorgekommen. Sie hätte in meinen Augen

fast den Sinn eines rituellen Mysteriums angenommen, in welchem Wilhelm Gerace der Held war, und die Ministranten, gerufen ihm beizustehen, empfingen die Auszeichnung einer Weihe. Und gewiß hätte ich nicht gezweifelt, glaube ich, daß irgendeine Erschütterung des Kosmos, von den irdischen Landschaften bis zu den Sternen hinauf, dieses väterliche Mysterium begleiten müsse.
Es gibt auf der Insel zwischen hohen Felsen ein flaches Gelände, in dem ein Echo hallt. Oftmals, wenn wir dorthin gelangten, vergnügte mein Vater sich damit, deutsche Sätze auszurufen. Obschon ich deren Bedeutung nicht kannte, verstand ich dennoch aus seiner anmaßenden Miene, daß es schreckliche und verwegene Worte sein mußten; er stieß sie im Ton einer Herausforderung aus, fast wie eine Entweihung, als ob er ein Gebot übertrete oder einen Zauber bräche. Wenn das Echo ihm die Rufe zurückwarf, lachte er und stieß noch brutalere hervor. Aus Ehrfurcht vor seiner Autorität wagte ich nicht, es ihm gleichzutun, und obwohl ich vor kriegerischem Verlangen bebte, hörte ich jene Rätselworte mit Schweigen an. Es schien mir, als wohne ich nicht dem gewöhnlichen Spiel des Echos bei, das unter den Knaben so beliebt ist, sondern einem epischen Zweikampf. Wir sind in Roncevaux, und gleich wird Roland mit seinem Horn in die Ebene einbrechen. Wir sind bei den Thermopylen, und hinter den Felsen verbergen sich die persischen Reiter mit ihren spitzen Kappen.
Wenn wir uns auf unseren Streifzügen durch das Land vor einer Anhöhe befanden, wurde er von Ungeduld gepackt und nahm sie im Sturm, als erklimme er den Mast eines Seglers, und mit solcher Verbissenheit, als sei es eine wunderbare Arbeit. Es kümmerte ihn überhaupt nicht, sich zu vergewissern, ob ich ihm folgte oder nicht; doch ich kam Hals über Kopf hinter ihm her, trotz des Nachteils meiner viel kürzeren Beine, und die Freude entflammte mir das Blut. Dies war nicht einer der gewöhnlichen Wettläufe, die ich tausendmal am Tag mit Immacolatella machte. Es war ein großartiges Turnier. Dort oben erwartete uns ein jubelndes Ziel und alle die *dreißig Millionen Götter*! Seine Verletzlichkeit war ebenso rätselhaft wie seine Unbekümmertheit. Ich entsinne mich, daß einmal, während wir

schwammen, eine Qualle ihn streifte. Jeder kennt die Wirkung eines solchen Vorfalles: eine Rötung der Haut von kurzer Dauer und ohne irgendwelche Folgen. Auch er wußte das sicherlich; als er aber seine Brust mit jenen blutroten Streifen gezeichnet sah, wurde er von einem Entsetzen übermannt, das ihn bis in die Lippen erbleichen ließ. Er flüchtete gleich ans Ufer und warf sich rücklings zu Boden, mit ausgebreiteten Armen wie ein Gefallener, schon überwältigt vom Ekel der Agonie! Ich setzte mich neben ihn; ich selbst war mehr als einmal das Opfer von Seeigeln, Quallen und anderen Meerestieren gewesen, ohne ihren Verletzungen jemals irgendeine Wichtigkeit beizumessen. Doch heute, da er das Opfer war, durchströmte mich ein feierliches Gefühl von Tragik. Über den Strand und über das ganze Meer breitete sich ein großes Schweigen, und darin erschien mir der Schrei einer Möwe, die vorüberflog, wie die Klage eines Weibes, einer Furie.

Die ›Unbedingten Gewißheiten‹

Er verschmähte es, mein Herz zu erobern. Er ließ mich immer in der Unkenntnis des Deutschen, seiner Muttersprache; mit mir redete er stets italienisch, doch war es ein Italienisch, das sich von dem meinen unterschied, welches Silvestro mir beigebracht hatte. Alle Worte, die er sagte, schienen gerade eben erst erfunden und noch ursprünglich, und selbst meine eigenen neapolitanischen Worte, die er häufig gebrauchte, wurden, wenn er sie aussprach, neuer und kühner – wie in den Gedichten. Diese sonderbare Redeweise verlieh ihm in meinen Augen die Anmut der Sibyllen.
Wie alt mochte er sein? Ungefähr neunzehn Jahre älter als ich! Sein Alter schien mir würdig und ehrfurchtgebietend wie die Hoheit der Propheten oder des Königs Salomo. Jede seiner Gebärden, jedes seiner Gespräche nahm für mich etwas Dramatisch-Schicksalhaftes an. Wahrlich, er war das Inbild der Gewißheit, und alles, was er sagte oder tat, glich dem Orakelspruch eines Weltgesetzes, von welchem ich die ersten Gebote meines Lebens herleitete. Darin bestand die höchste Verlockung seiner Gesellschaft.
Von Geburt war er protestantischen Glaubens, doch be-

kannte er sich zu keiner Religion. Der Ewigkeit und ihren Fragen gegenüber bewies er eine mürrische Gleichgültigkeit. Ich hingegen bin – seit ich einen Monat alt war – katholisch, durch die Initiative meines Pflegevaters Silvestro, der zu jener Zeit dafür sorgte, daß ich in der Pfarrkirche drunten am Hafen getauft wurde. Dieses war, glaube ich, das erste und letzte Mal, daß ich in der Eigenschaft eines christlichen Untertans eine Kirche besuchte. In manchen Augenblicken gefiel es mir, mich im Innern einer Kirche aufzuhalten wie in einem schönen herrschaftlichen Zimmer, in einem Garten oder in einem Schiff. Doch hätte ich mich geschämt, niederzuknien oder dergleichen Zeremonien auszuführen oder auch nur in Gedanken zu beten: als ob ich tatsächlich glauben könnte, daß jenes das Haus Gottes sei und daß Gott mit uns in Verbindung stehe – wenn es ihn überhaupt gibt!

Mein Vater hatte eine gewisse Bildung genossen durch das Verdienst der kleinen Lehrerin, dieses Mädchens, das seine Mutter war, und er besaß (zum großen Teil von ihr geerbt) etliche Bücher, unter denen sich auch ein paar italienische befanden. Zu dieser kleinen Familienbibliothek kamen im Haus der Buben zahlreiche andere Bände hinzu, die ein junger Literaturstudent dort zurückgelassen hatte, welcher viele Sommer hindurch Gast von Romeo dem Amalfitaner gewesen war. Selbst ohne die verschiedenen Romane mitzuzählen, die dem jugendlichen Geschmack entsprechen, Kriminal- oder Abenteuerromane von mannigfacher Herkunft, konnte ich über eine ansehnliche Bibliothek verfügen, wenn sie freilich auch aus alten und zerblätterten Bänden bestand.

Es handelte sich hauptsächlich um klassische Werke oder um eine Art Schul- und Lehrbücher: Atlanten und Wörterbücher, Geschichtstexte, Romane, Gedichte, Tragödien, Verssammlungen und Übersetzungen berühmter Schriften. Mit Ausnahme der für mich unverständlichen Texte (deutsch oder lateinisch oder griechisch geschrieben) las und studierte ich diese Bücher alle, und manche davon, meine Lieblingsbücher, habe ich so viele Male nacheinander gelesen, daß ich sie noch heute fast auswendig weiß.

Unter den vielen Belehrungen, welche ich aus meiner Lektüre empfing, wählte ich unwillkürlich die faszinierendsten aus, nämlich jene, die meinem natürlichen Lebensgefühl am meisten entgegenkamen. Mit diesen also – und dazu noch mit den ersten Gewißheiten, die mir die Person meines Vaters bereits eingegeben hatte – bildete sich in meinem Bewußtsein oder in meiner Phantasie eine Art von Kodex der vollkommenen Wahrheit heraus, dessen bedeutsamste Gesetze man so aufzeichnen könnte:

I. *Die Autorität des Vaters ist heilig!*
II. *Die wahre männliche Größe besteht im Mut zur Tat, in der Verachtung der Gefahr und der im Kampf bewiesenen Tapferkeit.*
III. *Die schlimmste Niedrigkeit ist der Verrat. Verrät man aber den eigenen Vater oder seinen Anführer oder einen Freund usw., so erreicht man die tiefste Stufe der Gemeinheit!*
IV. *Kein lebender Mitbürger der Insel Procida ist Wilhelm Gerace und seinem Sohne Arturo ebenbürtig. Einem Mitbürger Vertrauen zu schenken, würde für einen Gerace Erniedrigung bedeuten.*
V. *Keine Liebe im Leben kommt der Liebe der Mutter gleich.*
VI. *Die offenkundigsten Beweise und alle menschlichen Erfahrungen würden zeigen, daß es Gott nicht gibt.*

Das zweite Gesetz

Diese meine Gewißheiten sind für mich als kleiner Knabe eine lange Zeit hindurch nicht nur meine Ehre und meine Liebe, sondern auch der wesentliche Inhalt der einzig möglichen Wirklichkeit gewesen. In jenen Jahren wäre es mir unmöglich und mehr als entehrend erschienen, außerhalb meiner großen Gewißheiten zu leben.
Jedoch in Ermangelung eines geeigneten Gesprächspartners, mit dem man im Vertrauen hätte reden können, hatte ich niemals irgend jemandem auf der Welt ein Wort darüber gesagt. Mein Gesetzbuch war mein eifersüchtig bewahrtes Geheimnis geblieben, und dies war gewiß ein Vorzug, um der adligen und stolzen Haltung willen, aber es war zu-

gleich auch ein schwieriger Vorzug. Ein weiterer schwieriger Vorzug meines Gesetzbuches bestand in einem absichtlichen Verschweigen. Damit will ich sagen, daß keines meiner Gesetze jenes Etwas erwähnte, das mir am meisten verhaßt war, nämlich den Tod. Ein solch vorsätzliches Verschweigen war von meiner Seite aus ein Zeichen von Eleganz und Verachtung für dieses verhaßte Etwas, dem nichts anderes übrigblieb, als sich auf listige Weise zwischen die Worte meiner Gesetze einzuschleichen wie ein Paria oder ein Spion.

Ich in meiner angeborenen Glückseligkeit lenkte alle meine Gedanken vom Tode ab wie von einer grauenhaften Gestalt abscheulicher Laster: zwitterhaft, unfaßbar, voller Übel und Schande. Zu gleicher Zeit aber, je mehr ich den Tod haßte, um so mehr vergnügte und übersteigerte ich mich, Beweise meiner Kühnheit zu erbringen: ja, kein einziges Spiel reizte mich, wenn nicht der Zauber der Gefahr darin lag. Und so war ich in diesem Widerspruch aufgewachsen: die Tapferkeit zu lieben, indem ich den Tod haßte. Immerhin kann es sein, daß dies gar kein Widerspruch war.

Die ganze Wirklichkeit erschien mir gewiß und leuchtend klar, allein der unbegreifliche Flecken des Todes trübte sie, und so wichen also meine Gedanken, wie ich gesagt habe, an diesem Punkt mit Schaudern zurück. Andererseits aber glaubte ich in einem solchen Schaudern vielleicht ein verhängnisvolles Anzeichen meiner Unreife zu erkennen, wie es etwa bei manchen unwissenden jungen Frauen die Angst im Dunkeln ist (die Unreife war meine Schmach). Und ich wartete darauf – wie auf ein Zeichen von wunderbarer Reife –, daß jene einzige Trübung, der Tod, sich für mich auflöse in die reine Helle der Wirklichkeit, gleich einem Rauch in durchsichtiger Luft.

Bis zu jenem Tage konnte ich mich im Grunde für nichts anderes halten als für einen unbedeutenden kleinen Jungen. Und wie in der hinterhältigen Anziehung einer Verblendung tobte ich mich indessen aus und ›spielte den Angeber‹ (wie mein Vater sagte) mit allen möglichen kindischen Glanzleistungen... Jedoch konnten derartige Glanzleistungen meiner Auffassung nach natürlich nicht genügen, um

mich in den ersehnten Rang (die Reife) zu erheben, noch auch um mich von einem innersten und höchsten Verdacht gegen mich selbst zu befreien. Im Letzten handelte es sich tatsächlich immer nur um Spiele, der Tod blieb mir darin noch fremd wie ein unwahrscheinlicher Traum. Wie würde ich mich dagegen bei der wahren Prüfung verhalten, im Krieg zum Beispiel, wenn ich nämlich im Ernst jenen trüben und ungeheuerlichen Flecken auf mich zukommen und sich vergrößern sehen würde...?
So habe ich – skeptisch bei den Spielen meiner kindlichen Tapferkeit verharrend – stets auf die letzte Mutprobe für mich gewartet wie jemand, der sich selbst herausfordert und sein eigener Rivale ist. Vielleicht kam es daher, weil ich nur eitel war und sonst nichts (wie mich W. G. einmal beschuldigte)? Vielleicht war jene frühzeitige Bitterkeit des Todes, die mich argwöhnisch machte und mich zur Befreiung aufreizte, nichts anderes als die begierige Sehnsucht, mir selbst zu gefallen bis zum Verderben – dieselbe Sehnsucht, welche Narziß zugrunde richtete?
Oder war sie statt dessen vielleicht nur ein Vorwand? Es gibt keine Antwort. Und im übrigen sind es meine eigenen Angelegenheiten. Also: in meinem Gesetzbuch galt mir das zweite Gesetz (in welchem das berühmte vorsätzliche Verschweigen sich am selbstverständlichsten verkroch wie in seiner Höhle) mehr als alle anderen.

Das vierte Gesetz

Das vierte Gesetz, welches die Haltung meines Vaters mir eingegeben hatte, war offensichtlich – zusammen vielleicht mit einer mir natürlichen Neigung – der ursprüngliche Grund für meine Einsamkeit in Procida. Mir ist, als sähe ich meine kleine Gestalt von damals wieder vor mir, die am Hafen im Straßenverkehr und im Getriebe der Leute umherschlendert mit meiner Miene mißtrauischer und übellauniger Überlegenheit wie ein Fremder, der mitten unter ein feindseliges Volk geraten ist. Die beschämendste Eigenschaft, die ich an jenem Volk wahrnahm, bestand in der fortwährenden Abhängigkeit aller von der praktischen

Notwendigkeit, und eine solche Eigenschaft ließ die ruhmvolle und besondere Art meines Vaters noch deutlicher hervortreten. Nicht allein die Armen, sondern auch die Reichen schienen dort immer und ewig mit ihren augenblicklichen Interessen oder Gewinnen beschäftigt: alle miteinander, angefangen von den kleinen Strolchen, die sich um ein Geldstück oder um einen Rest Brot oder nur um ein buntes Steinchen rauften, bis zu den Besitzern von Fischerbooten, die über den Fischpreis verhandelten, als sei dieser der wichtigste Wert ihres Daseins. Niemand unter ihnen allen interessierte sich offenbar für Bücher oder große Taten! Zuweilen wurden auf einem freien Platz die Schuljungen vom Lehrer zu vormilitärischen Übungen zusammengetrieben. Doch der Lehrer war ein träger Fettsack, die kleinen Jungen zeigten weder Geschicklichkeit noch Begeisterung, und das ganze Spektakel mit seinen Uniformen und den Gesten und Gebärden sah meiner Beurteilung nach so wenig kriegerisch aus, daß ich sogleich den Blick davon abkehrte mit einem peinlichen Gefühl. Ich wäre rot geworden vor Scham, hätte mich mein Vater dabei überrascht, wie ich solchen Szenen zusah.

Der Felsen der Strafanstalt

Die einzigen Einwohner der Insel, welche nicht die Verachtung und Abneigung meines Vaters hervorzurufen schienen, waren die unsichtbaren, namenlosen Häftlinge der Strafanstalt. Ja, gewisse romantische und verwunschene Züge an ihm konnten mich sogar vermuten lassen, daß eine Art von Bruderschaft oder Schweigepflicht ihn nicht allein mit diesen hier verband, sondern mit allen Zuchthäuslern und Sträflingen auf der Welt. Und selbstverständlich ergriff auch ich für sie Partei, nicht nur in Nachahmung meines Vaters, sondern aus einer angeborenen Neigung, die mich das Gefängnis als eine ungerechte Scheußlichkeit ansehen ließ, so sinnlos wie der Tod.
Die Zitadelle der Strafanstalt schien mir so etwas wie ein schauriges und Ehrfurcht gebietendes Lehngut, und also verboten, und ich erinnere mich nicht, daß ich in meiner

ganzen Kindheit und Jugend jemals allein dort eingetreten wäre. Manches Mal machte ich mich wie gebannt an den Aufstieg dort hinauf, und dann, sobald ich jene Tore auftauchen sah, nahm ich Reißaus. Ich entsinne mich, daß ich damals auf den Spaziergängen an der Seite meines Vaters vielleicht ein- oder zweimal die Tore der Zitadelle durchschritten habe und in ihren einsamen Quartieren umhergestreift bin. Und in der Erinnerung an meine Kindheit sind diese seltenen Ausflüge haftengeblieben wie das Vordringen in ein Gebiet, das in weiter Entfernung von meiner Insel liegt. Meinem Vater folgend, spähte ich von der breiten, verlassenen Landstraße aus verstohlen zu jenen ›Wolfsmaulfenstern‹ hinüber, und hinter einem Gitterfenster des Krankensaales erblickte ich flüchtig das traurige Weiß eines Sträflingskittels... und sogleich wandte ich den Blick davon ab. Die Neugier oder auch nur das Interesse der freien und glücklichen Menschen schien mir beleidigend für die Gefangenen. Die Sonne auf jenen Straßen kam mir vor wie eine Beschimpfung, und die kleinen Hähne, die auf den Terrassen der ärmlichen Häuser krähten, und die Ringeltauben, die dort oben längs der Gesimse gurrten, reizten mich mit ihrer zudringlichen Anmaßung. Allein die Freiheit meines Vaters erschien mir nicht beleidigend, sondern im Gegenteil beruhigend wie eine Gewißheit des Glücks, des einzigen auf jener traurigen Anhöhe. Mit seinem raschen, beschwingten Schritt – ein wenig schwankend gleich dem Schritt der Matrosen –, in seinem himmelblauen Hemd, das sich blähte im Wind, kam er mir vor wie der Bote eines siegreichen Abenteurers, einer zauberischen Macht. In der Tiefe meiner Gefühle war ich beinahe überzeugt, daß er sich allein aus einer rätselhaften Verachtung oder aus Gedankenlosigkeit nicht dazu entschloß, seinen ganzen heroischen Willen aufzubieten, um die Tore der Strafanstalt niederzureißen und die Eingekerkerten zu befreien. Wahrhaftig, ich vermochte mir nicht vorzustellen, daß sein Herrschaftsbereich begrenzt sei. Hätte ich an Wunder geglaubt, so hätte ich ihn sicherlich für fähig gehalten, sie zu vollbringen. Doch nach dem, was ich bereits habe durchblicken lassen, glaube ich weder an die Wunder noch an die dunklen, geheimen Mächte, denen manche ihr eigenes Geschick anvertrauen, so wie die Hirtenmädchen sich den Hexen anvertrauen oder den Feen!

Unnütze Großtuereien

Die Bücher, die mir am besten gefielen – unnötig es zu sagen –, waren solche, die mit wahren oder erfundenen Beispielen mein Ideal von menschlicher Größe verherrlichten, dessen lebendige Verkörperung ich in meinem Vater sah. Wäre ich ein Maler gewesen und hätte die epischen Dichtungen, die Geschichtsbücher und dergleichen mit Bildern ausschmücken sollen, ich glaube, in den Gestalten ihrer berühmtesten Helden hätte ich immer wieder das Abbild meines Vaters gemalt, tausendfach. Und um das Werk zu beginnen, hätte ich auf meiner Palette eine ganze Menge Goldstaub auflösen müssen, um dem Haarschopf jener Helden eine würdige Farbe zu verleihen.
Wie die kleinen Mädchen sich die Feen, die Heiligen und die Königinnen blond vorstellen, so stelle ich mir die großen Heerführer und Krieger alle blond vor und meinem Vater ähnlich wie Brüder. Wenn in einem Buch ein Held, der mir gefiel, den Beschreibungen nach als ein dunkler Typ von mittlerer Größe gekennzeichnet wurde, zog ich es vor, an einen Irrtum des Geschichtsschreibers zu glauben. Doch wenn die Schilderung verbürgt und ganz und gar unzweifelhaft war, dann gefiel mir jener Held weniger und konnte nicht mehr mein ideales Vorbild sein.
Wenn Wilhelm Gerace sich wieder auf Reisen begab, war ich überzeugt, daß er abenteuerlichen und heldenhaften Taten entgegenfahre; ich hätte ihm ohne weiteres geglaubt, wenn er mir erzählt hätte, daß er sich zur Eroberung der Pole oder des Perserreiches aufmache, wie Alexander von Mazedonien; daß jenseits des Meeres Kompanien von kühnen Männern auf seinen Befehl warteten; daß er Korsaren oder Banditen verfolge, oder aber daß im Gegenteil er selbst ein großer Korsar oder ein Bandit sei. Er ließ niemals ein Wort verlauten über sein Leben außerhalb der Insel, und meine Vorstellung kreiste sehnsuchtsvoll um jenes geheimnisreiche, betörende Dasein, an dem teilzunehmen er mich

natürlich für unwürdig hielt. Meine Ehrfurcht vor seinem Willen war so groß, daß ich mir nicht einmal in Gedanken die Absicht erlaubte, ihm nachzuspüren oder ihm heimlich zu folgen; ich wagte es auch nicht, ihm Fragen zu stellen. Ich wollte seine Achtung erobern und – wenn es möglich wäre – seine Bewunderung, in der Hoffnung, daß er mich eines Tages endlich zu seinem Reisegefährten wählen werde.
Indessen suchte ich, wenn wir zusammen waren, stets eine Gelegenheit, mich vor seinen Augen tapfer und unerschrocken zu zeigen. Mit bloßen Füßen, fast als flöge ich von Spitze zu Spitze, lief ich über die sonnenglühenden Felsen; von den höchsten Klippen stürzte ich mich ins Meer; ich wagte die ungewöhnlichsten Akrobatenstücke im Wasser, wilde, aufsehenerregende Übungen, und ich zeigte mich in allen Schwimmarten erfahren wie ein Meister; ich schwamm unter Wasser, bis mir der Atem ausging, und beim Emportauchen brachte ich vom Meeresgrund Beutestücke herauf: Seeigel, Muscheln und Seesterne. Vergeblich aber suchte ich, wenn ich von weitem nach ihm spähte, Bewunderung oder wenigstens Aufmerksamkeit in seinem Blick. Er saß am Ufer, ohne mich zu beachten, und sobald ich ihn nach raschem Lauf erreicht hatte und mich ganz unbefangen, als mäße ich meinen Unternehmungen keine Bedeutung bei, neben ihm auf den Sand warf, erhob er sich mit launischer Schlaffheit, zerstreutem Blick und gerunzelter Stirn, als lausche er einer geheimnisvollen Aufforderung, die irgendwer ihm ins Ohr flüsterte. Er streckte die trägen Arme, ließ sich seitlich ins Meer gleiten. Und er schwamm ganz langsam davon, das Meer gleichsam umarmend – das Meer, wie eine Braut.

Nachrichten vom ›Algerischen Dolch‹

Endlich eines Tages glaubte ich, die Gelegenheit sei gekommen, auf welche ich immer gewartet hatte, um ihm den großen Beweis meines Mutes zu erbringen! Wir badeten zusammen, und auf unerklärliche Weise ging ihm beim Schwimmen seine berühmte wasserdichte Uhr im Meer verloren, auf die er so stolz war und die er auch im Wasser trug. Wir waren überaus betrübt über diesen Verlust; er betrachtete das Meer mit einer Grimasse der Wut, dann schaute er wieder sein bloßes Handgelenk an, und als ich mich erbot, ihm die Uhr in den Tiefen der See wiederzusuchen, antwortete er mir mit einem Achselzucken. Immerhin überließ er mir seine Unterwassermaske, und ich machte mich auf, bebend vor Ehrgeiz und Stolz. Er blieb zurück, um am Ufer auf mich zu warten.

Ich durchforschte alle Gründe in dem Umkreis, in dem wir zuvor geschwommen hatten; die Gewässer sind dort nicht sehr tief und von Riffen und Sandbänken unterbrochen. Meine Suche zog sich in die Länge, die hohen Felsen verbargen mich seinem Blick, und wenn ich dann und wann emportauchte, um wieder Atem zu schöpfen, vernahm ich seine Pfiffe, die mich zurückriefen. Zu Anfang ließ ich ihn ohne Antwort, denn ich schämte mich, ihm nicht den Sieg verkünden zu können; schließlich aber, um ihn zu beruhigen, daß ich nicht wie die Uhr im Meer verschwunden sei, antwortete ich ihm von der Spitze einer Felsenklippe aus mit einem langen Pfiff. Er blickte mich schweigend an, ohne irgendein Zeichen zu geben, und als ich seine vom Sommer vergoldete Gestalt wiedersah, am Handgelenk mit einem weißen Streifen gezeichnet, da beschloß ich: ›Entweder mit der Uhr zu ihm zurückzukehren oder zu sterben!‹

Ich band mir die Maske wieder um und nahm meine Nachforschungen von neuem auf. Nun bedeutete die Uhr wiederzufinden nicht nur die Hebung eines Schatzes, es war nicht allein mehr eine Frage der Ehre. Diese Suche hatte für mich einen seltsam schicksalhaften Sinn angenommen; die verstrichene Zeit erschien mir schon unmeßbar und ihr Ende wie das Ziel meines Geschickes. Ich irrte durch mannigfaltige und phantastische Gründe außerhalb der menschlichen Reiche, Minute um Minute in dieser unvergleichlichen Hoffnung brennend: wie ein Wunder zu strahlen in den Augen von ihm! Dies war der großartige Einsatz, der auf dem Spiele stand. Und niemand zu meiner Hilfe, weder Engel noch Heilige, zu denen ich beten konnte. Das Meer ist ein gleichgültiger Glanz wie Er.

Mein Suchen blieb vergeblich; erschöpft nahm ich die Maske ab und klammerte mich mit den Händen an eine Klippe, um auszuruhen. Die Klippe verbarg mir die Sicht aufs Ufer und meinem Vater das Schauspiel meiner Niederlage. Ich war allein in einem richtungslosen Raum, schlimmer als in einem Labyrinth. Da, während ich an die Klippe geklammert mich auf dem Wasser traurig wiegte, erspähte ich plötzlich, als ich eine Bewegung machte, ein metallisches Glänzen in der Sonne! Ich stemmte mich mit beiden Händen hoch, sprang auf die Klippe hinauf und entdeckte die verlorene Uhr, die in einer trockenen Höhlung des Felsens glitzerte. Sie war unversehrt, und als ich sie mir ans Ohr hielt, hörte ich ihr Ticken.

Ich umschloß sie mit der Faust, und die Maske um den Hals gehängt, erreichte ich in wenigen Sekunden den Strand. Die Augen meines Vaters leuchteten auf, als sie mich siegreich ankommen sahen. »Du hast sie gefunden!« rief er beinahe ungläubig aus. Und mit der Gebärde des Besitzers, der sein Recht behauptet, riß er mir die Uhr aus den Händen, als sei sie eine Beute, die ich ihm streitig machen könnte. Er hielt sie an sein Ohr und betrachtete sie mit Genugtuung.
»Dort war sie, auf jener Klippe dort!« rief ich, noch keuchend. Ich war außer mir, ich hätte springen und tanzen mögen, doch stolz nahm ich mich zusammen, um nicht zu zeigen, welch große Wichtigkeit ich meinem Unternehmen beimaß. Mein Vater schaute mit gerunzelten Brauen zur Klippe hinüber, in Gedanken versunken:
»Ah«, sagte er nach einer Weile, »jetzt fällt es mir wieder ein. Als wir die Meertiere suchten, hab ich sie mir abgebunden, um die Mollusken zu holen, die zwischen den Zacken der Klippe hingen. Dann riefst du mich, weil du einen Seeigel gefangen hattest, und darüber habe ich sie vergessen. Hättest du nicht so angegeben, du, mit deinem Seeigel, dann hätte ich sie nicht vergessen!«
»Verloren!« fügte er darauf in sarkastischem Ton hinzu und zuckte die Achseln, »das wußte ich doch, daß man sie nicht verlieren kann. Sie hat einen ganz festen Verschluß, einen Sicherheitsverschluß.« Und mit wohlgefälliger Bedachtsamkeit band er seine Uhr wieder um das Handgelenk.

Also, das Schicksal hatte nur gescherzt, meine Tat verlor fast allen Glanz. Die Enttäuschung, die wie ein Fieber in mir aufstieg, ließ mir die Muskeln des Gesichts zittern und meine Augen brannten. Ich dachte: ›Wenn ich weine, bin ich entehrt‹, und um mich durch Heftigkeit gegen meine Schwäche zu wehren, riß ich mir voller Wut die Maske vom Hals, die mir zu gar nichts genützt hatte, und gab sie wütend meinem Vater zurück. Als er sie an sich nahm, warf mir mein Vater einen anmaßenden Blick zu, als wolle er sagen: ›He, kleiner Junge!‹, und da ich, nachdem ich so ungezogen gegen ihn gewesen war, ihn nicht mehr ansehen konnte, wollte ich davonlaufen. Aber da stellte er blitzschnell mit einer Miene, als wolle er spielen, seinen nackten Fuß auf meinen nackten Fuß, um mich festzuhalten, und ich sah sein Antlitz sich lächelnd über mich neigen mit einem wunderlichen Ausdruck, der ihn einen Augenblick lang einer Ziege ähnlich machte. Er hielt mir sein Handgelenk mit der Uhr vor die Augen, und in hartem Ton sagte er zu mir:

»Kennst du die Marke dieser Uhr? Da lies, sie ist auf das Zifferblatt gedruckt.«

Auf dem Zifferblatt stand in fast unleserlichen Buchstaben das Wort ›*AMICUS*‹.

»Es ist ein lateinisches Wort«, erklärte mein Vater, »weißt du, was es heißt?«

»Amico, der Freund!« erwiderte ich, ziemlich zufrieden mit meiner Geistesgegenwart.

»Freund!« wiederholte er. »Und mit dieser Uhr und mit diesem Namen hat es eine Bewandtnis von großer Bedeutung. Eine Bedeutung von Leben und Tod. Rate.«

Ich lächelte, als ich mir für einen Augenblick einbildete, mein Vater wolle mit diesem Symbol der Uhr unsere Freundschaft verkünden: auf Leben und Tod.

»Du errätst es nicht!« rief er mit einer kaum merklichen Grimasse der Verachtung. »Willst du es wissen? Also höre: diese Uhr ist ein Geschenk, das ein Freund mir gemacht hat, vielleicht der liebste Freund, den ich habe. Kennst du den Satz: ›Zwei Körper und eine Seele‹? Vor Jahren hielt ich mich zum Beispiel einmal in einem Dorf auf, wo ich niemanden kannte. Ich war allein, hatte alles Geld ausgegeben, und bei der Kälte, die dort herrschte, mußte ich die ganze Nacht unter einer Brücke verbringen. Mein Freund war in jener Nacht in einer anderen Stadt, und seit langer Zeit hatte er keine Nachricht von mir, deshalb konnte er nicht wissen, wo, noch in welcher Lage ich mich befand. Vielmehr hatte er sich, weil es Silvester war, den ganzen Abend hindurch gefragt: ›Wer weiß, wo er sein mag? Wer weiß, mit wem er feiert in dieser Nacht?‹ Und er hatte sich zeitig schlafen gelegt, gegen Mitternacht aber wurde er von Schauern geschüttelt, von einem Frost, den er sich nicht erklären konnte. Er hatte kein Fieber, lag in einem geheizten Zimmer im Bett, mit guten Decken, und die ganze Nacht zitterte er unaufhörlich, ohne daß es ihm gelang, warm zu werden, so als läge er auf einem eisigen Gelände ohne jeglichen Schutz.

Ein anderes Mal, als ich mit ihm scherzte, fiel ich durch einen unglücklichen Zufall hin und verletzte mir das Knie an einigen Glassplittern. Und er brachte sich mit einem algerischen Dolch, den ich ihm geschenkt hatte, freiwillig eine Wunde bei am Knie, an derselben Stelle.

Als er mir die Uhr schenkte, sagte er zu mir: ›Hier in dieser Uhr habe ich mein Herz eingeschlossen. Nimm, ich schenke dir mein Herz. Wo du auch immer sein magst, nah oder fern von mir, an dem Tag, da diese Uhr aufhören wird zu ticken, wird auch mein Herz zu schlagen aufhören!‹«

Es war ein ungewöhnlicher Fall, daß mein Vater so lange und vertraulich mit mir redete. Den Namen seines großen Freundes jedoch, den sagte er mir nicht; plötzlich flammte in meinem Gedächtnis ein Name auf: Romeo! Romeo-Bootes war in der Tat der einzige Freund meines Vaters, von welchem ich Kenntnis hatte; doch der war tot, und so mußte es also ein anderer sein, von dem mein Vater heute sprach. Dieser andere, der in meinen Gedanken den Namen ›Algerischer Dolch‹ annahm, lebte in jenen ruhmreichen Orienten, in die mein Vater stets zurückkehrte, der erste unter den Satelliten, welche dort in jenen entschwindenden südlichen Zonen dem Lichte Wilhelm Geraces folgten. Der Begünstigte! Einen Augenblick lang ahnte ich ihn: verlassen in wer weiß welch prächtigen Gemächern wie in einer Tragödie, vielleicht inmitten der großen Urale, einsam meinen Vater erwartend, mit einem verhexten, semitischen Gesicht, dem blutigen Knie und einem Loch an der Stelle des Herzens.

Abreisen

An diesem Tage reiste mein Vater ab. Wie gewöhnlich standen wir dabei, ich und Immacolatella, und schauten ihm zu, wie er seine Hemden, die keine Knöpfe mehr besaßen, den dicken Pullover, die schwere Jacke durcheinander in den Koffer legte. Jedesmal, wenn er abreiste, packte er seine ganze Ausrüstung in den Koffer, da man niemals vorherzusehen vermochte, für wie lange Zeit er fortbleiben werde: er konnte innerhalb von zwei oder drei Tagen zurückkehren oder auch für Monate fernbleiben, bis zum Winter und noch länger.
Seine Vorbereitungen zur Abreise traf er immer in der letzten Minute mit einer mechanischen Eile in seinen Bewegungen, aber mit zerstreutem Gesicht, als hätte er im Geist die Insel schon verlassen. Als ich ihn den Koffer schließen sah, fühlte ich auf einmal, wie mein Herz in Aufruhr geriet durch einen unvermuteten Entschluß, und ich sagte zu ihm:
»Könnte ich nicht mit dir reisen?«
Ich hatte mich nicht darauf vorbereitet, ihm diese Frage heute zu stellen, und man sah sogleich, daß er sie nicht einmal in Erwägung zog. Sein Blick verdüsterte sich ein wenig, und seine Lippen verzogen sich kaum wahrnehmbar, als dächte er an etwas anderes.
»Mit mir!« erwiderte er dann, indem er mich musterte. »Um was zu tun? Du bist ein kleines Bengelchen. Warte, bis du groß bist, um mit mir zu verreisen.«
Rasch band er eine Schnur um den Koffer, der von gewöhnlicher Art und halb zerbeult war, und befestigte sie mit einem kräftigen und geschickten Seemannsknoten. Dann eilte er mit mir und Immacolatella in seinem Gefolge nach unten. So verließ er mit schnellen Schritten das Bubenhaus, den Koffer an einem Ende der Schnur tragend, die Wangen gerötet, die Augen von Ungeduld verdunkelt: für mich nun schon märchenhaft und unerreichbar, als durchstreife

er wie ein Gaucho die argentinischen Pampas, mit einem Stier im Lasso eingefangen; oder als schleife er, ein Anführer der griechischen Heere, im Wagen über das Schlachtfeld vor Troja brausend, die Leiche des besiegten Trojaners hinter sich her; oder auch als liefe er, ein Pferdebändiger in der Steppe, seinem Fohlen zur Seite, bereit, ihm im Lauf auf die Kruppe zu springen. Und wenn man bedachte, daß auf seiner Haut noch das Salz des procidanischen Meeres haftete, in dem er am Morgen mit mir gebadet hatte!

Unten auf der Straße erwartete uns die Kutsche, die uns zum Hafen fahren sollte, und ich setzte mich neben ihn auf den Sitz aus rotem Damast, während Immacolatella wie üblich vollauf zufrieden uns auf der Straße folgte, um mit dem Pferd um die Wette zu laufen. Schon auf den ersten Metern der Strecke überholte sie uns mühelos und tauchte mit einem großen Vorsprung am Ende der Straße wieder auf, bellend und mit gespitzten Ohren, wie um uns zu begrüßen und das Pferd herauszufordern. Doch dieses ging weiter in seinem gewohnten alten Trott und nahm sich nicht die Mühe, mit ihr um die Wette zu laufen, da es sie gewiß für eine Fanatikerin hielt.

Mein Vater schwieg und schaute alle Augenblicke auf die Uhr, dann betrachtete er den Rücken des Kutschers und das Pferd mit einer verbissenen Ungeduld, als wolle er den Kutscher anfeuern, lauter mit der Peitsche zu knallen, und das Pferd, schneller zu laufen. Und indessen erhob sich meine Phantasie gleich einer großen Flamme und richtete sich auf eine andere Abreise, welche mir heute versprochen worden war. Wie diesmal würde ich neben meinem Vater in der Kutsche sitzen, doch nicht, um ihn nur bis zum Hafen zu begleiten und ihm dann von der Mole aus nachzuwinken, derweil er mit dem Dampfer davonfährt, nein, um neben ihm auf den Dampfer zu steigen und zusammen mit ihm abzureisen! Vielleicht nach Venedig oder Palermo, vielleicht bis nach Schottland oder zu den Mündungen des Nil oder zum Colorado! Um den ›Algerischen Dolch‹ aufzusuchen und unsere anderen Gefolgsleute, die uns dort unten erwarten werden. ›Warte, bis du groß bist, um mit mir zu verreisen.‹ Mich durchfuhr ein Gedanke der Auflehnung gegen die Unbedingtheit des Lebens, die mich dazu verdammte, ein endloses Sibirien von Tagen und Nächten zu durchlaufen, ehe ich mich von dieser Bitterkeit losmachen konnte: ein kleiner Junge zu sein. In diesem Augenblick hätte ich mich vor Ungeduld sogar einem ganz langen Winterschlaf unterworfen, welcher mich, ohne daß ich es gewahr geworden wäre, die Zeit meiner Minderjährigkeit würde überbrücken lassen, damit ich mich dann auf einmal als Mann wiedergefunden hätte, meinem Vater ebenbürtig. ›Meinem Vater ebenbürtig! Leider werde ich ihm nie ebenbürtig sein können, auch nicht, wenn ich ein Mann geworden bin‹, dachte ich, indem ich ihn anschaute. ›Ich werde niemals blonde Haare haben, noch veilchenblaue Augen, noch werde ich jemals so schön sein!‹

Der Dampfer, der von Ischia kam und meinen Vater nach Neapel bringen sollte, war noch nicht in den Hafen eingelaufen. Man mußte einige Minuten warten. Mein Vater und ich setzten uns nebeneinander auf den Koffer, und Immacolatella, außer Atem von ihrem Wettrennen, legte sich uns zu Füßen. Sie schien überzeugt, daß diese Rast auf der Mole für unsere Familie das Ende der Reise bedeute und daß wir uns nun, da wir am Bestimmungsort angelangt waren und uns niedergelassen hatten, alle drei miteinander ausruhen dürften, so lange wir Lust hatten, ohne uns jemals trennen zu müssen.

Als jedoch der Dampfer den Laufsteg ausgeworfen hatte und mein Vater und ich uns erhoben, sprang auch sie rasch auf, mit dem Schwanz wedelnd, ohne irgendwelches Erstaunen zu zeigen. Sobald mein Vater von uns beiden getrennt war auf dem Dampfer, der von der Mole ablegte, bellte sie laut mit einer Miene, als wolle sie den Dampfer anklagen; doch machte sie kein Drama daraus. Ihr tat es nicht sehr weh, daß mein Vater abreiste, denn für sie war ich der Herr. Wenn ich abgereist wäre, so hätte sie sich gewiß ins Meer gestürzt und versucht, schwimmend den Dampfer zu erreichen, und dann, an Land zurückgekehrt, wäre sie verzweifelt auf der Mole geblieben, um zu weinen und nach mir zu rufen bis zum Tode.

Von diesem Augenblick an, da mein Vater Procida verließ, wurde er für mich wieder zur Legende. Die Zeitspanne, welche wir gemeinsam verbracht hatten – fast noch Gegenwart, fast noch meine Heimstatt und glühend lebendig –, flimmerte noch eine Weile undeutlich vor mir, um mich bitterlich zu betören mit ihrem geisterhaften Zauber. Dann entschwand sie wie das Gespensterschiff, indem es sich mit wirbelnder Geschwindigkeit um sich selber drehte. Eine Art von sprühendem Dampf und der Widerhall zersplitterter Stimmen voller Spott und männlicher Keckheit waren alles, was davon übrigblieb. Schon erschien es wie ein Ereignis außerhalb der Stunden, außerhalb der Geschichte von Procida: vielleicht nicht verloren, doch ohne gewesen zu sein. Alle Zeichen des vorübergehenden Aufenthaltes meines Vaters in unserem Hause: die Spur seines Hauptes auf dem Kopfkissen, ein zahnloser Kamm, eine leere Zigarettenschachtel kamen mir vor wie wundervolle Verkündigungen. Wie der Prinz, als er das goldene Pantöffelchen von Aschenbrödel fand, wiederholte ich mir: also gibt es ihn doch!

Nach jeder Abreise meines Vaters streifte Immacolatella im Bubenhaus unablässig um mich herum. Beunruhigt über meine Lustlosigkeit ermunterte sie mich zum Spielen und die Vergangenheit zu vergessen. Welche Komödien führte sie auf, diese Närrin! Sie sprang in die Luft und warf sich zu Boden wie eine Tänzerin. Auch verwandelte sie sich in einen Hanswurst: ich war der König. Und wenn sie sah, daß ich mich nicht für sie interessierte, kam sie ungeduldig herbei und fragte mich mit ihren kastanienbraunen Augen: ›Woran denkst du in diesem Augenblick? Darf man wissen, was du hast?‹ Sie benahm sich wie die Frauen, welche, wenn ein Mann ernst ist, ihn oft für krank halten oder gar eifersüchtig werden, weil seine schwerwiegenden Gedanken ihnen wie ein Verrat an ihrer Nichtigkeit erscheinen.

Und wie man es mit einer Frau machen würde, ging ich ihr aus dem Wege und sagte: ›Laß mich doch in Frieden. Ich will denken. Manche Dinge verstehst du nicht. Geh ein we-

nig für dich spielen. Wir sehen uns nachher wieder.‹ Aber sie war eigensinnig, sie ließ sich nicht überreden, und zuletzt wurde ich bei ihren verteufelten Spielen wieder von der Lust gepackt zu spielen und mich gemeinsam mit ihr herumzutollen. Sie hätte sich ihres Erfolges rühmen können, aber sie war ein fröhliches Herz ohne Eitelkeit. Sie empfing mich mit einem wunderbaren Triumphgalopp, da sie dachte, ich hätte meinen Ernst vorhin nur vorgetäuscht, um eine ›Figur‹ zu machen wie bei der Tarantella.
Man wird sagen: wie kann man nur von einer Hündin soviel reden! Doch hatte ich als kleiner Junge keine anderen Gefährten als sie, und man kann nicht leugnen, daß sie außergewöhnlich war. Um sich mit mir zu unterhalten, hatte sie eine Art Taubstummensprache erfunden: mit dem Schwanz, mit den Augen, mit ihren Gebärden und vielen verschiedenen Lauten in ihrer Stimme wußte sie mir alle ihre Gedanken zu sagen, und ich verstand sie. Obgleich sie ein Weib war, liebte sie den Wagemut und das Abenteuer: sie schwamm mit mir und spielte im Boot den Steuermann, indem sie bellte, wenn Hindernisse in Sicht waren. Sie folgte mir unentwegt, wenn ich auf der Insel umherstrolchte, und jeden Tag, wenn sie mit mir zu den schon tausendmal begangenen Feldwegen und Wiesen zurückkehrte, ereiferte sie sich, als seien wir zwei Pioniere in unerforschtem Gelände. Sobald wir die kleine Meerenge überquert hatten und auf dem verlassenen Inselchen Vivara landeten, das Procida vorgelagert ist, flüchteten bei unserer Ankunft die wilden Kaninchen, da sie meinten, ich sei ein Jäger mit seinem Jagdhund. Und Immacolatella verfolgte sie ein wenig aus Freude am Laufen und kehrte dann zu mir zurück, zufrieden eine Hirtin zu sein. Sie hatte viele Liebhaber; bis zum Alter von acht Jahren aber war sie niemals trächtig.

Enkel einer Unholdin?

Man kann sagen, daß ich während meiner ganzen Kindheit kein anderes weibliches Wesen kannte als Immacolatella. In meinem berühmten ›Gesetzbuch der Unbedingten Gewißheiten‹ bezog sich kein einziges Gesetz auf die Frauen und die Liebe; denn es konnte für mich – abgesehen von der mütterlichen Liebe – keine Gewißheit geben in bezug auf die Frauen. Der größte Freund meines Vaters, Romeo-Bootes, haßte sie; doch meine Mutter, war auch sie, als Frau, eine Verworfene für ihn gewesen? Diese Frage war ein Grund zum Mißtrauen zwischen mir und dem Schatten des Amalfitaners. Und sie blieb ohne Antwort, da ich nämlich meinen Vater noch niemals weder über den Amalfitaner noch über Frauen hatte sprechen hören, und sein Lächeln, sobald man das Entsetzen jeder Frau vor dem Bubenhaus erwähnte, war keine Erklärung, sondern eher ein Rätsel.

Was meine Mutter betraf, so kam es vielleicht nicht öfter als ein paarmal in unserem ganzen Leben vor, daß ich sie von ihm mit Namen nennen hörte, aber es geschah nur flüchtig und zufällig. Mir bleibt in der Erinnerung, wie seine Stimme einen Augenblick lang fast zärtlich auf jenem Namen zu verweilen schien und dann plötzlich darüber wegging mit einer herben und eiligen Scheu. Bei solchen Gelegenheiten hatte er das Aussehen eines schönen exotischen Katers, nachtschwärmerisch und unbestraft, der einen Augenblick stehenbleibt, um das kalte Pelzchen einer entseelten Katze zu betrachten, das er mit seiner Sammetpfote streift.

Ich hätte sicherlich glühend gewünscht, er möge mir etwas über meine liebe Mutter erzählen, doch ich achtete sein Schweigen, wohl begreifend, daß es ihm allzu bitter sein mußte, in der Erinnerung zu jener Zeit zurückzukehren, da seine junge Frau gestorben war.

Und auch über eine andere Tote bewahrte er ein immerwährendes Schweigen: ich meine über meine Großmutter, die Deutsche. Gegen diese jedoch mußte er in seinem Schweigen irgendeinen schrecklichen Vorwurf hegen; oder so schloß ich wenigstens aus einer einzigen kurzen Begebenheit, die sich zwischen uns zugetragen hatte.

Eines Tages, als ich in seinem Zimmer unter allerlei Büchern in einem Schrank kramte, während er zerstreut ein paar Schritte von mir entfernt rauchte, hielt ich plötzlich eine Photographie in Händen, die ich niemals zuvor gesehen hatte: darauf war eine Gruppe etwa gleichaltriger

Mädchen dargestellt, unter denen eine mit einem Tintenkreuzchen besonders gekennzeichnet war. Diese, auf welche mein Blick sich natürlich mit dem größten Interesse richtete, erschien mir in der kurzen Minute, in der ich sie betrachten konnte, wie ein großes, dickes, ziemlich gewöhnliches Mädchen, das eine Bluse und einen Rock anhatte und eine Schleife im Haar trug. Sie hatte einen fraulich-üppigen Busen, eingezwängt in eine weiße, bis zum Hals geschlossene Bluse; aber in allem übrigen, in den Körperformen wie in den Gesichtszügen, war sie zu groß, zu schwer und eckig, um schön zu sein. Jedoch verriet sie in ihrer romantischen Pose ein fast pathetisches Verlangen, sich schwach und anmutig zu fühlen. Unter der Photographie standen Worte in deutscher Sprache, und überdies erkannte man besonders am Blick und am Mund dieses Mädchens trotz seiner mittelmäßigen Schönheit irgendeine entfernte Ähnlichkeit, die mich plötzlich ahnen ließ, wer sie war. Sogleich trieb mich eine natürliche Neugier, von meinem Vater eine Bestätigung meiner Entdeckung einzuholen. Und ich lief zu ihm hin, zeigte ihm die Photographie und fragte ihn, ob jene blonde Frau nicht meine Großmutter aus Deutschland sei.

Darauf fuhr er aus seinen zerstreuten Gedanken auf, blickte prüfend und hastig auf die Karte, die ich ihm triumphierend hinhielt, und riß sie mir unwirsch aus den Händen: »Was für Reliquien fischst du denn da heraus?« sagte er zu mir. »Na ja, es ist deine Großmutter, tja, meine Mutter«, gab er dann zu, in abweisendem Ton dieses ›es ist meine Mutter‹ mit einer beinah gemeinen Grimasse offensichtlichen Abscheus unterstreichend. Und leise, mit zusammengebissenen Zähnen, fügte er hinzu: »Vielmehr, sie *war* es, zum Glück.«

Dann verlor er kein weiteres Wort mehr darüber, sondern ging zur Kommode und warf die Photographie in die unterste Schublade, die er brutal mit dem Fuß zustieß. Und bei dieser Bewegung schien sein Gesicht – empört vor Verdruß fast wie das eines finsteren Scharfrichters – zu sagen: ›Bleib da drinnen, Ruchlose, du schlimmes, unerträgliches Weib. Und laß dich von jetzt an niemals wieder blicken!‹

Das war alles, aber es genügte, mir einen verworrenen Ver-

dacht einzuflößen, daß meine Großmutter väterlicherseits zu Lebzeiten eine Unholdin oder irgendeine ähnliche Plage gewesen sei. Später kam ich darauf, einen Blick in jene Schublade zu werfen, doch die Photographie war daraus verschwunden. Gewiß mußte mein Vater sie in irgendein anderes, noch schwärzeres Versteck gelegt haben.
Aber auch die Wissenschaft meines Vaters konnte meine Ahnungslosigkeit in allem, was die Frauen betraf, nicht erhellen.

Frauen

Im übrigen schien mir – mit Ausnahme der Mutterschaft meiner Mutter – nichts im dunklen Volk der Frauen von Bedeutung, und es interessierte mich nicht sehr, ihren Geheimnissen nachzuforschen. Alle die großen Taten, welche mich in den Büchern bezauberten, wurden von Männern vollbracht, niemals von Frauen. Abenteuer, Krieg und Ruhm waren männliche Vorrechte. Die Frauen dagegen waren die Liebe, und in den Büchern erzählte man von weiblichen Personen, die königlich und wundervoll waren. Ich vermutete jedoch, daß Frauen solcher Art und auch jenes wunderbare Gefühl der Liebe allein eine Erfindung der Bücher seien, nicht eine Wirklichkeit. Den vollkommenen Helden aber gab es tatsächlich, ich sah das Beweisstück dafür in meinem Vater; herrliche Frauen dagegen, Fürstinnen der Liebe, wie jene in den Büchern, kannte ich keine. Die Liebe also, die Leidenschaft, jenes berühmte große Feuer, war vielleicht eine phantastische Unmöglichkeit.
In der Tat, so unwissend ich in bezug auf die wirklichen Frauen auch sein mochte, so genügte es mir doch, sie nur flüchtig anzuschauen, um daraus zu schließen, daß sie nichts gemeinsam hatten mit denen der Bücher. Meinem Urteil nach besaßen die wirklichen Frauen nicht den geringsten Glanz und nicht die geringste Herrlichkeit. Sie waren kleine Wesen, konnten niemals so groß werden wie ein Mann und verbrachten ihr Leben eingeschlossen in Zimmern und engen Kämmerchen; deshalb sahen sie alle so blaß aus. Ganz eingehüllt in ihre Schürzen, Röcke und Unterröcke, in denen sie ihren rätselhaften Körper einem Ge-

setz zufolge stets verborgen halten mußten, kamen sie mir vor wie plumpe, beinah formlose Gestalten. Immer waren sie vielbeschäftigt, flüchtig, schämten sich ihrer selbst, vielleicht weil sie so häßlich waren, und bewegten sich wie verkümmerte Tiere, in allem vom Mann verschieden, ohne Eleganz oder Keckheit. Oft fanden sie sich in einem kleinen Kreis zusammen und schwatzten mit leidenschaftlichen Gebärden, während ihre Blicke umherirrten aus Angst, irgend jemand könnte sie in ihren Heimlichkeiten überraschen. Sie mußten viele gemeinsame Geheimnisse haben, wer weiß, welche? Sicherlich lauter kindische Dinge! Keine ›Unbedingte Gewißheit‹ konnte sie interessieren. Ihre Augen waren alle miteinander von derselben Farbe: schwarz! Ihre Haare dunkel, struppig und wild. Wahrhaftig, was mich anbelangte, so mochten sie dem Bubenhaus fernbleiben, solange sie Lust hatten. Ich würde mich gewiß niemals in eine von ihnen verlieben, und ich wollte auch keine heiraten.
Manches Mal, wenn auch selten, geriet irgendeine fremde Frau auf die Insel, die zum Strand hinunterging und sich auszog, um zu baden, ohne Rücksicht oder Scham, als sei sie ein Mann. Ich verspürte – darin war ich den anderen Procidanern gleich – durchaus keine Neugier auf die badenden Fremden. Mein Vater schien sie für lächerliche und hassenswerte Leute zu halten. Und gemeinsam mit mir flüchtete er von den Orten, wo sie badeten. Wir hätten sie gern davongejagt, denn wir waren eifersüchtig auf unseren Strand. Und diese Frauen da – niemand schaute sie an. Für die Procidaner und auch für mich waren sie keine Frauen, sondern beinahe so etwas wie verrückte Tiere, die vom Mond stammten. Mir kam es nicht einmal in den Sinn, daß ihre schamlosen Formen auch nur eine Spur von Schönheit besitzen könnten.
Und somit, scheint mir, habe ich alle Gedanken ausgesprochen, welche ich damals über die Frauen hegte!
Wenn in Procida ein Mädchen geboren wurde, so war die Familie unzufrieden. Und ich dachte über das Los der Frauen nach. Als Kinder sahen sie noch nicht häßlicher und auch nicht viel anders aus als die Knaben; doch für sie gab es nicht die Hoffnung, daß sie, wenn sie heranwuchsen, ein

schöner und großer Held werden konnten. Ihre einzige Hoffnung bestand darin, die Gemahlin eines Helden zu werden, ihm zu dienen, sich mit seinem Namen zu schmücken, sein ungeteiltes Eigentum zu sein, das alle achten, und einen schönen Sohn von ihm zu bekommen, dem Vater ähnlich.

Meiner Mutter war eine solche Genugtuung versagt gewesen: kaum war ihr die Zeit geblieben, diesen dunklen Sohn zu sehen, mit den tiefschwarzen Augen, ganz das Gegenteil ihres Gatten Wilhelm. Und wenn zufällig dieser Sohn, obwohl schwarzhaarig, dazu bestimmt sein sollte, ein Held zu werden, so hat sie es nicht erfahren können, weil sie gestorben ist.

Das orientalische Zelt

Auf der Momentaufnahme, welche die einzige Abbildung ist, die ich von ihr kenne, sieht meine Mutter nicht schöner aus als die anderen Frauen. Als Knabe jedoch hatte ich mich, wenn ich dieses ihr Bildnis anschaute und immer wieder betrachtete, niemals gefragt, ob sie häßlich sei oder schön, und ich dachte auch nicht daran, sie mit den anderen zu vergleichen. Sie war *meine Mutter*, und ich weiß es nicht mehr zu sagen, wieviel Zauberhaftes ihre verlorene Mutterschaft damals für mich bedeutete.

Ich war die Ursache, daß sie gestorben war: als ob ich sie getötet hätte. Ich war die Macht und die Bedrohung ihres Schicksals gewesen; ihr Trost aber heilte mich von meiner Grausamkeit. Ja, dieses war sogar die erste Gnade zwischen uns beiden: daß meine Reue sich mischte mit ihrem Verzeihen.

Wenn ich in der Erinnerung ihr Bildnis wieder vor mir sehe, wird es mir bewußt, daß sie noch ein junges Mädchen war. Tatsächlich hat sie nicht einmal das achtzehnte Lebensjahr erreicht. Sie zeigt eine ernste und gesammelte Haltung wie die Großen, ihr neugieriges Gesicht aber ist das eines Kindes, und die Zeichnung der Kindheit erkennt man selbst noch in der unförmigen Gestalt der von den Kleidern schlecht verhüllten schwangeren Frau. Damals jedoch sah ich in ihrem Bild eine Mutter; ich vermochte kein kindliches Geschöpf darin zu erblicken. Das Alter, das ich ihr zuschrieb, war – wenn ich jetzt darüber nachdenke – vielleicht eine Reife, groß wie der Strand und wie der warme Sommer über dem Meer, aber vielleicht auch wie eine Ewigkeit, jungfräulich und liebreich, unwandelbar wie ein Stern. Sie war eine Gestalt, welche meine Reue erfunden hatte, und daher besaß sie für mich jeden erträumten Liebreiz und mannigfaltige Offenbarungen, mannigfaltige Stimmen. Doch vor allem dachte ich an sie – in dem unerfüllbaren Heimweh, das ich nach ihr empfand – wie an die Treue, an die Vertraulichkeit und das Gespräch: kurzum, an all das, was die Väter nicht waren, meiner Erfahrungen nach.

Die Mutter war jemand, die zu Hause auf meine Rückkehr gewartet hätte, Tag und Nacht an mich denkend. Sie hätte all meinen Worten zugestimmt, all meine Unternehmungen gelobt und die überlegene Schönheit der Dunklen gerühmt: der schwarzen Haare, der mittelgroßen und sogar der etwas kleinen Gestalt.

Weh dem, der es in ihrem Beisein gewagt hätte, schlecht von mir zu sprechen. Nach ihrer Auffassung wäre unbestritten ich die höchste Persönlichkeit der Welt. Der Name ›*Arturo*‹ ist eine goldene Standarte für sie! Und in ihrer Vorstellung genügt es, diesen Namen auszusprechen, damit jeder versteht, daß von mir die Rede ist. Die anderen Arturo, die es auf der Welt gibt, sind alle Nachahmer, Leute zweiten Ranges.

Selbst die Hühner oder die Katzen verändern ihre Stimmen in besonderer, zarter und eigentümlicher Weise, wenn sie ihre Jungen rufen. Demnach kann man sich vorstellen, welch wonnige Stimme sie gehabt, wenn sie ›Arturo‹ gerufen hätte. Und sicherlich hätte sie diesen Namen mit allerlei weiblichen Schmeichelworten begleitet, die ich vornehm zurückgewiesen hätte, so wie Julius Caesar die Krone zurückwies. In der Tat ist es edel, seine Nichtachtung zu bekunden für jede Art von Schmeichelei und Kosenamen. Doch andererseits, da man sich nun einmal nicht selber schmeicheln kann, bedurfte man einer Mutter im Leben. Ich wuchs nicht nur gänzlich ohne Schmeichelworte auf, sondern auch ohne Küsse und Liebkosungen, und dies war für den Stolz eine Ehre. Bisweilen aber, besonders an den Abenden, die ich einsam in den Mauern eines Raumes verbrachte, und wenn das Verlangen nach der Mutter mich überkam, bedeutete *Mutter* für mich dieses eine: Zärtlichkeit! Ich sehnte ihren großen heiligen Körper herbei, ihre weichen, seidenen Hände, ihren Atem. Mein Bett war in den Winternächten eisigkalt, und um mich zu wärmen, blieb mir nichts übrig, als mit Immacolatella im Arm einzuschlafen.

So wie ich nicht an Gott und die Religionen glaubte, so glaubte ich auch nicht an ein zukünftiges Leben und an die Geister der Toten. Wenn ich der Vernunft recht gab, dann wußte ich, daß alles, was von meiner Mutter blieb, unter der Erde eingeschlossen lag auf dem Friedhof von Procida. Die Vernunft aber zog sich vor ihr zurück, und ohne daß ich mir darüber klar wurde, glaubte ich geradezu an ein Paradies für sie. Was sollte es sonst wohl sein, diese Art von orientalischem Zelt, das zwischen Himmel und Erde aufgerichtet und von der Luft getragen ward, in welchem sie einsam weilte, in Muße und Betrachtung versunken, die Augen zum Himmel erhoben wie eine Verklärte? Dort zeigte sich meine Mutter jedesmal, wenn ich mich an sie wandte, ganz natürlich meinen Gedanken. Später ist dann der Tag gekommen, da ich sie nicht mehr gesucht habe, sie ist verschwunden. Irgendwer hat das prächtige orientalische Zelt zusammengefaltet und sie fortgetragen.

Doch solange ich ein Knabe war, richtete ich mich immer, wie andere beten, an sie – wie ein Schwärmer. Meine Mutter ging stets auf der Insel einher und war so gegenwärtig, dort in der Luft schwebend, daß es mir war, als plauderte ich mit ihr, wie man mit einem Mädchen plaudert, das auf dem Balkon steht. Sie war eine der Betörungen der Insel. Ich ging niemals zu ihrem Grab, denn ich habe Friedhöfe und alle Insignien des Todes immer gehaßt; aber dennoch war einer der vielen Bezauberungen, die mich an Procida ketteten, jene kleine bescheidene Grabstätte. Da nämlich meine Mutter an dieser Stelle beerdigt lag, schien es mir fast, als sei ihre unwirkliche Gestalt dort eingefangen in der himmelblauen Luft der Insel, gleich einem Kanarienvogel in seinem goldenen Käfig. Vielleicht geschah es darum, daß – sobald ich mit dem Boot ein wenig weiter ins Meer hinausfuhr – mich plötzlich eine Bitternis des Alleinseins überfiel, die mich umkehren ließ. Sie war es, die mich zurückrief wie die Sirenen.

Erwartung und Rückkehr

In Wahrheit aber gab es da noch einen anderen, stärkeren Grund, der mich, wenn ich ins Weite hinausruderte, rasch den Bug wieder auf Procida zuwenden ließ: die Vermutung, daß während meiner Abwesenheit mein Vater zurückkehren könnte. Es schien mir unerträglich, nicht ebenfalls auf der Insel zu sein, wenn er da war, und deshalb – obwohl ich frei war und die großen Unternehmungen so überaus liebte – fuhr ich niemals aus dem Meer von Procida hinaus zu anderen Ufern. Häufig war ich versucht, in meinem Boot zu enteilen, um nach ihm zu forschen; doch dann begriff ich, wie unsinnig die Hoffnung war, ihn wiederzufinden inmitten so vieler Inseln und Kontinente. Verließ ich Procida, so konnte ich ihn für immer verlieren, daher gab es einzig in Procida eine Gewißheit: früher oder später kehrte er stets dorthin zurück. Es war nicht möglich zu erraten, wann er zurückkehren würde. Mitunter war er plötzlich wieder da, wenige Stunden nach seiner Abreise; mitunter aber sah man ihn viele Monate lang nicht wieder. Und immerfort, jeden Tag, bei jeder Ankunft des Dampfers und jeden Abend, wenn ich das Bubenhaus betrat, hegte ich eine Hoffnung, ihn zu finden. Und in dieser ewigen Hoffnung lag noch ein weiterer Zauber von Procida.

Eines Morgens, als wir auf dem ›Torpedoboot der Antillen‹ reisten, hatten Immacolatella und ich beschlossen, bis nach Ischia vorzudringen. Ich ruderte wohl eine Stunde lang; doch als ich mich umwandte und sah, wie weit Procida sich entfernte, erfaßte mich ein solch bitteres Heimweh, daß ich es nicht ertragen konnte. Ich wendete den Bug, und wir kehrten zurück.

Mein Vater schrieb niemals Briefe, ließ niemals eine Nachricht von sich hören, noch sandte er je einen Gruß. Und sagenhaft war für mich die Gewißheit, daß es ihn dennoch gab und daß in jedem Augenblick, den ich in Procida lebte, er in wer weiß welcher Landschaft, in wer weiß welchem Raum lebte, unter fremden Gefährten, die ich glückselig und ruhmreich schätzte, allein weil sie mit ihm zusammen waren. Wahrlich, ich zweifelte nicht, daß der Umgang mit meinem Vater das erstrebenswerteste Attribut von Vornehmheit bedeute, für jede menschliche Gesellschaft.

Kaum dachte ich: ›Er, in diesem selben Augenblick wird er...‹, so verspürte ich sogleich in mir einen heftigen Stoß, als ob in meinem Geist eine schwarze Schutzwand eingerissen würde, und Streiflichter wundervoller Romane huschten vorüber. In diesen Erscheinungen meiner Phantasie war mein Vater fast niemals allein: er war umringt von den undeutlichen Gestalten seiner Gefolgsleute, und neben ihm, ihm stets zur Seite wie ein Schatten, der Auserwählte jener adligen Gesellschaft, der ›Algerische Dolch‹. Mein Vater, seine Pistole mit herausfordernder Gebärde schwingend, springt auf den Bug eines ungeheuren bewaffneten Schiffes, und der ›Algerische Dolch‹, vernichtet, vielleicht zu Tode verwundet, schleppt sich hinter ihm her und reicht ihm die letzten Patronen. Mein Vater stößt in den undurchdringlichen Dschungel vor, gemeinsam mit dem ›Algerischen Dolch‹, der ihm mit einem Messer bewaffnet hilft, sich den Weg durch die Schlinggewächse zu bahnen. Mein Vater ruht in seinem Kriegszelt, ausgestreckt auf einem schmalen Feldbett, und der ›Algerische Dolch‹, ihm zu Füßen am Boden hockend, spielt ihm auf der Gitarre eine spanische Weise...

»Warte, bis du groß bist, um mit mir zu verreisen.«

In meinen Tagen der Einsamkeit trog mich zuweilen irgendeine Täuschung der Sinne und machte mich plötzlich glauben, daß er zurückgekehrt sei. Als ich an einem stürmischen Tage aufs Meer hinausschaute, war mir, als hörte ich im Tosen der riesigen Wellen seine Stimme, die nach mir rief. Ich schrak zusammen und wandte mich um zum Strand: er war leer. Eines Nachmittags, als ich nach Ankunft des Dampfers zur Mole kam, entdeckte ich von weitem einen Blonden, der im Café auf der Piazza saß. Ich schlug eilig den Weg zum Café ein, überzeugt, ihn zu fin-

den, der, kaum gelandet, Halt gemacht hatte, um ein Glas Ischia-Wein zu trinken; und dann stand ich einem dunkelhaarigen Fremden gegenüber, der auf dem Kopf ein Strohhütchen trug... Als wir eines Abends in der Küche unser Abendbrot verzehrten, sah ich, wie Immacolatella aufhorchte und mit einem Satz zum Fenster sprang; ich stürzte herzu in der Hoffnung, ihn dort draußen zu erblicken, der überraschend eingetroffen war! Und ich konnte gerade noch eine Katze erspähen, die, angelockt von unserem Abendessen, nun vom Eisengitter herabsprang und davonlief.
Alle Tage waren Immacolatella und ich bei fast jeder Ankunft des Dampfers aus Neapel zugegen. Die aussteigenden Passagiere waren beinahe immer Bekannte, meistens Leute aus Procida, welche am Morgen abfuhren und abends zurückkehrten: der Spediteur, die Frau des Schneiders, die Hebamme, der Besitzer des Savoia-Hotels. An manchen Tagen sah man nach den üblichen Passagieren dann auch die Häftlinge aussteigen, die für die Strafanstalt bestimmt waren. In Zivil gekleidet, doch mit Handschellen gefesselt und von Wachtposten begleitet, wurden sie sogleich auf das kleine Lastauto der Polizei geladen, das sie zum Kastell brachte. Während sie die kurze Strecke zu Fuß gingen, vermied ich es, sie anzuschauen: gewiß nicht aus Verachtung, sondern aus Rücksicht.
Unterdessen zogen die Matrosen den Laufsteg ein, der Dampfer fuhr weiter nach Ischia: auch diesmal war der Blonde, auf den ich wartete, nicht gekommen.
Das eine oder andere Mal aber kam er schließlich an. Vielleicht ausgerechnet an einem Tag, da ich aus irgendeinem Grunde beim Anlegen des Dampfers nicht auf der Mole gewesen war. Und dann geschah es, daß ich beim Heimkehren wahrhaftig das vorfand, was ich wie ein Hirngespinst mir immer vorstellte: ihn, der in seinem Zimmer auf dem Bett sitzend eine Zigarette rauchte, den noch verschlossenen Koffer zu seinen Füßen. Sobald er mich erblickte, sagte er:
»Hallo, bist du da?«
Doch in diesem Augenblick kam Immacolatella, welche auf der Straße hinterhergebummelt war, wie der Wind ins

Zimmer, und mein Vater begann den gewohnten Kampf mit ihr, die sich immer so übertrieben gebärdete in ihrer Freude. Ich mischte mich ebenfalls ein und befahl ihr: »Kusch dich! Schluß jetzt.« Es schien mir ein Zeichen von großem Unverstand ihrerseits, dies närrische Benehmen. Was bildete sie sich denn ein? Wer weiß, wie vielen Hunden, die besser waren als sie, mein Vater in dieser ganzen Zeit begegnet war! Und überdies war meiner Meinung nach dieser großartige Empfang, den sie meinem Vater bereitete, für sie nichts als ein Vorwand, um Lärm zu machen. In Wirklichkeit kümmerte es sie nicht sehr, daß mein Vater zurückgekehrt war. Für sie war ich der Herr.

Endlich beruhigte sie sich, und mein Vater, seine Zigarette rauchend, sagte zu mir:

»Was gibt's Neues?«

Jedoch schenkte er den Neuigkeiten, die ich ihm erzählte, nicht viel Beachtung. Er unterbrach mich sogar ganz ohne Zusammenhang, um zu fragen: »Ist das Boot in Ordnung?« Oder aber er horchte auf die Stundenschläge der Kirchturmuhr, und sie mit seiner eigenen Uhr vergleichend, protestierte er: »Was schlägt sie da? Viertel vor sechs? Aber nein, es ist schon fast sechs! Diese Uhr da drüben ist immer verrückt.« Dann, gefolgt von uns beiden, machte er sich schweigend und angriffsbereit auf, im Bubenhaus treppauf, treppab zu laufen und Türen und Fenster aufzusperren, um seine Herrschaft wieder anzutreten. Und schon glich es einem großen Schiff, durchweht von ozeanischen Winden, auf hoher Fahrt nach wundervollen Reisezielen. Zuletzt begab mein ›Capitano‹ sich wieder in sein Zimmer und warf sich rücklings auf das Bett mit unzufriedenem und zerstreutem Ausdruck; dachte er vielleicht schon wieder daran, abzureisen? Er betrachtete den Himmel vor dem Fenster und bemerkte: »Neumond«, mit einer Miene, als wolle er statt dessen sagen: »Immer derselbe Mond. Der langweilige Mond von Procida!«

Mittlerweile, wie ich ihn so beobachtete, gewahrte ich ein paar Fältchen unter seinen Augen, auch in der Mitte zwischen den Brauen und um die Lippen herum. Ich dachte voll Neid: es sind die Spuren des Alters. Wenn auch ich Fältchen haben werde, dann wird es das Zeichen sein, daß ich groß geworden bin, und dann werden ich und er immer beisammen sein können.

In Erwartung einer solchen mythologischen Zeit liebäugelte ich für die Gegenwart seit langem mit einer anderen Hoffnung, welche ich meinem Vater niemals zu gestehen wagte, da sie mir allzu ehrgeizig erschien. Bis ich mich endlich eines Abends dazu entschloß und ihn mutig fragte: »Könntest du nicht hin und wieder irgendeinen deiner Freunde hierher nach Procida mitbringen?« Ich sagte: ›irgendeinen deiner Freunde‹, aber ich dachte vor allem an einen (A. D.).

Anfangs gab mir mein Vater keine andere Antwort als nur einen so abweisenden Blick, daß mich ein Kälteschauer überlief bis in das Herz hinein, und ich fühlte mich auch beleidigt, so sehr, daß ich das plötzliche Verlangen hatte, mich in mein Zimmer zu flüchten, um mich mit der Freundschaft Immacolatellas zu trösten. Indessen aber sah ich, wie die Augen meines Vaters zu schimmern und sich zu beleben anfingen, als ob er bei meinem Anblick seine Meinung ändere. Er lächelte, und ich erkannte jenes sonderbare Lächeln wieder, das mich an den Ausdruck von Ziegen gemahnte und das schon einmal das erste Anzeichen seiner Vertraulichkeit gewesen war.

Auch ich lächelte ihm zu, wenngleich noch ziemlich verstimmt. Und mit gerunzelten Brauen ließ er sich in diese erstaunliche Erklärung aus:

»Was für Freunde! Wisse, daß es für mich hier in Procida nur einen einzigen Freund gibt und es hier nur diesen einen geben darf. Hier will ich keinen anderen. Und dieses Verbot gilt ewig!« Bei einer solchen Rede spürte ich etwas in mir sich verwandeln. Wer war dieser sein einziger Freund hier in Procida? War es etwa möglich, daß mein Vater wahrhaftig die Absicht hatte, von mir zu sprechen?

Mich streng und starr anblickend, begann er wieder: »Schau dorthin! Weißt du, wessen Bild das ist?« und er zeigte auf die Photographie des Amalfitaners, die stets in seinem Zimmer hing. Darauf murmelte ich »Romeo«, und er rief im Ton bissiger Überlegenheit: »Sehr richtig, Bürschchen!«

»Als ich zum erstenmal hierher nach Procida kam«, fing er alsbald zu erzählen an und schnitt eine Grimasse bei der Erinnerung, »merkte ich sogleich, und das wußte ich übrigens schon, bevor ich landete, daß dieses für mich eine verödete Insel sein würde. Ich habe eingewilligt, mich Gerace zu nennen, denn ein Name ist schließlich soviel wert wie der andere. Es heißt ja sogar in einem Gedicht, wie die Mädchen es sich ins Poesiealbum schreiben:

Was gilt der Name? Nenne die Rose
mit anderem Namen: ist ihr Duft darum weniger süß?

Für mich bedeutete ›Gerace‹: künftiger Eigentümer von Gütern und Einnahmen. Und so schmückte ich mich mit diesem procidanischen Zunamen. Doch in dem ausgestorbenen Krater hier habe ich nur einen einzigen Freund gehabt: ihn. Und wenn Procida meine Heimat geworden ist, dann war es nicht der Gerace wegen, sondern seinetwegen!
Ich entsinne mich, daß bei meiner Landung alle hier mich schief ansahen, als sei ich ein exotisches Tier; die einzigen, welche mich ehrten, wie es mir gebührte, waren seine Hunde. Es waren acht, und alle waren bösartig; für gewöhnlich fielen sie jeden an, wer ihnen auch nahe kam. Aber wenn ich da oben hinaufkletterte, um sie in der Nähe zu sehen – ich hatte sie von unten erspäht und sie interessierten mich, weil sie von verschiedener, zum Teil sehr schöner Rasse waren –, so umringten mich alle acht, um mich festlich zu begrüßen, als ob sie mich kennten und ich bereits der Herr des Hauses wäre. Bei dieser Gelegenheit machte ich auch die berühmte Bekanntschaft mit ihm, und man kann wohl sagen, daß seitdem kein Tag verging, an dem ich nicht hierher kam. In Wahrheit kehrte ich viel mehr, um mit den Hunden zu spielen, als um seinetwillen, immer wieder

hierher zurück, zumal es kein großes Vergnügen für mich war, das Geschwätz eines Alten und noch dazu Erblindeten mitanzuhören, obschon er sich anstrengte, vor mir zu glänzen. Doch wenngleich mir die Gesellschaft der Hunde lieber war als die seine, gab er sich zufrieden, wenn ich nur nicht wegblieb.

Dann und wann sagte er zu mir: ›Ich war stets vom Glück begünstigt, und jetzt, ehe ich sterbe, habe ich das größte Glück kennengelernt. Der einzige Grund, warum ich bedaure, keine Frau genommen zu haben, war der: daß ich keinen Sohn mein eigen nenne, den ich lieben könnte wie mich selbst. Und nun habe ich ihn gefunden, meinen Engel, mein Söhnchen: du bist es!‹

Er behauptete sogar, daß in der Nacht, bevor er mich kennenlernte, ein Traum nach dem anderen im Schlaf an ihm vorübergezogen sei, und daß alle diese Träume prophetisch gewesen seien. So hatte er zum Beispiel von der Zeit geträumt, da er Spediteur war und, ohne zu wissen von wem, ein wohlriechendes Holzkästchen empfangen hätte, welches herrliche Steine und orientalische Gewürze enthielt, die dufteten wie ein Garten. Weiter hatte ihm geträumt, daß er noch flink und gesund zur Jagd ging auf der Insel Vivera und daß seine Hunde eine Familie von Hasen aus ihren Bau trieben, ohne sie jedoch zu verletzen, und ein junges Häschen darunter war, so schön wie ein Engel, in dessen schwarzem Pelz ein goldener Pfeil steckte. Sodann hatte ihm geträumt, daß in seinem Zimmer ein verzauberter Melangolobaum wüchse, vom Mondlicht ganz übersilbert... und andere Visionen dieser Art.

Wenn ich ihn derlei Geschichten erzählen hörte, brach ich skeptisch in ein Gelächter aus, denn ich wußte sehr wohl, daß es alles Prahlereien waren. Er beabsichtigte, mich glauben zu machen, daß er, seitdem er blind war, beständig phantastische, unendlich viel buntere Träume habe als die Wirklichkeit und das Einschlafen geradezu ein Galafest für ihn geworden sei, ein Abenteuer wie in den Romanen, kurzum, ein zweites Leben. Ich aber wußte längst über ihn Bescheid und erkannte sogleich die ›Fabrikmarke‹ all dieser Angebereien. Ich verstand sehr wohl, daß er alles nur erfunden hatte, was er mir da weismachen wollte, um sich in

meinen Augen zu brüsten und sich nicht allzusehr zu blamieren in seiner elenden Greisenhaftigkeit. Die Wahrheit hingegen war, daß auch die Zeit, sich mit Träumen zu trösten, für ihn vorüber war. Wie es oft der Fall ist bei Greisen, die ihrem Ende nahe sind, litt er an Schlaflosigkeit und überdies an törichten Wahnvorstellungen, an rasenden Begierden und Besessenheiten, die ihm bei Tag und Nacht keine Ruhe ließen. Diese Dinge waren allgemein über ihn bekannt hier in Procida. Er aber wollte sie mir nicht eingestehen; zuallererst aus Eitelkeit, und dann auch, weil er erriet, daß, wenn er sich's zur Gewohnheit machte, mir sein Unglück vorzujammern, ich ihn schleunigst verlassen hätte. So bin ich nun einmal, ich bin nicht zur barmherzigen Schwester berufen. Auch meine Mutter schalt mich deshalb bei jeder Gelegenheit:›Du bist einer derer, von denen im Evangelium geschrieben steht: wenn ein Freund ihn bittet um ein Stück Brot, so gibt er ihm einen Stein.‹
Na ja, die Wirklichkeit all seiner Prahlereien war, daß der einzige schöne Traum für ihn in meiner Gesellschaft bestand; es gehörte nicht viel dazu, das zu begreifen. Und was mich betraf, so hatte ich, auch wenn mich die Lust ankam, meine Zeit auf andere Weise zu vertreiben, nicht viel Auswahl hier in Procida. Ich hatte keinen anderen Freund, wußte nicht, wohin ich gehen sollte, und hatte außerdem nie einen Groschen in der Tasche. Wahrhaftig, ehe er mich als Erben zurückließ, rückte dein Großvater keinen Heller heraus, und ich bat ihn auch nicht darum. Vielmehr zog ich es vor, ihn, den Amalfitaner, darum zu bitten, aber er gab mir nur ungern und wenig, gerade genug für Zigaretten; denn wenn ich über Geld verfügte, hatte er Angst, daß ich von der Insel ausreißen könnte.
So endete es damit, daß ich alle Tage, so oder so, immer wieder hierher kam.
Mitunter sagte er zu mir: ›Wenn ich bedenke, daß ich in der Vergangenheit so viele Landschaften und so viele Menschen gesehen habe: ich könnte eine ganze Nation bevölkern mit all den Leuten, die ich gesehen habe. Und dem liebsten Freund meines ganzen Daseins, der du bist, dem bin ich erst jetzt begegnet, da ich blind bin. Und wenn ich sagen wollte, ich hätte die ganze Schönheit des Lebens ge-

kannt, so hätte es mir genügt, die Gestalt eines einzigen zu sehen: die deine. Und ausgerechnet deine Gestalt, die habe ich nicht sehen können. Jetzt, beim Gedanken zu sterben und diese schöne kleine Insel Procida zu verlassen, wo ich allen Frohsinn und alle Glückseligkeit erfahren habe, tröstet mich die eine Hoffnung: manche glauben, daß die Toten Geister seien und alle Dinge sehen; wer weiß, ob es nicht wahr ist? Und wenn es so ist, dann werde ich dich nach dem Tode sehen können. Das tröstet mich über den Tod. Wie denkst du darüber?‹ Ich erwiderte ihm: ›Hoffe, hoffe nur, Amalfi‹, so nannte ich ihn für gewöhnlich, ›wenn die Toten wirklich sehen, kannst du froh sein zu sterben. Um meine Gestalt zu sehen, lohnt es sich schon. Schade nur, daß es in Wirklichkeit anders ist. Willst du wissen, welcher Unterschied besteht zwischen einem Blinden wie dir und einem Toten?‹ ›Was für ein Unterschied? Sag es mir!‹ ›Daß ein Blinder wie du noch Augen hat, aber nicht mehr sehen kann, und ein Toter kann auch nicht sehen und hat nicht einmal mehr Augen. Du kannst sicher sein, Amalfi, meine Person hast du niemals gesehen und wirst du niemals sehen, von Ewigkeit zu Ewigkeit!‹

Er bat mich immerfort, ihm zu beschreiben, wie ich beschaffen sei: meine Züge, und die Farben meines Gesichtes und meiner Augen, ob meine Iris gesprenkelt sei, und ob ich einen dunklen Kreis um die Pupillen hätte, und immer so fort. Und um seine Neugier nicht allzu sehr zu befriedigen, gab ich ihm bald die eine, bald die andere Antwort, je nachdem, was mir gerade einfiel. Einmal sagte ich ihm, ich hätte blutunterlaufene Augen wie die Tiger, und ein andermal, ich hätte ein blaues und ein schwarzes Auge. Oder aber ich behauptete, daß ich einen Schmiß auf der Wange trüge, und sogleich zog ich die Gesichtsmuskeln auf solche Weise zusammen, daß er einen tiefen Einschnitt darin fand und beinah in Zweifel geriet, als er, um sich zu vergewissern, meine Wange betastete.

Dann sagte er zu mir: ›Einerseits ist es doch besser für mich, dich niemals zu sehen, wenn ich tot bin. Was könnte ich mir davon erwarten, wenn nicht bitteren Verdruß? Da ich nämlich sehen müßte, daß du andere zu deinen Freunden gemacht hast und mit ihnen zusammen bist, so wie du zuvor

mit mir zusammen warst. Dich in Gesellschaft anderer Freunde sehen zu müssen, vielleicht sogar auf dieser Insel, wo unsere Freundschaft selbst auf den Steinen geschrieben steht, selbst in der Luft!‹ ›Ah, da kannst du sicher sein‹, entgegnete ich ihm, ›die Gesellschaft der Toten mag angehen fürs Jenseits, aber ich bin *lebendig*, und meine Gefährten werde ich unter den Lebendigen finden. Bestimmt werde ich was Besseres zu tun haben in meinen Tagen, als Chrysanthemen zu züchten auf dem Grab eines Toten!‹ Er wollte sich den Schmerz nicht anmerken lassen, den meine Antwort ihm bereitete, doch wurde er bleich, und seine Züge schienen einen Augenblick lang erloschen. Zu leiden war für ihn schlimmer als für einen anderen, da er nämlich bis zu jenen letzten Jahren seines Daseins niemals den Schmerz kennengelernt hatte. Zuvor war sein Leben ein einziges Spiel und ein Fest gewesen. Er hatte niemals erfahren, daß man um eines anderen Menschen willen leiden kann. Tja, und so hab ich es ihm beigebracht!
Was ihn am meisten quälte, war die Angst, daß ich eines Tages aus Ungeduld Procida im Stich lassen könnte. Kaum erschien ich ein wenig später als verabredet, so argwöhnte er sogleich, daß ich, ohne ihm etwas davon zu sagen, abgereist und womöglich schon weit von der Küste entfernt sei. Indessen verließ ich die Insel niemals in jenen zwei Jahren, die er noch am Leben war; bis er hier eines Nachts, während ich wie gewöhnlich unten im Haus deines Großvaters schlief, ganz plötzlich starb, allein und einsam, ohne auch nur von mir Abschied nehmen zu können. Es war seltsam für mich am Tag darauf.
Im ersten Augenblick wollte ich aus Rechthaberei mir selbst beweisen, daß es sich nur um eine Ohnmacht handelte, und ich ließ mich dazu hinreißen, den Arzt heftig zu beschimpfen, indem ich ihn einen Quacksalber, einen erbärmlichen Kerl nannte, und daß er nur deshalb sage, es sei nichts mehr zu machen, aber daß es im Gegenteil seine Pflicht sei, sofort ein Heilmittel zu versuchen! Eine Medizin! Eine Punktion! Es sei seine Pflicht, ich befahl es ihm! Ich hätte gar noch verlangt, daß der Arzt ihn unverzüglich wieder zum Leben erwecke, so sehr war ich von Sinnen. Und als ich mich dann, nachdem der Arzt fortgegangen

war, mit jenem Toten allein befand, erlitt ich einen schrecklichen Nervenschock – ich war noch ein Knabe – und brach in Schluchzen aus. Das Weinen machte mich wütend, und ich beleidigte den Toten, indem ich ihn einen Feigling, einen Hanswurst und widerwärtig schalt, weil er gestorben war, ohne auch nur von mir Abschied zu nehmen. Dies schien mir das Schlimmste, das, was ich am wenigsten hinnehmen konnte. Ich weiß nicht, welche einzigartige, schicksalhafte Bedeutung ich jenem Abschiedsgruß zuschrieb. Und ich geriet in Zorn, als ich an alle die Gelegenheiten zurückdachte, da ich, selbst wenn mich gar nichts Besonderes davon abhielt, aus einer Unduldsamkeit meines Charakters oder nur aus Angeberei, den Amalfitaner absichtlich hier allein gelassen hatte, damit er vergeblich auf meinen Besuch warte, ganze Tage hindurch! In Wirklichkeit hatte ich sehr gut daran getan: es ist besser, seinen Nächsten nicht allzusehr zu verwöhnen und ihn ab und zu zum Teufel zu jagen, sonst wäre es aus! Unser Leben würde sich schwerfällig dahinschleppen wie ein Frachtkahn, mit Ballast beladen, und uns auf den Grund hinabziehen, daß wir ersticken und sterben würden ... Doch damals, in jenen Augenblicken, wollten meine Sinne keine Vernunft annehmen, und all die Stunden und Tage, die ich damit verbracht hatte, mich fern vom Hause des Amalfitaners herumzutreiben, um ihn vor Sehnsucht sich verzehren zu lassen und selbst den Schwierigen zu spielen, erschienen mir geradezu wie Schätze, vergeudet ohne eigene Befriedigung!« An dieser Stelle seiner Beschwörung der Vergangenheit hob mein Vater die Augen zum Bildnis des Amalfitaners empor mit einem Ausdruck schmeichelnder Freundschaft. Gleich darauf aber brach er in ein theatralisches Gelächter aus, ohne Ehrerbietung, fast wie um den Toten zu verhöhnen.

»Jetzt schien es mir, daß nichts, kein einziger Mensch der Mühe wert sei, meine Zeit mit ihm zu verbringen im Vergleich mit Romeo, dem Amalfitaner, und ich war überzeugt und wußte gewiß, daß ich niemals wieder einem ebenso wunderbaren, faszinierenden Wesen begegnen würde, einem Wesen, das ebenso schön wäre! Ja, es schien mir außer Zweifel, unwiederbringlich, daß er allein den Ruhm der wahren Schönheit besaß! Hätte man mir in je-

nem Augenblick die Königin von Saba vorgestellt oder den Gott Mars in Person oder die Göttin Venus, ich hätte sie als alltägliche Typen angesehen, Caféhaus- oder Postkartenschönheiten im Vergleich mit ihm! Wer sonst besaß dieses ein wenig fieberhafte, durchtriebene und feine Lächeln, wer sonst diese ellenlange Gestalt, diese kleinen Hände, die bei jedem Wort heftig gestikulierten, besonders wenn er Flausen erzählte! Und diese Augen, die ihn schmückten mit seiner schrecklichsten Anmut: weil sie beschädigt waren. Und ihr Ausdruck schien ein verlorener Blick, ohne Seele, ohne Urteil, anders als menschliche Blicke.
Und diese Bewegungen, die er an sich hatte! Unsicher, unbeschützt und schamhaft – denn er schämte sich bitterlich seiner Blindheit –, aber dennoch prunkvoll, unheilbar prunkvoll! Die Anmut der schönsten Tänzer oder der Engel galt nichts, war von minderer Art im Vergleich mit der seinen.
Selbst seine grauen Locken, die ihm hinter den Ohren herabfielen wie eine Mähne, und sein provinzieller Stil, sich zu kleiden, mit jenen engen, ziemlich lächerlichen Hosen, jetzt deuchten sie mich die höchste Eleganz. Und seine Anmut, seine Eleganz steigerten meine Verzweiflung. Verfluchter Blinder! Idiot! Ich wünschte ihm, wenn es zufällig die Hölle wirklich geben sollte, zu dieser Stunde schon dort angekommen zu sein!
Wenn man bedachte, daß seine Gesellschaft bis gestern noch gewiß, treu und von mir abhängig, jetzt aber eine Unmöglichkeit geworden war! Dieser verzweifelte Gedanke machte mich so rasend, daß ich mich weinend zu Boden warf und in das Eisen seiner Bettstelle biß. Ich rief: ›Amalfi! Amalfi!‹ und mir fielen die Bosheiten ein, die ich ihm zu seinen Lebzeiten zugefügt hatte. Ich bereute sie, gleichzeitig aber mußte ich beinahe wieder lachen bei der Erinnerung, wie ich mich zum Beispiel manches Mal, während er redete und mir mit großartigen Gesten seine Träume erzählte, plötzlich geräuschlos entfernte und mich in irgendeiner Ecke versteckte, wobei ich so tat, als verschwände ich wie der Nebel. Nach einer Weile bemerkte er meine Abwesenheit und, aus der Fassung gebracht, fing er an, mich zu rufen und in den Zimmern nach mir zu suchen, in vorsich-

tig tastender Weise seinen Stock gegen die Wände stoßend. Und die Hunde, aufgehetzt von meinen Winken, machten, anstatt ihm zu helfen, einen unbegründeten Lärm drum herum, als ob auch sie gemeinsam mit mir sich vergnügten, es so übel mit ihm zu treiben. Sie werden später ebenfalls Gewissensbisse verspürt haben müssen, und so erklärt sich vielleicht ihr Selbstmord, wenn es wahr ist, daß sie dies tragische Ende genommen haben, wie es den Anschein hat.

Und nun war er es, den ich rufen mußte, ohne daß er mir Antwort gab. Wenn er wieder erwacht wäre, wenigstens nur für eine Stunde, so hätte er wundervolle Dinge von mir gehört, lauter Wahrheiten ohne den Schatten einer Lüge, und er hätte Grund gehabt, sich zu brüsten. Er hörte und sah niemanden mehr bis zum Ende der Ewigkeit, ich wußte es. Aber um jeden Preis mußte ich ihm dennoch einen Beweis bringen, ein Unterpfand, das unsere Freundschaft vor dem Tode rettete.

Dann, meine Handfläche auf seine kleine, steife Hand legend, die beringt war wie die eines Sultans, gelobte ich ihm mit einem Eid, daß, wie viele Freunde ich auch in Zukunft haben könnte, ich sie stets von Procida ausschließen würde. Auf dieser Insel, die für mich allein von unserer Freundschaft bewohnt war, sollte das Andenken an ihn für immer mein einziger Freund sein. So habe ich ihm geschworen. Und hier in Procida, wo die vereinten Namen von Wilhelm und Romeo selbst auf den Steinen, selbst in der Luft geschrieben stehen, hier werde ich darum niemals mich mit anderen Freunden umgeben. Täte ich es, so befleckte ich mich mit Verrat und Meineid und verdammte unsere Freundschaft, tot zusammenzustürzen!«

Ein Traum des Amalfitaners

Nach einer solch feierlichen Bekräftigung blinzelte mein Vater dem Porträt des Amalfitaners listig zu, als wolle er zu ihm sagen: ›Bist du zufrieden, Toter, mit dieser Huldigung an deine grillenhafte Torheit?‹, und dann seufzte er.

So hatte also mein Vater auf der Insel stets Romeo zur Seite als treuen Gefährten, ebenso wie ihm außerhalb der Insel stets der ›Algerische Dolch‹ zur Seite war. Der eine wie der andere teilten seine Gunst und seine Geheimnisse, und der eine wie der andere blieben mir unbekannt und unerreichbar. Meine Kindheit, so dachte ich seufzend, war immer die Ursache für dieses, mein bitteres Geschick. Der Tod Romeos, das reife Alter des ›Algerischen Dolches‹ ließen sie zurück und schlossen sie aus von den verzauberten Königreichen meines Vaters.

Ich schwieg eine Weile; dann bemerkte ich: »Zwei Jahre lang gingst du nie von Procida fort! Auch nicht ein einziges Mal!« Ich dachte: ›Glückselige Zeit! Ach, warum war ich damals noch nicht geboren?‹

»Niemals!« bestätigte mein Vater. »Was denkst du denn? Es war eine einmalige Begebenheit! Na ja, es war nicht allein um der Begebenheit willen, es war auch um Amalfis willen. Ein Zauberer war er, er verstand es, mich in Procida festzuhalten. Und andererseits dachte ich, er ist alt, bald wird er sich aus dem Staube machen, ich kann ihm auch ein wenig von meiner Zeit bewilligen. Um so mehr, da es mir gelegen kam! Immerhin hat es mir dazu verholfen, dies schöne Haus zu erben!« Und mein Vater lachte dem Amalfitaner roh ins Gesicht, als wolle er ihn herausfordern. Dann aber, vielleicht Reue empfindend, schaute er ihn wieder an mit einem entwaffnenden, knabenhaften Lächeln, und aufs neue von der Erinnerung übermannt, hob er wieder zu sprechen an: »Als er mich zum Erben seines Hauses ernannte, hielt er mir aus diesem Anlaß eine schöne Ansprache wie in einem großen Roman: ›Dieser Palazzo‹, sagte er zu mir, ›ist der liebste Gegenstand, den ich auf Erden besessen habe, und darum hinterlasse ich ihn dir. Ebenso hinterlasse ich dir gewisse Gelder, die ich auf der Bank in Neapel habe. So wirst du, wenn du sie dem Besitztum deines Vaters hinzufügst, beinahe ein *Signore* werden. Der Gedanke, daß du dir ersparen kannst zu arbeiten, ist mir eine große Genugtuung, denn die Arbeit ist nicht für Männer, sie ist für die dummen Esel. Selbst an einer Anstrengung kann man zuweilen sogar Geschmack finden, wenn es nur keine Arbeit ist! Eine müßige Anstrengung kann sich als nützlich und angenehm erweisen, die Arbeit dagegen ist eine nutzlose Angelegenheit und tötet die Phantasie. Auf jeden Fall, wenn dir zufällig das Geld nicht reichen sollte und du dich wirklich zu einer Arbeit herablassen müßtest, so rate ich dir zu einem Handwerk, das die Phantasie begünstigt, soweit es immer möglich ist, zum Beispiel zum Spediteurberuf. Aber ohne irgendeinen Beruf zu leben, ist das allerbeste. Lieber sich begnügen, trocken Brot zu essen, wenn es nur nicht selbst verdient ist. Dieser Palazzo, den ich dir hinterlasse, ist für mich das Königsschloß aus den Märchen gewesen, das irdische Paradies, und an dem Tage, da ich es verlassen muß, wird der Gedanke mich trösten, daß es dein Zuhause sein wird. Sodann finde ich mich noch mit einem anderen Gedanken ab, und der ist: daß du hier nicht allein wohnen wirst, sondern mit einer Frau. Du – wahrlich, es scheint sonderbar –, aber du bist einer von denen, die es mit ihrem Herzen nicht fertigbringen, sich am Leben zu halten, wenn nicht an irgendeinem Orte eine Frau auf sie wartet. Schon gut, ich stelle mich deiner Bestimmung und deinen Wünschen nicht in den Weg. Bring sie ruhig hierher in dies Haus, die Gattin. Zum Glück für mich werde ich zu der Zeit nicht mehr hier sein, denn auch meinen letzten Atemzug würde ich lieber dem Henker ins Gesicht hauchen als ins Gesicht eines Weibes. So blind ich auch bin, bei der Vorstellung, ein Weib vor Augen zu haben, ginge mir sogar der Tod verquer. Mein Sterben wäre kein Sterben mehr, es wäre ein Krepieren! Alles, in der Tat, kann man seinem Nächsten verzeihen – wenigstens an der Schwelle des Todes –, aber Häßlichkeit, nein! Und jedwede Häßlichkeit, beim Gedanken daran, erscheint mir wohlgefällig, wenn ich sie der Häßlichkeit der Frauen gegenüberstelle. Barmherziger Himmel, was sind sie häßlich! Und wo kann es wohl je eine so bittere, so besondere Häßlichkeit geben, daß einer, auch wenn er nicht hinschaut und sie nicht einmal sieht, allein weil er weiß, daß es sie gibt, sich angewidert fühlt! – Lieber nicht daran denken, basta. Du, mein Wilhelm, wirst dich verheiraten und sie hierherbringen, und ihr werdet eine Familie gründen. Für dich ist es schicksalhaft. Und was mich betrifft, so habe ich dir gesagt, daß ich dir darin nicht entgegen sein will. Das sind deine Angelegenheiten, die mich nichts angehen. Mir würde eine andere Hoffnung genügen:

daß du den Platz der Freundschaft wenigstens in diesem deinem Hause und auf diesem Inselchen Procida für mich allein bewahrtest! Aber basta; dieses also ist dein Haus, und du wirst stets hierher zurückkehren, weil man doch immer nach Hause zurückkehrt, und auch für dich ist sie ein verwunschener Garten, diese meine kleine Insel. Du wirst immer wieder hierher zurückkehren, freilich; aber ich füge gleich hinzu: du wirst dich niemals für lange Zeit hier aufhalten. Darüber, lieber kleiner Hausbesitzer, will ich mich keiner Täuschung hingeben. Solche wie du, die zweierlei verschiedenes Blut in den Adern haben, finden niemals Ruhe noch Zufriedenheit, und während sie dort sind, möchten sie hier sein, und kaum sind sie hier angekommen, sogleich verspüren sie Lust, sich davonzumachen. Du wirst von einem Ort zum andern schweifen, als ob du aus dem Gefängnis entfliehst oder auf der Suche nach irgendwem wärest; in Wirklichkeit aber folgst du nur den verschiedenen Schicksalen, die sich in deinem Blute mischen, denn dein Blut ist wie ein zwiegestaltiges Tier, es ist wie ein Greifenroß, wie eine Sirene. Und du wirst auch mancherlei Gesellschaft nach deinem Geschmack finden unter den vielen Leuten, denen man auf der Welt begegnet; sehr häufig jedoch wirst du allein bleiben. Ein Mischblut ist selten zufrieden in Gesellschaft. Stets ist etwas da, was ihn beschattet; in Wirklichkeit aber ist er es, der sich selber Schatten wirft, so wie der Dieb und der Schatz, die einer in des anderen Schatten stehen.

Übrigens will ich dir jetzt den Traum erzählen, den ich heute nacht gehabt habe. Mir träumte, ich sei ein Jüngling, elegant und keck. Ich mußte ein Großwesir geworden sein oder irgend etwas ähnliches: ich war in eine türkische Tracht gekleidet aus schillernder Seide, von der Farbe der Sonnenblumen, so möchte ich sagen, um dir eine Vorstellung davon zu geben. Aber, was red ich! Sonnenblumen! Unendlich viel schöner! Es ist nicht möglich, einen passenden Vergleich dafür zu finden. Ich trug einen hübschen Turban mit einer langen Feder, an den Füßen zwei Pantöffelchen wie ein Tänzer, und ich schlenderte trällernd durch eine schöne Gegend irgendwo in Asien, wo es keinen anderen Menschen gab, inmitten rosenübersäter Wiesen. Ich war heiter, übermütig, hatte lauter süße Gedanken im Sinn, und rings um mich her vernahm ich ein Seufzen. Doch mir schien es etwas Natürliches, dieses Seufzen – da siehst du die Wunderlichkeit der Träume –, und in meinem Gehirn erklärte ich mir deutlich die Ursache. An diese Erklärung entsinne ich mich auch jetzt im Wachsein, und es ist wirklich eine logische Erklärung, ein wahrhaft philosophischer Begriff. Wer weiß, weshalb mir immer so absonderliche Träume zufallen. Höre, ob das nicht ein schöner Gedanke ist:

Also, es scheint, daß zweierlei Schicksale den lebenden Seelen zuteil werden können: es gibt solche, die als Biene, und andere, die als Rose geboren werden. Was tut der Bienenschwarm mit seiner Königin? Er fliegt und raubt aus allen Rosen ein wenig Honig, um ihn in seinen Bienenkorb zu tragen, in seine Kämmerchen. Und die Rose? Die Rose trägt ihn in sich selbst, ihren eigenen Honig: Rosenhonig, der duftendste, der köstlichste! Das Süßeste, was entzückt, sie trägt es schon in sich: es kommt ihr nicht zu, woanders danach zu suchen. Doch mitunter seufzen sie vor Einsamkeit, die Rosen, diese göttlichen Wesen! Die törichten Rosen begreifen nicht ihre Geheimnisse.

Die erste aller Rosen ist Gott.

Von den beiden, der Rose und der Biene, ist nach meiner Meinung die Biene die glücklichere. Und die Bienenkönigin sodann hat ein fürstliches Glück! Ich, zum Beispiel, bin als Bienenkönigin geboren. Und du, Wilhelm? Ich glaube, du mein Wilhelm, bist mit dem süßesten und mit dem bittersten Los geboren: Du bist Biene und Rose zugleich.‹«

Ein Traum Arturos

Wenn ich heute an diese Gespräche mit meinem Vater zurückdenke und das Geschehen jener fernen Zeit wieder vor mir sehe, so nimmt für mich alles eine andere Bedeutung an als damals. Und mir kommt die Fabel von jenem Hutmacher in den Sinn, welcher stets unangebracht weinte oder lachte, da es ihm bestimmt war, die Wirklichkeit einzig und allein durch die Bilder eines verhexten Spiegels zu erblicken.

Von den Reden meines Vaters (ob sie nun im Ton einer Komödie oder einer Tragödie oder im Scherz gesprochen waren) konnte ich damals nichts anderes verstehen, als was meiner unbestrittenen Gewißheit entsprach: daß er nämlich das verkörperte Vorbild der menschlichen Vollkommenheit und Glückseligkeit sei. Auch er – um die Wahrheit zu sagen – begünstigte vielleicht diese meine Vorstellungen, die ich als Knabe hatte, indem er aus Gewohnheit seine eigene Person in einem rühmlichen Lichte zeigte. Doch selbst wenn ihm der Einfall gekommen wäre (wir nehmen zwar einen unwahrscheinlichen Fall an), sich zu verleumden, mir die schwärzesten Geständnisse zu machen und sich für einen unbestraften Schurken zu erklären – für mich wäre es dasselbe gewesen. Seine Worte entzogen sich für mich aller irdischen Vernunft und Wertung. Ich hörte sie an, wie man eine feierliche Liturgie anhört, wo die rezitierte Handlung nichts mehr ist als ein Symbol, und die höchste Wahrheit, die man zelebriert, ist Seligkeit. Diese letzte, wahre Bedeutung ist ein Martyrium, welches allein die Seligen kennen; vergebens, mit menschlichen Mitteln die Erklärung dafür zu suchen.

Den Mystikern ähnlich wollte ich keine Erklärungen empfangen, sondern wollte ihm meinen Glauben weihen. Was ich von ihm erwartete, war ein Preis für meinen Glauben, und dieses ersehnte Paradies erschien mir noch in so weiter Ferne, daß es mir nicht gelang (ich sage das nicht als eine Redensart), es auch nur im Traum zu erreichen.

Oft, besonders in seiner Abwesenheit, träumte mir im Schlaf von meinem Vater. Doch waren es niemals solche Träume, die – wie man sagen würde – uns für die Wirklichkeit entschädigen oder uns auch nur betrügen wollen mit falschen Triumphen. Stets waren es ernste Träume, die kamen, mir die Bitternisse meiner Lage vor Augen zu führen und die Verheißungen, an welche ich tagsüber hatte glauben können, ohne Beschönigung aufzuzeichnen. Und in diesen Träumen verspürte ich ein scharfes und deutliches Gefühl von Schmerz, welches ich (dank meiner natürlichen Unerfahrenheit als Knabe) in der Wirklichkeit noch nicht kannte.

Einer dieser Träume ist mir im Gedächtnis geblieben: Mein

Vater und ich gingen eine verlassene Straße hinab; er war riesengroß, ganz bedeckt mit einer blinkenden Rüstung, und ich, ein kleiner Junge, der ihm knapp bis zur Hüfte reichte, war ein Rekrut mit Wickeln um die Waden und einer Uniform aus graugrünem Tuch, zu weit für mein Körpermaß. Er geht mit großen Schritten voran, und ich, voller Eifer, mühe mich ab, ihm nachzukommen. Ohne mich auch nur anzuschauen, befiehlt er herrisch: ›Geh, kauf mir Zigaretten.‹ Stolz, seine Befehle entgegenzunehmen, laufe ich im Eilschritt wieder zurück zum Tabakladen, und, verborgen vor ihm, küsse ich heimlich das Zigarettenpäckchen, bevor ich es ihm reiche.
Wenngleich er mich das Päckchen nicht hat küssen sehen, bemerkt er an ihm – kaum hat er es berührt und angeschaut – irgend etwas, das seine Verachtung verdient. Und in peitschendem Ton schreit er mich an: ›Fratzenhafter Moro!‹

Letzte Ereignisse

So ist die Kindheit Arturos vergangen. Zu der Zeit, als ich gerade vierzehn Jahre alt wurde, fand Immacolatella, die acht Jahre war, einen Verlobten. Es war ein schwarzer Hund mit kurzen Locken und leidenschaftlichen Augen, der in einem weit entfernten Haus wohnte in der Richtung von Vivera und sich alle Abend von dort aufmachte, gerade wie es die Verlobten tun, um sie zu besuchen. Er hatte unsere Bräuche kennengelernt, und damit er uns zu Hause antreffe, kam er zur Abendbrotzeit. Wenn er sah, daß das Küchenfenster noch dunkel war, wartete er geduldig auf uns, und wenn er es erhellt sah, kündigte er sich schon von weitem durch sein Bellen an und kratzte an der Tür, damit ihm aufgemacht würde. Kaum hereingeschlüpft, begrüßte er uns mit überaus lauten und schallenden Freudentönen, die wie die Ankündigung königlicher Trompeter klangen; darauf galoppierte er drei- oder viermal rund um die Küche herum, wie die Kämpen tun zu Beginn der Turniere. Er wußte sich mit sehr viel Bravour und Galanterie aufzuführen. Beim Abendbrot schaute er uns zu, ohne um etwas zu betteln, um uns zu verstehen zu geben, daß einzig das Gefühl das Motiv seiner Besuche sei, und wenn ich ihm einen Knochen zuwarf, rührte er ihn nicht an und wartete darauf, daß Immacolatella ihn sich nehmen sollte. Er mußte eine Kreuzung mit irgendeinem Windhund sein: stets streckte er den Kopf in die Höhe. Er hatte einen mutigen Charakter, und Immacolatella war mit ihm zufrieden. Ich schickte sie nach draußen unter den Sternenhimmel, daß sie mit ihm spiele, und blieb abseits stehen. Nach einer Weile jedoch verließ sie ihn und kehrte zu mir zurück, mir die Hände zu lecken, als wollte sie sagen: ›Mein Leben, das bist du.‹

Als die Zeit der Liebe gekommen war, wurde Immacolatella trächtig, zum erstenmal in ihrem Leben. Doch vielleicht war sie damals schon zu alt oder aber von jeher nicht dazu geeignet durch irgendeinen angeborenen Fehler: sie starb bei der Geburt ihrer Jungen.

Es waren fünf: drei weiße und zwei schwarze. Ich hoffte, wenigstens diese zu retten, und schickte Costante überall auf der Insel herum auf der Suche nach einer Hündin, welche sie säugen könnte. Erst nach vielen Stunden kehrte er mit einem mageren roten Tier zurück, das aussah wie ein Fuchs; aber vielleicht war es zu spät. Die Jungen wollten sich nicht anlegen lassen. Ich dachte sogar daran, sie selbst mit Ziegenmilch aufzuziehen, wie Silvestro es mit mir gemacht hatte, aber ich hatte nicht einmal mehr die Zeit, es zu versuchen. Sie waren schwach und vor ihrer Zeit geboren; zusammen mit der Mutter wurden sie im Garten unter dem Johannisbrotbaum begraben.

Ich beschloß, daß ich nie wieder irgendeinen anderen Hund haben wollte an ihrer Stelle; lieber wollte ich allein sein und das Andenken an sie bewahren, als daß ein anderer ihren Platz einnehmen sollte. Es war mir verhaßt, jenem schwarzen Hund zu begegnen, der so sorglos einherlief, als hätte er niemals eine Immacolatella auf der Insel gekannt. Jedesmal, wenn er sich mir näherte in dem Verlangen, mit mir zu scherzen und zu spielen, jagte ich ihn davon.

Als kurze Zeit darauf mein Vater nach Procida kam und mir die übliche Frage stellte: »Was gibt es Neues?« wandte ich das Gesicht ab, ohne zu antworten. Es war mir nicht möglich, diese Worte auszusprechen: ›Immacolatella ist tot!‹ Costante sagte es ihm, und meinem Vater tat es leid, als er es

erfuhr, denn er liebte die Tiere und war Immacolatella sehr zugetan.
Dieses Mal hielt er sich kaum einen Nachmittag und eine Nacht in Procida auf; er war nur gekommen, um gewisse Papiere von der Gemeinde abzuholen. Er blieb ungefähr einen Monat fort, und dann erschien er abermals, um auch diesmal am folgenden Tag wieder abzureisen, nachdem er vom Pächter eine Geldsumme eingezogen hatte. Doch in dem Augenblick, da er sich von mir verabschiedete, teilte er mir zum erstenmal in unserem Leben sein Reiseziel und das Datum seiner Rückkehr mit.
Er erklärte mir, daß er seit einigen Monaten mit einer Neapolitanerin verlobt sei und nach Neapel fahre, um sich zu verheiraten. Das Hochzeitsfest war auf den Donnerstag dieser selben Woche festgesetzt, und gleich darauf werde er zusammen mit der Braut nach Procida zurückkehren.
Deshalb, so sagte er mir, sollte ich sie am nächsten Donnerstag am Drei-Uhr-Dampfer auf der Mole erwarten.

Zweites Kapitel
Ein Nachmittag im Winter

Es war Winter, und an jenem Donnerstag hüllte eine regnerische Kälte Procida und den Golf von Neapel in Nebel ein. An solchen Tagen, die bei uns so selten sind, gleicht die Insel einer Flotte, welche ihre tausend farbigen Segel gerefft hat und lautlos mit der Strömung dahintreibt, den Hyperboreern entgegen. Der Rauch der Kursdampfer, die ihre gewohnte tägliche Runde fahren, und ihr lang durch die Luft hinhallendes Tuten scheinen wie Signale geheimnisvoller Fahrten, die außerhalb deines Schicksals liegen – Überfahrten von Schmugglern, von Walfängern, von Eskimo-Fischern; Schätze und Wanderzüge! Jene Signale bringen dir den Frohsinn des Abenteurers, zuweilen aber auch ein Erschrecken, als seien es Abschiede voller Trauer.

Vor kurzem war ich vierzehn Jahre alt geworden; erst wenige Tage vorher hatte ich erfahren, daß sich von heute an, mit der Ankunft des Drei-Uhr-Dampfers, mein Dasein ändern würde. Und in Erwartung dieser Stunde trieb ich mich zwischen Ungeduld und Widerwillen hin und her gerissen am Hafen umher. Bei der Ankündigung, daß er diese unbekannte Neapolitanerin heiraten werde, hatte mein Vater in einem pflichteifrigen Ton (der gekünstelt schien, so ungewohnt war er an ihm) zu mir gesagt: »So wirst du eine neue Mutter bekommen.« Und ich hatte zum erstenmal, seit ich geboren war, ein Gefühl der Auflehnung gegen ihn empfunden. Keine Frau konnte meine Mutter heißen, und keine wollte ich mit diesem Namen nennen, außer einer einzigen, die tot war.

Jetzt, in dieser nebelfeuchten Luft, suchte ich sie, meine einzige Mutter, meine orientalische Königin, meine Sirene; aber sie antwortete nicht. Vielleicht, da eine andere eindrang, hatte sie sich verborgen oder war weit fort geflohen. Ich machte keineswegs den Versuch, mir vorzustellen, welches Aussehen und welche Eigenschaften die neue Braut meines Vaters haben könnte. Ich wies alle Neugier zurück.

Ob jene Frau so oder anders beschaffen war, für mich war das gleichgültig. Für mich bedeutete sie allein: die Pflicht. Mein Vater hatte sie gewählt, und ich durfte nicht über sie urteilen.
Nach den Büchern, die ich gelesen hatte, konnte eine Stiefmutter nur ein verderbtes Geschöpf sein, feindselig und hassenswert. Als Braut meines Vaters hingegen war sie für mich ein geheiligtes Geschöpf.
Als der Dampfer auftauchte, schlenderte ich mit lässigen Schritten auf die Mole zu. Ich suchte mich zu zerstreuen, indem ich die Anlegemanöver beobachtete; doch die ersten Passagiere, welche ich sah, waren die beiden, die oben auf der kleinen Treppe standen und darauf warteten, daß der Laufsteg ausgeworfen wurde.
Mein Vater trug seinen gewöhnlichen Koffer und sie einen ähnlichen, etwa von derselben Größe. Während mein Vater, der mich noch nicht erblickt hatte, die Fahrscheine für die Kontrolle suchte, trat ich vor sie hin und nahm ihr ohne weitere Erklärungen erst einmal das Gepäck aus der Hand: meine Pflicht, wie ich wußte. Doch spürte ich einen Augenblick lang, wie sie mir Widerstand leistete, fast als hielte sie mich für einen Kofferdieb. Dann plötzlich, als erkenne sie in meiner Gebärde das Zeichen eines Beweises, schaute sie mich ganz aufgeregt an. Und nachdem sie meinen Vater mit einem leichten Zupfen an der Jacke zurückgerufen hatte, fragte sie ihn:
»Vilèlm, ist das Arturo?«
»Ah, da bist du«, sagte mein Vater zu mir. Sie errötete, da sie in mir einen Dieb vermutet hatte, und lächelte mir einen kurzen Gruß zu, voller Vertrauen und zugleich voll Bescheidenheit. Zum Glück kam es ihr nicht in den Sinn, mich zu umarmen, wie das so üblich ist, wenn Verwandte sich begrüßen. Ich hätte sie zurückgestoßen; denn wahrhaftig, man kann sich nicht so von einem Augenblick auf den andern an den Gedanken gewöhnen, daß jemand dein Verwandter ist.
Als ich mich mit ihrem Koffer beladen hatte, bemerkte ich, daß sie auch eine Handtasche trug, die stark abgenutzt und so vollgestopft war, daß sie sich nicht schließen ließ. Ich wollte ihr dieses Gewicht ebenfalls aus der Hand nehmen;

bei meiner Bewegung jedoch drückte sie die Handtasche fester an sich und überließ sie mir nicht, sondern preßte den Verschluß mit beiden Händen zusammen, als verteidigte sie einen Schatz.

Wir machten uns alle drei auf den Weg, an der Mole entlang, in Richtung auf die kleine Piazza am Hafen. Obschon durch die Koffer behindert, gingen mein Vater und ich rascher als sie. Sie lief ungeschickt auf ihren hohen Absätzen, an die sie nicht gewöhnt zu sein schien und die sie jede Minute zum Stolpern brachten.

›Ich‹, so dachte ich, ›würde es vorziehen, barfuß zu gehen, anstatt mich mit solch damenhaftem Schuhzeug abzugeben.‹

Außer diesen hohen Absätzen aber und ihren neuen Schuhchen hatte die Braut wahrhaftig nichts Herrschaftliches an sich, nicht das geringste. Was hatte ich mir eigentlich vorgestellt? Irgendein wunderbares Wesen an der Seite meines Vaters daherkommen zu sehen, welches Zeugnis ablegte für die Existenz jener berühmten weiblichen Gattung, die in den Büchern beschrieben wird? Diese Neapolitanerin in ihren unförmigen, abgetragenen Kleidern sah nicht viel anders aus als die gewöhnlichen Fischerinnen und die Frauen aus dem Volk von Procida. Und ein erster Blick hatte mir sogleich genügt, um zu sehen, daß sie häßlich war, nicht minder als alle andern Frauen.

Wie die andern war sie vermummt, hatte ein volles und weißes Gesicht, pechschwarze Augen, und das Haar, von dem das ihren Kopf umhüllende Umschlagetuch gerade nur den Ansatz unbedeckt ließ, war schwarz wie Rabenfedern. Und man hätte auch nicht gedacht, daß sie eine Braut war; ihre Gestalt schien zwar schon die einer fertigen Frau zu sein, nicht aber ihr Antlitz, an welchem ich, obgleich in der Bestimmung des Alters von Frauen unerfahren, durch eine plötzliche Eingebung erkannte, daß sie fast noch ein junges Mädchen war, nur wenig älter als ich. Nun, es ist wahr, daß ein Mädchen mit fünfzehn, sechzehn Jahren (so alt mußte sie etwa sein) schon groß und erwachsen ist, während ein Knabe mit vierzehn Jahren noch als ein kleiner Junge angesehen wird. Aber dennoch, immer mehr empörte mich die Zumutung meines Vaters, ich solle eine Person als Mutter anerkennen, die, von den anderen Gründen ganz zu schweigen, kaum ein paar Jahre – oder nicht einmal – älter war als ich.

Sie war eine Frau von ziemlich hoher Gestalt, und ich spürte Ärger und Scham noch heftiger, als ich wahrnahm, daß sie ein gutes Stück größer war als ich. (Das hat jedoch nicht lange gedauert. Wenige Monate genügten mir, um sie einzuholen. Und dann zuletzt, als ich von der Insel fortging, reichte sie mir mit knapper Not bis zum Kinn.)

Mein Vater winkte mit einer Handbewegung die Kutsche herbei, die auf uns zufuhr. Indessen schaute die Braut mit weit aufgerissenen Augen die Piazza am Hafen und die Leute an, denn es war das erstemal, daß sie auf die Insel kam.

In der Droschke schwang ich mich auf den Kutschbock neben den Kutscher, jedoch das Gesicht den beiden zugewandt, die nebeneinander auf dem Samtpolster saßen. Der Kutscher hatte das Wagenverdeck hochgeklappt, um die Fahrgäste vor dem Regenguß zu schützen, und kaum saß die Braut im Trocknen, machte sie sich eilig daran, mit einem Zipfel ihres Kleides die Schuhe blank zu putzen. Diese Schuhchen aus schwarzem, glänzendem Leder mit Goldspangen waren, das mußte man zugeben, die elegantesten, die ich jemals gesehen hatte; doch sie behandelte sie, als seien es für sie heilige Gegenstände.

Mein Vater, der sie in diesem Augenblick von der Seite ansah, lächelte unbestimmt, man wußte nicht, ob aus Belustigung oder Überlegenheit. Sie aber, über ihre Schuhe gebeugt, bemerkte es nicht, sonst, glaube ich, wäre sie rot geworden.

Es war nicht schwer zu erkennen, daß sie vor meinem Vater große Scheu empfand. Auch wenn sie eine gewisse zutrauliche Art, wie sie ihr natürlich war, im Umgang mit ihm zeigte (wie kurz zuvor, als sie ihn an der Jacke zupfte), tat sie es mit zögernder Miene und ein wenig furchtsam. Doch mein Vater seinerseits, obgleich er zufrieden schien, sich diese Frau mit ins Haus zu bringen, schenkte ihr keinerlei Vertraulichkeit. Ich sah sie weder flüstern noch Umarmungen oder Küsse austauschen, wie man sagt, daß es Verlobte oder Brautleute auf der Hochzeitsreise tun. Das freute mich. Er war wie gewöhnlich von arroganter Zurückhaltung, und sie saß sittsam da, etwas von ihm abgerückt, ihre kostbare Handtasche im Schoß haltend, deren Verschluß sie mit allen zehn Fingern zusammenpreßte. Ihre Hände waren klein und rauh, von Frostbeulen gerötet, und ich stellte fest, daß sie an ihrer Linken einen kleinen goldenen Ring trug: den Ehering meines Vaters. Mein Vater dagegen trug keinen Ring. Niemand von uns sprach. Sie war vollauf damit beschäftigt, das Dorf zu betrachten. Ihrem Ausdruck nach schien sie sich vorzustellen, in irgendeine historische Metropole Einzug zu halten, in Bagdad oder Istanbul und nicht auf der Insel Procida, die doch gar nicht weit von Neapel entfernt liegt. Dann und wann warf ich einen verstohlenen Blick nach ihrer Seite und sah ihre erstaunten Augen, groß und glänzend, mit den strahlenähnlichen Wimpern, die den Zacken eines Sterns glichen. Im Halbdunkel der Kutsche schien ihr Antlitz mit diesen runden, weit offenen Augen wie mit Edelsteinen geschmückt. Ihre dichten, unregelmäßig gewachsenen Brauen, die auf der Stirn zusammentrafen, erinnerten mich an bestimmte Bildnisse barbarischer Frauen und Mädchen, welche ich in den Büchern gesehen hatte.

Als wir an der Kreuzung der Hauptstraße an einer Nische vorbeifuhren, in der hinter einem Gitter ein Bildchen der Jungfrau Maria aufgestellt war, hob sie die Rechte und schlug mit ernster und gesammelter Miene das Zeichen des Kreuzes, küßte sich zuletzt die Fingerspitzen. Als ich das gewahr wurde, blickte ich sogleich meinen Vater an in der Gewißheit, zum mindesten einem Lächeln von ihm zu begegnen, mit dem er sich über sie lustig machte oder sie aber bemitleidete; doch träge auf dem Sitz zurückgesunken, beachtete er sie gar nicht.

Auf der Piazza angekommen, sahen wir die große Rundung eines Regenbogens aus dem Meer aufsteigen, der das Gewölbe des Himmels bis zum Zenit überspannte. In dem helleren Licht zwischen den tausendfältigen Reflexen des Regens rückten die altertümlichen Bauten der Festung ganz nahe, als stünden sie gerade über uns. Bei diesem Anblick machte die Braut eine Gebärde ungeheurer Bewunderung und stieß meinen Vater mit dem Ellenbogen an, wobei sie

ihn in vertraulichem Ton fragte: »Ist das da... unser Haus?«
Ich lachte laut auf. Mein Vater zuckte die Achsel und sagte zu ihr: »Aber nein!«, und dann erklärte er, an mich gewandt, indem er die Worte betonte:
»Ich habe ihr nämlich erzählt, daß wir in einem wunderbaren Schloß wohnen«, und er lächelte mir zu mit einem ungewöhnlichen Ausdruck beinahe jungenhafter und verschmitzter Mitwisserschaft, der mich bedenklich stimmte. Ich hatte gar nicht an die Möglichkeit gedacht, daß mein Vater seiner kleinen Braut mit Übertreibungen oder gar Aufschneidereien aufgewartet haben könnte; andererseits aber hatte ich mir bis heute niemals eingebildet, daß das Bubenhaus ein Schloß wäre.
Die Stiefmutter war errötet. Mit gerunzelter Stirn und halb nachsichtiger, halb sarkastischer Miene sagte mein Vater zu ihr: »Weißt du, was das ist, diese schöne Villa da oben? Das ist das Zuchthaus!«
»Das Zuchthaus?«
»Na ja, die Strafanstalt von Procida.«
»Dort oben die Strafanstalt!« rief sie träumerisch aus und betrachtete jenes Gemäuer nun mit ganz anderen Augen. »Ach ja, ihr habt mir davon erzählt, daß man nicht einmal in Rom ein so großes und erstklassiges Gefängnis findet. Und man sperrt da Übeltäter aus allen Gegenden ein. Madonna! Man kann nicht hinschaun! Es scheint eine Schmach, wenn man bedenkt, daß wir hier unten in der Kutsche vorüberfahren, und dort oben diese armen jungen Leute...«
Aber als sie das gesagt hatte, faßte sie sich und schloß mit strenger Miene, als wolle sie sich zu einem Gefühl höherer Moral zwingen: »Freilich, das ist Gerechtigkeit! Sie haben die Schandtaten begangen, und nun büßen sie dafür!«
Hier stieß ich gleichsam als Erläuterung einen leisen Pfiff aus, denn eine solche Einstellung verdiente meine ganze Verachtung; wie bekannt, habe ich stets für die Gesetzlosen Partei ergriffen. Sie hingegen schien meine offenkundige Mißbilligung nicht zu begreifen, im Gegenteil, ganz in Gedanken versunken, hörte sie mich vielleicht nicht einmal. Wahrscheinlich lohnte es sich nicht, auch nur einen

Pfiff zu vergeuden, um einem so tauben und vorsintflutlichen Geschöpf wie ihr irgendeinen reifen Gedanken klarzumachen.
Als wir um die Ecke bogen auf den Golf zu, zeigte uns die Strafanstalt von fern die ganze Ausdehnung ihres Gemäuers von der altertümlichen Festung bis zu den neuen Gebäuden, und die Pupillen der Braut kehrten für einen Augenblick dorthin zurück, erfüllt von Bestürzung und Mitgefühl, aber dennoch mit sichtlicher Hochachtung vor der Macht des Gesetzes. Dann, ohne jene ungeheure Wohnstatt der Strafe noch einmal anzuschauen, verkroch sie sich ins Innere der Kutsche.

Ankunft zu dritt

Auf der letzten Strecke der Fahrt begann ein prickelndes Interesse mich zu erregen; es war in der Tat das erstemal seit vielen Jahren, daß das Bubenhaus eine Frau empfing, und meine Ungläubigkeit spielte mit einer gewissen neugierigen Erwartung. Was wird nun gleich geschehen, in dem Augenblick, wenn wir mit ihr zusammen die Schwelle überschreiten? Fast fing ich schon an, auf irgendein geheimnisvolles und warnendes Vorzeichen zu warten, ein schreckliches Erbeben der Mauern... allein es ereignete sich einfach gar nichts. Wie immer fand ich unter dem Stein, unter den ich ihn vor dem Fortgehen geschoben hatte, den Schlüssel zur kleinen Eingangstür, die sich mühelos aufschließen ließ, und ein wenig steif von der Spazierfahrt im Freien traten wir ins stille ›Schloß‹ der Gerace ein.
Das Haus lag verlassen da (Costante war wie gewöhnlich seit dem Mittag auf die Felder zurückgekehrt), und mein Vater ging uns in den eiskalten, schweigenden Räumen voran und sperrte Türen und Fenster auf, wie jedesmal bei seiner Ankunft.
Die Braut schritt durch die Zimmer, als besichtigte sie eine Kirche; ich glaube, sie hatte in ihrem ganzen Leben niemals eine so eindrucksvolle Wohnstätte gesehen wie die unsere. Mehr als alles übrige jedoch versetzte die Küche sie in Erstaunen. Wie es schien, war ein solch großer Raum, mit so

vielen Herden ausgestattet, der einzig und allein zum Kochen diente, ein überwältigendes Wunder für sie. Dennoch lag ihr daran, uns wissen zu lassen, daß eine Signora, eine Bekannte ihrer Schwester, in ihrem Haus ebenfalls eine Küche besaß, in die man nur ging, um zu kochen und um zu essen; sicherlich aber war sie nicht so groß wie unsere. Bei dieser Erzählung lachte mein Vater der Braut ins Gesicht, und zu mir gewandt erklärte er, daß sie zu Hause in Neapel, wo sie bisher mit der ganzen Familie wohnte, als Küche nichts als einen Dreifußkocher besaß, den man im Winter im Zimmer auf dem Fußboden und im Sommer auf der Straße vor der Tür auf der Erde anzündete. Auch die Makkaroni wurden im Zimmer zubereitet und zum Trocknen über das eiserne Bettgestell gehängt.

Die Braut hörte dergleichen Erklärungen meines Vaters zu und schaute uns mit ihren großen Augen an, ohne irgend etwas zu sagen. »Und sie«, fuhr er in demselben Ton voller Spott und Mitleid fort, »versteht nichts anderes als diese drei Dinge: Makkaronikochen, ihrer Mutter den Kopf lausen und das Avemaria und Vaterunser hersagen.«

Sie sah verlegen aus und gab meinem Vater einen leichten Stoß mit dem Ellenbogen, wie um ihn zu bitten, nicht mehr weiterzusprechen, weil sie sich schämte. Mein Vater blickte sie mit unterdrücktem Lachen an, ohne ihr weitere Beachtung zu schenken. »Jedoch von heute an«, fügte er mit prahlerischer Miene hinzu, »ist sie eine große Dame: die Signora Gerace, die Herrin von ganz Procida.« Dann plötzlich, fast hinterhältig, stellte er mir die unvermutete Frage: »Übrigens, du Moro, wenn du mit ihr redest, mit dieser Braut, wie wirst du sie nennen? Ihr müßt euch einigen.«

Ich verschanzte mich finster und hochmütig mit fest verschlossenem Mund. Sie sah mich schüchtern an, schließlich lächelte sie, und über und über errötend antwortete sie meinem Vater an meiner Stelle, indem sie die Augen niederschlug: »Er hat niemals eine Mutter gekannt, das arme Kerlchen. Von mir aus, das Gefühl, ihm Mutter zu sein, das hab ich. Sagt ihm, daß er mich ›Ma‹ nennen soll, und ich bin's zufrieden.«

Dies war nun wirklich die verwegenste und herausfor-

derndste Beleidigung, welche die beiden mir zufügen konnten. Mein Gesicht mußte wohl eine so wilde Empörung ausdrücken, daß ich mir sogar bei meinem Vater Achtung verschaffte. In gleichgültigem Ton und wie um sie zu verhöhnen meinte er:
»Nichts zu machen. Er will dich nicht ›Ma‹ nennen. Na ja, Kleiner, nenn sie, wie du willst, nenn sie mit ihrem Namen: Nunziata, Nunziatella.«
Ich vermied es hingegen nicht nur an diesem Tag, sondern auch in der folgenden Zeit, sie auch nur mit ihrem Namen anzureden. Wenn ich mich an sie wenden oder ihre Aufmerksamkeit auf mich lenken wollte, sagte ich zu ihr: »Hör mal«, »Sag mal«, »Du«, oder ich pfiff einfach. Aber dieses Wort: Nunziata, Nunziatella – ich hatte keine Lust, es auszusprechen.
Bei den Worten meines Vaters hob die Braut ihre Augenlider wieder empor. Nach und nach wich die Röte aus ihrem Gesicht und ließ sie, wie mir schien, noch weißer erscheinen und so verschüchtert, daß es mir vorkam, als sähe ich sie zittern. Und dennoch hatte sie eine gewisse Kühnheit bewiesen, als sie mir vorschlug, sie ›Ma‹ zu nennen! Ich musterte sie von oben bis unten, hochmütig und verächtlich. Ganz vermummt in ihr riesiges schwarzes Umschlagtuch, sah sie mit jenen großen Augen aus wie ein Uhu, der niemals die Sonne erblickt. Ihr Antlitz war wachsbleich wie der Mond. Und wer weiß, was für bedeutsame Geheimnisse sie in ihrem gänzlich zerschlissenen und abgeschabten Ledertäschchen tragen mochte? Seit ich sie auf der Mole ankommen sah, hatte sie es bis jetzt keinen Augenblick losgelassen und drückte es mit den Fingern fest zusammen, als fürchtete sie einen Überfall von Straßenräubern. Während ich die Braut also prüfend betrachtete, sagte sie nichts, und es schien, als fehle ihr selbst zum Atmen der Mut. Dann, als sie plötzlich bemerkte, daß ich sie ansah, begegnete sie meinem drohenden Blick mit einem unwillkürlichen Lächeln, das ihr von neuem eine flüchtige Farbe in die Wangen trieb. Und wie um von diesem Augenblick an unsere Zusammengehörigkeit zu bestätigen, sagte sie mit eigenartiger Feierlichkeit und deutete dabei mit ihrem rauhen, roten Händchen auf einen nach dem anderen:

»Also, dies ist Vilèlm, dies ist Arturo und dies ist Nunziata.«

Mein Vater hatte sich gegen den marmornen Ausguß gelehnt, halb darauf sitzend in zerstreuter und lässiger Haltung, den einen Fuß in der Luft baumelnd, den anderen auf dem Boden. Unter seinen halbgesenkten Lidern schimmerte das Türkisblau seiner Augen hervor, das der vom Winter getrübten Farbe des Wassers in manchen verborgenen Grotten glich, in die kein Boot hineinfahren kann. Seine mageren Hände mit den großen, ungepflegten Fingernägeln verschränkten sich müßig ineinander, und sein Haar, in diesem Augenblick von Licht übergossen, war ganz mit Gold durchsetzt.
Die Braut schien sich zu fragen, ob wir uns nunmehr hier in der Küche als zu Hause angekommen betrachten könnten und ob ihre Hochzeitsreise damit beendet sei. Zuerst befragte sie mit den Augen meinen Vater danach; da er sie aber gerade nicht beachtete, entschied sie sich auf eigene Faust, und mit kühnem Entschluß zog sie sich die Schuhchen mit den hohen Absätzen von den Füßen. Offensichtlich konnte sie die Stunde nicht erwarten, da sie sich von ihnen befreien durfte. Sie stellte sie mit großer Ehrfurcht auf einen Stuhl, und seitdem habe ich nie gesehen, daß sie sie jemals wieder angehabt hätte. Sie hielt sie stets verborgen wie heilige Schätze, zusammen mit den anderen Schmuckstücken ihrer Ausstattung, von denen sie niemals Gebrauch machte.
Ich war froh, sie kleiner werden zu sehen ohne jene hohen Absätze; der Unterschied in unserer Größe, der mich so sehr demütigte, schien jetzt kaum noch der Rede wert. Sie trug über den langen Seidenstrümpfen kurze, gestopfte Söckchen aus dunkler Wolle. Ihre Füße waren klein, doch grob und wenig elegant geformt, und ihre Beine mit den ziemlich dicken Knöcheln waren von noch fast kindlicher Plumpheit...
Außer den Schuhen legte sie dann auch das Umschlagetuch ab, das ihren Kopf verhüllte und mit einer Brosche unter dem Kinn zusammengehalten wurde. Ihr Haar kam zum Vorschein, ganz glatt hochgesteckt mit einer Unmenge von Kämmchen, Spangen und Haarnadeln. Dies erweckte die

Aufmerksamkeit meines Vaters, und er fing an zu lachen: »Was hast du nur gemacht«, sagte er zu ihr, »du hast dir die Haare hochgesteckt! Das hat Mammeta getan! Nein, das mag ich nicht leiden. Man sieht ja sowieso, daß du keine erwachsene Frau bist. Komm her, ich will dich wieder schön machen, so wie du mir gefällst.«
Sie schaute uns an, unterwürfig und zögernd, und dieses Zögern war schuld, daß der Wille meines Vaters noch ungestümer entbrannte. Mit unerwartet heftiger Erregung wiederholte er ihr, daß sie näher kommen solle. Da konnte ich erkennen, welch ungeheure Angst sie vor ihm hatte. Sie sah aus, als sollte sie einem bewaffneten Banditen entgegentreten, und zwischen Gehorsam und Ungehorsam schwankend stand sie da und konnte nicht entscheiden, welcher von beiden sie mehr beängstigte. Und mein Vater war mit einem Schritt bei ihr und packte sie; sie erbebte mit einem so scheuen Ausdruck in ihrem Gesicht, als hätte er sie ergriffen, um sie zu mißhandeln.

Im Licht des Sonnenuntergangs

Lachend riß ihr indessen mein Vater Spangen und Kämmchen heraus und zauste ihr mit beiden Händen das Haar, und Kämmchen und Nadeln fielen zu allen Seiten herab. Eine dichte schwarze Mähne aus Löckchen und natürlichen Ringeln hing wirr wie ein wilder Pelz um ihr Gesicht und bis auf die Schultern herunter. Ihr Antlitz war finster und fast widerspenstig geworden, und ein Tränenschimmer glänzte in ihren Augen. Aber sie wagte nicht, meinem Vater auszuweichen. Erst als er aufhörte, in ihren Haaren zu wühlen, schüttelte sie ungestüm den Kopf mit einer Bewegung, die man zuweilen bei Pferden oder bei Katzen sieht.
Ich betrachtete all diese Löckchen voller Neugier, auch weil mir ein gewisser Satz wieder in den Sinn gekommen war, den mein Vater wenige Minuten zuvor ausgesprochen hatte. Doch er erriet mein Bedenken und sagte zu mir: »Ach, was du denkst, Arturo! Nein, nein, man hat sie gründlich entlaust für ihr Hochzeitsfest!«

Er hielt sie am Rock fest, aber sie machte nicht einmal den Versuch zu entfliehen. Mit der einen Hand umklammerte sie noch immer ihr kostbares Täschchen und verbarg es ein wenig hinter der Hüfte, um es vor der Wildheit meines Vaters zu schützen, und artig blieb sie zwischen uns beiden stehen, der Glastür gegenüber. Nun war die Iris ihrer Augen, die im Halbdunkel tiefschwarz aussah, mit vielfarbigen Tupfen gesprenkelt wie das Gefieder von jungen Hähnen. Der Kreis hingegen, welcher die Iris umsäumte, war geradezu rabenschwarz gleich einer schmalen Samtborte. Und das Weiße des Auges rundherum bewahrte wie bei kleinen Kindern noch eine zartbläulich-violette Tönung.

Ihre Wangen waren voll und rund wie in jenen Gesichtern, die noch nicht die ausgeprägte Form der Jugend angenommen haben. Und ihre Lippen, etwas aufgesprungen von der Kälte, glichen gewissen kleinen roten Früchten, welche in Vivera wachsen und immer ein wenig angenagt sind von Eichhörnchen oder wilden Kaninchen.

Jetzt, da ich sie zum erstenmal im vollen Licht sah, schienen ihre Züge noch nicht einmal das Alter zu haben, das ich ihr anfangs auf der Mole zugeschrieben hatte. Wenn ihr hochgewachsener und entwickelter Körper dem nicht widersprochen hätte, so hätte man bei ihrem Anblick meinen können, sie befände sich noch in den Jahren der Kindheit. Ihre Haut war hell, rein und glatt, als wäre selbst das Linnen, worin sie sich das Gesicht trocknete, darauf bedacht gewesen, sie nicht zu beschädigen. Da sie eine Frau war, hatte sie sicherlich ihr ganzes Leben eingesperrt zugebracht; denn sogar auf der Stirn und um die Augen herum, wo wir, die wir an Sonne gewöhnt sind, immer ein paar Runzeln oder Flecken haben, sah man bei ihr auch nicht ein einziges Fältchen. Ihre Schläfen waren von beinahe durchsichtigem Weiß, und unter den Augen, in der Vertiefung ihrer Augenhöhlen, glich ihre weiße, weiche und makellose Haut jenen zarten Blütenblättern, die, sobald sie sich geöffnet haben, nicht einmal einen Tag überdauern und, kaum gepflückt, sich dunkel färben.

Ihr Hals erschien unter diesem großen Lockenhaupt überaus zierlich, und von der Kehle bis zum Kinn verlief eine weich gerundete Linie. Dort war die Farbe ihrer Haut noch leuchtender als in ihrem Antlitz, und nun hatte sich eine schwarze Locke dahingelegt. Zwei längere Strähnen, unten ganz aufgeringelt, reichten ihr bis zur Schulter, und hinten im Nacken, fast unter dem Ohr, wuchsen ein paar kurze Löckchen heraus, ähnlich wie bei den Ziegen. Große, schwere Locken bedeckten ihre Stirn bis zu den Augenbrauen; auf den Schläfen dagegen hing ihr ein leichtes, feines Gekräusel, das sich bei jedem Atemzuge bewegte.

Ihr Haarschopf schien ganz nach Laune und Phantasie gewachsen. Für mich, der ich so etwas niemals zuvor gesehen hatte, bedeutete es ein Vergnügen, all dies Gelock und Gekräusel zu betrachten; für sie aber, von klein auf daran gewöhnt, war es selbstverständlich und mochte nichts Außerordentliches an sich haben. Sie wickelte sich eines der Löckchen um den Finger, wie um die übergroße Verwirrung zu verbergen, in die mein Vater sie gebracht hatte, und als sie kurz darauf sich schämte, so zerzaust auszusehen, strich sie mit vertrauter Handbewegung ihr Haar aus dem Gesicht zurück. Da kamen ihre winzig kleinen, hübsch geformten Ohren unbedeckt zum Vorschein, die sich mit ihrer rosigen Färbung von der Weiße des Gesichts und des Halses abhoben. Nach der üblichen Sitte der Frauen waren ihre Ohrläppchen mit Löchern versehen, durch die zwei schmale Goldreifen gezogen waren, wie sie die Mädchen am Tage der Taufe von der Patin zum Geschenk erhalten.

Auch als sie unwillkürlich ihr Haar wieder ordnete, vermochte sie doch nicht, sich von ihrer geheimen Angst zu befreien, und in der Nähe meines Vaters behielt ihre Miene den aufgescheuchten und verstörten Ausdruck. Mein Vater schwenkte den Rockzipfel, an dem er sie festhielt, hin und her und ließ ihn dann mit einem heftigen Ruck plötzlich los: »Ich«, so erklärte er ihr in launischem und feindseligem Ton, »ich habe mir eine Braut mit Löckchen genommen, und ich will auch eine Frau mit Löckchen haben!«

Sie entgegnete mit sanfter und zitternder Stimme: »Aber ich hab doch gar keinen Zorn auf Euch, weil Ihr mir die

Haare aufgemacht habt. Sagt mir nur Euren Willen, und ich tue, was Ihr wollt.«

»Und was versteckst du da?« sagte mein Vater zu ihr. »Los, zeig uns deine Juwelen!«

Und mit herausforderndem Gelächter riß er ihr das berühmte Täschchen aus der Hand und leerte alles, was es enthielt, auf dem Tisch aus. Es waren wahrhaftig Juwelen! Ein Haufen Armbänder, Broschen, Ketten, die ihr fast alle mein Vater während der Verlobungszeit geschenkt hatte. Ich, der ich in solchen Dingen unerfahren war, glaubte zuerst, daß alles echtes Gold sei, echte Topase, Rubine, Perlen und Diamanten. Statt dessen war es falscher Tand, auf Jahrmärkten und an Straßenkarren gekauft. Mein Vater hatte sie mit Glasstückchen erobert, wie man es bei den Wilden macht.

Echt waren in jenem Haufen nur einige Korallenzweige und ein kleiner Silberring mit einer Madonna darauf, den ihre Patentante ihr zur Firmung geschenkt hatte und der ihr jetzt nicht mehr paßte.

Keine dieser Juwelen legte sie jemals an, sondern hielt sie mit religiöser Verehrung im Schrank verborgen. Sie trug nichts anderes an sich als die Ohrringe der Patin, die silberne Münze mit dem heiligen Herzen, durch die eine dünne Kordel gezogen war, und den Ehering; dies aber waren für sie keine Schmuckstücke, sie waren ein Teil ihres Körpers wie die Löckchen.

Mein Vater vergnügte sich eine Weile damit, die Juwelen kunterbunt durcheinanderzuwerfen; dann wurde er es überdrüssig und ließ die Braut in Frieden. Das Wetter war wieder schön geworden, und davon angelockt trat er hinaus an den Rand des freien Platzes, um aufs Meer zu sehen, und sagte zu uns, wir sollten auf ihn warten. Daraufhin näherte sich die Braut, die abseits in einer Ecke stand, wieder dem Tisch mit den Juwelen gleich einem schutzlosen wilden Tier, das aus seiner Höhle im Walde hervorkommt, sobald sich die Bedrohung verzieht.

Die Glastür stand offen, der Wind hatte den Himmel aufgerissen, und der große Sonnenuntergang über dem Meer setzte mit seinem letzten Farbenspiel die ganze Küste in flammende Glut; selbst die Wellen dort unten auf offener

See warfen ihren wogenden, langsam verlöschenden Widerschein auf die kalkweiße Wand. Sie stand, noch immer wachsam, regungslos neben dem Tisch mit den Juwelen, und mit ihrem eifersüchtig behütenden Ausdruck glich sie der Schwalbe oder der Ringeltaube, die aus der Nähe ihr Nest beobachtet, das mit ihren kleinen Eiern gefüllt ist. Zuletzt häufte sie mit einem beinahe wütenden Entschluß all ihre Schmuckstücke zusammen und legte sie getröstet aufseufzend wieder in ihr Täschchen zurück. Dann warf sie sich auf den Fußboden, und indem sie – alle Haare fielen ihr dabei ins Gesicht – wie ein Tier auf den Knien hierhin und dorthin rutschte, machte sie sich daran, die Kämmchen und Haarnadeln in den Schoß zu sammeln. Meine Pflicht als Mann wäre es gewesen, ihr zu helfen; ich wußte das, schließlich war ich kein Dummkopf. Aber da fiel mir ein, daß sie kurz zuvor auf der Mole mir mißtraut hatte und mich ihre Handtasche nicht tragen ließ, und so blieb ich voller Verachtung auf meinem Platz.

Als sie fertig war, sprang sie auf die Füße und leerte Kämme und Haarnadeln auf den Stuhl neben die Schuhchen mit den hohen Absätzen. Dann schüttelte sie ihre Haare mit einem heftigen Ruck nach hinten und warf mir ein kleines Freundschaftslächeln zu. Ich schaute sie hart an, und ihr Lächeln erlosch, doch sah sie nicht gekränkt aus. Ihre Wimpern waren noch naß von jenen geheimnisvollen Tränen von vorhin; in ihren Augen jedoch schien die Feuchte der Tränen nichts Bitteres zu sein, nichts, was brannte wie unsereins: sie glich einem schwebenden Dunst, der aufglänzt im Spiel mit der Iris und den Pupillen. Und die Blicke, die einen fast bittend, unterwürfig und zugleich freimütig ansahen, voll Ehrerbietung und immer strahlend von Fröhlichkeit, erinnerten mich an irgend jemand... ach ja, an Immacolatella! Auch sie hatte einen solchen Blick, als sähe sie immer den wundersamen Gott.

In Erwartung meines Vaters hatte ich mich auf die Stufe der Türschwelle gesetzt. Diese Stelle des Hauses war vor dem Nordwind geschützt, und hier verweilte die Sonne vor dem Untergehen, eine fast laue Wärme spendend. Bald darauf kam sie ebenfalls, um sich neben mir auf der Stufe niederzulassen, und sie fing an, sich, so gut es ging, mit

einem dieser zahnlosen Kämmchen, die sie aufgelesen hatte, das Haar zu entwirren. Man hörte das Meer unten an meinen kleinen Strand schlagen und hin und wieder das Pfeifen des Nordwindes über der Insel. Ich blieb stumm.
Sie sagte: »Jetzt nicht mehr, aber als Mädchen hatte meine Mutter ebenso viele Haare wie ich. Meine Schwester dagegen hat wenig Haare.«
Dann, als sie mit Kämmen fertig war, rief sie aus: »Madonna! Wie rot der Himmel heut abend ist!«
Und seufzend fügte sie in ernstem und verzücktem und keineswegs bitterem Ton hinzu, als ob sie die Gesetze der Verheiratung für ihr eigenes Schicksal gehorsam anerkannte: »Wenn man bedenkt! Dies ist das erstemal, daß ich weit fort bin von meinem Zuhause!«
Mein Vater kehrte von dem freien Platz zurück, und ehe es zu dunkeln begann, trugen wir die Koffer nach oben, die wir im Hausflur hatten stehenlassen. Wie bereits auf der Mole, trug mein Vater seinen eigenen Koffer und ich den der Braut. Sie kam hinter uns her. In einem Bündel, das sie aus ihrem Umschlagtuch gemacht hatte, hielt sie die Kämme, die Schuhe und das Handtäschchen mit den Juwelen.

Im oberen Stockwerk

Der Koffer der Braut war ziemlich leicht; wenn er auch nicht viele Sachen enthalten konnte, versetzte er mich dennoch in Neugier. Es war das erstemal, daß ich mit einer Frau in demselben Hause wohnte und aus der Nähe an ihrem Leben teilnahm. Ich hatte gar keine Ahnung von den Gepflogenheiten der Frauen, von der Ausstattung dieser vermummten Geschöpfe, und ob sie beständig, auch wenn Mauern sie umgeben, auch wenn sie schlafen, so unförmig und geheimnisvoll aussehen. Die Braut hatte ihren Mantel von der Reise noch nicht ausgezogen, ein plumpes, verblichenes Mäntelchen, das ihr zu kurz geworden war, so daß der weite Rock des Kleides aus glänzendem, aber gänzlich abgetragenem Samt ein gutes Stück darunter hervorsah. Ohne Zweifel, ihrem Äußeren nach war diese

Frau ein gewöhnliches Lumpenweib, doch nach der Überraschung mit den Juwelen konnte ich darauf gefaßt sein, daß sie in ihrem Koffer vielleicht sogar die Gewänder einer orientalischen Sultanin verberge.
Bis jetzt zog sie allerdings nur ein Paar alte, ausgetretene Schuhe ohne Absätze daraus hervor, die höchstens noch als Hausschuhe taugten; sogleich schlüpfte sie erleichtert hinein, obwohl sie ihr viel zu groß waren, so daß sie darin nur herumschlurfen konnte und sie zuweilen verlor.
Mein Vater hatte mir, als er seinen eigenen Koffer im Zimmer abstellte, gesagt, ich soll den der Braut in einen anderen Raum bringen, der dem seinen gegenüberlag und in dem ein Schrank und ein kleines Eisenbett standen; bald darauf kam er selber, um eine Matratze und Decken dorthin zu tragen. Aber die Braut, die anfangs sehr zufrieden schien, ein Zimmer eigens für ihre Sachen zu besitzen, wurde von Schrecken gepackt, als sie begriff, daß ihr dieses Zimmer auch zugedacht war, damit sie in der Nacht darin schliefe. Trotz der Scheu, die sie vor meinem Vater empfand, begann sie hartnäckig zu wiederholen, daß dies ganz unmöglich sei, daß sie Angst habe, die Nacht in einem Zimmer allein zu verbringen und daß sie mit den andern zusammen schlafen wolle. Mein Vater hörte sie an, ziemlich verärgert über eine solche Neuigkeit; denn er war es nicht gewohnt, sein Zimmer mit jemand zu teilen. Als er jedoch sah, daß sie vor Entsetzen kreideweiß im Gesicht wurde, wandte er sich an mich, ohne sie auch nur einer Antwort zu würdigen, und sagte ungeduldig: »Also gut, ich werd sie zu mir ins Zimmer nehmen. Los, Moro, hilf mir, dies Bett hochzuheben!« Und gemeinsam trugen er und ich das Bettchen der Braut in sein Zimmer hinüber.
Sie folgte uns befriedigt. Das neue Bettchen hatte keinen Platz neben dem großen Bett meines Vaters, das fast die ganze hintere Wand einnahm, und wir stellten es quer hin mit der Rückseite gegen die längere Wand, so daß es beinahe am Fußende von meines Vaters Bett zu stehen kam. Kaum sah sie die Dinge in dieser Weise geregelt, machte sich die Braut, um zu beweisen, daß sie uns helfen wollte, mit großem Eifer daran, die völlig verstaubten Matratzen und Kissen auszuklopfen, wobei sie mit dem großen Bett

anfing. Und unter solcherlei Mühen fragte sie meinen Vater in aller Selbstverständlichkeit:
»Und werd ich von heute nacht an mit dir zusammen im Ehebett schlafen an Arturos Stelle? Und wird er hier im kleinen Bett schlafen?« Ihre Überzeugung war offenbar, daß ich kein eigenes Zimmer hatte, sondern gewohnt sei, statt dessen mit meinem Vater zusammen in demselben Bett zu schlafen!
Bei diesem neuen Beweis ihrer Unwissenheit beschränkte ich mich darauf, zu lachen. Mein Vater aber, der durch den Transport des Bettchens schon ziemlich verdrießlich war, zuckte verächtlich die Achsel, und mit höhnischer Miene die Lippen verziehend und sie ein wenig nachäffend, sagte er zu ihr:
»Nein, Signora, *du* wirst, wenn ich müde geworden bin, in dem kleinen Bett schlafen. *Ich* werde in meinem großen Bett schlafen, wo ich immer geschlafen habe. Und Arturo wird in seinem Bett schlafen in seinem Zimmer, wo er immer geschlafen hat!« Darauf wappnete er sich mit offensichtlichem Zorn und schrie sie an:
»Du mußt dich daran erinnern, du Gör, daß du dich hier nicht mitten unter Bettlern und Wilden befindest, du bist hier im *Kastell der Gerace*! Und wenn du noch weitere Unanständigkeiten sagst, dann schicke ich dich zum Schlafen da oben hin, in dieses andere Kastell, zu den Zuchthäuslern und ihren Wärtern!« Es war klar, daß sie nicht verstand, warum sie eigentlich einen solchen Schwall von Beschimpfungen verdient hatte, aber dennoch errötete sie vor Scham, daß sie etwas Unschickliches hatte sagen können. Und sie schaute mich wie forschend an mit einem Blick, als fragte sie sich, was denn für eine Braut Schlimmes daran sei, im selben Zimmer zu schlafen mit mir, der ich noch ein kleiner Junge war.
Schließlich brachte sie mich in Wut, und im Ton äußerster Geringschätzung sagte ich zu ihr: »Ich schlafe allein in meinem Zimmer! Ich brauche keine andern Personen in meiner Nähe. Wenn du glaubst, daß alle Angst haben wie du, dann irrst du dich. Ich würde auch mitten in den Rocky Mountains oder in den Steppen Zentralasiens allein schlafen!«

Die Braut schaute mich bei diesen Worten mit aufrichtiger Bewunderung an; doch ihre geweiteten Pupillen irrten im ganzen Zimmer umher, als beängstige sie die Vorstellung, hier allein mit meinem Vater zu schlafen. Immerhin, von diesen beiden Ängsten, entweder gänzlich allein in einem Zimmer oder allein mit meinem Vater zu schlafen, wählte sie lieber die zweite als die erste.

Vielleicht um sich wieder Mut zu machen, begann sie von neuem mit noch größerem Eifer die schwere Matratze auszuklopfen, so heftig, daß der Staub bis zu meinem Vater wirbelte, der sich verdrossen aufs kleine Bett geworfen hatte. Er sprang auf und spuckte zur Seite; dann hielt er, diesmal mit ehrlichem Zorn, ihre Hände in der Luft fest, und ganz finster im Gesicht rief er aus: »Heh! Willst du wohl aufhören mit diesen Matratzen! Was fällt dir ein! Wann hast du jemals solch eine Putzwut an dir gehabt, daß du derartig die Matratzen in Fetzen haust!«

Sie stammelte verstört: »Bei mir zu Hause... machte man...« »Ja ja, bei dir zu Hause! Wer weiß, wann jemals bei dir zu Hause die Matratzen geklopft wurden!«

»Immer, jedes Jahr, zum heiligen Osterfest... und manchmal auch öfter... auch mehrmals im Jahr...«

Er stieß die Handgelenke der Braut, die er aus der Umklammerung freiließ, mit solcher Brutalität plötzlich nach unten, als ob er sie ihr durchbrechen wollte, und ein hämischer Unterton mischte sich in seine erzürnte Stimme: »Pah«, erwiderte er, »jetzt bist du nicht mehr bei dir zu Hause, hier sind wir im Kastell von Procida! Dies ist mein hochzeitliches Bett, und niemand hat dir befohlen, heute den Osterputz zu machen.«

Darauf spuckte er abermals aus und ging, um seinen Koffer aus einer Ecke hervorzuholen; er trug ihn in die Mitte des Zimmers und fing an, die Schnur darum aufzuknüpfen. Ich hatte noch niemals gesehen, daß er sich mit einem so ausgesprochenen Groll auf jemanden stürzte. Mit mir erledigte er so etwas, wenn er seine Gründe hatte, mich ernstlich zu rügen, mit wenigen belanglosen Worten, mürrisch und barsch und beinahe zerstreut. Nun offenbarte mir dieser Auftritt mit der Braut eine neue Seite seiner Launen, die mir rätselhaft waren, wie mir seine Gerechtigkeit rätselhaft und unanfechtbar war; und im Zusehn hatte ich gespürt, wie meine Nerven sich zusammenkrampften, fast als ob diesmal auch ich die Angst der Braut teilte. Zuletzt, als er ihre Handgelenke losgelassen und sich von ihr abgekehrt hatte, empfand ich es wie eine geheime Befreiung.

Nachdem der Koffer geöffnet war, machte er sich halb auf dem Boden kniend daran, ihn unordentlich auszuleeren, wie er es immer tat. Die Braut blieb unterdessen still neben dem Bett stehen und schaute sich im Zimmer um. Eine Weile schwiegen wir alle drei; dann brach sie das Schweigen mit der neugierigen Frage, warum denn das Zimmer so viele Türen in einer Reihe hätte.

Mein Vater, der keine Lust verspürte, sich in lange Erklärungen einzulassen, gab ihr sogleich, ohne auch nur vom Koffer aufzublicken, diese Antwort: »Weil in diesem Hause, wie es in allen Schlössern üblich ist, nachts vor jedem Zimmer bewaffnete Schildwachen auf Posten stehen, von denen jede eine Tür bewacht. Zum Zeichen, daß sie niemals schlafen, lassen sie allstündlich die ganze Nacht hindurch alle miteinander einen Trompetenstoß ertönen.«

Sie getraute sich nicht, meinem Vater zu widersprechen, und unschlüssig, ob sie dieser seiner phantastischen Erklärung wirklich glauben sollte oder nicht, schaute sie mich an, wie um eine Bestätigung darüber in meinem Gesicht zu lesen. Ich konnte das Lachen nicht zurückhalten; da lachte sie ebenfalls aus vollem Halse, und ihr Gesicht nahm etwas Farbe an. Jetzt war mein Vater mit dem Auspacken fertig und sprang sogleich vom Fußboden auf. Ohne sich weiter um uns zu kümmern, legte er den Kleiderhaufen auf die Kommode und stieß den Koffer mit einem Fußtritt in die Ecke zurück. Dann lauschte er angespannt auf die Glocken des Kirchturms, die man von weitem läuten hörte, und verglich die Zeit auf seiner eigenen Uhr Amicus. Die Geschichte von den Türen und den Wachtposten, über welche die Braut und ich noch lachten, war seinem Gedächtnis bereits entfallen.

Er kehrte zu dem kleinen Bett zurück, auf dem er kurz zuvor gelegen hatte, und setzte sich quer auf den Rand des Kopfkissens, den Rücken gegen die Eisenstangen gelehnt. Seine Haare fielen ihm bis in die Augen herab, und ein wenig schläfrig und zerstreut streckte er den Fuß aus, um mit der Schuhsohle seine Spucke von vorhin auf dem Fußboden zu verwischen. In diesem Augenblick bemerkte die Braut das Bildnis des Amalfitaners und fragte: »Wer ist das?«

Und er antwortete ihr gähnend: »Es ist ein heiliges Bild, das unser Schloß beschützt.« Und sich auf dem Bett ausstreckend, fügte er in hinterlistigem Ton hinzu: »Wie in allen Schlössern gibt es auch hier einen verstorbenen Ahnherrn, der immer noch umgeht. Das da ist sein Bildnis. Paß nur auf, daß dieser Tote nicht kommt und dir dein Herz durchbohrt, wenn du schläfst.« Bei dieser Antwort blickte sie in mein Gesicht wie schon vorher, aber diesmal las sie darin weder eine Bestätigung noch eine Verneinung. Lächelnd zuckte sie die Schultern und flüsterte: »Wenn einer ein gutes Gewissen hat, warum sollte er sich vor Strafe fürchten?«

»Weil er alle Frauen haßte«, entgegnete ihr mein Vater.

»Wie! Er haßte alle Frauen?«

»Tja. Und wenn er der Herr der ganzen Welt gewesen wäre, hätte er sie allesamt umgebracht.«

»Aber wenn es keine Frauen mehr gibt, hört diese Welt doch auf!«

Mein Vater stützte den Kopf auf den gebeugten Arm, und mit tückischem und feindlichem Grinsen blickte er sie von unten herauf an: »Und was würde ihm schon dran liegen, ob die Welt weitergeht oder nicht? Er ist sowieso tot. Welche Befriedigung könnte es ihm geben, das Fortbestehen der Welt?«

»Er war ein Christenmensch und hatte solche Gedanken?« sagte sie und faltete beide Hände über der Brust, wie um sich zu wappnen im Widerstreit zwischen ihrer Schüchternheit und ihren Empfindungen. In ihrem Antlitz zuckte es in einer Weise, daß ich mir bei seinem Anblick ihr pochendes Herz vorstellte, einem Vögelchen ähnlich, das man eben aus dem Nest geraubt und in der hohlen Hand umschlossen hält. Sie neigte leicht den Kopf auf die Schulter und wiegte sich bald auf dem einen, bald auf dem andern Fuß; schließlich fragte sie leise: »Warum haßte er sie denn?«

»Weil er sagte«, erwiderte mein Vater, indem er den Kopf wieder aufs Kissen fallen ließ, »daß die Frauen alle häßlich sind.«
»Alle häßlich?« wiederholte sie. »Wie! Alle miteinander häßlich! Dann... wie...alle miteinander? Dann sind die, die im Kino spielen, auch häßlich?«
»Was weißt denn du vom Kino«, sagte mit träger, schleppender Stimme mein Vater und streckte sich, »wo du nur einmal da warst, als ich dich mitgenommen hab und ein Film über die Rothäute gespielt wurde.«
Bei diesen Worten dachte ich mit einigem Unwillen, daß ich ihr nun in diesem Punkte nachstand, da es in Procida kein Kino gab und ich in meinem ganzen Leben noch nicht einen einzigen Film gesehen hatte.
Die Braut erwiderte unsicher: »Meine Schwester ist dagewesen... ein Verwandter von uns, der in Nola wohnt, hat sie mitgenommen... ein guter Mensch! Sie hat diesen Film gesehen... an den Namen entsinne ich mich nicht mehr, aber die, die da mitspielten, hatten keine rote Haut. Und dann sieht man die Schauspielerinnen auch auf den Plakaten abgemalt... in Neapel sieht man sie überall...«
»Mach nur weiter so, los, rede nur weiter von diesen üblen Weibern!« rief spöttisch mein Vater. »So werden wir bald den Spaß erleben, deine Zunge herausfallen zu sehen! Weißt du das nicht, daß der Teufel dem die Zunge herausfallen läßt, der von Schmutzigkeiten und üblen Weibern redet? Hat deine Mutter dir das nicht gesagt?«
Die Braut errötete. Mein Vater gähnte. »Und jetzt sei still, was verstehst du schon davon?« fuhr er fort. »Hör auf. Ich hab keine Lust, mich mit dir über Schönheit zu unterhalten.«
Gekränkt versuchte sie dennoch, ein anderes, würdigeres Beispiel vorzubringen, das den unziemlichen Eindruck tilgen sollte: »Und die Königin«, sagte sie, »ist dann auch die Königin häßlich?«
Mein Vater lachte so sehr, daß er vor Belustigung den Mund in die Kissen drückte und es aussah, als wolle er hineinbeißen, und ich lachte ebenfalls. Sie blickte bestürzt von einem zum andern und suchte in ihrem unterwürfigen Sinn vielleicht nach einem letzten Argument zu ihrer Verteidi-

gung. Endlich, als sie uns so ansah, umdunkelten sich ihre Augen, und mit leidenschaftlicher Stimme schleuderte sie uns bebend ihren höchsten Beweis entgegen: »Und die Madonna«, rief sie, »ist auch sie häßlich? Die Mutter Gottes!«
Mein Vater schloß die Augen. »Genug davon«, sagte er, »ich bin müde. Ich will mich ein oder zwei Stunden ausruhen. Geht weg und laßt mich allein. Wir sehen uns später wieder.«
Schweigend verließen wir sein Zimmer und machten die Tür zu. Auf dem Korridor bat mich die Braut mit leiser Stimme, um meinen Vater nicht zu stören, ihr Gesellschaft zu leisten, während sie ihre Sachen aus dem Koffer auspackte; denn sie hatte sich noch nicht an das Haus gewöhnt und fürchtete sich, allein im Zimmer zu sein, jetzt wo es beinahe dunkel war.

Der Koffer

Wir gingen in das Zimmer zurück, aus dem wir vorher das Bett hinausgetragen hatten. An der Stelle, wo das Bett gestanden hatte, zeichnete sich auf dem Backsteinfußboden ein weniger schmutziges Rechteck ab, und darauf setzte ich mich. In dem Zimmer waren mehrere Lampen angebracht, aber die einzige, die mit einer noch nicht zersprungenen Glühbirne versehen war, war eine Art Laterne aus Metall, die oben aus der Wand hervorsprang. Diese Glühbirne gab fast überhaupt kein Licht mehr, so verstaubt war sie, und nun kletterte die Braut mit den Knien auf die Kommode und schraubte sie los. Dann spuckte sie, um sie zu putzen, ein paarmal darauf und rieb sie mit ihrem Unterrock sauber.
Das Öffnen des Koffers war eine Enttäuschung für mich. Es kamen nur einige formlose Fetzen zum Vorschein, ein Paar gewöhnliche Holzpantoffeln und ein dünnes geblümtes Kleid, das schon abgetragen und von Schweiß verfärbt war. Dann erschien noch ein großes Kopftuch, doch war es nicht so schön wie die mit Rosen bemalten, die mein Vater sich als Schärpe umzubinden pflegte. Und weiter nichts; der Koffer war schon nahezu leer. Auf dem Boden lag nur noch eine Schicht Zeitungsblätter und Einwickelpapier, das, wie man sogleich sah, ein paar gerahmten Bildchen zum Schutz

diente. Es waren lauter Madonnenbilder, und sie nahm sie mit höchster Ehrfurcht heraus und küßte eines nach dem andern, bevor sie nach und nach alle auf der Kommode aufstellte.
Sie glaubte nicht an eine einzige Madonna, sondern an viele: die Madonna von Pompeji, die heilige Jungfrau im Rosenkranz, die Madonna vom Berge Karmel, und ich weiß nicht, an welche sonst noch. Und sie kannte sie alle an ihrem Gewand, am Heiligenschein und an der Gebärde, als wären sie viele verschiedene Königinnen. Eine, so entsinne ich mich, war von steifen, goldenen Bändern umwickelt wie die heiligen Mumien Ägyptens, und gleich ihrem Kinde, das ebenfalls von Gold umschnürt war, trug sie eine mächtige, vielzackige Krone auf ihrem Haupt. Eine andere, über und über mit Juwelen bedeckte war schwarz wie ein afrikanisches Götzenbild und hielt einen Sohn im Arm, der aussah wie ein Püppchen aus Ebenholz, auch er beladen mit funkelndem Geschmeide. Eine andere wiederum trug keine Krone, sie war allein von einem durchsichtig hellen Schein umkränzt und glich, wenn man von diesem einzigen Zeichen ihrer Würde absah, einem schönen, blumengeschmückten Hirtenmädchen; gemeinsam mit ihrem nackten Kind ergötzte sie sich mit einem Lämmchen, und unter dem schlichten Kleid schaute ihr schneeweißes, rundliches Füßchen hervor.
Eine andere saß in der Haltung einer Dame auf einem schön geschnitzten Stuhl und schaukelte eine Wiege, die so prunkvoll war, daß man selbst im Hause eines Fürsten niemals eine ähnliche sehen wird. Noch eine andere, ein Schwert schwingend und einer Kriegerin gleich, trug eine Rüstung aus kostbarem Metall...
Soviel ich daraus entnehmen konnte, glaube ich zu verstehen, daß jede dieser heiligen Jungfrauen eine Eigenschaft besaß, die sich von den anderen unterschied. Die eine war eher unmenschlich, mitleidlos wie die Göttinnen des alten Orient. Wohl mußte man sie ehren, doch tat man besser daran, sich nicht an sie zu wenden, wollte man Gnaden erbitten. Eine andere war eine Zauberin und konnte alle Wunderdinge vollbringen. Wieder eine andere, die Schmerzensreiche, war die heilige und tragische Hüterin, der man

Leiden und Kummer anvertraute. Sie alle hatten Gefallen an Festen, feierlichen Handlungen, am Niederknien und an Küssen; alle liebten sie es auch, Geschenke zu erhalten, und alle besaßen eine ungeheure Macht. Wie es schien, war aber die herrlichste, die wunderbarste und hilfreichste die Madonna von Piedigrotta.

Dann, jenseits all dieser heiligen Jungfrauen und ihrer Kinder und jenseits von allen Heiligen und von Jesus selber, da war Gott. Aus dem Ton, mit dem meine Stiefmutter ihn nannte, war zu verstehen, daß für sie Gott nicht ein König war und auch nicht das Haupt der himmlischen Heerscharen und auch nicht der Herr des Paradieses. Er war viel mehr: er war ein Name, einmalig, einsam, unerreichbar. Man erfleht von ihm keine Gnade, man betet ihn nicht einmal an. Und die Aufgabe der ganzen unendlichen Schar von Jungfrauen und Heiligen, welche die Gebete, die Gelübde und die Küsse empfangen, ist im Grunde diese: die unberührbare Einsamkeit eines Namens zu beschützen. Dieser Name ist die All-Einheit, welche der irdischen und himmlischen Vielheit gegenübersteht. Ihm bedeuten die Lobpreisungen nichts, weder die Wunder, die Wünsche, die Schmerzen, noch auch der Tod; ihn kümmert allein das Gute und das Böse.

Dies war die Religion meiner Stiefmutter, oder zum mindesten glaubte ich, sie so wieder darstellen zu können nach ihren Worten und ihrem Verhalten an jenem Tage und im Verlauf der folgenden Zeit, die wir gemeinsam verlebten. Es handelt sich jedoch notwendigerweise um eine unvollkommene Darstellung; auch darum weil meine Stiefmutter, wenn sie mit anderen über die heiligen Dinge sprach, stets durch eine Art Scham gehemmt war. Und selbst wenn sie bei irgendeiner bedeutsamen Gelegenheit sich über den Inhalt ihres Glaubens mit beredtem Eifer ausließ, hüllte sie doch stets gewisse Punkte in Geheimnis und Schweigen. So ist es mir zum Beispiel noch heute schwer, zu sagen, welche Vorstellung sie sich insbesondere vom Teufel machte, oder ob sie überhaupt an seine Existenz glaubte.

Von den aus Neapel mitgebrachten heiligen Jungfrauen wurde eine bestimmte Anzahl, mindestens drei oder vier, in

einer Reihe gegen den Spiegel an die Rückwand der Kommode gestellt; doch ebenso viele lagen noch im Koffer, die vor dem Spiegel keinen Platz mehr hatten. Sie wurden, jede einzelne mit einem Kuß, auf dem Nachtschränkchen und auf der Fensterbank untergebracht.
Nach den Juwelen waren diese Bildchen der Jungfrau Maria zweifellos das prachtvollste Eigentum, das die Braut besaß. In bunten Farben, in Gold und Silber gedruckt, eingerahmt und unter Glas waren sie auch mit den verschiedensten Ornamenten verziert. Das Bildnis der Madonna von Piedigrotta umkränzte ein Schmuck aus dicken Muscheln, Seidenstreifen, Hahnenfedern und farbigem Glas, der es einem barbarischen Triumphzeichen ähnlich machte.
Im großen und ganzen, dachte ich, hatte dieser Koffer doch noch eine Menge Überraschungen enthalten. So groß meine Verwunderung aber auch war, äußerte ich sie doch in keiner Weise.

Das ewige Leben

Als nun die Braut ihre heiligen Jungfrauen aufgestellt hatte, betrachtete sie diese immer wieder aus allen Ecken des Zimmers, und dann fragte sie mich, ob ich glaubte, daß mein Vater ihr erlauben würde, eine davon drüben im Zimmer über dem Kopfende des Bettchens, in welchem sie schlafen sollte, aufzuhängen. Mit einem etwas bedenklichen Achselzucken erwiderte ich ihr: »Ich glaube nicht.« Darauf erklärte ich streng: »Wir glauben nicht an eine Madonna«, und fügte hinzu: »und auch nicht an Gott.«
»Dein Vater ist jetzt aber ein Christ«, widerlegte sie mich mit Würde. Dieser Ausspruch, den ich im ersten Augenblick zerstreut überging, ohne ihm überhaupt Bedeutung beizumessen, sollte sich meinem Gedächtnis in der Folge als eine erste überraschende Andeutung offenbaren . . . Aber darauf werde ich später zurückkommen.
Nach unserem kurzen Gespräch über die häuslichen Abbilder schienen die Gedanken der Braut wieder auf das Thema des Ahnherrn zurückzukommen, welches mein Vater kurz vorher heraufbeschworen hatte. Und zögernd entschloß sie sich, mich zu fragen, ob wirklich dieses Gespenst, dieser

Hasser der Frauen, im Schloß umherwandle. Auf diese Frage schnitt ich nur eine Grimasse und zuckte von neuem die Achseln. Ihre Leichtgläubigkeit langweilte mich.
»Aber warum begreifst du denn nicht?« platzte ich heraus. »Es ist schon wahr, daß einmal dieser Amalfitaner hier drinnen wohnte, aber er ist tot! Weißt du, was das bedeutet: ›tot‹? Schließlich mußt du doch verstehen, daß mein Vater nicht an so etwas glaubt wie Gespenster, und ich auch nicht. Gespenster gibt es überhaupt nicht, nirgendwo. Das sind romantische Märchen!«
Sie trat dicht an mich heran, und bedachtsam, in feierlichem Flüsterton behauptete sie, daß es Gespenster dennoch gäbe. Sie hatte zwar niemals irgendeines gesehen, aber eine Signora zum Beispiel, eine Bekannte ihrer Patin, die Nachtschwester war im Hospital für unheilbar Kranke, die hatte sie zu Hunderten gesehen.
»Aber ich«, sagte sie endlich, »auch wenn ich sie sehe, was tut das? Die sind doch nichts, was einem Angst machen könnte!«
Und sie erklärte mir, daß es ganz einfach Unglückselige sind, gestrafte Sünder, die wie hilflose und elende Bettler als Almosen Gebete erheischen für ihren ewigen Seelenfrieden. Wenn man sie erblickt, haben sie nicht mehr die Gestalt von Christenmenschen, sondern sehen kaum noch aus wie weiße Wäschefetzen, die im Winde flattern. Und man braucht nur ein Requiem für sie zu sprechen, und sie verschwinden sogleich.
Ich war versucht, ihr zu erklären, daß die Toten so gut wie sicher keinen Geist mehr haben, daß mit dem Tode alles erlischt und daß das einzige, was überlebt, der Ruhm ist. Aber plötzlich, als ich darüber nachdachte, sagte ich mir, daß es unnütz sei, sie über gewisse Dinge zu belehren. Tatsächlich konnte es für sie niemals irgendeinen Ruhm geben, und deshalb war es geradeso gut, sie ihren Täuschungen zu überlassen.
Ich begnügte mich also damit, sie mit schneidendem Spott darauf aufmerksam zu machen: »Na ja, aber wenn doch ein Gebet genügt, sie zu verscheuchen, warum hast du dann Angst, in der Nacht allein zu bleiben?«
»Aber doch gar nicht aus Angst vor ihnen!« wehrte sie sich

entschlossen und beinahe empört. »Schämen müßte man sich, wenn man vor denen Angst hätte! Weder vor ihnen noch vor sonst etwas. Ich bin doch nicht wie meine Schwester, die abends sogar vor den Augen einer Katze Angst bekommt. Was mich anlangt, auch wenn es blitzt oder vor schlechten Kerlen hab ich niemals Angst! Frag meine Mutter danach, ob es nicht wahr ist, daß ich nie Angst hab, vor gar nichts.«

›Aber‹, dachte ich, ohne es ihr zu sagen, ›vor meinem Vater hast du Angst.‹

»Der einzige Schrecken, den es für mich gibt«, fing sie von neuem an, als gäbe sie sich alle Mühe, mir etwas überaus Schwieriges zu erklären, was sie sich selber nicht recht erklären konnte, »ist der: allein zu sein. Aber doch nicht aus einem besonderen Grund! Es ist einfach die Sache, allein zu sein, ohne irgend jemand in der Nähe. Es ist wirklich nur die Angst, allein zu sein, weiter überhaupt nichts, was mir Angst macht. Und dann! Warum gäbe es denn sonst so viele Christenmenschen auf dieser Welt, wenn sie nicht alle beieinander sein sollten? Und nicht die Christenmenschen allein, auch die Tiere; wenn tagsüber auch jeder ruhig seiner Wege geht, kommen sie doch nachts alle wieder zusammen!«

»Das ist nicht wahr!« widersprach ich entschieden, »manche Tiere können in der Einsamkeit leben, und sie sind stolz und herrlich wie Helden! Der Uhu läßt sich fast immer allein irgendwo nieder, und die Seekuh streift in den Nächten einsam umher, und der Elefant macht sich allein auf den Weg, um weit fort zu gehen, wenn er sterben muß. Der Mensch hat aber ein viel mutigeres Herz als alle diese Tiere miteinander. Er gleicht einem König! Er gleicht einem Stern! Genug. – Ich«, so schloß ich voll Stolz, »bin immer allein gewesen, in meinem ganzen Leben.«

»Das ist das Los von denen, die keine Mutter haben«, stellte sie mit einem so treuherzigen Mitgefühl fest, daß ihr sprödes und tonloses Stimmchen nun ganz melodisch klang. »Ach«, fügte sie hinzu, als drückte sie eine tiefe Weisheit aus, »die Mutter ist die erste Gefährtin in diesem Leben, und niemand vergißt sie je... Auch mein Schicksal«, erklärte sie dann plötzlich würdevoll, »ist ein Waisenschicksal gewesen, denn ich bin ohne Vater aufgewachsen. Und auch ohne Bruder. Meine Mutter, meine Schwester und ich, nur drei Frauen, das ist unsere Familie gewesen. Vor meiner Schwester war noch ein Bruder da, kleiner als ich, er war acht Jahre alt, als er starb. Ach, es sind an Weihnachten fünf Jahre her gewesen seit dem Tag seines Todes. Er starb zusammen mit meinem Vater, bei diesem berühmten großen Unglück.«

»Welchem Unglück?« erkundigte ich mich mit plötzlichem Interesse. In der Tat, ihrem hocharistokratischen Ton nach erwartete ich, daß das Unglück, um welches es sich handelte, zum mindesten von irgendeinem außergewöhnlichen schweren Luftangriff herrührte oder einem ähnlichen Geschehnis von Weltbedeutung.

»Ach, dieses berühmte Unglück beim Ausladen der Pozzolanerde, von dem man sogar bis nach Rom hin gesprochen hat. Wo vier Christenmenschen dabei umkamen, und was für ein schönes feierliches Leichenbegängnis für sie gemacht wurde! Sogar eine Musikkapelle ist dabeigewesen und die Behörde, und alles von der Gemeinde bezahlt: die Pferde, der Kranz und alles sonst... Mein Vater war auf Arbeit gegangen, und wenn man bedenkt! Meistens streikte er, denn er war ein ziemlicher Faulpelz; statt zu arbeiten, spielte er lieber den feinen Herrn, er war so einer... Aber in dieser Woche hatte er Lust dazu gehabt und war arbeiten gegangen, zum Ausladen der Pozzolanerde. Und mein Bruder hat ihm das Essen gebracht. Wir hatten ungewürzte Makkaroni gekocht, die mein Bruder lieber mochte als alles andere. Mein Bruder hatte nämlich lauter besondere Ideen. Zum Beispiel: Sauce! Die mochte er nicht mal! Und meine Mutter sagte zu ihm ›Zuerst geh und bring sie deinem Vater, und dann komm zurück, um sie zusammen mit uns andern zu essen...‹ Und brummend über diesen Auftrag machte er sich davon mit der Schüssel für meinen Vater, die ins Mundtuch gewickelt war. Und so war dies das letzte, was wir von ihm gesehen haben. Es ist das Verhängnis des Schicksals gewesen!« Diese Erzählung, obschon sie traurig und erschütternd war, hatte mich, um die Wahrheit zu sagen, ein wenig enttäuscht. Dennoch ließ ich mir, um meinen Gast nicht zu kränken, meine Enttäuschung nicht anmerken; im Gegenteil, um ein angemessenes Benehmen zu zeigen, stieß ich einen tiefen Seufzer aus. Und sie, versunken in die Würde ihrer Trauer, lohnte es mir mit einem zutraulichen und dankbaren Blick. Dann, ihrerseits seufzend, bemerkte sie in dem grüblerischen Ton einer Denkerin: »Ja, für den Tod sind alle gleich, ein starker Mann und ein kleiner Bub. Für ihn sind sie alle Kinder!«

Als sie solches sprach, schien sich die Armseligkeit des kleinen Mädchens zu umkleiden mit der Hoheit eines reifen Alters, voll von unergründlicher Weisheit und beinahe königlich. Doch in ihren trübseligen Trauerklagen zeigte sich indessen schon ein kindlicher Trost: »Zum Schluß aber«, beteuerte sie überzeugt, »wird der Tag kommen, an dem sich die Familien alle miteinander wieder vereinigen werden in dem wahren Fest der Ewigkeit!« Hier hielt sie inne, als befürchte sie, durch irgendeine weibliche Zudringlichkeit jenes unirdische Fest zu beschatten, und so deutete sie nur an, voll geheimnisvoller Ehrfurcht, wie jemand, der aus den fremdklingenden Büchern einer erhabenen Sibylle oder des Propheten Daniel vorträgt: »Nun ja, wer vorm Tod Angst hat, der irrt sich, denn er ist eine Verkleidung, weiter nichts. In dieser Welt zeigt er sich uns mit Absicht so furchtbar häßlich, als wäre er ein Wolf. Im Paradies dagegen, da wird er sich uns zu erkennen geben, wie er in Wirklichkeit ist: so wunderschön wie eine Madonna. Und da ändert sich dann auch sein Name, da heißt er nicht mehr *Tod*, sondern *Ewiges Leben*. Und wirklich, im Paradies, wenn man da das Wort ›Tod‹ sagt, versteht einen keiner.«

Sie unterbrach sich und wiegte ihr Haupt hin und her mit verschwiegener und wie verzauberter Miene, als koste sie in ihrer Vorstellung, wenn auch in schwachem Abglanz, schon die Herrlichkeiten jener Zukunft voraus, von denen man jedoch aus gerechter Ehrerbietung nicht allzuviel sagen durfte... Dann endlich, als sie von neuem begann, scheute sie sich nicht, zu dem Schluß zu kommen: »Und so wird am letzten Tag dieses wunderbare ›Ewige Leben‹ vor uns erscheinen, dort an der Pforte, lachend neben der gekrönten seligen Jungfrau, wie eine zweite Mutter aller Christenmenschen, die ein großes, nie endendes Fest für sie bereitet hat. Und da werden wir wieder mit meinem Vater und mit meinem Bruder zusammen sein, und auch mit meinen andern Geschwistern, von denen einige gestorben sind, als sie kaum geboren waren, und einige, als sie noch in den Windeln lagen...«

An ihrem gläubigen und verzückten Lächeln, das in einer frischen, fast ungestümen Freude strahlte, erkannte man nun, daß sich für sie das fühllose Gleichmaß der Ewigkeit ohne weiteres in einen großen, märchenhaften Jahrmarkt verwandelte, mit einem Lichtermeer, mit heiteren Liedern und Tänzen und Kinderchen und kleinen Bübchen und Mädchen! Sie teilte mir mit (wobei sie wieder diese seltsam adlige und prunkhafte Miene aufsetzte, die man häufig an ihr bemerkte, wenn sie ihre Familie erwähnte), daß ihre Mutter außer ihr selber, Nunziata, der Ältesten der Kinderschar, noch neun andere Kinder geboren hatte, Söhne und Töchter. Tatsächlich, fast jedes Jahr kam sie nieder in den zwölf Jahren, die sie verheiratet gewesen war, so daß ihre Bekannten zu ihr sagen: ›Viulante, eure Nunziatina hat es nicht nötig, sich ein Püppchen zu machen, ihr sorgt schon dafür, daß sie immer wieder ein neues bekommt...‹ Aber leider ist es Gottes Wille gewesen, daß die meisten von den vielen, die zur Welt kamen, noch ehe sie auf der Welt laufen gelernt hatten, wieder in den Himmel flogen... Zum Glück war keines von ihnen ohne die heilige Taufe davongegangen, und sie schickte sich an, mir sogar alle mit ihren Taufnamen aufzuzählen, eines nach dem andern. Da war ein Gennaro, zwei Peppini, ein Salvatore, eine Aurora, ein Ciccillo und eine Cristinella... Zuletzt trat ein Ausdruck von Unschlüssigkeit in ihre Züge: »Wenn ich an sie denke«, sagte sie, »an all die Geschwister, dann kommt mir der Zweifel, ob ich sie wirklich auch wiedererkennen würde in einer ›andern Welt‹. Ich hab sie in der Erinnerung, als wären sie alle gleich, von derselben Sorte... aber es versteht sich, daß man sich im Paradies droben wiedererkennt, auch ohne den Namen, die Verwandtschaft wird man auf der Stirn geschrieben sehen. Und du auch, du wirst dort deine Mutter wiederfinden, und wir werden alle beisammenbleiben können, alle eine Familie sein!« Vor meinen Sinnen zog die Vision von Arturos Mutter vorüber, einsam und jede Ver-

mischung ablehnend, wie sie sich in ihrem schönen orientalischen Zelt von der Insel Procida entfernte und ihm nicht Lebewohl sagte.
Ich entgegnete schroff: »Für die Toten gibt es überhaupt keine Familie. Im Tod erkennt man niemand wieder.«
Sie blickte mich an, wie ein Gelehrter einen Unwissenden anblickt, aber trotzdem mit tiefer Ehrerbietung, und sie erlaubte sich nicht zu widersprechen. Erst eine Sekunde danach, ein Löckchen um ihre Finger drehend, bemerkte sie mit leiser, verträumter Stimme: »Auch dieser Bruder von mir, von dem ich dir erzählte, hatte seine ganz besonderen Ansichten, so daß man ihn ›den Gelehrten‹ nannte, weil er immer so gelehrt daherredete, und wenn er was sagte, waren alle andern still. Mit Namen hieß er Vito.«
Darauf schwiegen wir eine Weile. Schließlich begann sie von neuem und sah mich mit schüchternem Mitleid an: »Und so hast du all dein Lebtag allein zugebracht?«
»Na ja.«
»Aber... dein Vater... hat er dir nicht Gesellschaft geleistet?«
»Sicherlich!« erwiderte ich. »Wenn er sich in Procida aufhält, ist er beständig mit mir zusammen, von morgens bis abends...! Aber er muß ja auf Reisen gehen! Und ich hatte bis jetzt noch nicht das Alter, um zu reisen. Aber nicht mehr lange und ich werde alt genug sein, um gemeinsam mit ihm zu verreisen.«
»Und was macht ihr, wenn ihr zusammen verreist?«
»Wie? Was wir machen! Na, als erstes besichtigen wir mal die geographischen Weltwunder! Das ist doch logisch!«
»Was für Wunder?« fragte sie.

Der zwiefache Schwur

Mit dieser Frage hatte sie etwas aufgerührt, was seit zu langer Zeit in meiner Phantasie verschlossen brannte und allzu verführerisch war, als daß es mich nicht auf der Stelle zu einem unaufhaltsamen Redeschwall hingerissen hätte! Und so begann ich, ihr die bedeutsamsten all der vielen aufsehenerregenden Wunder gewichtig aufzuzählen, die über die

Weltkugel verstreut auf den Besuch von Wilhelm und Arturo Gerace warteten... Aber sie, die bisher alle meine Worte mit so viel Bescheidenheit aufgenommen hatte, zeigte dagegen bei diesem neuen Gesprächsthema eine geradezu kampflustige Selbstbehauptung.
Es hatte den Anschein, als wäre für sie außer Neapel und seiner Umgebung nichts der Mühe wert, erforscht zu werden, so daß die Eifersucht auf die neapolitanische Ehre sie verstimmte, als sie mich jene exotischen Dinge preisen hörte. Ab und zu unterbrach sie mich, um mir in rühmendem und zugleich bitterem Ton zu sagen, daß es in Neapel ebenfalls dieses oder jenes gab... Als wären alle Herrlichkeiten, die im übrigen Teil der Erde existierten, im Grund nur Dinge zweiten Ranges und provinzlerisch, und als könnte ein Bürger dieser einzigartigen Metropole sich die Mühe umherzureisen ersparen: für ihn war es genug, geboren zu werden, denn das vollkommenste Beispiel aller Dinge konnte er sowieso vor der eigenen Tür finden.
Ich fing an, ihr das Kastell der Kreuzfahrer in Syrien zu rühmen, wo in alten Zeiten bis zu zehntausend Ritter wohnten! Und sie, gleich bei der Hand, verkündete mir, daß in Neapel ein Schloß emporrage, welches fünfzigmal so groß wäre wie das meines Vaters und das ›Eierschloß‹ genannt würde, weil es ringsherum geschlossen wäre, fast ohne Öffnung, wie ein Ei, und daß die Könige der beiden Königreiche Sizilien, die ›Barbonen‹, darin wohnten... Ich nannte ihr die gewaltige Sphinx Ägyptens, derentwegen sich Tausende von Karawanen aus allen Kontinenten auf den Weg machten. Und als Antwort erzählte sie mir von einer Kirche in Neapel, in der sich eine heilige Jungfrau aus Marmor befand, so groß wie eine Riesin, die manchmal, wenn man ihr ein Kruzifix zeigte, auch nur ein winzig kleines, wie man es als Anhänger um den Hals trägt, aus ihren Augen echte Tränen vergoß. Sie versicherte mir, daß viele Leute dieses Wunder bezeugten, nicht allein Neapolitaner, sondern auch Amerikaner, Franzosen, und sogar ein Herzog, und daß dieses Standbild von Tausenden von Pilgern besichtigt würde, welche die Kirche mit ihren Opfergaben von Kreuzen, Herzen und kostbaren Ketten in eine Goldgrube verwandelt hätten...

Ich sprach ihr von den indischen Fakiren, und sie wußte sogleich eine ganze Sammlung von Erscheinungen zu rühmen, die nicht weniger wunderbar und die alle in Neapel zu Hause waren. In Neapel, in der Sakristei eines Klosters gab es eine Nonne, zierlich und winzig von Gestalt, die seit über siebenhundert Jahren tot war, immerwährend aber schön und frisch blieb wie eine Rose, so daß sie in ihrem Kristallschrein einer Puppe im Schaufenster ähnelte. Und in Neapel, auf der Piazza San Ferdinando, wohnte ein Alter, der eine schwarze Zunge und schwarze Lippen hatte und die Fähigkeit besaß, Feuer zu essen. In den Cafés gab er seine Vorführungen, wobei er ganze Hände voll von Feuer verschluckte, während seine Enkel mit dem Tellerchen die Runde machten; auf diese Weise sorgte jener sonderbare Alte für den Lebensunterhalt der Familie.

Ich ließ sie reden mit einer Großmut, die nicht ohne Mitleid war, denn für mich bedeutete die Stadt Neapel ja kaum mehr als den Ausgangspunkt für meine Reisen, ein winziges Fleckchen nur, nicht der Rede wert; während sie durch ihr ruhmloses Schicksal dazu verurteilt war, niemals auch nur das geringste von der Welt kennenzulernen, außer Neapel und Procida. Ich hörte mir daher, zwar etwas verdrießlich, all diese neapolitanischen Geschichten an, die andere ihr beigebracht haben mochten und die sie mir in völliger Gutgläubigkeit wiedererzählte, wobei sie mit ihren kleinen Händen heftig gestikulierte ... als mich unversehens eine so tolle Lachlust im Halse zu kitzeln begann und ich in ein solches Gelächter ausbrach, daß ich mich vor hemmungslosem Lachen einfach der Länge nach hinwarf, mit dem Bauch auf den Boden.

Mir war, als hätte ich nie zuvor eine so ungewöhnliche Heiterkeit verspürt, die nicht allein meine eigene zu sein schien, sondern auch die ihre und zugleich die Heiterkeit des ganzen Weltalls. Sie hingegen nahm es verständlicherweise übel auf. Ihre neapolitanischen Ruhmeslieder brachen mit einem Schlage ab, und ich hörte ihre zornig gekränkte und empörte Stimme: »Frag meine Mutter, ob ich lüge! Kannst ganz Neapel danach fragen, ob ich mir diese Dinge, die ich dir erzählte, ausgedacht habe, oder ob sie Wahrheit sind!«

Daraufhin hob ich ein wenig den Kopf, redlich bemüht, sie zu beruhigen, da ich ja wirklich ihre Glaubwürdigkeit gar nicht in Zweifel zog und es mir sonderbar leid tat, sie zu Unrecht zu betrüben ... Doch kaum sah ich sie wieder vor mir, wie sie mich so schmollend anblickte und sich hin und her wiegte, da packte mich meine Heiterkeit von neuem wie ein Kehrreim in der Musik, und anstatt zu sprechen, lachte ich schlimmer als vorher.
Diese Szene wiederholte sich im Verlauf einer Minute zwei- oder dreimal. Mitunter hielt ich in meinem Gelächter inne, warf wieder einen Blick auf sie und platzte abermals los mit noch größerer Ausgelassenheit, so daß sie ganz gegen meine Absicht immer beleidigter schien. Ihre Lippen verzogen sich in bedenklichem Groll, der sie nun nahezu aus der Fassung brachte. Ich mußte denken: ›Was wird sie tun?‹ und ich spürte wieder den Reiz eines dramatischen Spiels wie früher, wenn ich Immacolatella neckte.
Schließlich hörte ich, wie sie zu schimpfen begann, und plötzlich trat sie mit einem Schritt in die Mitte des Zimmers, wo sie stehenblieb und in den bitteren und erhabenen Tönen einer Prophetin ausrief: »Ich schwöre es! Bei allen gebenedeiten Seelen des Fegefeuers, daß ich mir keine einzige Lüge ausgedacht habe! Alle sollen diesen Schwur bezeugen!«
Bei der großen Feierlichkeit eines derartigen Auftritts wurde ich augenblicklich wieder ernst. In diesem Moment aber sah sie mich nicht einmal an.
Und sie schloß: »... Mein Vater soll mich ebenfalls hören und meine Geschwister! Auf daß ich in dieser selben Minute hier zu Boden stürze, wenn ich geschwindelt habe in dieser Sache von Neapel! Auf daß ich tot umfalle!«
Nachdem sie diesen Schwur ausgerufen hatte, schluckte sie, und ich bemerkte, daß ihr vor Erregung, sich fälschlich beschuldigt zu fühlen, Kinn und Mund zitterten. Sie schaute mich nicht an, vielleicht weil sie fürchtete, mich noch immer lachen zu sehen, und sagte mit dünnem Stimmchen: »So wirst du mir jetzt glauben können, daß ich dir nicht die Unwahrheit gesagt habe.«
Nun schlug mir doch das Gewissen, und ich warf mir meine Ungezogenheit vor. Und zornig über mich selbst

sprang ich mit ungestümer Entschlossenheit auf die Füße und stellte mich vor sie hin. Dann rief ich mit mehr als ernster, mit geradezu historischer und schicksalhafter Betonung: »Bei meiner Ehre! Möge ich vom Blitz getroffen umfallen, wenn ich die Unwahrheit sage; ich schwöre: von Anfang an habe ich an die Ehrlichkeit jedes deiner Worte geglaubt und dich nicht für eine Lügnerin gehalten!«
Solange ich denken konnte, hatte in meinem Leben bis jetzt niemals eine feierliche Handlung von solcher Bedeutung stattgefunden. Und ich empfand große Genugtuung über dieses Ereignis. Was sie angeht, so warf sie mir schon wieder ganz heiter ein Lächeln zu, das mir zu danken und mich gleichzeitig zu fragen schien: ›Warum aber dann so viel Belustigung?‹ Nach bestem Wissen aber fand ich keine andere als diese rasche Antwort: »Ich lachte einfach nur so, weil mir zum Lachen zumute war«, und sie gab sich mit dieser Erklärung zufrieden und fragte mich nichts weiter. Sie stieß einen kurzen, dankbaren Seufzer aus, in dem sich die ganze Bitterkeit, die sie zuvor hinuntergeschluckt hatte, aufzulösen schien und ihr Herz von aller Last befreite, und mit einem Kopfschütteln, wie um das Bedauern über ihren Verdacht auszudrücken, sagte sie mit erleichterter Stimme: »Und ich...ich glaubte, du wolltest mich beschuldigen, ich hätte Unwahrheiten gesagt...«
Ich zuckte die Achseln: »Ach, was denn! Ich weiß doch genau, daß du nicht aufschneidest!« rief ich und fügte im Ton einer öffentlichen Kundgebung selbstsicher hinzu: »Ich kenne dich!« Diese Worte: ›Ich kenne dich‹ kamen mir unwillkürlich. Und als ich sie aussprach, wurde mir zu meiner Überraschung bewußt, daß dies tatsächlich stimmte, so sonderbar es auch sein mochte: alle andern Menschen (und mein Vater mehr als alle!) blieben mir stets geheimnisvoll; aber diese, der ich heute zum erstenmal begegnet war, kam mir bereits vor, als kennte ich sie auswendig. Ob nicht diese erstaunliche Entdeckung im Grunde die wahre Ursache meines Lachens war? Jedenfalls, da ich nichts weiter zu sagen wußte, setzte ich mich wieder auf den Fußboden, wo ich vorher gesessen hatte, und schloß in gelangweiltem Ton: »Na, ich hab bei meiner Ehre geschworen. Was willst du noch mehr? Verflucht, zum Teufel.«

Sie bewegte die Lippen ein wenig, wie in dem dringenden Wunsch mir zu sagen: »Aber ich hab dir verziehen, um Himmels willen! Ich hab dir doch verziehen!« Aber dann, anstatt zu sprechen, lächelte sie mir zu mit einer Miene, als wolle sie mich nun selber um Vergebung bitten. Daher eilte sie rasch auf mich zu, einem Hühnchen ähnlich, das beim Laufen die Flügel ausbreitet, und mit demselben Lächeln auf den Lippen blieb sie bescheiden stehen, zwei Schritte von mir entfernt. Da lächelte auch ich, mit einer gewissen Herablassung zwar und nur mit halbem Munde.

Ein verlegenes Schwanken zwischen Lachen, sie anschauen oder sie nicht anschauen brachte mich in Verwirrung. Ich spürte ihre vertrauenden und beschützenden Blicke auf mir ruhen, und das gab mir eine eigenartige, märchenhafte Freude. Nach einer Weile begann sie zögernd und glättete ihr Haar: »Und so wirst du also fortgehen, sobald du erwachsen bist...«

»Ja«, sagte ich. Und erst in diesem Augenblick, als ich mein Vorhaben so nachdrücklich bestätigte, kam mir in den Sinn, was sie wohl denken mochte: welche Rolle würde sie spielen bei den zukünftigen Reisen der beiden Gerace, Vater und Sohn? Und kurz und bündig beschloß ich bei mir selber: ›Sie wird in Procida allein auf uns warten!‹ Doch sie selbst schien nicht an ihr eigenes Los zu denken.

Sie stand da und betrachtete mich voller Zutrauen mit diesen ihren Augen, die zugleich kindlich und alt waren und mich an die Sternennächte über der Insel und an Immacolatella erinnerten. Und nach einem abermaligen versunkenen Schweigen bemerkte sie noch einmal, als könnte sie mit einer solchen Vorstellung sich nicht abfinden: »Und so hast du dein ganzes Leben ohne Mutter zugebracht!«

Der Ring der Minerva

»Ich«, erwiderte ich stolz und hob den Kopf, »als ich einen Monat alt war, konnte man mich schon ganz allein lassen! Einmal fuhr Silvestro nach Neapel, um bei einem Fußballspiel der Nationalmannschaft zuzusehen, und ich blieb den ganzen Tag über allein. Er hatte mir die unzerbrechliche Flasche mit dem Sauger um den Hals gebunden, und damit ich nicht herunterfallen konnte, mich auf den Fußboden auf ein paar Lumpen gelegt.«

»Silvestro, wer war das?« erkundigte sie sich.

»Das war einer aus Neapel, der so lange hier war, bis er einberufen und Soldat wurde. Ein Freund von mir! Er ist es, der mir die Milch gegeben hat.«

»Wieso! Er hat dir Milch gegeben?«

»Er hat mich mit Ziegenmilch großgezogen.«

»Huh!« bemerkte sie voll tiefer Entrüstung, »Ziegenmilch! Die schmeckt so, daß kein Christenmensch sie trinken kann! Wie hast du das nur gemacht, dabei so schön zu gedeihen? In Neapel sagt man, daß die Milch von Ziegen und Schafen bloß für die Ziegen- und Schafhirten taugt. Mein Bruder, wenn es Schafskäse zu den Makkaroni gab, dann aß er sie einfach nicht. Und dieser Soldat da, was für 'ne Sorte von Neapolitaner konnte der schon gewesen sein, daß er dir Ziegenmilch gab! Und wenn man bedenkt! Wenn wir das gewußt hätten! Meiner Mutter tat sogar die Brust weh in manchen Jahren von der vielen Milch, die sie hatte. Hätten wir das nur wissen können, daß du hier in Procida warst mit einer Ziege, wir hätten dich zu uns nach Hause geholt, und du wärst zusammen mit uns groß geworden! Ach, bei uns, da hätten wir bestimmt gut für dich gesorgt. Wir sind Frauen genug, und Frauen sind dazu da, um auf ein kleines Kind aufzupassen. Aber dieser Silvestro! Na schön, er war eben ein Mann; aber wenn einer auch ein Mann ist, er könnte trotzdem weniger dumm sein! Dir Ziegenmilch zu geben!«

Als sie ›dieser Soldat, dieser Silvestro‹ sagte, klang ihre Stimme unerbittlich feindselig, als hätte dieser unbekannte Pflegevater von mir (außer ihren Zorn zu verdienen, weil er mir Ziegenmilch gegeben hatte) vom ersten Augenblick an, schon als ich ihn nur erwähnte, ihre volle und ganze Abneigung erweckt. Durch einen solchen Ton fühlte ich mich getroffen; ich konnte doch wirklich nicht zulassen, daß mein erster und einziger Freund ungestraft beleidigt wurde.

»Silvestro«, verkündete ich feurig und entschlossen, »ist einer von den besten Neapolitanern! Und immerhin mußt du wissen, daß er nicht ein *Soldat* war; beim Militär hat er den Titel eines Obergefreiten bekommen, und wenn seine Dienstzeit noch länger gedauert hätte, wäre er Unteroffizier geworden. Er war einer der ersten von der ganzen Armee, und er ist auch Fußballer gewesen, Mittelstürmer in einer richtigen Mannschaft in Neapel. Er ist mein Getreuer! Es sind acht Jahre und noch länger her, seit er fortgegangen ist, und wir haben uns nie wiedergesehen, aber er vergißt mich niemals! Er hat mir in dieser Zeit verschiedene Postkarten geschickt: letztes Jahr schrieb er mir eine aus Caserta, auch die Unterschrift von seiner Verlobten ist darauf und von einem Unteroffizier, einem Piloten, und von der Schwester dieses Piloten. Und am fünften Dezember zu meinem Namenstag schickte er mir eine bunte, mit dem Bild von einer Rose und einem Hufeisen darauf. Nie vergißt er, mir Glückwünsche zu meinem Namenstag zu schicken. Seine Karten bewahr ich alle auf.«
Sie hörte mir mit aufmerksamem, doch etwas verstimmtem Gesicht zu, als könnte sie trotz ihrer offenkundigen Bewunderung für jedes meiner Worte dennoch jenen unerklärlichen Haß nicht wieder verscheuchen, den sie gegen Silvestro gehegt hatte.
»Und ich hab auch ein Geschenk von ihm bekommen«, erzählte ich weiter, »vor Jahren, als ich zehn wurde. Er schickte es mir durch einen Dritten aus Neapel, der auf einem Ausflug hierher kam: es ist ein Feuerzeug für Zigaretten, deutsches Fabrikat, so eines, das richtig geschmuggelt ist, ohne den Stempel vom Staat. Leider ist das Zündsteinchen abgebraucht, und in Procida bekommt man keinen Ersatz. Ich sandte ihm durch diesen selben Dritten eine Kamee, die ich am Strand gefunden hatte, irgendein Fremder muß sie verloren haben, ein herrlicher Stein mit dem Haupt der Göttin Minerva darin eingraviert. Darauf schrieb er mir auf einer Postkarte, daß er sich einen Ring damit hätte machen lassen und ihn nun stets am Finger trüge, und so ist dies ein weiterer Grund, weshalb er mich niemals vergessen kann. Übrigens, auch jener Dritte sagte es mir: ›Sei sicher, daß Silvestro dich immer in der Erinne-

rung behält. Häufig, im Gespräch über dies oder jenes, hört man ihn den Namen Arturo nennen, Arturo, als müßten alle bereits wissen, wer das ist, dieser Arturo! Und dann und wann sagt er: Wer weiß, wie groß er geworden ist! Ich muß mich wirklich eines Tages dazu entschließen, eine Reise nach Procida zu machen, um ihn zu besuchen.‹ – Nur eben«, fuhr ich mit Betrübnis fort, »wegen seiner Arbeit ist es schwierig für ihn, von Neapel wegzubleiben. Er hat in Neapel einen Vertrauensposten, sein Beruf ist Aufseher in einem Bauunternehmen, ein sehr guter Beruf, meiner Meinung nach. Er wohnt in einer Baracke, die man auseinandernehmen kann und die bald hier, bald dort aufgestellt wird, wo die Firma gerade arbeitet. Einmal ist er über ein Jahr lang in Pozzuoli gewesen, wo die Feuerfelder sind, und ein andermal war er ungefähr sechs Monate dem Hafen von Neapel gerade gegenüber, da wo die Panzerschiffe, die Torpedoboote und die Überseedampfer anlegen. Wer weiß, wo er sich jetzt aufhält! Auf der letzten Karte schrieb er mir nur seine Glückwünsche, ohne irgendeine Mitteilung.«
Bei diesen letzten Worten meiner Erzählung schien sie wenigstens für einen Augenblick mit Silvestro ausgesöhnt und mit kindlicher Freude sich ereifernd machte sie den Vorschlag: »Weißt du, was wir tun wollen? Eines Tages nehmen wir den Dampfer nach Neapel! Mit deinem Vater zusammen, und wir gehen ihn suchen. Auf diese Weise wirst du auch den Hafen von Neapel sehen und die Überseedampfer, und dann wirst du auch den Pallonetto sehen, wo mein Haus steht. – Auf dem Pallonetto«, fügte sie großartig hinzu, »da sind auch schon die ganz kleinen Bengel alle Fußballer! Da wird überall auf den Straßen Fußball gespielt! Ein Matrose, ein Bekannter von uns, der Andonio heißt, ist in allen Teilen der Welt umhergereist, und der sagt, daß man nirgends so viele Buben herumtollen sieht wie dort.«
Ihre Augen richteten sich mit einem Blick voller Bedauern auf mich: »Ach, das wäre schön gewesen«, bemerkte sie, »wenn wir zu der Zeit, als du noch ganz klein warst, schon miteinander verwandt gewesen wären wie jetzt! So hätten wir in unserer Familie ganz bestimmt sogleich erfahren, daß dich dieses Schicksal getroffen hatte: kaum geboren,

schon ohne Mutter zu sein! Und dann wären wir gekommen, ich und meine Mutter und meine Patin, mit einem Korb, schön mit Daunenfedern und Seide gefüttert, und hätten dich zu uns nach Hause geholt.«
Und sie erklärte mir, daß ich bei ihr zu Hause niemals allein gewesen wäre, denn im ganzen bestand ihr Haus in Neapel nur aus einem Zimmer, und die Tür führte geradenwegs auf die Straße. Deshalb, wenn es auch zuweilen vorkommen konnte, daß einer allein zu Hause blieb, so genügte doch das Vorübergehen der Leute, um ihm Gesellschaft zu leisten.
Beim Anhören dieser ihrer verfehlten Pläne überkam mich das Lachen, denn ich erinnerte mich an das, was Silvestro mir erzählt hatte: damals, als die Verwandten meiner Mutter im Bubenhaus ankamen und er mich aus Angst, daß sie mich mitnehmen könnten, in der Makkaronikiste versteckt hatte. Na ja, dachte ich, die waren aber nicht mit einem Korb erschienen, der mit Daunenfedern und Seide gefüttert war. Wenn er diese andern Verwandten mit einem so überaus herrschaftlichen Korb hätte ankommen sehen, vielleicht hätte mein Pflegevater mir doch erlaubt, mit ihnen fortzugehen.

Im Widerschein des Mondes

Während ich mir solche Gedanken machte (ohne jedoch irgend etwas davon durchblicken zu lassen), setzte sie sich auf ihren Koffer, mir gegenüber, der ich auf dem Fußboden hockte. Und so, ein wenig höher sitzend als ich, mit gerade aufgerichtetem Oberkörper, den Kopf auf die Schulter geneigt und beide Hände um die Knie geschlungen, fuhr sie in ihren Betrachtungen fort, als erzählte sie ein Märchen, das sie in all seiner Unmöglichkeit tatsächlich selbst bezauberte. In ihrer Stimme, die eine noch unfertige Mädchenstimme und mir nun schon vertraut war, schwang jetzt ein Ton wunderlicher Ungläubigkeit, geschwisterlich und beinahe bitter. »Wenn du da mit uns zusammen gewohnt hättest«, sagte sie, »das wäre ein ganz anderes Leben für dich gewesen! Ich hätte dich gehütet und dich auf dem Arm ge-

tragen. Was meinst du? Auch als ich ganz klein war, konnte ich schon Kinderchen auf dem Arm tragen. Das war auch notwendig! Denn bei uns zu Hause wurden sie ja fabriziert! Und alle hab ich auf dem Arm gehabt! Ich konnte sogar Seilspringen mit einem Kindchen im Arm!«
»Sag mal«, erkundigte ich mich hier, »wie alt bist du?«
»Ich bin sechzehn geworden im Oktober. Und du?«
»Ich bin im fünfzehnten seit Dezember«, erwiderte ich ihr. Und im stillen rechnete ich: also ist sie sechzehn Jahre und drei Monate alt. Als ich geboren wurde, war sie zwei Jahre alt. Und sie mutete sich zu, mich in diesem Alter auf dem Arm zu tragen! Trotzdem machte ich sie nicht auf diese Unwahrscheinlichkeit aufmerksam und ließ sie weitererzählen und sagte nichts.
»Du hättest wirklich einer von unserer Familie sein können wie ein anderer Bruder. Wir haben ein großes Bett, wo sogar sechs bis acht Christenmenschen drin Platz haben! Da hättest du auch geschlafen, mit uns zusammen. Und wenn dein Vater dich besucht hätte, nachdem er so allein umhergereist war, und es abends spät wurde, hätte auch er sich bei uns zu Hause schlafen legen können, wenn er es wollte! Unser Bett hat nämlich zwei Matratzen: eine Matratze konnte man auf der Erde ausbreiten, darauf hätten dann wir alle miteinander geschlafen. Und dann wäre das Bett ganz allein für ihn geblieben.«
Ich brach in ein Gelächter aus, und sie stimmte mit ein. Doch ihr Lachen endete in einem kindlichen kleinen Seufzer, den sie nur mit Mühe unterdrückte; fast als hätte sie beim Sprechen ihr Märchen liebgewonnen und keine Lust, sich wieder von ihm zu trennen. Dann lächelte sie mich mit einer seltsam beschützenden Traurigkeit an. Und dabei schienen ihre ernsten Augen sich verständig und treuherzig zu entschuldigen und mir zu sagen: ›Ich hab ein einfältiges Gemüt und denke mir nur so etwas aus; aber in meinem Innersten vergesse ich doch niemals die Wirklichkeit.‹
»Ach, und abends«, schloß sie, »um dich fröhlich einschlafen zu lassen, hätten ich und meine Mutter und meine Patin dir ein paar schöne Lieder vorgesungen... Du hättest jeden Tag mit uns zusammen gegessen. Und die Feste und die Feiertage, immer zusammen...«

Wir verharrten in Schweigen. Und nun breitete sich die Stille, die über die Insel gekommen war mit dem Abend, im ganzen Zimmer aus; das Tosen des Nordwindes hatte sich fast völlig gelegt, und es schien, als hörte man wahrhaftig die Minuten der Gegenwart durch die sagenhaften Entfernungen der Zeit enteilen wie ein tiefes, ruhiges Atmen, das sich senkte und wieder hob in regelmäßigem Rhythmus. Sie saß auf ihrem Koffer, in vollkommener Ruhe, erfüllt von Frieden und unbewußter Würde. Und ich, halb vor ihr ausgestreckt auf dem Fußboden, lauschte ohne Gedanken jenen schönen, verrinnenden Lauten der Nacht. Nach einer Weile hörte ich ihre Stimme: »Das Licht in der Lampe ist dunkler geworden«, und ich entgegnete ihr: »Das ist das Zeichen, daß es bald auslöschen wird. Jeden Abend erlischt es für eine Minute, wenn die Elektriker in der Zentrale sich ablösen.«

Abermals wurde sie schweigsam, und geraume Zeit rührte sie sich nicht aus ihrer gedankenvollen Versunkenheit. Erst eine Sekunde ehe die Lampe auslöschte, blickte sie mich an und brach von neuem das Schweigen mit einem Satz, der in Wirklichkeit eine kindliche Äußerung war, die selbst eines logischen Sinnes entbehrte, doch vielleicht gerade deshalb wie ein rätselhafter Orakelspruch klang. »Und wenn ich denke!« sagte sie, »zu jener Zeit, als dein Vater zuweilen den Namen Arturo nannte, Arturo... wenn ich denke, daß du dieser Arturo warst!«

Beim Erlöschen der Lampe schwebte ein matter Widerschein des Mondes durch die staubigen Scheiben ins Zimmer. Ich legte mich müßig auf den Rücken. Über meinen ausgestreckten Körper hinweg gewahrte ich undeutlich den Schatten der sitzenden Braut, gleich dem einer Statue. Und ich betrachtete mit zurückgewandtem Kopf das trübe Fenster hinter mir, derweil ich mir den schmalen Umriß des neuen Mondes vorstellte, welcher dort hinter der Scheibe am klaren Himmel hinabstieg wie an einem Faden. Die Dunkelheit im Zimmer dauerte nur wenige Sekunden; doch in diesen wenigen Sekunden wurde unvermittelt eine Erinnerung wieder in mir lebendig. Sie gehörte einem Leben an, das ich in sehr ferner Zeit gelebt haben mochte: Jahrhunderte, Jahrtausende zuvor, und die erst jetzt wieder in meinem Gedächtnis emporstieg. Wenn auch nicht vollständig klar, so war es dennoch eine so sichere und wahrheitsgemäße Erinnerung, daß sie mich für eine kurze Weile der Gegenwart entriß.

Ich befand mich an einem Ort in weiter Ferne, ich weiß nicht, in welchem Lande. Es war eine klare Nacht, doch am Himmel war kein Mond zu sehen; ich war ein Held und lief am Gestade des Meeres entlang. Mir war eine Kränkung widerfahren oder es schmerzte mich eine Trauer: vielleicht hatte ich meinen liebsten Freund verloren, es ist möglich, daß er mir getötet worden war (daran konnte ich mich jetzt nicht deutlich entsinnen). Ich rief nach irgend jemand und weinte, am Strande hingestreckt. Da hatte ich die Erscheinung einer Frau, sie war übergroß und saß auf einem Stein, einen Schritt von mir entfernt. Sie war ein Mädchen, aber dennoch lag in ihrer ganzen Gestalt eine erhabene Reife, und ihr geheimnisvolles Kindsein schien nicht an ein menschliches Alter gebunden, sondern eher ein Zeichen von Ewigkeit. Und es war wirklich die, nach welcher ich gerufen hatte, das ist gewiß; wer sie aber war, daran vermochte ich mich jetzt nicht zu erinnern: ob eine ozeanische oder eine irdische Gottheit, oder eine Königin, mir durch Verwandtschaft verbunden, oder vielleicht eine Seherin...

Ich wurde den Augenblick nicht gewahr, da die Lampe wieder aufflammte; ich war beinahe eingeschlummert. Die Braut rief mich: »Artu! Wer weiß, wieviel Uhr es jetzt ist?«

Es war das erstemal, daß sie mich beim Namen nannte.

Ich schüttelte mich, richtete mich auf, und sogleich kehrte ich in die Gegenwart und in das erleuchtete Zimmer zurück, wo die Braut auf dem Koffer saß. Ich erwiderte: »Es muß etwa halb sieben Uhr sein, denn jeden Abend um diese Stunde wird der Lichtstrom umgeschaltet.«

Sie sprang vom Koffer auf: »Halb sieben!« rief sie aus, »aber dann müssen wir schnell machen und das Feuer anzünden für das Essen heut abend!«

Ich teilte ihr mit, daß in unserem Hause abends wirklich niemals Feuer angezündet würde; jeden Morgen übernahm es Costante, auch die Mahlzeit für den Abend zu kochen,

und gewiß hatte er es heute ebenfalls getan und uns wie gewöhnlich das Abendessen schon in dem Speiseschrank bereitgestellt. Doch mit betonter Wichtigkeit und voller Eifer bestand sie darauf, daß sie Feuer anzünden wollte, um das Essen aufzuwärmen und um vielleicht sogar Makkaroni zu kochen.
Dann gingen wir in die Küche hinunter.

Die vortrefflichen Heerführer

Costante hatte uns für den Abend gebratenes Kaninchen und in Öl gebackene Kartoffeln hingestellt. Aber als wir in den anderen Fächern des Speiseschranks suchten, fanden wir ein Paket Makkaroni, die im Laden gekauft waren, eine Dose Konserven und ein Stück Käse, und sie erklärte, daß wir mit diesen Zutaten sogar Makkaroni mit Sauce zum Abendbrot essen könnten. Darum durchstöberte sie die Küche und entdeckte ein paar trockene Reisigbündel, auch einen Eimer mit Kohlen und die Streichhölzer. Und hocherfreut beschloß sie, daß sie sogleich das Feuer anzünden und den Topf mit Wasser aufsetzen wolle, während sie auf meinen Vater wartete, um, wenn er käme, die Makkaroni hineinzuwerfen. Dann wiederholte sie mir dieselbe Bitte, welche sie schon vorher im oberen Stockwerk an mich gerichtet hatte, nämlich sie nicht allein zu lassen in diesem Hause, das ihr noch fremd war. Und nun streckte ich mich auf die Bank, nachdem ich aus der Schublade ein Buch genommen hatte, das ich damals in der Küche zu lesen pflegte, während ich aß. An diesem so ungewöhnlichen Abend jedoch verspürte ich keine rechte Lust zum Lesen, und ich lag untätig da, auf die Ellenbogen gestützt mit dem Buch vor mir, das ich nicht einmal aufschlug.
Als die Braut die Vorkehrungen traf, das Feuer anzuzünden, begann sie zu singen, und ich fuhr auf, als ich ihre Stimme hörte, die beim Singen noch rauher und spröder klang als sonst. Sie lief mit hastigen, ungestümen Schritten zwischen der Kiste mit den Reisigbündeln und dem Herd hin und her; sie runzelte die Stirn, und ihre Züge hatten einen kampflustigen Ausdruck angenommen. Das

Feueranzünden schien für sie eine Art Krieg oder Fest zu sein.
Da sie in der Küche keinen Feuerfächer gefunden hatte, machte sie sich daran, selber mit großer Ausdauer auf die Kohlen zu blasen, und mir kam eine Abbildung von den Kreuzzügen in den Sinn, auf der man den Nordwind als einen krausköpfigen Erzengel dargestellt sah, welcher gerade auf eine Schiffsflotte niederblies. Durch das heftige Blasen waren die Kohlen endlich in Brand geraten, und um die Flamme anzufachen, hob sie nun mit beiden Händen den vorderen Zipfel ihres Rockes hoch und begann, ihn wie einen Feuerfächer stürmisch vor dem Herdloch hin- und herzuwedeln. Knisternde Funken sprühten auf, doch sie fuhr fort, ihren Rock zu schwenken mit dem wilden Eifer einer Zigeunertänzerin, und sie sang dabei aus vollem Halse, alle Schüchternheit vergessend, als wäre sie allein zu Hause in Neapel.
Sie sang nicht mit gefühlvollem Überschwang, sondern unbekümmert mit kindlicher Herbheit, mit gewissen schrillen Lauten, welche an den bitteren Gesang mancher Tiere erinnerten: der Störche vielleicht, oder der Zugvögel über der Wüste.
Die Kohlen brannten nun mit heller Glut, und nachdem sie den Rock wieder heruntergelassen hatte, ging sie zum Ausguß und ließ das Wasser in den Kochtopf laufen, ohne mit Singen aufzuhören. Von einem ihrer Lieder (es waren Lieder in italienischer Sprache, nicht in neapolitanischem Dialekt, und mir völlig neu) entsinne ich mich noch an einen Vers, den sie in folgender Weise aussprach:

»Forse ogni apascia già pronto ha il pugnal.«
(Vielleicht hat jeder Apache den Dolch schon bereit...)

Neugierig fragte ich sie, was ›apascia‹ bedeute (ich hatte noch niemals etwas von Apaches oder Gigolettes gehört, die ich dann später in Hunderten von Liedern wiederfand), und sie entgegnete mir, sie wisse es tatsächlich auch nicht. Dann erklärte sie mir, daß sie nahezu alle Lieder, die sie kannte, gelernt hatte, indem sie dem Radio einer Nachbarin zuhörte. Das war so eine, die mit Handeltreiben eine Menge Geld gemacht hatte und sich einiges leisten konnte.

Aber sie war ein guter Mensch. Jedesmal wenn sie das Radio andrehte, stellte sie es so laut es ging: und auf diese Weise konnten alle miteinander in der Gasse, wenn sie friedlich auf der Schwelle vor ihrem Hause saßen, die Lieder hören.
Unter diesen Gesprächen war die Braut mit den Vorbereitungen fertig geworden und setzte sich neben meiner Bank auf die Erde. Sie bemerkte das Buch, das noch ungeöffnet dort vor mir liegengeblieben war, und nach Art der Halbanalphabeten buchstabierte sie mühsam den Titel: »Das Le-ben der vor-treff-li-chen Heer-füh-rer.«
»Das Leben der vortrefflichen Heerführer!« wiederholte sie. Und sie blickte mich verwundert an, als stünde mir selber, einzig der Tatsache wegen, daß ich ein solches Buch las, der Rang eines vortrefflichen Heerführers zu. Darauf fragte sie mich, ob mir das Lesen Spaß mache. Ich erwiderte:
»Na, das versteht sich! Und ob es mir Spaß macht!«
Beschämt, aber dennoch mit einer Art Schicksalsergebung (wie jemand, der einen Zustand anerkennt, für den es keine Hoffnung und kein Heilmittel gibt), gestand sie mir dann, daß ihr dagegen das Lesen keinen Spaß mache; so daß sie, als sie klein war und zur Schule ging, jeden Morgen schon weinte, wenn sie das Buch nur vor sich sah. In der Schule war sie bis zum Ende der zweiten Klasse gekommen, und dann hatte sie es aufgegeben.
Es gab aber Bücher bei ihr zu Hause in Neapel, einen dicken Roman, den ihre Patin ihr geschenkt hatte, und außerdem noch die Schulbücher ihrer Schwester, die in die dritte Klasse ging. Sie aber hatte von klein auf festgestellt, daß das Bücherlesen nur eine Strafe war, ohne irgendeinen Nutzen. Es kam ihr vor, als stünde nichts als ein Wirrwarr von Wörtern in den Büchern. Wozu waren all diese Wörter da nütze, die tot und wirr durcheinander auf das Papier gedruckt waren? Außer den Wörtern verstand sie in einem Buch sonst gar nichts. Also, das war alles, was sie darin zu begreifen vermochte: Wörter!
»Du«, sagte ich zu ihr, »du sprichst wie Hamlet!« Ich hatte in italienischer Übersetzung die Tragödie von Hamlet gelesen (außerdem Othello, Julius Caesar und König Lear) und

ich mißbilligte voll und ganz das Verhalten dieser Persönlichkeit.
»Wer ist Hamlet?« fragte sie.
Mit geringschätziger Grimasse erwiderte ich: »Ein Hanswurst«, und bei dieser Antwort brach sie in ein jähes, etwas erregtes Lachen aus. Ich begriff nicht sogleich, weshalb sie so sehr lachte; aber bald wurde mir klar, daß sie die Bezeichnung »Hanswurst«, wie ich Hamlet genannt hatte, als selbstverständliche Folgerung aus meiner Rede auch auf sich selbst bezog. Bei dieser Vorstellung mußte ich ebenfalls laut lachen. Dann wurde ich wieder ernst und erklärte ihr: »Hamlet war ein Hanswurst, und ich weiß auch, warum. Aber du hast nichts mit ihm zu tun; verstehst du? Er war der Prinz von Dänemark!«
Mir fiel auf, daß ihr Antlitz bei dieser Enthüllung in Hochachtung erstarrte, und entschlossen rief ich: »Mach nicht so ein ergebenes Gesicht! Die meisten Könige und Prinzen sind Hanswurste!«
Dies war eine der letzten Erkenntnisse, zu welcher ich kürzlich gelangt war, und ich sah ein, daß ich sie meiner unwissenden Zuhörerin nicht verkündigen durfte ohne eine entsprechende Erläuterung. »Es genügt nicht, einen Thron zu besitzen«, sagte ich zu ihr, »um den Titel eines Königs zu verdienen. Ein König muß der Erste sein an Tapferkeit in seinem ganzen Volk. Zum Beispiel: Alexander von Mazedonien! Der war ein wirklicher König! Er«, fügte ich mit gewissem Neid hinzu, »er war der Erste seines Volkes, nicht allein an Tapferkeit, sondern auch an Schönheit! Er war von göttlicher Schönheit! Er hatte blondes, lockiges Haar, das aussah wie ein wunderbarer Goldhelm.«
Sie hörte mir ehrfürchtig und mit großer Aufmerksamkeit zu wie gewöhnlich; und bewundernd bemerkte sie: »Du Schlingel bist kleiner als ich und weißt schon so viel!«
Gereizt über dieses Wort ›Schlingel‹ fuhr ich fort: »Doch Könige wie ihn gibt es wenige! Und solche, die den Titel eines Königs tragen und nicht dieselbe Tüchtigkeit besitzen wie er, weißt du, was die sind? Sie sind ehrlose Schurken, Usurpatoren des Befehls!«
»Sicherlich, wer befiehlt, muß es besser machen als die andern«, gab sie bescheiden und mit schüchterner Stimme zu,

»denn wenn der, der oben steht, nicht das Beispiel gibt, wie kann diese Welt dann bestehen?«
Nach einigem Nachdenken setzte sie hinzu: »Aber so geht es eben! Auch wer oben steht, erinnert sich nicht immer daran, was er dem Herrgott schuldig ist! Die Mächtigen irren sich genauso, nicht die armen Schlucker allein. Ach, es gibt nicht allzu viele Christenmenschen, die ein ehrliches Gewissen haben. Deshalb hat Gottes Sohn da oben im Himmel immer noch die Dornenkrone auf; und seine Leidenszeit, wer weiß, wann die zu Ende ist.«
Bei diesen Worten seufzte sie wie eine wunderliche kleine Nonne über die tausendjährige Pein dieses unglückseligen Gottes und schüttelte die Löckchen als Begleitung zu ihren Klagen. Und ohne daran zu denken, daß sie zu einem Gottlosen sprach, blickte sie mich mit vertrauenden und schwesterlichen Augen an, als ob ihre »Unbedingten Gewißheiten« mit den meinen übereinstimmten!
Dennoch beschränkte ich mich darauf, sie statt einer Antwort nur duldsam und verstohlen anzuschauen. Und meine unterbrochene Rede wieder aufnehmend, fuhr ich fort: »Die Schuld liegt ebenso bei den Völkern! Es wird einem vollkommen klar, wenn man die Weltgeschichte liest und auch, wenn man gewisse Länder ansieht, daß eine Masse von Leuten die einzige Hoffnung des Lebens nicht kennt und die Gesinnung der wahren Könige nicht versteht. Man kann sogar beobachten, daß die Schönsten und Tapfersten deshalb abseits leben wie wilde Korsaren. Keiner begleitet sie, außer der Schar ihrer Getreuen; vielleicht auch ein einziger Freund, der ihnen beständig folgt und sie mit seinem Leben verteidigt: der Eine, der ihr Herz kennt! Alle übrigen Leute sind von ihnen geschieden, gleich einer Herde niedriger Gefangener, zutiefst hinabgestürzt in den Kielraum des prächtigen Schiffes! Das ›prächtige Schiff‹«, belehrte ich sie an dieser Stelle, »sind Worte, die ich dir gesagt habe, um ein poetisches Symbol zu gebrauchen. Dies ist keine gegenständliche Redeweise. Das ›Schiff‹ bedeutet: die Ehre des Lebens!«
Unter solcherlei Erklärungen hatte ich mich aufgerichtet und rittlings auf die Bank gesetzt. Es war das erstemal, daß ich einem menschlichen Wesen die Ergebnisse meines einsamen Grübelns enthüllte. Ihre Züge waren tiefernst, beinahe

andächtig. Eine Zeitlang verharrte ich in Schweigen und betrachtete sie hin und wieder mit raschen Blicken, ehe ich mich entschloß weiterzusprechen, und endlich sagte ich zu ihr: »Das Ideal der gesamten Weltgeschichte wäre dieses: daß die wahren Könige ein Volk fänden, das ihre eigene Gesinnung teilt. Dann könnten sie jede herrliche Tat vollbringen, könnten sich daranmachen, selbst die Zukunft zu erobern! Die Befriedigung, selber tapfer zu sein, genügt einem nicht, wenn alle andern einem nicht gleich sind und man keine Freundschaften schließen kann. An dem Tag, da alle Menschen ein tapferes und ehrenvolles Herz haben werden gleich einem König, wird alle Feindseligkeit über Bord geworfen. Und die Leute werden nicht mehr wissen, was sie dann mit den Königen anfangen sollen. Denn jeder Mensch wird über sich selber König sein!«
Dieser letzte Gedanke – hochtönend und großartig – klang meinen eigenen Ohren neu, da er in dieser selben Minute wie von ungefähr in mir entstanden war, während ich sprach; ich hatte ihn nie zuvor gedacht, und im stillen freute ich mich darüber wie über eine wahrhaft philosophische Entdeckung, eines hervorragenden Denkers würdig. Mit einem Blick konnte ich erkennen, daß auch das Angesicht meiner Zuhörerin wie ein ergebener Spiegel von einer strahlenden Bewunderung erleuchtet wurde. Und darauf verkündete ich in neuem Eifer mit der Sicherheit meines Selbstvertrauens: »Ich will alle Bücher der Wissenschaft und der wahren Schönheit lesen: ich werde gebildet sein wie ein großer Dichter! Und fürs übrige, was Kraft anbelangt, daran fehlt es mir nicht: ich kann alle möglichen Übungen verrichten, ich habe mit der Ausbildung angefangen, als ich sieben oder acht Monate alt war. Noch ein paar Sommer, und dann will ich den sehen, der es mit mir aufnimmt! Laß die internationalen Weltmeister nur antreten! Dann muß ich bei der ersten Gelegenheit den Gebrauch der Waffen lernen und mich ans Kämpfen gewöhnen. Sobald ich das Alter habe, werde ich überall, wo gekämpft wird, als Freiwilliger hingehen, um meinen Mut zu beweisen. Ruhmreiche Taten werde ich vollbringen, und mein Name soll in aller Leute Mund sein. Das Wort: *Arturo Gerace* soll man in allen Ländern hören!«

Sie begann zu lachen, ein kindliches, leises, verzaubertes Lachen, wobei sie mich mit bedingungsloser Gläubigkeit ansah, als wäre ich einer ihrer Brüder, der herabgestiegen war, um ihr von den wackeren Taten zu berichten, die der Erzengel Michael im Paradies vollbringt.
Nun zögerte ich nicht mehr, ihr selbst meine ehrgeizigsten und eifersüchtig gehüteten Pläne mitzuteilen, und nicht allein solche, an die ich im tiefsten Herzen noch glaubte wie an ausführbare Dinge, sondern ebenso jene unwahrscheinlichen, die ich mir als kleiner Junge ausgedacht hatte und die sich niemals würden verwirklichen lassen. In meinem jetzigen Alter verkannte ich nicht mehr, daß manche meiner früheren Pläne Märchen waren; aber ich sagte sie ihr dennoch, da ich wohl wußte, daß sie mir trotzdem glauben würde.
»Pah, und dann«, begann ich, »wenn ich der erste unter den Tapferen geworden bin, gerade wie ein wirklicher König, weißt du, was ich dann tun werde? Ich werde mich mit meinen Getreuen aufmachen und die Völker erobern und alle Menschen lehren, was wahre Tüchtigkeit und Ehre ist! All diesen Armseligen, Schändlichen werde ich beibringen, wie töricht sie sind. Es gibt eine Menge Leute, die, kaum sind sie geboren, schon Angst haben und zeitlebens vor allem und jedem diese Angst behalten. Ich will aber aller Welt die Schönheit der Tapferkeit erklären, welche die elende Feigheit besiegt. Und eines der Unternehmen, die ich vorhabe, wird dieses sein: sehr bald, wie ich dir schon sagte, werden mein Vater und ich weit fortgehen miteinander für eine lange Zeit, bis man uns eines Tages hier in Procida landen sieht, an der Spitze einer prunkvollen Flotte. Alle Leute jubeln uns zu, und die Procidaner werden nach unserem Beispiel die tüchtigsten Helden aller Nationen wie die Mazedonier, und ebenso vornehm und stolz, als wären sie Brüder meines Vaters. Sie werden unsere Getreuen sein und uns in all unseren Tagen folgen. Als erstes stürmen wir die Strafanstalt, um alle Gefangenen zu befreien, und oben auf der Festung hissen wir ein Banner mit einem Stern, das man an der ganzen Meeresküste ringsum sehen wird! Die Insel Procida wird über und über beflaggt sein wie ein schönes Schiff: sie wird besser sein als Rom!«

Hierbei heftete ich einen mißtrauischen Blick auf ihr Gesicht. Denn tatsächlich bestand in diesem Punkt noch immer eine ungeklärte Frage zwischen uns beiden auf Grund ihrer Ansicht über die Sträflinge und die Zuchthäuser, die sie wenige Stunden zuvor in der Kutsche geäußert hatte. Doch mein Blick fand auf ihrem Gesicht jetzt nichts anderes als ein jubelndes Einverständnis, als brenne sie schon vor Ungeduld, meine Fahne auf dem Felsen der Insel flattern zu sehen, und verspräche sich bereits davon ein großes Fest mit Liedern und Tänzen! Dann, zum Abschluß meiner Rede, sagte ich, wobei ich mit dem Handrücken auf den Buchdeckel der ›Vortrefflichen Heerführer‹ klopfte: »Dies hier ist nicht ein Buch mit ausgedachten Erzählungen. Es ist alles wirkliche Geschichte, es ist Wissenschaft! Die geschichtlichen Heerführer, selbst die berühmtesten wie Alexander von Mazedonien, waren nicht vom Schicksal auserwählt. Daß Menschen vorherbestimmt sind, ist ein Märchen. Es waren Menschen, in allen Dingen den anderen gleich, außer in ihrem Denken. Wenn einer sich bemüht, wie sie oder noch besser als sie zu werden, muß er zuerst bestimmte, wahre, große Gedanken im Sinn haben ... und diese Gedanken, die kenne ich!«
»Welche Gedanken?« fragte sie eifrig.
»Na ja«, vertraute ich ihr nach einigem Zögern an und runzelte die Stirn, »der erste Gedanke, der höchste von allen, ist dieser: *Man soll den Tod nicht wichtig nehmen!*«
Damit hatte ich ihr nun sogar den berühmten Gedanken enthüllt, den ich in meinem berühmten Gesetzbuch absichtlich verschwiegen hatte: die anmaßendste nämlich und die schwierigste meiner ›Unbedingten Gewißheiten‹ (und zugleich meine höchste, geheimste Ungewißheit!).
Sie stimmte mir in gewichtigem Ton bei: »Das ist die erste Wahrheit«, und setzte hinzu, »die auch Gott uns lehrt.«
In diesem Augenblick aber hörte ich ihr kaum noch zu. Eine solche Zufriedenheit erfüllte mich, daß ich keine Geduld mehr aufbrachte, mich mit ihr zu unterhalten
Auf einmal kam mir die Küche vor wie ein Gefängnis. Ich schnaufte, ich wünschte, es wäre heißer Sommer, frühmorgens am Strand; ich hätte auf die Felsen klettern, ins Wasser tauchen und mich tummeln mögen! Eine unbezwingliche

Lust zu spielen und waghalsige Dinge zu tun, hatte mich gepackt. Plötzlich wandte ich mich ihr heftig zu: »Schau her!« schrie ich. Ich war aus den Schuhen geschlüpft und nahm von der gegenüberliegenden Wand blitzschnell einen Anlauf auf das Eisengitter des Fensters zu, das vom Boden aus etwa zwei Meter hoch ist. In einem einzigen Sprung klammerte ich mich mit den Händen an eine der mittleren Querstangen, und fast in demselben Augenblick schwang ich mich durch kräftiges Abstoßen der Beine und des ganzen Körpers mit den Füßen zwischen zwei höhere Querstangen und ließ mich hintenüberfallen. Aus dieser Stellung konnte ich sie sehen inmitten all ihrer Löckchen, wie sie vor Entzücken in die Hände klatschte.
Ich verspürte ein überschwengliches Glück. Nachdem ich eine Art Bocksprung vollführt hatte, hing ich wieder am Gitter und vergnügte mich, mit Kunstsprüngen und Hin- und Herschaukeln den Spaßmacher zu spielen; dabei rief ich: »Schau! Die Fahne!« Und während ich mich nur mit einer Hand an der Stange festhielt, spannte ich die Armmuskeln an, bis ich den Körper nach vorn gestreckt hatte wie eine Standarte. In dieser Haltung verharrte ich mehrere Sekunden, etwa so wie ein Virtuose, wenn er den Ton aushält; zuletzt ließ ich mich auf den Boden hinunterfallen, und von da aus setzte ich an zu einem großen Sprung und landete, wie über eine Luftbrücke hinweg, aufrecht und mit geschlossenen Füßen auf dem Tisch, drei oder vier Meter weiter weg.
Sie schaute mir zu, nicht als wäre ich auf einen Küchentisch gesprungen, sondern auf das oberste Deck eines erbeuteten Schiffes, und ich, noch mitgerissen von meinem Schwung, kam mir jetzt fast wie ein Schiffsjunge in den Sagen vor, der mit unvorstellbarer Geschicklichkeit vom Mitteldeck hinauf zu den Türmen, zu den Vedetten fliegt! Noch mancherlei andere Kunststücke trug ich zur Schau, die alle außerordentlich von ihr bewundert wurden.
Zum Schluß kam ich zu ihr zurück und setzte mich auf die Erde. Ich war barfuß, denn Strümpfe gehörten zu jenen Kleidungsstücken, über die mein Vater und ich nicht immer verfügten. Meine Schuhe lagen nicht weit von mir entfernt auf dem Boden; mit ausgestrecktem Fuß ergriff ich

einen zwischen dem großen und dem mittleren Zeh und sagte voller Stolz: »Schau! Mein Fuß kann greifen!«
Sie bewunderte diese meine Fähigkeit nicht minder als meine vorherigen Glanzstücke, und ich erklärte ihr, daß ich erst seit kurzem durch häufiges Üben diese Fertigkeit erlangt hatte. Hier in Procida, fügte ich hinzu, hätte ich seit meiner Geburt ein wahres Matrosenleben geführt. Und ein Matrose müsse nach einem Ausspruch, den ich in einem Abenteurerbuch gelesen hatte, ›Die Behendigkeit des Affen, das Auge des Adlers und das Herz des Löwen‹ besitzen.
Dann erzählte ich ihr die Geschichte, die ich als Junge gelesen hatte, von einem Seeräuber, der beide Hände im Kampf verloren hatte und seitdem anstatt der fehlenden Gliedmaßen beständig zwei geladene Pistolen fest an die Armstümpfe gebunden trug. Er hatte gelernt, mit seinen Pistolen zu schießen, indem er mit dem Fuß auf den Abzug drückte, und hatte sich eine so unfehlbare Zielsicherheit angeeignet, daß er im Roman stets ›der höllische Krüppel‹ oder auch der ›Zerstörer des Pazifik‹ genannt wurde.
»Was du alles weißt!« staunte sie mit ergebener Demut; dann, den Kopf hebend, als wolle sie singen, rief sie plötzlich mit glücklichem Lächeln: »Wenn du einem König gleich sein wirst, dann werden wir alle kommen, um dich zu ehren. Ich werde auch meine Mutter und meine Schwester hierher bringen! Ich werde den ganzen Pallonetto mitbringen! Und ganz Chiaia! Und ganz Neapel!«
Sie verweilte einen Augenblick bei dieser Vorstellung und fügte fast mit Heimlichkeit hinzu: »Glaubst du das, Artu? Wenn du diesen deinen Gedanken aussprichst, daß du werden willst wie ein König, dann scheint es mir, als sähe ich dich, als wäre es schon wirklich wahr und natürlich: prächtig gekleidet, in einem schönen Seidenhemd mit kleinen goldenen Knöpfen, und dem Königsmantel und der goldenen Krone und vielen kostbaren, schönen Ringen ...«
»He!« unterbrach ich sie mit stolzer Geringschätzung, »was denkst du denn? Krone und Königsmantel und so weiter! Man sagt das Wort ›König‹ und du denkst sofort an die Könige, welche diesen Titel tragen! Aber die Könige, von denen ich spreche, sind ganz besondere Könige, die nicht wie Hanswurste gekleidet gehen, wie du meinst.«

»Und wie gehen sie gekleidet?« fragte sie bestürzt, aber dennoch neugierig.
»Sie kleiden sich irgendwie, ohne sich darum zu kümmern, gerade wie es ihnen paßt!« erklärte ich rasch. Und sogleich, ohne lange darüber nachdenken zu müssen, gab ich eine genaue Beschreibung: »Im Sommer mit Hosen und irgendeinem Hemd, vielleicht sogar zerrissen und nicht zugeknöpft... und dann... ein geblümtes Tuch um den Hals... Und im Winter mit irgendeiner Jacke, zum Beispiel kariert... im ganzen, sportlich!«
Sie schien etwas enttäuscht zu sein; doch einen Augenblick später richteten sich ihre Augen wieder mit unschuldiger Ergebung auf mich, und den Kopf wiegend, sagte sie mit Überzeugung: »Ach, trotzdem, auch wenn du dich wie ein Bettler anziehst, siehst du doch aus wie ein kleiner Prinz...«
Ich antwortete nicht und preßte die Lippen aufeinander, um meine Gleichgültigkeit zu bezeugen; bis ich schließlich doch in Lachen ausbrach, so sehr freute ich mich über dieses Kompliment.
Kurz darauf hörte man den Schritt meines Vaters, der die Treppe herunterkam, und der ›Geheimnisvollste von allen‹ erschien wieder unter uns.
Nun sahen wir, daß das Wasser im Kochtopf, das schon eine Weile kochte, zur Hälfte verdampft war, ohne daß wir beide es bemerkt hätten, und die Kohlenglut war nahezu heruntergebrannt. Dieser Umstand verzögerte das Abendessen, und indes wir darauf warteten, begann mein Vater vom Ischia-Wein zu trinken, den er am liebsten mochte. Er hatte sich ausgeruht und mit lachender Laune von seinem Nachmittagsschlaf erhoben. Nun schien er sich wie bei einem Spiel darüber zu freuen, daß wir zu dritt im Kastell der Gerace zu Abend aßen. Seine Heiterkeit stimmte alle fröhlich, und der Abend gestaltete sich wie ein großes Fest.

Die Braut hatte sich endlich das Mäntelchen von der Reise ausgezogen; über dem Samtrock trug sie einen Pullover aus roter Wolle, der ihr zu eng und kurz geworden war wie das Mäntelchen; und in dieser Kleidung konnte man die Form ihres Körpers besser erkennen. So unerfahren ich auch war, so kam er mir doch schon sehr entwickelt vor für ihr Alter; aber in diesen fraulichen Formen lag etwas wie Plumpheit und kindliche Unwissenheit, als hätte sie selber es nicht bemerkt, daß sie herangewachsen war. Ihre Brust schien zu schwer für diesen herben Oberkörper mit den mageren Schultern und der schmalen Taille, und sie erregte eine sonderbare und sanfte Empfindung, die voll Mitleid war, und die Fülle ihrer breiten und ziemlich schlecht gebauten Hüften verlieh ihrer Gestalt nicht ein Gepräge von Kraft, sondern von Unbeschütztheit, die arglos und zugleich befangen wirkte. Die Ärmel ihres Pullovers ließen ihre Arme bis fast zu den Ellbogen unbedeckt, und man sah, wo sich die weiße Haut ihrer Arme gegen die vom Winter geschwollene und gerötete der kleinen Hände abzeichnete. Auch dies erweckte ein Gefühl von Mitleid. Und wenn man ihre Handgelenke ansah, die nicht feingliedrig waren, so gewahrte man, daß sie gerade ihrer Derbheit wegen irgendwie den Ausdruck weicher Unschuld hatten.

Ganz stolz, Makkaroni zu kochen, schien sie sogar die Angst zu vergessen, die mein Vater ihr einflößte und die sie vorhin so sehr erzittern ließ. Allein seine gegenwärtige Laune hatte nichts Bedrohliches; er gab ihr jetzt keine beunruhigenden Befehle, auch zauste er ihr nicht das Haar; ja er stand nicht einmal neben ihr und kümmerte sich gar nicht um sie.

Bei Tisch aß er viel und trank weiterhin vom Ischia-Wein, und wie gewöhnlich gab ihm der Wein – wenngleich er ihn auch nicht im geringsten betrunken machte – unvermutete Stimmungen ein, die ihn mir noch geheimnisvoller werden ließen. Der Wein konnte verschiedenartige und selbst entgegengesetzte Wirkungen auf ihn haben; zuweilen machte er ihn mitteilsamer, zuweilen düster und schläfrig. Und bei mancher Gelegenheit erfüllte er ihn mit Reue; oder aber mit

Raserei, mit eigentümlicher Heftigkeit, und dann suchte er nach etwas, wogegen er sich austoben konnte (gegen mich tobte er sich niemals aus, höchstens durch eine noch größere Schroffheit seines Wesens; offensichtlich hielt er mich für allzu gering und dieser Mühe nicht wert).

Heute abend stimmte der Wein mit seiner sorglosen Laune zusammen: er machte ihn gesprächig und gab ihm phantastische Einfälle. Die Härte seiner Blicke wich mit jeder Minute einem seltsam beschwingten Wohlgefallen, so daß ihn jegliches Ding, das er sah – selbst ein Rest Brot oder ein Glas – zu bezaubern schien. Er erzählte behaglich, daß er oben ein schönes Schläfchen gemacht habe, über zwei Stunden lang; dann schaute er die Braut verstohlen mit doppeldeutigem Ausdruck an, als hätte er im Sinn, ohne ihr Wissen irgendeinen bübischen Streich anzuzetteln, und fügte hinzu: »Und weißt du, von wem ich geträumt habe? Von diesem Ahnherrn auf dem Bild, von diesem Schloßgespenst!«

»Ach, von dem«, murmelte sie.

»Ja, ja, von ihm! Er hatte einen mit Sternen und Halbmonden bestickten Schlafrock an wie ein Hexenmeister. Und er sagte zu mir: du wirst schon sehen, was dir passiert! Mir ein Frauchen in mein Haus zu bringen! Heut nacht werde ich mit meinen Paladinen kommen und sie hinauswerfen!«

Die Braut lachte ungläubig, aber doch zaudernd.

»Du lachst? Na, bald wirst du nicht mehr lachen. Ich glaube, der Augenblick ist gekommen, wo ich dir eine Sache enthüllen muß, die ich bis jetzt verschwiegen habe. Bist du einverstanden, Arturo? Ist es richtig, sie aufzuklären, jetzt, wo sie die Signora Gerace ist? Wisse es denn, Mädchen: es gibt ein Geheimnis in unserer Familie! Das ganze Dorf hat davon Kenntnis: dieses Schloß wird von Geistern heimgesucht! Jener Vorfahre von mir ist wahrlich ein großer Herr; er veranstaltet hier immer noch Vorstellungen und Tanzfeste für die vornehmsten jungen Leute, wie zu seinen Lebzeiten; der einzige Unterschied, versteht sich, ist der, daß seine Gäste jetzt alle Gespenster sind, sogar *noch was Schlimmeres*! Natürlich lädt er keine weiblichen Geister ein, denn du weißt ja, er haßt die Frauen. Seine Gäste sind alle männlich, Buben, große und kleine, die in der Blüte der

Jugend gestorben sind, und wenn du es wissen willst, es sind allesamt Seelen von Verdammten. Es handelt sich um die ausgesuchtesten und schlimmsten Schufte, die sich in Teufel verwandelt haben, als sie starben. Und diese Bande kommt jede Nacht aus allen Winkeln der Hölle hierher; sie kommen durch die Fenster herein, von unter der Erde herauf, zu Hunderten. Du kannst es bezeugen, nicht wahr, Arturo?«

Als Antwort lächelte ich ihm zu als Zeichen des Einverständnisses und der Verschwiegenheit, denn dazu fühlte ich mich verpflichtet; aber ich sagte nichts. Doch anscheinend diente mein Lächeln ihr zur Ermutigung, denn sie wagte ihrerseits ein kleines Lächeln wie jemand, der gewitzigt und verschlagen ist, und sagte kopfschüttelnd zu meinem Vater:

»Ach, Ihr wollt mich wohl zum besten haben, Ihr behandelt mich gerade wie ein unwissendes Ding. Aber manches verstehe ich doch, besser als Ihr!«

»Was? Paß auf, was du sagts, du, besser als ich?«

»Nein... besser als Ihr, nein! Dies Wort ist mir zufällig so entschlüpft, das hat bestimmt nichts zu bedeuten. Ich wollte sagen, daß Ihr mich wie ein dummes Ding behandelt; im Ernst jetzt, wenn Ihr glaubt, Ihr könnt mich zum besten haben, und denkt, daß ich von gewissen Sachen nicht weiß, wie sie wirklich sind! Ach, als ob das nicht jeder wüßte: daß es kleine Bubenteufel niemals geben kann! Denn wenn einer als kleiner Bengel stirbt, dann hat er noch kein großer Sünder sein können. Wenn er in seinem bißchen Leben überhaupt irgendwas angestellt hat, wenn es auch stehlen wäre! Oder sogar Christenmenschen umbringen – pah, das gilt gar nicht. Für ihn gibt es keine Schandtaten. So einem werden alle Sünden als Erlassungssünden angerechnet. Kleine Buben können höchstens zwanzig, fünfundzwanzig Jahre Fegefeuer bekommen, und nachher werden die ganz Kleinen alle Cherubine und die Größeren werden Seraphime. Deshalb gehen die Leute und trösten ihre Mütter und sagen: ›Freut euch, Signora, er hat das größte Glück gehabt! Gott hat ihn sich erwählt, um ihn zu einem Engel zu machen.‹ Einen Teufel kann man niemals machen aus einem kleinen Buben. Um Teufel zu machen, braucht es unbedingt ältere Leute.«

Diese Rede, die an sich eher komisch klingen mochte, wurde uns mit solcher Würde vorgetragen, daß darüber zu lachen, eine allzu rohe Beleidigung gewesen wäre. Daher verhielten wir uns ziemlich ernsthaft; selbst mein Vater begnügte sich damit, kaum ein wenig zu lächeln.

»Und du fühlst dich also ganz sicher mit deiner schönen Meinung da«, sagte er zu ihr, »bist wirklich überzeugt, daß diese Paladine Engel des Himmels sind! Und glaubst nicht einmal an die Worte, die mein Ahnherr im Traum zu mir gesagt hat, daß er heute nacht mit ihnen kommen wird, um dir was Böses anzutun!«

»Ach, wer glaubt schon an die Worte von dem da, der immer sagte, daß die Frauen alle miteinander häßlich sind!«

»Aha!« rief mein Vater aus und erhob sich hochmütig. »Das ist mir ja eine schöne Neuigkeit, die mir alle Ehre macht und die ich mit meinen eigenen Ohren anhören muß! Man wagt hier also zu behaupten, daß ein Ahnherr von mir imstande ist, Flausen zu erzählen!«

»Nei...n, das wollte ich doch gar nicht sagen... von Eurem Anverwandten... nein, ich habe mich geirrt... aber dieser... sagte er wirklich, daß die Frauen allesamt häßlich sind? Sagte er das?«

Mein Vater reckte sich laut lachend auf dem Stuhl:

»Ja«, erklärte er, »gerade das sagte er: daß sie alle häßlich sind.«

Sie schaute mich an, als erwartete sie von mir die Bestätigung eines so sonderbaren Falles. »Willst du es genau wissen, was er sagte?« fing mein Vater nun wieder an. Und ohne weiteres begann er zu deklamieren, indem er den Amalfitaner nachahmte: »Huh, wie häßlich sie sind, lieber nicht daran denken, mein Wilhelm, wie häßlich sie sind! Und überall wachsen sie empor auf der ganzen Erde; sie vermehren sich zu Tausenden, zu Millionen, diese Beleidigung der Natur. Wer weiß, ob es auch auf den anderen Planeten, auf dem Mond welche gibt? Und je musterhafter, je vollkommener, wie man so sagt, sie gelungen sind, desto häßlicher sind sie. Diese Erbärmlichen! Es ist einfach der Stempel ihrer Rasse, der so widerwärtig ist! Aber warum, wie erklärt sich das? In der Schöpfung sind alle Dinge so wohlgestaltet, sogar ganz Unwichtiges: ein Algenfaserchen, ein dürftiges Flüßchen, ein Fischlein, eine kleine Rosenlaus, eine Kichererbse, ein Zichorienblättchen! Alle Dinge haben irgend etwas Ansprechendes, etwas Sympathisches an sich, so daß du sagen mußt: oh, Wunder des Weltalls! Wie schön das ist! Welche Freude zu leben! Selbst wenn dir einmal so einer über den Weg läuft, der ein bißchen verwachsen ist, ein armer Kerl, den man sogar beim Militär nicht wollte, ein Krüppel, ein Zwerg, und du auf den ersten Blick denkst: dieser hier ist ausnehmend häßlich! Freilich! Aber auch in diesem Fall findest du immer, wenn du dann näher hinschaust, irgend etwas, daß du sagen kannst: im Grunde ist er doch nicht gänzlich unerfreulich. Ja, ja, an einer jeden Spinne, an einer jeden Stachelkrake, wenn man sie genau betrachtet, kann man an ihnen das Zeichen jener zarten und zauberischen Künstlerhand erkennen, die jegliches Ding im Weltall gebildet hat. Allein für eine einzige Rasse, die Frauen, hat es kein Erbarmen gegeben. Ihnen ist die Häßlichkeit zugefallen und weiter nichts. Sie müssen aus einer anderen Werkstatt stammen, das ist die einzig mögliche Erklärung.«

Bei dieser Rede, im Ton einer Komödie vorgetragen, brachen wir beide in Lachen aus. Dann warf mir mein Vater nachlässig ein Stück Apfelsinenschale zu und fuhr mich unvermittelt an: »Du, Moro, anstatt so sehr zu lachen, wäre es besser, wenn du uns deine Vorstellung von der Schönheit der Frauen verrietest. Was hältst du zum Beispiel von ihr da, von dieser Braut? Kommt sie dir schön oder häßlich vor?«

Ich spürte, wie mir die brennende Röte ins Gesicht stieg, denn auf eine derartige Frage war ich nicht gefaßt und wußte in Wahrheit selbst nicht genau, was ich eigentlich dachte über diese Braut. Ehe ich meine Meinung äußerte, warf ich noch einen Blick auf sie, wie um sie auf der Stelle abzuschätzen. Doch nun, in diesem selben Augenblick wurde ich gewahr, daß es mir nichts nützte, sie nochmals anzuschauen; ohne daß ich es wußte, stand bereits von Anfang an meine Ansicht über sie fest. Und zwar diese:

Was die Häßlichkeit der Frauen im allgemeinen anging, so schien es mir nach allem, was ich davon wußte und sah, daß der Amalfitaner eher Recht als Unrecht hatte, und diese

Frau hier insbesondere konnte sich nicht minder häßlich nennen als die andern. Aber was diese hier betraf, so erachtete ich sie nach meinem Geschmack, trotz ihrer unleugbaren Häßlichkeit, dennoch für höchst anmutig!

Diese meine Ansicht jedoch erschien mir allzu persönlich und unbegründet, und ich schämte mich, sie preiszugeben. Andererseits aber wollte ich nicht lügen, und so verschmähte ich es, sowohl sie als meinen Vater anzublicken, senkte finster und fast grimmig die Lider und entgegnete: »Sie kommt mir nicht häßlich vor.«

»Ach, was denn!« rief mein Vater und zuckte die Achseln, »du willst jetzt den Kavalier spielen und Komplimente machen! Sie kommt dir nicht häßlich vor, na geh! Wer weiß, was du Schönes an ihr findest!«

Sie lachte in sanfter Verwirrung und fühlte sich durchaus nicht getroffen, daß sie für häßlich angesehen wurde. Ich schaute meinem Vater mutig ins Gesicht und verkündete entschlossen: »Sie hat schöne Augen!«

»Ach, was du redest! Schön! Das sind doch Riesenaugen! Viel zu groß! Na geh, Moro, was willst du mir weismachen!«

Da sah sie mich an, und ihre Augen, schüchtern und festlich und voll Dank für das Lob, das ich ihr gespendet hatte, waren so wunderbar, daß ihre Stirn wie mit einem Diadem geschmückt schien.

Ich lachte und setzte mich wieder hin und schwieg.

Mein Vater wandte sich zu ihr mit hochmütig erhobenem Kinn und sagte: »Es ist unnütz, daß du dich zierst, Signora Gerace; wir wissen sowieso, daß du 'ne kleine Häßliche bist, 'ne kleine Schlampe... Moro will dir heute abend einen feierlichen Empfang bereiten; er will den Schloßherrn machen, den Galan! Viel lieber, Madame, anstatt die Schöne zu spielen mit deinen großen Augen, laß auch du uns wissen, wieviel du verstehst in puncto Schönheit. Zum Beispiel, wie findest du diesen Moro? Na? Wie kommt er dir vor?«

Sie schämte sich, ihre Antwort laut zu sagen; sie näherte sich meinem Vater, und mit ernster und gewissenhafter Miene flüsterte sie ihm leise ins Ohr (aber ich hörte es dennoch): »Ich finde ihn schön.«

Ich drehte den Kopf nach der anderen Seite, mit gleichgültigem Ausdruck. Mein Vater lachte und sagte: »Na ja, diesmal bin auch ich einverstanden. Es ist wahr, er ist ein hübsches Kerlchen; ha, nicht umsonst ist er mein Sohn!«

Ich tat, als merkte ich nichts, als wüßte ich nicht, daß sie von mir sprachen. Er gab mir, um mich zu reizen, einen leichten Fußtritt unter dem Tisch und, mich anschauend, fuhr er fort, beinahe zärtlich zu lachen; dann fing auch ich an und stimmte in sein Lachen ein.

Er goß sich nochmals Wein ins Glas, und während er trank, schwiegen wir alle, vielleicht zwei Minuten lang. Wieder vernahm man den Anprall der Wellenschläge dort unten gegen die kleinen Buchten, und bei diesen Lauten sah ich in Gedanken die Gestalt der Insel mit ihren vielen Lichtern im Meer ausgestreckt, und fast auf der äußersten Spitze das Haus der Buben mit seinen geschlossenen Türen und Fenstern in der großen winterlichen Nacht. Wie ein vom Zauber berührter Wald verbarg die Insel, im Winterschlaf begraben, die phantastischen Geschöpfe des Sommers. In unauffindbaren Höhlen unter der Erde oder in den gewundenen Gängen der Mauern und Felsen ruhten die Schlangen und die Schildkröten und die Familien der Maulwürfe und die blauen Eidechsen. Die zarten Leiber der Grillen und der Zikaden zerfielen zu Staub, um dann zu Tausenden zirpend und schwirrend wiedergeboren zu werden. Und die Wandervögel, verirrt in den tropischen Zonen, sehnten sich nach diesen schönen Gärten.

Wir waren die Herren des Waldes, und diese Küche, feurig glühend in der Nacht, war unsere wundersame Höhle. Der Winter, der mir bisher stets wie eine Einöde der Langeweile erschienen war, wurde heute abend auf einmal zu einem herrlichen Gut.

Nacht

Ein Schatten der sanften Heiterkeit von vorhin spielte noch um den Mund meines Vaters, und ich vermeinte, seinen Atem zu spüren, unaufhörlich und beruhigend wie

den des Meeres. Die Gegenwart schien mir wie eine ewige Zeit, gleichsam ein feenhaftes Fest.
Obschon das Abendessen seit einer Weile beendet war, säumten wir noch bei Tisch. Mein Vater hatte noch Wein im Glas und setzte sein Scherzen mit uns eine Zeitlang fort; bald aber wurde er es müde. Hin und wieder reckte er die Arme und stieß lange Seufzer aus, die bei ihm nicht das Zeichen von Traurigkeit waren, sondern im Gegenteil von tiefempfundener, fast schmerzender Daseinsfreude. In einem gewissen Augenblick machte er eine Gebärde, als streckte er den Arm nach der Braut aus, um sie an sich zu ziehen. Sie stand eilig auf und trat einen Schritt zurück und sagte, daß sie abräumen müsse, und ich sah wieder jene Angst in ihren Zügen auftauchen, die für kurze Zeit von ihr gewichen schien.
Erschrocken und allzu eifrig setzte sie zwei Teller übereinander und schickte sich an, damit zum Ausguß zu gehen; doch mein Vater faßte sie, ohne sich vom Stuhl zu erheben, blitzschnell um die Taille und sie mit dem Arm einfangend, hielt er sie fest.
»Wohin gehst du? Abräumen?« sagte er zu ihr. »Fürs Abräumen sorgt morgen früh unsere Dienerschaft. Du bist die Signora Gerace, denke daran! Und jetzt beginnt gleich unsere erste Hochzeitsnacht.«
Sie wagte nicht, sich zu sträuben, und schaute meinen Vater nur mit verirrten Augen an. Sie zitterte sichtlich, und in ihrer großen Haarmähne glich sie einem scheuen Tierchen mit schwarzem Pelz, das hinterhältig ins Fangeisen gelockt wurde. »Du hast Angst, was? Angst vor deiner ersten Hochzeitsnacht!« rief mein Vater und brach in ein offenes, frisches und mitleidloses Lachen aus: »Bleib hier, rühr dich nicht!« und er preßte sie fester an seine Seite, und ihr Entsetzen vergnügte ihn. »Du hast recht, Angst zu haben: du weißt wohl, was den Mädchen in ihrer ersten Hochzeitsnacht geschieht! Aber das Schlimmste, Nunzià, ist dann noch, daß man äußerst selten einem Kerl von Bräutigam begegnet, der so bösartig ist wie ich. Die gewöhnlichen Bräutigame sind alle bloß Knirpse... Nein, jetzt nützt es dir nichts, daß du zu entwischen versuchst, du kannst dich nicht mehr retten, es ist aus!«

Sie hatte unwillkürlich angefangen, sich zaghaft zu sträuben, als täusche sie sich vor, wirklich entfliehen zu können. Und ein solcher verzweifelter Versuch brachte meinen Vater noch mehr zum Lachen. »Es ist aus!« wiederholte er mit jungenhafter Derbheit und hielt sie mühelos nur mit einem Arm fest wie in einem Schraubstock. »Die Zeiten sind vorbei, wo du mir davonliefst und dich verstecktest, um mir nicht zu begegnen; ha, glaub nur nicht, daß ich das vergessen hätte, du Schlingel! Ich werd dich für alles zahlen lassen heut nacht!«

Und auf bedrohliche und mutwillige Weise fing er an, mit ihren Locken zu spielen. Ein Leuchten ging über sein Gesicht, das noch immer eine tiefinnere, festlich gestimmte Boshaftigkeit verriet: »Jaja«, erklärte er, »sie hat mich abgelehnt! Sie lehnte es ab, meinesgleichen zu heiraten, dieses Lausemädchen! Sie hat sogar Schläge bezogen von ihrer Mutter, weil sie eine solche Partie ablehnte, unter anderem Besitzer eines Schlosses!«

Als er von diesen Geschehnissen berichtete, hatte er geradezu das Aussehen eines Tribunen angenommen, als wäre dort, um ihn anzuhören, das gesamte Volk rund um den Tisch zusammenberufen zur schicksalhaften Bestrafung der Braut.

Sie verkündete wie verloren mit weinendem Stimmchen: »Ich... wollte Nonne werden!«

»Lügnerin! Beichte die Dinge, wie sie sind! Du wolltest Nonne werden, *weil* du dich nicht mit mir verheiraten wolltest! Du hast dich allein aus Gehorsam gegen Mammeta entschlossen, mich zu heiraten. Du sagtest, du hättest Angst vor mir! Und wenn ich nicht irre, hat dich sogar jemand sagen hören, daß ich häßlich wäre! Ist es wahr oder nicht, he, daß du mich häßlich findest?« Er lachte mit herausfordernder, unbeschreiblicher Anmut, und sie blickte ihn starr an mit ihren großen Augen, die vor Erschrecken noch schwärzer zu werden schienen, als fände sie ihn nun wahrhaftig häßlich.

»Und jetzt mach dich bereit, mir für alles zu zahlen, Signora Gerace.« Man hörte vom Glockenturm die Stunden schlagen und er schaute auf die Uhr an seinem Handgelenk: »Oh, es ist zehn! Es ist Zeit, daß wir schlafen gehn... es ist

Nacht. Ich bin müde, Nunziaté, ich bin müde... Nunziaté!« Und er zog sie an sein Herz, ohne sie jedoch zu liebkosen oder zu küssen; sondern im Gegenteil, er mißhandelte sie fast und zauste ihr das Haar. Nun schien die Angst, die während des ganzen Tages über ihr gelauert hatte, sich wie eine riesige Wolke auf sie niederzusenken. Sie sagte: »Ich... bevor ich nach oben gehe, muß ich die Läden der Fenstertür zumachen.«

»Na gut, mach sie zu«, sagte mein Vater und ließ sie unvermutet gehen. Und als beabsichtigte er, sie in Frieden zu lassen, zündete er eine Zigarette an, deren ersten Zug er tief einatmete. Anscheinend aber handelte es sich um eine Verstellung, die er aus Lust am Spiel anwandte, wie es eine Katze tut.

Sie machte sich gerade eben daran, mit ihren kleinen aufgeregten Händen den schweren Türriegel hochzuheben, als er die kaum angerauchte Zigarette auf den Teller legte und, vom Stuhl aufspringend, schroff zu ihr sagte: »Genug. Kümmere dich nicht um die Tür! Laß sie in Ruhe!«

In diesem Augenblick kam es mir vor, als vernähme ich ein rhythmisches Stampfen, fast als ob von irgendwoher eine Reiterschar näher käme, und mit Verwunderung wurde ich inne, daß es mein Herz war, das in dieser Weise pochte. Wie in einer wütenden Glückseligkeit ging mein Vater auf die Braut zu, faßte sie mit der Geste eines Tänzers ums Handgelenk und ließ sie eine halbe Umdrehung um sich selbst vollführen. Seine Augen, welche die ihren suchten, hatten einen noch härteren Blick als gewöhnlich, zugleich aber lag in ihnen eine Art stürmischer Bejahung, zauberisch und ohne Arg. Vielleicht bereuend, oder vielleicht, um sie zu Mitleid zu rühren, sagte er zu ihr, seine Stimme sanfter machend: »Siehst du denn nicht, wie müde ich bin? Es ist Nacht; laß uns schlafen gehen!« Sie hob ihre wehrlosen Augen zu ihm auf. »Gehen wir! Lauf!« befahl er mit Schärfe, und sie folgte ihm gehorsam. Ehe sie über die Schwelle schritt, wandte sie den Kopf zurück, um in meine Richtung zu schauen; aber ergriffen von einem seltsamen Gefühl von Haß und Zorn kehrte ich sogleich den Blick ab

Ich war reglos vor dem Tisch stehengeblieben. Als ich wieder nach der Türschwelle sah, waren sie bereits vom Korridor verschwunden, und man hörte ihre Schritte miteinander die Treppe hinaufsteigen. Nun senkte ich die Augen, und als ich das Geschirr und die Gläser vom Abendessen erblickte, die Reste von Speisen und Wein, da überkam mich ein plötzlicher Ekel.

Ich blieb noch beim Tisch stehen, ohne mich zu rühren, ohne etwas zu denken, und mir schien, als verrinne so eine endlose Zeit. In Wirklichkeit aber, als ich mich aufmachte, mich zum Schlafen nach oben zu begeben, verglomm die Zigarette, die mein Vater hatte brennen lassen, noch auf dem Teller zwischen den Apfelsinenschalen. Es waren also kaum ein paar Minuten verstrichen! Mir hingegen kam es vor, ich weiß nicht warum, als lägen dieser Tag und dieser Abend, der gerade erst zu Ende ging, nunmehr um Jahre zurück. Ich allein, Arturo, fand mich noch wieder wie zuvor, ein kleiner Junge von vierzehn Jahren, und ich mußte noch viele Jahreszeiten erwarten, ehe ich ein Mann sein würde.

Als ich am Zimmer meines Vaters vorüberging, hörte ich von jenseits der geschlossenen Türen ein erregtes Flüstern. Beinahe im Laufschritt erreichte ich mein Zimmer; ich verspürte auf einmal die unbegreifliche und stechende Empfindung, von irgend jemandem (den ich jedoch nicht zu erkennen vermochte) eine Beleidigung zu empfangen, die unmenschlich war und unmöglich zu rächen. Hastig zog ich mich aus, und während ich mich ungestüm aufs Bett warf und mich bis über den Kopf in die Decken wickelte, drang zu mir durch die Wände ein Schrei von ihr: weich, sonderbar wild, und kindlich.

Übrigens werde ich mir hier einer Sache bewußt: daß ich es nämlich nicht nur nicht vermochte, sie beim Namen zu nennen, wenn ich mit ihr sprach; sondern daß es mir auch jetzt, während ich von ihr erzähle (ich weiß nicht, aus welchem Grunde), nicht möglich ist, sie mit ihrem Namen zu bezeichnen. Es besteht da eine rätselhafte Schwierigkeit, welche mir diese so einfachen Silben verbietet: Nunziata, Nunziatella. Und so werde ich also auch fortfahren müssen, sie weiterhin ›sie‹ oder ›die Braut‹ oder ›die Stiefmutter‹ zu nennen. Wenn es sodann des schönen Stils wegen hin und wieder nötig sein sollte, ihren Namen zu erwähnen, so könnte ich vielleicht an Stelle ihres ganzen Namens ein N. setzen oder auch sogar Nunz. (Dieser letzte Klang gefällt mir ganz gut; er läßt an ein Tier denken, halb wild und halb zahm: zum Beispiel eine Katze, eine Ziege.)

Drittes Kapitel
Familienleben

Am folgenden Tag erwachte ich mit dem ersten Frühlicht. Mein Vater und die Braut schliefen noch; das Wetter war wunderschön. Ich schlenderte umher und kehrte nach Hause zurück, als es schon hoher Morgen war.

Ich ging an der Küchenseite hinten ums Haus herum, und durch die Scheiben der Fenstertür sah ich, daß sie in der Küche war, allein, und damit beschäftigt, auf der leergeräumten Tischplatte Nudeln zu bereiten. In die Mitte eines Mehlhäufchens hatte sie ein paar Eidotter geschlagen und verrührte sie nun energisch mit den Fingern. Sie hatte mich nicht bemerkt, und bestürzt blieb ich hinter den Scheiben stehen, als ich wahrnahm, wie sehr sich ihr Anblick verändert hatte seit dem vorherigen Abend.

Wie hatte in einer so kurzen Zeitspanne solch sonderbare Verwandlung vor sich gehen können! Sie trug denselben roten Pullover vom Tag zuvor, denselben Rock, dieselben Hausschuhe, und doch war sie nicht wiederzuerkennen. All das, was gestern in meinen Augen ihre Anmut ausgemacht hatte, war aus ihrer Gestalt verschwunden.

Auch heute hing ihr das Haar, der Laune meines Vaters gemäß, aufgelöst herunter, aber ihre wirren Locken, die mir gestern wie eine märchenhafte Girlande erschienen, gaben ihr heute dagegen ein unordentliches und plebejisches Aussehen, und die Schwärze ihrer Haare im Gegensatz zu der Blässe ihres Angesichts verlieh ihr irgend etwas Düsteres. Eine schwere Blässe voller Schlaffheit hatte die reine weiße Tönung von gestern aus ihren Wangen vertrieben, und unter ihren Augen waren die Augenhöhlen, die mich gestern ihrer makellosen Zartheit wegen an die Blütenblätter einer Blume denken ließen, von einem dunklen Ring gezeichnet und verdorben. Hin und wieder, während sie den Teig bearbeitete, strich sie mit dem Arm die Haare aus der Stirn; bei dieser Bewegung hob sie ein wenig die Lider, und ihr Blick, den ich als so schön in der Erinnerung hatte, war flüchtig zu sehen, verschleiert, niedrig und tierhaft. Als ich sie jetzt wiedersah, schämte ich mich, daß ich sie am Tag vorher mit so großem Zutrauen hatte behandeln können und mich so weit hatte gehen lassen, ihr meine Geheimnisse zu verraten. Auf der Bank lag noch vergessen mein Buch von den ›Vortrefflichen Heerführen‹, und dieser Anblick machte meine Schmach noch bitterer. Wütend öffnete ich die Fenstertür, und da endlich sah sie mich. Ein Leuchten von Freude und Freundschaft erhellte ihr Antlitz, und mit sanftem Lächeln sagte sie zu mir: »Artu?«

Ich aber blickte sie hart an, ohne ihren Gruß zu erwidern, wie man es tut, wenn ein Fremder oder Untergebener sich eine ungebührliche Vertraulichkeit herausnimmt. Unvermittelt wich der zutrauliche und glückliche Ausdruck aus ihrem Gesicht. Ihr Lächeln erlosch, und ich sah, wie sie mich fragend und scheu betrachtete, aber dennoch nicht gedemütigt und ohne die Spur einer Bitte in ihrer enttäuschten, seltsamen Miene. Ich sagte nicht ein einziges Wort zu ihr, nahm mein Buch von der Bank und ging davon.

Im weiteren Verlauf dieses Tages und in der folgenden Zeit mied ich ihre Gegenwart und verzichtete lieber auch auf die Gesellschaft meines Vaters, als daß ich sie mit ihr teilte. Ich sprach zu ihr nur, wenn ich wirklich mußte, und bei diesen seltenen Gelegenheiten gab ich mich kalt und abweisend, um ihr klarzumachen, daß sie weniger für mich bedeute als eine Fremde. Verletzt durch mein Benehmen, dessen Ursache sie sich nicht erklären konnte, antwortete sie mir in hastigem und ungeselligem Ton, wobei sie mich flüchtig mit sonderbar umschatteten Blicken ansah. Aber zuweilen, meist am Abend, wenn unsere ganze Familie vereinigt war, warf sie mir ein schüchternes Versöhnungslächeln zu; oder aber sie schien mich demütig mit den Augen zu fragen, was schuld daran sei, daß sie meine Freundschaft verloren hatte.

In solchen Augenblicken empfand ich geradezu Abscheu vor ihrer Person. Besonders ihr Mund war mir zuwider, der gleich ihrem Antlitz nicht mehr derselbe war wie am ersten Tag. Er hatte eine blutlos rosa Farbe angenommen und öffnete sich leicht bei jedem Atemzug mit einem weichen und einfältigen Ausdruck.

In jenen Tagen schleppte mein Vater sie beständig hinter

sich her, überall auf der Insel; jede Stunde waren sie beisammen. Ich begleitete sie niemals auf ihren Spaziergängen und vermied es stets, mit ihnen zusammenzutreffen. Das Wetter hielt sich weiterhin schön, und wie es meine Gepflogenheit war, als ich noch einsam und allein lebte, ging ich für gewöhnlich am Morgen fort mit einem dicken Stück Brot und Käse und kam bis zum Dunkelwerden nicht wieder heim. Ich nahm auch ein Buch mit, und wenn mir das Umherstrolchen über war, ging ich ins Hafencafé, in jenes, das die Witwe betrieb, die den Kaffee auf türkische Art in einer emaillierten Kaffeekanne bereitete.

Zu dieser Zeit hatte ich nämlich Geld zur Verfügung (eine ganz außerordentliche Neuigkeit!), denn mein Vater hatte mir fünfzig Lire geschenkt, ehe er abreiste, um sich zu verheiraten, an dem Morgen, als er vom Pächter Geld eingezogen hatte. Mit meinem ungewohnten Kapital in der Tasche, das für mich eine enorme Summe war, bestellte ich gebieterisch bei der Witwe Kaffee mit Anis. Ich warf ihr im voraus das Geld auf den Schanktisch, ohne sie eines Wortes zu würdigen, und ließ mich in einer Ecke der Wirtschaft nieder, wo ich lesend sitzen blieb, solange ich Lust hatte. Zu dieser Stunde war ich der einzige Gast des Cafés, und die Alte machte entweder ein Schläfchen oder gab sich ihren endlosen Patiencespielen hin. Dann und wann zog ich mit der finsteren und verächtlichen Miene eines Gesetzlosen das berühmte Feuerzeug von Silvestro hervor (ohne den Stempel vom Staat), und wenngleich man es leider nicht anzünden konnte, weil das Zündsteinchen fehlte, ließ ich es doch prahlerisch hochschnappen. Dann hatte ich beim Lesen stets ein Päckchen Nazionali-Zigaretten, das ich kürzlich erstanden, aber noch nicht einmal angebrochen hatte, sichtbar auf dem Cafétischchen liegen; tatsächlich hatte ich früher zuweilen von den Zigarettenstummeln meines Vaters ein paar Züge geraucht und den Tabak überaus ekelerregend gefunden.

Bei Anbruch der Nacht zündete die Witwe ein Lämpchen auf dem Schanktisch an und setzte bei diesem Licht ihr Kartenspiel fort. Die Flamme der kurzen, dicken Kerze, die vor dem Bildnis ihres verstorbenen Mannes brannte, verbreitete mit ihrem rötlichen Schein im Halbdunkel der Wirtschaft eine fast unheimliche Stimmung, und dann fühlte ich mich wahrhaft erhaben. Ich kam mir nun im Ernst so vor wie ein Räuber der Meere in einer verdächtigen Abenteurerkneipe: vielleicht in irgendeinem Dorf am Pazifik, vielleicht in den Sackgassen von Marseille.

Da aber die spärliche Beleuchtung mir nicht zu lesen erlaubte, wurde es mir nach einer gewissen Zeit langweilig, und ohne jemanden zu grüßen, verließ ich die Wirtschaft und stieg durch die Nacht zum Haus der Buben hinauf.

Kaum heimgekehrt, ging ich geradeswegs nach oben und schloß mich in mein Zimmer ein, denn ich verschmähte es, das Ehepaar aufzusuchen, und alsbald begann ein Gefühl von Verlassenheit sich über mich zu breiten, wie ich es in der Vergangenheit niemals gekannt hatte. Selbst meine Mutter, das schöne Goldvögelchen aus den Märchen, die vorzeiten beim ersten Anruf mir entgegeneilte, kam mir jetzt nicht mehr zu Hilfe. Und das Schlimmste war dies: daß sie mir nicht aus Treulosigkeit ihrerseits fernblieb. Ich selbst war es, der auf einmal jeden Wunsch, sie zu suchen, verloren hatte und ihre geheimnisvolle Gestalt verleugnete. Meine Ungläubigkeit, die einstmals sie allein verschont hatte, verbannte nun auch sie unter die Erde zu den anderen Toten, die nichts mehr sind und keine Antwort zu geben haben. Wenn ich auch manches Mal versucht war, mich der Sehnsucht nach ihr zu überlassen, sagte ich mir doch sogleich erbarmungslos: ›Was ist da schon zu machen? Sie ist *tot*.‹

So durchlebte ich quälende Augenblicke. Aber selbst in diesen Augenblicken zog ich es vor, allein zu bleiben, als mich zu den Eheleuten zu gesellen. Der einzige Anlaß, bei dem wir uns alle drei zusammenfanden, war das Essen am Abend.

Die Stiefmutter hatte diese Neuerung in unserem Hause eingeführt: daß es jeden Abend ein warmes Abendessen gab, und daß das Feuer in der Küche zu jeder Tageszeit brannte. Dies war, um die Wahrheit zu sagen, die einzige Verbesserung, die sie in unserer häuslichen Ordnung vorgenommen hatte. Im übrigen beschränkte sie sich darauf, da sie keine große Hausfrau war, die Decken auf den Betten glattzuzupfen und dann und wann, recht oberflächlich zwar, wenn auch mit viel Energie, die Küche und die Zimmer auszufegen. Und so blieb zum Glück unser Haus im großen und ganzen unverändert wie bisher, mit seinem historischen Schmutz und seiner natürlichen Unordnung. Unser Costante hatte, jetzt wo die Braut da war, mit großer Genugtuung auf seine Obliegenheiten als Koch und Diener verzichtet und war zu seinem bäuerlichen Leben zurückgekehrt. Um unseren Haushalt zu versorgen, genügte sie wirklich, und er erschien nur noch ein- oder zweimal in der Woche bei uns, um Obst oder andere Erzeugnisse unserer Felder zu bringen.

Zur Abendbrotzeit rief mein Vater mich mit lauter Stimme, und ich ging nach unten. Nach jenem einzigen festlichen Abend des ersten Tages verliefen unsere gemeinsamen Mahlzeiten nun ziemlich schweigsam. Die Stiefmutter lebte in beständiger Furcht und Scheu vor meinem Vater; jedoch zum Unterschied vom ersten Tag drängte sie sich nun, fast ohne es zu wollen, jede Minute in seine Nähe, bis sie zuletzt ganz dicht bei ihm stand. Mein Vater ließ sie bisweilen gewähren, bisweilen aber wich er ihr aus, als fühle er sich belästigt; doch wie ich schon sagte, trennte er sich in jenen Tagen niemals von ihr.

Nach dem Abendessen begaben wir uns alle zu Bett. Für gewöhnlich ging ich vor ihnen hinauf, erreichte eilig mein Zimmer, schloß die Tür und schlüpfte sogleich unter die Decke, ohne auch nur das Licht anzuzünden. Dann dauerte es nicht lange, und ich vernahm das Geräusch ihrer Tritte im Korridor und den Lärm einer Tür, die hinter ihnen zuschlug, und unwillkürlich hielt ich mir mit den Fäusten die Ohren zu aus Furcht, abermals jenen Schrei aus ihrem Zimmer zu hören. Den Grund vermochte ich mir nicht zu erklären, doch hätte ich lieber ein wildes Tier vor mir erscheinen sehen, als ihn noch einmal zu vernehmen.

Das Oberhaupt des Hauses langweilt sich

Nach einer Woche schönen Wetters hatte es wieder zu regnen begonnen; aber dennoch ging ich jeden Morgen fort, und manches Mal kehrte ich gänzlich durchnäßt nach

Hause zurück. So verstrichen weitere Tage meines einsamen Lebens, als mein Vater etwa um die Mitte der zweiten Woche anfing, von Abreisen zu sprechen. Jetzt ertrug ich die Bitternis nicht länger, die kurzen Stunden seiner Gesellschaft, die mir noch blieben, zu versäumen, und es drängte mich, seine Nähe zu suchen, obgleich ich damit auch die der Stiefmutter widerwillig erdulden mußte.

Es war Nachmittag, und wie am Tage der Ankunft befanden wir uns alle drei im Zimmer meines Vaters, der halb ausgestreckt auf dem Bett lag und rauchte, wie es seine Gewohnheit war. Der Rauch der Nazionali-Zigaretten, die er unaufhörlich seit dem frühen Morgen anzündete, machte die Luft im Zimmer schwer, und hinter den schmalen, trüben Fenstern zogen die ungeheuren Wolken des Schirokko vorüber. Niemand hatte Lust zu reden. Mein Vater gähnte, und wie im Fieber änderte er alle Augenblicke seine Lage auf dem Bett, und seine Augen schimmerten in einem sonderbar staubigen Blau. Die Langeweile schien ihm eine Last zu sein, nicht weniger bitter und tragisch als ein Unglück. Und ich erkannte darin seine geheimnisvollen Gesetze, die ich verehrte: die gleichen, welche bedeutsamer waren als alle Vernunft und die ihn einst in meiner Kindheit vor meinen Augen beinahe ohnmächtig werden ließen durch die Berührung mit einer Quelle.

So verwandelte sich selbst diese seine Langeweile, die ihn schwach und hinfällig machte, in eine Bezauberung für mich. Ich sah, wie ihn nun inbrünstig danach verlangte, die Insel zu verlassen, und bitterlich klagte ich um die kaum verronnenen und verlorenen Tage, da er auf der Insel gegenwärtig und in jedem Augenblick erreichbar war und ich ihn mied. An allem war die Stiefmutter schuld, und ein rachegieriger Zorn gegen sie flammte in mir auf.

Aus dem Abstand einer so langen Zeit suche ich jetzt die Gefühle zu begreifen, welche sich damals sonderbar in meinem Herzen zu verstricken begannen; allein noch immer finde ich mich unfähig, ihre Formen zu unterscheiden, die sich wirr und ungeordnet in mir mischten und die kein Gedanke erhellte. In der Erinnerung kommt es mir vor, als erblicke ich ein tiefes und abgelegenes Tal in einer mit dichtem Gewölk bedeckten Nacht: und dort unten im Tal hat ein Rudel von wilden Geschöpfen, kleinen Wölfen oder Löwen, eine Rauferei begonnen, die bitterernst und blutig wird. Und indessen wandert der Mond jenseits der Wolken dahin, weit und fern, in leuchtend klarer Zone.

Ich glaube, über eine halbe Stunde lang war kein Wort von uns dreien zu vernehmen; die Stiefmutter saß still auf einem Stuhl, sie fügte sich den Launen meines Vaters, vielleicht mit einiger Besorgnis. Er war es, der endlich das Schweigen brach und mit gereizter Betonung rief: »Genug jetzt! Ich halt's nicht mehr aus auf dieser Insel. Ich muß den Entschluß fassen, meine Umgebung zu wechseln!« Und er schleuderte eine kaum angerauchte Zigarette mit einer Grimasse des Ekels zu Boden.

Vor einigen Tagen bereits hatte er angefangen, von Reisen zu sprechen, wie ich schon sagte, das Datum der Abreise aber hatte er offengelassen. Natürlich verstand es sich, daß er auch diesmal allein verreiste; die Braut würde in Procida auf ihn warten, wie es ihre Pflicht war. Sie wußte das sehr wohl, und bei seinem erzürnten Ausruf schlug sie die Augen nieder, ohne irgend etwas einzuwenden. In ihrer in sich versunkenen Haltung verliehen ihre zarten Schultern, die zu mager waren im Vergleich mit der Üppigkeit ihres Oberkörpers, ihr in diesem Augenblick ein armseliges und verletzliches Aussehen. Doch ihre gesenkten, empfindlichen Augenlider schienen mit ihren schwarzen Wimpern den Schatten einer geheimnisvollen Strenge auf ihr Antlitz zu legen, und unter ihrem roten Pullover nahm man die ruhige Bewegung ihres Atems wahr.

Mein Vater warf ihr einen Blick zu in einem Anflug von jähem Zorn und zugleich verwirrtem Gerührtsein, so als klage er sie an, die Schuldige zu sein – wenn auch unfreiwillig – an seinem Verweilen auf der Insel, nun, da ihn die Lust ankam abzureisen und er dennoch ein wenig Verdruß verspürte, sie zu verlassen. Dann wiederholte er eigensinnig: »Genug jetzt. Was zum Teufel warte ich noch, das Weite zu suchen?« In diesem Augenblick schlug sie die Lider auf, und ihre Blicke begegneten sich. Dann murmelte sie, die ernsten Augen auf ihn richtend: »Nicht einmal vierzehn Tage seid Ihr verheiratet, und schon geht Ihr von zu Hause fort!«

Sie hatte in einem Ton gesprochen, der eher unterwürfiges Bedauern als Auflehnung ausdrückte; ihre Worte aber hatten die Macht, unvermittelt jede Spur von Freundschaft in den Augen meines Vaters auszulöschen. »Na und, was ist Besonderes dabei?« brach er verächtlich los. »Kann ich etwa nicht das tun, wozu ich Lust habe, auch wenn ich seit weniger als vierzehn Tagen verheiratet bin? Hast du vielleicht Angst, daß der Orkus dich verschlingt, wenn du ohne mich in Procida bleibst?«

»Arturo«, fügte er sodann stolz hinzu, »ist tausendmal ohne mich in Procida geblieben und hat niemals Geschichten gemacht, wenn er mich abreisen sah. Da sieht man's wieder, was man davon hat, sich mit den Weibern einzulassen.«

Sie schüttelte den Kopf und sagte: »Aber... ich... Vilèlm...« und spielte erregt mit ihren Löckchen. »Du, wer bist du? Was bildest du dir ein?« unterbrach sie mein Vater. Beim Klang dieses Namens ›Vilèlm‹, wie sie ihn aussprach, hatte er eine ungeduldige Grimasse geschnitten, und sogar ihre erregte kleine Bewegung mit den Löckchen schien ihn zu verdrießen: »Und laß deine dreckigen Ringellocken in Ruh«, befahl er ihr schließlich, »denk lieber dran, dir bestimmte wahnwitzige Einbildungen aus dem Sinn zu schlagen, falls du welche haben solltest... ›Aber ich, Vilèlm‹! Was nimmst du dir heraus, du, jetzt wo du meine ›Frau Gemahlin‹ geworden bist?«

Die Stiefmutter hörte ihn stumm und widerstrebend an; aus ihren Augen aber sprachen unbewußt Abhängigkeit und Treue. Er zog die Füße vom Bett herab und stellte sich vor sie hin. Ich sah denselben dunkeldrohenden Groll wieder in ihm aufsteigen, den, wie es schien, allein die Braut in ihm hervorzurufen vermochte und der sich mir schon einmal, am ersten Tag, in diesem selben Zimmer enthüllt hatte. Damals aber war ich in meinem Innersten zu ihrer Verteidigung bereit gewesen, heute hingegen freute ich mich, daß er sie mißhandelte, ja, ich wünschte mir sogar, er möge über sie in Wut geraten, sie zu Boden werfen, sie mit Füßen treten! Fast war es mir, als könnte ich in einer solchen Vernichtung ein Gefühl der Ruhe finden.

»Merk dir das«, begann er von neuem, mit jedem Wort zu

größerer Heftigkeit entflammend, »ob verheiratet oder nicht, ich bewahre mir stets die Freiheit, zu gehen und zu kommen, wie es mir paßt, und habe mich vor niemandem zu verantworten. Für mich gibt es weder Bindung noch Pflicht, *ich bin ein Skandal!* Dir, Nennella, bin ich bestimmt keine Rechenschaft schuldig über meine Einfälle! Der große Imperator muß erst noch geboren werden, der Wilhelm Gerace in den Käfig sperren kann! Und du, armselige, verlauste Puppe, wenn du glaubst, daß ich infolge der Verheiratung an deinem Rockzipfel hängen muß, tust du besser daran, dir von vornherein nichts vorzumachen!«
Er kehrte dem Fenster seine schönen azurblauen Augen zu, die von der schier unerträglichen Beklemmung der Langeweile und von einer zornigen Sehnsucht umdunkelt waren.
»Ach!« rief er aus. »Warum fahren heut abend keine Dampfer mehr? Warum muß ich bis morgen warten? Ich will sofort weg mit dem ersten Dampfer, und lange Zeit werde ich keine Nachricht von mir geben!« Sein Blick wandte sich mit einem Ausdruck von Unduldsamkeit und Mißgunst wieder zur Braut. Man hätte in diesem Augenblick meinen können, daß sie allein durch ihr Dasein und die Tatsache, daß sie ein wenig Luft in Anspruch nahm, eine Missetat beging und Wilhelm Gerace ein Recht streitig machte. Dieses Recht bestand darin: sich frei zu fühlen wie die Engel, und ich achtete die kindische Verbissenheit, mit welcher er es verteidigte als etwas, das ihm zustand. Denn wirklich erschien ein solches Recht in meinen Augen als der erste Ursprung seiner Anmut und, fast möchte ich sagen: seiner Unsterblichkeit.
»Ich... habe doch nicht geredet, um Euch zu widersprechen in Eurem Willen... das wäre ja Todsünde! Ihr seid mein Gemahl, ich habe Euch Gehorsam geschworen... Ihr seid das Oberhaupt des Hauses... und gebietet mir«, sagte die Stiefmutter überzeugt. Doch sie war so tief erschrocken durch sein wuterregtes Wesen, daß aus ihren Augen das Weinen hervorzubrechen begann. Seit ich sie kannte, hatte ich stets gesehen, daß sie der Versuchung, zu weinen, standhielt; dies war das erstemal, daß sie unterlag.
Beim Anblick der Tränen verlor mein Vater auch die letzte Spur von Mitleid oder Nachsicht, die er noch für sie emp-

finden konnte: »Wie!« rief er aus in einer Art von Entsetzen. »Wären wir also schon an diesem Punkt angelangt: daß du weinst, weil ich abreise?«

Und er schaute sie argwöhnisch an, nicht als ob er sie haßte, sondern sie geradezu entwürdigte, so als hätte sie sich auf einmal eine hübsche Maske von der Stirn gerissen und zeigte nun das Antlitz einer dämonischen Nymphe, die Wilhelm Gerace einfangen wollte.

»Ich befehle dir, auf diese Frage zu antworten«, gebot er ihr mit grimmiger Miene, als klage er sie eines Verbrechens an, »weinst du aus Schmerz über meine Abreise? He? Weinst du *deshalb?«*

Sie blickte ihn an mit einzigartiger Kühnheit, mit selbst in den Tränen unerschrockenen und böse funkelnden Augen, und entschlossen entgegnete sie ihm: »Nein.«

»Ich will nicht, daß man heult ›aus Liebe zu mir‹, ich will keine ›Liebe‹«, warnte sie darauf mein Vater, mit Widerwillen seine Stimme verstellend, als er das Wort ›amore‹, Liebe, aussprach (das er in seiner etwas hybriden Redeweise *ammore* betonte, nach der Art der Neapolitaner), »und wisse, Mädchen, daß ich dich niemals geheiratet hätte, wenn ich mir nicht ganz sicher gewesen wäre, daß du kein Gefühl für mich hattest. Es ist die Gehorsamspflicht gegen Mammeta gewesen, weshalb du in die Ehe eingewilligt hast. Du liebtest mich nicht, zum Glück! Und ich hatte meinen Spaß dran, zu sehen, wie Mammeta und deine Patin mir diese Tatsache verbargen und glaubten, besonders gerissen zu sein; während das für mich, im Gegenteil, gerade das Ideal war! Du wirst sehr gut daran tun, niemals ›ein Gefühl‹ für mich zu haben. Ich weiß nicht, was ich damit anfangen soll, mit dem ›Gefühl‹ der Weiber. Ich will sie nicht, eure Liebe.«

Bei dieser Rede sah die Braut, die nun das Weinen verscheucht hatte, meinen Vater mit sehr großen Augen an, jedoch ohne Erstaunen, als horche sie auf eine barbarische, unverständliche Sprache. Er hatte unterdessen begonnen, zwischen Bett und Fenster hin und her zu gehen, streitsüchtige Blicke auf sie werfend.

»Mein Ahnherr, den du auf diesem Bildnis da abgemalt siehst, sagte, daß ein Weib wie der Aussatz ist; wenn er dich befällt, will er dich ganz und gar auffressen, Stück für Stück, und dich von der übrigen Welt absondern. Weiberliebe ist ein böses Omen, die Weiber verstehen nicht zu lieben. Mein Ahnherr war ein Heiliger, der stets das Wahre sagte. Aaach!« und unversehens riß mein Vater das Bildnis des Amalfitaners von der Wand und drückte es prahlerisch ans Herz. Und in dieser Pose eines Heldentenors brach er unvermutet in ein spontanes, helles Gelächter aus, wie um die Stiefmutter zum besten zu haben – und den Amalfitaner ebenfalls.

Gegen die Mütter (und die Weiber im allgemeinen)

Die Stiefmutter schüttelte nun plötzlich ihr Haar zurück, und mit einer Miene voller Widerspruch und Herausforderung schob sie das Kinn vor. »Der da«, brach sie los, von einem seltsam kämpferischen Geist durchdrungen, »dieser Hexenmeister hat seine eigene Mutter vergessen, wenn er so von den Frauen sprach! Hah! Aber wenn es keine Frau war bei ihm, wer hat ihn dann auf die Welt gebracht?« Sie wiegte sich dabei in einer so stolzen und ruhmseligen Haltung, daß es beinahe dreist aussah: »Sogar die dummsten Dummköpfe wissen das«, fuhr sie fort, »alle wissen es, wie schön eine Mutter ist! Und keiner vergißt sie jemals, weil sie für alle die erste Liebe ist! Daß sogar ...«
»Sei still, häßliches Teufelsweib, zerzaustes«, unterbrach sie mein Vater.
Und er warf sich wieder aufs Bett und stimmte ein neues Gelächter an, das wutbebend und zerfahren war, gänzlich anders als das Gelächter von vorhin: »Die Mutter!« wiederholte er. Darauf zur Stiefmutter gewandt, erklärte er triumphierend: »Mein Ahnherr hatte überhaupt keine Mutter! Er wurde aus einem Zusammenstoß zwischen einer Wolke und einem Donner geboren!«
»Eh!« machte die Stiefmutter skeptisch. »Eine Wolke und ein Donner!«
»Jawohl! Zum Glück für ihn! Könnte doch jeder so geboren werden ... aus einem Baumstamm ... aus einem Krater des Vesuv ... aus einem Feuerstein ... aus jedem beliebigen

Ding, wenn es nur nicht die Eingeweide von Weibern hat!«
»Aber... die Frauen opfern alles... für ihre Kinder...« versuchte die Stiefmutter noch einmal einzuwenden, wenngleich verängstigt durch diese Schmähreden.
»Schluß! Ich hab dir gesagt, schweig still!« unterbrach mein Vater sie abermals. »Sie opfern... Willst du eine wichtige ewige Wahrheit wissen, du Teufelin, du Ungeheuer? Merk dir also: *Das Opfer ist die einzige wirkliche Entartung der Menschen.* Ich mag es nicht, das Opfer. Und die mütterlichen Opfer. ...aaach! Wie vielen boshaften Weibern man auch im Leben begegnen mag, die schlimmste von allen ist die eigene Mutter! Das ist noch eine ewige Wahrheit!«
Hier war ich so sehr bestürzt, daß ich einen Seufzer nicht zu unterdrücken vermochte; doch glaube ich nicht, daß mein Vater ihn hörte. Er hatte den Kopf wieder tief ins Kissen gegraben, und während er redete, warf er sich mit solcher Erregung auf den Bettdecken hin und her, daß das Bett einem sturmbewegten Schiffchen glich. Nachdem er der Stiefmutter Schweigen geboten hatte, setzte er sein Selbstgespräch über die Mütter fort, ohne sich mehr um die zu kümmern, die ihm zuhörten. Bald sprach er mit zusammengebissenen Zähnen, bald mit tönender Stimme, mitunter ein Lachen oder einen gemeinen Ausruf hervorstoßend, und an seiner Betonung erkannte ich alsbald jenen besonderen Nachdruck (zugleich düster-verschlossen, trotzig und dramatisch), mit dem er sich bisweilen zu vergnügen schien, die Toten herauszufordern.
Jetzt kam mir jene Gruppe auf der alten Photographie wieder ins Gedächtnis, in der sich unter zahlreichen Gefährtinnen gleichen Alters eine unterschied, durch ein Tintenkreuzchen bezeichnet, ein großes und üppiges Mädchen in gefühlvoller Pose...
»... Wenigstens«, so führte er seine Erörterungen fort, »vor den andern Weibern kann man sich retten, kann ihre sogenannte Liebe entmutigen; vor der Mutter aber, wer rettet einen vor der? Ihr haftet das Laster der Heiligkeit an... Sie wird es niemals satt, die ›Schuld‹ zu sühnen, daß sie dich geboren hat, und solange sie am Leben ist, läßt sie dich nicht leben mit ihrer ›Liebe‹. Und es versteht sich: sie, das arme,

unbedeutende Mädchen, besitzt in ihrer Vergangenheit und in ihrer Zukunft nichts anderes als diese berühmte ›Schuld‹, und du als ihr Sohn bist übel hereingefallen, denn der einzige Ausdruck ihres Schicksals bist du, sonst besitzt sie nichts, was sie lieben könnte. Ach, es ist die Hölle, von jemandem geliebt zu werden, der weder das Glück noch das Leben, noch sich selbst liebt, sondern einzig dich allein! Und wenn du das Bedürfnis hast, dich einer solchen Vergewaltigung einer solchen Verfolgung zu entziehen, dann nennt sie dich Judas! Gerade als ob du ein Verräter wärest, weil es dir gefällt, deiner Wege zu gehen zur Eroberung des Weltalls, während sie dich immerfort bei sich festhalten möchte in ihrer Behausung von einem Zimmer nebst Küche!«

Ich verfolgte solcherlei Rede mit äußerster Spannung, in die sich jedoch ein Gefühl von Beklemmung drängte. In der Tat, während er sprach, schien es mir seltsamerweise, als wäre dort eine geheimnisvolle Mutter von großer, üppiger Gestalt aus wer weiß welchen Regionen des Nordens herabgestiegen, um ihn aufs grausamste zu mißhandeln als Strafe dafür, daß er sie verleumdete. Und trotz des Zaubers, den ein Gespräch über die Mütter stets für mich barg, hoffte ich doch, er möge innehalten; er aber fuhr wortreich und erbittert fort, als erzähle er sich selbst ein ungutes Märchen, um sich über die Langeweile dieses Tages hinwegzutäuschen.

»Und während du heranwächst und groß und schön wirst, welkt sie dahin. Man weiß es ja, daß das Glück sich nicht mit dem Elend einlassen kann, so will es das Gesetz der Natur! Aber sie begreift dieses Gesetz nicht: ich trau es ihr zu, sie möchte dich unglücklich wissen, armseliger als sie selbst, häßlich, vielleicht sogar verstümmelt oder gelähmt, nur um dich beständig bei sich zu haben. Sie ist ihrer Natur nach nicht frei und möchte, daß du gemeinsam mit ihr in Knechtschaft lebst. Das ist ihre ›Mutterliebe‹! Da es ihr aber nicht gelingt, dich zu knechten, gefällt sie sich unterdessen in ihrem Roman von einer Mutter als Märtyrerin und einem ›herzlosen‹ Sohn. Du findest natürlich an einem Roman dieser Art keinen Geschmack und lachst nur darüber, dir gefallen andere Romane, andere Herzen... Sie weint und wird immer langweiliger, greisenhafter und trauervoller. Alles um sie her ist durch ihre Tränen verwüstet. Und verständlicherweise hast du immer größere Lust, ihr aus dem Wege zu gehen. Kaum sieht sie dich auftauchen, schon klagt sie dich an. Ihre Schmähungen sind so ungeheuerlich, als stammten sie aus der Bibel. Das mindeste, was sie zu dir sagen kann, ist ›schändlicher Mörder‹, und es vergeht kein Tag, an dem sie dir diese Litanei nicht vorsagt. Vielleicht will sie mit ihren Anschuldigungen dir Haß gegen dich selber einflößen und dich deines Stolzes und deines Ruhmes berauben, um sich selbst an diese Stelle zu setzen und dich an sich zu reißen wie eine böse Königin. – Und wohin du auch immer entwischen magst, weit weg von ihr, vielleicht in die Stadt, du kannst dich nicht vor ihrer Liebe retten, diesem ewigen Schmarotzer. In der Tat, wenn du zum Beispiel ein Donnern im Himmel vernimmst oder es zu regnen anfängt, kannst du drauf schwören, daß sie in genau demselben Augenblick in eurer elenden Behausung da unten in Verzweiflung gerät bei der Vorstellung: jetzt wird ihn dieser Regen durchnässen, er wird sich erkälten, er wird niesen... Und wenn sich dann der Himmel wieder aufhellt, kannst du sicher sein, daß sie jammert: o weh! Bei diesem schönen Wetter wird der Schuft wieder vor Nacht das Haus nicht betreten! – Ein jedes Phänomen im Kosmos, ein jedes Ereignis der Geschichte offenbart sich ihr einzig in Beziehung zu dir. Auf diese Weise kann die Schöpfung dir leicht zu einem Käfig werden. Sie würde sich darüber freuen, denn ihre ›Liebe‹ träumt von nichts anderem. In Wirklichkeit möchte sie dich beständig gefangenhalten wie zu der Zeit, als sie mit dir schwanger ging. Und wenn du vor ihr fliehst, sucht sie dich aus der Ferne zu umgarnen und deiner ganzen Welt ihr eigenes Gepräge zu geben, damit du nur niemals die Demütigung vergißt, einer Frau dein Dasein zu verdanken!«

Sowohl ich als auch die Stiefmutter hatten diesem leidenschaftlichen Ausbruch meines Vaters mit angehaltenem Atem gelauscht; aber ich fühlte mich, wenngleich ich meine Zweifel verschwieg, doch einigermaßen aus der Fassung gebracht. Tatsächlich hatten mich die väterlichen Beweis-

führungen nicht nur von meiner angeborenen und unglücklichen Liebe zu den Müttern nicht geheilt, sondern im Gegenteil, mehr als einmal hatte ich mich beim Zuhören dabei überrascht, daß ich unwillkürlich dachte: ›Verdammt noch mal! Man könnte wirklich meinen, daß jemand, der ein Glück besitzt, nicht weiß, was er damit anfangen soll, während ein anderer, der keines hat, es zu schätzen wüßte...‹
In Wirklichkeit waren die Gründe, die unser ›Oberhaupt‹ vorbrachte, um das Unrecht der Mütter zu beweisen, wenigstens zum großen Teil genau dieselben, derentwegen ich wiederum mich grämte, von jeher eine Waise zu sein. Der Gedanke an einen Menschen, der einzig und allein Arturo Gerace liebte und jedes andere menschliche Wesen von dieser Liebe ausschloß, und für den Arturo Gerace die Sonne darstellte, den Mittelpunkt des Universums – das war ein Gedanke, der meinem Geschmack durchaus nicht widersprach. So kam mir auch die Vorstellung, daß irgend jemand weinte und schluchzte um mich, keineswegs widerwärtig vor. Im Gegenteil, gewisse Unternehmungen, die schon an sich ihren Reiz hatten, wie zum Beispiel: kaltblütig in ein Gewitter hinausgehen oder sogar auf ein Schlachtfeld marschieren, schienen mir, wenn ich daran dachte, unendlich viel köstlicher und verlockender zu werden, wenn inzwischen irgend jemand über mich in Verzweiflung geriete.
Was die Beschimpfungen angeht, über die mein Vater sich beklagt hatte, so war ich überzeugt, daß mir gewisse Beschimpfungen nicht wie Gift, sondern wie Zucker und Honig erschienen wären. Außerdem urteilte er nach seiner ganz besonderen Erfahrung, nämlich nach seiner Mutter, welche eine Deutsche war und groß und dick; die meinige hingegen war eine zarte kleine Italienerin aus Massalubrese. Die Massalubresinnen sind seit Menschengedenken stets zierliche Frauen mit guten Manieren gewesen, sogar allzu sanft und süß, ohne irgend etwas Herbes. Meiner Ansicht nach hätte meine Mutter sich nicht einmal entschlossen, mich zu beschimpfen, selbst wenn man sie durch Gesetzeserlaß dazu gezwungen hätte.
Es stimmte freilich, daß sie verblüht, während der Sohn

immer schöner heranwächst; aber dies schien mir ein Vorteil, der ohne weiteres verbürgt war. Einer verblühten Frau, welche die eigene Jugend verloren hat, müßte der Sohn – auch wenn er nicht eine so vollkommene Schönheit ist wie mein Vater – doch gleichsam als ein Kaiser der Schönheit auf Erden erscheinen. Genau dies hätte mir die höchste Genugtuung bedeutet: irgend jemand, der mich für wunderbar, unübertrefflich und kaiserlich hielt. Für meinen Vater, der die Vollkommenheit besaß, hatte so etwas offensichtlich nicht viel Bedeutung. Und das ließ mich seine gleichgültige Überlegenheit immer mehr bewundern.

Die Stiefmutter stieß einen Seufzer aus, und endlich faßte sie Mut zu sprechen, aber ihre Stimme klang scheu und fern wie die Klage einer in der Nacht verirrten Katze.

»Dann«, murmelte sie, »wenn diese Gefühle, von denen Ihr gesprochen habt, für Euch eine Beleidigung sind, dürften die Menschen sich nicht mehr lieben auf dieser Welt...«

Mein Vater wandte den Kopf zu ihr hin: »Schweig du«, entgegnete er, »du bist ja kaum geboren und überdies noch dumm geboren! Wenn du noch ein weiteres Wort sagst, bring ich dich um. Gewisse Gefühle habe ich einfach nicht, die überlaß ich den armen Schluckern, die nur am Sonntag frei haben. Sie passen nicht zu mir, die Liebesromane, einerlei welcher Art. Aber die Liebe der Weiber ist sogar das *Gegenteil* von Liebe.« Darauf fing er wieder mit sich selber zu reden an; und während er sprach, gähnte er alle Augenblicke zwischen Langeweile und Ruhelosigkeit, lachte und warf sich auf dem Kissen hin und her wie ein Knabe in einem krankhaften Halbschlaf.

»Die Absicht der Weiber ist es, das Leben herabzuwürdigen. Das ist es, was die hebräische Legende gemeint hat, die von der Austreibung aus dem irdischen Paradies durch den Willen eines Weibes erzählt. Wenn es nicht wegen der Weiber wäre, dann würde es nicht unser Los sein, geboren zu werden und zu sterben wie die wilden Tiere. Die Rasse der Weiber haßt die überflüssigen, unverdienten Dinge, ist allem feind, was keine Grenzen kennt... Sie will das Drama und das Opfer, diese häßliche Rasse, sie will die Zeit, den

Verfall, die Vernichtung, die Hoffnung... sie will den Tod. Wenn es nicht wegen der Weiber wäre, dann würde das Leben eine ewige Jugend sein, ein Garten! Alle wären schön, frei und sorglos, und ›sich lieben‹ bedeutete einzig: ›einer dem anderen seine Schönheit offenbaren.‹ Die Liebe wäre eine selbstlose Wonne, eine vollkommene Glorie, wie wenn man in den Spiegel sieht; sie wäre... eine natürliche Schlechtigkeit und ohne Reue gleich einer wunderbaren Jagd in einem königlichen Wald. Die wahre Liebe ist so: sie verfolgt keinen Zweck und hat keine Ursache, sie unterwirft sich keiner Macht, außer der menschlichen Anmut. Die Liebe der Weiber dagegen ist eine Dienerin des Schicksals, die sich abmüht, den Tod und die Schande fortzusetzen. Mittel zum Zweck, Erpressung, eigennütziger Vorwand: das ist es, woraus ihre ergebenen Gefühle zusammengeknetet sind... Aaach!... Wie spät mag es wohl sein? Schaut auf meine Uhr hier an meinem Handgelenk, ich hab keine Lust, den Arm hochzuheben.«
Ich sah an seinem Handgelenk nach, wieviel Uhr es war, und sagte es ihm. Aus seinen halbgeschlossenen Lidern, erreichte mich sein Blick, und er rief mich träge: »Arturo...?« Dann nach einer Pause: »Hast du das gehört, was ich über die Frauen gesagt habe? Was denkst du darüber, heh? Hab ich recht?«
Im stillen beschloß ich, daß dies eine gute Gelegenheit wäre, die Stiefmutter zu kränken. Und ich antwortete entschieden: »Ohne die Frauen würde es einem sehr viel besser gehen. Du hast recht.«
»Andererseits«, sagte er in einem gequälten Ton von innerer Zerrissenheit, »habe ich weder recht noch unrecht: ich habe von einem immerwährenden Dasein gesprochen, ohne Begrenzung... als ob es Glück und Wonne wäre, unsterblich zu bleiben. Aber wenn dann diese Geschichte, beständig zu leben, in aller Ewigkeit damit endete, daß wir uns langweilten? Vielleicht ist der Tod erfunden worden, um die allzu große Langeweile auszugleichen... heh, Arturo?«
»Nein, das glaube ich nicht. Mir scheint, daß die Toten unter einer entsetzlichen Langeweile leiden müssen«, sagte ich und erschauerte bei dem hassenswerten Gedanken.

Mein Vater lachte. »Es macht dir wohl Spaß, zu leben, was, Mohrchen?« fragte er, »aber du, verstehst du überhaupt was von der Langeweile? Sag mal, hast du dich jemals gelangweilt?« Ich dachte einen Augenblick darüber nach. »Richtig gelangweilt«, entgegnete ich dann, »nein, nie. Manchmal vielleicht...ist mir was über geworden.«
»Aha, und zum Beispiel wann?«
Zum Beispiel war es mir in den vorangegangenen Tagen über geworden, als ich mich dazu verdammte, in mein Zimmer eingesperrt zu bleiben, um nicht die Stiefmutter mit ihm zusammen anzutreffen. Aber ich hatte keine Lust, ihm das einzugestehen, und so schwieg ich. Übrigens kümmerte sich mein Vater schon nicht mehr darum, meine Antwort zu hören; zerstreut hatte er den Kopf wieder gegen das Kissen gewendet. Und kurz darauf erkannten wir an seinem schwerer gewordenen Atem, daß er eingeschlafen war.
Nun stand die Stiefmutter auf, und nachdem sie von dem kleinen Bett daneben eine wollene Decke geholt hatte, deckte sie den Schlafenden damit zu. Diese ihre Bewegung sah fast automatisch aus, so natürlich war sie, und um so mehr verletzte sie mich, eben dieser Natürlichkeit wegen. Denn in ihrer fatalen Einfachheit bedeutete sie: ›Mag dieser hier auch noch so schlecht gesprochen haben von den Frauen, nichts kann zwei Gesetze umstoßen, die nun unantastbar sind und wovon mir das eine die Pflicht auferlegt, ihm zu dienen, und das andere das Recht verleiht, ihn zu beschützen. Diese beiden Gesetze lauten: *ich, weil ich seine Gattin bin, gehöre ihm an, und er, als mein Gatte, gehört mir!*‹
Ich will selbstverständlich nicht sagen, daß mein Scharfsinn damals schon jene Geste der Braut mit derselben logischen Klarheit in ihren beiden Bedeutungen auszulegen verstand wie heute, da ich mich an sie erinnere. Ja, ich hielt mich nicht einmal damit auf, zu fragen, aus welchen und wie vielen ›Warum‹ jene Geste mich beleidigte. Die Empfindung aber, die ich dabei verspürte, war deutlich und vielsagend: als ob eine geheimnisvolle, doppelschneidige Waffe mir das Herz durchbohrte.
Die Verwundung geschah so rasch, daß ich sie sogleich wieder vergaß; doch mußte sie sehr grausam gewesen sein,

wenn ich mich heute nach so langer Zeit ihrer entsinne. In Wahrheit wurde ich, ohne es zu wissen, Prüfungen unterworfen, die bitterer waren als jene Othellos! Kämpfte doch dieser unglückselige Neger, zum mindesten in seiner Tragödie, in einem festumrissenen Feld: diesseits die Geliebte und jenseits der Feind. Während das Feld von Arturo Gerace eine unentwirrbare Drangsal war ohne die Erleichterung der Hoffnung oder der Rache.

Allein mit ihm

Gleich darauf, flüsternd, daß sie nach unten müßte, um das Feuer fürs Abendessen anzuzünden, ging sie hinaus.
Bis zur Abendbrotzeit bewegte ich mich nicht aus dem Zimmer meines Vaters. Ich spürte, daß ich ihn noch mehr liebte als sonst, und war zugleich ergriffen von einer nie gefühlten beklemmenden Angst, die ich, wollte ich versuchen, sie in Worte zu übersetzen, vielleicht so ausdrücken könnte: Bestürzung, über mein Geschick nichts zu wissen. Die Unkenntnis des Schicksals, die uns alle in jedem Augenblick begleitet, war für mich stets ein Grund zu abenteuerlichem Frohsinn; heute aber bedrückte sie mir die Seele. Ich betrachtete meinen Vater, wie er schlief, und ich empfand eine fast wilde Zärtlichkeit; doch da es ewig unmöglich blieb, Erwiderung oder Tröstung von ihm zu empfangen, überkam mich ein Gefühl kindlicher Schwäche; die Sehnsucht, er möge mich küssen und mich streicheln, wie es andere Väter mit ihren Kindern tun.
Es war das erstemal, daß mir dieser Wunsch bewußt wurde. Zwischen ihm und mir hatten niemals solche Äußerungen bestanden, die offensichtlich eher Sache der Frauen und wenig männlich waren. Der einzige Kuß zwischen uns beiden war jener gewesen, den ich eines Nachts im Traum seinem Zigaretten-Päckchen gegeben hatte; aber was ihn betraf, so war mir nicht einmal im Traum jemals die Vorstellung aufgeblitzt, daß sein Mund Küsse zu geben vermöge. Denkt man so etwas von einem Gott? Der erste Kuß, den ich ihn, seit ich im Leben war, irgend jemandem habe geben sehen, war der gewesen, welcher heute dem Bildnis des Amalfita-

ners zuteil geworden war. Und als ich es sah, hatte mich so etwas wie stechender Neid gepackt. Warum sollte dem Bildnis eines Toten das zuteil werden, was mir verwehrt war?
Solange ich denken konnte, hatte ich in meinem ganzen Leben auch nicht ein einziges Mal erfahren, was Küsse eigentlich sind (wenn ich jene von Immacolatella ausnehme, die mir viele zu geben pflegte in der übertriebenen Art der Hunde). Um die Wahrheit zu sagen, hat mir Silvestro später erzählt, daß er mir in meiner ersten Kindheit, zu der Zeit, als er mich noch fütterte und pflegte, oftmals dicke Küsse auf die Backen drückte, gerade so, wie es die Ammen tun, und er hat mir sogar versichert, daß ich sie ihm erwiderte mit vielen kleinen Küßchen. Sicherlich, es wird schon stimmen, was er sagt, denn Silvestro ist nicht so einer, der sich ohne Grund rühmt; aber ich entsinne mich nicht mehr daran. Soviel ich mich erinnere, ich wiederhole es, hatte ich zu der Zeit, von der ich spreche, niemals Küsse gegeben noch welche empfangen.
Ich hätte gewünscht, mein Vater möge mir einen Kuß geben, sei es auch nur, ohne überhaupt aufzuwachen, in der Wirrnis des Schlafes und aus Versehen; oder wenigstens hätte ich gewünscht, ihm einen Kuß zu geben, aber ich wagte es nicht. Zu seinen Füßen zusammengekauert gleich einer Katze, schaute ich ihm zu, wie er schlief. Es kam mir vor, als wäre selbst der gedämpfte Laut seines Atems oder seines Schnarchens köstlich anzuhören, da er noch ein Zeugnis war von seiner flüchtigen Gegenwart auf der Insel, von diesem seinem Aufenthalt, den ich versäumt hatte und der nun zu Ende ging, dessen war ich gewiß

In meinem Zimmer

Am Tage darauf reiste mein Vater tatsächlich ab. Die Stiefmutter und ich begleiteten ihn zum Dampfer. Als wir von der Mole zurückkamen, trennte ich mich von ihr, schlug eine andere Straße ein und schlenderte allein durch die Gegend.
In früherer Zeit hatte mich keine der Abreisen meines Va-

ters, so bitter sie auch sein mochten, jemals so aus der Fassung gebracht wie diese. Obwohl durchaus kein Grund vorhanden war, an seiner Wiederkehr zu zweifeln (da er früher oder später immer auf die Insel zurückkam), verspürte ich ein tiefes, trostloses Bedauern, als wäre unser Gruß vorhin auf der Mole ein Abschied gewesen. Auch bei diesem Gruß, wie bei allen vorherigen, hatte es keine Küsse gegeben. Der kindliche Wunsch, der mich am Tage zuvor überrascht hatte, war nicht erhört worden. Übrigens aber schien mir ein solcher Wunsch heute schon nichtig zu sein. Eine öde Einsamkeit durchdrang mich, und vom Grunde dieser Einsamkeit fühlte ich die unnatürliche, beklemmende Angst wieder emporsteigen, die ich am gestrigen Tage zum erstenmal kennengelernt hatte: nichts zu wissen von meinem Geschick.

Das Wetter war schön geworden wie im Frühling, und ich ging nicht nach Hause, ehe es dunkelte. Als ich durch die Fenstertür eintrat, fand ich die Stiefmutter in der Küche; sie sang, während sie das Feuer anzündete, wie es ihre Gewohnheit war, und diese ihre Sorglosigkeit erschien mir ungehörig. Bis vor wenigen Stunden hatte ich ihr gezürnt, weil sie immerfort neben meinem Vater stand, wie eine Hündin, und ihn mir raubte. Jetzt dagegen machte ich ihr in meinem Herzen bittere Vorhaltungen, weil sie sich nicht betrübte, vom Gatten getrennt zu sein. Ein düsteres Bedürfnis, sie zu strafen, kam über mich, und als sie den Tisch deckte, erinnerte ich sie mit Bosheit daran: »Na, jetzt, da mein Vater abgereist ist, wirst du wohl lernen müssen, nachts allein zu schlafen!«

Offensichtlich war ihr Denken noch nicht dahin gelangt, sich diese unausweichliche Prüfung, welche sie erwartete, vorzustellen. Ich sah, daß sie tatsächlich erschrak und ihr Antlitz sich verwandelte, als ob erst meine Worte es ihr wieder ins Gedächtnis riefen. Dies war eines der vielen Anzeichen von Kindheit, die noch immer in ihr fortbestand: daß ihre Vorstellung, die für Fabeln und dergleichen kindliche Dinge stets ziemlich aufgeweckt war, sich bisweilen dagegen als schwerfällig erwies bei allem, was ihr Schmerz oder Widerwärtigkeit ankündigen konnte. Man hätte meinen können, daß sie sich arglos den Tagen anvertraute und ihnen eine Art gewissenhaften Wohlwollens zuschrieb, als hätte auch die Zeit ein christliches Herz. Während des Abendessens, das wenige Minuten dauerte, ließ sie ihre Stimme nicht mehr vernehmen, so sehr war sie von Sorgen erfüllt. Ich aß hastig, ohne das Wort an sie zu richten, und gleich darauf ging ich zu Bett. Ich war müde nach diesem unruhigen Tag und hatte großes Verlangen nach Schlaf. Wie häufig in der kalten Jahreszeit machte ich mir nicht einmal die Mühe, mich auszukleiden und schlüpfte nur aus den Schuhen. Und kaum lag ich im Bett, schlief ich auch schon.

Doch war vielleicht eine knappe Stunde vergangen, als ich durch kurzes, fieberhaftes Klopfen an meine Zimmertür und die unterdrückte und verzweifelte Stimme der Stiefmutter aufgeschreckt wurde, die hinter der Tür rief: »Artu! Artu!« Ich vermöchte nicht zu sagen, wovon ich geträumt hatte in diesem ersten Schlaf von einer Stunde; ich mußte aber wohl gereist sein, in wer weiß welche Fernen, und ich hatte sie vollständig vergessen. Schlaftrunken, ohne irgend etwas zu begreifen, setzte ich mich auf, indem ich das Licht neben dem Bett anzündete, und in diesem selben Augenblick öffnete sich die Tür, und sie erschien auf der Schwelle, gänzlich aufgelöst: »Artu, ich hab Angst«, sagte sie mit dünnem Stimmchen.

Sie sah ganz so aus, als wäre sie, von Entsetzen gejagt, im Laufschritt aus ihrem Bett geflüchtet, so wie sie gerade war: im Unterrock und ohne Schuhe. An den Füßen trug sie nur ihre gewöhnlichen, völlig durchlöcherten Wollsöckchen, die sie auch zum Schlafen überzuziehen pflegte. Und die nächtliche Aufmachung ihrer Haare, alle in einem einzigen Büschel oben auf dem Kopf zusammengebunden, erinnerten mich an das Krönchen von gekräuselten Federn, mit dem gewisse tropische Vögel geschmückt sind.

Als ich in die Wirklichkeit zurückkehrte, starrte ich sie mit wilden und zornigen Augen an. Es war nicht das erstemal, daß ich sie im Unterkleid erblickte; schon in den vergangenen Tagen war es vorgekommen, daß ich sie flüchtig so den Korridor überqueren oder im Zimmer meines Vaters herumlaufen sah. Und sie hatte sich in meiner Anwesenheit durchaus nicht versteckt und ruhige und natürliche Bewegungen bewahrt: sie schien es nämlich nicht als Schande zu empfinden, sich vor einem kleinen Jungen von vierzehn Jahren im Unterrock zu zeigen. Es brachte einen auf, dieses Benehmen von ihr!

»Es war nicht meine Absicht, dich zu wecken, Artu«, begann sie mir mit todblassen Lippen zu erklären, »... ich hab mir soviel Mühe gegeben zu schlafen... ich hab sogar die Gebete der heiligen Rita aufgesagt, damit sie mir helfen soll einzuschlafen, aber ich bring es nicht fertig... ich hab zu große Angst, allein zu schlafen... ohne einen andern Christenmenschen im Zimmer...«

Und argwöhnisch den dunklen Korridor entlangspähend, trat sie ein wenig näher in den Lichtkreis meiner Lampe, als suchte sie Schutz gegen die Finsternis. Aber ich, mürrisch und voll Verachtung, bot ihr nicht an, sich zu setzen noch überhaupt einzutreten, und sie blieb stehen, an den Türpfosten gelehnt wie eine Dienerin.

Das Unterkleid ließ ihre zierlichen Schultern unbedeckt, die von reinstem Weiß und dürftig und liebreizend zugleich waren. Und die Brust, die sich unter dem Stoff abzeichnete, als wäre sie nackt, gab sich mir in ihrer geheimnisvollen, reifen Schwere zu erkennen, so zart und verwundbar, daß sie eine Empfindung von Besorgnis in mir auslöste. Mit eigenartiger Deutlichkeit stellte ich mir den furchtbaren Schmerz vor, den sie fühlen müßte, wenn irgendein grausamer Mensch sie dort an der Brust verletzen würde... Eine solche unwirkliche Qual beunruhigte ein paar Augenblicke lang meine Phantasie, und es schien mir fast unglaublich, daß ein Wesen, so unbeschützt, verwundbar, unwissend und einfältig wie sie, in der Welt herumlaufen konnte, ohne Schaden zu nehmen...

»Du bist mehr als sechzehn Jahre alt«, sagte ich zu ihr mit einer höchst mitleidigen Grimasse, »und du bist nicht einmal imstande, nachts allein zu schlafen. Und dabei meinst du noch, du könntest die reife Frau spielen, als ob die andern kleine Kinder wären im Vergleich zu dir. Du bringst mich ja zum Lachen! Wenn jemand ein bestimmtes Alter hat und sich vor gewissen Dingen fürchtet, ist das wirklich zum Lachen. Sieh dir die andern an, ob die sich auch davor entsetzen, allein zu schlafen!«

»Die andern Frauen«, entschuldigte sie sich mit verlorener, demütiger Stimme, »schlafen mit ihrem Ehemann, wenn sie verheiratet sind...«

»Wenn sie verheiratet sind! Aber bevor sie sich verheiraten? Und wenn der Ehemann auf Reisen geht? Bei wem schlafen sie dann? Bei niemandem!«

»Ach nein, nicht bei niemandem! Sie schlafen bei der Mutter, der Schwester, den Brüdern und dem Vater; mit ihrer Familie schlafen sie. Jeder Christenmensch auf dieser Welt schläft mit seiner Familie!«

Und sie flehte mich an, sie in meinem Zimmer auf dem Kanapee schlafen zu lassen, wenigstens für diesen einen Abend nur. Von morgen an würde sie es lernen, allein zu schlafen, aber heute abend waren ihr da drüben fast die Sinne vergangen, denn es war das erstemal in ihrem Leben, daß sie sich in der Nacht allein in einem Zimmer befand ohne einen Verwandten in der Nähe, und so in einem einzigen Mal konnte sie sich nicht daran gewöhnen. Mit der Zeit würde sie sich wohl daran gewöhnen.

Wider Willen mußte ich mich damit abfinden, sie für diese Nacht zu beherbergen. Sie ging einen Augenblick ins andere Zimmer hinüber, um ihre Decken zu holen, und kam rennend Hals über Kopf von dort zurück, indem sie die Decken am Fußboden schleifen ließ; sie war so bleich, als flüchtete sie vor einer Feuersbrunst. Beim Anblick ihres ungeheuren Schreckens kam mir ein phantastischer Verdacht in den Sinn, und während sie sich, wieder mutig geworden, aufs Kanapee niederlegte, fragte ich sie, ob ihr nicht zufällig da drüben der Ahnherr des Kastells und diese gemeinen Burschen, seine Paladine, erschienen wären... Sie schüttelte den Kopf, fast beleidigt, daß ich von so nichtigen Dingen zu ihr redete. »Meinst du, ich wüßte das nicht«, sagte sie, »daß das Märchen von deinem Vater sind? Aber, man kann es verstehen«, fügte sie mit gewissenhafter Aufrichtigkeit hinzu, »jemand, der nachts allein in einem Zimmer ist, bekommt auch vor den Märchen Angst.«

Ich löschte die Lampe aus, doch fand ich so bald den Schlaf nicht wieder. Es war die Neugier, die mich wachhielt; ich fragte mich, ob der Schlaf der Frauen dem der Männer gleicht, ob zum Beispiel auch die Frauen im Schlaf in derselben Weise atmen wie die Männer und schnarchen wie sie. Ich war niemals zugegen gewesen, wenn eine Frau schlief, während ich ein paar Männer hatte schlafen sehen, und alle schnarchten sie, wenn auch auf verschiedene Art. Mein Diener Costante, zum Beispiel, schnarchte mit so lauten und langanhaltenden Tönen, daß es sich wie eine Sirene anhörte. Das Schnarchen meines Vaters dagegen war ein leichtes Geräusch, geistreich und wollüstig, dem Schnurren der Katzen ähnlich.

Einige Minuten verstrichen, und noch immer hörte man vom Kanapee nichts, auch nicht das leiseste Schnarchen. War sie vielleicht noch nicht eingeschlafen? Ich rief mit gedämpfter Stimme: »He du, schläfst du?« Keine Antwort: also, sie schlief. Einen Augenblick später schlief auch ich ein, und ich hatte einen Traum. Mir war, als schwämme ich in einer tiefen, schattigen Grotte. Ich tauchte, um mich eines schönen Korallenzweigleins zu bemächtigen, das ich auf dem Meeresgrund erspäht hatte, und als ich es losriß, sah ich mit Entsetzen, wie das ganze Wasser sich blutigrot färbte.

Ich schreckte hoch, und in demselben Moment, da ich die Augen aufschlug, zündete ich instinktiv das Licht an in der verworrenen Vorstellung, irgendwohin eilen zu müssen, um ich weiß nicht welchen Frevel oder welche Tragödie zu verhüten... In der Wirklichkeit aber war statt dessen alles ruhig, und vor mir auf dem Diwan lag die Stiefmutter in tiefen Schlummer versunken, so daß sie beim plötzlichen Licht der Lampe, das ihr grell ins Angesicht schien, nicht erwachte. Im ersten Augenblick kam mir ihre Gegenwart in meinem Zimmer wie ein Rätsel vor, doch dann plötzlich hellte sich mein Gedächtnis auf, und ich betrachtete sie voller Neugier. Sie schlief ein wenig zusammengerollt, um sich der Größe des Diwans anzupassen, bis unters Knie in die Decken eingewickelt, und ihr Gesicht zeigte einen Ausdruck von Abwesenheit und Unschuld. Ihre lautlosen Atemzüge legten eine feuchte und zärtliche Frische auf ihre Lippen, und auch die Farbe, die ihre Wangen tönte, schien von dieser Arglosigkeit ihres Atems herzurühren. Man hätte meinen können, daß sie überhaupt nicht träumte; im Schlaf verließen sie selbst jene einfachen Gedanken, welche sie im Wachsein hatte, und sie wurde noch einfacher. Sie lebte nicht mehr mit dem Geist, sondern allein mit den Atemzügen wie die Blumen. Ich erkannte auf ihrem Antlitz jenes märchenhafte Aussehen wieder, das ihr am Tage ihrer Ankunft eigen gewesen und am folgenden Tag schon verdorben war. Die zarten Ränder ihrer Augenhöhlen, die zu beschädigen ein einziger Tag genügt hatte, lagen unter den langen Wimpern mitleidig verborgen. Der Schopf ihrer Locken auf dem Kopfkissen sah wahrhaftig aus wie die entblätterte Blütenkrone einer großen schwarzen Blume. Sie erschien mir lieblicher als im Wachsein. Enthüllte sich vielleicht die berühmte Schönheit der Frauen, von der die Romane und die Gedichte sprachen, wirklich im Schlummer während der Nacht? Wenn man wach bliebe bis zum Morgen, könnte man dann vielleicht sehen, wie die Stiefmutter schön würde, so wunderbar wie eine Dame aus den Märchen? Diese meine Vermutungen waren natürlich nicht ernsthaft, sondern nur etwas, das ich mir zu meinem Vergnügen ausdachte. Aber dennoch, während ich kurz darauf wieder einschlief, vermischten sie sich mir zu einer Art von Beängstigung. Ich hatte das Gefühl, als befände sich hier in meinem Zimmer ein fremdartiges Wesen, welches sonderbaren Verwandlungen unterworfen war.

Ich schlummerte von neuem ein, ohne daran zu denken, das Licht zu löschen; aber es war kein tiefer, voller Schlaf, denn tatsächlich fand ich mich auch im Traum in meinem Zimmer wieder mit der Stiefmutter, die auf dem Diwan schlief wie in der Wirklichkeit. Im Traum erschien sie mir böse und niederträchtig: sie hatte sich durch einen Betrug in mein Zimmer eingeschlichen, indem sie so tat, als wäre sie ein Knabe wie ich, mit einem Hemd bekleidet, das ihr ganz glatt über die Brust fiel, als hätte sie darunter nicht die Formen einer Frau. Aber ich hatte trotzdem erraten, daß sie eine Frau war, und ich wollte keine Frauen mit mir in meinem Zimmer. Ich ging mit einem Dolch bewaffnet auf die Schlafende los, um sie für ihre Heuchelei zu bestrafen, und ich überführte sie der Lüge, indem ich ihr das Hemd über der Brust öffnete, so daß ich ihre makellosen, runden Brustwarzen entblößte... Sie stieß einen Schrei aus. Es war meinen Ohren nicht neu, dieser Schrei: ich hatte ihn schon

einmal vernommen: ich entsann mich nicht mehr, wann oder wo. Und ich kannte keinen anderen Laut, der mir ebenso grauenvoll war und mir Geist und Sinne zu erschüttern vermochte wie dieser.
Plötzlich erwachte ich von neuem, erhitzt und in Schweiß gebadet, als wäre es Sommer. Die Augen vom Lampenlicht geblendet, erblickte ich undeutlich meinen Gast, der ruhig schlief, in derselben Stellung wie vorher, und ein hemmungsloser, unsinniger Haß überfiel mich. »Wach auf!« schrie ich sie auf einmal an, indem ich aus dem Bett sprang und sie an den Schultern schüttelte. »Du mußt aus meinem Zimmer verschwinden! Hast du verstanden? Geh raus aus meinem Zimmer!«
Ich sah, wie sie sich bestürzt aus den Decken erhob, ihre zarten nackten Schultern, die Form ihrer Brust zeigend, und ich haßte sie noch viel wütender. Ich war von dem absurden Begehren durchdrungen, sie möge wirklich ein Knabe sein gleich mir, damit ich mit ihm raufen könne, so lange, bis mein Zorn besänftigt wäre. Ihre Schwachheit als Frau, die es mir verbot, meinem Zorn gegen ihre Person Luft zu machen, war es, was mich in diesem Augenblick am meisten aufbrachte.
»Warum bedeckst du dich nicht, Abscheuliche?« schrie ich sie an, »warum schämst du dich nicht vor mir? Ich will, daß du dich vor mir schämst!«
Sie starrte mich mit Augen voller Unschuld und Erstaunen an, dann blickte sie auf den Ausschnitt ihres Unterkleides und errötete. Und da sie keinen Fetzen zur Hand hatte, um sich zu bedecken, kreuzte sie verschämt ihre kindlichen Arme über der Brust.
Ihre Augen kehrten zu mir zurück, verwirrt und unsicher, als erkenne sie mich nicht wieder. Aber dennoch – und das erbitterte mich – zeigte sie trotz meines Hasses und meiner Grobheiten keine Furcht vor mir. Auf dem Grunde ihrer Pupillen lag noch immer, wie in all diesen Tagen schon, so etwas wie eine vertrauensvolle Frage: fast als ob meine Feindseligkeit niemals ausreichen würde, sie einen einzigen Nachmittag vergessen zu lassen, an dem ich ihr ein Freund gewesen war, und als glaubte sie noch an ›jenen Arturo‹. Hingegen mußte sie begreifen, daß es jenen Arturo für sie

nicht mehr gab und daß jener Nachmittag für mich eine Schande war; ich wollte ihn aus der Zeit verbannen.
Eine mitleidlose Härte, die sich an Verneinungen und Grausamkeiten genugtun wollte, erstickte mir die Stimme: »Hier in meinem Zimmer will ich dich nicht haben, hast du verstanden?« wiederholte ich. »Geh raus! Du bringst mir bösartige Träume und... du bist ein dreckiges Bettelweib, bist häßlich, hast Läuse...«
Sie war bis an die Schwelle der Tür zurückgewichen, die noch von vorhin offenstand. Sie hatte eine betrübte und finstere Miene angenommen, und ich glaubte, daß sich nun endlich eine unversöhnliche Feindschaft zwischen uns stellen würde. Jetzt verspürte ich den deutlichen Willen, ja sogar das Vergnügen, vor Wut zu toben, und, ihr Kopfkissen und ihre Decken herunterreißend, schleuderte ich sie ihr in den Korridor hinaus. Dann warf ich brutal die Tür hinter ihr zu.
Eine Zeitlang war noch hinter der Tür ihr erschreckter, keuchender Atem zu vernehmen: ›Sie weint, weil sie Angst hat im Dunkeln‹, sagte ich mir mit kalter Genugtuung. Schließlich hörte jedes Geräusch auf. Und am nächsten Tag entdeckte ich, daß sie in dem kleinen Zimmer neben dem meinen schlafen gegangen war, wo einst Silvestro geschlafen hatte. Offensichtlich fühlte sie sich in diesem winzigen Kämmerchen, welches nicht so weit abgelegen war wie das Zimmer meines Vaters, besser beschützt gegen die Einsamkeit und die Finsternis. Dorthin trug sie aus dem Zimmer, wo sie sie am ersten Tag aufgestellt hatte, alle die Bildnisse ihrer Madonnen, die sie auf der Makkaronikiste, auf dem Stuhl, auf der Fensterbank und rings um ihr kleines Klappbett herum anordnete wie eine Leibgarde, die dazu bestimmt war, über ihren Schlummer zu wachen. Und von nun an zog sie sich jeden Abend zum Schlafen dorthin zurück in den Zeiten, da mein Vater abwesend war.

Ihrer Angst wegen wagte sie es niemals, sich im Kämmerchen einzuschließen, und ließ die Tür immer einen Spalt offen, und beim Zubettgehen sagte sie hastig mit lauter Stimme alle Gebete auf, die sie kannte. Von meinem Zimmer aus hörte ich den Klang ihrer Stimme, die eine melodische und zugleich herbe Kantilene auswendig zu wiederholen schien, ohne Sinn. An manchen Stellen erhob sich ihre Stimme mit unerwartetem Nachdruck, und deutlich drang ein Satz zu meinen Ohren wie etwa: »Königin, Süße, unsere Hoffnung... Wohlan denn, unsere Schutzherrin...« So tief war die Stille im Haus, daß man zuweilen sogar das leidenschaftliche Schmatzen der Küsse vernahm, die sie ihren heiligen Jungfrauen zum Lob spendete, nachdem die Gebete beendet waren.

Es kümmerte mich nicht, zu erfahren, wie ihre einsamen Tage im Haus der Buben verliefen; meistens ließ ich mich erst am Abend bei ihr blicken, wenn sie mich zum Abendbrot rief. Bei Tisch hatte ich stets ein Buch neben mir, in welchem ich während des Essens zu lesen fortfuhr, und ich ließ mich von ihr bedienen, ohne sie eines Wortes oder der geringsten Aufmerksamkeit zu würdigen. Wenn es zufällig vorkam, daß mein Blick sie streifte, schien sie mir noch bleicher geworden als vorher, schwermütig und traurig. Es mußten wohl die Schrecken der Einsamkeit sein, die sie so leiden machten. Aber ich kümmerte mich nicht darum, daß sie litt. Lebte vielleicht nicht auch ich beständig allein?

Damals hatte ich angefangen, Gedichte zu schreiben. Ich erinnere mich, daß eines, auf welches ich stolz war wie auf eine fast erhabene Lyrik, den Titel trug: ›Die schlafenden Frauen‹ und unter anderen die folgenden Verse enthielt:

Die Schönheit der Frauen
erscheint mit dem Abend,
wie die nächtlichen Blumen
und die Mondkönigin unter den Sternen,
wie die Grillen und ehrwürd'gen Eulen,
die das Sonnenlicht meiden.
Aber sie wissen es nicht, die Frauen,

denn sie schlummern,
erhabenen Adlern gleich,
in den Nestern im Felsengeklüft,
geschlossen die Schwingen
und lautlos ihr Atem.
Und niemand vielleicht wird jemals erblicken
das große Bild ihrer Schönheit.

Jedesmal wenn ich an der Kammer vorüberging, auch zu den Stunden, da ihre Bewohnerin sich unten aufhielt und der kleine Raum verlassen war, schaute ich voller Verachtung nach der anderen Seite. Eines Morgens jedoch, drei oder vier Tage nach der berühmten Nacht, in der ich die Stiefmutter von meinem Diwan verjagt hatte, geschah es, daß ich sehr frühzeitig erwachte, während sie noch schlief. Als ich sah, daß wunderschönes Wetter war, sperrte ich sogleich die Fenster meines Zimmers weit auf, und kurz darauf, als ich in den Korridor hinausging, fegte ein Windstoß hinter mir drein, der gegen die angelehnte Tür ihres Kämmerchens drückte und sie fast zur Hälfte öffnete. Da geschah es mir, daß ich zerstreut die Augen auf sie richtete, die ruhig weiterschlief, bis zum Hals in die Decken gewickelt. Die Sonne war gerade eben emporgestiegen und beleuchtete ihr Gesicht in der Art der Scheinwerfer in den Theatern, die auf die Tänzerinnen niederstrahlen, damit die Leute sie besser betrachten können. Und ich sah, daß sie im Schlaf vor Freude lächelte, ja beinahe lachte, wobei sie alle Vorderzähne zeigte.
Dieser Anblick rief eine gewisse Überraschung und Neugier in mir hervor, denn in der Nacht, als ich sie zum erstenmal schlafend sah, hatte ich mir ihrem Ausdruck nach vorgestellt, daß sie im Schlaf keine Träume hätte und allein durch den Atem lebte wie die Pflanzenwesen. Dieses Lächeln dagegen konnte gewiß nur von einem schönen Traum herrühren. Wer wird jemals erfahren, welche Art Träume ein Geschöpf wie sie träumte? Dies war stets eine meiner Narrheiten gewesen: daß mich, wenn ich andere schlafen sah, häufig die Lust, ja sogar die Begierde ergriff, ihre Träume zu erraten. Sie sich nachher, wenn sie aufwachen, von ihnen erzählen zu lassen, gibt einem keineswegs dieselbe Befriedigung, selbst wenn sie nicht lügen.

In manchen Fällen kam mir das Geheimnis der Schlafenden nicht allzu unergründlich vor. Zum Beispiel schienen mir die Träume von Immacolatella ziemlich leicht zu erraten. Höchstens konnte sie etwa träumen, wirklich ein Jagdhund zu sein, wie die Kaninchen von Vivera vermuteten, oder aber gelernt zu haben, auf die Bäume zu klettern gleich den Katzen; oder einen Blechnapf voller Lämmerknochen neben sich zu finden. Aber zweifellos war es das Schönste für sie, wenn sie von mir träumte. Es war nicht schwierig, das zu verstehen.
Und diese hier? Wer weiß, was für ein Traum es war, der sie vor Freude zum Lachen brachte! Schien es ihr vielleicht, als sei sie wieder in ihrem Haus in Neapel mit ihrer ganzen Familie und auch mit der Patin in demselben Bett? Oder als befände sie sich auf einem großen Jahrmarkt auf dem Platz des Paradieses, inmitten von kleinen Buden und einem Lichtermeer, umringt von Kinderchen, die in Cherubine verwandelt waren? Oder malte sie sich etwa aus, daß mein Vater ihr von der Reise einen mit Juwelen angefüllten Korb mitbrächte? Und wer weiß, ob nicht auch ich in diesen Szenen vorkam? Es brachte mich auf, daß ich nicht hinter ihre geschlossenen Augen schauen konnte: fast als ob sie, so gering und einfältig sie war, ein Gut besäße, welches Arturo Gerace verwehrt war. Ich war in Versuchung, durch irgendeinen Vorwand ihren Schlummer zu stören. Manches Mal in den Sommertagen, wenn ich nach dem Baden auf dem Strand eingeschlafen war, kitzelte mich mein Vater, den es langweilte, selber wach zu sein und mich schlafen zu sehen, aus Spaß mit der Spitze einer Meeresalge oder er blies mir sachte ins Ohr. Und sofort erschien mir im Traum beispielsweise ein Federfisch, der mich mit den Flossen kitzelte, während ich die Gründe des Pazifik durchschwamm, oder auch der amerikanische Bandit Al Capone, der mit seiner mörderischen Luftpistole in mein Ohr zielte.
Ich war im Begriff, in die Kammer einzutreten und mit der Stiefmutter das Spiel zu wiederholen, das mein Vater mit mir spielte, um so den Faden ihrer Träume zu zerreißen. Aber, war ich denn verrückt? Wie konnte es mir nur einfallen, diesem dummen Eindringling soviel Vertraulichkeit zu gewähren!

Der Gedanke, mich zu solch nachsichtigen Vorstellungen in bezug auf sie herabgelassen zu haben, versetzte mich den ganzen Tag über immerfort in Zorn; so sehr, daß ich später, um meinem Ärger Luft zu machen, das Gedicht über ›Die schlafenden Frauen‹ zerriß.
Jedesmal, wenn es aus Zerstreutheit oder durch irgendeinen anderen Zufall ungewollt geschah, daß meine Gesinnung einer weniger feindseligen Haltung ihr gegenüber nachgab, wurde ich noch unleidlicher mit ihr, als müßte ich mich dafür rächen.

Schlechte Laune

Diese erste Abwesenheit meines Vaters dauerte weit weniger lange, als ich angenommen hatte. Seit seiner Abreise war nicht einmal eine Woche verstrichen, als er zu unserer großen Überraschung zurückkehrte. Wie gewöhnlich traf er unerwartet ein, und da ich mich zufällig in der Nähe des Gartentors aufhielt, war ich der erste, der ihn ankommen sah; doch er ließ sich kaum dazu herab, mir zu sagen: »Na, Moro!« So ungeduldig war er, sie zu sehen. Mit brennender Unruhe erkundigte er sich sogleich bei mir, wo sie wäre. Und auf meine unfreundliche Antwort, daß sie sich in der Küche befände, lief er eilig hinten ums Haus herum auf die Fenstertür zu. Ich war ihm gefolgt, wenn auch mit verdrossenem Schritt und ziemlich schlechter Laune; wahrhaftig, meine Glückseligkeit, ihn wiederzusehen, war schon in einer Minute verdorben, als ich mich so vernachlässigt und in seinen Augen so mißachtet sah.
Bei seinem unerwarteten Erscheinen wurde die Stiefmutter vor Freude rot im Gesicht, und als er ihr Erröten bemerkte, wurde er strahlender Stimmung. Er trat ein, ohne sie zu grüßen oder zu umarmen: »He! Wie zerzaust du bist!« sagte er zu ihr, einen Blick auf sie werfend mit dem Ausdruck von Sicherheit und Besitzerfreude, »hast du dir die Haare nicht gekämmt heut morgen?« Dann überreichte er ihr unverzüglich die Geschenke, die er ihr mitgebracht hatte: einen Armreif aus Holz, mit bunten Farben lackiert, und eine Gürtelschnalle, die aus Spiegelstückchen zusammengesetzt war. Mir dagegen hatte er nichts mitgebracht; aber als er

mich mit mürrischem Gesicht in einer Ecke stehen sah, schenkte er mir fünfzig Lire.
Darauf stellte er die übliche Frage, die er bei jeder Ankunft wiederholte: »Was gibt's Neues?« Doch zum Unterschied von früher, wenn er die gleiche Frage an mich allein richtete, bekundete er diesmal wirklich eine gewisse Neugier, die Antwort zu hören. Noch verwirrt durch die Plötzlichkeit seiner Rückkehr, schickte sie sich an, ihm zu erwidern: »Uns geht es gut... hier war immer schönes Wetter... und ich erhielt einen Brief von meiner Mutter, auch mit der Unterschrift von meiner Schwester... und sie schreiben, daß es auch in Neapel drüben allen gut geht und daß schönes Wetter gewesen ist...« Und ab und zu fragte er mitten in solcherlei Mitteilungen hinein: »Und die Patentante, hat sie dir geschrieben? Und bist du zur Messe gegangen?« als ob er aus einer seiner Augenblickslaunen heraus ein flüchtiges Gefallen daran fände, sich in ihre Angelegenheiten einzumischen.
Gleichzeitig ging er in der Küche auf und ab, blickte umher und erkannte die Gegenstände wieder mit einer vergnügten und sieghaften Miene, als wären es etwa zehn Jahre her, daß er von zu Hause fort war. Sie schüttelte dann und wann den Kopf, und zwei kleine Locken fielen ihr in die Stirn, die wie Glöckchen aussahen, und mit den beweglichen schwarzen Pupillen lachend, sagte sie schüchtern: »Ich vermutete das gar nicht... heute vermutete ich es gar nicht, Euch hier zu sehen...«
Darauf gab er ihr unumwunden diese souveräne Antwort: »Ich tue immer das, was mir paßt. Wenn ich Lust habe abzureisen, reise ich ab. Und wenn ich Lust habe, zurückzukehren, komme ich wieder hierher zurück, und du hast dich ganz nach mir zu richten.«
Kurz danach stieg er mit dem Koffer die Treppe hinauf, und wir liefen hinter ihm her. Kaum waren wir oben, ging sie sofort, um als allererstes ihre Decken aus Silvestros Kammer zu holen und sie wieder auf das kleine Bett im Zimmer meines Vaters zu legen.
Während mein Vater den Koffer auspackte, blieb ich mit den beiden zusammen im Zimmer; ich hatte mich auf dem großen Bett ausgestreckt, die Arme unter dem Kopf und

die Beine übereinandergeschlagen, und schwieg, während ich mit zerstreutem und düsterem Blick die Zimmerdecke betrachtete. Aber bald bereitete mir das Gefühl meiner Überflüssigkeit heftiges Unbehagen; ich sprang vom Bett auf und ging zur Tür mit der scheuen Gebärde und dem schrägen Schritt eines Tigers. Da stieß mein Vater ein kurzes verschmitztes Lachen hervor und rief hinter mir her: »He, Arturo, wohin gehst du? Warum bist du so aufgebracht? Sind wir etwa nervös?« Aber trotzdem lag ihm nichts daran, mich festzuhalten oder mich zurückzurufen. Ich dachte: ›Na ja, ich werde ausgehen. Ich habe einen Haufen Geld, ich kann ins Café und in die Wirtschaft gehen und mich sogar auch betrinken, wenn es mir paßt.‹ Doch jeder beliebige Ort auf der Erde erschien mir in diesem Augenblick öde und verzweifelt. Und schließlich landete ich unten in dem großen ›Bubensaal‹, wo wir uns fast niemals aufhielten und wo ich im Dunkeln sitzen blieb auf einem jener verbeulten Sofas, und ich dachte an nichts und niemand.

Mein Vater weilte ein paar Tage in Procida, und dann reiste er wieder ab. Nach ungefähr zwei Wochen erschien er abermals für ein oder zwei Tage. Und so fuhr er beständig fort, sich in jenen ersten Monaten seiner Ehe mit häufigen Unterbrechungen wieder sehen zu lassen, wenn auch sein Aufenthalt jedesmal ziemlich kurz war. Doch ich blieb seinem Abreisen und seinem Wiederkommen gleichgültig gegenüber: es war sowieso klar, daß er nicht meinetwegen nach Procida kam.

Er seinerseits mußte sicherlich von Anfang an meine offensichtliche und zur Schau getragene Abneigung gegen die Stiefmutter bemerkt haben; ja, bei mancher Gelegenheit hätte man sogar meinen können, daß sie ihn belustigte. Aber als gleichgültiger Despot überließ er mich meiner Verstimmung und meinen Launen, ohne sich allzuviel um mich zu kümmern. Nur ein einziges Mal sagte er ein paar Worte zu mir, die sich auf sie bezogen. Es war in einem Augenblick, da ich mich zufällig allein mit ihm in seinem Zimmer befand, während er seine Vorbereitungen zur Abreise traf. Ich schaute ihm zu, ohne etwas zu sagen; als er ein Paar alter Schuhe, die er auf der Reise nicht brauchte, mit

einem Fußtritt unters Bett stieß, richtete er gleichzeitig seinen Blick auf mich und bemerkte im Ton zerstreuten Hochmuts: »He, Mohrchen, wir sind wohl ziemlich schlechter Laune, wie es scheint, was?«
Ohne zu antworten, zuckte ich trotzig die Achsel, und er fing von neuem an, mich durch die Wimpern hindurch beobachtend mit einem halben Lächeln: »Darf man vielleicht wissen, warum du so böse auf sie bist? He? Warum fällt sie dir denn so auf die Nerven, diese arme Nunziata?«
Ich runzelte die Stirn und verschloß mich in mich selbst. Darauf brach er in ein Gelächter aus. Dann schnitt er eine kleine ironische Grimasse, wobei seine Augen sich geheimnisvoll umwölkten:
»Na geh, Moro«, rief er aus, »beruhige dich, die arme Nunziata ist bestimmt nicht die gefährliche Rivalin, die dir mein Herz rauben wird!«
Als er diesen Satz aussprach, nahmen seine Stimme und seine Züge etwas seltsam Brutales an; dann lächelte er wie zu sich selber mit geschlossenen Lippen und hochgezogenen Mundwinkeln. Und ich erkannte jenes unwahrscheinliche, ziegenhafte Lächeln wieder und erinnerte mich daran, daß ich es schon manch anderes Mal auf seinem Gesicht wahrgenommen hatte. Unsicher schaute ich ihn an, ohne noch recht zu verstehen, wo er hinauswollte mit seiner Rede: »Das ist mir doch ganz egal!« entgegnete ich kindlich aufs Geratewohl. Er brach in ein neues Gelächter aus, albern und herausfordernd. »Soso, das ist dir ganz egal ...« sagte er dann, indem er mich von oben herab ansah mit gerunzelter Stirn, »und ich war beinahe anderer Ansicht, verzeiht, oh mein schöner spanischer Grande. ... Willst du, daß ich dir sage, was meine Ansicht war? Zweifle nicht daran, ich werde sie nur dir allein sagen, und mit niemandem darüber reden: Meine Meinung war, daß du *eifersüchtig bist!* Du bist eifersüchtig auf sie, auf Nunziatella, denn früher konntest du mich hier auf der Insel ganz für dich haben, und jetzt verdrängt sie dich. Na, was meinst du, Moro?«
Ich errötete, als hätte er ein schreckliches Geheimnis entdeckt. »Das ist nicht wahr!« rief ich wütend. In diesem Augenblick kam sie dazu, und ich wollte mich davonmachen.

Doch er, mich an einem Handgelenk packend mit so wilder und grimmiger Behendigkeit, als spielten wir einen Kampf, befahl mir zähneknirschend: »Wo gehst du hin? Wo gehst du hin? Bleib hier!« Und ohne mein Handgelenk loszulassen, legte er seinen freien Arm um die Braut und begann, prahlerisch mit ihren Löckchen herumzutändeln: »Was für hübsche Locken«, sagte er, während sie uns tiefernst anschaute, ohne den Sinn dieses Auftritts zu begreifen, »schade, daß nicht auch Arturo so hübsche Locken hat!« Als er dies sagte, warf er mir Blicke zu und lachte vor sich hin aus reinem Vergnügen, meine Eifersucht zu reizen; aber endlich, als er sah, mit welchem Ungestüm ich mich anstrengte, mich aus seiner Fessel loszumachen, sagte er gelangweilt zu mir: »Na, dann geh!« Und ich verließ das Zimmer, ohne ihm auch nur ins Gesicht zu sehen, von wildem Zorn überwältigt.

Dieses Wort von ihm ›eifersüchtig‹ hatte mich in höchstem Maße beleidigt. Ich wollte mit einer derartigen Anschuldigung nichts zu tun haben, und es kam mir auch nicht in den Sinn, mich zu fragen, ob es nicht doch vielleicht stimmte, daß ich eifersüchtig war; ob dieses Gefühl, das mich nach der Hochzeit meines Vaters wie ein aufgescheuchtes Tier leben ließ, nicht zufällig ›Eifersucht‹ heißen könnte. So tüchtig ich damals auch sein mochte im Nachdenken über die alte Geschichte, über das Schicksal und die ›Unbedingten Gewißheiten‹, so hatte ich doch nicht die Angewohnheit, den Grund meines eigenen Wesens zu erforschen. Gewisse Probleme waren meiner Vorstellung fremd. In diesem Fall wußte ich, daß ich beleidigt worden war, und damit Schluß. Ich fühlte mich durch diese Beleidigung so tief getroffen, daß ich im ersten Augenblick beabsichtigte, mich einzuschiffen, um die Insel für immer zu verlassen und weder meinen Vater noch die Stiefmutter jemals wiederzusehen. Aber kaum hatte ich mir diesen Plan zurechtgelegt, als mir durch den plötzlichen Eisesschauer und den Sturm der Empörung, die mich überkamen, begreiflich wurde, daß ich ihn nicht wirklich würde ausführen können. Der Gedanke war mir tatsächlich unerträglich, daß *die beiden* dann allein miteinander auf der Insel zurückbleiben würden, ohne mich.

Mein auswegloser Zorn wurde nun so grausam, daß ich wütend zu stöhnen begann, wie ein Verwundeter. Und ich glaubte gewiß, diese rasende Bitterkeit sei durch die Beleidigung hervorgerufen und durch nichts anderes. Doch kann es statt dessen sein, daß ich in meinem Unbewußten schon die unerfüllbaren Ansprüche meines Herzens beklagte, die widerstreitenden und ineinander verschlungenen Eifersüchte und die vielgestaltigen Leidenschaften, welche mein Schicksal zeichnen sollten.

Makkaroni

Soweit ich vermuten konnte, hielt mein Vater Wort: er ließ niemand seine Ansicht darüber erfahren, daß ich eifersüchtig sei. Übrigens, was die Stiefmutter betrifft, so ist nicht anzunehmen, daß er sie je einer ernsten und bedeutsamen Vertraulichkeit würdigte, noch dazu über einen Gerace. Mit mir wurde seine boshafte Rede jenes Tages dann nicht weiter fortgesetzt; er nahm sogleich seine gewohnte Unbekümmertheit wieder an, ohne sich mehr für meine Angelegenheiten zu interessieren. Und so wurde die Erinnerung an jene Kränkung bald begraben.
Meine Abneigung gegen die Stiefmutter verringerte sich indessen nicht, im Gegenteil, sie wurde mit jedem Tag heftiger. Und folglich war das Leben gewiß nicht sehr fröhlich, das sie in der Abwesenheit meines Vaters mit mir führte. Ich wandte mich niemals an sie, außer um ihr Befehle zu erteilen. Wenn ich sie von draußen ans Fenster rufen wollte, um ihr irgend etwas zu befehlen oder auch um ihr meine Ankunft bemerkbar zu machen, so pflegte ich einfach zu pfeifen. Desgleichen auch im Hause; wenn es mir notwendig schien, sie zu rufen, so pfiff ich, oder wenn wir uns in demselben Zimmer befanden, sagte ich höchstens zu ihr: »He, du, hör mal!« Wenn ich mit ihr sprach, richtete ich die Augen nach einer anderen Seite, wobei ich meine Absicht, sie zu beleidigen, merken ließ, wie um ihr zu bedeuten, daß sie ein niedriger Gegenstand und ganz einfach unwürdig wäre, von mir angeschaut zu werden. Und wenn ich am Kämmerchen vorüberging, wandte ich den Blick

von der angelehnten Tür ab, als ob ein Gespenst oder ein Ungeheuer da drinnen hauste.
In solchem Maße haßte ich diese Frau, daß es mir, selbst wenn ich mich außerhalb des Hauses aufhielt, häufig zur Qual wurde, sie dort oben zu wissen in unseren Räumen, welche ihre Wohnstätte geworden waren, und ich gab mir alle Mühe, ihre Existenz zu vergessen, mir selber vorzumachen, daß sie nichts wäre, weniger als ein Schatten. Die Zeiten, da sie noch nicht auf der Insel weilte, schienen mir, wenn ich jetzt daran zurückdachte, eine Art seligen Lymbus zu sein. Ach, warum war sie hergekommen? Warum hatte mein Vater sie hierher gebracht? Allmählich wurden die Tage länger und begannen schon, lau und milde zu werden. Es war nicht mehr allzu kalt an diesen schönen Sternenabenden, und oft, während ich mich am Meer, auf den Straßen und im verdächtigen Café der Witwe herumtrieb, ließ ich die Abendbrotzeit verstreichen, ohne mich im Bubenhaus zu zeigen. Aber so spät ich auch heimkehren mochte, immer sah ich unten von der Straße her noch das Licht im Küchenfensterchen brennen, und ich wußte, daß ich sie dort antreffen würde, die noch nicht zu Abend gegessen hatte und auf mich wartete, um die Makkaroni in den Topf zu werfen. Ich kam schon viel zu spät und hatte großen Hunger; aber trotzdem wurde ich manches Mal beim Anblick dieses erleuchteten Fensters von dem grausamen Willen ergriffen, ihr Warten absichtlich zu verlängern. Eine solche Grausamkeit war neu für meinen Charakter. Ich schlich mit geräuschlosen Schritten wie ein Dieb bis nahe an die Glastür der Küche heran, und dort draußen, von ihr nicht gesehen, verweilte ich noch, solange es mir gefiel. In einem dunklen Winkel lauernd, konnte ich sie durch die Scheiben hindurch beobachten, wie sie vor Müdigkeit beinahe umfiel und beim geringsten Geräusch von draußen einen Blick voller Hoffnung auf die Tür heftete, und dann und wann gähnte sie, so wie Katzen gähnen (die das Maul bis zum Rachen aufreißen, daß sie wie Tiger aussehen und man lachen muß), oder sie hob leicht die Brust mit einem Seufzer. Zuletzt trat ich ungestüm ein, gleich einem wilden Tier, das sich in die Höhle stürzt, so daß sie vor Schrecken zusammenfuhr. Unverzüglich nahm ich mein Buch aus der

Schublade und wartete mit finsterem Gesicht, daß sie mir das Essen auftrug. Einmal, als ich ankam, sah ich durch die Scheiben, daß sie auf einen Bogen Papier schrieb mit einem tief nachdenklichen und inspirierten Ausdruck wie eine Schriftstellerin. Nach dem Abendessen zog sie sich eher als ich nach oben zurück und vergaß auf dem Büfett jenes Schriftstück, das mir in die Augen fiel. Es war ein Brief an ihre Mutter und lautete ungefähr so:

Liebste Mutter
ich schreibe euch disen brif. In der Hofnung eurer guten Gesuntheit. Unt der herzlibsten Schwester Rosa von mir kan ich dir die Nachricht geben das es uns hir allen gut get unt ich bite dich grüse meine libste Patin und ob sie wol an mich denkt. Unt grüse auch meine libste Freundin Irma unt Carulina unt die herzlibste Angiulina unt ob sie wol an mich denken unt ich bite dich bring meine Grüse dem Padre Severino unt der Madre Conziglia unt ob der libste sangiuvanni noch immer dis Fiber hat aber daß muß das Alter sein unt ich bite euch auch oh meine libste Mutter meine freundin Maria unt Filumena zu grüsen unt meiner libsten Aurora der kanst du sagen das das kleid gut past unt den andern herzlibsten Gefertinen ob sie an mich denken weil sie fileicht Nunziata schon vergessen haben wo ich sie doch ni vergese nich beitag unt nich beinacht unt so auch Sufia unt die andere Nunciata von Ferdinando ob sie noch an mich denkt. Unt ich kan euch sagen Libste Mutter! Hier in Procida esen wir ohne bezahlen denn das lant bringt alles sogar das öl katofeln unt salat unt die Läden da läßt man anschreiben bis ende des Jares. Unt jetz Libste Mutter emfangt tausent libe Küse von eurer libsten Tochter Nunziatella unt auch fü Rosa tausent Küse von der schwester Nunziatella unt vergiß auch nich meine herzlibste Patin gib ir tausend Küse unt ich bite dich tausent Küse an meine andern freundinnen die ich dir schon aufgezelt hab das mein Herz immer an sie denkt unt ich mach schluß mit den brif.

Nunziatella

An einem anderen Abend, als ich gegen zehn Uhr heimkam, fand ich sie, wie sie beim Warten auf mich am Küchentisch sitzend eingeschlafen war. Sie hatte einen Arm auf den Tisch gebeugt und die Wange auf die Hand gelegt wie auf ein kleines Kopfkissen; der dunkle Schatten ihrer Locken auf der Stirn schützte sie vor dem Lampenlicht, und diesmal zeigte ihr Antlitz im Schlaf einen sonderbar würdigen und geheimnisvollen Ausdruck. Ich fing an, gegen die Scheiben zu poltern und laut dröhnend ein Lied zu singen, um sie unverzüglich in brutaler Weise aufzuwecken.

Zwei- oder dreimal, als ich später als gewöhnlich zu Hause ankam, geschah es, daß ich mit ihr zusammentraf, da sie sogar hinausgegangen war, um vor dem Gartentor auf mich zu warten. »Was wolltest du eigentlich hier am Gartentor?« sagte ich zu ihr in ungezogenem Ton. Und sie erwiderte mir, daß sie einfach nur so dastünde, um ein wenig frische Luft zu schöpfen. Übrigens hatte sie mir gar nichts vorzuwerfen. Ich bat sie gewiß nicht darum, auf mich zu warten. Aber offenbar mußte ihr im Vergleich zu den langweiligen und einsamen Tagen, die sie verbrachte, ein Abendessen in der Gesellschaft eines Stummen wie eine Art bedeutsamen Ereignisses oder wie ein abendliches Fest vorkommen, etwa dasselbe, was für eine Dame das Kino oder eine Tanzerei bedeutet. Am Morgen schon machte sie sich mit eifriger Geschäftigkeit an die Zubereitung der Eiernudeln, die sie jeden Tag frisch anrührte und gleich nach dem Ausrollen über ein paar Stangen vor der Tür zum Trocknen hängte, wie eine Standarte. Früh eines Morgens, als ich in ziemlich gereizter Stimmung in die Küche hinunterkam und sie mit den üblichen Zubereitungen beschäftigt sah, erklärte ich ihr unwirsch, daß es ein Fehler wäre, wenn sie diese Makkaroni jeden Tag für mich machte: denn Makkaroni schmeckten mir nicht und hätten mir nie geschmeckt.

Das sagte ich, um sie zu demütigen, nicht weil es wirklich so war. In Wahrheit mochte ich Makkaroni gern, jedenfalls nicht weniger gern als irgendein anderes Gericht. Man kann sagen, daß ich mit demselben Vergnügen jede beliebige Speise verzehrte, die für Menschen genießbar war; das einzige, was ich wichtig nahm, war die Menge, denn ich hatte beständig einen Appetit, als wäre ich ausgehungert.

»Wie!« sagte sie mit halber Stimme, fast als glaubte sie nicht an das, was sie hörte, »du magst keine Makkaroni!«

»Nein.«

»Was magst du denn?«

Ich suchte bei mir selber nach der schlimmsten Antwort, die sie mehr als alles verbittern könnte. Und als mir einfiel, welche Verachtung sie einmal gegen Ziegenmilch geäußert hatte, erfand ich auf der Stelle: »Ziegenfleisch!«

»*Ziegenfleisch!*« rief sie bestürzt. Aber schon einen Augenblick später zeigte sich in dieser ersten Bestürzung dennoch ein gewisser nachgiebiger und bereitwilliger Eifer, als bewegte sie in ihrem Herzen schon den Gedanken, um nur ja meinen Geschmack zufriedenzustellen, sich Stücke von Ziegen zu verschaffen und Mahlzeiten aus Zickleinfleisch zu bereiten...

Bei dieser Szene verbarg ich schnell mein Gesicht hinter den Händen, von einer unwiderstehlichen Lachlust gepackt. Augenblicklich jedoch kam mir der Gedanke: ›Wenn sie mich jetzt lachen sieht, wird sie sich einbilden, daß unsere Vertraulichkeit wiederhergestellt sei wie... an jenem Nachmittag...‹ und ich wies eine solche Möglichkeit schaudernd zurück. Aber so sehr ich es auch zu ersticken suchte, spürte ich jetzt doch das Gelächter aus meiner Brust hervorbrechen; und da ich in diesem Augenblick kein anderes Mittel fand, um meine Heiterkeit zu verstecken, warf ich mich unversehens auf den Boden auf die Knie, das Gesicht zwischen den Armen, und tat so, als weinte und schluchzte ich.

Bei dieser Gelegenheit wurde mir klar, daß ich, wenn ich wollte, ein großer Schauspieler werden könnte! Sie kam herzu, zögernd und besorgt. Unter dem Arm hervor, mit dem ich meine Stirn bedeckte, gewahrte ich ihre kurzen Füßchen in ihren ausgetretenen Hausschuhen... Und da natürlich die Komödie, die ich aufführte, an sich schon meine Belustigung steigerte, wurde mein gespieltes Schluchzen immer verzweifelter, herzzerreißender. Es war eine vollendete Nachahmung. Sie stammelte fassungslos: »Artu?« Und kurz darauf wiederholte sie abermals: »Artu...« Ich spürte ihren Atem über mir, weich, beinahe tierhaft. Dann, ohne länger zu widerstehen, brach ihre bewegte Stimme in diese Worte aus:

»Artu! ... du hast irgendeinen Kummer... Was hast du? Sag es Nunziata!«

Zugleich mit dem Mitgefühl klang so etwas wie eine überlegene Anmaßung in ihrer Stimme, während sie diesen Satz aussprach; man spürte darin fast das Sichwichtigtun der älteren Schwester, die all ihre kleinen Geschwisterchen im Arm getragen hat. Als ich sie in dieser Weise zu mir sprechen hörte, wurde ich plötzlich von einem Gefühl der Empörung und Verachtung ergriffen. Wie konnte sie es wagen? Ich sprang auf die Füße, bebend vor Wut: »Ich weine nicht, ich lache!« rief ich aus. Sie blickte starr und voller Entsetzen in mein hartes Gesicht, meine tränenlosen und flammenden Augen, als sähe sie einen Drachen aus der Erde emportauchen. »Ich bin nicht so einer, der zu heulen anfängt!« fuhr ich fort im Ton drohenden Hochmuts. »Und du darfst dich niemals erdreisten, so mit mir zu reden! Du bist keine Verwandte für mich, hast du verstanden? Du bist überhaupt nichts für mich. Ich bin weder verwandt noch befreundet mit dir, verstanden?«
Sie senkte die Augen wieder auf ihren Teig, aufgebracht und verärgert, und ihre Lippen wölbten sich, als bereiteten sie irgendeine bittere Antwort vor. Doch sie verharrte in Schweigen und machte sich von neuem daran, den Teig zusammenzuhäufen und zu bearbeiten mit unduldsamen Bewegungen, als wollte sie ihn mißhandeln. Dann fing sie widerwillig an, ihn aufzuhängen, und während ich, noch mein Frühstück kauend, auf die Tür zuging, warf sie mir im letzten Augenblick einen unsicheren, finsteren Blick zu.
»Und nun...?« fragte sie. »Wenn du keine Makkaroni willst, was willst du dann heut abend essen zum Abendbrot?«
Ich drehte mich halb um, und mit einem Ausdruck von Nichtachtung auf den Lippen erklärte ich ihr auf die unhöflichste Weise: »Ich? Aber wer kümmert sich schon darum, was du zum Abendbrot machst! Du bist imstande gewesen und hast im Ernst geglaubt, was ich dir über die Makkaroni gesagt habe? Du mußt wissen, daß mir nichts daran liegt, dies oder irgend etwas anderes zu essen, ich kann zum Beispiel von Schiffszwieback und gesalzenem Fleisch leben. Und selbst wenn du etwa Straußenflügel, Haifischflossen oder Nilpferdzungen kochtest, würde mir das nicht einmal

auffallen, denn das Essen, das du kochst, hat für mich sowieso immer denselben Geschmack. Meinetwegen mach ruhig weiter alle Tage deine Makkaroni, oder was dir sonst paßt; mir ist das wirklich egal. Und im übrigen geht es dich überhaupt nichts an, was mir schmeckt!«

Die Sache war die, daß ich weder Fürsorge noch Freundlichkeiten von ihr wollte. Ich gab ihr Befehle, um die Genugtuung zu haben, sie zu demütigen, indem ich sie wie einen Automaten, einen Gegenstand behandelte; aber ihre gutgemeinten Aufmerksamkeiten (fast als maßte sie sich wirklich an, eine Verwandte von mir zu sein, gar meine Mutter!) waren mir unerträglich. Bei mehr als einer Gelegenheit kam ich darauf zurück und wiederholte ihr: »Zwischen uns besteht keinerlei Verwandtschaft. Du bist nichts für mich«, bis sie mir einmal, ein wenig blaß werdend und das Haar zurückwerfend, entgegnete: »Das ist nicht wahr, daß ich nichts für dich bin. Ich bin deine Stiefmutter, und du bist mein Stiefsohn!« und sie sagte es in einem gewissen rechthaberischen und leidenschaftlichen Ton, als machte sie eine Art von Besitz über mich geltend.

Ich lachte ihr mit verächtlichem Zorn ins Gesicht. »Stiefmutter!« rief ich aus. »Stiefmutter ist weniger als nichts! Wer ›Stiefmutter‹ sagt, sagt das unsympathischste Wort, das es gibt!« Und an diesem selben Abend im weiteren Verlauf unseres Zwiegesprächs teilte ich ihr trotzig mit, daß ich zum Abendessen nicht mehr von ihr erwartet werden wollte. Wenn ich mich verspätete, sollte sie zur üblichen Zeit für sich essen und dann aus der Küche verschwinden, nachdem sie das Essen für mich beiseite gestellt hätte. Denn sie langweilten mich tatsächlich, sagte ich zu ihr, diese Mahlzeiten in ihrer Gesellschaft; mir war es über, sie alle Abende zu sehen, und letzten Endes stand es mir ja frei, allein zu Abend zu essen.

Einsames Lied

Sie war betroffen von diesen Worten, gekränkt und niedergeschlagen, mehr noch als ich mir davon versprochen hatte; doch sie erwiderte mir nichts und lehnte sich nicht gegen

meinen Willen auf. Von da an machte ich es mir zur Gewohnheit, jeden Abend absichtlich sehr spät nach Haus zu kommen, um sie nicht mehr vorzufinden. Wenn ich bei meiner Rückkehr zufällig das Licht in der Küche noch brennen sah, schlenderte ich so lange vor dem Gartentor umher (freilich ohne mehr durch die Fenstertür hineinzuspähen, von der ich mich im Gegenteil möglichst fernhielt), bis das Erlöschen jener Lampe mir wie ein Signal verkündete, daß die Stiefmutter nach oben gegangen war. Dann endlich entschloß ich mich, die Schwelle der Küchentür zu überschreiten. Und allein verzehrte ich das Abendessen, das sie mir auf den glimmenden Kohlen warm gestellt hatte.
Die Stiefmutter erhob keine Proteste und keine Klagen, obgleich ich damals ihre ganze Familie und ihre einzige Gesellschaft darstellte. Fremd wie sie noch war, hatte sie unter unserer mißtrauischen Bevölkerung weder Bekanntschaften noch Freundschaften geschlossen, und sie verbrachte die Stunden in der Küche oder verkroch sich in ihr Kämmerchen, ohne jemals mit einem Menschen zu plaudern. Oft, wenn ich von meinem Boot aus dort oben die Mauern unseres ›Kastells‹ erblickte, das unbewohnt aussah, kam beinahe der Zweifel über mich, ob sie wohl nur ein Traum von mir wäre und in Wirklichkeit niemand außer mir in jenen Mauern lebte. Dann aber, zu welcher Tageszeit ich auch zufällig zu Hause eingucken mochte, dauerte es nicht lange und ich vernahm auf den Treppen und längs den Korridoren das wohlbekannte Geräusch ihrer berühmten Hausschuhe.
Mir gegenüber hatte sie eine verstörte, schroffe und widerspenstige Miene angenommen, und stolz bettelte sie nicht um die Freundschaft, welche ich ihr so grausam verwehrte. Allein wenn unsere Blicke sich begegneten, tauchte wie ein Sternchen auf dem Grunde ihrer erregten Augen stets jene ungestillte, ewige Frage auf: ›Artu, was hab ich dir getan? Was hab ich dir denn nur getan?‹
Bisweilen sah ich sie von einem Fenster aus, wie sie in ihrer Einsamkeit und dem Bedürfnis nach Freundschaft den Marangolobaum im Garten oder sogar die Pfeiler des Gartentors umschlang, als stünde dort an Stelle jener leblosen Gegenstände eine ihrer Schwestern, eine liebe Gefährtin.

Oder sie begann auch, eine dieser halbkahlen und bösartigen Katzen, die auf der Suche nach Abfällen bei uns herumstreiften, zu liebkosen, sie an ihr Herz zu drücken und mit kleinen Küssen zu bedecken. Ich hörte sie auch in manchen Augenblicken irgendeinen Gedanken vor sich hin sagen mit festlichen oder übersprudelnden Worten und einer sanften Stimme, die sich an niemanden richtete, wie ein Singsang. Zum Beispiel, als sie an einem mondbeschienenen Abend auf den Platz hinaustrat, bemerkte sie: »Zunehmender Mond; Boote auf dem Meer, um Tintenfische zu fangen...« Oder als sie, allein auf der Stufe der Türschwelle stehend, aus einem Korb ein paar Seeigel kostete, sagte sie immer wieder: »Ah, wie schmeckt er gut, dieser Seeigel, fast wie ein Granatapfel...« Oder aber beim Kämmen ärgerte sie sich über die Knoten in ihren wirren Haaren und schalt auf sie, wobei sie heftig mit dem Kamm an ihnen zerrte und dabei schimpfte: »Ach, ihr verflixten Haare, ihr blöden!«
Wie es ihrer Natur gemäß war, zog sie die geschlossenen Räume den freien Plätzen und Straßen vor: einem Kanarienvögelchen ähnlich, das den Käfig mehr liebt als die freie Luft. Und obschon das Bubenhaus so wenig gastlich für sie war, entfernte sie sich überaus selten von ihm. Manchmal sah ich sie früh am Morgen eilig zur Messe gehen, ganz eingehüllt in ihr großes schwarzes Umschlagtuch, als ob sie heimlich entwischte, und ein anderes Mal begegnete ich ihr zufällig unten in den Gäßchen, die Einkaufstasche überm Arm, die Löckchen unter ein Kopftuch gezwängt und einen abgenützten Geldbeutel fest in der Faust. Wenn man sie so mit ihrem plumpen Gang geschäftig von Laden zu Laden laufen und mit jenen wenig gesprächigen Krämern über die Einkäufe handeln sah, schien sie gleichsam eine arme Zigeunermagd im Dienst irgendeiner mysteriösen Äbtissin oder einer verzauberten Dame. In der Tat hatte sie ein düsteres und vernachlässigtes, doch zugleich auch kämpferisches Aussehen wie jemand, der teilhat an den Geheimnissen einer faszinierenden, aber von allen gehaßten Herrschaft. (Auf irgendeine Weise mußten ihr das Gerede und die schlimmen Geschichten zu Ohren gekommen sein, welche über das Haus Gerace im Umlauf waren.)

Mir schien es, als sähe ich sie in dieser Vereinsamung mit jedem Tag mehr dahinwelken. Zuweilen hörte ich sie durch die Zimmerwände singen: sie wiederholte stets die gewohnten Lieder, die sie in Neapel vom Radio ihrer Nachbarin gelernt hatte, jenes von dem ›apascia‹ oder auch ein anderes, dessen Refrain lautete: ›Tango, sei come un laccio al cuore‹ (Tango, bist ein Fallstrick dem Herzen), und oft wiederholte sie auch einen Kirchengesang, der so hieß: ›Adoriam, Ostia divina, adoriam Ostia d'amòr‹ (Wir beten dich an, göttliche Hostie, Hostie der Liebe, wir beten dich an). Die schrillen und vulgären Töne schleppten sich voller Schwermut dahin, als hätten alle Lieder, welche sie sang, einen traurigen Inhalt. Allein ich glaube, sie hatte keine Gedanken und war sich auch nicht bewußt, daß sie nicht glücklich war. Ein Nelken- oder Rosenpflänzlein, auch wenn es ihm bestimmt ist, anstatt in einem Garten im Winkel eines schmalen Fensters in einem Topfscherben zu stehen, denkt trotzdem nicht: ich könnte ein anderes Schicksal haben. Und so war sie beschaffen, ebenso einfach.

Wenn ich sie singen hörte, kamen mir jene berühmten neapolitanischen Verse wieder in den Sinn, die ich als Kind gelernt hatte und oftmals von irgendwelchen Musikanten unten am Hafen wieder vernahm: ›Tu sei la canaria... tu sei malata e canti...tu sola sola muori...‹ (Du bist wie ein Vögelchen... du bist krank und singst... einsam und verlassen stirbst du...) In Wahrheit, wenn man ihr leidendes Antlitz ansah mit diesen großen schwarzen Augen, die es zu verbrennen schienen, konnte man tatsächlich befürchten, daß sie krank würde. Fast hegte ich den Verdacht, daß die verhängnisvolle Zauberei des Amalfitaners Wirklichkeit sei und sie dadurch sterben müsse.

Mein Herz aber, das gegen sie gewappnet war, verweigerte ihr nicht nur jegliches Mitleid, sondern im Gegenteil, es verhärtete sich in der Grausamkeit. Besonders ein Umstand verbitterte mich im Lauf der Zeit immer mehr: daß sie, die meinen Vater so sehr fürchtete, vor mir dagegen niemals die geringste Furcht zeigte. Wenn ich sie beleidigte und beschimpfte, stand sie, obgleich sie nicht ein Wort erwiderte, mir dennoch unerschrocken wie eine Löwin gegenüber. Dieses ihr Benehmen war ein weiterer offenkundiger Beweis, daß sie mich wie einen kleinen Jungen einschätzte, der von einer Matrone wie ihr nicht gefürchtet werden konnte. Und doch schien seit dem Tag ihrer Ankunft der Größenunterschied zwischen uns beiden beträchtlich verringert, und ihre Kühnheit war eine Ohrfeige für mich. Um meinen Stolz zu befriedigen, hätte ich ihr gern so große Angst eingeflößt wie mein Vater, bei dessen Anblick sie schon zitterte, wenn nur ein Schatten über seine Stirn glitt. Und oft verlor ich mich, all meinen anderen Ehrgeiz vergessend, in der Vorstellung, einst als Mann ein Brigant zu werden, ein schrecklicher Anführer einer Räuberbande, damit sie ohnmächtig umfiele, sobald sie mich bloß sähe. Sogar in der Nacht wachte ich hin und wieder mit diesem Gedanken auf: ›Ich will ihr angst machen‹, und ich malte mir unerhörte Boshaftigkeiten gegen sie aus, alle Arten von Barbarei; in dem Begehren, so von ihr gehaßt zu werden, wie ich sie haßte.

Wenn ich ihr Befehle gab und mich von ihr bedienen ließ, nahm ich das Gehaben eines grimmigen Imperators an, der sich an einen einfachen Soldaten wendet. Und sie war stets gefügig und bereit, mich zu bedienen, doch schien ihr Gehorsam keinesfalls von Angst diktiert; wenn sie sich für mich plagte, lebte sie geradezu auf, und ihre Gebärden bekamen sogar etwas Großartiges. Und ihr Gesicht, das vorher bleich und häßlich war, wurde wieder frisch wie Jasmin. Hoffte sie vielleicht, daß meinerseits dies Befehlen und mich von ihr Bedienenlassen bereits den Anfang einer Versöhnung bedeutete? Es gab nichts, was ihr begreiflich machen konnte, wie ohne jedes Mitleid meine Seele war.

Viertes Kapitel
Königin der Frauen

Die Frisur

Mein Vater, welcher in der ersten Zeit der Ehe seine Besuche ziemlich beharrlich wiederholt hatte, pflegte im Verlauf der Monate immer seltener zu kommen. Das ganze Frühjahr hindurch sah man ihn nur wenige Male, und immer war er in großer Eile gleich einem Gast auf der Durchreise. Bei diesen Gelegenheiten nahm er seine Gewohnheit wieder auf, zuweilen in meiner Gesellschaft auf der Insel umherzustreifen. Die Stiefmutter, die seit Beginn des Frühlings schwanger war, wartete zu Hause auf uns.

Der Monat Juni ging vorüber ohne eine Nachricht von meinem Vater. Als aber der Juli gekommen war, fing ich an, ihn zu erwarten, da der Hochsommer stets die Jahreszeit der Sehnsucht für ihn war, die, wo er auch sein mochte, das Heimweh nach Procida in ihm weckte.

Und tatsächlich, in den ersten Augusttagen tauchte er wieder auf und verbrachte wie gewöhnlich fast den ganzen Monat auf der Insel. Von dem Morgen seiner Ankunft an fuhren wir beide täglich von dem kleinen Strand aus in die offene See hinaus auf dem ›Torpedoboot der Antillen‹, und er lebte wieder mit mir das alte Leben all unserer Sommer am Strand und auf dem Meer: ich war wieder der einzige Gefährte all seiner Stunden geworden, während die Stiefmutter in der Schwäche und Schwerfälligkeit ihres Zustandes in den finsteren Räumen des Bubenhauses einherging.

Die sommerlichen Tage folgten einander gleich schön und festlich wie strahlende Sterne. Mein Vater und ich sprachen niemals von ihr, und in diesen unseren glücklichen Stunden schien das Bubenhaus mit seiner einsamen Bewohnerin, der Spiele und Behendigkeit versagt waren, fast wie ein erloschener Planet außerhalb der irdischen Kreisbahn. Aber in Wirklichkeit fand ich mit meinem Vater die kindliche

Glückseligkeit der früheren Sommer nicht mehr wieder; das Vorhandensein der Stiefmutter stellte sich zwischen mich und ihn. Gerade weil sie zu jener düsteren Knechtschaft verdammt war, erschien sie mir oft gegenwärtiger, als wenn sie dabeigewesen wäre, um mit uns zusammen zu spielen, nicht als eine Frau, sondern als ein vom Schicksal begünstigtes und leichtfüßiges Wesen gleich meinem Vater und mir. Es war, als ob in einem Kämmerchen das Bubenhaus verborgen, ein großes, geheimnisvolles Idol ohne Willen noch Glanz und doch durch seine magische Macht den Lauf und die Lichter des Sommers verwandelte.
Die Schwangerschaft, die ihren Körper entstellte, hatte auch ihr Antlitz verändert, ihm einen fast reifen Ausdruck verliehen. Ihre Züge waren erschlafft, die Nase feiner geworden und die Wangen von einer schweren Blässe gezeichnet, als ob eine Seuche ihr das Blut verzehrte. Mit ihren stumpfen Bewegungen neigte sie den mageren, zierlichen Nacken nach Art der Tiere, wenn sie müde sind, und ihr Blick war von einem weichen Schatten verschleiert... ohne Angst, ohne Frage, friedenerfüllt.
Auf einmal meinte ich eine seltsame Ähnlichkeit mit meiner Mutter in ihr zu erkennen. Seit Monaten vermied ich es jetzt, das berühmte kleine Bild zu betrachten, das ich in meinem Zimmer eifersüchtig versteckt hielt und das von allen andern vergessen war, außer von mir allein. Und nun kam mir beim Anblick der Stiefmutter beständig jenes kleine Bild und das gewohnte Mitleid in den Sinn. Ich verspürte dann ein scheues und ungewisses Gefühl, welches meinen Haß gegen diese Frau in eine dringende Frage verwandelte, und mehr denn je, wie man eine Versuchung ohne Hoffnung flieht, floh ich vor dem Anschauen des angebeteten Bildes.
In der ersten Sommerzeit, noch vor der Ankunft meines Vaters, hörte ich die Stiefmutter sich eines Tages beklagen, daß ihre dichte Lockenmähne ihr nun bei der großen Hitze lästig sei. Ein unwiderstehlicher launischer Einfall trieb mich dazu, ihr den Vorschlag zu machen, sich die Haare in zwei Zöpfe zu flechten und dann schneckenartig etwas oberhalb der Ohren festzustecken (es war die Frisur, welche meine Mutter auf der Photographie trug, aber das wußte sie

natürlich nicht, und ich sagte es ihr auch nicht). Sie war verwirrt und dankbar, als sie sah, daß ich mich ganz ungewohnterweise mit etwas befaßte, das sie betraf, sie machte jedoch, ich weiß nicht was für einen geringen Einwand hinsichtlich der Länge ihres Haares. Doch jetzt bestand ich darauf, fast mit Heftigkeit, und sie befolgte ohne weiteres meinen Rat und kämmte sich auf die neue Weise. So, mit dieser gleichen Frisur (der einzige Unterschied bestand darin, daß bei ihr sich immer ein paar kürzere Löckchen auf der Stirn oder im Nacken kräuselten) erschien sie mir der Gestalt auf dem Bild noch ähnlicher.

Ich hatte zuweilen die seltsame Empfindung von Trost, von Verzeihen und fast von Ruhe, wenn ich die kleine Scheitelung ihrer Haare über dem Nacken sah, in der Mitte zwischen den beiden Zöpfen. Auch eine neue Art zu lächeln (die Lippen ein wenig hochgezogen über dem blutlosen Zahnfleisch) erweckte in meinem früheren Groll eine Bereitschaft zum Waffenstillstand. Lächelte vielleicht die Gestalt auf dem Bild, die Königin aller Frauen, ebenfalls auf diese Weise?

Sie machte sich Sorgen, was mein Vater sagen würde, sie nicht mehr mit den Locken auf den Schultern zu sehen, so wie es ihm gefiel. Mein Vater aber schien bei seiner Rückkehr die Veränderung ihrer Frisur nicht einmal zu bemerken, als erinnere er sich nicht mehr daran, daß sie einmal Locken gehabt hatte. Schon seit einiger Zeit mischte er sich nicht mehr in ihre Angelegenheiten ein und kümmerte sich um sie noch weniger, als er sich in der Vergangenheit um mich oder um Immacolatella gekümmert hatte. Er behandelte sie weder gut noch schlecht, alle Lust, mit ihr zu scherzen, ihr Geschenke zu machen oder sie zu verspotten, war ihm vergangen. Mitunter schien er sie sogar zu vergessen wie eine Gegenwart, die seit Jahrhunderten da ist, immer gleich und unvermeidlich, so daß man sie nicht einmal mehr gewahr wird. Und dann wiederum betrachtete er sie mit einer unsicheren, verwunderten und zugleich schläfrigen Miene: als frage er sich, wer dieses fremdartige Wesen sei, was es eigentlich mit ihm zu tun habe und weshalb es sich in unserem Hause aufhielt.

Hin und wieder, wenn er sich an sie wandte, dachte er sich

plötzlich, anstatt sie bei ihrem Namen zu nennen, irgendeinen kleinen Spottnamen aus, der auf die augenblickliche Unförmigkeit ihres Körpers anspielte. Aber diese Namen, mochten sie auch vulgär klingen, sagte er nicht mit Boshaftigkeit zu ihr, vielmehr mit einer gewissen jungenhaften Zurückhaltung und beinahe zärtlich; denn es kam ihm ganz natürlich, die anderen nach irgendeiner Eigenart ihrer Person zu benennen: wie wenn er zu mir ›Moro‹ sagte, oder zu Romeo ›Amalfi‹.

Nach seinem Aufenthalt im August sah man ihn für eine lange Zeit nicht wieder. Die Wochen gingen dahin ohne Nachricht von ihm, als hätte er vollständig vergessen, daß es auf der Erde die Insel Procida gab.

Sternenabende

Ich setzte unterdessen mein Leben auf dem Meer fort (in diesem Jahr zog sich die schöne Jahreszeit bis in den November hinein). Vom Tagesanbruch bis zum Sonnenuntergang war ich mit meinem Boot unterwegs. Und jetzt, da mein Vater nicht mehr da war und mich mit seiner Gegenwart an sie gemahnte, entschwand mir die Stiefmutter und ihre einsame Küche dort oben tagsüber ganz aus dem Gedächtnis. Abermals lebte ich ohne Gedanken dahin wie in den früheren Sommern. Doch kaum war die Sonne versunken und die Farben der Marina begannen zu verblassen, als unversehens meine Stimmung umschlug. Es war, als ob alle heiteren Geister der Insel, welche den ganzen Tag über mich begleitet hatten, herabsanken unter den Horizont, mir lange Abschiedszeichen zuwinkend im Strahlenkreis der Sonne. Das Erschrecken vor der Dunkelheit, welches andere als Kinder erleben und später vergessen, lernte ich hingegen erst jetzt kennen. Jene grenzenlose Meeresküste, jene Straßen und Plätze verwandelten sich mir in eine trostlose Einöde. Und ein Gefühl fast von Verstoßensein rief mich zum Haus der Buben zurück, wo um diese Stunde das Licht in der Küche angezündet wurde.

Bisweilen, wenn die Dämmerung mich in irgendeiner abgelegenen Gegend oder auf dem Meer, in der Weite außer-

halb des Hafens überraschte, schien mir das Haus der Buben, unsichtbar von diesen Orten aus, in eine phantastische, unerreichbare Ferne gerückt. Die übrige Landschaft mit ihrer Gleichgültigkeit verletzte mich fast, und ich fühlte mich verloren, solange nicht jener leuchtende Punkt hoch oben auf dem Bergsturz vor meinem Blick auftauchte. Ich landete voller Ungeduld an meinem kleinen Strand, und wenn die Nacht hereinbrach, verfolgten mich gewisse kindliche, abergläubische Ängste, während ich im Laufschritt den Hügel hinanstieg. Auf der Hälfte des abschüssigen Pfades fing ich aus vollem Halse zu singen an, um mir Gesellschaft zu leisten. Und wenn man mich hörte dort oben jenseits der Terrasse, begab sich jemand auf die Schwelle der Küchentür und rief mit einer dramatischen Stimme wie im Takt: »Artu-rooo! Artuuu!«
Zu dieser Stunde war sie schon mit der Zubereitung des Abendessens beschäftigt; mit verschlossener, unlustiger Miene trat ich ein, und während ich auf das Abendessen wartete, streckte ich mich auf die Bank, um mich auszuruhen. Dann und wann gähnte ich, mit einer gewissen Absicht Müdigkeit und Langeweile bekundend, und ich gewährte ihr kaum ein Zeichen von Aufmerksamkeit, und es wurde nicht viel gesprochen zwischen uns beiden. Während sie darauf wartete, daß das Wasser kochte, saß sie auf einem niedrigen Stuhl, die Hände im Schoß gefaltet und den Kopf leicht geneigt, und von Zeit zu Zeit strich sie aus der schweißnassen Stirn ein Löckchen zurück, das sich aus ihren dicken Flechten gelöst hatte. Ihre massige Gestalt, der nichts Kindliches mehr anhaftete, schien mir von Ruhe und Hoheit umgeben, wie gewisse von den Völkern des Orients verehrte Standbilder, denen der Bildhauer eine sonderbare und unförmige Schwere verliehen hat, um ihre erhabene Macht zu bezeichnen. Selbst die schmalen Goldreifen der Ohrringe zu beiden Seiten ihres Gesichts verloren in meinen Augen ihre Bedeutung als menschlicher Schmuck und kamen mir eher wie Weihgeschenke vor, die an einem geheiligten Inbild hingen. Ich sah aus den Hausschuhen ihre kleinen Füße hervorkommen, die nicht wie die meinen während des Sommers am Strand und an der Marina umhergesprungen waren, und die schneeweiße Tönung ihrer

Haut – in einer Jahreszeit, da alle Männer und Knaben wie ich stets braungebrannt waren – erschien mir ebenfalls herrschaftlich und als ein Zeichen von altem Adel. In manchen Augenblicken erinnerte ich mich nicht mehr daran, daß sie und ich beinahe gleichen Alters waren, mich dünkte, als sei sie viele Jahre vor mir geboren, sei vielleicht älter noch als das Bubenhaus; aber des Mitleids wegen, das ich in ihrer Nähe empfand, kam mir ihr ungeheures Alter wie etwas Liebenswertes vor.
Zuweilen schlummerte ich ein wenig ein auf der Bank. Und in diesem empfindlichen Halbschlaf verwandelten sich mir die leisesten Eindrücke der Wirklichkeit in Vorstellungen, welche Bildern aus einem Märchen glichen, die mich kindlich zu umschmeicheln suchten. Ich sah wieder wie am Tage das Flimmern und Funkeln des Meeres gleich dem Lächeln eines wundersamen Wesens, das zu dieser Stunde, der liebkosenden Strömung überlassen, ebenfalls ruhte und meiner gedachte... Von der Fenstertür her strich die nächtliche Luft herein und legte sich auf meinen dunklen Körper, als zöge mir jemand ein frisches, kühles Leinenhemd über... Das Firmament der Nacht breitete sich als ein unendliches Zelt, mit historischen Bildern geschmückt, über mir aus... Nein, es war vielmehr ein riesiger Baum, durch dessen Verzweigungen die Sterne rauschten wie Blätter... und in seinen Ästen gab es ein einziges Nest, und dieses Nest war meines und ich schlief darin... Dort unter mir wartete indessen das Meer auf mich, das ebenfalls mein war... Wenn ich mit der Zunge die Haut meines Armes kostete, spürte ich den Salzgeschmack...
An manchen Abenden legte ich mich nach dem Essen, von der Kühle der Luft angelockt, auf die Stufe der Türschwelle oder auf den Boden der Terrasse. Die Nacht, welche mir eine Stunde zuvor unten in der Ebene so bedrohlich erschienen war, wurde mir hier, einen Schritt von der erhellten Fenstertür entfernt, wieder vertraut. Wenn ich jetzt das Firmament betrachtete, wurde es mir zu einem gewaltigen Ozean, mit zahllosen Inseln übersät, und unter den Sternen suchte ich, den Blick schärfend, nach jenen, deren Namen ich kannte: Arkturus vor allen anderen, und dann die Bären, Mars, die Plejaden, Kastor und Pollux, Kassiopeia...

Stets hatte ich bedauert, daß es in der heutigen Zeit auf der Erde keine verbotenen Bezirke mehr gibt, wie für die alten Griechen die Säulen des Herakles, denn es hätte mir gefallen, als erster die Grenze zu überschreiten, dem Verbote Trotz bietend mit meiner Kühnheit, und als ich jetzt den gestirnten Himmel anschaute, beneidete ich in gleicher Weise die zukünftigen Pioniere, die bis zu den Sternen vordringen werden. Es war demütigend, den Himmel zu sehen und zu denken: dort oben gibt es so viele andere Landschaften, andere Regenbogen von Farben, vielleicht noch viele andere Meere von wer weiß welchen Tönungen, andere und größere Wälder als in den Tropen, andere Gestalten von wilden und fröhlichen Tieren, noch liebenswerter als die, welche wir hier sehen... andere wunderbare weibliche Wesen, die schlafen... andere herrliche Helden... andere Getreue... und ich kann nicht dorthin gelangen!
Jetzt verließen meine Augen und meine Gedanken mit Verdruß den Himmel und wandten sich wieder dem Meere zu, das, kaum schaute ich es wieder an, mir entgegenbebte wie ein Geliebter. Schwarz hingestreckt wiederholte es mir mit Schmeichelworten, daß es ebenfalls – nicht minder als der Sternenhimmel – gewaltig sei und wunderbar und zahllose Bereiche besäße, einer vom anderen verschieden wie hunderttausend Planeten. Bald würde nun endlich für mich das ersehnte Alter beginnen, da ich nicht länger mehr ein Knabe, sondern ein Mann sein würde. Und das Meer, gleich einem Gefährten, der bisher stets mit mir gespielt hatte und mit mir zusammen groß geworden war, würde mich mit sich forttragen, auf daß ich andere Ozeane kennenlerne, und alle anderen Länder, und das ganze Leben!

Königin der Frauen

Der Herbst kündigte sich schon an mit seinen verfrühten Sonnenuntergängen, und jeder Tag brachte den herben Augenblick der Dämmerung eher, der mich von der Marina verscheuchte. Sehr häufig, wenn ich vor Dunkelwerden zu Hause ankam, geschah es nun, daß ich Besuch vorfand. Die Stiefmutter hatte Bekanntschaft angeknüpft mit zwei oder drei jungen Procidanerinnen, Frauen von Krämern und Bootsführern, die sie besuchen kamen und ihr mit Rat und Hilfe beistanden, während sie an der Ausstattung für das Stiefgeschwisterchen arbeitete, das geboren werden sollte. Ich weiß nicht, wie sie es fertiggebracht hatte, sie zu bewegen, über die Schwelle des Bubenhauses zu treten, und anfangs hatte mich ihre Anwesenheit überrascht wie eine unglaubhafte Erscheinung. Meistens saßen sie rund um den Küchentisch herum, auf dem Tücher und Windeln verstreut lagen, und ich bemerkte, daß die Stiefmutter, die vor meinem Vater und mir so unterwürfig war, inmitten dieser Frauen dagegen eine Art matronenhafter Autorität und anerkannte Überlegenheit zeigte, obschon sie jünger war als die andern.

Im Vergleich mit ihnen, die alle von kleinem Wuchs waren, erschien sie überaus groß. Und sie nähte mit einem Ausdruck ernsthaften Pflichtgefühls, würdevoll und schweigsam im Kreise der anderen, die schwatzten und gestikulierten.

Ihre lebhaften Stimmen übertönten das Geräusch meiner Schritte, wenn ich von draußen darüberzukam. Bei meinem Eintreten jedoch wurden sie sogleich still, verlegen und argwöhnisch, und wenige Minuten später verschwanden sie alle miteinander, denn in Procida ist es Sitte, daß die Frauen sich in ihre eigenen Häuser begeben, sobald die Dunkelheit hereinbricht.

Manches Mal, wenn ich etwas früher als sonst vom Meer heraufkam und mich auf der Terrasse aufhielt, um den Sonnenuntergang zu genießen, kam es vor, daß ich zufällig ihre Gespräche mit anhörte. Sie drehten sich fast immer um dieselben Dinge: um Familienangelegenheiten, um Verwandte, oder auch um Fragen, die sich auf die verschiedenen Berufe ihrer Männer bezogen, um ihr Zuhause, die Kinder, und insbesondere um die bevorstehende Geburt meines Stiefgeschwisterchens. Es geschah bei einer solchen Gelegenheit, daß ich vernahm, wie die Stimme der Stiefmutter den anderen den Namen verkündete, welchen sie ihrem Erstgeborenen zugedacht hatte: sollte es ein Mädchen werden, sagte sie, dann würde sie es Violante nennen (Violante war der Name ihrer Mutter), und sollte es ein

Knabe werden, so würde sie ihn Carmine Arturo nennen. In Wirklichkeit, erklärte sie, hätte sie es vorgezogen, ihn nur ›Arturo‹ zu nennen, denn seit sie ganz klein war, hatte dieser Name ihr stets besser gefallen als alle anderen; aber da es schon einen Arturo im Hause gab und zwei Brüder nicht denselben Namen haben konnten, hatte sie sich für diesen ersten Namen ›Carmine‹ entschieden, zu Ehren der Madonna del Carmine, der Schutzheiligen von Procida. Carmine klinge ebenfalls ganz hübsch, meinte sie, besonders wenn man ›Carmeniello‹ sagte. *Carmeniello Arturo!* Sodann beabsichtigte sie, zu diesem Doppelnamen auf dem Taufschein noch ›Raffaele‹ und ›Vito‹ hinzusetzen zu lassen, welches die Namen ihres Bruders und ihres Vaters waren.

Wenn die Freundinnen weggegangen waren, fuhr die Stiefmutter für gewöhnlich noch eine Weile fort zu nähen, während ich mich auf der Bank ausruhte. Seit vielen Monaten hatte sie all das Kleingeld beiseite gelegt, das mein Vater ihr gelegentlich gegeben hatte, und sie war eifrig damit beschäftigt gewesen, in den kleinen Läden von Procida allerlei Stoffreste zusammenzukaufen, um die Ausstattung für mein Stiefgeschwisterchen vorzubereiten. Es handelte sich in Wirklichkeit nur um fünf oder sechs Stücke, die wohl alle miteinander in eine Schuhschachtel hineingepaßt hätten, und überdies schienen sie von ziemlich mäßiger Qualität zu sein, soviel wie ich davon verstand. Aber ihre kleinen Geschwister hatten sich als ganze Ausrüstung immer mit gebrauchten Lumpen und alten Umschlagtüchern zufriedengegeben, und die Herstellung einer Aussteuer wie dieser nahm in ihren Augen die Wichtigkeit einer fürstlichen und feierlichen Zeremonie ein. In der ernsten Aufmerksamkeit, mit der sie daran arbeitete, war dennoch auch eine gewisse Unerfahrenheit und Ungeschicklichkeit zu erkennen.
Ich widmete dem Stiefgeschwisterchen keinen besonderen Gedanken. Seine Geburt kam jetzt näher, und doch blieb es mir so unwirklich wie irgend jemand in China, der für uns nichts bedeutet. Sonderbar war mir die Vorstellung, daß es in Wirklichkeit ja schon bei uns war in unserem Haus. Die Stiefmutter selber – obschon sie ihm die Ausstattung zu-

rechtmachte – sprach niemals von ihm und weilte auch in ihren Gedanken nicht bei ihm, dessen bin ich gewiß. Zuweilen hätte man meinen können, daß sie sich nicht bewußt war, es in sich zu tragen. Die Katzen, die Vögel, die wilden Tiere, auch sie machen sich geschäftig daran, wie erweckte und sorgenvolle Geschöpfe das Nest zu bereiten, wenn die Jahreszeit für die Familie gekommen ist, ohne an den zu denken, der es ihnen befiehlt.

Herbst. Letzte Nachrichten vom ›Algerischen Dolch‹

Der September war schön gewesen, doch glühend heiß wie der August, und die ersten Herbstlüfte schienen, anstatt der Stiefmutter Erquickung zu bringen, ihr erschöpftes Blut noch mehr zu schwächen. Ihre Augen waren matt und ausdruckslos geworden, als ob der Geist, der ihnen Glanz verliehen hatte, sich mit jedem Tag verzehrte. Und jene Hoheit, die noch vor kurzer Zeit ihren entstellten Körper fast göttlich erscheinen ließ, zerfiel nun in einer mühseligen Müdigkeit. Selbst ihr Haar hatte sein schönes Rabenschwarz verloren, sah verbrannt aus und wie mit Staub bedeckt. Sie war häßlich, furchtbar häßlich, und mein geheimnisvolles Geschwisterchen, das sie so häßlich machte, verwandelte sich in meiner Vorstellung in eine Art Ungeheuer oder eine Krankheit, der sie ohne Widerstand unterlag. Umgeben wie mit einem Ring von Traurigkeit, mit den gelockerten Flechten, die sich den Haarknoten lösten, ging sie in der Küche umher. Sie sang nicht mehr, wenn sie das Feuer anzündete. In kurzen Abständen setzte sie sich immer wieder auf ihr gewohntes Stühlchen, um sich auszuruhen, und manchmal, wenn sie ihre großen, glanzlosen Augen auf mich richtete, deutete sie irgendein Gesprächsthema an: ihre Mutter, ihre Schwester, ihr Zuhause in Neapel... von der Zeit ihrer Verlobung und ihrer Hochzeit jedoch sprach sie niemals; ein solches Thema, wie auch das von Gott oder vom Stiefgeschwisterchen, schien für sie jenem geheimnisvollen Bereich anzugehören, den man nicht in Worte übersetzt und nicht einmal in Gedanken. Nur selten und flüchtig geschah es, daß ich sie den Namen ›Vilèlm‹

nennen hörte, und bisweilen glaubte ich, in manchen ihrer unbewußten Andeutungen einen Schimmer seines rätselhaften Lebens außerhalb der Insel zu erkennen. Doch nicht einmal in solchen Fällen ließ sich mein Stolz dazu herab, ihr zu zeigen, daß ihre Gespräche mich interessierten. Ich wäre beinahe versucht gewesen, ihr Fragen zu stellen, um durch ihre Unwissenheit jenen faszinierenden Geheimnissen auf die Spur zu kommen, die sie selber nicht kennen konnte... Aber mit Verachtung hielt ich mich davon zurück. Im Gegenteil, ich tat, als schenkte ich ihr nicht die geringste Aufmerksamkeit, noch weniger als bei ihren anderen Gesprächen. Und wie gewöhnlich wurde ihre kleine Stimme, entmutigt, allein zu sprechen, bald wieder still.

Einmal empfand ich fast einen Stoß in der Brust: ich entdeckte, daß sie den ›Algerischen Dolch‹ gekannt hatte! Sie erwähnte tatsächlich, ich weiß nicht bei welchem Anlaß, einen gewissen Marco, von dem mein Vater die Uhr zum Geschenk erhalten hatte, welche er stets am Handgelenk trug. Dieser war an dem Tag, da mein Vater mit ihr von Neapel abreiste, herbeigeeilt, um ihn am Dampfer zu begrüßen, einen Augenblick bevor der Laufsteg eingezogen wurde...

So erfuhr ich, daß sie ihn gesehen hatte! Unwiderstehlich entschlüpfte meinen Lippen eine Frage: »Wie war er?« – »Wer?« – »Dieser Mensch«, rief ich schroff, »was für ein Typ war er?« – »Marco?« sagte sie darauf. »Wahrhaftig... ich habe ihn nur eine Minute gesehen, vom Dampfer aus... ich glaube mich zu erinnern, daß er einer war etwa in demselben Alter wie Vilèlm, aber vielleicht war er noch mehr wie ein Junge... zierlich, klein, mit Sommersprossen im Gesicht... mit hellen, länglichen Augen... und einem unzufriedenen Lächeln... und auseinanderstehenden kleinen Zähnen...« Auf einmal wurde mir klar, daß ich ihn mir ungefähr gerade so immer vorgestellt hatte! Ich warf ihr gebieterisch eine weitere Frage zu: »War er dunkel... oder blond?« – »Mir scheint«, erwiderte sie unsicher, »er hatte schwarze Haare...« Und diese Antwort freute mich, war mir fast ein Trost. Jetzt also hatte ich seinen Namen erfahren: Marco! Ich hätte mich gern noch erkundigt, ob er Italiener oder Ausländer war; ob er nicht zufällig aus Arabien stammte oder vielmehr Hebräer wäre (ich weiß nicht, warum ich ihm stets eine orientalische Eigenart zugeschrieben hatte und es mir in besonderem Maße gefiel, ihn mir der ewig verfolgten Rasse angehörend zu denken)...Und noch viele andere Dinge hätte ich sehnlichst zu hören begehrt über diese Persönlichkeit, welche die letzte glückliche Epoche meiner Kindheit ausgefüllt hatte, zauberhafter und strahlender als Aladin! Doch ich verwehrte mir selber, weitere Fragen an die Stiefmutter zu richten. Und ich verschloß mich von neuem in meiner umschatteten Einsamkeit.

Ferne Länder

Als die Abende länger wurden, nahm ich meine Gewohnheit wieder auf, in der Küche zu lesen und zu studieren, um mir die Zeit bis zum Abendessen zu vertreiben. Damals war mein Lieblingsbuch ein dicker Atlas, welcher durch ausführliche Beschreibungen erläutert war. Der Band enthielt zusammengefaltete, riesengroße Landkarten in bunten Farben, die ich jeden Abend vor mir ausbreitete, während ich auf dem Fußboden oder auf einem Stuhl neben dem Tisch kniete. Und diese Landkarten waren es, welche die Aufmerksamkeit der Stiefmutter erweckten. Seit mehreren Abenden betrachtete sie dieselben voller Erstaunen wie etwas Rätselhaftes, bis sie schließlich den Mut faßte, mich mit schüchterner Stimme zu fragen: »Was studierst du darauf, Artu?«
Ohne die Stirn von dem ausgebreiteten Atlas zu heben, auf dem ich gerade mit einem Kohlestückchen etwas einzeichnete, erwiderte ich ihr, daß ich meine Reisewege studierte, da jetzt – so behauptete ich überzeugt – die Zeit für mich herannahte, die Welt zu erforschen: ich beabsichtigte, spätestens im nächsten Jahr abzureisen, entweder in Gesellschaft meines Vaters oder andernfalls auch allein!
Die Stiefmutter betrachtete von neuem den Atlas, ohne an diesem Abend noch eine weitere Bemerkung zu machen. Aber von nun an verging kein Abend, an dem sie nicht auf dieses Thema zurückkam. Jedesmal wenn ich mich anschickte, meine Reisewege zu studieren, hörte ich sie nach

einer Weile näher kommen mit ihrem mühsamen schweren Schritt, fast wie ein Tier. Eine Zeitlang stand sie schweigend und blickte auf die vor mir ausgebreitete Landkarte. Nach langem Zögern entschloß sie sich endlich, während sie mit der Hand auf die mit Kohle bezeichneten Punkte deutete, sich in zaghaftem und doch begierigem Ton zu erkundigen: »Ist das da sehr weit von Procida entfernt? Wie weit ist es?« Ich gab ihr kurz eine ungefähre Zahl an. »Und die Insel Procida«, fing sie darauf wieder an, indes ihre unsicheren Blicke auf dem ganzen Blatt umherirrten, »wo steht die geschrieben?« – »Was?« wiederholte sie dann wie ein Echo auf meine Antwort, »man kann sie hierauf nicht sehen! Sie ist auf der anderen Seite der Weltkugel!«
Und sie suchte weitere und genauere Auskünfte über die unergründlichen Darstellungen auf jener Karte von mir zu erhalten, mit einer Stimme, die, um die Schüchternheit zu überwinden, ganz spröde geworden war. Ich gab ihr kaum irgendeine ungeduldige und summarische Antwort, immer in diesem düsteren und schroffen Ton sprechend, der mir jetzt der einzig natürliche schien, sobald ich mich an sie wandte. Wenn ich jedoch jene Orte der Erde nannte, Kontinente, Städte, Gebirge und Meere, die mich entzückten und nach denen mich am sehnlichsten verlangte, dann klang aus meinen Worten ein Ton von Verwegenheit und Triumph, als wären es alles meine Besitztümer. Manches Mal, wenn ich mich unwiderstehlich zu einer Behauptung hinreißen ließ, kündigte ich ihr sogar gewisse Unternehmungen an, die in jeder Etappe die Durchreise von Arturo Gerace unsterblich machen sollten... sogleich aber verschloß ich mich wieder in meiner verächtlichen Zurückhaltung.
Die Stiefmutter äußerte sich wenig zu meinen Worten; ja, oft verstummte sie gänzlich, wenn sie mich so reden hörte, und ihr Gesicht sah auf einmal gealtert und sonderbar verstört aus. Schon bei anderer Gelegenheit hatte ich bemerkt, daß sie Argwohn und Abneigung gegen die Fremde hegte, aber im jetzigen Fall schienen ihre früheren Gefühle sich zu einer angstvollen Ablehnung gesteigert zu haben, welche durch die Bereicherung ihrer geographischen Kenntnisse nur noch größer wurde, anstatt sich zu verringern. Alle Länder, die nicht Neapel und seine Umgebung waren, blie-

ben ihr unwirklich und unmenschlich wie Monde, und wenn man ihr eine auch nur mittlere Entfernung von zwei-, dreitausend Kilometern nannte, dann wurde selbst das Weiße ihrer Augen aschfahl wie bei einem Schwindelanfall oder beim Anblick eines Gespenstes. »Und so«, sagte sie immer wieder, »wirst du wirklich ganz allein so weit fortgehen!« *Allein* bedeutete in ihrer Sprache: ohne meinen Vater, ohne irgendeinen Verwandten. Sie betrachtete den Kreis der Arktis und bemerkte: »Und du willst allein in diese vereisten Gegenden reisen!« Sie betrachtete die dunklen Markierungen der Höhen und erklärte: »Und jetzt in einem Jahr willst du schon einsam mitten in diese Gebirge gehen!«

Aus der Betonung ihrer Worte schien es einem, als wären die Reisen nicht ein Vergnügen, nicht ein wunderbares Fest, was sie doch eigentlich sind, sondern etwas Unangenehmes und Widernatürliches. So (um ein Beispiel anzuführen) wird ein Schwan traurig, wenn er fern ist von seinen Seen, und ein asiatischer Tiger verspürt keinen Ehrgeiz Europa zu besuchen, und eine Katze würde weinen bei dem Gedanken, ihre Loggia zu verlassen, um sich auf Seereisen zu begeben.

Es kommt mir so vor, als hätte sie aus meinen Mitteilungen sich keine allzu beruhigende Meinung über ›die Fremde‹ zu bilden vermocht. Mein Wort war das Evangelium für sie, wie es scheint, und ich hätte jede unheilvolle Vision aus ihrem Sinn verscheuchen und sie vielleicht sogar überzeugen können, daß die fernen Länder ein schöner, stiller Garten wären; aber ich gab mir keine Mühe. Ja, mir lag vielmehr daran, sie das Gegenteil glauben zu lassen. Und ich vermute, daß sie durch unsere wortkargen Zwiegespräche sich das Erdenrund außerhalb der Grenzen von Neapel wie unabsehbare Pampas, wie Steppen und finstere Wälder vorstellte, wo wilde Tiere, Rothäute und Kannibalen herumliefen, und so, daß nur die kühnsten Männer sie zu erforschen wagten. Dann und wann wurden meine schweigsamen und faszinierenden Grübeleien über den Landkarten von ihr unterbrochen, wenn sie mich zum Beispiel mit ihrer neuerdings heiser klingenden Stimme fragte: »Dort in den Äquatorzonen, gibt es da Post nach Procida?« Oder aber, nachdem sie vergeblich mit den Pupillen die Insel Procida mitten im Pazifik oder im Indischen Ozean gesucht hatte, wandte sie mit er-

loschener Stimme ein: »Du sagst, daß du das Kommando von einem Boot übernehmen willst, was in diesen Ländern da in Afrika eine ganz einfache Sache sei... und nicht einmal sehr viel kostet... Aber sind das dann auch brave Leute? Daß du allein mit ihnen hinausfahren kannst in einem Boot? Und wenn du dich dann einsam auf hoher See befindest mitten zwischen all diesen älteren Seeleuten... Angenommen, sie lehnen sich eines Tages gegen dich auf und sagen, daß du noch nicht alt genug seist, um ihr Kommandant zu sein? Wer verteidigt dich, ohne irgendeinen von der Familie in der Nähe!«
Schließlich sagte ich eines Abends zu ihr: »Tu mir den Gefallen, stör mich nicht mit deinen Reden, wenn ich studiere«, und sie verstummte. Ich, einem Eroberer in seinem Kriegszelt ähnlich, zeichnete mit Kohle Linien durch die Ozeane und Kontinente: von Mozambique nach Sumatra, zu den Philippinen, zum Korallenmeer... und rund um meine Arbeit herum herrschte ein großes, verhaltenes Schweigen. Ich habe es *Arbeit* genannt, und vielleicht war es ein Spiel, aber für mich war es schöner als ein Gedicht zu schreiben; denn zum Unterschied zu den Gedichten (die ihren Zweck in sich selber haben), bereitete dies die Tat vor, die schöner ist als alles andere! Diese Linien von Kohle stellten für mich das leuchtende Kielwasser des Schiffes ›Arturo‹ dar: die Gewißheit der Tat erwartete mich, so wie nach den schönen Träumen der Nacht der Tag heraufglüht, welcher die vollendete Schönheit ist! Wahrhaftig, Prinz Tristan sprach irre, als er sagte, die Nacht sei schöner als der Tag. Ich aber habe, seitdem ich geboren bin, auf nichts anderes gewartet als auf den hellen Tag, die Vollkommenheit des Lebens: ich habe es stets gewußt, daß die Insel und diese meine einfältige Glückseligkeit nichts anderes waren als eine unvollkommene Nacht; auch die köstlichen Jahre mit meinem Vater, auch diese Abende hier mit ihr waren noch die Nacht des Lebens – im Grund habe ich das immer gewußt. Und jetzt weiß ich es deutlicher denn je, und ich warte beständig, daß mein Tag kommen möge, einem wunderbaren Bruder gleich, mit dem man Arm in Arm plaudert von der langen Wartezeit...

Aber kehren wir zu jenem Abend zurück (als ich zur Stiefmutter gesagt hatte: ›Bitte, stör mich nicht.‹). Sie saß ohne zu sprechen, die Hände im Schoß, einen halben Schritt von mir entfernt und ruhte sich aus. Fortwährend hielt sie ihren Blick auf meine großen blauen Landkarten gerichtet, und ihre Seele, die mir in diesen Tagen leidend und beinahe tierhaft erschienen war, trat wieder in ihre Augen, mit kindlichen Fragen und einem unwissenden Kummer erfüllt.
Jedesmal wenn es geschah, daß ich sie anschaute, drückten ihre sprechenden Augen etwas anderes aus. Einmal, mit einer Sprache, die wie ein Echo der Schreie Kassandras schien, starrten ihre geweiteten Augen brennend und einsam auf meinen Platz, als sähen sie ihn bereits leer. Und ein anderes Mal wanderten sie hierhin und dorthin auf meinen geographischen Karten in einer scherzenden und doch zugleich trostlosen Laune, als wollten sie sagen: ›Es wäre schön für mich, nicht diesen Körper zu haben. Nicht eine Frau zu sein, sondern ein Knabe wie du, und die ganze Welt zu durchstreifen, zusammen mit dir!‹
Dann auf einmal sprach sie mit lauter Stimme und sagte: »Aber ich, wenn ich deine Mutter wäre, ich würde dich nicht fortgehen lassen!«
Ich blickte auf und sah, daß sie unvermutet eine finstere Miene angenommen hatte, fast wie ein Scherge. Zwei lebhafte Flämmchen glühten auf ihren Backenknochen, und auch ihre Ohren färbten sich leuchtend rosa. Und eigenwillig und rechthaberisch ihren Blick auf mich richtend, wiederholte sie: »Ich würde dich nicht fortgehen lassen! Ich würde die Tür mit dem Riegel verschließen, würde mich davor stellen und zu dir sagen: ›Noch hast du das einundzwanzigste Jahr nicht erreicht, um ohne Erlaubnis aus dem Hause zu gehen. Wenn du fortgehen willst, mußt du zuerst hier durch!‹«
»Ach, warum bist du nicht still? Was willst du eigentlich? Wenn ich dich so reden höre, muß ich einfach lachen. Die *Erlaubnis,* tja, wahrhaftig... ich glaube, du hast nichts als ein Gewirr von Stachelkraken in deinem Kopf! Geh und sag deinen Unsinn jemand anderem, denn wenn du mir so

etwas erzählst, hast du keine Ahnung. *Einundzwanzig Jahre!* Ich bin mindestens ebenso volljährig wie die mit einundzwanzig. Und wer kümmert sich schon um deine Meinung? Wenn du redest, ist es für mich dasselbe, als wenn irgendein Chinese was sagt.«
Mein Spott war in eine dumpfe Verstimmung übergegangen: »Und du mußt wissen, daß ich diese Einundzwanzigjährigen unter mein Kommando stelle, wenn es mir paßt, als wenn es kleine Bengel wären, und auch die von fünfundzwanzig und von dreißig Jahren. Wenn du glaubst, daß ich wegen des Alters weniger wert bin als sie, dann bist du ein Dummkopf und hast still zu sein!«
Die alte, ewige Bitterkeit (noch als ein Knabe angesehen zu werden), die mich während der letzten zwölf Monate schon so sehr gereizt hatte, ließ mich abermals ihren Stachel spüren und flößte mir Argwohn und Empörung ein: »Um meine Angelegenheiten«, fing ich drohend wieder an, »hast du dich überhaupt nicht zu kümmern. Du sollst es bleiben lassen, jedesmal wenn ich den Atlas studiere, mich mit deinem Geschwätz zu langweilen: ›Und du willst allein so weit fortreisen! Du willst wirklich ganz allein so weit fortreisen!‹ Als ob ich noch ein kleiner Junge wäre, daß ich mich nicht allein verteidigen könnte, und sogar ohne Waffen! Was hast du bloß für Vorstellungen? *Die andern* gehen allein fort und reisen allein umher, und um die machst du nicht soviel Aufhebens wie um mich. Was glaubst du eigentlich? Daß die andern, weil sie älter sind als ich, darum auch tapferer sind? Ist das deine Vorstellung?«
Sie hatte meine Anspielung nicht verstanden und auch nicht begriffen, daß mein Stolz eine Antwort erwartete. Ihr schweigsames Antlitz war aufgeschreckt durch die Verwirrung, mich gekränkt zu haben, die sie all meine Beschimpfungen verzeihen ließ; aber dennoch verharrte zwischen ihren Wimpern noch ein Funke jener seltsamen Wildheit, welche sie vorher dazu getrieben hatte, mich herauszufordern. Und indessen zogen in ihrem verstörten Blick unaussprechliche Fragen mit ihren vielfältigen Schatten vorüber, von denen ihr eigenes Gemüt nichts wußte. Sie waren Wolken ähnlich, die vor einem Stern vorübergleiten, und während es scheint, daß sie ganz nah über ihn hinwegschweben,

wandert hingegen der Stern unwissend in einem anderen Raum, der wie ein Spiegel klar ist...

»Ist das deine Vorstellung?« wiederholte ich in gebieterischem Ton. Dann, mit kühner Miene mich vor sie hinstellend, beschloß ich deutlich zu werden: »Mein Vater«, stellte ich fest, »geht immer allein auf Reisen, und du findest nichts dagegen einzuwenden wie bei mir. *Warum?* Antworte!«

Sie hob ihre Augen zu mir auf: alles Ungestüm war daraus gewichen, und nur ein kindliches Erstaunen lächelte jetzt darin: »Dein Vater!« murmelte sie. »Der ist anders...« Und eine anmutige Sanftheit verwischte alle Schatten aus ihrem Gesicht: einer Schwester ihres Herzens ähnlich, die sie zu küssen und zu liebkosen und bei mir für sie zu bitten kam.

»Ah, er ist anders! ... Warum?« beharrte ich finster. Zum Glück aber bemerkte sie meinen teuflischen Ausdruck nicht. Sie hielt die Augen gesenkt mit einem stillen, einfältigen Lächeln. »Weil...« sagte sie mit kaum merklichem Achselzucken, »weil er nicht so ist wie du. Um ihn mach ich mir keine Sorgen. Die Reisen sind ja auch nicht weit, die er unternimmt. Er macht's wie der Stieglitz...«

Im ersten Augenblick verstand ich nicht den Sinn dieses Satzes, und sie erklärte mir dann, daß ein Stieglitz, auch wenn er fortfliegt, sich nie allzu weit von seiner Behausung entfernt; er fliegt vielleicht auf das nächste Gesims, auf ein Dach, auf eine Fensterbank, aber immer bleibt er in der Gegend.

Diese unerhörte Behauptung über meinen Vater galt mir nur als eine neue außerordentliche Bestätigung davon, wie schwerfällig die Stiefmutter im Begreifen war... Als auf einmal ein Zweifel in mir aufstieg, daß sie nämlich in Wirklichkeit nicht an das glaubte, was sie behauptete, sondern eine so unwahrscheinliche und lächerliche Antwort aus dem Stegreif sich ausgedacht hätte, um mir ihre aufrichtige und beleidigende Meinung nicht zu sagen: daß sie meinen Vater für einen erwachsenen Mann und mich für einen kleinen Jungen hielt.

Ein solcher Verdacht genügte, um mich unnahbarer zu machen als ein wildes Tier. Ich sah, wie sie lächelte gleich einer

Heiligen, einer Geheimnisvollen... Und mit einemmal brach ich los: »Du bist weder meine Mutter noch meine Verwandte: du bist nichts für mich. Und du darfst dich nie wieder in meine Angelegenheiten einmischen!«

An den folgenden Abenden gab sie es dann auf, sich um meine Angelegenheiten zu kümmern. Sie kam nicht mehr zu mir, um mir Fragen zu stellen, wenn ich im Atlas blätterte; doch war es offensichtlich, daß dieses Buch für sie ein Gegenstand der Abneigung, des Argwohns geworden war und doch zugleich einen verhaßten Zauber auf sie ausübte: sie vermied, es zu berühren, und wenn sie es nur von weitem erblickte, trübten sich ihre Augen, als wäre es das Buch der Parzen oder ein Traktat über schwarze Magie.

Wenn es dann und wann zufällig aus dem einen oder anderen Grunde geschah, daß ich dieses Wort ›nächstes Jahr‹ aussprach, sah ich ihre Pupillen mit einem Schlag erstarren: zwei verängstigten Gästen ähnlich, die regungslos vor einer Schwelle stehen, welche sie nicht zu überschreiten wagen.

Und indessen sann ich von Tag zu Tag darauf, sogleich fortzugehen und nicht das nächste Jahr zu erwarten. So hätte ich ohne Aufschub gezeigt, ob ich ein kleiner Junge war oder ob ich allein fortzureisen verstand und zu welchen Dingen ich fähig war! Im Augenblick jedoch, da ich die Insel verlassen wollte, geschah es wie stets seit meiner Kindheit, daß ein verzweifelter Zauber mich dort zurückhielt. Die wundersame Vielfältigkeit der Kontinente und Ozeane, welche allabendlich meine Phantasie auf dem Atlas verherrlichte, schien plötzlich jenseits des Meeres von Procida auf mich zu warten gleich einer unermeßlichen Landschaft von eisiger Gleichgültigkeit; dieselbe, welche, wenn der Abend niedersank, mich von den fremden Orten: vom Hafen und von den Straßen, verscheuchte und mich zum Bubenhaus zurückrief. Und unerträglich war mir der Gedanke, fortzureisen, ohne zuvor meinen Vater wiederzusehen, wenigstens noch ein einziges Mal. Dennoch, in gewissen Augenblicken schien es mir fast, als haßte ich Wilhelm Gerace. Aber kaum hatte ich den Entschluß gefaßt, von Procida zu fliehen, überflutete sogleich die Erinnerung an ihn verführerisch die ganze Insel wie eine lauernde Volksmenge. Ich erkannte ihn im Geschmack der Früchte und des Meerwassers, und schwebte der Schrei eines Uhus, einer Möwe vorüber, so schien er es, der mich rief: ›Hoch Moro!‹ Warf der Herbstwind seinen Sprühregen, seine Sandwehen über mich, dann schien er es zu sein, der mich neckte in Scherz. Bisweilen, wenn ich zur Marina hinabstieg, war mir, als folgte ein Schatten in meinem Rücken, und beinahe geschmeichelt bildete ich mir ein: es ist ein heimlicher Spion, der in seinem Auftrag meine Schritte verfolgt. Dann, inmitten dieser seltsamen Täuschungen, überkam es mich mehr denn je, daß ich ihn haßte; denn wie ein Eindringling bemächtigte er sich meiner Insel auf diese Weise; aber dennoch wußte ich, daß ich die Insel nicht so geliebt hätte, wäre sie nicht die seine gewesen und unzertrennbar mit ihm verbunden. Die neuen Mysterien, welche ich ahnte, die beunruhigenden, unentwirrbaren Ankündigungen und die Trugbilder, die Abschiede von der Kindheit und von meiner kleinen Mutter, die tot und verstoßen war, erstanden immer von neuem in dem alten, vielgestaltigen Traumgebilde, das mich verzauberte. Dieses Traumgebilde lachte mir nun mit anderen Augen entgegen, breitete andere Arme aus und hatte andere Stimmen, Seufzer und Gebete; doch es lüftete nicht seinen unzerreißbaren Schleier: die Ungewißheit, die mich auf der Insel gefangenhielt wie ein irisierendes Spinnennetz.

Ermordet?

Es war um die Mitte des Herbstes, und noch immer ließ mein Vater nichts von sich hören. Die Stiefmutter hoffte beständig, daß er für die Zeit, da das Kind geboren werden sollte, nach Hause zurückkehren würde. Während der ersten Novemberwoche sagte sie jeden Abend zu mir: »Wer weiß, ob dein Vater nicht morgen kommt?« Dann, als die Tage verstrichen, sagte sie nichts mehr. Doch zu der Stunde, wenn der Dampfer aus Neapel unten am Hafen anlegte, stellte sie sich fast verstohlen hinter das Fenster und spähte hinaus, ob die berühmte Kutsche an der Einmündung der Straße auftauchen würde.

Nach ihrer Berechnung und nach der ihrer Freundinnen hätte mein Stiefgeschwisterchen in den ersten Dezembertagen geboren werden sollen. Dagegen geschah es unerwartet in der Nacht zum 23. November.
Die Freundinnen, die in diesen Tagen häufiger noch als sonst unser Haus aufsuchten, waren wie immer gegen Abend weggegangen, und nach dem Abendessen hatten ich und die Stiefmutter uns zum Schlafen begeben ohne irgendeinen Gedanken. Doch spät in der Nacht (es mußte ungefähr ein Uhr sein) schreckte mich aus dem Kämmerchen von Nunz ein dumpfes Stöhnen auf, das mehr tierisch als menschlich klang, unterbrochen von Schreien einer solchen Todesangst, wie ich sie nie zuvor vernommen hatte, so daß ich noch halb im Schlaf zur Kammer stürzte und die Tür aufriß. Das Licht brannte, und Nunz lag ganz aufgelöst und mit wirrem Haar quer auf dem kleinen Bett, von dem sie die Decken herabgeworfen hatte. Als sie mich sah, griff sie krampfhaft danach und zog sie an sich; doch sogleich fiel sie mit verzerrtem Gesicht zurück mit einem Schmerzensschrei, der denen glich, die ich kurz vorher gehört hatte und in dem ihre Stimme nicht wiederzuerkennen war. Und sie fing an, kläglich wie ein Tier um sich zu schlagen, während ihre Augen sich hin und wieder starr auf mich hefteten, ohne mich aber um Hilfe zu bitten, sondern mich beinahe aus der Kammer verwiesen. »Was hast du? Was hast du?« schrie ich sie hart an. Da ich keine deutliche Vorstellung hatte von dem notwendigen Erdulden der Frauen, stand ich vor diesem Geschehnis wie vor einer rätselhaften Tragödie, und meine erste Empfindung war ein Aufflammen von Haß gegen dieses gewalttätige Rätsel, das Nunz zermarterte. Sie hatte gerade einen Augenblick Ruhe und wandte mir ein kleines Lächeln zu voller Scham und doch zugleich voll Wichtigkeit: »Es ist nichts«, versuchte sie sich zu erklären, »aber du... du darfst nicht in diesem Zimmer sein... man müßte jemanden holen... Fortunata holen...« (Fortunata war die Hebamme von Procida). Ihre Worte brachen ab in einem neuen Schmerzensschrei, und die Todesangst riß ihr das sanfte Lächeln aus dem Gesicht und verwandelte es in eine unmenschliche Härte. In ihrem wirren Schmerz zerfetzte sie mit den Fingern einen kleinen Wollschal, den

sie, mit einer Sicherheitsnadel zusammengehalten, nachts um die Schultern trug, und in demselben Augenblick, als ich das Zimmer verließ, um hinauszugehen und Hilfe zu suchen, kam mir bei dieser Gebärde unversehens eine Erinnerung: die arme Immacolatella, die in der Qual des Todeskampfes ab und zu eine Bewegung machte, als wollte sie mit den Zähnen sich den Leib zerreißen... Es waren nunmehr fast zwei Jahre vergangen seit jenem bitteren Tag, da Immacolatella begraben wurde; doch das Schauspiel ihres Endes war in jeder Einzelheit meinem Gedächtnis eingeprägt, und weil ich noch niemals ein menschliches Wesen habe sterben sehen, blieb dieses meine einzige Erfahrung des Todes. Jetzt, während ich Hals über Kopf die Treppen hinunterstürzte, durchzuckte mich ein Verdacht, ja, eine entsetzliche Gewißheit: mir war, als erkannte ich in der Stiefmutter viele Zeichen dieser selben höchsten Todesangst wieder, die Immacolatella dahin gebracht hatte, unter der Erde neben dem Johannisbrotbaum zu enden, und ich glaubte zu begreifen, daß jenes gleiche Leiden, an dem meine Mutter und Immacolatella gestorben waren, nun, heute nacht, auch diese andere Frau töten würde.

Kindliche Einbildungen bemächtigten sich meiner. Fast erwartete ich, dem Schatten des Amalfitaners zu begegnen, welcher in den Korridoren umherwandelte, mit tönender Baßstimme seine tragischen Spottlieder singend. Und es überfiel mich ein Erschrecken, daß ich meine Stiefmutter im Hause allein lassen sollte, ohne jeglichen Schutz gegen diesen Meuchelmörder.

Während ich die schlafenden engen Straßen im Laufschritt durchquerte, meinte ich in einem lärmenden Theater zu sein, wo zahllose Stimmen mir dieses verhaßte Wort zuriefen: ›Der Tod! Der Tod!‹ Zuerst hielt ich an der großen Villa des Doktors an, die in der Nähe der Piazza lag, und machte mich daran, gegen das Haustor zu poltern wie ein Bandit; schließlich aber antwortete mir eine weibliche Stimme mißmutig hinter dem Fensterladen, daß der Doktor nach Neapel verreist sei. Und da blieb mir nichts anderes übrig, als weiterzulaufen in Richtung auf Cottimo zu, wo in ungefähr drei Kilometer Entfernung Fortunata, die Hebamme, wohnte.

Ich hatte Gründe zu einem Verdacht und einer alten Feindschaft gegen diese Frau, und die Notwendigkeit, mich um Hilfe an sie zu wenden, widerstrebte mir wie eine böse Vorahnung. Da ich jedoch keine andere Wahl hatte, lief ich dennoch wie ein Wilder auf ihre Wohnstätte zu in der Angst, daß jeder Augenblick der Verzögerung dem Leben von Nunz verhängnisvoll werden könnte.

Die Mammàna

Diese Fortunata übte in Procida ihren Beruf als Hebamme, als Mammàna, seit mehr als dreißig Jahren aus. Unter den Wöchnerinnen, denen sie beigestanden hatte, war auch meine Mutter gewesen, und ich schrieb ihr die Schuld zu, sie mir nicht gerettet zu haben, und ich verachtete die Ansicht der Procidaner, bei denen sie den Ruf genoß, eine große Meisterin in ihrer Kunst zu sein. Ihre dunklen, riesengroßen Hände kamen mir vor wie die Hände einer Mörderin, und das Wissen, daß sie mich ans Licht gezogen und überdies meinen Pflegevater Silvestro mit zweckmäßigen Belehrungen anfangs unterwiesen hatte, genügte nicht, mich mit ihr auszusöhnen. Sie war unter all den Frauen der Insel vielleicht die einzige, die den Gerüchten des Volkes niemals irgendwelche Beachtung geschenkt hatte und der Verhexung des Hauses Gerace unbeirrt entgegengetreten war. Doch nicht einmal dies schien mir ein besonderer Beweis eines Verdienstes ihrerseits; denn wenngleich sie Röcke trug, konnte sie sich nicht eigentlich zu den Weibern zählen. Wenn man sie mit ihrer Berufstasche unter dem Arm und dem wuchtigen Schritt ihrer langen Beine kriegerisch und dennoch nachlässig durch das Dorf schreiten sah, hätte man sie für irgendeinen rauhen Soldaten der türkischen Flotte halten können, der in der Funktion einer Hebamme wieder auferstanden war. Sie war hochgewachsen und von so schweren Formen (an manchen Stellen eckig, an anderen dagegen fett), daß sie mit knapper Not durch das niedrige Türchen ihres Hauses ein und aus gehen konnte und neben anderen Frauen wie eine Riesin aussah. Sie war von beinahe dunkelbrauner Hautfarbe; auf der Oberlippe sproßte ihr ein kleiner Schnurrbart, und sogar auf dem Kinn wuchsen ein paar Barthaare hervor. Sie hatte ungeheure Füße und Hände, lange und unregelmäßige Zähne, und ihre Stimme klang tief und rauh und ziemlich heiser. Sie trug eine Brille und immer dasselbe verblichene Kleid aus großgeblümtem Barchent. Nur im Winter bedeckte sie dieses Kleid mit einem rußfarbenen Umhang. Und sonntags legte sie sich einen gestickten Schleier über den Kopf, unter dem sie noch häßlicher aussah.

Ihrer Häßlichkeit wegen hatte sie niemals irgendeinen gefunden, mit dem sie sich hätte verheiraten können, und sie lebte allein in einem Häuschen, das nur ein Zimmer hatte. Sie sprach mit allen in einem kurzen, barschen und griesgrämigen Ton und schien immer zerstreut bei den Reden anderer, so als sei ihr Geist zu jeder Zeit mit anderen Dingen beschäftigt. Und wenn sie irgendeine ihrer Ansichten darlegte, tat sie es meistens, ohne sich an einen der Anwesenden zu richten, sondern eher, als redete sie zu sich selbst oder zu der Luft: in einem dumpfen und eindringlichen Gebrummel, wie wenn sie tiefsinnige Verse spräche. Die einzigen, mit denen sie zuweilen mit Schmeichelworten und in größter Vertraulichkeit zu plaudern pflegte, waren die neugeborenen Kindchen oder auch ihr Kater. Ich kannte ihn vom Sehen, diesen Kater, der im ganzen Dorf als eine Art hundertjähriger Greis gefeiert wurde, da er bereits das neunzehnte Lebensjahr vollendet hatte! Und er saß stets am Fenster des Häuschens, einem unheimlichen Wächter ähnlich. Oft, wenn ich dort vorüberging, suchte ich ihn auf verschiedene Arten zu beleidigen. Ich glaube, ich brauchte nicht länger als zehn Minuten, um zu Fortunatas Haus zu gelangen (was für gewöhnlich eine Strecke von mindestens einer halben Stunde ist). Mit Fäusten und Fußtritten begann ich gegen das Türchen zu schlagen, und die Mammàna säumte nicht, sich am Fenster zu zeigen, ein kurzes Mäntelchen über das Nachthemd geworfen: »Lauf schnell«, sagte ich im Befehlston zu ihr, »in unserm Haus ist eine Frau, der es schlecht geht... sehr schlecht sogar!« – »He, Bürschchen, du bist bloß einer, und ich hielt dich für eine ganze Bande«, brummte sie mit ihrer hohlen Stimme. »Eine Frau...! Es wird Nunziata sein, die entbunden werden will, denn wer könnte es sonst wohl sein, diese Frau bei euch! Na gut, warte eine Minute auf mich, und ich komme.« – »Mach schnell!« befahl ich ihr von neuem. Darauf, während sie vom Fenster zurücktrat, schrie ich ihr nach mit einer Betonung voller Haß und Drohung: »Und betrink dich jetzt nicht, he! Wenn du dich betrinkst, weh dir!« Wahrhaftig, obgleich man wußte, daß sie eine gewisse Schwäche für den Wein hatte und immer eine Flasche in ihrem Zimmer stand, hatte niemand sie jemals beschwipst gesehen, und ich sagte ihr diese Worte nur, um ihr auf irgendeine Weise meine Abneigung auszudrücken. Aber sie ihrerseits fühlte sich gar nicht betroffen und kümmerte sich auch nicht darum, mir eine Antwort zu geben. Ebenso wenn es geschah, daß wir uns auf der Straße begegneten und ich absichtlich das Gesicht von ihr wegkehrte, zeigte sie sich nicht im geringsten beleidigt, ja, beachtete es nicht einmal. Da sie mir geholfen hatte, auf die Welt zu kommen, hielt sie mich zweifellos noch immer für ein kleines Bübchen, auf dessen Launen man nicht achtgibt.

Ich setzte mich auf die niedrige Mauer und wartete auf sie. Und es überraschte mich fast, als ich gewahrte, daß es eine schöne laue Nacht war mit unbewegter Luft und einem großen Mond, der von leichtem Nebeldunst verhüllt war. Das Meer und die Gärten hatten eine liebliche Färbung wie im Frühling, und weder eine Stimme noch das Geräusch einer Bewegung war zu vernehmen. Vielleicht erwartete ich, daß alle Gegenwärtigkeit der Schöpfung sich voller Rührung um N. scharen müßte wie der Hofstaat um eine Königin; doch dagegen ist der Todeskampf einer Frau in ihrem Kämmerchen etwas so Armseliges, daß es das große Weltall nicht zu beschatten vermag.

Ich streckte mich auf der kleinen Mauer aus und preßte mein Gesicht gegen den rauhen Mörtel mit einem Gefühl von untröstlichem Elend. Die schöne Landschaft und der Sternenhimmel und meine ganze Insel waren mir auf einmal schmerzlich, schienen weit entrückt und sogar widerwärtig, denn sie hatten keine Gedanken für jene einsame Kammer dort oben im Bubenhaus, die man von hier aus nicht einmal sah und die allein für mich wichtig war. Dort hatten dies ganze letzte Jahr hindurch jede Nacht, unter den

Lidern behütet wie zwei Edelsteine in einem Schrein, zwei schwarze Augen einer Königin geschlafen, welche Vertrauen und Bewunderung auszusprechen wußten und die Ehre, mir zu dienen und mir verwandt zu sein. Doch jetzt sah ich die Herzensangst wieder, die mich kurz zuvor aus diesen großen Augen angeblickt hatte, so voller Ernst und allzu übermächtig für ihre Unwissenheit. Und mit Entsetzen sagte ich mir abermals: Ach, gewiß ist es der Tod! Es ist der Tod!

All meine Freuden und all mein Bedauern waren in meinem Innern ins Gegenteil verkehrt. Wilhelm hatte ich ganz und gar vergessen wie einen Traum. Fast schien es, als gäbe es auf der Erde einzig mich und Nunz. Und von meinem berühmten Haß gegen sie, der mein Kreuz gewesen war, blieb auch nicht eine Spur mehr in mir zurück.

Die Mammàna erschien in der Tür, bereit und mit der üblichen Tasche unter dem Arm, und mit einem Satz sprang ich von der niedrigen Mauer herunter. Als sie sich auf den Weg machte (nachdem sie voll Feierlichkeit ins Innere des Häuschens einen zärtlich-süßen Gruß an ihren Kater gerichtet hatte), erforschte sie den Lauf des Mondes und runzelte die Stirn mit der großen Brille. Und in ihrer gewohnten Weise zu sich selber redend: »Gute Stunden, jetzt, für Kinder, Jungen und Mädchen! Den Bübchen, nach der Mitternacht und im ersten Morgengrauen geboren, ist das Glück günstig, sie wachsen schön und in guter Gesundheit heran! Und Mädchen gedeihen gesund und wohlgesittet!«

Dann, einigermaßen befriedigt, setzte sie sich in Marsch, auf ihren plumpen Stoffschuhen, die kein Geräusch machten, entschlossen und zu allem bereit wie die Gestalt eines Henkers. Meine Augen fielen voller Abscheu auf ihre Hände, die im Licht des Mondes noch schwärzer und riesengroß aussahen, und um mir ihren Anblick zu ersparen, lief ich ein gutes Stück von ihr her und schritt allein rascher voran. Dann und wann drehte ich mich um, sie zu überwachen, ob sie mir auch folge und sich nicht etwa aus dem Staub mache und in den Gärten und Gäßchen verschwände; und in drohendem Ton rief ich ihr zu: »He, lauf!« Aber am Ende des Dorfes angelangt, auf der Höhe nach dem langen

Anstieg hinter der Piazza, gab es mir im Herzen einen Stoß: in der Ferne dort oben war das Bubenhaus aufgetaucht, und seine Fenster waren nach dieser Seite hin alle erloschen, und es schien mir wie eine Vision, uralt und verlassen, als gäbe es schon keinen Lebenden mehr hinter seinen Mauern.

Der junge Hahn

Nun begann ich wieder zu rennen, schneller noch als auf dem Hinweg, ohne mich mehr um die Alte zu kümmern. Ich war jetzt auf nichts anderes bedacht, als sofort dorthin zurückzukehren. Ich wollte wenigstens rechtzeitig ankommen, um Nunz einige letzte Worte zu sagen, wenn sie mich noch einen Augenblick zu hören vermochte. Welche Worte es sein würden, war mir unmöglich im voraus zu sagen; vielleicht vertraute ich auf einen plötzlichen Einfall, eine Art höchster Erleuchtung, so erhaben, daß sie in einem einzigen Satz alle Schimpfworte und alle Aufschneidereien, die ich zu ihr gesagt hatte, wiedergutmachen und zwischen mir und ihr als Erklärung genügen würde für alle Ewigkeit. Ich lief auf unser ›Kastell‹ zu, als ob für mich und für sie tatsächlich eine Ewigkeit auf dem Spiel stünde und gerade in diesem geheimnisvollen, liebreichen Satz bewahrt wäre, den ich ihr um jeden Preis sagen mußte, zum mindesten im Angesicht des Todes... Ich bin begierig zu wissen, welchen Satz ich ihr damals zu sagen beabsichtigte, denn zu jener Zeit begriff ich noch nichts (und begreife ich vielleicht jetzt?); doch bin ich sicher, daß ich gesprochen hätte, obgleich ich auf diesem letzten Stück der Straße von allen möglichen Worten, die es gibt, mich nur an ein einziges erinnere: Nunziatella. Ich wiederholte in meinem Innern dieses Wort Nunziatella in demselben verzweifelten Rhythmus meiner Schritte. Und alles übrige war ausgelöscht; ich sah nichts und hörte nichts. Ich entsinne mich, daß die Wiesen unterhalb unseres Hauses sich mir im Vorüberlaufen nicht zeigten, wie sie wirklich waren; mir schien, als überquerte ich so etwas wie einen riesengroßen Platz, der verwüstet und fremdartig dalag. Und zugleich hatte ich die Empfindung, daß, wenn N. tot wäre, ich hier auf der Insel

und überall, in welche Richtung ich auch immer ginge, niemals etwas anderes mehr finden würde als beständig diesen elenden Platz aus Mörtel, Eisen und Steinen, der keine Seele und keinen Gedanken für mich hatte.
Das Haustor stand offen, und das Licht im Flur brannte, wie ich es beim Fortgehen zurückgelassen hatte. Kaum war ich auf der Treppe, vernahm ich vom oberen Stockwerk das Schreien eines eben geborenen Kindes. Die Stimme von ihr war nicht mehr zu hören. Und auf der Schwelle der Kammer angelangt, sah ich als erstes sie, auf dem Rücken ausgestreckt, regungslos unter den Decken, und das Bett war ganz mit Blut befleckt. Ich dachte: ›Es ist zu Ende!‹ und ich glaube, mein Gesicht wurde aschfahl; ich fühlte meine Knie wanken. In diesem Augenblick beruhigte sich das Weinen des Kindes, welches das Geräusch meiner Schritte übertönt hatte, und sie mußte meine Gegenwart wahrgenommen haben. Sie erhob kaum merklich den Kopf und wandte ihn mir zu: sie war bleich, aber sie lebte! Und ein Lächeln von Heimlichkeit und unwahrscheinlicher Freude verklärte ihr Antlitz: »Artu!« sagte sie zu mir. »Er ist geboren! Er ist geboren: Carminiello Arturo!«
Dieser fing wieder zu schreien an; ich warf einen Blick auf ihn, aber sie hielt ihn dicht neben ihrem Körper unter der Decke, so daß ich gerade nur ein blondschimmerndes Köpfchen sah. Mit schwacher Stimme, verwirrt und ängstlich, suchte sie mich indessen vom Bett und von der Kammer fernzuhalten und fragte mich abermals nach Fortunata, und ich stürzte wieder nach unten, der Alten entgegen: »Los, lauf!« schalt ich sie ungestüm, als ich sie antraf, wie sie gerade in den Hausflur kam. »Du reist wohl mit dem Güterzug!«
Ich war hinter der Alten wieder nach oben gestiegen. Im Korridor blieb ich stehen und hatte gerade noch Zeit zu sehen, daß sie, kaum war sie in die Kammer eingetreten, sich sogleich anschickte, das Kindchen aus dem Bett zu nehmen. Doch Nunz verteidigte es schnell mit dem Arm, als ob man es ihr rauben wollte, und warf einen eifersüchtigen und scheelen Blick auf sie (nicht viel anders als jener Blick, der in ihren Augen aufgeblitzt war an dem Tag ihrer Ankunft, als ich ihr das Täschchen mit den Schmuckstük-

ken aus der Hand nehmen wollte; oder als jener, den sie wenige Abende zuvor auf mich gerichtet hatte, in dem Augenblick, als sie mir erklärte: ›Aber ich würde dich nicht fortgehen lassen!‹).

»Na, wovor habt Ihr denn Angst?« meinte die Mammàna herrisch, in ihrer kurzangebundenen und militärischen Art. »Ich tu ihm doch nichts!« Darauf lachte Nunz, schämte sich ein wenig und überließ es ihr.

Mir wurde beinahe übel von dem Anblick dieses kaum geborenen Wesens, das mit seinem zahnlosen Mund kreischte, und ich zog mich vom Korridor in mein Zimmer zurück. Doch ließ ich die Tür angelehnt, damit ich hörte, was drüben vor sich ging, denn ich verdächtigte die Alte, daß sie mit ihren Henkershänden Nunz noch etwas Böses antun oder sie geradezu ermorden könnte. Ihr mächtiger Schritt in den plüschgefütterten Schuhen dröhnte durch das Haus, während sie sich im Kämmerchen zu schaffen machte und auf dem Korridor hin und her ging mit einer solchen Sicherheit, als kenne sie sich in unserem ›Kastell‹ noch aus nach den fünfzehn Jahren, die sie nicht mehr hier gewesen war. Ein paarmal drang die Stimme von N., welche ihr Anweisungen gab, zu mir herein, aber so leise und geschwächt, daß ich nur mit Mühe die Worte unterschied. Was die andere anlangt, drückte sie sich wie gewohnt nur durch ein rechthaberisches Gebrumme oder auch durch hochtönende Orakelsprüche aus. Und die einzige Person, mit der zu plaudern ihr gefiel, war das Stiefbrüderchen. Ich hörte, daß sie, um es zu waschen und anzukleiden, sich mit ihm in ein Zimmer begab, welches nie benutzt wurde und dem Kämmerchen gerade gegenüberlag, so daß durch die aufgesperrten Türen Nunz von ihrem Bett aus dem Vorgang beiwohnen konnte. Und indessen sie in ihrem Bett auf den Augenblick wartete, wo sie das Bübchen wieder neben sich haben würde, schien die Alte da drüben, während sie es wickelte, eine Art Geheimkonferenz mit ihm abzuhalten, als ob sie sich allein mit ihm verstünde und die übrigen Familienmitglieder nichts anderes wären als gewöhnliche Statisten. »Ihr«, sagte ihre tiefe Stimme in feierlichem und entzücktem Ton zu ihm, »Ihr müßt sicherlich mehr als vier Kilo wiegen. Ihr seid ausnehmend schön.

Wirklich ein schöner Bursche.« Und bei diesen Worten hörte man aus der Kammer das Stimmchen von N. wohlgefällig lachen.
»Und was für schöne glatte Haut«, fuhr im anderen Zimmer die Mammàna fort, »Ihr seid ein Koloß, seid ein Fest von Rosen und Blumen. Und Ihr seid durch Eure eigene Tüchtigkeit herausgekommen, Ihr ganz allein, sachte, sachte, wie ein Kaninchen. Und Ihr werdet auch ganz allein laufen lernen, ohne Gängelband, und die Mädchen werden närrisch sein vor Liebe zu Euch, und Ihr werdet singen wie der Tenor Caruso. Was für schöne Haare, die sogar schon Löckchen werden wollen. Und Ihr habt schon Wimpern um die Augen herum! Zu Eurem Auftritt habt Ihr Euch mit Eurer ganzen Schönheit geschmückt. Ihr seid wie eine goldbestickte Rose. Und was für hübsche Schenkelchen. Und was für ein hübsches Popochen Ihr habt. Und wie heißt Ihr denn?«
Vom anderen Zimmer antwortete eine leise Stimme für ihn: »Carmine Arturo.«
»Ah, so, mit zwei Namen nennt Ihr Euch! Auch ich hab zwei Namen: Fortunata und Emanuella.«
»Aber er«, berichtigte vom anderen Zimmer die leise Stimme mit Nachdruck, »er heißt auch noch Raffaele und Vito.«
... Hier, als ich mich vor Müdigkeit fast sterben fühlte, streckte ich mich aus und schlief ein. Ein paarmal in der Nacht weckte mich das rücksichtslose Geschrei des Kindes wieder auf; doch da ich als Antwort sogleich das Flüstern von N. hörte, schlief ich beruhigt wieder ein bei dem Gedanken, daß sie am Leben war. Dieses Flüstern, von der stillen Luft zu meiner angelehnten Tür getragen, drang so nah zu mir heran, daß mir schien, als wäre es auf meinem Kopfkissen. In der Morgendämmerung erklang von draußen, von einem Garten her das Krähen eines jungen Hahnes, und nun, im Halbschlaf, ohne die Augen zu öffnen, ahnte ich die Insel, über der es hell wurde, vom letzten Streifen des Meeres beginnend bis über den sandigen Strand mit seinen kleinen Hügeln von vereisten Algen. Und die bunten Farben der Häuser, die schönen Gärten voller Zitronen, Orangen und Dahlien. Dieweil Nunz nicht gestorben

war, sehnte ich mich, wieder siegreich durch meine Länder zu laufen wie ein großer Vasall, dem sein Leben zurückgegeben war!
Mein Körper überließ sich zufrieden dem Schlaf, mein Herz aber wartete auf die Stunde, da ich aufstehen würde mit einem Gemisch von Frohsinn, Neugier und Trost. Und auch jetzt begriff ich nichts; ich vermochte nicht den Kummer und die Qual vorauszusehen, die schon die zukünftigen Tage mir bereiteten.

Der Seeigel

Der folgende Tag war für uns seit dem Erwachen ein glückseliges Fest. Das Licht war so leuchtend klar heraufgestiegen, als wäre es April und nicht der 23. November. Nachdem ich bis in den späten Morgen hinein geschlafen hatte, machte ich einen Lauf an den Strand und zur Mole und stieg dann wieder an der Seite der Piazzetta hinauf. Das Meer, die Luft und alle Dinge, denen ich auf meinem Weg begegnete, hatten Teil an meiner Glückseligkeit, als wäre das ganze Weltall meine Familie. Die Gärten an der Straßenseite, die gestern nacht wie Luftspiegelungen in einer Wüste vor mir zu entweichen schienen, empfingen mich heute feierlich und vertraut. Und abermals fühlte ich mich in meine Insel verliebt, und alles, was mir immer gefallen hatte, gefiel mir von neuem, weil Nunz nicht gestorben war. Als ob sie es wäre, die mir, seit wir klein waren und ich hier in Procida und sie in Neapel lebte, einen Gedanken von Vertrautheit in die Gleichgültigkeit der Dinge legte, und ohne sich mir zu erkennen zu geben, nach Art einer großen Dame.
An diesem selben Morgen zog sie mit dem Kindchen aus der Kammer in ein größeres Zimmer um, in dasselbe, welches mein Vater ihr bereits am Tage der Ankunft zugedacht hatte, und wo sie damals nicht hatte schlafen wollen. Nun aber war mit dem Kommen des Kindchens der Schrecken, in der Nacht allein zu sein, vorüber. Und was das eheliche Schlafzimmer anbetrifft, so wurde es von neuem das ungeteilte Eigentum meines Vaters; zumal sie voraussah, daß er nicht jede Nacht das Weinen des Kindes und andere ähn-

liche Unannehmlichkeiten ertragen könne, welche die Mütter dagegen nicht verdrießen.
Und somit werden diesem berühmten Zimmer vom ersten Tag wieder ›die Ehren der Chronik‹ zuteil, wie die Schriftsteller sagen. Selbstverständlich sorgte man dafür, daß ein neues Bett dorthin getragen wurde, welches aus diesem Anlaß unter den vielen Betten, die im ›Kastell‹ vorhanden und außer Gebrauch waren, ausgewählt wurde. Es war ein breites Ehebett aus massivem Holz, mit Bildern bunt bemalt (Landschaften, Boote, die Tarantella usw.), wie man es in Sorrent herstellte, und es war ziemlich elegant. Es wurde mit zwei Matratzen und vielen Kissen ausgestattet, welche die Frauen, diese Freundinnen von ihr, die sogleich herbeigelaufen kamen, um sie zu besuchen, sorgfältig ausklopften und aufschüttelten. Und hier empfing sie, einer Königin ähnlich, die Glückwünsche der anderen.
Ihr Haar war schlicht mit einem Bändchen zusammengehalten, wie sie es für gewöhnlich zur Nacht trug, und um die Schultern hatte sie ihren kleinen Wollschal gebunden und mit einer einfachen Nadel festgesteckt. Sie sah stolz aus und sogar ein wenig prunkhaft, im Grunde aber war sie auch verwirrt, der Mittelpunkt so vieler Ehrungen zu sein, und stets bewahrte sie den Freundinnen gegenüber die Haltung einer würdigen Frau, voll angemessenem Abstand. Wenn dann eine von ihnen sie zu bedauern anfing: »Ihr Ärmste, Ihr habt Euch allein entbunden, ganz allein, wie eine Katze, ohne auch nur Euren Gatten bei Euch zu haben! Euer Gatte läßt Euch wohl immer allein, was, Donna Nunzià?« so antwortete sie nur mit einem strengen Schweigen, wie um diese Intrigantin zu ermahnen, sich um ihre eigenen Angelegenheiten zu kümmern.
Wenn ihre Freundinnen das Kind aus dem Bett hoben, um es zu liebkosen und in der Hand sein Gewicht abzuschätzen, verschleierte sogleich ein Schatten von Besorgnis ihren Blick in dem Bedenken, daß sie ihm weh tun könnten. Aber wenn sie es dann im Triumph hochgehoben sah wie einen Helden, lachte sie trotzdem vor freudigem und noch unsicherem Vergnügen, fast als frage sie sich: ›Ist es wirklich wahr, daß es *mir* gehört? Wirklich *mir?*‹
Während sie es stillte, achtete sie darauf, sich mit dem klei-

nen Schal die Brust zu bedecken, und wenn sie zufällig in diesem Moment sah, daß meine Augen auf ihr ruhten, errötete sie und bedeckte sich noch sorglicher. (Nun war sie nicht mehr wie einstmals, als sie keine Scham vor mir empfand. Und ich dagegen fühlte jetzt, daß, auch wenn sie sich nicht geschämt hätte, ich deshalb nicht beleidigt gewesen wäre.) In Abständen kam ich im Verlauf dieses Tages immer wieder, um sie in dem neuen Zimmer zu besuchen, und ich setzte mich auf die Truhe und verweilte dort. Ich glaube, daß es mich an diesem Tag sogar gefreut hätte, sie zu bedienen, wenn es nötig gewesen wäre; doch es war immer mindestens eine von ihren Freundinnen da, oftmals mehrere, und ich saß verstimmt abseits und sagte nichts. Nun, da sie sich an meine Anwesenheit gewöhnt hatten, ließen sich die Freundinnen nicht mehr durch mich einschüchtern und schwatzten unaufhörlich, und es wurde mir über, ihre Dummheiten mit anzuhören. Was sodann Carmine Arturo anlangt, schien er mir so häßlich zu sein mit seinem Fratzengesicht, das nicht einmal lachen konnte, daß er meiner Meinung nach weniger wert war als das Treff-As.

Trotz der vielen Leute aber vergaß sie mich unterdessen niemals. Manchmal, mitten in das Gerede dieser Frauen hinein, wandte sie sich, ohne sie zu beachten, allein an mich, der ich stumm beiseite saß, und sagte wie in schüchterner Vertraulichkeit zu mir: »Na, Artu...?« Vielleicht wollte sie mich damit um Verzeihung bitten für die Schrecken, die sie mir in der vorherigen Nacht verursacht hatte. Sie sagte zu mir nichts anderes als: »Na, Artu...?« Ihre Stimme hatte sogar jetzt, da sie Mutter eines Kindes war, den bekannten, etwas spröden, fast mißtönenden Klang einer noch unfertigen Mädchenstimme bewahrt. Und als ich dieses gewohnte Stimmchen hörte, welches ›Artu‹ sagte, wo ich sie doch wenige Stunden zuvor schon tot geglaubt hatte, verspürte ich eine so ungestüme und wilde Glückseligkeit, daß mein Gesicht sich noch mehr verfinsterte. So war mein Charakter. Es hätte mir nicht leid getan, wenigstens diese drei Worte zu ihr zu sagen: *Ich bin glücklich!* Mehrere Male während des Tages nahm ich mir vor, ins Zimmer zu treten und ihr unumwunden, und sei es auch nur in gleichgültigem

Ton, zu erklären: ›Ich bin glücklich.‹ Aber letzten Endes war mir doch nicht danach zumute, ihr auch nur einen solchen Satz von drei Worten zu sagen.

Das Schauspiel von Nunz, die, lebendig, wieder genesen und munter, mir inmitten ihrer Löckchen zulächelte, mir ganz allein, schien mir auf einmal so wundersam und großartig, als hätte sich die Insel mit Göttern bevölkert. Und nicht wissend, wie ich der überschwenglichen Freude Luft machen sollte, die mir das Herz durchdrang, verließ ich nach einer Weile dieses gar zu zauberhafte Zimmer. Bis heute war die Glückseligkeit mir stets eine natürliche Gefährtin meines Blutes gewesen, von der man freilich ebensowenig Aufhebens macht wie von einer leiblichen Schwester. Doch heute wurde ich mir in gewissen Augenblicken dieses Neuen bewußt: die plötzliche, fast unverhoffte Gegenwart der Glückseligkeit, die mein Gemüt entflammte, und mir war, als umfaßte ich mich ganz darin, ich vermochte mich mit keinem anderen Gedanken zu zerstreuen. Gewaltsam durchströmte meine Freude das Licht, den Raum, jeden Winkel des Hauses, selbst die staubigste Rumpelkammer. Ich beschloß auszugehen, irgend etwas zu tun; ich dachte zum Beispiel daran, auf die Jagd zu gehen, und schickte mich an, ein Gewehr zu suchen, das unserem Diener Costante gehört hatte. Ich stöberte es auf, und aus Spaß, obgleich es nicht geladen war, tat ich so, als zielte ich auf irgendeinen Gegenstand des Hauses, auf einen Stuhl oder einen Schuh. Dann, als mir der Gedanke, die Patronen zu suchen, lästig war, ließ ich das Gewehr liegen und ging hinaus, frei und ohne irgendein Gepäck. Ich lief querfeldein; auf den ersten Baum von majestätischer Größe, den ich antraf, kletterte ich hinauf, und dort aus der Höhe seines Gezweigs begann ich aus voller Brust zu singen, als wäre die Insel ein Korsarenschiff und ich hoch oben auf dem Hauptmast der Herr über dieses Schiff... Ich hätte nicht deutlich zu sagen gewußt, was ich mir an diesem Tag von der Zukunft versprach; einzig da Nunz noch auf dieser Erde lebte, schien es mir, als wäre der morgige und jeder andere kommende Tag an sich schon eine festliche Überraschung und könnte mir geheime Seligkeiten bringen. Ich fühlte mich dankbar, doch ich wußte nicht gegen wen, wußte

nicht, wem ich danken sollte. Und nach kurzen Augenblikken der Ruhe verfiel ich von neuem in eine schwankende Ruhelosigkeit. Es kamen mir sogar die Gedanken eines galanten Kavaliers: mir fiel ein, Nunz irgendein Geschenk zu bringen, das ihr Freude machen könnte und ihr ein liebreiches Zeichen von mir wäre. Etwas, das sie sehr liebte, wie man ja weiß, waren Juwelen. Aber ich hatte schon vor einiger Zeit meine letzten fünfzig Lire ausgegeben, die mein Vater mir geschenkt hatte. Nun, während ich müßig am Strand entlangging, entdeckte ich, angeklammert an einem Felsenriff, fast an der Oberfläche der ruhigen durchsichtigen Wellen, einen Seeigel von wunderbar violetter Farbe. Und als ich mich daran erinnerte, wie gut ihr Seeigel schmeckten, beschloß ich, ihr diesen zu bringen. Rasch zog ich die Schuhe aus und ging, ihn mit Hilfe meines Taschenmessers vom Riff loszureißen. Darauf wickelte ich ihn in ein Stück Zeitungspapier, das ich am Strand gefunden hatte, und lief sogleich nach Hause zu ihr, äußerst begierig, ihr mein Geschenk zu überreichen.
Als ich aber im Begriff war, das Zimmer zu betreten, verspürte ich auf einmal ein Gefühl von Verlegenheit, beinahe wie ein Geheimnis, und eilig verbarg ich das kleine Päckchen unter meiner Bluse. Über eine Viertelstunde lang hielt ich mich im Zimmer auf, wo ich wie gewöhnlich auf der alten Wäschetruhe saß, ohne ein Wort zu sagen, mitten im Geschwätz ihrer Freundinnen. Ich fühlte die Stacheln durch die Zeitungshülle hindurch mich leicht in die Brust stechen; und dieser Igel war mir lästig. Aber andererseits vermochte ich weder den Augenblick noch die richtige Art zu finden, wie ich ihn ihr darbringen sollte. (Wohlgemerkt: es war nicht deshalb, weil ich ihn seiner geringen Bedeutung wegen als ein zu bescheidenes oder gar lächerliches Geschenk ansah. Nein, zu jener Zeit hatte ich über den Wert der Dinge sonderbare Ansichten, welche nicht der Wirklichkeit entsprachen. Und ich hatte die Überzeugung, daß dieser Igel ein herrliches Geschenk sei; aber es war einfach nur der Gedanke an sich, ihr ein Geschenk zu überreichen, der mich einschüchterte, und noch mehr in Gegenwart all dieser Frauen.)
Ich entsinne mich daran, daß ich im Verlauf dieses Nach-

mittags mindestens drei- oder viermal in das bewußte Zimmer zurückkehrte oder mich bis zur Türschwelle vorwagte oder unentschlossen draußen auf dem Korridor stehenblieb, immer in der Absicht, ihr endlich mein Geschenk zu bringen; vielleicht nur in Hast und Eile hineinzugehen, es ihr in die Hände zu legen ohne ein Wort der Erklärung und wieder davonzulaufen. Doch jedesmal fehlte mir die Stimmung, mich zu diesem Schritt zu entschließen. Bis ich, als es Abend geworden war und ich mich zum Schlafen in mein Zimmer begab, jenen Seeigel, in ein Stück Zeitungspapier eingewickelt, dort wiederfand. Da warf ich ihn ärgerlich aus dem Fenster.

Eine Überraschung

In dieser Nacht – so entsinne ich mich – hielt sich eine ihrer Freundinnen auch zum Schlafen in unserem Hause auf; sie tuschelte mit den andern, daß man diese Ärmste nach dem ersten Tag ihrer Niederkunft nicht allein lassen könne, ohne irgend jemanden, wo sie nicht einmal den Gatten bei sich hatte... Und am nächsten Morgen traf dann ein unerwarteter Besuch bei uns ein. Wenn ich an diesen Besuch denke, kommt mir noch jetzt unwiderstehlich das Lachen.
Aber beginnen wir mit der Rekonstruktion der Tatsachen. Es hatte sich zugetragen, daß wenige Tage vorher eine der procidanischen Bekannten von N. für einen Tag nach Neapel reisen mußte; und da hatte N. die Gelegenheit wahrgenommen und dieser ihre Anschrift gegeben, die sie als Mädchen gehabt hatte, mit dem Auftrag, wenn sie Zeit dazu fände, ihrer Mutter etwas Dörrobst dorthin zu bringen, das sie für sie zurückgelegt hatte, und ihr gleichzeitig zu sagen, daß es ihr gut ginge und sie ihr viele, viele Küsse sende, usw. Nun aber hatte diese Frau, diese Intrigantin, als sie sich pünktlich und eilfertig zum Pallonetto von Santa Lucia begab, sich nicht damit begnügt, ihr das Dörrobst, die Küsse und die guten Nachrichten von seiten der Tochter zu überbringen, wie es ihr aufgetragen war, sondern nachdem sie eine Weile geplaudert, hatte sie es auf eigene Faust unternommen, ihr die verruchte Meinung zu enthüllen,

welche unsere Landsleute und insbesondere die Frauen von meinem Vater hegten. Allem Anschein nach hielten die Procidanerinnen meinen Vater für den allerschlechtesten Ehemann. Und die Freundinnen und Bekannten von N., wenn sie unter sich hinter ihrem Rücken von ihr sprachen, bedauerten ihr Los.

Vor allem warfen sie meinem Vater vor, daß er seine junge Frau beständig allein ließ. In Procida, bemerkten sie, gab es zwar nicht wenige Frauen, die von ihren Männern lange Zeit während des Jahres allein gelassen wurden; aber diese Männer waren Seeleute; wenn die weit weg fuhren von ihren Frauen, so war ihr Beruf daran schuld. Mein Vater hingegen war kein Seemann, er war ein Tagedieb, und wenn er sich derartig gegen seine junge Frau aufführte, dann war es eben, weil er überhaupt kein Gewissen hatte... usw. usw.

Es ist schwierig, all das zu erraten, was diese Schwatzbase zur Mutter von N. sagte (nach mindestens einem Dutzend Schwüren der Mutter, ihrer Tochter für immer zu verschweigen, daß ihre Freundin eine so feine Intrige zustande gebracht hatte!). Sicherlich muß die Unterhaltung zwischen den beiden Damen lang und leidenschaftlich gewesen sein; ja, ich wundere mich, daß diese Frau den Dampfer zurück nach Procida nicht versäumt hat. An den folgenden Tagen ließ sie, von ihrer Arbeit in Anspruch genommen, sich dann nicht wieder bei N. blicken und beschränkte sich darauf, ihr durch die andern sagen zu lassen, daß es der Mutter gut ginge, daß sie die Küsse erwidere, usw. So war N. diese Geschichte völlig verborgen geblieben (und zum Teil blieb sie ihr immer verborgen, denn die Mutter, da sie jener andern so viele Schwüre geleistet hatte, wollte niemals die ganze Wahrheit des Vorgefallenen zugeben).

Weder ich noch N. konnten irgend etwas ahnen, als man am Nachmittag, zwei Tage nach der Geburt des Stiefbrüderchens, ein ziemlich energisches Klopfen gegen das Eingangstor an der Straße vernahm. In diesem Augenblick waren nur wir drei allein im Haus: N. mit dem Kindchen und ich. Und so war ich es, der zur Tür ging. Vor mir stand eine Frau von mittlerer Größe und von jener erschlafften, gewaltigen und überquellenden Fettleibigkeit, wie sie den

Familienmüttern eigen ist. Ihre Brust insbesondere setzte mich geradezu in Erstaunen durch ihren Umfang.
Sie trug an den Füßen zwei alte, abgelegte Männerschuhe ohne Absätze, und alles übrige ihrer Kleidung war nicht nur dürftig, sondern außerdem noch nachlässig und schmutzig. Aber dennoch flößte diese unbekannte Besucherin Achtung ein durch ihre würdevolle und großartige Haltung, welche der Zorn ihr eingab. Es war in der Tat offensichtlich, daß sie in diesem Augenblick von einem leidenschaftlichen Zorn durchdrungen war; ihre schwarzen Zigeuneraugen sprühten Feuer, und ihr Gehaben war das einer Sultanin, die entschlossen ist, eine Schmach zu rächen. Sie war allein, aber in ihrem Gefolge außerhalb des Gartentors sah ich flüchtig eine gewisse Anzahl von procidanischen Frauen, welche sie bis hierher geleitet haben mußten und die bei meinem Erscheinen zurückwichen und sich beeilten, den Pfad wieder hinunterzukommen.
Als erstes fragte mich die geheimnisvolle Unbekannte, wer ich sei. »Ich«, erwiderte ich ihr, »ich bin Arturo!« – »Arturo, ach ja! Der Bub von meinem Schwiegersohn...« sagte sie schnell. »Und ich bin Violante, die Mutter von Nunziata!« erklärte sie. Darauf fragte sie ungestüm, wenn auch mit einer leichten Spur von Besorgnis in der Stimme, nach meinem Vater; jedoch bei meiner Antwort, daß er sich noch auf Reisen befände, zeigte sie beinahe eine gewisse Erleichterung, und für ihre Kühnheit gab es nun keine Zügel mehr. Stürmisch schritt sie durch die Haustür, während sie in gebieterischem Ton fragte:
»Und meine Tochter, wo ist sie? Wo ist meine Tochter?«
Und ohne weiteres begann sie, die Treppen hinaufzusteigen, indem sie rief: »Nunzià! Nunziààà!«
Hier sah ich es – wenngleich durch ihr Benehmen verletzt – doch als meine Pflicht an, sie zu begleiten, da es sich um eine Verwandte von uns handelte. Ich wich ihr also entschlossen gegen die Wand hin aus. Die Treppe war zu schmal als daß man zu zweit nebeneinander hätte gehen können, und nachdem ich sie eingeholt hatte, führte ich sie in den zweiten Stock in das Zimmer von Nunz.
Sie ruhte im Bett in Gesellschaft des Bübchens, still und glücklich, von den Bildern der heiligen Jungfrauen umge-

ben. Doch die Mutter rief sogleich bei ihrem Anblick: »Nunzià! Nunziaté!« mit einer so tragischen Betonung, daß es sich anhörte, als fände sie ihre Tochter in Ketten gelegt im tiefsten Grunde eines unterirdischen Gewölbes bei Wasser und Brot, jeden Tag verprügelt und mit Narben bedeckt. Dann, nachdem sie mindestens dreißig oder vierzig Küsse mit ihr getauscht hatte, trat sie von ihrem Bett zurück und verkündete ihr mit wilder Entschlossenheit:

»Ich bin gekommen, um dich wieder abzuholen, Nenna mia. Steh sofort auf, nimm das Kleine und, im Hemd, wie du bist, kommt mit nach Haus!«

Bei dieser Nachricht veränderte sich das Gesicht von N., das beim Erscheinen der Mutter ganz rot geworden war vor Freude.

»Warum, Mà? Ist etwas passiert? Vielleicht... meiner Schwester?«

»Nein, es ist gar nichts passiert. Deine Schwester ist bei guter Gesundheit.«

»Vielleicht... Vilèlm?« fragte darauf Nunz mit ganz leisem Stimmchen.

»Ach wo, mach dir keine Gedanken um den. Kannst sicher sein, der kommt immer gut durch. Basta, kein Wort mehr, hör auf das, was Mammeta zu dir sagt. Gib auf das Kleine acht; wir wickeln es hier in diese Bettdecke ein, daß es sich nicht erkältet. Na, das versteht sich ja von selbst«, fügte sie hinzu, ihre Blicke boshaft in meine Richtung wendend, »später geben wir sie ihnen wieder zurück. Ihre Decke, wir wollen sie doch nicht behalten. Wir schicken sie ihnen morgen sofort zurück durch einen Boten.« Bei diesen Worten fing ich mit äußerster Verachtung an zu pfeifen und sagte zu ihr: »Du bringst mich zum Lachen!«

Sie hatte sich N. wieder genähert und küßte sie mit rücksichtsloser Miene im ganzen Gesicht; doch die Stiefmutter, so gerührt sie auch sein mochte, über diese Küßchen, erwiderte sie ihr nicht mehr und blieb tiefernst und wehrte sich fast gegen sie. »Wenn wirklich nichts passiert ist, Mà«, sagte sie in einem immer argwöhnischer und beunruhigter klingenden Ton, »warum kommt Ihr plötzlich, mir zu sagen, daß ich von zu Hause fortgehen soll... mit diesem winzigen Kindchen von zwei Tagen... und ohne es auch nur meinem Mann zu sagen...« Als die andere den Namen meines Vaters nennen hörte, ließ sie davon ab, sie zu küssen. »Dein Mann...«, wiederholte sie finster blickend. Dann richtete sie sich auf, und mit schrillen Lauten in der Stimme fügte sie hinzu: »Na, dein Mann! An den hab ich gar nicht mehr gedacht, tja... Übrigens, sag mal, aus welchem Grund ist er jetzt nicht anwesend, in diesen Tagen? Wo ist er denn, he? Das möchte ich gern mal wissen!«

»Wo er sich aufhält...? Was weiß ich...? Er ist auf Reisen«, flüsterte Nunz, ganz verstört durch diese ausfallende Art. Aber das Gesicht der Mutter verriet ein geradezu grimmiges Gefühl bei dieser Antwort. »›Was weiß ich‹, he!« stieß sie hervor, »das ist mir eine schöne Antwort, die ein armes Ding sagen muß, was ihren Mann anlangt. ›Was weiß ich?‹ So ist also für ihn die Familie bloß Dreck, was, den man in einer Ecke liegen läßt! Ja, man hat mir das gesagt, aber ich wollte es nicht glauben, und ich bin von Neapel herübergekommen, extra um mich zu vergewissern!«

»Hoi, Mà!« rief N., in stolzem Zorn aufbegehrend, mit zitternden Lippen, »nach über einem Jahr, das wir getrennt waren, kommt Ihr, um mir so was Häßliches zu sagen! Und wer ist es gewesen, der schlecht über meinen Mann geredet hat...? Das muß Cristina getan haben, dieses Lästermaul, das nichts begreift!« meinte sie nach einer Weile, ganz düster im Gesicht, sogleich den wahren Ursprung des Skandals erratend.

»Cristina... wer? Diese Bekannte von dir aus Procida?! Was denkst du dir eigentlich? Diese arme Frau, die kaum Zeit gehabt hat, guten Tag zu sagen, den Karton mit Feigen abzugeben und sich gleich wieder zu verabschieden, denn sonst hätte sie den Dampfer verpaßt! Was du gleich für einen Verdacht hast! Die hat mir bestimmt von gar nichts gesagt... Aber jetzt erzählt dir Mammeta, wer es wirklich war, der mir was gesagt hat, Nunzià: mein Herz hat mir was gesagt, das ist es, was mir was gesagt hat! Ich hab es wie eine Stimme in der Brust gehört, die zu mir geredet hat: ›Violante, mach schnell! Bring jedes Opfer und spar dir diese drei Lire fünfzig zusammen und geh zu deiner Nunziata, die da drüben auf der Insel Procida bittere

Tränen weint.‹ Und da find ich jetzt die Bestätigung von dem, was mein Herz mir gesagt hat, wenn ich höre, daß dein Gatte dich nicht einmal wissen läßt, wo er sich aufhält! Sich nicht mal zu einer Postkarte herabläßt!«

»Er, wenn er keine Nachricht gibt, so ist das nicht, um mir Kummer zu machen, sondern weil er nicht dran denkt! Wer ein Mann ist, der hat immer so viele Gedanken, der kann doch nicht ständig an die Familie schreiben!« entgegnete N. immer mehr aufgebracht über die Anklagen.

»Die Gedanken! Wer begreift die schon, diese Gedanken von ihm? Warum teilt er sie einem nicht mit?«

»Pah, er ist doch keine Frau, für die es eine Sünde ist, wenn sie ein Geheimnis für sich behält!«

»Und warum ist er immer auf Reisen? Ist er vielleicht ein Seemann, der die ganze Zeit auf der Reise sein muß?«

»Oh, Mà, aus Euren Reden kann ich die wiedererkennen, die Euch was gesagt haben! Denn die Leute hier, die Procidaner, die hassen ihn gerade deswegen, weil sie Matrosen sind und reisen, weil sie Geld brauchen, während er dagegen nicht reist, um sich sein Brot zu verdienen, und keiner Regierung untertan ist! Er«, schloß sie hoheitsvoll, »er reist, weil er Phantasie hat! Und um seinen Launen nachzugehen!«

»Aha, die Launen, he! So hat er sogar eine Rechtsanwältin gefunden, der da! Ich kenne dich, seit du klein warst, hast du immer Nunziata geheißen, die nicht will, daß man ihr widerspricht. Aber ich heiße Violante und sag: mea culpa, meine Schuld! Denn ich selber bin es gewesen, die meine Tochter diesem Schuft gegeben hat! Du wolltest dich widersetzen, als ob das Gefühl es dir gesagt hätte; da sieht man's, wenn du auch 'ne kleine Nennella warst, hattest du mehr Verstand als Mammeta! Und wenn man bedenkt! Ich glaubte, ich hätte Amerika für dich gefunden, als ich diesen Mann für dich fand! Aber jetzt gehen mir die Augen auf, und ich seh die schöne Bescherung, die wir angestellt haben. Also, da hat man's, mit wem ich dich verheiratet hab, mein Herzblut! Mit einem Schwein hab ich dich verheiratet, mit einem Schurken, der dich hier einsam und allein hat gebären lassen, als wenn du irgendein schlechtes Frauenzimmer wärst! Und daß er dich überhaupt immer allein läßt, ohne irgend jemand, als wenn du die Pest an dir hättest, während er seine Dummheiten macht!«

Bei solcherlei Schmähreden schien N. nicht nur beleidigt, sondern geradezu von Schrecken gepackt zu werden, so sehr, daß sich eine eiskalte Blässe über ihr Gesicht legte, wie bei einer Kranken. Sie war halb aus dem Bett aufgestanden, ein Füßchen auf den Boden setzend, und mit bedrückter Stimme sagte sie aufgeregt immer wieder: »Ach, was sprecht Ihr da, seid doch still, Mà.« Zu gleicher Zeit gingen ihre Augen beständig zu mir, in der Sorge, ich könnte gewisse Reden mit anhören, und wenn ihr verstörter Blick auf mir ruhte, ließ er auf seinem Grunde ein zärtliches Lächeln durchschimmern; als ob sie, unter anderem, zu ihrer Mutter sagen wollte: ›Es ist nicht wahr, daß ich allein gewesen bin. Arturo war bei mir. Diese Worte von dir beleidigen vor allem Arturo, ist er etwa *niemand,* Arturo, mein hübscher, kleiner Gefährte!‹

Da erbarmte ich mich ihrer, die von der Mutter so sehr gepeinigt wurde, und wie als Antwort schaute ich sie vielsagend an, zugleich mit einem verächtlichen Achselzucken, um ihr zu bedeuten: ›Mach dir doch nichts aus ihr, sie ist verrückt und weiß nicht einmal, von wem sie redet!‹

Unterdessen hatten all diese Auftritte schließlich dazu geführt, das Stiefbrüderchen aufzuregen, das verzweifelt zu schreien anfing. Sogleich wandte sie ihm bebend ihr ernstes Köpfchen zu und versuchte, ihn zu trösten, und da er sich nicht beruhigte, begannen sie und ihre Mutter gemeinsam, ihm das übliche dumme Zeug zu sagen, das die kleinen Kinder gern haben. Zuletzt, um ihn zu besänftigen, gab sie ihm die Brust, und während sie ihn stillte, schwieg die andere für einige Augenblicke; dann aber, die Tochter voll bitterer Leidenschaft anblickend, brach sie plötzlich in Schluchzen aus und stürzte auf den Korridor mit erhobenen Armen und unter erneuten Schmähreden gegen meinen Vater.

Obschon ich sie überhaupt nicht ernst nahm, wollte ich sie doch aus der Nähe im Auge behalten, und so folgte ich ihr lässig auf den Fersen, die Händen in den Hosentaschen. Es hätte immerhin sein können, daß sie, wütend wie sie auf meinen Vater war, und da sie ihrem Zorn gegen seine Person nicht Luft machen konnte, sich zum Beispiel anschickte, seine Schätze: die Unterwassermaske, das Fernglas, das Angelgewehr usw., die er bei der Abreise im Hause gelassen hatte, zu beschädigen oder sie ihm gänzlich zu zertrümmern! Oder daß sie etwa in ihrer rasenden Wut meine Schriften, meine Gedichte, in Stücke reißen könnte! Aber zum Glück für sie wagte sie doch nicht so viel; sie begnügte sich damit, überall umherzulaufen wie eine wildgewordene Bärin, mit ihren tränenerfüllten Augen die Wände betrachtend: »Und dies«, bemerkte sie, »dies wäre also das berühmte Schloß! Diese Höhle! Der Schuft, der Verbrecher hat mich hinters Licht geführt. Seinen Reden nach war er ein steinreicher Kerl, ein Millionär mit seinem Schloß! Aber mir kommt dies hier vor wie eine Höhle! Eine richtige Höhle!«

Bei diesen Worten war N. mit dem Bübchen an der Brust auf die Türschwelle getreten und, stolz auf ihr Schloß, rief sie unter Tränen der Empörung: »Ach, aber Mà, was sagt Ihr da! Laßt das bloß niemanden hören, wenn Ihr sagt, dies wäre eine Höhle! Wo es doch ein Schloß ist von großem Wert, auch wegen der Altertümlichkeit, und es gefällt allen!« Als ich jedoch, meinerseits neugierig geworden, unsere schmutzigen und rissigen Wände anschaute, mit den Tapeten, die in Fetzen herunterhingen, und dem Fußboden, der wie ein zerlöchertes Gelände aussah, dachte ich bei mir selber, daß in Wirklichkeit der Vergleich mit der Höhle ganz zutreffend war. Eine Höhle! Oder auch eine riesige Baracke! (Man muß bedenken, daß Höhlen und Baracken für meine Begriffe überaus verlockende Orte waren. Und ich gestehe, daß ich mich folglich selbst mitten in diesem Drama im innersten Herzen freute über diese unsere interessante Wohnstätte.)

Mit ihrem letzten Satz hatte N., ohne es zu wollen, die Mutter zu einem verhängnisvollen Gesprächsthema herausgefordert. Als sie diese Worte: ›Es gefällt allen‹ vernahm, empörte sie sich mit einem wütenden und zugleich mitleidigen Ausdruck: »Ach, Nunziaté, widersprich doch Mammeta nicht!« rief sie aus. »Wo Mammeta hier ist, um ihr eigenes Herzblut zu verteidigen. Sie ist wunderschön, was, diese Gruft! Wo Mammeta sich geradezu schämt, daß sie dich hierher geschickt hat, so häßlich ist es hier! Und keine Familie aus der ganzen Gegend würde hier drinnen wohnen wollen, so sehr gefällt es allen, he...? Den Teufeln gefällt es hier, denen gefällt's! Wo es hier von Teufeln wimmelt... Ach, du meine Geduld, steh mir bei, daß ich nicht zuviel sage!« fügte sie hinzu, die Augen zum Himmel aufschlagend, und bedeckte sich dann das Gesicht mit den Händen.

Kurz darauf jedoch zeigte sie von neuem ihr Gesicht mit einem veränderten Ausdruck, der finster und zugleich verschlagen war, als wollte sie hinter den Worten, die sie im Begriff war zu sagen, wer weiß was sonst noch für geheimnisvolle Schwindeleien verbergen! Und vom Ende des Korridors auf uns zukommend, begann sie mit leiser, bedachtsamer Stimme: »Du, Nunziaté, du weißt ja, was mich anlangt, an gewisse Dinge glaub ich und glaub ich auch nicht. Ich sag nicht, daß sie nicht wahr wären, kein Zweifel, sie sind reine Wahrheit! Nur daß ich nicht immer dran glaube. Aber du sollst das auch wissen, was die Frauen da unten im Dorf alles reden: daß dieses Haus verflucht ist, und voller Teufel steckt! Es handelt sich um ganz schändliche Geister, die, sobald sie eine Frau sehen, aufwachen und von überallher angelaufen kommen und sich zusammentun und früher oder später ihr was Böses zufügen, denn sie wollen keine Frau hier drinnen haben. Und dein Gatte, weißt du, was man mir gesagt hat? Daß er mitten unter all diesen Geistern der Hölle sich wohl fühlt wie Satan selber und sogar, sagen manche, die Ehefrauen extra hierherbringt, um diese Teufel zu ärgern: denn je wütender sie werden, desto mehr Spaß macht es ihm! Jetzt aber, Nenna mia, mußt du auf Mammeta hören, die dich in diesem Haus nicht mehr länger lassen will!« Und als sie das sagte, fing sie noch bitterlicher als vorher zu schluchzen an.

Als sie die Mutter weinen sah, konnte N. auch ihre eigenen Tränen nicht zurückhalten; aber trotzdem machte sie ihr den Vorwurf: »Oh, Mà, vor diesem kleinen Geschöpf redet Ihr von solchen Sachen!« Und mit den Fingern schlug sie das Zeichen des Kreuzes über der Stirn des Stiefbruders.

Hier beschloß ich, daß es an der Zeit wäre, einzugreifen: »Na, geh doch«, sagte ich mit Selbstgefühl und Verachtung

zur Mutter von N. gewandt, »wann bist du endlich still?! Du bringst mich ja zum Lachen, und ich geb mir nicht einmal die Mühe, dir gewisse Wahrheiten zu erklären, denn du würdest ja doch nichts begreifen. Aber all diese Weiber von da unten, wenn sie an Teufel glauben, dann täten sie besser dran, ihre ewigen Besuche aufzustecken. Sie machen so viele Geschichten; aber dann sind sie doch jeden Tag wieder da! Eine nach der andern kommen sie hier an in unserem Haus!«
Die Augen von N. richteten sich gerührt und fast heftig auf mich, wie um mir für meinen Beistand zu danken, und als ob ein solches Bündnis sie zu einem höchsten Widerspruch entflammte! »Sie kommen hierher! Ja, ja, in unser Haus!« bekräftigte sie auf ihre prunkvollste Art, große Dame selbst in den Tränen, »sie kommen, ja, und sie trinken hier sogar Kaffee!«

Klagen

Unsere Verwandte weilte vier bis fünf Tage bei uns. Am Abend ging sie im selben Zimmer von N. schlafen, wohin sie das kleine Klappbett von Silvestro getragen hatte. Von Anfang an jedoch mußte sie sich davon überzeugen, daß N. fest entschlossen war, sich nicht von meinem Vater zu trennen und unser Haus nicht zu verlassen; in dieser Angelegenheit blieb der Mutter nichts anderes übrig, als sich friedlich damit abzufinden. Und so, ins Schicksal ergeben, kehrte sie nach Neapel zurück, wo ihre andere Tochter sie erwartete.
In den Tagen, die sie bei uns zubrachte, zeigte sie sich nach jenem so dramatischen Anfang weit umgänglicher und sogar liebenswert. Sie saß Stunden um Stunden im Zimmer von N. und plauderte mit ihr über eine Unmenge von Personen und Begebenheiten in Neapel, und N., welche mit den fremden Frauen niemals sehr gesprächig war, ließ sich mit ihrer Mutter dagegen in überaus lebhafte Unterhaltungen ein. Gern kam sie auf ihre Mädchenzeit zurück, und bei mancher Gelegenheit sprach sie auch von Vilèlm. Wenn die Mutter aber irgendein Wort gegen ihn verlauten ließ, wurde N. sogleich argwöhnisch und zog sich in sich selbst

zurück. Sie schien einer empfindlichen Pflanze ähnlich bei allem, was nach einer Beleidigung gegen ihn klingen mochte.

Dennoch konnte unsere Besucherin es nicht lassen, ihrer Verbitterung gegen meinen Vater ab und zu Luft zu machen, und da sie es nicht wagte, N. gegenüber auf ihrer Ansicht zu beharren, führte es manches Mal dazu, daß sie sogar mir ihr Herz ausschüttete! Aber bei mir fand sie gewiß keine Genugtuung; das einzige Zeichen von Aufmerksamkeit, welches ich ihr gewährte, konnte höchstens eine teilnahmslose Grimasse sein oder irgendein ungeduldiges Gemurre. Trotzdem hörte ich ihr zu, wenn auch gegen meinen Willen, so begierig war ich, von ihm sprechen zu hören. Freilich erlaubte sie sich mir gegenüber nicht, allzu viel Schlechtes über ihn zu sagen. Aber wie sehr sie sich auch zur Mäßigung zwingen mochte, wiederholte sie schließlich doch mit jedem Wort ihre unabänderliche Meinung, daß diese Ehe nicht mehr und nicht weniger als ein Unglück wäre für N. »Und wenn man bedenkt«, sagte sie immer wieder unter harten und kummervollen Blicken, die meine Person ganz zu vergessen schienen, als spräche sie mehr zu sich selber als zu mir, »wenn man bedenkt, wie das arme Ding sich widersetzte, ihn zu heiraten, als ob sie es ahnte, so klein wie sie noch war: ›Ach, Mà‹, sagte sie zu mir, ›mir ist nicht danach zumut, ihn zu heiraten!‹ ›Du‹, sagte ich dann, ›du redest ohne allen Verstand. Was suchst du eigentlich, den Mond? Ein Grundbesitzer, steinreich, und noch dazu groß und schön, der närrisch ist nach dir!‹ ›Ich‹, meinte sie, ›ich finde ihn wahrhaftig nicht schön. Wenn ich ihm ins Gesicht schau, kommt mir so ein Gefühl von Angst... ich hab Angst vor ihm... ich hab Angst, Mà! Lieber möcht ich keinen Mann haben... ich wär es zufrieden, Nonne zu werden...‹ ›Du‹, sagte ich dann, ›du willst Mammeta Kummer machen, daß du so störrisch bist, schlimmer als ein Maulesel...‹ Aber ich bestand darauf und hab sie überredet. Und anstatt es gut zu machen, hab ich es schlecht gemacht; mein armes Mädel! Wenn man bedenkt! Wo so viele nette junge Leute mir ihr Lob redeten und sie behandelt hätten wie eine Rose. Und

nun, mit wem hab ich sie dagegen zusammengebracht! Mit diesem … mit diesem …«
Hier verbesserte sich die Mutter von N., als ihr einfiel, daß ich ihr zuhörte. Aber ihre Augen verrieten doch ihre feindseligen Gedanken. Es war offensichtlich, daß sie mehr denn je an ihrer Meinung festhielt, mein Vater wäre der allerschlechteste Ehemann. Und schließlich rief sie, bei jedem Wort sich bemühend, ihren bebenden Zorn zu unterdrükken: »Ist sie etwa ein Krüppel, eine Alte, mein Mädel, daß sie so schändlich behandelt wird? Immer allein, im Sommer und im Winter, und nicht einmal eine Zeile Post, schlimmer als wenn sie sich mit irgendeinem Zuchthäusler eingelassen hätte! Und wenn dieser Ehemann, wenn er geruht, wieder zu erscheinen, ihr dann wenigstens ein bißchen mehr Freude machen würde, um sie zu trösten! Statt dessen … ah, ich hab's jetzt begriffen, wie es steht mit dieser Ehe … Sie sagt ja nichts und nimmt ihren Mann in Schutz; aber ich kann sie trotzdem zum Reden bringen, auch wenn sie nichts sagen will. Wenn ich will, dann kenn ich bei ihr das Mittel, daß sie mir erzählt, wie die Dinge wirklich sind! Ach, meine arme Nunziatella hat dieses Schicksal nicht verdient, sich so zu verheiraten! Denn wenn eine Frau heiratet, ist es ihr nicht genug, einfach nur verheiratet zu sein. Eine jungverheiratete kleine Frau braucht noch eine andere Freude. Und diese Freude ist, daß ihr Mann sie im Herzen hat und sich schön gegen sie benimmt voll Ehre und Gefühl und ihr schmeichelt mit netten kleinen Worten und Zärtlichkeiten und Küßchen … Aaah! Wegen der netten Worte und Küßchen kommen einem dann sogar die Schläge wie orientalische Perlen vor! Und auch wenn es kalt ist und regnet, dann meint man, drinnen im Haus wäre eine große Zentralheizung, wegen dieser Zärtlichkeiten! Aber ein Mann, der ihr diesen Zucker nicht in den Kaffee tut, der blamiert seine Frau: denn eine Ehefrau behandelt man nicht wie irgendein Weibsbild von der Straße, das man überfällt für die zwei Minuten und ihr dann den Rücken zudreht und dann gute Nacht. – He, Violante, du kannst das gern laut sagen: dein Raffaele, wenn er dir auch Gift zu fressen gab, kann mit einem guten Gewissen wie die Heiligen tot sein, weil er mit seiner Frau wie mit einem Püppchen umgegan-

gen ist; darin hat er mich nie blamiert! Aber meine arme Nunziatella dagegen, wer hätte das gedacht, daß sie sich so verheiraten sollte, und dann diese Schande: niemals ein paar schöne Schmeichelworte, niemals eine Zärtlichkeit, nie ein Küßchen, und behandelt wie ein Weibsbild aus der Gosse!

Wenn man denkt, so eine schöne Tochter! Mit diesem Mund, der immer lacht, daß die Leute, wenn sie ihnen bloß guten Tag sagte, sich gleich in sie verliebten. Und wenn sie vorbeiging und die Burschen auf der Straße ihren Kopf mit all den Löckchen sahen, begannen sie sogleich zu singen: ›Anella, Anella!‹«

Die Mutter bekräftigte diese großen Erfolge von N. mit so viel Nachdruck und Überzeugung, daß ich für einen Augenblick fast versucht war, N. wahrhaftig für eine Art wunderschöner Diva zu halten. Und ich sah sie in den Straßen Neapels einherschreiten, vom ganzen Volk gegrüßt, während ein Schwarm von verliebten Burschen bei ihrem Vorübergehen Spalier bildete und ihr zu Ehren ein Ständchen brachte auf Mandolinen und Gitarren.

Die Bekehrung

In diesen Tagen, da ich häufig bei den Gesprächen zwischen N. und ihrer Mutter zugegen war, erfuhr ich verschiedene Einzelheiten aus ihrem Leben in Neapel: Erlebnisse, Freundschaften, Bekanntschaften usw.

Das außerordentlichste Ereignis jedoch, von dem ich durch ihre Unterhaltungen Kenntnis erhielt, war eines, das Wilhelm Gerace betraf. Obschon ich es fast nicht glauben konnte, war dieses Ereignis doch die reine Wahrheit, und als ich davon erfuhr, konnte ich mir erklären, was N. an jenem fernen Tag ihrer Ankunft mit diesem Satz hatte sagen wollen: ›Aber dein Vater ist jetzt ein Christ‹, welchem ich damals keine Bedeutung beigemessen hatte. Es handelte sich um dies: mein Vater war, um N. zur Frau zu bekommen, zum katholischen Glauben übergetreten.

Er war von Geburt aus Protestant, wie ich schon des öfteren gesagt habe. Hier berichte ich also die Geschichte von seiner

Bekehrung, wie ich sie aus den gehörten Reden wiederzugeben vermag.
Seit über einem Monat bereits hatte mein Vater um N'.s Hand angehalten, und sie hatte sich nach langem Zaudern gerade entschlossen einzuwilligen, zur Zufriedenheit ihrer Mutter, und war im Begriff, ihm endlich ihren Entschluß mitzuteilen, als sie erfuhr, daß er nicht katholisch war und daß die Ehe nur auf dem Standesamt geschlossen werden sollte. Bei dieser Nachricht war sie so sehr erschrocken, daß sie ihren Freier nicht einmal mehr sehen wollte, und wenn ihre Schwester oder einige ihrer Gefährtinnen, die sie beauftragt hatte, sie warnten, sobald er oben an der Straßenkreuzung auftauchte und ins Gäßchen einbog, verließ sie sogleich zitternd das Haus, rannte wie wahnsinnig und flüchtete sich in irgendein anderes Haustor. Ihre Mutter versuchte es sogar mit böser Gewalt, sie zurückzuholen, denn es lag ihr am Herzen, diesen Freier, Besitzer eines Schlosses, nicht zu verdrießen. Aber sie entwickelte Bärenkräfte, um sich aus den Händen der Mutter zu befreien, und wiederholte, was sie ihr bereits ein für allemal gesagt hatte: es sei unmöglich, sie wolle keinen Mann, der kein Christ sei, und ehe sie sich ohne das Sakrament der Kirche verheirate, würde sie lieber sterben. Die Mutter aber wagte nicht, dem jungen Mann eine solche Mitteilung zu machen, und wenn er sie immer wieder fragte: ›Warum ist eigentlich Eure Tochter niemals hier? Darf man vielleicht wissen, wann sie mir ihre Antwort geben wird?‹ dann suchte sie ihn mit Höflichkeiten zu begütigen, ohne ihn je aufzuklären. Nun wurde er immer ungeduldiger und wunderte sich, das Mädchen niemals anzutreffen, und rief jedesmal: ›Was ist das bloß für eine Geschichte, daß Eure Tochter immer gerade ausgegangen ist?‹ Und die Mutter mußte sich jedesmal irgendeinen neuen Vorwand ausdenken, der ihn allerdings nicht sehr zu überzeugen schien. Er blieb jedesmal dort, um auf seine Flamme zu warten, und die Mutter, in der Hoffnung, sie möge sich entschließen, wieder zu erscheinen und ihn wenigstens begrüßen, gab sich inzwischen Mühe, ihn, so gut sie konnte, mit ihren Gesprächen zu unterhalten. Er aber sagte nicht ein Wort, und finster wie er war, schaute er sie nicht einmal an. Er wartete eine halbe Stunde und sogar

eine Stunde auf dem Stuhl vor der Türschwelle sitzend, draußen in der Gasse, wo er die Blechbüchsen mit Fußtritten stieß; oder aber er streckte sich drinnen auf dem Bett und machte Jagd auf die Fliegen. Endlich ging er fort, noch düsterer als vorher, und sagte zur Mutter: ›Auf Wiedersehen. Bestellt Eurer Tochter, sie soll morgen um diese Zeit hier sein, denn ich werde wiederkommen, um ihre Antwort zu hören.‹

Um so besser! Auf diese Weise hatte er sich ihr selber im voraus angekündigt, und am nächsten Tag, schon lange ehe die verabredete Stunde schlug, sorgte sie dafür, sich nicht finden zu lassen, und flüchtete, um sich in irgendeinem Winkel der Gasse zu verbergen. »Sie hat fortgehen müssen... Ihr müßt uns entschuldigen... wer weiß, wie lange man sie jetzt dort aufhalten wird, das Mädel. Heilige Madonna! Sie hat gesagt, daß sie ihr möglichstes tun wird, um bald zurückzukommen... Aber wer kann es wissen? Höhere Gewalt! Ihr müßt uns entschuldigen!« sagte die Mutter. Und er beschloß, auf sie zu warten, und blieb da, mit einem Gebaren wie jemand, der auf Mord sinnt. Das Mädchen aber ging nicht aus seinem Versteck heraus, solange eine seiner Vertrauten ihm nicht die Nachricht gab, daß er es müde geworden, auf es zu warten, und fortgegangen wäre.

Bis er schließlich eines Tages, als er ohne Vorankündigung eintraf, sie in dem Augenblick ertappte, wie sie entwischte und sich in der Gasse zu verstecken suchte; da packte er sie und stieß sie ins Haus zurück und zugleich mit ihr stieß er auch ihre Mutter hinein. Dann schloß er die Tür und sagte: »Ihr verfluchten Weiber, wenn Ihr nicht Schluß macht mit dieser Komödie, kommt Ihr mir nicht anders hier heraus als auf der Bahre oder im Sarg.« Dem Mädchen, das nach all den Tagen des Kampfes und des Schreckens schon mit den Nerven am Ende war, blieb kaum noch die Kraft, mit versagender Stimme zu erwidern: »Meiner Mutter tut Ihr nichts an! Ich bin es, die sterben muß! Bevor ich in diese Heirat einwillige, sterbe ich lieber.« Nun griff die Mutter ein, und mit den geeigneten Worten enthüllte sie ihm die Wahrheit, wobei sie versuchte, ihn nicht in seiner Religion zu kränken. Als er sie angehört hatte, warf er sich hintenüber auf das Bett, wo er gerade saß, und brach in eines jener Gelächter aus, denen er sich zuweilen hingab, wie jemand, der einer komischen Szene beiwohnt und zu gleicher Zeit in eine saure Frucht beißt. Dann, sich wieder aufsetzend, schaute er das Mädchen mit entschlossenem Blick und besänftigter, aber dennoch drohender und spöttischer Miene an und fragte sie: »Dann wäre also die ganze Geschichte bloß, weil dir was dran liegt, dich in der Kirche trauen zu lassen nach dem Ritus der Katholiken?«

Das Mädchen bejahte das.

»Und ich bin einverstanden. Das macht mir nichts aus!« rief er, »meinetwegen können wir uns auch in einer Moschee oder einer Pagode verheiraten, nach dem Ritus der Chinesen. Ich kann auch Jude werden oder mich zum Propheten Mohammed bekehren. Ich glaube sowieso an keinen Gott, und für mich ist der eine oder der andere genau dasselbe.«

Sie stieß einen Seufzer aus. Er erhob sich: »Na«, sagte er zu ihr, »dann sind wir uns also einig.«

Zitternd, ohne zu wagen ihn anzuschauen, bewegte sie die Lippen, doch brachte sie kein Wort hervor. Dann seufzte sie abermals, und endlich sagte sie: »Aber wißt Ihr denn überhaupt...?« »He, was muß er denn sonst noch wissen?« mischte sich die Mutter ein. »Er hat doch gesagt, daß er dir den Gefallen tut und daß ihr in der Kirche heiratet. Laß ihn doch in Frieden, damit er sich ein bißchen ausruht. Warum willst du ihn denn jetzt noch piesacken?«

»Ach, Mà, laß mich doch reden«, bat das Mädchen beinahe weinend, »es ist besser, gleich heute alles zu sagen und nichts übrigzulassen.« Und mit einer spröden, ein wenig brüchigen Stimme und ab und zu Atem schöpfend, als liefe sie in großer Eile, sagte sie von neuem zu ihrem Liebhaber: »Aber wißt Ihr denn auch? Wenn man sich wahrhaft christlich trauen lassen will mit einer feierlichen Handlung, daß dann die Brautleute alle beide Christen der wahren Kirche sein müssen, der wahren Familie, deren Oberhaupt die Heiligkeit unseres Herrn ist. Ich bin auch beim Priester gewesen, hier in San Raffaele, um alle Erklärungen der richtigen feierlichen Handlung zu erfahren, und auch der Priester hat mir das so gesagt. Denn für eine wirkliche Ehe genügt es nicht, daß sie in dieser Welt gilt, sie muß auch im Himmel Geltung haben. Denn die Heilige Ehe ist ein Sakrament, und die Sakramente werden nicht nur auf Papier geschrieben, sondern sie werden auch im Paradies aufgeschrieben. Dort im Paradies stehen nur die ewigen Wahrheiten aufgeschrieben, die durch das Einverständnis Gottes und seines ersten Apostels geheiligt sind. Und so hat der Herr uns dies Geschenk der Sakramente gemacht, extra um uns zu versichern, daß etwas, das man hier unten auf der Erde tut, im Paradies dort oben eine ewige Wahrheit wird. Zwei Menschen können sich nicht ohne die ewige Wahrheit miteinander vereinigen, das wäre eine schlechte Vereinigung. Und deswegen müssen alle beide Christen sein mit der heiligen Taufe, der Firmung und dem Abendmahl der wahren Kirche, welcher der Heilige Vater vorsteht, der auf dem Stuhl von Petrus sitzt. Dann wird eine Ehe wirklich zum wahren christlichen Sakrament! Und wenn eine Ehe nicht so ist, mache ich nicht mit.«

Mit dieser Schlußfolgerung schien das Mädchen ihren ganzen Vorrat an Kühnheit erschöpft zu haben, der ihr angesichts des Liebhabers geblieben war. Seitdem bedeutete es bei ihren folgenden Begegnungen schon viel, wenn sie es fertigbrachte, vier Worte hintereinander zu ihm zu sagen, ohne zu zittern.

Kurz und gut: der unbesiegte Freier nahm noch an diesem selben Tag auch die letzte Bedingung an, die sie von ihm forderte: nämlich als Protestant katholisch zu werden, indem er alle Verpflichtungen erfüllte, welche Neubekehrten der römischen Kirche auferlegt werden, bis zum Sakrament der Ehe... Und er hörte sich mehr mit Neugier als mit Besorgnis die Belehrungen an, die sie mit dem bißchen Atem, der ihr blieb, ihn in dieser Angelegenheit zu geben für richtig hielt; er machte keine Einwände, nur ein paar träge Bemerkungen, fast als ob gewisse Dinge nicht seine Seele, sondern höchstens seinen Körper beträfen. Unter anderem kündigte das Mädchen ihm an, daß er würde beichten müssen: »Was! Ich muß beichten?« – »Ja eine Generalbeichte, von allen im Leben begangenen Sünden«, erklärte sie ihm mit vor Schüchternheit heiserer Stimme, »und vorher muß man sein Gewissen prüfen.« Bei dieser Mitteilung wurde er ein wenig nachdenklich, als ob er seine Gewissensprüfung in diesem selben Augenblick vornähme, aber trotzdem, seinem Betragen nach hätte man meinen können, daß diese Prüfung ihm nicht allzu viel zu schaffen machte: »Na, gut, einverstanden«, erklärte er dann in einem Ton wie jemand, der eine unwahrscheinliche Kühnheit verkündet: »Ich werde die Generalbeichte ablegen!«

So wurden sie Verlobte. Nun, da sie sich ihm versprochen hatte, dachte sie nicht mehr daran, vor ihm zu flüchten, obgleich sie sich erstarren fühlte vor Schrecken, wenn sie ihn auch nur von ferne sah. Was sie am meisten ängstigte, war, mit ihm allein zu sein; sie hätte den Grund dafür nicht einmal zu sagen gewußt, da er in Wirklichkeit, wenn keine anderen Leute zugegen waren, sie in der gewohnten Weise behandelte und ihr wenig Beachtung und Vertraulichkeit schenkte, so wenig, daß er sie nicht einmal einhakte, wenn er mit ihr spazierenging. Darin unterschieden sie sich von allen anderen Verliebten, die man Arm in Arm dicht nebeneinander herumlaufen sieht. Vielleicht, dachte sie, war er anders, weil er in einem fremden Land geboren war, und dort in seiner Heimat benahm man sich nicht so, wenn man miteinander verlobt war. Wenn er sie manchmal anfaßte, dann geschah es nur, um ihr weh zu tun; wie zum Beispiel, wenn er an ihren Locken zerrte oder ihren Arm schüttelte oder sie in ähnlicher Weise ärgerte. Es war freilich kein sehr schrecklicher Ärger, aber er genügte dennoch, sie zittern zu machen. Und dann ließ er sie in Ruhe und lachte stolz, indem er zu ihr sagte: ›Wenn du schon jetzt solche Angst hast, wo wir gerade erst verlobt sind, wie wird das erst sein, wenn wir uns verheiraten?‹

Unterdessen folgte sie ihm in seinem Werdegang als Katholik beständig in geheimer Besorgnis, da sie nicht vergaß, was er gesagt hatte: nämlich, daß er an keinen Gott glaube.

Der Abmachung gemäß führte er alle Handlungen und Übungen aus, die erforderlich sind, um sich in der neuen Kirche einzutragen, und aus seiner gleichgültigen und rätselhaften Stimmung war es unmöglich, zu erkennen, was er darüber dachte. Der Verlobten gegenüber hüllte er sich in Geheimnis über diese Angelegenheit, und als sie es einmal

wagte, ihm ihre Beunruhigung auszusprechen, nahm er eine grimmige und feierliche Pose an und schalt sie wegen ihrer Zweifel, wobei er sogar beteuerte, daß er gegenwärtig fast jeden Tag Visionen von Engeln habe, die in der Luft herumflögen, und andere wunderbare Erscheinungen dieser Art, in solchem Grade sei seine Bekehrung heilig und gewissenhaft.
Es kam für ihn der Augenblick, da er die Generalbeichte ablegen sollte, die nachmittags am Vortage ihrer Trauung stattfand. Er ließ sich von ihr zur Kirche begleiten, wo sich zu dieser Stunde keine anderen Gläubigen aufhielten. Und während er sich am vergitterten Fenster des Beichtstuhls befand, verweilte sie kniend auf einer Bank in der Nähe, um auf ihn zu warten. In dem eindringlichen Geflüster, das er dicht am Sprechgitter mit in der Höhlung der Hand verborgenen Lippen hören ließ, redete er ab und zu aus Zerstreutheit ein wenig lauter, und dann fürchtete sie sehr, irgendeines seiner Worte zu verstehen, was sehr schlimm gewesen wäre, denn die Beichte ist ein Geheimnis zwischen dem Priester und dem Sünder, und niemand anders darf dieses Geheimnis entdecken. Doch zum Glück war dies der einzige Satz, welcher deutlich zu ihr drang: ›Ehrenwort! Ehrenwort!‹, den der Bekennende während der Beichte mehr als einmal in Abständen wiederholte. Was es aber war, das er bei seiner Ehre beteuerte, das hat allein der Beichtvater vernommen.
Da sie wußte, daß eine lebende Seele niemals weniger als siebenmal am Tag sündigen kann, war sie auf eine lange Wartezeit gefaßt, wenn sie bedachte, daß der Verlobte alle Sünden bekennen sollte, die er im Laufe seines ganzen Lebens begangen hatte, und noch dazu bei seinem Alter! Aber statt dessen dauerte diese Beichte weit weniger lange als vorhergesehen; es mußten vielleicht sechs bis sieben Minuten verstrichen sein, nicht mehr, als er sich aus dem Beichtstuhl erhob und zu ihr ging und sagte, sie solle die Bank verlassen, denn er sei fertig. Sie gehorchte; doch als sie ihn selbstsicher auf den Ausgang der Kirche zugehen sah, stammelte sie fassungslos: ›Ihr wollt jetzt gleich weggehen? Und... die Buße?‹ – ›Welche Buße?‹ fragte er. – ›Wie! Die Buße, wegen der Zerknirschung... ich meine... die Ge-

bete... hat Euch der Priester nicht aufgegeben, mehrere Vaterunser und Avemaria zu beten...‹ – ›Ach, stimmt ja‹, erwiderte er, ›er hat tatsächlich zu mir gesagt, daß ich zwei Avemaria beten soll, aber das hat Zeit bis morgen: ich werde sie später aufsagen.‹

Sie waren jetzt draußen vor der Kirche angekommen unten an der breiten Treppe, und sie blieb unschlüssig stehen, einen Fuß auf der Stufe, so außergewöhnlich erschien ihr die Nachricht von dieser Buße. ›Wie!‹ rief sie verwirrt und voll Bestürzung. ›Zwei Avemaria! Bloß zwei Avemaria nach einer Generalbeichte!‹

Bei ihrem Erstaunen zeigte er sich gekränkt. ›He, Nunziata‹, sagte er zu ihr, ›worüber wunderst du dich eigentlich? Hast du vielleicht erwartet, er würde mir eine schwerere Buße auferlegen? Aber das ist ja ein Zeichen, daß du mich für einen Sünder hältst!‹

›Nein, das dürft Ihr nicht denken‹, entschuldigte sie sich, ›aber alle Christenmenschen miteinander, auch wenn sie brav sind, finden doch immer ein paar Vergehen in ihrem ganzen Leben...‹ ›Du fügst mir eine Beleidigung zu, mich mit all den andern zu vergleichen! Merk dir, daß ich ein seltenes Beispiel von irdischer Vollkommenheit bin: ich verdiene Lobsprüche und keine Bußübungen! Und mein Beichtvater müßte eigentlich Gewissensbisse haben wegen dieser beiden Avemaria! Außer ein paar Aufschneidereien und ein paar Schimpfworten, die ich in meinem Leben gesagt haben mag, hab ich nichts zu beichten. Und mir eine Buße aufzuerlegen für die paar Angebereien, wenn sie auch gewaltig, ungeheuerlich waren... und die paar Schimpfworte...‹ In diesem Augenblick schüttelte ihn eine unwillkürliche Heiterkeit, und während er sich plötzlich auf die Stufe niedersetzte, brach er in ein Gelächter aus, das nicht aufhören wollte, so frisch und unwiderstehlich, daß sie selber ohne Grund in sein Lachen eingestimmt hätte, wenn sie nicht gerade vor einer Kirche gestanden wären, und noch dazu unter so feierlichen Umständen.

Dieses Gelächter verwirrte gleich einem geheimnisvollen Schleier das an sich schon unergründliche Wesen des Verlobten und verlieh ihm in ihren Augen (es mag sonderbar erscheinen) ein noch größeres Ansehen. ›Warum lacht Ihr?‹

wagte sie endlich zu fragen. – ›Weil mir‹, entgegnete er, ›als ich von Aufschneidereien und Schimpfworten sprach, einige davon wieder einfielen, die ich einmal zu einem Freund von mir sagte…‹ Diese sehr glaubwürdige Erklärung genügte ihr, und somit war die Unterhaltung zwischen den beiden zu Ende.

Dennoch machte die Sache mit dieser verhöhnten Buße das Mädchen noch ratloser. Und so brachte sie einen Teil jener Nacht damit zu, der Vorsicht halber ganze Rosenkränze zu beten für all die Sünden, welche der Verlobte, weil womöglich sein Gedächtnis versagt hatte, etwa vergessen haben konnte, in der Beichte zu gestehen.

Und da die Mutter, durch dieses fortwährende Gemurmel im Schlaf gestört, sich zu beschweren anfing, war sie gezwungen, um sich zu rechtfertigen, ihr den ganzen Auftritt vor der Kirche zu erzählen.

In der Tat ist es die Mutter gewesen, die mir später alles beschrieben hat. Und nicht allein diesen eben erwähnten Auftritt, sondern auch die vorherige Erzählung von der Konversion meines Vaters – sowie auch noch andere, weniger wichtige Begebenheiten, die ich hier auslasse – verdanke ich zum größten Teil Violante und nicht Nunz. Nunz sagte über dieses Thema nicht viele Worte und wahrte eine äußerste Zurückhaltung, die gleiche, welche sie zu anderen Malen im Gespräch über die Dinge des Himmels zeigte. Und die wenigen Worte, welche sie darüber äußerte, sprach sie in einem Ton von feierlicher und unwahrscheinlicher Hochachtung aus, als erzähle sie eine Legende aus der Heiligen Geschichte.

Später, als ich nach Violantes Abreise eines Tages mit N. auf dieses Gesprächsthema zurückkam, konnte ich mich nicht enthalten, sie merken zu lassen, daß meiner Meinung nach die Bekehrung meines Vaters gar nichts zu bedeuten habe. Tatsächlich, soviel wie ich davon verstanden hatte, schien es mir, als ob er diese Bekehrung über sich hatte ergehen lassen, ohne seine Ansichten zu ändern und beinahe wie zum Vergnügen, als mache er sich einen Spaß daraus, oder als hätte er gar eine Wette abgeschlossen. Und dies konnte nach meiner Auffassung die Kirche nicht befriedigen, sondern mußte für sie eher eine Beleidigung sein und ebenfalls (vorausgesetzt, daß es ihn gibt) für Gott! Bei diesen meinen Worten blickte mich N. mit ihrer tiefernsten kindlichen Miene an, und in einem autoritären Ton, der keine Widerrede duldete, entgegnete sie mir, daß sie zu Anfang ebenfalls dergleichen Gedanken gehabt, aber dann begriffen habe, daß dies häßliche Gedanken waren, welche den höchsten Gedanken Gottes verraten wollen. Und der höchste Gedanke Gottes sind die Sakramente. Was Gott wirklich beleidigt hätte, wäre gewesen, wenn mein Vater sich ohne das Sakrament der Ehe verheiratet hätte; aber das Sakrament hingegen, das hatte er empfangen: das war das Wichtigste! Um mir darauf die wahre Absicht Gottes in den Sakramenten zu erklären, nannte sie mir das Beispiel der Taufe, welche meistens den ganz kleinen Kindern erteilt wird, die davon ebensoviel verstehen wie die Katzen: und die sie trotzdem rettet! Und hinsichtlich der außerordentlichen Unwissenheit der Kinder erzählte sie mir den Fall von einem Bekannten, einem Bub aus Capua, namens Benedetto. Dieser wurde im Alter von einem Monat zur Taufe in die Kirche getragen; er hatte (wegen des wenigen Geldes der Familie) nichts weiter an als ein dürftiges Kleidchen, das seine Beine frei ließ, und das erste, was er tat, war, daß er im Augenblick der heiligen Handlung dem Priester einen Fußtritt ans Kinn versetzte! Und dennoch fühlte der Priester sich nicht beleidigt und erteilte ihm die Taufe trotzdem: denn wenn dieser Bub in seiner Einfältigkeit auch die große Absicht des Sakraments nicht verstand, so verstand sie doch der Priester, und Gott verstand sie: das war das einzig Wichtige!

Fünftes Kapitel
Tragödien

Mein Vater erschien wieder nach Weihnachten, als Carmine Arturo schon über einen Monat alt war. Da er unerwartet eintraf, fand er im Hause einige Freundinnen von N., drei oder vier Frauen, die gekommen waren, um sie zu besuchen. Man hätte annehmen können, daß er sich wundern oder vielleicht sogar ärgern würde über eine solche Neuerung. Statt dessen aber hatte er nichts gegen die Anwesenheit dieser Frauen einzuwenden und schien sie kaum zu bemerken. Carmine Arturo – obschon er ihn nicht kannte und ihn niemals zuvor gesehen hatte – empfing ihn bei seiner Ankunft mit fröhlichem Lachen: vor allem deswegen, glaube ich, weil er erst vor kurzem Lachen gelernt hatte und nun bei jedem Anlaß lachte und meinte, wer weiß was für eine großartige Leistung zu vollbringen! Doch mein Vater machte sich nicht einmal die Mühe, ihn auf den Arm zu nehmen, um sein Gewicht abzuschätzen, wozu ihn die Freundinnen von N. eifrig aufforderten, und indes sie im Chor seinen Sohn verherrlichten, gewährte er ihm nur eine dumpfe und zerstreute Beachtung mit der Miene eines scheuen Knaben, welcher außerhalb der Familie aufgewachsen ist und dem die jüngeren Schwestern ihre Puppen zeigen. Dieses Benehmen dem Bub gegenüber tröstete mich ein wenig, da ich mir nämlich von einer Begegnung zwischen den beiden neuen Verdruß erwartet hatte, und vor allem aus dem einen Grunde: weil C. A. blond war! Aber zum Glück schien dagegen nicht einmal diese bemerkenswerte Eigenschaft des Stiefbruders irgendeine besondere Aufmerksamkeit von seiten meines Vaters zu verdienen.

Dies war leider die einzige Genugtuung, welche seine Rückkehr mir bereitete. Tatsächlich war er diesmal in einer so verschlossenen und trüben Stimmung auf der Insel gelandet, daß er sich nicht nur nicht um Carmine kümmerte, sondern auch nicht um die übrige Familie oder um irgend

etwas anderes. Alle Gegenstände rings um ihn her schienen ihm entfremdet, als ob er sie nicht einmal mehr wiedererkannte, und er selber (wenn ich daran zurückdachte, wie er war, als ich mich bei seiner letzten Abreise im Monat August von ihm verabschiedete) kam mir unkenntlich vor. Wahrhaftig, im Lauf meines Lebens hatte ich mich daran gewöhnt, ihn sich fortwährend verändern zu sehen wie die Wolken; doch diesmal hätte ein jeder, der ihn mit treuen Augen anschaute, bemerkt, daß er irgend etwas völlig Neues in sich verbarg. Während dieser letzten langen Abwesenheit hatte sich in seinem Ausdruck eine ungewöhnliche Wandlung vollzogen. Eine Art seelenloser Maske, starr wie der Tod, hatte sich über sein Antlitz gesenkt.
Aber nicht etwa, daß er häßlich geworden wäre; im Gegenteil, er war vielleicht schöner denn je! Doch schien er auf einmal jenes eitle innige Wohlgefallen verloren zu haben, welches zuweilen auf dem Angesicht der Schönen lächelt. Wenn er ›ich‹ sagte, verzog er kaum merklich den Mund, als erwähne er eine Persönlichkeit, die ihn wenig oder gar nichts anginge. Er war abgemagert und schmutzig. Um den Hals trug er noch immer das schöne bunte Tuch, das er im letzten Sommer gekauft hatte, doch gänzlich zusammengedreht wie eine Schnur war es zu einem Fetzen geworden, und sein Anzug war so zerknittert, daß man vermuten mußte, er habe sich seit mehreren Tagen angekleidet schlafen gelegt.
Er verbrachte den Rest des Nachmittags und einen Teil des Abends ausgestreckt auf dem Diwan des großen Zimmers, ohne sich auch nur die Mühe zu machen, die Lampe anzuzünden. Und da ich seine Gesellschaft suchte, entschloß ich mich, zu ihm zu gehen. Als ich jedoch den Lichtschalter drehte, schaute er mich verzerrt an, als ob das Licht oder meine Gegenwart ihn beleidige. Sein Koffer war noch ungeöffnet in der Küche stehengeblieben, und ich fragte ihn, ob er ihn nicht auspacken wolle. Doch in einem Ton verzweifelter Ungeduld erwiderte er mir: nein, es lohne sich nicht; er würde sowieso gleich wieder abreisen. Und dabei gewahrte ich ein Zittern von Tränen in seinen schrägstehenden, schimmernden Augen.
Beim Abendessen rührte er kaum etwas an, und nachher

setzte er sich dicht an die Wärme der Kohlenglut, ohne ein Wort zu sprechen. Zusammengekauert wie ein Tier, das kleine Tuch um den Hals geknotet, schien er erstarrt und zugrunde gerichtet. Es war offensichtlich, daß ein einziger ununterbrochener und für uns unerforschlicher Gedanke ohne Ausweg seinen Sinn bewegte. Sein Gesicht war aschfahl und versteinert; hin und wieder atmete er in langen, mühsamen Zügen, als ob es ihm an Luft mangelte. Bisweilen trat ein leidenschaftlicher, seltsamer Schatten, von Traurigkeit erfüllt, in seinen Blick, der seinen Stolz besänftigte; sogleich aber verbarg er seine Augen in den Händen, als sei er eifersüchtig auf jenen Schatten und halte uns nicht für würdig, ihn vorübergleiten zu sehen.

Mit dem Beginn dieses neuen Jahres (ich wußte nicht, daß es wirklich das letzte Jahr sein sollte, das ich auf der Insel verlebte!) fing er an, sich ziemlich häufig zu Hause blicken zu lassen. Niemals jedoch waren in der Vergangenheit seine Besuche in einem solchen Maße nichtssagend gewesen! Kaum zu Hause angekommen, schien er es bereits bis zur Verzweiflung zu bereuen, sich hier eingefunden zu haben, so daß er es eilig hatte, wieder fortzureisen, obgleich er dann, im Augenblick des Abschieds, sich nur schweren Herzens von Procida trennte, und zwei oder drei Tage später erschien er vielleicht schon von neuem unter uns. Es war, als suche er unsere Gesellschaft, und doch zugleich, als könne er sie nicht ertragen. Eines war gewiß: wir alle waren blaß und bedeutungslos für ihn geworden (aber mehr als alle anderen N., die er jetzt ohne jede Rücksicht behandelte, wie eine bejahrte Verwandte, die im Hause alt geworden war und die man mit Selbstverständlichkeit vergißt). Meistens schien er uns aus einer beklommenen Vereinsamung zu betrachten oder uns überhaupt nicht wahrzunehmen; in gewissen Augenblicken aber hätte man geradezu meinen können, daß er uns kaum verzieh, daß wir am Leben waren, und daß wir allein durch unser Sprechen und weil wir uns frei bewegten, ein Unrecht und eine Missetat begingen. In solchen Augenblicken genügte ein Weinen von Carminiello oder die Stimme von N., die in irgendeinem anderen Zimmer sang, um ihn in irrsinnige Beschimpfungen ausbrechen zu lassen, in denen er eine schwarze Phantasie entfaltete!

Trotzdem, an manchen Tagen brachte er es fertig – da er kein anderes Entrinnen vor seiner Einsamkeit fand –, Stunde um Stunde in der Küche zu verweilen, inmitten der Familie, zu der sich vielleicht auch noch die Bekannten von N. gesellten. Er stand abseits, in sich verschlossen, und sein Anblick glich dem eines Verbannten oder eines Fahnenflüchtigen, besonders seines unrasierten Bartes wegen, der ihm im ganzen Gesicht wuchs. Oft unterließ er es ganze Wochen hindurch, sich zu rasieren, und wenn er sich endlich entschloß, es zu tun, gebrauchte er den Rasierapparat mit einer solchen Brutalität, daß er sich jedesmal kleine Schnitte zufügte. Fast sah es so aus, als fände er Gefallen daran, sich zu mißhandeln und blutig zu verletzen: er der einstmals beinahe ohnmächtig wurde, weil eine Qualle ihn streifte!
Wenn er nicht zu uns hinunterkam, blieb er in seinem Zimmer in einer Art von Erstarrung. An mich erinnerte er sich nur, um mich nach Zigaretten fortzuschicken, von denen er nie genug hatte und die er trotzdem für schlecht erklärte. In seinem Zimmer war ein erstickender, muffiger Geruch von kaltem Rauch und verbrauchter Luft; aber selbst daran schien er Gefallen zu finden, und mitunter schloß er sogar die Fensterläden, um das Tageslicht nicht zu sehen. Welche ungewöhnlichen Ereignisse mochten ihn wohl betroffen haben nach seiner Abreise im letzten Sommer, daß sie ihm ein solches Martyrium bereiteten? Welches war der geheimnisvolle, immer gleiche Gedanke, der ihm seit Monaten keine Ruhe ließ?
Eines Tages, als ich den Korridor überquerte, erblickte ich ihn durch die halbgeöffnete Tür, wie er in der entsetzlichsten Weise schluchzte und auf die Eisenstangen der Bettstelle biß. Ich entfernte mich eilig auf Zehenspitzen, da ich ihn zu beleidigen fürchtete, wenn ich ihn wissen ließe, daß ich ihn gesehen hätte, wie er schluchzte, schlimmer als eine Frau. Ich entsinne mich ebenfalls, daß ich ihn wohl mehr als einmal fand, wie er gleich einem Toten auf dem Rücken ausgestreckt lag, sich mit dem gebeugten Arm die Augen bedeckte und still vor sich hin lächelte. Nach dem, wie seine Lippen sich im Lächeln bewegten, hatte es den Anschein, als ob ein unsinniges und doch göttliches Zwiege-

spräch sich in ihm vollzöge; zugleich aber lag in diesem Lächeln ein bitterer und kränklicher Anflug: als ob in jenem Zwiegespräch seine Fragen nichts als Verneinungen zur Antwort erhielten.
Später habe ich viel an diese Dinge zurückdenken müssen; allein in jenen ersten Monaten des verhängnisvollen Jahres geschah es, daß ich sie sogleich wieder vergaß, da sie in ihrer Unergründlichkeit vorüberglitten wie unbedeutende Geheimnisse. Ich sah meinen Vater abreisen und zurückkehren, wie man ein Phantom sieht, denn zu jener Zeit galt er mir nicht sehr viel mehr als ein Phantom! Die Leiden Wilhelm Geraces waren nebensächlich geworden für mich: allzusehr war ich an meine eigenen Leiden gefesselt, als daß ich mich um die seinen bekümmerte.
Meine wichtigste Persönlichkeit war nicht mehr Wilhelm Gerace. Das war jetzt gewiß (oder zum mindesten schien es mir so).

Goldhaar

Ich habe geschrieben ›meine Leiden‹, aber ich hätte eher schreiben sollen ›mein Leid‹, denn in Wahrheit war das Leid, welches mich schon seit längerer Zeit befallen hatte, nur ein einziges, und man konnte ihm nur einen Namen geben: *Eifersucht!*
Bei anderer Gelegenheit hatte ich den Verdacht, daß ich eifersüchtig sei (der von jemandem ausgesprochen worden war), als eine falsche Verleumdung zurückgewiesen. Diesmal aber mußte ich mich vor der offenkundigen Tatsache ergeben. Selbstverständlich wäre ich lieber gestorben, als daß ich es den andern gegenüber eingestanden hätte. Vor mir selber jedoch konnte ich es nicht leugnen: ich war an Eifersucht erkrankt, eines Rivalen wegen. Heute nun, da ich im Begriff bin zu sagen, wer mein Rivale war, weiß ich nicht, ob ich mich dessen schämen oder eher darüber lachen soll.
Es begab sich folgendes: Carmine Arturo, mein Stiefbruder, welcher in den ersten Tagen so häßlich aussah, bewies indes im Verlauf der Wochen und Monate immer deutlicher, daß er schön war: schöner als ich selber, fürchte ich!

Sein Haar war nicht allein blond, sondern auch lockig, und es ordnete sich ihm ganz natürlich in Lockenbüschelchen auf dem Kopf in einer Art, daß es auf vollendete Weise einem goldenen Krönlein ähnlich war. Dies verlieh ihm ein Aussehen von Wert und von Adel, fast als stünde ihm dank seiner Löckchen ein Titel wie ›Hoheit‹ zu oder irgend etwas dergleichen. Was seine Augen anlangt, so waren sie kohlrabenschwarz, wirklich neapolitanisch; doch rings um die Iris schimmerten sie in einem tiefen zauberischen Azurblau: so daß seine Blicke von schwarzblauer Tönung schienen. Er war rundlich und von heller und blühender Hautfarbe. Seine Füße und Hände waren in all ihrer Kleinheit wohlgebildet, mit zierlichen spitzen Fingern und Zehen. Und um die Handgelenke und ebenso um die Fußgelenke herum hatte er eine Art kleiner Armreifen.

Nach dem Ausspruch der Frauen, jener Freundinnen von N., waren diese natürlichen kleinen Ringe in seinem Fleisch ein sicheres Zeichen, daß er unter einem glücklichen Stern geboren war. Wahrhaftig, ihrer Meinung nach läßt sich das Glück eines Kindes aus der Schönheit und Vollkommenheit dieser kleinen Armringe voraussagen, mit denen alle Neugeborenen auf Grund ihrer Rundlichkeit, die ihnen in diesem Alter eigentümlich ist, mehr oder weniger ausgestattet sind. Die seinen waren tatsächlich vollkommen, und wenn man sie an seinen Armen und Beinen zählte, ergaben sie überdies die Zahl drei, welche die Königin aller Zahlen ist! Dies bedeutete, daß er einmal ein großer Herr voll Mut und Kühnheit sein würde und ein Sieger in jedem Unternehmen; daß er die Unglücklichen mit der Faust verteidigen und selbst seine Feinde bezaubern würde. Daß er bis ins neunzigste Jahr leben und immer schön sein würde wie ein Jüngling und seine hübschen Goldlocken niemals bleichen würden. Und daß er zu Wasser und zu Lande unter einem Regen von Blumen reisen und von allen gefeiert würde.

Während die Freundinnen von N., um diesen erhabenen Orakelspruch voller Genugtuung zu bekräftigen, seine Armringe immer aufs neue zählten, hielt er ganz still, wobei er sie mit einer gewissen Ernsthaftigkeit betrachtete, als verstünde er, daß es sich hier um sein Schicksal handelte. Er schien überzeugt, daß jene Frauen so etwas wie wunderbare Feen seien, weil sie die Freundinnen von N. waren. Und er lachte, wenn er sie sah und wiedererkannte: fast als ob es ihn zu fliegen verlangte, beugte er sich von N.s Arm aus ihnen entgegen. Doch wenn N. aus irgendeinem Grunde sich entfernen mußte und ihn auch nur eine einzige Minute verließ, brach er sogleich in ein verzweifeltes Weinen aus, als hätte sich sein strahlendster Triumph in ein Nichts verwandelt. Und auf dem Arm einer anderen schlug er um sich in einer kläglichen und barbarischen Weise, die zu bedeuten schien: ›Mir ist es jetzt gleichgültig, ob ich auf den Boden falle und sterbe!‹

In der Tat, die einzige wirkliche Schönheit für ihn war N., und es war die Gegenwart dieser einzigen Schönheit, welche, einer Zauberin ähnlich, in seinen Augen auch alle anderen, auch die Häßlichen, schön werden ließ wie Heilige. Indem er die ganze Welt lieb hatte, machte er mit seiner Koketterie – die groß war – viele Eroberungen. Doch selbst seine Lieblinge galten ihm im Grunde wenig oder nichts. *Sie* war seine Leidenschaft. Und je mehr Wochen und Monate vergingen, desto zärtlicher war er ihr zugetan, und sie erwiderte es ihm. So mußte ich mit ansehen, wie ein anderer jene berühmte Glückseligkeit besaß, nach der ich mich immer gesehnt und die ich niemals besessen hatte

Er forderte, daß N. stets in seiner Nähe war; ohne sie weigerte er sich sogar einzuschlafen, und ehe er in Schlummer fiel, umklammerte er ihren Finger fest in seiner kleinen Faust. Im Schlaf dann hielt er die Fäuste noch lange geballt, vielleicht weil er wähnte, sie noch immer festzuhalten, und seine Lippen wölbten sich ein wenig mit einem eigenwilligen und liebevollen Ausdruck, als wollten sie sagen: ›Ich halte dich fest, ich sperre dich ein und du kannst mir nicht mehr entwischen!‹

Jetzt geschah es bei der Rückkehr meines Vaters nicht mehr wie einstmals, daß sie sogleich lief, um ihre Decken aus der Kammer ins eheliche Schlafzimmer zu tragen. Mein Vater schlief nun zu seiner eigenen Zufriedenheit wieder allein; das alte Kämmerchen von Silvestro war für immer verlassen, und die berühmte Angst vor der Nacht wurde für sie zu einer Erinnerung. Ich glaube, sie hätte zusammen mit

Carmine selbst in einer schaurigen Wüste geschlafen, ohne sich zu fürchten: als wäre dieses Knäblein von wenigen Monaten ein heldenhafter Paladin, der sie gegen jeglichen Überfall verteidigen könnte.

Was die gegenwärtige rätselvolle Tragödie Wilhelm Geraces angeht, so hätte man meinen können, daß für sie diese Tragödie, so wie alle anderen Geheimnisse des Gatten, sich in einer Art von mythischem Theater vollzöge, dessen Symbole und Zeichen ihrer einfachen Wirklichkeit fremd waren. Für einen profanen Zuschauer, Analphabet wie sie, würde es nicht nur eitel und vergebens, sondern auch respektlos sein, für die dargestellte finstere Legende irgendeine Erklärung zu suchen. In sie einzugreifen würde ein geradezu ruchloses Unterfangen bedeuten. Und eine wahrhaft unbesonnene Narrheit wäre es schließlich, sich ernstliche Sorgen zu machen um diesen großen Schauspieler, welcher dort auf seiner unwirklichen Bühne den eigenen unergründlichen und unabänderlichen Mythos darstellte.

Sie kümmerte sich um meinen Vater nur, um ihn zu bedienen und zu versorgen (immer, versteht sich, auf ihre ziemlich einfältige Weise, da sie die Eigenschaften einer tüchtigen Hausfrau niemals besessen hat). Sie widersprach seinen Befehlen nicht und eilte wie im Fluge herbei, sobald er sie rief; in allem übrigen aber überließ sie ihn seinen Gedanken, als sei er ein tyrannischer Eigenbrötler, der nur zur Miete wohnt. Die natürliche Unterwürfigkeit, welche sie für gewöhnlich ihm gegenüber bewahrte, glich weniger einer menschlichen Passivität, als vielmehr jener zutraulichen Unwissenheit der Tiere, die keine Frage oder Beängstigung kennt.

Und so vermochte das geheime Erleben Wilhelm Geraces, welcher, von seinem Martyrium umwoben, abreiste und wiederkehrte, ihre Glückseligkeit mit ihrem Carmine nicht zu beschatten.

Nun, da sie Carmine hatte, sang und lachte sie beständig von morgens bis abends, so selig war sie; wenn ihr Mund nicht lachte, so lachten ihre Augen.
In wenigen Wochen war sie zu einer unvermuteten Schönheit erblüht, die ein wahres Wunder der Glückseligkeit schien. Ihre frühere Stubenblässe war verschwunden, und dennoch lebte sie nicht weniger als zuvor innerhalb des Hauses. Ihre Haut hatte eine rosige Färbung angenommen, strahlend und blütengleich, und an ihrem Körper war die Magerkeit von einst ausgefüllt mit den liebreizenden Rundungen einer Frau. Zugleich war sie auch größer geworden und geschmeidiger als in unserer ersten Zeit, und sie lief mit mehr Anmut leicht auf ihren Füßchen.
Die Gehemmtheit, welche (vielleicht seit ihrer ärmlichen Geburt) in ihren Bewegungen lag, war unversehens von ihr gewichen: weich wie eine Katze eilte sie herbei, sobald Carmine seine Stimme hören ließ. Und wenn sie ihn auf dem Arm trug, schien sie sein Gewicht gar nicht zu spüren; im Gegenteil, je mehr er heranwuchs und schwerer wurde, desto größer war ihre Ehre. In ihrem stolzen Gebaren warf sie den dunklen Kopf ein wenig zurück, der zu den Goldlöckchen des anderen einen heiteren Kontrast bildete.
Sie trug stets dieselbe Frisur mit den Schnecken, die ich ihr beigebracht hatte; doch immer halb aufgelöst, weil Carmine fortwährend mit ihren Locken spielte. Er spielte mit ihren Locken und mit ihrem Gesicht, mit ihrer kleinen Kette und mit ihrem Mieder, und sie lachte in einer frischen und ungestümen, übermütigen Freiheit. Schon früh am Morgen hörte ich die beiden von meinem Zimmer aus, wie sie, kaum aufgewacht, sogleich mit Spielen und Gelächter miteinander zu schäkern anfingen, wie es ihre Art war, ein Zwiegespräch zu halten. Ich lauschte den Worten, die sie besser als eine Dichterin erfand, um ihn zu rühmen, und im Lauschen lief mir eine Bitterkeit durch die Adern. Diese Bitterkeit schmerzte mich in manchen Augenblicken so heftig, daß ich mir beinahe wünschte, ich wäre nicht geboren.
Mehr als alles andere war es die Ungerechtigkeit, die mir

auf die Nerven ging: da mir in meinem ganzen Leben niemals die Befriedigung zuteil geworden war, von irgend jemandem so sehr umschmeichelt zu werden. Obschon auch ich nicht gerade häßlich war, wenn auch schwarzhaarig und nicht blond wie jener. Mein Vater selber hatte dies mehr als einmal erklärt, zum Beispiel an jenem fernen Abend, als er in ihrer Gegenwart gesagt hatte: »Er ist ein hübscher Junge –, nicht umsonst ist er mein Sohn!« und Ähnliches, was er früher bei verschiedenen Anlässen bemerkt hatte. Aber höchstens hatte es einmal geheißen: »Na, du weißt doch selber sehr gut, daß du nicht häßlich bist«, oder auch: »Laß mal sehen, wie hübsch du geworden bist in meiner Abwesenheit. Na ja, nicht übel«, und das war alles. Nicht zu vergleichen mit den unwahrscheinlichen Lobsprüchen, welche sie dem Stiefbruder spendete und die, obgleich sie ihr zuweilen ohne Sinn entschlüpften, vielleicht gerade deshalb um so süßer klangen. Jetzt verstand ich besser denn je, welche Freude es für einen Mann bedeutet, eine Mutter zu haben.

Nicht allein, daß sie ihn immerfort umschmeichelte und liebkoste; sehr oft plauderte sie auch ganz ernsthaft mit ihm, als ob er, der doch nichts begriff, sie begreifen könnte, und die kleinen unartikulierten Antworten, die er ihr gab, genügten ihr. Jetzt hatte sie diese neue Gesellschaft, und keine andere Gesellschaft war ihr mehr nötig. Sie war zufrieden, bei ihm zu sein, und erinnerte sich an keinen anderen Menschen. Seitdem die Jahreszeit milder geworden war, trug sie ihn auf dem Arm, wohin sie auch ging; selbst am Morgen, wenn sie Einkäufe machte, und obwohl sie schon das Gewicht ihres Marktkorbes zu tragen hatte. Er war dann so vergnügt, als reiste er in einer Kutsche durch wer weiß welche abenteuerlichen Wunder: Königreiche, Hafenplätze, an ozeanischen Küsten entlang, durch Edelstein- und Goldbasare!

Mitunter, wenn sie auf die übliche Weise mit ihm plauderte, tat sie absichtlich so, als wolle sie nichts von ihm wissen: »Du bist häßlich, ohne Zähne«, sagte sie zu ihm, »und was fang ich schon mit dir an? Weißt du, was ich mache? Ich bring dich runter auf die Piazza und verkauf dich.« Dann suchte ich mir wie einen Traum diesen unmöglichen Fall auszumalen, daß sie tatsächlich nichts mehr von ihm wissen wolle und ihn wie eine Ware verkaufen, ihn fortwerfen oder ihn einem Piratenschiff übergeben würde! Wenn ich mir diesen Traum auch nur im Geiste vorstellte, empfand ich bereits eine gewisse Befriedigung und fast eine Spur von Erleichterung.

Ich dachte wieder daran, wie tief beleidigt ich mich gefühlt hatte an dem Tag, als sie mir vorschlug, sie ›Mà‹ zu nennen, und noch immer mußte ich zugeben, daß ich recht gehabt hatte, beleidigt zu sein. Jedoch schien es mir nicht gerecht, daß, während ich keine Mutter hatte, sie dagegen einen Sohn hatte. Von meinem unerträglichsten Neid aber habe ich noch gar nicht gesprochen. Und zwar war es dies: daß sie ihm Küsse gab. Allzu viele Küsse. Ich wußte nicht, daß man sich so viele Küsse geben kann auf dieser Welt! Und wenn man bedenkt, daß ich niemals welche gegeben oder empfangen hatte! Ich beobachtete die beiden, die sich küßten, wie man von einer einsamen Barke im Meer ein geheimnisreiches und verzaubertes Ufer voller Blumen und Büsche betrachten würde, an dem man nicht landen darf. Zuweilen gab sie sich den gleichen närrischen Spielen mit ihm hin, welche die jungen Tiere mit ihren Geschwistern spielen: sie packte ihn, sie drückte ihn an sich, sie drehte ihn rund herum, aber ohne ihm im geringsten weh zu tun, und alles endete mit unzähligen Küssen. Sie sagte zu ihm: »Ich hab Hunger! Ich freß dich!« und täuschte eine Wildheit vor wie ein Tiger, doch statt dessen küßte sie ihn. Und wenn ich ihren lieblichen Mund sah, der sich zu diesen reinen, seligen Küßchen wölbte, sagte ich mir immer wieder, daß diese Welt eine Gemeinheit ist, wo einer so viel hat und ein anderer nichts, und ich war voller Neid, voll Aufbegehren und Melancholie.
Ich ging hinaus und mir schien, als ob alles auf der Welt nichts anderes täte als sich küssen: die Boote, am Saum des Strandes entlang fest aneinander gebunden, küßten sich! Die Bewegung des Meeres war ein Kuß, der auf die Insel zulief; die weidenden Schafe küßten das Gelände; die Luft inmitten der Blätter und Gräser war eine Klage von Küssen. Selbst das Gewölk des Himmels küßte sich! Unter den Leu-

ten dort in den Straßen gab es keinen, der diesen Geschmack nicht kannte: die jungen Frauen, die Fischer, die Bettler, die Kinder. Ich allein kannte ihn nicht, und es überkam mich eine solche Sehnsucht, ihn zu kosten, daß ich bei Nacht und bei Tag an fast nichts anderes dachte. Ich schickte mich wahrhaftig an, nur um es auszuprobieren, mein Boot zu küssen, oder eine Orange, die ich aß, oder die Matratze, auf der ich lag. Ich küßte den Stamm der Bäume, das Wasser, das vom Meer heranschlug; ich küßte die Katzen, die ich auf der Straße antraf! Und ich wurde gewahr, daß ich – ohne daß es mich jemand gelehrt hätte – sehr süße, wirklich schöne Küsse zu geben verstand! Aber wenn ich auf meinen Lippen nichts weiter spürte als das kalte Fleisch einer Frucht oder eine borkige Rinde oder eine salzige Bitterkeit, oder wenn ich neben mir die hamitische Schnauze eines Tieres sah, welches schnurrte und dann voll wunderlicher Launen auf einmal davonlief, ohne mir etwas zu sagen zu wissen, dann peinigte mich immer heftiger der Vergleich mit jenem lachenden, glückseligen Mund, welcher außer zu küssen auch die liebreichsten menschlichen Worte zu sprechen verstand!

Ich sagte mir: ›Auch ich werde eines Tages einmal irgendein menschliches Wesen küssen. Aber wer wird es sein? Und wann? Wen werde ich wählen das erstemal?‹ Und ich begann, an verschiedene Frauen zu denken, die ich auf der Insel gesehen hatte; oder an meinen Vater, oder an irgendeinen idealen zukünftigen Freund von mir. Wenn ich mir aber dergleichen Küsse vorstellte, schienen sie mir alle fade und ohne Wert. Und so, auf schönere hoffend, lehnte ich diese aus einer Art Wahrsagerei selbst in Gedanken alle ab. Mir schien, daß man niemals die wahre Glückseligkeit der Küsse zu erkennen vermöchte, wenn einem die ersten, zartesten, himmlischsten gefehlt hatten: die der Mutter. Und um ein wenig Trost und Beruhigung zu finden, malte ich mir dann im Geist die Szene aus, wie eine Mutter einen Sohn mit beinahe göttlicher Inbrunst küßt. Und dieser Sohn war ich. Die Mutter aber glich, ohne daß ich es wollte, nicht meiner wirklichen Mutter, der Toten auf dem Bild: sie glich N. Diese unmögliche Szene wiederholte sich viele Male in meiner Phantasie wie in einem wunderbaren

Theater, das in meinem Besitz war. Ich fand soviel Gefallen daran, bis ich mir selbst beinahe etwas vortäuschte, und wenn ich dann in der Wirklichkeit N. den Stiefbruder wieder küssen sah, kam er mir wie ein Eindringling vor, der meinen Platz eingenommen hatte, und sie wie eine Verräterin. Ich verspürte einen wütenden Trieb, sie zu beleidigen, ihr Idyll rücksichtslos zu stören, und allein mein Stolz hinderte mich daran, während meine Vernunft mir immer wieder vergeblich sagte: ›Welches Recht hättest du dazu?‹ Aus Stolz zeigte ich mich gleichgültig, ich gab mir Mühe, sie nicht anzuschauen, und entfernte mich von ihnen; doch bald rief mich ein geheimer Wunsch dorthin zurück. Zugleich mit der Eifersucht empfand ich eine bittere Neugier, die Anmut, mit welcher sie küßte, nochmals zu betrachten. Und beim Anblick jener Küsse ahnte ich, als ob ich ihn fast auf den Lippen fühlte, einen Geschmack voll von seltsamer Köstlichkeit, daß er keinem anderen Geschmack auf Erden gleichkam, sondern wunderbarerweise N. selber glich. Nicht allein ihrem Mund, auch ihren Gebärden, ihrem Charakter und ihrem ganzen Wesen.

Eines Tages, als ich in ihr Zimmer eintrat, während sie sich nicht darin aufhielt, war ich versucht, ein Kleid von ihr zu küssen. Der übliche Stolz verbot es mir; fast als ob sie eine Dame und ich ein armer Bettler wäre, der ein Almosen von ihr empfing! An einem anderen Tag jedoch, von einer neuen Versuchung übermannt, nahm ich vom Küchentisch ein Stück Brot, das sie schon angebissen hatte, und ich biß heimlich hinein. Ich fand daran ein Vergnügen von spitzbübischer Süße, und zugleich stach es mich mit vielen Verwundungen: wie wenn man Bienennester ausräubern geht.

Wenn wenigstens dieser andere, welchem so viele geneidete Küsse zuteil wurden, häßlich oder kümmerlich gewesen wäre, so hätte ich mich irgendwie trösten können, wenn ich ihn mit mir selber verglich. Indessen fühlte ich mich bei diesem Vergleich immer mehr unterlegen, denn je mehr er heranwuchs, desto schöner wurde er. Er hatte nicht nur sozusagen alle Schönheiten meines Vaters übernommen, sondern auch die wenigen seiner Mutter, und Häßlichkeiten fand man keine an ihm, so sehr man auch danach suchen mochte. Jene besonderen Schönheiten von den beiden waren in ihm jedoch nicht nachgebildet wie in einer Kopie, sondern in einer unerwarteten Weise miteinander verschmolzen, die eine neue originelle Erfindung schien, voller Phantasie. Um ehrlich zu sein, soviel ich damals und in späterer Zeit selbst in Neapel und an allen anderen Orten, wo ich vorübergekommen bin, feststellen konnte, habe ich niemals irgendein Bübchen gesehen, welches reizender gewesen wäre als dieser mein Bruder.

Und seine Schönheit war meine Verfolgung: auch wenn ich mich allein befand, in allen Stunden meines Tages meinte ich, sie vor meinen Augen flattern zu sehen wie ein Fähnchen in Weiß und Himmelblau, Himmelblau und Gold, als sollte ich herausgefordert werden. Eines Tages (während N. sich im oberen Stockwerk befand und er in seinem Korb unten in der Küche schlief) verspürte ich einen solchen Rachedurst gegen ihn, daß ich versucht war, ihn zu töten. Unter den seltenen Kostbarkeiten, welche aus vergangener Zeit im Hause geblieben waren, gab es im großen Zimmer eine veraltete Pistole, so eine, die man mit einem Stöpsel lädt und die nun verrostet und unbrauchbar geworden war. Ich dachte mir aus, daß ich den schweren Kolben dieser Waffe dazu benutzen wollte, um meinen Feind mit aller Gewalt genau mitten auf die Stirn zu treffen, so daß ich ihm mit einem einzigen Schlag das Leben nehmen würde; und die Pistole unter dem Arm näherte ich mich dem Korb, in dem er schlief. Doch es schien mir nicht anständig, ihn hinterhältig im Schlaf umzubringen, und daher zog ich es vor, ihn zuerst aufzuwecken, indem ich ihn ein bißchen in der Handfläche kitzelte. Bei diesem Kitzeln bewegte er die Lippen mit einer ziemlich komischen Grimasse, die mich so sehr zum Lachen brachte, daß die Lust, mit ihm zu spielen, jene andere Lust, ihn zu töten, in mir besiegte. Und derweil ich fortfuhr, ihn in der Handfläche, am Halse und in den Ohren zu kitzeln, fing ich gleichzeitig an, mit der Stimme den Schrei irgendeines exotischen und katzenartigen Tieres nachzuahmen, bis er, vielleicht in der Hoffnung, bei seinem Erwachen einen kleinen Leoparden oder irgendein ähnliches Tierwesen in der Küche vorzufinden, im Schlaf zu lachen begann. So endete alles in einem

Spaß, und mein Mord zerging zu Rauch. Heute nun erscheinen mir all diese Begebenheiten so lächerlich, daß es mir auch nicht gelingt, ernst zu bleiben, während ich sie berichte, fast als ob ich unglaubliche Witze erzählte und keine Wirklichkeiten. Aber wenn man bedenkt, wie es mir damals zu Herzen ging!

Die große Eifersucht

Für mich war es eine Qual, mit anzusehen, wie die einfachsten Dinge, die er tat: zum Beispiel einem kleinen Hahn eine Brotkrume hinwerfen, oder voller Begeisterung ein Glöckchen läuten, für sie glänzende Heldentaten zu sein schienen. Und wenn er, der niemals etwas gesehen oder kennengelernt hatte, irgendeine Neuigkeit entdeckte, etwa daß es Kaninchen gibt, oder auch, daß das Feuer brennt, dann ehrte sie ihn jedesmal wie einen großen Pionier. Kaum gab es irgend etwas Schönes zu sehen, war sie sogleich voll Ungeduld, es ihm zu zeigen; der Mond ging auf, und sofort lief sie, um ihn auf den Arm zu nehmen und ans Fenster zu tragen, während sie sagte: »Schau, Carminiè! Schau, der Mond!« Ein Boot fuhr auf dem Meer vorüber, und sogleich freute sie sich, da sie wußte, wie er es liebte, die Boote fahren zu sehen. Und kaum schien es (wenigstens nach ihrer Auffassung und der der anderen schmeichlerischen Weiber), daß er es lernte, auf seine Weise die Gegenstände, zum Beispiel einen Stuhl, mit Namen zu unterscheiden, fingen sogleich all diese Frauen zusammen mit ihr im Chor zu rufen an: »Bravo! Ei, wie fein, der Stuhl! Wie fein! Wie fein!« – in einem pompösen und feierlichen Ton. Als ob dieser Stuhl durch die Tatsache (die sie sich nämlich einredeten!), daß er ihn bei seinem Namen erkannte, unversehens ein Edelmann von hohem Ansehen geworden wäre. Wenn es aber vorkam, nehmen wir einmal an, daß er sich an diesem selben Stuhl stieß und sich weh tat, dann wurde er in den untersten Rang eines Verbrechers verdammt, wurde für böse und häßlich erklärt und unbarmherzig mißhandelt und geschlagen.
Ich fing an, mich immer häufiger in der Küche blicken zu

lassen, wo N. den größten Teil ihrer Tage mit Carmine verbrachte. Alle Augenblicke zeigte ich mich ihr. Und um sie zu zwingen, von mir Notiz zu nehmen, schickte ich mich an, mit fast drohender Miene auf und ab zu gehen; oder aber ich warf mich lang auf den Boden und gähnte, oder ich blieb beharrlich neben ihr sitzen, einen Schritt weit von ihr entfernt, düster und hochmütig wie ein lebender Vorwurf. Aber man hätte meinen können, ich sei für sie gleichsam ein unsichtbarer Körper geworden. Zu wiederholten Malen breitete ich an jenen Abenden die berühmten Karten meines Atlas recht auffällig auf dem Tisch auseinander und zeichnete energische Bleistiftlinien kreuz und quer darauf ein; doch ohne jegliche Wirkung. Sie saß neben dem Korb von Carmine und trällerte ihm etwas vor, ohne sich um meine Angelegenheiten zu kümmern. Oft nahm ich auch das Buch von den ›Vortrefflichen Heerführern‹ wieder zur Hand und tat so, als läse ich darin (obschon ich nicht in der Stimmung war, mich der Lektüre zu widmen). Dann und wann wählte ich absichtlich die aufregendsten Abschnitte und las sie mit lauter Stimme, indem ich sie mit hochtönenden Ausdrücken nachdrücklich erläuterte. Aber kaum daß sie mich zerstreut fragte: »Was studierst du da, Artu?«; und gleich wandte sie sich wieder Carmine zu und beobachtete ihn besorgt, weil sie glaubte, sie habe ihn im Schlaf jammern hören.

Eines Tages, als sie ihre Augen auf mich richtete, nahm ich die Gelegenheit wahr und rannte kurz entschlossen auf die Gitterstäbe des Fensters zu und machte ›die Fahne‹ und meine anderen Turnübungen, und das Ergebnis davon war, daß sie rief: »Carminiè, schau, wie schön! Schau, was Arturo macht!« als ob ich ein Seiltänzer wäre zur Belustigung von Carmine. Deshalb sprang ich sofort auf den Boden hinunter und ging aus der Küche, bebend vor verhaltenem Zorn.

Diesmal war ich beinahe soweit, mir zu schwören, diese Verfluchte mit ihrem Carmine zu verlassen und sie auch meinerseits als ein unsichtbares und vollkommen vergessenes Geschöpf zu betrachten. Allein ich fühlte, daß ich mich leider nicht mit einem solchen Gedanken abfinden konnte: und wäre es nur, weil ich diese Frau bestrafen mußte. Ich beschuldigte sie im stillen, daß sie gerade so niederträchtig sei wie die üblichen Stiefmütter, die, sobald sie eigene Kinder haben, die Stiefkinder verstoßen. Und ich hätte gern die verstoßenen Stiefkinder aus den Romanen nachgeahmt, indem ich die unmenschliche Stiefmutter verließ und mich auf gut Glück davonmachte. Aber, du liebe Zeit, wie sollte ich das fertigbringen? Nun, da ich sie treulos wußte, war ich gewiß, daß sie mich sogar aus dem Gedächtnis auslöschen würde, wenn ich abreiste. Ich würde nicht einmal mehr ein Stiefsohn für sie sein, nicht einmal der niedrigste Verwandte. Damit vermochte ich mich nicht abzufinden. Und so plante ich, irgendeine solche grandiose Tat zu vollbringen, daß sie selbst aus der Ferne nicht umhin konnte, mich zu bewundern und sich für mich zu interessieren. Zum Beispiel mich einer Luftexpedition anzuschließen, die gerade zum Pol aufbrach... oder aber ein so erhabenes Gedicht zu schreiben, daß ich bis nach Amerika berühmt würde, so berühmt, daß die Neapolitaner beschließen würden, mir auf der Piazza am Hafen ein Denkmal zu errichten... Wenn ich dann, auf dem Gipfel meines Ruhmes angekommen, sie vor mir auf den Knien liegen sähe vor Bewunderung, nahm ich mir bestimmt vor, zu ihr zu sagen: »Mach, daß du fortkommst zu deinem Carmine. Addio.«

Derlei Pläne jedoch waren zu ungewiß und lagen in zu weiter Ferne, um mich in der Ungeduld meiner täglichen Enttäuschungen zu trösten. Außerdem hielten mich diese selben Enttäuschungen mit ihrer Grausamkeit mehr denn je an die Insel gefesselt. Denn auf der Insel war sie, und ich konnte nicht anders, als ihr nahe zu sein, wäre es auch nur, um ihr durch meine Gegenwart unsere nunmehr verratene Vergangenheit und ihre Treulosigkeit zu bezeugen.

Jetzt erfuhr ich, daß so viele Dichter die Wahrheit sprechen, wenn sie die Unbeständigkeit der Frauen bestätigen. Und auch über die Schönheit der Frauen lügen sie nicht; unter allen berühmten und von ihnen verherrlichten Frauen jedoch schien keine mir würdig, sich an Schönheit mit N. zu messen. Wahrhaftig, es gehört wenig dazu, schön zu erscheinen, so dachte ich, wenn man wie jene, außer den goldenen Haaren und den Sinngrün-Augen und dem statuengleichen Körper, die sie schon von der Natur empfangen hatten, meistenteils auch noch Gewänder aus Brokat, Girlanden und Diademe besitzen! Aber dagegen einen Körper ohne jegliche Schönheit zu haben, sogar ziemlich schlecht gewachsen mit armseligen, plumpen Formen, kohlrabenschwarze Haare und Augen, ausgetretene alte Schuhe an den Füßen, Kleider wie ein Lumpenweib: und bei alledem schön zu sein wie eine Göttin, wie eine Rose – das war der höchste Ruhm der wahren Schönheit! Und eine solche Schönheit läßt sich nicht in einem Gedicht beschreiben, denn Worte sind nicht imstande dazu, und auch nicht in einem Bildnis malen, denn sie ist nichts, was sich festhalten ließe. Vielleicht wäre die Musik besser dazu geeignet, und ich fragte mich, ob es mir nicht, anstatt ein großer Kommandant oder ein Dichter, vielmehr gefallen würde, ein Musiker zu werden. Leider aber habe ich niemals Noten gelernt, und obgleich ich eine gute Stimme besitze, um zu singen, kenne ich doch nur ein paar neapolitanische Lieder.

Selbst die nicht zu leugnenden Häßlichkeiten, welche sie an sich hatte, erschienen mir jetzt einzigartig, von einer Anmut ohnegleichen; ja, ich war überzeugt, daß, wenn diese ihre Häßlichkeiten durch irgendein zukünftiges Wunder auf einmal durch ebenso viele Vollkommenheiten ersetzt würden, ihre Schönheit dadurch nicht gewinnen würde, im Gegenteil, und ich würde mich immer nach ihrem gegenwärtigen Ebenbild sehnen. In solchem Maße fand ich sie schön! Und ich hielt es für unmöglich, daß alle anderen Leute meinem Urteil nicht beistimmten; so daß selbst der einfachste Gruß, die gewöhnlichsten Worte, welche man an sie richtete, mir wie ehrerbietige Huldigungen und Zeichen von Anbetung erschienen.

Und wenn ich daran zurückdachte, daß diese wunderschöne Mutter bis vor wenigen Monaten mich wie einen ihrer liebsten Verwandten behandelt hatte, indem sie meine Befehle begierig entgegennahm wie eine Ehre und meine Gesellschaft herbeisehnte – dann empörte ich mich gegen die schändlichen Wechselfälle des Geschickes. Ich ahnte, daß ich niemals Frieden zu finden vermöchte, wenn sie nicht wieder zum mindesten genauso zu mir sein würde, wie sie vor der verhängnisvollen Ankunft des Stiefbruders gewesen war; und dennoch wollte ich ihren Augen meine Sehnsucht um keinen Preis verraten. Darum sann ich verzweifelt auf ein Mittel, welches, ohne meinen Stolz zu verletzen, sie zwingen würde, sich mit mir zu beschäftigen, oder aber ein für allemal ihre nicht wieder gutzumachende Gleichgültigkeit zu offenbaren gegen Arturo Gerace.

Selbstmord

Eines Morgens, als ich vom Hafen heraufstieg, begegnete ich ihr, wie sie, mit Carmine fest im Arm, um ihn zu erheitern, in vollem Lauf den Abhang herunterkam. Dabei sang sie den Refrain eines neapolitanischen Liedes: »Vola vola palummella mia« (Fliege, fliege, mein Täubchen) mit einer lauten Stimme wie die Zigeunerinnen. Und als sie an mir vorüberlief, bemerkte sie mich nicht einmal.

Ich kam allein und in einer solchen Trostlosigkeit zu Hause an, daß mein Herz mich schmerzte. Ich fühlte, daß ich diese abscheuliche Verlassenheit, in welche sie mich stieß, nicht länger ertragen konnte. Und bei der Vorstellung, sie in kurzer Zeit mit ihrem Carmine nach Hause zurückkehren zu sehen, gedankenlos, als ob nichts gewesen wäre, und zu mir so gleichgültig wie gewöhnlich, empörte sich mein Wille in dem überschwenglichen Verlangen, diese bittere Eintönigkeit zu durchbrechen. Ich beschloß, daß ich um jeden Preis diese Frau bestrafen und sie gleichzeitig zwingen müsse, sich um mich zu kümmern anstatt um den Stiefbruder, wenigstens für einen Tag, für eine Stunde! Und plötzlich faßte ich den Entschluß, zu einer äußersten List zu greifen, welche schon mehrmals in meinem Sinn aufgeblitzt war in diesen meinen elenden Tagen.

Sie erschien mir nun als das letzte Mittel, das mir noch blieb, und bestand darin: in meinem Tod! Vielleicht vermochte der Anblick meines entseelten Körpers ihr noch einen Stoß zu versetzen. Ich beabsichtigte natürlich nicht im Ernst zu sterben, sondern mich nur zu verstellen, aber dennoch eine Szene von so schrecklicher Glaubwürdigkeit

vorzutäuschen, daß sie ganz sicher auf den Betrug hereinfallen mußte.
Ich dachte wieder daran, wie ich damals während ich in Wirklichkeit lachte, eine Komödie aufführte und so tat, als ob ich weinte, und sie, die einen Augenblick vorher noch ziemlich ärgerlich über mich gewesen war, war sogleich gerührt und beunruhigt und hatte mich mit einer mitleidsvollen Stimme gefragt: »Artu, warum weinst du? Was hast du? Sag es Nunziata!« Bei der Erinnerung an diesen meinen Erfolg erschien mir der jetzige und noch ganz andere Versuch über alle Maßen verführerisch. Und mit äußerster Entschlossenheit – in der Voraussicht, daß sie für ihre Einkäufe ungefähr eine Stunde unten im Dorf bleiben würde – schickte ich mich unverzüglich an, meinen Plan vor ihrer Rückkehr auszuführen.
Mein Vater war in jenen Tagen auf Reisen, und ich stieg in sein Zimmer hinauf, da ich wußte, daß ich dort das finden würde, was ich brauchte. Seit einiger Zeit litt er an Schlaflosigkeit, und oft bediente er sich gewisser Schlaftabletten, von denen er bei seiner Abreise ein fast volles Röhrchen auf der Kommode zurückgelassen hatte. Aus zufällig mit angehörten Gesprächen waren mir die Wirkungen dieser Tabletten bekannt; ich wußte, daß sie in der von meinem Vater eingenommenen Dosis (eine oder höchstens zwei) ein gelindes Heilmittel waren; aber daß sie, wenn man die Dosis erhöhte, sich in ein Gift verwandelten. Eine Anzahl von zwanzig, zum Beispiel, konnte geradezu den Tod herbeiführen.
Ich schüttelte mir die noch im Röhrchen befindlichen Tabletten in die Handfläche und zählte sie: es waren neun, genau die Anzahl, die ich meinen Berechnungen nach brauchte. In der Tat, soviel ich davon wußte, konnten sie niemals ausreichen, einen Menschen zu töten, aber würden sicher genügen, ihm irgendwelches Übelbefinden von tragischem Anschein zu verursachen. Welcher Art es aber sein mochte, konnte ich in meiner Unkenntnis nur sehr undeutlich voraussehen; ich versprach mir jedoch eine ziemlich aufsehenerregende Wirkung.
Und nachdem ich sämtliche Tabletten an mich genommen hatte, ging ich in die Küche hinunter und schrieb die fol-

gende Botschaft auf ein Blatt Papier, welches ich auseinandergefaltet und auffällig auf dem Tisch liegen ließ:

Mein letzter Wille!
Ich wünsche, daß mein Leichnam im Meer versenkt wird.
Lebt wohl. *Arturo Gerace*

NB: Dieses Blatt ist sogleich nach dem Lesen zu vernichten!
Stillschweigen! Geheimhaltung! *Arturo*

Darauf goß ich mir etwas Wein in ein Glas, da ich mir überlegte, daß diese verfluchte Arznei vielleicht einen schlechten Geschmack haben könnte und der Wein ihn verbessern würde. Und ich ging auf die Terrasse hinaus, denn die Küche deuchte mir keine würdige Umgebung für einen Selbstmord.

Die Terrasse dagegen erschien mir als der ideale Schauplatz, um so mehr, da N. bei der Rückkehr von ihren Einkäufen stets von dieser Seite her das Haus betrat. Ich fragte mich, was sie wohl empfinden würde, wenn sie in kurzer Zeit hier im Vorüberkommen zufällig auf meinen Körper stoßen würde, und ich hätte die Wirksamkeit des Schlafmittels aufhalten mögen, da sie aller Wahrscheinlichkeit nach mich daran hindern würde, meinen Erfolg sogleich abzuschätzen. Ich hätte mir gewünscht, mich zu verdoppeln, um diesem Schauspiel beiwohnen zu können, und einen Augenblick lang war ich versucht, das Gift fortzuwerfen und trotzdem so zu tun, als wäre ich eine Leiche, indem ich mich einzig und allein auf meine theatralische Begabung verließ. Ich sah jedoch voraus, daß ich in einem solchen Fall im kritischen Augenblick der Tragödie mein Lachen nicht würde zurückhalten können und alles verderben würde. Deshalb verwarf ich diesen Gedanken.

Ich stellte das Glas auf die Stufe der Türschwelle und setzte mich daneben, die Tabletten in der Faust umschließend. In dem Augenblick, da ich die seltsame Tat begehen wollte, schwankte ich zwischen dem gefaßten Entschluß und einem unwillkürlichen Erschrecken. Ich hielt es freilich für sicher, daß mein nahe bevorstehender Selbstmord keineswegs tödlich ablaufen würde: soviel wußte ich hinsichtlich der spezifischen Menge dieses Giftes, und es war mir auch von meinem Vater bestätigt worden. Es war Wissenschaft und es bestanden keine Zweifel. Trotzdem aber betrachtete ich diese Tabletten in meiner Handfläche, als seien es barbarische Münzen, die man als Fährgeld über eine letzte unbegreifliche Grenze zu zahlen habe.
Die Sache war die, daß ich keinerlei Erfahrung hatte mit Arzneien, Krankheiten und Giften, und die Gesetze der Wissenschaft, mit denen ich mich niemals befaßt hatte, erschienen mir voller Geheimnisse und beinahe ehrfurchtgebietend, wie einem Wilden die Gesetze der Magie. In meiner Vorstellung hatte sich das Zeichen verwischt, welches den unheilvollen Schlaf dieses Giftes vom Tode trennt. Was ich nun in Angriff nahm, stellte sich mir dar als eine Art Vorstoß bis hinein in das Gelände des Todes, aus dem ich dann gleich einem Kundschafter zurückkehren würde. Aber der Tod war mir seit jeher so verhaßt, daß schon der Verdacht, auch nur in seinen ausgebreiteten Schatten einzudringen, mich schauderte.

Eine gefühlvolle Schwäche überraschte mich: die Sehnsucht, wenigstens einer, der mein Getreuer wäre, möge bei mir sein, um mir bei diesem falschen Selbstmord Lebewohl zu sagen. Ein Freund, nicht eine Frau; denn die Frauen sind nun einmal alle von der gleichen Sorte ohne Treue, und ich würde mich niemals in irgendeine verlieben. Die einzige Frau, deren Nähe ich dankbar angenommen hätte, wäre die Mutter gewesen. Eine lebendige Mutter jedoch, nicht jene frühere, welche vorzeiten von der Insel durch die Luft entschwebte in ihrem levantinischen Zelt. Heute empfand ich nur Mitleid mit diesem meinem Trugbild von einst; später

habe ich dann erfahren, daß der Tod nur unerbittliche und nie barmherzige Gebote kennt. Und dieses schöne kindliche Bildnis entsprach nicht der Strenge der Toten. Die erste Signora Gerace, nicht minder als die elende Immacolatella, wichen vor diesem leuchtenden Morgen zurück. Schon seit mehreren Tagen war die Tagundnachtgleiche des März überschritten, welche in Procida fast schon den Sommer ankündigt. Die Luft und das Wasser, beides war so durchsichtig klar, daß die Gestalt von Ischia ganz deutlich dort drüben mit ihren kleinen Häusern und dem Leuchtturm sich im eigenen Spiegelbild des Meeres verdoppelte. Alle Dinge erschienen hell und scharf in sich abgegrenzt; aber dennoch vermischten sich die zahllosen Formen zu einer überirdischen, festlichen Farbe: grün, himmelblau und gold. In einem Augenblick schon wird diese Farbe anders sein; unmerkliche Variationen gleich einem Reigen märchenhafter Insekten wogen ruhelos im Licht. Selbst die traurige Strafanstalt dort auf der Höhe des Hügels ist ein Regenbogen von tausend sich wandelnden Farben vom Morgen bis zum Abend. Jetzt ist vom Golf herüber der Schrei eines Wasservogels zu hören, von dem Hafen dahinter die Sirene eines Schiffes, und dann vom Dorf ein Glokkenläuten... Auch die Sträflinge dort im Gefängnis vernehmen diese Klänge, auch die Eulen, welche bei Tage nicht sehen, und auch die kleinen dummen Sardellen, die im Netz verenden... Die seligen Geräusche und die irisierende Wirklichkeit sind wie ein zauberisches Theater, das jedes lebendige Herz bis zum Rande mit Liebe erfüllt.
Ich war neugierig zu erfahren, ob dieses Schlafmittel einem auch Träume eingebe. Und wer weiß, ob man nicht auch im Tode noch Träume hat? So vermutete nämlich dieser Hanswurst von Hamlet; aber ich bin kein Hanswurst wie er und begreife die Wahrheit sehr wohl: daß im Tode nichts mehr ist. Weder Ruhen noch Wachen, weder Raum noch Luft, kein Meer und kein einziger Laut. Ich schloß die Augen, und ich bemühte mich, eine Minute lang mir vorzustellen, ich wäre taub und blind, eingesperrt in meinen Körper, ohne mich mehr rühren zu können, geschieden von allen Gedanken... Aber nein, nein, das ist nicht alles: das Leben verharrt dort im untersten Grunde gleich einem glü-

henden Punkt, vielfältig zurückgeworfen von tausend Spiegeln! Meine Phantasie wird niemals die Enge des Todes zu erfassen vermögen. Verglichen mit diesem geringsten Maß werden nicht allein das Dasein eines elenden Gefangenen in seiner Zelle, sondern selbst dasjenige eines am Felsenriff angeklammerten Seeigels, selbst das einer Motte zu grenzenlosen Fürstentümern! Der Tod ist eine sinnlose Unwirklichkeit, welche nichts zu bedeuten hat und die wundervolle Klarheit der Wirklichkeit zu trüben sucht.

Und mir war, als sollte ich in Bälde, ähnlich den antiken Seefahrern vor den Säulen des Herakles, auf einer dunklen Strömung davonfahren, welche mich fortreißen würde aus meiner lieben Landschaft, irgendeinem finsteren Grab entgegen.

Wer weiß, fragte ich mich unterdessen, ob dieses Gift einen sehr bitteren Geschmack haben wird? Man könnte meinen: ja, aus der Grimasse von Widerwillen zu schließen, die mein Vater immer macht, wenn er es trinkt. Er aber beschränkt sich stets auf die vorgeschriebene Menge, während ich heute beabsichtige, die verbotene Grenze weit zu überschreiten. Meine Überlegenheit über ihn machte mich stolz. Auf einmal wurden meine bewiesene Beherrschung, die Übertretung des Verbotes und der Reiz des Versuchs für mich die wichtigsten Beweggründe für diesen Einfall und löschten meine ursprüngliche Absicht und sogar die Erinnerung an N. aus. Ähnlich dem König Odysseus, da er den Felsen der Sirenen umschiffte, fühlte ich mich frei und allein vor einer Wahl: entweder der Versuch oder der Verzicht. Und es durchdrang mich die Lust eines geheimnisvollen unerhörten Spiels und einer tollkühnen Herausforderung; als sei ich ein mutiger Offizier, der, während rings die Feuer verlöschen und die Wachtposten schlafen, allein und ohne Begleitschaft einen Streifzug ins feindliche Lager unternimmt, auf das Unbehelligtsein in einer mondlosen Nacht vertrauend.

Noch heute spüre ich den Geschmack der ersten dieser Tabletten auf der Zunge: er war nichtssagend, leicht salzig und etwas bitter. Ich trank sie mit einem Schluck Wein hinunter, aber alle Dinge um mich her blieben sich gleich, nur schien mir, als breite sich bis zum Saum des Horizonts ein hingerissenes Schweigen aus wie im Zirkus, wenn der verwegene Trapezkünstler sich in den Todessprung stürzt. Ungeduldig und gedankenlos fuhr ich fort, zwei oder drei Tabletten auf einmal mit dem Wein herunterzuschlucken, und ich glaube, daß die Wirkung des Weines derjenigen des Schlafmittels zuvorkam, denn es dauerte nicht lange, bis ich mich betrunken fühlte. Nach und nach war ein fernes Dröhnen zu vernehmen, und ich wähnte, daß Tausende von Sägefischen sich daranmachten, die Insel an ihrer Wurzel anzusägen. Ich wartete darauf, daß die ganze Landschaft in Trümmer fiele, ein solches Ereignis wäre mir fast beruhigend gewesen. Tatsächlich, der schöne Morgen, der mich zuvor so entzückt hatte, war mir jetzt abstoßend und widerwärtig geworden. Die unermeßliche Fülle der Sonnenstäubchen tat meinen Nerven weh und schien mir dumpf und schwefelig wie eine Pestilenz. Mir kam das Bedürfnis, den Wein und alles übrige dort in das Gras zu spucken; doch ich nahm mich zusammen, und in der sonderbaren Absicht, mich in den Schatten zu begeben, um mich auszuruhen, gelang es mir, mich auf die Füße zu stellen. Ich glaube, ich tat es sogar ein paar Schritte; aber ich hatte das Gefühl, als wäre über meinem Kopf bis zu den Augenbrauen herunter ein Helm aus schwerem Metall gestülpt, der sich niemals wieder abnehmen ließe und der mir mit seinem Rand die Sicht verdunkelte. Dies war das letzte, das mir bewußt wurde. Ich merkte nicht einmal mehr, daß ich fiel, und von diesem Augenblick an versank das Weltall für mich. Ich nahm nichts mehr wahr, erinnerte mich an nichts, ich dachte nichts und fühlte nichts mehr!

Aus der anderen Welt

Später habe ich dann erfahren, daß diese meine völlige Abwesenheit ungefähr achtzehn Stunden dauerte; aber was mich betrifft, hätte sie ebensogut fünfhundert Jahre dauern können, das wäre dasselbe gewesen. So sehr ich auch in der folgenden Zeit nach einer Spur dieser achtzehn Stunden (die doch um mich herum voller Aufregungen, Stimmen und Gelärme gewesen sein mußten) in meinem Gedächtnis geforscht habe, ich konnte doch nichts davon finden. Diese Zwischenzeit ist für mich nicht einmal ein Traum oder ein verworrener Schatten: sie ist null. Und von dem Zeitpunkt, da ich mich aus der Sonne von der Terrasse wegzubegeben suchte, bis zu meinem ersten Zumirkommen in der Dämmerung des folgenden Morgens, verstreicht für mich weniger als ein Augenblick.

Der erste Eindruck, den ich empfing nach dem, was mir wie ein Augenblick erschien, war nicht der, als tauche ich wieder ins Leben empor, wie es sich in Wirklichkeit verhielt, sondern im Gegenteil, als fiele ich in Ohnmacht und stürbe. Ich wußte weder, wo ich mich befand, noch kannte ich die Umstände meines Endes: ich hatte von nichts anderem Bewußtsein als von diesem Ende. Eine entsetzliche Übelkeit erfüllt mich, alle meine Sinne waren in Schweigen und Blindheit erloschen; ich wurde allein den angstvollen Kampf meiner Atemzüge gewahr, die sich schmerzhaft meiner Brust entrangen und nach und nach die Kraft verloren, bis zu meinen Lippen emporzusteigen. Ich sagte mir: ›Ich hätte nicht gedacht, daß es mein Los wäre, heute zu sterben, aber der Tod ist jetzt da, es ist zu Ende, ich sterbe.‹ Und in diesem Gefühl sank ich abermals für einen ziemlich langen Zeitraum wie leblos wieder unter. Von diesem zweiten Zeitabschnitt jedoch ist mir der Schimmer einer Erinnerung geblieben wie an einen Faden, auf dem mein Bewußtsein, einem Seiltänzer ähnlich, schwankend vorwärts schritt. Es wurde mir deutlich, daß ich mit geschlossenen Augen dalag, und das schien mir nur natürlich, da ich mich ja für tot hielt. Abgerissene Laute, die wie in einem eintönigen Meeresrauschen untergingen, drangen zu mir: ›Ich bin nicht mehr am Leben‹, dachte ich träumerisch, ›und noch immer *höre* ich. Also ist es nicht zu Ende mit dem Tod.‹ Und bis in die Übelkeit hinein, die mich umschlossen hielt, spürte ich tief auf dem Grunde meiner selbst eine ganz leichte, schwingende Abenteuerlust: ›Wollen mal sehen, was der Tod eigentlich ist. Wer weiß, ob man nicht wirklich die andern dort wiedersieht? Wenn ich womöglich meiner Mutter begegnete, Immacolatella, Romeo...‹ Unter den übrigen verschwommenen Stimmen unterschied ich nämlich die helle und zarte Stimme einer Frau, welche schluch-

zend rief: »Artu, was hast du getan?« und ich hörte klar und deutlich, daß ich ihr mit lauter Stimme antwortete: »Bist du es, Mà?«
Ab und zu fiel ich in eine dumpfe, tiefe Erstarrung zurück, und dann vernahm ich jenes Tränenstimmchen aufs neue. In meinem Sinn formte sich ein verworrener Begriff: vielleicht bestand die ewige Mühsal der Toten darin, auf der Suche nach einander tastend einherzuwanken, ohne sich begegnen zu können. Jede Möglichkeit, sich zurechtzufinden, ist ihnen genommen. Meine liebste Mutter hörte, daß ich nur wenig entfernt war, und rief mich, und ich antwortete ihr; doch unsere Stimmen hallten ins Leere zurück wie ein richtungsloses unbesonnenes Echo.
Mehr als einmal war mir, als hätte ich gerufen: »Ach, Mà, ach Màà!« als unverhofft die berühmte Stimme, welche immer und immer wiederholte: »Artu, was hast du getan?« hell und faßbar nah an meinem Ohr erklang. ›Endlich ist sie da, sie ist da‹, sagte ich mir und öffnete die Augen. Jetzt kam mir das Bewußtsein der gegenwärtigen Wirklichkeit augenblicklich zurück. Ich lebte, und diese Frau, welche flehend ›Artu‹ rief, war nicht meine Mutter, sondern meine Stiefmutter. Und das höchste Ziel meines Daseins war: diese zu küssen!
Ein rascher und entscheidender Impuls sagte mir im geheimen: ›Entweder jetzt oder nie!‹ und obschon ich mich noch beinahe leblos fühlte, hob ich die Arme empor und drückte sie an mich. Auf meinem Gesicht fühlte ich ihre Löckchen, ihre Tränen, eine frühlingshafte Frische, weich und wunderbar. Und wie ein voller Atemzug durchdrang mich eine tiefe Freude: ›Jetzt‹, sagte ich mir, ›auch wenn ich an diesem Selbstmord sterben müßte, könnte ich zufrieden sterben.‹
Und ich wölbte die Lippen; doch zu schwach fiel ich bei dieser Gebärde halb ohnmächtig aufs Kissen zurück, ohne sie geküßt zu haben.

Meine Krankheit dauerte noch ein paar Tage; nach dem, was ich später erfuhr, scheint es, daß die Dosis jenes Schlafmittels, das ich geschluckt hatte und das nach meinem damaligen Wissen nicht ausreichte, ›einen Mann zu töten‹, dagegen sehr wohl genügt hätte, jemanden von meinem Alter zu töten, das heißt (trotz meiner Anmaßung) also immerhin noch einen Knaben. So war ich, ohne es zu wollen, Gefahr gelaufen, wirklich zu sterben, und nur dank meiner guten körperlichen Verfassung war ich davongekommen. Ich blieb jedoch fast eine halbe Woche lang krank im Bett; ein Fall, welcher sich niemals zuvor ereignet hatte, solange ich denken konnte. Ich litt an Kopfschmerzen, an einer matten Schläfrigkeit und zuweilen an Schwindelgefühl und Übelkeit, so daß mir war, als schlingerte das Bett wie ein Schiffsrumpf. Wenn ich sodann aufstehen und gehen wollte, überraschte mich eine völlig neue Wahrnehmung: daß mein Körper mir nicht mehr gehorchte. Die Knie versagten mir, ich taumelte, und mein Herz klopfte heftig. Ich schien gar nicht mehr Arturo Gerace zu sein, dem eine Rüstung von Muskeln zu Gebote stand, sondern beinahe ein blutarmes, schmachtendes kleines Mädchen mit Gelenken so zart wie Blumenstengel. Von Stunde zu Stunde jedoch fühlte ich meine Kräfte wiederkommen; aber obgleich ich das Kranksein stets als eine äußerste Langeweile ansah, so hätte es mir fast ein wenig gefallen, diese Krankheit zu verlängern, weil nämlich N. beständig neben mir war, um mir beizustehen, und sich um nichts anderes kümmerte. Zu behaupten, daß sie eine hervorragende Krankenschwester war, wäre eine Lüge, soviel wie ich von solchen Dingen verstehe; von Natur aus besaß sie nicht die besonderen Begabungen (mögen sie auch pedantisch sein), welche eine Krankenschwester haben sollte; das war nicht ihre Schuld. Aber die gute Absicht war da, und überdies (und das war das Wichtigste) konnte man aus den Blicken und Gebärden, die sie an sich hatte, während sie um mich war, erkennen, daß in jenen Tagen ihre ganze Seele in einer Art von erhabener Verzückung sich einem einzigen Ziel hinneigte: das liebe, kostbare Leben des Stiefsohnes Arturo! Sie hatte vor-

sorglich am Kopfende meines Bettes als Beschützerin meiner Genesung eine ihrer Madonnen aufgehängt: ausgerechnet die zaubermächtigste, die unfehlbarste: die von Piedigrotta. Und manchmal, wenn ich sie verstohlen ansah, während sie mich eingeschlafen glaubte, konnte ich sie überraschen, wie sie mit gefalteten Händen zu dieser berühmten heiligen Jungfrau flüsterte, mit großen flehenden Augen, die feucht waren vom Weinen und erleuchtet von einem himmlischen Aberglauben. Und für wen betete sie? Für mich! Wenn sie nicht betete, verbrachte sie die Stunden auf dem Diwan sitzend meinem Bett gegenüber, um über meine Atemzüge zu wachen und nach jedem Lebenszeichen von mir zu spähen mit der gleichen hingebungsvollen Erwartung, mit welcher die wilden Volksstämme das Aufgehen der Sonne erwarten. Immer wieder werde ich die engelhafte Anmut ihrer Gestalt vor mir sehen, wie sie dort vor mir saß, ungekämmt und vermummt in der Wirrnis jener Tage, die beiden kleinen Hände verlassen im Schoß in ihrer treuen und leidenschaftlichen Müßigkeit. Neben ihr stand ein großer Korb, welcher den in tiefen Schlummer versunkenen Carminiello enthielt; wenn er nicht schlief, war sie darauf bedacht, aus Furcht, seine Wildheit könne mich stören, ihn, so gut es ging, ruhig zu halten, entfernt von uns in einem anderen Zimmer, allein oder in Gesellschaft jener procidanischen Frauen. Es währte nicht lange, versteht sich, bis er sie weinend herbeirief; doch wenn sie in diesem Augenblick zufällig damit beschäftigt war, mich zu versorgen und zu pflegen, ließ sie ihn schreien, ohne auf ihn zu achten, sogar fünf oder sechs Minuten hintereinander!
Zuweilen sah ich sie undeutlich durch meinen Halbschlaf hindurch neben mir auf und ab gehen, barfuß und ihn auf dem Arm tragend, da sie ihn nicht immerfort allein lassen konnte; oder aber ich sah sie auf dem Diwan sitzen, wie sie ihn auf den Knien hielt und ihn stillte oder ihn wiegte, wobei sie ihm beschwörende Liedchen vorsummte, um ihn zum Schlafen zu bringen. Aber wenn er nichts davon wissen wollte und in sein übliches geistreiches Gekreische und Gelächterchen ausbrach, ermahnte sie ihn streng: »Still, Bübchen, still, Arturo ist krank!« Bei einer solchen Gelegenheit kam es sogar dazu, daß sie ihm zwei kleine Klapse

auf die Finger gab. Sie hatte Carmine geschlagen meinetwegen! Wahrhaftig, dies war der höchste aller Beweise, den ich in meinen ehrgeizigsten Hoffnungen nie hätte erwarten können!
Nun kam es mir vor wie ein lachhafter Traum, wenn ich daran zurückdachte, daß ich auf diesen kleinen Bengel eifersüchtig gewesen war. Derweil ich dort still im Halbdunkel lag, hörte ich dann und wann ein liebliches Geräusch von Küssen, die sie ihm gab, und ich fragte mich, ob so etwas sich tatsächlich hatte zutragen können auf dieser Welt: daß jemand in meinem Alter neidisch war auf solche Küßchen. Es wäre dasselbe, als wollte man so ein Kindchen um sein kleines Spielzeug, seine Talerchen und Rasselchen beneiden. Die Eifersucht, welche mir zu diesem falschen Selbstmord geraten hatte, erschien mir nun wie ein letztes Märzgewitter, nach dem der hohe Frühling beginnt mit seinen großen Tagen. Und während ich aus meiner tödlichen Schläfrigkeit sachte wieder zu mir kam, fühlte ich (als sei ich mit neuen Sinnen begabt), daß der wahre Geschmack des Lebens sehr viel ernster, sehr viel prächtiger sein mußte als diese kindlichen Küsse!

Atlantis

Am vierten Tag meiner Krankheit war die widerwärtige Übelkeit vollkommen verschwunden und ließ nur ein betäubtes Schwächegefühl in mir zurück, und schon am frühen Morgen wurde ich gewahr, daß es mir weit besser ging. Ich hätte jedoch gern den Vorteil aus meinem Selbstmord noch länger ausgenutzt, wenigstens noch einen Tag, und als sie mich fragte: »Wie fühlst du dich, Artu?« murmelte ich zwischen den Zähnen die Antwort: »Ach, ich liege in den letzten Zügen... Verdammt noch mal! Ich bin erledigt!«
Und den ganzen Vormittag hindurch fuhr ich fort, mich zu stellen, als sei ich in einen beklommenen Schlummer gesunken, statt dessen war ich völlig wach. Ab und zu verlangte ich mit einer Stimme wie aus dem Jenseits: »Wasser... trinken...«, oder aber ich hob für einen Augenblick den Kopf und ließ mich dann wieder auf den Rücken sin-

ken, wobei ich den Ohnmächtigen spielte, aus reiner Freude daran, durch meine halbgeöffneten Lider hindurch jene großen aufgeregten Augen zu sehen, die sich über mein Gesicht neigten.
Aber gegen Mittag begann ich es überdrüssig zu werden, die Rolle eines Sterbenden aufzuführen, und da ich zum erstenmal nach meinem Selbstmord spürte, daß mein Hunger zurückkehrte, ließ ich mich bereitwillig füttern (sie mußte mir in jenen Tagen das Essen geradezu in den Mund schieben, so schwach und hinfällig war ich).
Darauf schlief ich ein, diesmal in einem wirklichen Schlaf, und ich öffnete die Augen wieder in den ersten Nachmittagsstunden mit einem köstlichen Gefühl von Überraschung und Frische. Sofort kam N. herbei, und als sie meinen wieder klar gewordenen Blick sah, zitterte sie geradezu vor Dankbarkeit: »Du fühlst dich besser, was, Artu? Möchtest du irgend etwas haben?« fragte sie mich mit einer Stimme, die beinahe sang.
Ich streckte mich und antwortete ihr, daß es mir besser ginge, daß ich nichts brauche und mich nur ausruhen wolle. Dann ging sie wieder, um mich nicht zu stören, und setzte sich auf ihren gewohnten Platz auf dem Diwan, ohne noch etwas zu sprechen. Carmine schlief in seinem Korb, die Fensterläden waren angelehnt, damit das grelle Licht mir nicht weh täte, und die nachmittägliche Stille war vollkommen, ohne Stimmen oder Kirchenglocken. Niemals, außer bei mir zu Hause in Procida, habe ich eine so überwältigende Stille erlebt. Es schien, als läge da draußen nicht mehr das Dorf mit seinen Bewohnern, sondern eine große verlassene Bucht an einem reglosen Meer, in einer Stunde, da selbst die Möwen und die anderen Tiere des Wassers und des Landes ruhen und nicht ein Schiff vorüberfährt. Durch die Läden hindurch draußen vor dem Fenster nach Mitternacht (dasjenige, auf welchem ich einstmals einen königlichen Uhu habe sich niederlassen sehen) gewahrte man ein winziges Wölkchen, das auf dem Dunkelblau des Himmels rasch nacheinander zunächst die Form einer Muschel, sodann die eines kleinen Luftballons dann die eines Eiszapfens, dann die eines Bartes von einem alten Mann, und schließlich die einer Tänzerin annahm. Und in dieser letzten

Gestalt, sich reckend und streckend wie eine wirkliche Tänzerin, schwebte sie davon. Beim Vorübergleiten dieser Wolke kam mir – ich weiß nicht aus welcher Gedankenverbindung – mit großer Deutlichkeit alles wieder in den Sinn, was ich an jenem Morgen des Selbstmordes gedacht und getan hatte, bis zu dem Augenblick, als ich ins Gras fiel. Und ohne dabei zu N. hinüberzuschauen, sprach ich plötzlich laut: »Sag mal, dies Blatt, das ich zurückließ, hast du's zerrissen?«

Der Klang meiner Stimme nach dieser Krankheit zu hören, erstaunte mich ein wenig, gewisser rauher und tiefer Töne wegen, die sie vorher nicht gehabt hatte. Das Stimmchen von ihr dagegen war immer dasselbe geblieben: »Ja, ich hab es zerrissen.«

»Hast du gelesen, daß da geschrieben stand: ›Geheimhaltung! Stillschweigen!‹ Und hast du nicht geredet?«

»Nein. Ich habe nicht geredet.«

»Gib acht, niemand darf die Wahrheit erfahren. Man soll glauben, daß ich keinerlei Absicht hatte und daß es ein zufälliges Versehen war, und damit gut.«

»Das haben sie auch geglaubt... Aber Artu, was hast du getan?«

»Und vor meinem Vater mußt du ebenfalls still sein. Wenn er aber doch irgend etwas erfahren sollte, mußt du ihn dasselbe glauben machen wie die andern Leute!«

»Ach, sowieso, mit wem redet der schon? Er wird von niemandem was erfahren!«

»Aber auf jeden Fall darfst du ihm nie die Wahrheit sagen! Er vor allem darf sie niemals wissen!«

»Ich werde sie ihm niemals sagen, die... Wahrheit. Aber Artu, was hast du denn getan, was hast du getan?«

In diesem Augenblick begriff ich, daß ich ihr – um sie für ihre Mitwisserschaft an meinem Geheimnis zu entschädigen – irgendeine Erklärung schuldig war. Aber das war gewiß, um keinen Preis wollte ich ihr enthüllen, daß dieser Selbstmord eine Heuchelei und sie der Grund zu allem gewesen war! Und auf der Stelle fand ich keinen besseren Rat, als mir irgendeine beliebige Erklärung auszudenken, nur um ihr zu antworten. Die Phantasie kam mir unversehens zu Hilfe, und da mir zufällig einer der vielen Gedanken, welche ich an dem verhängnisvollen Morgen gedacht hatte, wieder aufblitzte, erklärte ich versonnen: »Na ja, dir sag ich die Wahrheit: ich wollte an den Säulen des Herakles vorüber.«

»Den... Säulen des Herakles!«

Ich drehte mich wieder dem Kopfkissen zu, um den Anflug eines Lächelns zu verbergen, das mir auf die Lippen gekommen war. Trotzdem, mein Einfall freute mich. Ich wußte aus Erfahrung, daß die Stiefmutter allen meinen Schwindeleien Glauben schenkte, auch wenn sie noch so unwahrscheinlich waren, und sich mutig zu zeigen, schadet einem nie bei den Frauen. Ich folgte also meiner Eingebung mit unerschrockener Selbstverständlichkeit und schlug einen fabulierenden und nachdenklichen Ton an, dem meine noch ein wenig mühsamen Atemzüge die richtige Würde verliehen.

»Ich sage die Säulen des Herakles«, begann ich, »um einen Vergleich zu machen. Weißt du, wo die Meerenge von Gibraltar ist? In früheren Zeiten war dies ein Ort in einer phantastischen Entfernung, denn damals ruderte man immer nur, in Booten von mittlerer Größe. Und der Durchgang durch die Meerenge war an den beiden Ufern von zwei Felsmassiven ummauert, welche zwei gigantische Pfeiler zu sein schienen, die als Grenze gesetzt waren. Ein jedes Schiff, das in der Mitte hindurchfuhr, ging mit der ganzen Mannschaft verloren bis auf den letzten Mann, ohne daß man jemals wieder etwas davon hörte. Und man erzählte sich, daß man auf der anderen Seite, kaum hatte man das Weite gewonnen, von einem Blitzstrahl aus einer Wolke getroffen und von einem Gewitterwirbel in die Tiefe gerissen wurde; denn dort war das Ende der irdischen Welt und der Anfang eines ewigen Geheimnisses. Dies war die Vorstellung der ersten antiken Völker; später aber entdeckte man, daß ihre Vorstellung eine Sage gewesen war, weil nämlich dort jenseits der Meerenge der große Atlantik beginnt, und beim weiteren Vordringen fand man das neue Westindien, voll von lebendigen Wesen, Palästen, Erzgruben... Kurz und gut, wenn du es wissen willst, mein Vergleich war so: daß auch das Schicksal des ewigen Todes, in dem alle aufhören, eine von diesen vielen Sagen sein könnte, und wenn einer anstatt abzuwarten und sich von der Angst verwirren zu lassen wie ein niedriger Feigling, sich entschließen würde nachzuforschen, dann könnte er diese Behauptung Lügen strafen... Und so habe ich mich entschlossen. Und ich habe es getan.«

Zu Anfang dieser meiner irreführenden Rede hatte ich mir ungefähr vorgestellt, sie am Schluß bis zur höchsten und hinreißendsten Aufschneiderei zu steigern. Nämlich zu der Beteuerung zu gelangen, daß meine sonderbare Seefahrt sich als eine grandiose Entdeckung erwiesen hatte, welche den Neid eines Kolumbus, da Gama und anderer erregen könnte. Daß ich, kaum hatte ich die Grabesgrenze überschritten, zum Beispiel eine Art von Atlantis vor mir gesehen hätte und in einem jahrtausendealten Hafen gelandet wäre, wo sich eine Menge von herrlichen jungen Mädchen, Damen, Seeräubern, Kapitänen drängte zwischen wunderbaren Autos aus Gold und massivem Kupfer usw. Nur daß mir, als ich bei den Worten ›so habe ich mich entschlossen‹ angelangt war, die Lust verging, diese zweite Fortsetzung meiner Geschichte anzupacken. Nach den vielen Stunden des Übelseins und des Schweigens hatte ich schon zuviel gesprochen und fühlte mich müde; außerdem klang mir meine Stimme mit jenen ungewohnten, rauhen Tönen entstellt und beinahe fremd. Von N., die mir dort auf dem Diwan aufmerksam lauschte, kamen weder Fragen noch Bemerkungen. Vielleicht, so dachte ich, wenn sie auch ein wenig dumm ist, so doch nicht in dem Maße, daß sie derartigen Aufschneidereien Glauben geschenkt und meine Geschichte nicht für wahr gehalten hatte. Ich empfand eine gewisse Scham über meine Schwindeleien; aber andererseits hatte ich auch nicht die Absicht, sie wieder zu verleugnen. Und fast wie um mich an mir selbst zu rächen und ihren stummen Zweifeln auf die grausamste Weise zu entgegnen, brach ich dann mit einemmal in diese unüberlegte Schlußfolgerung aus: »Tja, und da habe ich die Bestätigung gefunden... Weißt du, was da ist im Tod? *Nichts* ist da! Nur Schwärze, ohne jede Erinnerung. Das ist alles!«

Mir war jene entsetzliche Übelkeit meines ersten Erwachens nach dem Sturz wieder ins Gedächtnis gekommen, und ich drehte mich voller Widerwillen im Bett herum.

Vom Diwan drang ein Seufzer zu mir herüber, und ich hielt ihn für einen Seufzer der Betrübnis: vielleicht, so vermutete ich, bereitet sie sich jetzt vor, mich der Gotteslästerung anzuklagen, und beabsichtigt, mir vom ewigen Leben und vom Paradies zu sprechen. Doch ich irrte mich: es war ein Seufzer der Erleichterung und nicht der Betrübnis! Nach einer Weile war ihre Stimme zu vernehmen, die, wenngleich noch ein wenig brüchig von der ausgestandenen Angst, doch unverkennbar ein Gefühl der Erleichterung verriet.

»Also«, sagte sie zu mir, »jetzt, wo du es weißt...«

Sie unterbrach sich einen Augenblick, und ich fragte eifrig in langgezogenem Ton: »Weiß... was?« Sie stieß abermals einen kleinen Seufzer aus, und dieser klang nun, fast möchte ich sagen, als ob sie sich zerquälte: »Jetzt, wo du es weißt, daß da wirklich nichts ist, willst du dich doch nicht noch einmal... ›dran versuchen‹, nicht wahr?«

Ich brach in ein so befreites und fröhliches Gelächter aus, daß ich mich in zwei Sekunden wieder vollkommen gesund fühlte. Wahrhaftig, es war beinahe nicht zu glauben, mein Glück: also um mein Dasein zu beschützen, ging N. sogar so weit, daß sie ihr Paradies mißachtete! Das war noch mehr als Carmine zu schlagen meinetwegen. Es war ein geradezu überwältigender Beweis, der alle meine Hoffnungen übertraf. Ich war einen Augenblick lang versucht, ihr zu erwidern: »Ach, wer weiß...?« da nämlich eine urtümliche Schlauheit mir einflüsterte (wenn ich auch in Zukunft den Erfolg meines Selbstmordes weiterhin ausnutzen wollte), sie immer ein wenig in der Ungewißheit zu belassen... Doch die Erinnerung an jene abscheuliche Übelkeit verwirrte mir noch den Sinn. Der Tod war mir allzu sehr verhaßt, und der Gedanke, seine abstoßende Fratze (sei es auch nur, indem ich heuchelte) mir zum Komplizen zu machen, erfüllte mich mit Schauder. Zu simulieren in dieser Sache war mir unmöglich. »Nein, nein, nie mehr!« erklärte ich mit heftigem Widerwillen.

An diesem selben Abend wollte ich zum Essen aufstehen. Ich war noch ein wenig unsicher auf den Beinen und hatte einige Mühe, die Treppe hinunterzugehen. Als ich aber nach dem Abendessen wieder hinaufstieg, fühlte ich mich schon kräftiger, und am folgenden Tag erhob ich mich ganz allein in der ersten Morgenfrühe, voll Ungeduld und Hunger. Meine Krankheit war vorüber; es blieb nichts weiter davon zurück als eine Art Trunkenheit, die meinen Schritten einen Schwung und einen tänzerischen Rhythmus verlieh. Die ersten Laute des Tages, die von draußen durch die kühle Luft widerhallten, schienen mir in wundervoller Gedämpftheit zu antworten wie die Akkorde eines Orchesters, das mich begleitete. Und als ich ins Freie auf die Terrasse hinaustrat, verstärkte sich diese flüchtige Empfindung und durchdrang das weite Rund der morgendlichen Landschaft. Der große Schauplatz meines Selbstmordes schien mich mit einem freundlichen und erheiterten Erstaunen zu empfangen, gerade so, als hätte ich dort eine tragische Pantomime aufgeführt, nach welcher ich mich jetzt galant und wiedergenesen von neuem auf der Bühne zeigte. Aber dann mit der aufgehenden Sonne wich diese berühmte Pantomime nach und nach in eine immer fernere Zeit, fast in ein Kindheitsalter der Welt zurück. Das jauchzende Geschrei von Carmine war zu vernehmen, der auf ihrem Arm die Treppe herunterkam, und als ich ihn hörte, dachte ich nicht einmal mehr daran, daß er in prähistorischen Zeiten mein Rivale hatte sein können.

Ich weiß nicht, welche plötzliche Laune mir in diesem Augenblick riet, mich hinter der äußersten Ecke des Hauses zu verstecken. Sie mußte sich beim Herunterkommen gewiß verwundern, die Fenstertür geöffnet und niemanden in der Küche oder auf der Terrasse zu finden, und ich hörte, daß sie Carmine in der Küche ließ und wieder nach oben stieg, sicherlich um festzustellen, ob ich tatsächlich schon aus dem Bett aufgestanden und hinausgegangen war zu dieser so frühen Morgenstunde. Nach einer Minute kehrte sie nach unten zurück und begab sich zögernd auf die Terrasse. Es kam ihr nicht in den Sinn, hinter der Ecke zu suchen;

statt dessen lenkte sie ihre Schritte dem Abhang zu, der zum kleinen Strand hinunterführt, und begann zu rufen: »Arturo, Artu!« ohne Antwort zu erhalten.
Sie hatte ein rotes Kleidchen an und ging gänzlich barfuß, wie sie es sich angewöhnt hatte in den Tagen, als sie mich pflegte.
Zu dieser morgendlichen Stunde warf die Mauer noch ihren langen Schatten auf die Terrasse, nur der letzte Streifen, wo sie stand, wurde schon von der Sonne erreicht, die hinter dem Hause heraufstieg, und ihre nackten Beine bekamen in diesem rosigen Licht eine unschuldige Farbe, die mir sonderbarerweise ein Lachen einflößte. Sie tat ein paar Schritte und forschte hierhin und dorthin mit der besorgten Miene einer Katzenmutter; die Löckchen und die Röckchen flatterten im Wind. Und wiederum schickte sie sich an, von der Höhe des Abhangs nach mir zu rufen. Mit einemmal nahm ich einen Anlauf. Und sie von hinten einholend, sagte ich zu ihr: »Da bin ich!«
Sie schreckte vor Überraschung zusammen, drehte sich freudig um und sagte ein wenig vorwurfsvoll: »Wo warst du denn nur? Du strolchst schon wieder herum!«
Darauf, vielleicht verwirrt durch eine gewisse Forschheit in meinem Gebaren, schaute sie mich wieder an und murmelte: »Artu, in diesen wenigen Tagen bist du größer geworden...« Bei diesen ihren Worten (sei es, daß ich während der kurzen Krankheit tatsächlich um ein weiteres Stückchen gewachsen war, oder sei es vielmehr, daß sie, ohne Schuhe wie sie war, mir kleiner vorkam als gewöhnlich) wurde ich jetzt zum erstenmal gewahr, daß ich sie nun an Größe überragte. Dies erschien mir als ein Zeichen meiner stolzen und überlegenen, frohlockenden Macht, und indessen wich sie unmerklich vor mir zurück: es war, als wenn sie mir eingestünde, daß das Herz ihr heftig klopfte... Unvermutet drückte ich sie an mich und küßte sie auf den Mund.
Ihre Lippen hatten einen kühlen, märzhaften Geschmack, und die erste Empfindung, die sie mir gaben, schien mir nicht sehr viel anders als jene, die man verspürt, wenn man auf einen Grashalm beißt oder Meerwasser kostet. Mein Gedanke in diesem ersten Augenblick war: ›Also, jetzt

weiß auch ich, was Küsse sind! Dies ist mein erster Kuß!‹ Und ein solcher Gedanke, vermischt mit einem etwas neugierigen, überraschten und leicht unzufriedenen Ruhmgefühl, lenkte mich fast von ihr selber ab. Obschon sie meinen Kuß nicht erwiderte, versuchte sie anfangs auch nicht, sich ihm zu entziehen, so verwirrt war sie in ihrem wehrlosen Schrecken. Ich fühlte, wie sie zwischen meinen Lippen stammelte: »Artu«, als ob sie mich nicht wiedererkenne; sie klammerte sich seltsamerweise an mich, wie um mich selbst um Hilfe zu bitten, während ich in einer Art verwegener Bejahung sie nur noch fester an mich drückte und meine Lippen gegen die ihren preßte.

Rings um ihre sanft gewordenen Lider hatte sich eine schwache und erschrockene Blässe gebreitet. Ihre Lippen, zu Anfang so kühl, waren brennend geworden. Und nun spürte ich auf meinem Mund einen Wohlgeschmack von blutvoller Süße, der in einem einzigen Moment alle Gedanken in meinem Sinn zerstörte. Plötzlich sagte meine Stimme: »Nunziata! Nunziatè.« In diesem selben Augenblick aber riß sie sich von mir los in einer stürmischen Auflehnung und begann verneinend den Kopf zu schütteln auf eine zarte und bestürzte, fieberhafte Weise.

Eine Minute lang stand sie so da, einen Schritt von mir entfernt, als ob sie träumerisch und noch nicht wissend ein Geheimnis befrage; ihr Lockenkopf aber (der mir niemals so engelhaft schön erschienen war) beharrte auf seiner wilden Verneinung, und ihre Augen mieden mich schon voll Schuld und Entsetzen. Nun verwirklichte sich also mein einstiger Ehrgeiz: ihr ebenfalls Angst zu machen, nicht weniger als mein Vater! Es entging mir jedoch nicht (wenn auch noch rätselhaft für mein Unbewußtsein), daß zwischen diesen beiden Ängsten eine Ungleichheit bestand.

Ihre Angst vor meinem Vater, die ich beständig in meiner Erinnerung hatte, war eine Beklommenheit, welche ihr alle Glieder erstarren machte, während ihre gegenwärtige Angst (von neuer und seltsamer Art, die ich niemals zuvor an ihr gesehen hatte) sich in sich selbst zu widersprechen und in diesem Widerspruch zu brennen schien. In demselben Augenblick, da ihr verzweifelter Wille meinen Kuß verweigerte, flehte ihr Körper (der sich mir unerwartet zu erkennen gab, als hätte ich ihn nackt gesehen) mich im Gegenteil an, sie noch einmal zu küssen! Dieses pochende, wilde Flehen durchbebte all ihre Glieder, von den rosigen Füßen bis zu ihren Brüsten, die spitz unter dem Pullover hervortraten. Und in ihren verängstigten Augen zuckte noch jener feuchte, wunderbare, von azurblauem Dunst getönte Blick, den ich kurz zuvor, als ich sie küßte, flüchtig darin gesehen hatte.

Ich rief abermals: »Nunziata! Nunziaté!« und ich war im Begriff, zu ihr hinzulaufen. Doch sie, als sie ihren Namen von meiner Stimme gerufen hörte, antwortete nur mit einem Schrei voller Erschrecken, teuflisch und brutal. Dann bedeckte sie ihr Gesicht und rief in einer mitleidlosen Gewißheit, fast als täte sie einen heiligen Schwur: »Nein, nein, mein Gott!«

Und einen geradezu widernatürlichen Blick voll gläserner Strenge auf mich richtend, floh sie vor mir wie vor einem Feind.

Sechstes Kapitel
Der verhängnisvolle Kuß

Ricerco un bene
fuori di me
Non so chi'l tiene
non so cos'è.
(Aria di Cherubino)

So hatte ich mit diesem Kuß abermals unsere Freundschaft zunichte gemacht, und diesmal unwiederbringlich.

Nach jener verhängnisvollen Begebenheit genügte es, daß ich ein Zimmer betrat, in welchem sie sich gerade aufhielt – auch wenn ich nicht einmal das Wort an sie richtete, auch wenn ich ganz einfach dort eintrat meiner eigenen Angelegenheiten wegen, die sie nichts angingen –, es genügte, daß ich vor ihr erschien, und sogleich verlor sie alle Sicherheit und Ursprünglichkeit. Der natürliche Stolz ihres Gebarens, welcher so liebreich sich mit der Sanftmut in ihr vereinte, fiel mit einem Schlage zusammen, von einer seltsamen Angst übermannt. Diese ihre Angst – ich wiederhole es – schien von ungewöhnlicher Art, nicht die gleiche, welche sie schon bei anderen vergangenen Gelegenheiten gezeigt hatte, zum Beispiel vor meinem Vater. Wenn ich ein Bild erfinden sollte für diese neue Angst, so wüßte ich sie nur mit einem Flämmchen zu vergleichen, das auf einmal über sie fiel mit seinem irrenden, rosigen Licht und an ihren Gliedern emporzüngelte, und dem sie zu entfliehen suchte mit verstörten, unbedachten Bewegungen. Eine plötzliche Röte, dann wieder eine Blässe stieg ihr ins Antlitz; sie ging in der Küche umher, nahm diesen und jenen Gegenstand auf, zwecklos, und legte ihn wieder hin mit Fingern, welche ihr zitterten; dann setzte sie sich wieder neben Carmine und schickte sich an, ihm ihre gewohnten Lieder zu singen mit einer schüchternen und kalten Stimme, als lausche sie selber den Worten nicht, die sie sprach. Und diese Lieder waren ein Vorwand oder geradezu eine kleine magische

Kantilene, um ihre Angst und Befangenheit vor meiner Gegenwart von sich selber abzulenken. Zuweilen hätte man meinen können, daß sie hinter dem Körbchen von Carmine Schutz suche oder ihn in die Arme schließe, um sich gegen einen Eindringling zu wehren, der ihr Furcht einflößte. Und dieser Eindringling war ich! Das Sonderbarste aber, das ich noch gar nicht gesagt habe, ist dies: daß ich selber Angst hatte in ihrer Gegenwart. Ich sage ›Angst‹, denn damals vermochte ich nicht, mit einem anderen, wahreren Wort meine Verwirrung zu bezeichnen. Obschon ich Bücher und Romane, Liebesromane, gelesen hatte, war ich in Wirklichkeit ein halb barbarischer kleiner Junge geblieben, und zog vielleicht auch mein Herz, ohne daß ich es wußte, aus meiner Unreife und Unwissenheit einen Nutzen, um mich gegen die Wahrheit zu verteidigen? Wenn heute mein Gedanke von Anfang an meine ganze Geschichte mit N. überdenkt, so lerne ich daraus, daß das Herz in seinem Wettstreit mit dem Gewissen umsichtig und wunderlich ist, phantasievoll wie ein Kostümmeister. Um seine Masken zu bilden, genügt ihm auch wohl eine Eingebung aus dem Nichts; mitunter ersetzt es einfach, um die Tatsachen zu verkleiden, ein Wort durch ein anderes ... Und das Gewissen treibt in diesem bizarren Spiel sich herum wie ein Fremder auf einem Maskenball unter dem Dunst des Weines.

Seitdem ich sie geküßt hatte, vermochte ich sie nicht wieder anzusehen, ohne ein tödliches Herzklopfen zu verspüren, welches auf der Straße bereits anfing, sobald sich mir dort hinten – bei jedem Schritt immer näher! – das Bubenhaus zeigte. Diese beklommene Unruhe wurde mir sodann in ihrer Gegenwart zu einer Sehnsucht, zu einer Bitternis der Ungerechtigkeit und fast zu einer Wut. Die Sache war die: daß von all den zahllosen Minuten, welche unsere gemeinsame Vergangenheit ausmachten, ich mich bei ihrem Anblick nur an eine einzige erinnerte: an die, in welcher ich sie geküßt hatte. Mir war, als hätte mein Kuß ihr ein sichtbares Zeichen am Körper hinterlassen, mit einer Art von Glorienschein sie umgebend, strahlend, weich, mitverschworen, mild und mein! Und dorthin begehrte ich mich zu flüchten wie in ein Nest. Als sei sie nun die verzauberte

Gefangene meines Kusses, und ich sei berufen, diese zärtliche Gefangenschaft mit ihr zu teilen. Jetzt konnte ich sie nicht anschauen, ohne die heftige und unwiderstehliche Notwendigkeit zu verspüren, sie an mich zu drücken und nochmals zu küssen. Wie aber durfte ich diesen meinen notwendigen Anspruch, ja, dieses mein Recht auf sie geltend machen, wenn sie sich mir zur Feindin erklärt hatte gerade auf Grund meines Kusses? Und gerade dieser unser einziger Kuß, der mir eine so leuchtende Gegenwart schien, war für sie dagegen zu einem Bild der Bedrohung und des Schreckens geworden. Ich hatte die Empfindung, ich würde sie töten, wenn ich sie umarmte und ein zweites Mal küßte (so groß war ihre Angst)! Eines Tages, als sie mit einem Messer Brot abschnitt, begegnete ich – der ich sie dabei mit dem üblichen Herzklopfen anstarrte – ihrem Blick, und ich meinte, in ihrem sanften, bebenden Antlitz wirklich diese Worte zu lesen: ›Gib acht, wenn du mir nahe kommst, durchbohre ich mich mit diesem Messer und falle tot um.‹

Ihre Angst wurde so auch meine Angst. Und ich und sie bewegten uns, wenn wir in demselbenZimmer waren, wie verloren, wie durch ein ausbrechendes, stürmisches Tosen hindurch, das uns stieß, uns einander näherte und uns trennte und verbot, uns je zu begegnen. Nach einer Weile ging ich hinaus, ohne sie zu grüßen, unfähig, ihr meine bittere Sehnsucht und meine Empörung auszudrücken. Ihr Verweigern meiner Küsse dünkte mich nichts anderes als eine Verleugnung unserer Freundschaft und Verwandtschaft: eine Verurteilung, die mich ungerecht verbannen wollte in die Einsamkeit.

Diese Ungerechtigkeit, deren ich die Stiefmutter beschuldigte, fesselte dennoch mein Wollen mit ernster Gewalt und rätselhafter Berückung; doch kein Skrupel suchte mein Gemüt heim und kein Bewußtsein von Schuld. In meinen Gefühlen für sie nahm ich nichts Verbotenes wahr. Und nicht einmal in meinem Kuß! Als ich sie küßte, gehorchte ich einem Impuls von Fröhlichkeit und Ruhm, gedankenlos und ohne Reue; unter meinen *Unbedingten Gewißheiten* gab es keine, welche besagte: ›Es ist ein Verbrechen, Freunde und Verwandte zu küssen.‹

Ich verkannte selbstverständlich nicht, daß die Küsse sich nicht alle gleich sind. Ich hatte unter anderem zum Beispiel auch von Paolo und Francesca im fünften Gesang von Dantes Hölle gelesen. Ohne die Dutzende von Liedern zu zählen, die ich kannte und die alle von Zärtlichkeiten und Küssen der Liebe sprachen. Und überdies hatte ich Gelegenheit gehabt, unten am Hafen allerlei illustrierte Filmzeitschriften zu entdecken mit Photographien von Paaren, welche sich küßten (wobei ich aus dem Personenverzeichnis sogar den Namen einiger Filmstars erfuhr)... Doch war ich bisher zu sehr daran gewöhnt, als ein kleiner Junge angesehen zu werden, um mich unversehens an die Stelle von Paolo zu setzen, dem Verdammten des Höllenkreises oder auch des Helden Clark Gable (den ich unter anderem auch unsympathisch fand, weil er ein plattes Gesicht hatte und obendrein noch dunkelhaarig war). Die Liebe, welche in Liedern, in Büchern und illustrierten Zeitschriften gerühmt wurde, war für mich noch etwas Fernes und Märchenhaftes geblieben, außerhalb des wahren Lebens. Wie man weiß, war die einzige Frau meiner Gedanken beständig meine Mutter gewesen, und wenn ich von Küssen geträumt hatte, so waren es stets die heiligen Küsse zwischen Mutter und Sohn gewesen.

Jetzt da N. mir gerade mit der Angst, die sie vor mir hatte, in Wirklichkeit die höchste, immer ersehnte Ehre erwies (mich als Mann und nicht mehr als kleinen Jungen zu behandeln), vermochte ich diese Ehre nicht zu erkennen!

Verboten

Ja, jetzt kann ich mich fragen, ob es nicht zufällig die hinlänglich bekannte Arglist meines Herzens war, welches offenkundige Beweise zu erkennen vorgab, um mich unbehelligt zu lassen. Jetzt weiß ich Vermutungen und Überlegungen anzustellen, besser als ein Philosoph. Und ich sage und mutmaße: vielleicht, hätte ich männlich mein Gewissen befragt, so hätte es mir auch (denn es war ja nicht vollends barbarisch, so unreif es auch sein mochte) geantwortet: ›Mach keinen Schwindel! Du bist ein Fälscher und ein Verführer.‹ Doch in Wirklichkeit hatte sich in den leuchtend klaren und ruhigen Tagen dieses procidanischen Frühlings etwas wie eine schimmernde Wolke um mich niedergesenkt, durchzogen von neuen und seltsamen Lichtern und unfaßlichen Figuren: und ich lebte darin eingehüllt wie ein Räuber, dergestalt, daß ich mich nicht einmal daran erinnerte, daß es ein Gewissen gab, und mitunter auch nicht mehr merkte, daß ich ich selber war.

Es mag sein, daß in jenem Abschnitt des Lebens jeder etwas Derartiges erfährt.

Ich hatte wieder angefangen, den ganzen Tag außer Hauses zu verbringen und so wenig wie möglich mit N. zusammenzutreffen. Und in diesen Stunden der Trennung trennte sich auch mein Geist ohne Dazutun meines Willens von ihrem Bildnis. Ich vergegenwärtige mir niemals ihr Antlitz und noch weniger ihren Körper; man hätte meinen können, daß auch mein Gedanke den Anblick der Stiefmutter floh. Aber selbst ohne sie anzuschauen, kehrte nach Art eines verschleierten Pilgers der Gedanke zu ihr zurück.

Und zwar auf folgende Weise. Allerdings muß man wissen (ich habe es nämlich noch nicht gesagt), daß der verhängnisvolle Kuß in meinem launischen Gedächtnis harmloser geworden war als in der Wirklichkeit (wie eine Musik, von der man allein das einfache Thema im Sinn behält). Gewisse ungestüme und bizarre Heftigkeiten, die ich in jenem Kuß empfunden hatte, waren beinahe fortgewischt aus meiner Erinnerung (und um so unwahrscheinlicher wurde es mir demnach, daß ich schuldig sein sollte, weil ich einen Kuß gegeben hatte). Etwas anderes hingegen war mir unvergeßlich: daß ich nämlich bei jener einzigartigen Gelegenheit N. mit Namen genannt hatte (anstatt wie gewohnt zu ihr zu sagen: ›He, du‹, oder dergleichen). Auf Grund von ich weiß nicht welchem erfundenen Gebot hatte diese Tatsache für mich den Reiz einer Übertretung: einzig diese Tatsache! Und nun kehrte ein solcher Reiz häufig wieder, um mich zu versuchen.

Ich weiß nicht, wie viele Male im Verlauf des Tages ich mich, auch ohne an sie zu denken, dabei überraschte, mit leiser Stimme ihren Namen zu wiederholen: ›Nunziata, Nunziatella!‹ mit dem Genuß eines köstlichen und zugleich tollkühnen Leichtsinns, als vertraute ich einem verräterischen Gefährten ein Geheimnis. Oder aber ich zeichnete diesen Namen mit dem Finger auf ein Glas oder in den Sand und wischte ihn dann sogleich wieder aus, wie es ein Übeltäter macht mit den Spuren, die ihn anklagen können. Aber unversehens schienen das Getöse der Wellen, das Tuten der Dampfer, alle die Klänge der Insel und des Himmels miteinander diesen Namen zu rufen: ›Nunziata! Nunziatella!‹ Es war wie eine berauschende, ungeheure Revolution gegen dieses berühmte (in Wahrheit von mir selber erfundene) Verbot, welches seit jeher mir diesen Namen verwehrte, und zugleich eine höchste Anklage meiner Übertretung, so daß sie mich nahezu umwarf.

Der Name ›Nunziata, Nunziatella‹ hatte sich mir fast in einen unverständlichen Leitspruch verwandelt, gleichsam ein Losungswort unter Verschworenen, welches, wenn es für abwegiges Tun übernommen wird, sich seines ursprünglichen Sinnes entkleidet. So lenkte nicht einmal der Klang dieses Namens – nunmehr Symbol eines geheimen, übertretenen Gesetzes – meinen Geist auf ihr Angesicht, auf ihre körperliche Gestalt. Außerhalb ihrer Gegenwart schien sich mir ihre Person zu verbergen in einem Gewölk; dann aber, kaum kehrte ich in ihre Gegenwart zurück, riß das Gewölk auseinander, um mir stets das strenge Antlitz der Verneinung zu zeigen.

Sogar meinen Träumen hielt N. sich fern. Ich entsinne mich jedenfalls nicht daran, daß sie sie damals je besuchte.

Ich erinnere mich, daß ich zu jener Zeit Träume hatte wie aus ›Tausendundeiner Nacht‹. Mir träumte, daß ich flöge! Mir träumte, ein herrlicher Signore zu sein, der für die Menge Tausende von Talern in die Luft warf! Oder ein großer arabischer Monarch, der zu Pferde durch eine glühende Wüste ritt, und bei seinem Vorüberreiten sprangen aus den Wüstenfelsen die kühlsten Quellen gen Himmel!

In der Wirklichkeit dagegen schien ich auf einmal der bewaffnete Feind aller vorhandenen Dinge geworden.

Ich habe es schon gesagt, daß dies eine eigentümliche Jahreszeit für mich war. Der Gegensatz zwischen mir und der Stiefmutter war nichts anderes als eine der vielen Seiten jenes großen Krieges, welcher sich mit dem erblühenden Frühling rasch entfesselt zu haben schien zwischen Arturo Gerace und der gesamten übrigen Schöpfung. Tatsache war, glaube ich, daß dazumal die Wiederkehr der schönen Jahreszeit für mich das Erleben jenes Alters mit sich brachte, das in *guten Familien* als das *schwierige Alter* bezeichnet wird. Es war mir niemals zuvor widerfahren, daß ich mich so häßlich fühlte: in meiner Gestalt und in allem, was ich tat, nahm ich eine sonderbare Anmutlosigkeit wahr, die bei der Stimme anfing. Ich hatte eine unangenehme Stimme angenommen, welche nicht mehr ein Sopran wie früher und auch noch nicht ein Tenor wie später war: sie klang wie die eines verstimmten Instrumentes. Und alles übrige glich der Stimme. Mein Gesicht war noch glatt, von ziemlich rundlicher Prägung; mein Körper hingegen nicht. Die Kleidung von früher paßte nicht mehr, so daß N., wenngleich meine Feindin, sich daran machen mußte, gewisse Seemannshosen für meine Größe herzurichten, welche eine befreundete Krämersfrau ihr auf Kredit gegeben hatte. Und derweil gewann ich den Eindruck, als ob ich ohne Anmut wüchse in unproportionierter Weise. Meine Beine zum Beispiel waren in wenigen Wochen so lang geworden, daß sie mir hinderlich wurden, und die Hände waren zu groß geworden im Vergleich mit meinem mager und geschmeidig gebliebenen Körper. Wenn ich sie ballte, kam es mir vor, als hätte ich die Fäuste eines ausgewachsenen Briganten, der nicht ich selber war. Und ich wußte nicht, was tun mit diesen Mörderfäusten: mir war beständig zum Raufen zumute, wo es auch sei, so sehr, daß ich – wäre ich nicht durch meinen Hochmut daran gehindert worden – Lust gehabt hätte, mit dem ersten besten zu streiten, etwa gar mit einem Ziegenhirten, mit einem Tagelöhner, oder mit wem auch immer. Statt dessen knüpfte ich mit niemandem Gespräche oder Händel an; im Gegenteil, ich hielt mich von allen abseits, womöglich noch mehr als vorher. In Wahrheit

fühlte ich mich als eine so mißratene und unselige Figur, daß ich am liebsten fortgegangen wäre, um mich in irgendeiner Höhle einzuschließen, wo man mich in Frieden wachsen lassen würde bis zu dem Tage, da ich – zumal ich ja schon ein ziemlich hübscher Knabe war – ein ebenso hübscher Jüngling geworden wäre. Aber: mich einschließen gehen! Freilich, leicht gesagt! Wie sollte ich es ertragen, eingeschlossen zu bleiben, wo mir doch war, als hätte ich einen höllischen Geist im Leibe, der mich in eine Art wildes Tier verwandelte, den ganzen Tag lang auf der Jagd nach wer weiß welcher Beute. Die Gunst der Jahreszeit verbitterte noch meine Laune; im Winter, im Sturm wäre ich zufriedener gewesen. Der frühlingshafte Liebreiz der Insel, welcher in anderen Jahren mich so sehr erfreute, flößte mir fast eine wütende Ironie ein, während ich auf die Felsen und Wiesen hinaufkletterte und wieder hinabstieg mit meinen langen Beinen, einer Gemse ähnlich oder einem Wolf, in einer fortwährenden Rastlosigkeit, die keinen Ausweg fand. In manchem Augenblick überwältigte mich der trimphierende Frohsinn meiner Natur und riß mich hin zu ungewöhnlichem Überschwang. Die phantastischen Blumen der Vulkane, die jedes Fleckchen unbebauten Geländes überwucherten, schienen mir zum erstenmal gewisse köstliche Motive ihrer Formen und Farben zu erklären, die mich einluden zu einem heiteren, schillernden Fest... Doch sogleich erfaßte mich wieder der gewohnte trostlose Zorn, herber noch durch die Schmach dieses meines vergeblichen Ausbruchs. Ich war nicht eine Ziege oder ein Schäflein und konnte mich nicht an Gräsern und Blüten sättigen! Und um mich zu rächen, verwüstete ich die Wiese, riß die Blumen aus, zertrat sie grimmig unter den Füßen.
Meine Verzweiflung glich dem Durst und dem Hunger, obschon sie etwas anderes war. Und nachdem ich so sehr begehrt hatte, zu einem reiferen Alter zu gelangen, sehnte ich mich fast nach meinem früheren Alter zurück: was entbehrte ich damals? Nichts. Ich hatte Lust zu essen, und ich aß. Ich hatte Lust zu trinken, und ich trank. Ich wünschte mich zu vergnügen, und ich fuhr davon im ›Torpedoboot der Antillen‹. Und die Insel, was war sie für mich gewesen bisher? Ein Land voller Abenteuer, ein seliger Garten! Jetzt

dagegen kam sie mir vor wie eine verhexte und wollüstige Behausung, in der ich nichts fand, was mich sättigte, wie der unglückliche König Midas.
Mich überkamen Gelüste der Zestörung. Ich hätte ein rohes Handwerk ausüben mögen, zum Beispiel als Steinklopfer, um meinen Körper vom frühen Morgen bis zum Abend mit irgendeiner nichtigen und gewaltsamen Tätigkeit zu beschäftigen, die mich auf irgendeine Weise zerstreuen würde. Alle Freuden der schönen Jahreszeit, die mir einstmals genügten, erschienen mir unnütz, lachhaft, und es gab nichts, was ich ohne einen Willen zu Angriff und Grimm getan hätte. Ich tauchte ins Meer mit kriegerischen Gebärden nach Art eines Wilden, der sich auf den Gegner stürzt, ein Messer zwischen den Zähnen, und schwimmend hätte ich das Meer zerbrechen, verwüsten mögen. Dann sprang ich in mein Boot und ruderte wie besessen in die Weite hinaus, und dort auf hoher See gab ich mich mit meiner mißtönenden Stimme verzweifeltem Singen hin, als ob ich Schimpfworte heulte.
Bei der Rückkehr streckte ich mich auf den besonnten Sand, der einem schönen seidigen Körper ähnlich war in seiner lauen, leiblichen Wärme. Ich überließ mich, gleichsam eingewiegt, der leichten Müdigkeit des Mittags; und ich hätte den ganzen Strand umarmen mögen. Zuweilen sagte ich Zärtlichkeiten zu den Dingen, als ob es Menschen wären. Ich begann etwa zu sagen: »Ach, mein schöner Sand, mein Strand, mein Licht!« und andere, kompliziertere Zärtlichkeiten, geradezu toll. Allein es war unmöglich, den großen Leib des Strandes zu umarmen, mit seinen zahllosen, glasigen Sandkörnchen, die mir durch die Finger rannen. Dort nahebei verströmte ein Häufchen Seetang, in der Frühlingsluft zersetzt vom Salz, einen gärenden Duft, so süß wie Schimmel auf den Trauben, und als sei ich eine Katze geworden, vergnügte ich mich, diesen Seetang zu beknabbern und wild umherzustreuen. Allzu groß war meine Lust zu spielen: mit wem es auch sei, ja sogar mit der Luft! Und ich äugte zum Himmel hinauf, die Lider kräftig auf- und zuklappend. Das reine Blau, das sich über mich breitete, schien näher zu rücken, sich zu bestricken wie ein Sternenhimmel, dann zu entbrennen in einem großen ein-

zigartigen Feuer, dann höllenschwarz zu werden... Ich drehte lachend mich um auf dem Sand: die Nichtigkeit dieser Spiele reizte mich auf.

Dann wurde ich von einem fast brüderlichen Mitleiden mit mir selbst ergriffen. Ich zeichnete in den Sand den Namen: *Arturo Gerace* und fügte hinzu: *ist allein* und fuhr fort: *immer allein*. Und später, während ich wieder zum Hause hinaufstieg mit der Gewißheit, dort nichts weiter zu finden als eine Feindin, überfielen mich oft teuflische Wünsche. Ich beschloß, die Stiefmutter bei den Haaren zu packen, sie zu Boden zu werfen und sie zu stoßen mit diesen meinen übergroßen Fäusten, indem ich rief: ›Schluß jetzt mit deinem verfluchten Benehmen! Hör auf damit!‹ Aber nachher in ihrer Gegenwart verflogen meine finsteren Vorsätze. Ich fühlte mich befangen und voll Scham, als wäre dort in der Küche kein Platz mehr für mich. Die berühmte Bank, auf der ich einst mich auszustrecken liebte, war zu kurz geworden für mein Körpermaß. Meine langen Beine, meine unnatürliche Stimme, meine Hände behinderten mich mehr denn je. Und eine trübe, heillose Ahnung durchdrang mich: daß meine gegenwärtigen Häßlichkeiten und nichts anderes der Grund seien, warum N. mich von sich stieß.

Wenn man alt ist, ich weiß, dann nehmen sich derlei Tragödien vor allem komisch aus, und jetzt aus dem Abstand, wenn man so will, lache auch ich darüber. Doch muß man bedenken, daß es nicht leicht ist, die letzten Grenzen jenes so üblen *schwierigen Alters* zu überschreiten, ohne irgendwen in der Nähe zu haben, dem man sich anvertrauen könnte: weder einen Freund, noch einen Verwandten! Damals spürte ich zum erstenmal in meinem Leben wahrhaft die ganze Bitterkeit allein zu sein. Ich fing an, die Gegenwart meines Vaters verzweifelt herbeizusehnen (er war nunmehr seit ungefähr zweieinhalb Monaten abwesend: ein unerwartet langer Zeitraum nach jener Epoche, während der man ihn, wie ich bereits gesagt habe, häufig auf der Insel wiedersah). In meiner Sehnsucht machte ich mir ein romantisches Bild von ihm, nicht allzu ähnlich, muß ich sagen. Ich vergaß völlig, daß niemals zwischen uns irgendeine Vertraulichkeit bestanden hatte. Und daß ich gewisse Dinge besonders ihm niemals anzuvertrauen gewußt oder

vermocht hätte. Ich vergaß sogar sein Betragen in den letzten Zeiten, welches gewiß nicht ermutigend war für ein Gespräch.
Ich vergegenwärtigte mir W. G. als so etwas wie einen großen, zärtlichen Engel, meinen einzigen Freund auf Erden: als den, welchem ich all meine Bedrängnis vielleicht gestehen könnte, selbst die ungestehbare, und daß er mich begreifen, mir erklären könnte, was ich nicht begriff. Nach und nach, während dieser mein trügerischer Frühling reifte in Wirrnis und Qual (und es sollte der letzte Frühling sein, den ich in Procida verlebte!), klammerte ich mich an die engelhafte Vision meines Vaters wie an die einzig erhoffte Zuflucht. All das, was einen solchen Traum unwahrscheinlich, utopisch machte, verbarg ich mir damals. Eine Hoffnung schwächt das Gewissen zuweilen wie ein Laster.
Und ich fing wieder an, wie als Knabe, wenngleich aus anderen Gründen, auf Wilhelm Gerace zu warten. Ich fand mich treu und beharrlich auf der Landungsbrücke ein zu jeder Ankunft des Dampfers aus Neapel: bis er, wie es unvermeidlich war, eines schönen Tages wiederkehrte. Er traf mit dem zweiten Nachmittagsdampfer ein, welcher gegen sechs Uhr in den Hafen einlief. Es war Mitte Mai, die Tage waren nun lang, und um sechs Uhr dauerte das volle Sonnenlicht noch an.

Auf der Mole

Als ich ihn auf dem Deck auftauchen sah, unlustig und einsam, ein wenig abseits von der kleinen Gruppe der ankommenden Passagiere, schickte ich mich an, ihn von unten zu rufen mit unbezähmbarer Freude. Sogleich aber gewahrte ich an seinem Ausdruck, daß er beinahe ärgerlich war, mich hier zu finden. Und als er neben mir stand, forderte er mich ohne weiteres auf – er unterließ es, mich zu begrüßen –, mich auf den Heimweg zu machen ohne ihn, da er sich hier noch aufhalten müsse und dann auf eigene Faust nachkommen würde. »Wir sehen uns bald wieder, zu Hause.« Dann, mich verstohlen, wenn auch zerstreut anblickend, fügte er hinzu: »Nanu, was hast du gemacht, Arturo? Wie du ge-

wachsen bist in diesen Monaten!« Tatsächlich, als ich vor ihm stand, brauchte ich nicht mehr die Augen aufzuheben, um ihn anzuschauen, wie in früherer Zeit, und in seiner Überraschung lag ein Ton von Kälte, als ob er mich so verändert nicht mehr erkenne.
Dieser frostige und eilige Satz war immerhin das einzige Zeichen von Aufmerksamkeit, das er mir schenkte. In Wirklichkeit schienen seine Pupillen mich kaum zu sehen in jenem Augenblick. »Also«, wiederholte er, »bis nachher.« Und sein wirres, etwas fiebriges Gebaren verriet allein die Ungeduld, sich von meiner Person zu befreien.
Ein solcher Vorfall hatte sich noch niemals zugetragen unter anderen ähnlichen Umständen in der Vergangenheit. Für gewöhnlich war er immer erfreut, sich von mir zum abfahrenden Dampfer begleiten zu lassen, und er freute sich noch mehr, wenn er die Überraschung hatte, mich bei der Ankunft vorzufinden. Dieser sein neuer, unerklärlicher Wille traf mich härter als eine Ohrfeige. In meiner Verwunderung und Erniedrigung war ich beinahe im Begriff, ihn wie um eine Gnade zu bitten, mich unterdessen seinen Koffer nach Hause tragen zu lassen. Sofort aber schämte ich mich bis in den Grund meiner Seele, eine solch dienerhafte Versuchung empfunden zu haben. Ich war nicht hergekommen, um für ihn den Gepäckträger zu spielen! Und ohne ihn nach Erklärungen für sein Verhalten zu fragen, ohne ein Wort zu ihm zu sagen, entfernte ich mich mit gleichgültiger Miene und einer Art Grinsen auf den Lippen.
Ich gehorchte jedoch seinem Befehl nicht, mich auf den Heimweg zu machen: ich wollte vielmehr fast als Herausforderung, auf der Landungsbrücke bleiben. Und nachdem ich ein paar träge Schritte gegangen war, machte ich nicht weit von ihm neben einem Warenballen halt, gegen den ich mich mit der Hüfte lehnte in der Haltung, welche die Kerle auf manchen Abbildungen der Gaunerwelt einnehmen. Ich wollte ihm um keinen Preis meine bittere Niedergeschlagenheit zeigen. Doch ihm, der zufrieden war, allein gelassen zu werden, war es gleichgültig, ob ich ihm gehorcht hatte oder nicht. Er blieb neben der Anlegebrücke stehen, seinen Koffer zu Füßen, wie in Erwartung von irgendwem,

der in Kürze aus demselben Dampfer aussteigen müßte, und unterdessen hielt er die Lider verächtlich gesenkt, ohne auf mich oder sonst irgend etwas um sich herum zu achten. Wer mochte wohl dieser verspätete Passagier sein, auf den er wartete? War er vielleicht diesmal nicht allein auf die Insel gekommen? Unter diesen Vermutungen wandte ich, um meine Anmaßung zu zeigen, die Augen nicht von ihm ab, und ich bemerkte, wie mager er geworden war. Sein Anzug, den er schon im Winter getragen hatte, war ihm viel zu weit geworden. Darunter ließ das Hemd ohne Knöpfe seine schneeweiße Haut frei: offensichtlich war er trotz des schönen und warmen Sommers in diesem Jahre noch niemals an der Sonne gewesen.
Er zündete eine Zigarette an und warf sie sofort wieder weg. Dabei bemerkte ich, daß seine Hände zitterten, und die Gleichgültigkeit seines Betragens verriet ihm zum Hohn die tapfere Entschlossenheit, eine übertriebene und verderbliche, kindische Beklommenheit zu verscheuchen. Es war deutlich, daß die geheimnisvolle Person, welche sich in diesem Augenblick von ihm erwarten ließ, eine seltene Herrschaft über seine Gedanken ausübte. Aber aus einem letzten Anspruch seines Stolzes wollte er sich selbst vortäuschen, nicht allzusehr mit seiner wachsamen Aufmerksamkeit an dieser getreuen und faszinierten Erwartung teilzunehmen; und darum geschah es, daß er die Augen niederschlug und sie gewaltsam gerade von jener Brücke, von jener kleinen Treppe ablenkte, auf welche seine begierigen Sinne sich am schärfsten hefteten.
Aber wen erwartete er nur? Nach allem, was man sah, waren nunmehr die wenigen Passagiere, die nach Procida wollten, alle aus dem Dampfer ausgestiegen, so daß man bereits die Abreisenden hatte einsteigen lassen und nur noch auf das Abfahrtssignal wartete, um die Taue loszumachen und in See zu stechen. ›Vielleicht‹, so dachte ich voll Spott, ›wartet er auf irgendeinen Zuchthäusler.‹ Tatsächlich behielt man es den neuen Gästen der Strafanstalt vor, als Allerletzte an Land zu gehen: wenn das Gedränge des Abreisens und Ankommens aufhörte und die kleine Menschenmenge auf der Landungsbrücke sich verlief.

Ich hatte gedacht ›er wird auf einen Zuchthäusler warten‹, allein aus einer ironischen Anwandlung, ohne freilich vorauszusehen, daß ich das Richtige erriet. Ich nahm in diesem Augenblick wahr, daß der kleine Lastwagen der Strafanstalt, welchen ich zuvor nicht bemerkt hatte, an der Einbiegung zur Piazza parkte und daß ein Wachtposten in graugrüner Uniform mit umgehängtem Bajonett in der Nähe des Dampfers auf und ab ging. Sichere Anzeichen dies, daß sich an Bord irgendein neuer Gast des Kastells von Procida befand, der noch immer eingeschlossen war in der Sicherheitskabine neben dem Laderaum und darauf wartete, daß die beiden Posten, die zu seinem Geleit bestimmt waren, ihn an Land führten. Eine weitere kurze Zeitspanne verstrich, vielleicht eine Minute, in der mein Vater mit äußerster Aufbietung seines Willens eine kalte und unbewegte Teilnahmslosigkeit zu erreichen suchte, fast als ginge ihn das bevorstehende Ereignis oder irgendein anderes menschliches Geschehen gar nichts mehr an. Unentwegt hielt er die Lider gesenkt, als ich ihn mit einemmal zusammenzucken und seine Augen sich voller Licht, kindlich und blau, unwillkürlich zum Deck des Schiffes emporrichten sah. In diesem selben Augenblick erschien das erwartete Dreigespann, den Einwohnern der Insel nun schon vertraut, auf der Brücke und wandte sich der kleinen Treppe zu. Da überraschte mich eine ungewohnte Empfindung, vielleicht teuflisch und erbärmlich!

Für gewöhnlich neigte sich mein Herz jedesmal, wenn am Hafen ein derartiges Terzett auftrat, unverzüglich dem Verurteilten zu. Und mochte er auch ein verworfenes, wüstes Aussehen haben wie der übelste Schurke, das zählte nicht. Er war ein Gefangener: und darum für mich engelgleich. Sobald ich ihn erblickte, träumte ich von Brüderlichkeit, Flucht, und während ich zum Zeichen der Hochachtung meine Augen von ihm abkehrte, hätte ich ihm meine Verbundenheit als Mitverschworener zurufen mögen. Diesmal allerdings hatte ich kaum einen ersten Blick auf den neuen Zuchthäusler geworfen, und schon hegte ich eine solch wilde Abneigung gegen ihn, daß ich es nicht über mich

brachte, seine Gesichtszüge deutlich zu unterscheiden, von denen ich ohne weiteres annahm, daß sie von entsetzlicher Häßlichkeit waren, eine Annahme, welche der Wahrheit genau widersprach. Kurzum, ich kann sagen, daß ich ihm vom ersten Augenblick an einen unerbittlichen Haß gelobte. Fast verspürte ich das ruchlose Verlangen, die Gefängnisverordnung möge den Wachen, die ihn mit einer geradezu beschützenden Miene geleiteten, vorschreiben, ihn statt dessen unter den gröbsten Mißhandlungen elendiglich auf dem Landungssteg entlangzuzerren. Was ich mit meinem feindseligen Blick an ihm feststellen konnte, während er schnell an mir vorüberging, war vor allem, daß es sich um einen außerordentlich jungen Verurteilten handelte: er schien noch kaum das Mindestalter erreicht zu haben, das für Sträflinge vorgeschrieben war. Auf seinem Gesicht und seinen mit Handschellen gefesselten Händen trat im Freien jene fast graue Blässe hervor, welche die dunkle Haut im Gefängnis annimmt; doch nicht einmal diese traurige Farbe machte ihn älter. Sie verhärtete vielmehr einen Zug jugendlicher, plebejischer Roheit, wie ihn viele haben mochten, der aber an ihm besonders auffiel und wie in sein Gesicht gemeißelt war, besonders im Bogen der Lippen und am Ansatz der tiefschwarzen Haare. Diese finstere Lebenskraft, die schlimmer war als Schamlosigkeit und mir geradezu zwielichtig vorkam, wurde in meinen Augen sogleich zum eigentlichen Kennzeichen dieses Menschen. Es war eine zweifelhafte Erscheinung und auf Grund ihrer Schwärze geheimnisvoll, und sie flößte mir von Anfang an wütende Gefühle ein, die miteinander im Streit lagen.
Er senkte sein Gesicht auf die Brust in einer bitteren Zerknirschung, die zugleich zu den Umständen paßte und wie eine Ironie wirken konnte. In der Tat, dem Ausdruck seines Gesichts widersprach seine Körperhaltung, die in den Bewegungen eine frische und aggressive, scherzende Jugend verriet. Er war von mittlerer Gestalt, doch weitaus kräftiger als mein Vater und erschien deshalb auf den ersten Blick nicht weniger groß als er. Und für die Reise hatte er seinen besten Straßenanzug mit gut sitzendem und auffälligem Schnitt angezogen, wie es manche Verurteilte, vor allem Neulinge, bei solchen Gelegenheiten bisweilen aus Koket-

terie tun; aber in diesem Anzug bewegte sich sein Körper wie in einem Jockeikostüm mit einer unbezähmbaren Freiheit, albern und glücklich!
Es hatte den Anschein, als ginge er insgeheim der eigenen Verurteilung wie einem Ruhm entgegen, der sich auf die beiden größten Herausforderungen gründete: die Selbstbehauptung und das Abenteuer! – Später suchte ich seinem Verhalten eine laienhafte Erklärung zu geben: da nämlich seine zur Schau getragene Verurteilung mir schließlich einigermaßen lachhaft vorkam. Und so mußte auch sein Verbrechen sein, stellte ich mir vor ... Damals freilich hielt ich dieses Bürschchen für einen Mörder, einen echten Zuchthäusler! Und ich machte den Fehler, seiner Aufschneiderei prometheischen Rang zu geben, wie ich später erzählen werde.
Außer gewissen Verklärungen romantischer Herkunft wurde mir in der überaus kurzen Zeit, die dieser Auftritt dauerte, ein Feingefühl zuteil, das an die Hellsichtigkeit reichte, wie man sie mitunter bei Frauen oder Tieren findet. Zum Beispiel erriet ich sogleich, daß mein Vater diesen Verurteilten nicht erst seit heute, sondern schon länger kannte, und der Blick, welchen er auf ihn richtete, wird sich niemals aus meinem Herzen verlieren. Seine Augen (immer die schönsten von der Welt für mich) waren wie zwei Spiegel beim Vorübergleiten einer himmelblauen Gestalt zu einem klaren, unwahrscheinlichen Türkis geworden, ohne eine Spur ihres sonstigen trüben Schattens zu zeigen. Und ihr Ausdruck mochte einen treuen Gruß bedeuten, ein erdachtes Einverständnis, einen armseligen und verzweifelten Empfang; vor allem anderen aber bedeutete er eine flehende Bitte. Es hatte den Anschein, als bäte Wilhelm Gerace jenen um ein Almosen. Was konnte er wohl erbitten von jenem Unglücklichen, dem es nicht einmal gewährt war, ein Wort zu sagen, ein Zeichen zu geben? Einen Blick als Antwort auf seinen Blick anbetender Freundschaft war alles, was er von ihm erbitten konnte. Und diese einzige erflehte Gunst, die er meinem Vater hätte gewähren können, die verweigerte er ihm. Ja, da er ihn vielleicht zu seinem eigenen Verdruß, flüchtig erblickt hatte, verlieh er seinem kindlichen Gesicht, als er an ihm vorüberging, vor-

sätzlich einen Ausdruck von Ekel, von Unduldsamkeit und kränkender Verachtung für Wilhelm Gerace. Und seine tiefschwarzen Augen blieben beharrlich in eine andere Richtung gewandt. All dies dauerte kaum ein paar Sekunden: die Zeit, die jenes unglückselige Terzett benötigte, um zum Lastauto der Strafanstalt zu gelangen. Ich sah, wie mein Vater sich von seinem Platz löste und fast unbewußt den dreien zu folgen versuchte, doch sogleich vom Wachtpolizisten zurückgestoßen wurde. Erst als man den Wagenschlag des Lastautos zuklappen hörte, wurde ihm erlaubt vorbeizugehen, und das Lastauto hatte bereits den Gang eingeschaltet, als er es erreichte. Nun sah ich ihn einen Augenblick wie unsicher stehenbleiben, darauf ein paar Schritte in der Richtung auf das Auto zulaufen mit verlorenen, vor Nutzlosigkeit fast komischen Gesten. So wie sie die Mütter haben, die krank sind vor Schmerz, wenn sie sich endlich aus den Armen dessen reißen, der sie zurückhält, und mit einem Aufschrei des Jammers die Treppe hinuntereilen auf die Straße, wo schon die Leichenträger mit ihrer kleinen Last auf der Schulter das Haustor verlassen haben und sich um die Straßenecke entfernen.
Dann hielt er inne und blieb in einer müßigen Haltung eine Weile dort stehen, ohne sich an seinen Koffer zu erinnern, der verlassen neben der Schiffsanlegestelle geblieben war. Ein kleiner Junge vom Hafen kam und zupfte ihn am Anzug, um ihn an das Vergessene zu gemahnen, und dann kehrte er mit mechanischen Bewegungen zurück, um sich seinen Koffer wiederzuholen. Mich, der ich mich beständig dort gegenüber bei jenen Warenkisten aufhielt, bemerkte er überhaupt nicht, und wahrscheinlich hatte er mich die ganze Zeit über nicht bemerkt. Ich sah ihn sich mit seinem Koffer auf den Weg machen hinauf über die Piazza, allein und schlaff in den Schultern, die ein wenig gebeugt schienen. Ein paar Minuten danach verließ ich mit einem Gefühl von Trägheit und Unlust die Landungsbrücke.

Dies war, solange ich denken konnte, der längste Aufenthalt meines Vaters auf der Insel. Er war, wie ich schon sagte, etwa Mitte Mai angekommen und reiste bis zum Winter nicht wieder ab. In diesem Zeitabschnitt herrschte auf der Insel ein beständiger und wunderbarer Sommer, während im Bubenhaus die Zeit düster und wechselvoll dem letzten Sturm entgegenreifte... Ich werde mit dem ersten bedeutsamen Ereignis anfangen, welches für mich jenen Sommer historisch machte und das sich wenige Tage nach der Ankunft meines Vaters zutrug, vielleicht in der dritten Woche des Mai.
Unter den Bekannten von N. war eine etwa einundzwanzig Jahre alt, eine Witwe, mit Namen Assuntina. Obgleich ich sie häufig sah, war mir doch niemals aufgefallen, daß sie hübscher war als die anderen Gevatterinnen, welche unser Haus besuchten. Der einzige Unterschied, durch den sie mir unter den anderen aufgefallen war und weshalb ich mich vielleicht weniger grob gegen sie gezeigt hatte, war, daß sie infolge einer als kleines Mädchen erlittenen Krankheit ein wenig hinkte. Diese ihre Unterlegenheit erschien meinen skeptischen und ungnädigen Augen eher als eine Anmut: um so mehr, da sie in der Eitelkeit eines elementaren Geschöpfes es genoß, häufig die Pose einer Kranken voller Schwermut anzunehmen, wenngleich in ihrem Körper die Gesundheit und die Überfülle der Jugend blühte. Ihre Verwandten und Freundinnen hatten sie, um sie über die erlittene Krankheit und dann über die Witwenschaft zu trösten, immer durch besondere Rücksichtnahme und Schmeicheleien verwöhnt: und sie war herangewachsen mit einem gewissen wehrlosen und weichen Gehabe, ähnlich dem orientalischen Schmachten einer Lieblingskatze.
Ihr Körper, obschon von kleinem Wuchs und zarten Knochen, war hübsch gebaut und ziemlich üppig: das aber hatte ich – ich wiederhole es – nicht bemerkt. Mir kam sie vor wie ein Bündel, nicht mehr und nicht minder als die anderen Weiber.
Sie hatte braune, vielmehr olivenfarbene Haut, langes und glattes schwarzes Haar.
Von dem Fensterchen unserer Küche, welches auf das ab-

schüssige Land hinausschaute, sah man einen langen Pfad, der gewunden wie ein kleiner Fluß ins Tal hinabführte, und dort unten erkannte man auch das Häuschen, wo sie mit ihren Eltern wohnte. Diese, selbständige Bauern, begaben sich jeden Tag zu ihrem Anwesen auf der anderen Seite der Insel zur Arbeit. Aber Assuntina war dank ihrer ehemaligen Krankheit von der Feldarbeit befreit, und so verlebte sie, da sie keine Kinder hatte, besonders während der guten Jahreszeit einen großen Teil des Tages allein im Häuschen. Wenn ich zufällig dort vorüberging, geschah es häufig, daß ich sie draußen vor der Türschwelle sitzen und die Kräuter hacken sah für die Gemüsesuppe der Familie; oder auch wie sie sich vor einem kleinen Spiegel kämmte, indem sie den Kamm in einer Schüssel anfeuchtete. Wenn sie mich erblickte, strich sie das Haar zurück, etwas unentschlossen lächelnd, und neigte ein wenig ihr Haupt auf die Schulter, wenn sie mir mit ihrem Händchen ein Abschiedszeichen zuwinkte. Manchmal antwortete ich ihr mit einem eiligen ›Guten Tag‹, und manchmal antwortete ich überhaupt nicht.

Sie hatte stets zu den Freundinnen von N. gezählt; mit diesem Frühjahr jedoch vermehrte sie ihre häufigen Besuche im Bubenhaus noch bedeutend, wo sie im übrigen sehr gern gesehen war, sowohl von N. als auch von Carmine, der oft auf ihrem Arm lustig spielte, während N. sich in der Küche zu schaffen machte. Nahezu jeden Tag, wenn es geschah, daß ich gegen drei oder vier Uhr nachmittags heimkehrte, um etwas zu essen, fand ich sie dort, und bei meinem Eintreten grüßte sie mich mit ihrem gewohnten verschwiegenen Lächeln, welches sich kaum merklich auf ihren geschlossenen und gewölbten Lippen abzeichnete und einen samtartigen Schatten in ihre schwarzen Mandelaugen legte. Ich aber machte gar kein Aufhebens davon, weder von ihrem Lächeln noch von ihr selbst; ich hatte anderes im Sinn. Dann mit dem vorrückenden Frühling, als ich wieder anfing, das Haus während des ganzen Tages zu meiden, hatte ich äußerst selten Gelegenheit, dieser Frau zu begegnen.

Eines Nachmittags, wenige Tage nach der Ankunft meines Vaters, schlenderte ich in der Gegend einher, getrieben von jener verwünschten Laune, der ich seit einiger Zeit unterlag wie einem Fluch. Niemals hatte sich mir ein Sommer so öde und elendiglich angekündigt, und die Anwesenheit meines Vaters auf der Insel verschärfte noch – anstatt mich zu trösten, wie ich es erträumt hatte – meine sonderbare Empfindung, so etwas wie ein ungeschicktes Tier geworden zu sein, unbeliebt im ganzen Weltall. Wilhelm Gerace ging während seiner Rückkehr nach Procida meiner Gesellschaft hartnäckig aus dem Wege, wie er es niemals getan hatte in den vergangenen schönen Zeiten. Und seit dem Abend seiner Ankunft vermutete ich nach der Enttäuschung, welche ich bei seiner Landung empfunden hatte, daß seine Ablehnung vielleicht auch dem (zum schlechten) veränderten Aussehen meiner Gestalt zuzuschreiben sei. Jedesmal, wenn sein Blick auf mir ruhte, glaubte ich ein kritisches, erstauntes und negatives Urteil darin zu lesen, als erkenne er seinen Sohn Arturo nicht wieder in einem so häßlichen Kerl. Und mich deuchte, daß seine Augen, zwei gefrorenen Teichen ähnlich, mir die Beschreibung meiner Plumpheiten eine nach der anderen zurückwarfen: so daß ich im Gegensatz zu Narziß mir die Liebe zu mir selber benahm in heftiger Wut. Ich gelangte wirklich dahin, daß ich sehnlich begehrte, zurückzukehren zu der Zeit, da W. G. die Güte hatte, wenigstens zu sagen: »Na ja, nicht übel. Tja, nicht umsonst ist er mein Sohn!« Nachdem ich so viele Jahre hindurch mich gesehnt hatte, so groß zu werden, daß ich ihn erreichte, so empfand ich dagegen jetzt meine Größe neben ihm wie ein Hindernis, eine Schmach. Ich hatte den Eindruck, als betrachte er sie wie eine Art von seltsamer Gewalttat, welche man mit Abneigung oder Mißtrauen anzusehen habe. Und ich hätte gewünscht, von neuem klein zu werden.

Es versteht sich allerdings, daß ich meinen Hochmut nicht verleugnete. Ich zahlte ihm Kälte für Kälte heim. Und da ich mich der Beleidigung seiner Blicke lieber freiwillig entzog – ohne ihm auch nur die Initiative zu lassen –, benahm ich mich, als ob ich seine Gesellschaft ebenfalls miede, nicht minder als er die meine.

Soweit also war es mit meinem Leben gekommen: daß mein Vater mich zurückstieß, meine Stiefmutter mich von sich fernhielt, schlimmer als eine Schlange. Alles andere jedenfalls ist wünschenswerter, als Mitleid zu erwecken: und ich erweckte bei niemandem Mitleid. Am Abend kehrte ich nach Hause zurück mit einer Miene voller Heimlichkeit und Spitzbüberei, als hätte ich den Tag damit verbracht, Räuberbanden und Piratenschiffe anzuführen. In manchem Augenblick hätte es mir gefallen, ein wahres Ungeheuer an Häßlichkeit zu sein: zum Beispiel dachte ich mich in der Gestalt eines Albino, mit Hauern anstatt Zähnen, und ein Auge unter einer schwarzen Binde verborgen. Auf diese Weise hätte ich durch meine bloße Erscheinung alle schaudern gemacht vor Entsetzen.

Es war an einem jener Nachmittage, daß ich zufällig vor Assuntinas Haus vorüberging. Ich sah sie flüchtig, wie sie mich hinter dem Fenster grüßte, und ich glaube, ich erwiderte ihren Gruß nicht einmal; aber während ich mich entfernte, vernahm ich ihre kleinen behinderten Schritte, die mir nachliefen, und ihre Stimme, welche rief:

»Gerace! Gerace! Arturo!«

Korallen

Ich wandte mich um: »Guten Tag...« fing sie an, »auch einmal hier in der Gegend? Wie lange schon hab ich Euch nicht mehr gesehen...« Er war neu, dieser Brauch, mich mit ›Ihr‹ anzureden; mir fiel ein, daß sie mich in der Vergangenheit mit ›du‹ angesprochen hatte. »Guten Tag«, entgegnete ich ihr. Und da ich nicht wußte, was ich sonst noch hinzusetzen sollte, blickte ich sie von oben bis unten an mit der finsteren und verächtlichen Miene eines Tigers, dem im Dschungel eine Familie von kleinen Löwen über den Weg läuft.

Ihre bloßen Füße hatten sich im trockenen Staub des Erdbodens ganz mit Schmutz bedeckt, als wären sie im Schlamm gelaufen. Und sie erklärte mir sogleich, daß sie gerade dabeigewesen sei, sich die Füße zu waschen, als sie mich hatte vorbeigehen sehen, und um mich einzuholen, war sie weggelaufen, ohne sie auch nur abzutrocknen. Bei dieser Erklärung senkte sie den Blick auf ihre winzigen Füße in einer

vielsagenden Weise, die bedeuten sollte: ›Habt Nachsicht mit diesem Schmutz, ja, nehmt ihn als Zeichen meiner Aufmerksamkeit Euch gegenüber.‹
Darauf blickten ihre Augen mich wieder an, noch halb gesenkt, mit einem bedeutsam-verschwiegenen Ausdruck, voller Vorwurf und Ergebenheit zugleich: »Ich machte mich gerade bereit, um zu Eurem Haus hinaufzugehen«, hob sie wieder an, »aber ich wußte ohnehin, daß Ihr um diese Zeit doch nie da seid... Früher konnte es vorkommen, daß man Euch um die Zeit manchmal sah da oben; aber jetzt niemals! Weder um diese Zeit noch zu sonst irgendeiner Stunde!«
Ihre singende Stimme schien, als sie diese Worte sagte, sich fast zu beklagen. Und sie erinnerte mit ihren Lauten von sanfter Niedrigkeit an gewisse Töne, welche die Hündinnen und die Eselinnen von sich geben, wenn sie über Leiden klagen, welche man nicht begreift.
»Ich vermute«, fügte sie nach einem Schweigen hinzu, »Ihr müßt wohl einen Schatz haben unten im Dorf, daß Ihr den ganzen Tag außer Haus seid!«
»Ich hab überhaupt keinen Schatz!« erklärte ich mit düsterem Stolz.
»Wirklich? Habt Ihr wirklich keinen Schatz?... Aber ich glaub das vielleicht nicht so recht...«
Sie wagte, meine Worte anzuzweifeln! Allerdings, von seiten einer Frau war eine solche Beleidigung nicht so entehrend wie von seiten eines Mannes, und ich beschränkte mich darauf, einen Stein aufzuheben und ihn mit einer drohenden Bewegung weit fortzuwerfen, ohne sie einer weiteren Antwort zu würdigen.
»Und wenn Ihr wirklich keinen Schatz habt, warum seid Ihr dann den ganzen Tag weg? Hundertmal kommt man zu Eurem Haus und hundertmal trifft man Euch dort nicht an. Weder morgens noch nachmittags!«
»Und was geht Euch das an?«
»Mich... Ach, Ihr müßt doch jetzt nicht beleidigt sein. Wenn Ihr beleidigt seid, würde es mir Schande machen, und ich kann nicht weiterreden. Aber ich will Euch nichts vorlügen: mich angehen... ja, ein ganz klein bißchen geht es mich doch an. Und der Grund ist ein Geheimnis von mir,

von Assuntina... und Assuntina könnte das nur ganz allein Euch sagen, niemandem sonst könnte sie es anvertrauen... Beinah hätt ich Lust, wenn Ihr es wissen wollt, es Euch gleich jetzt zu sagen, dies Geheimnis; aber wenn Ihr es nicht wissen wollt, werd ich's Euch nicht sagen.«

Als Antwort verzog ich die Lippen, was deutlich heißen sollte: ›Ob Ihr es sagt oder nicht sagt, das kümmert mich überhaupt nicht. Tut, wie es Euch paßt.‹

»Also? Soll ich reden oder nicht? Na gut, ich rede, weil ich es mit diesem Stachel in der Kehle ja doch nicht länger aushalten kann.« Und sie begann zu sprechen und wiegte sich in ihrer zarten langsamen Sopranstimme: »Nun, die Sache ist nämlich so: wenn ich mit so viel Vergnügen zu Eurem Palazzo hinaufkomme – und ich gehe immer wieder hin, alle Tage steige ich morgens und abends da hinauf und sogar mit diesem schlimmen Bein –, dann komme ich nicht aus einem einzigen Grunde...sondern aus mehr als einem Grund. Allerdings, das versteht sich, ich komme aus Freundschaft zu Nunziata hin, und dann auch aus Freundschaft zu Eurem kleinen Brüderchen Carminiello. Das versteht sich. Das ist die Wahrheit, die alle miteinander kennen, aber das ist nicht die hauptsächlichste Wahrheit. Die hauptsächlichste Wahrheit ist eine andere, und dies ist mein Geheimnis, wovon ich redete... Daß Assuntina da hinaufkommt zu Eurem Haus, ist hauptsächlich wegen der Hoffnung, Euch da wiederzusehen!«

Hierbei wurde mein Gesicht wie Feuer. Ich hätte niemals geglaubt, daß eine Frau mit soviel Natürlichkeit eine so schamlose Erklärung machen könnte! Aber sie wurde nicht einmal rot! Im Gegenteil, als sie meine Wangen ansah, hatte sie ein süßes, sinnliches Lächeln. Und ich gewahrte flüchtig ihr rosa Zahnfleisch, von einer Feuchtigkeit benetzt, die ihre Zähne schimmern machte.

»Und so ist also mein Geheimnis jetzt Eures, und niemand anders darf es wissen. Ach, so war es schon lange, schon vor Ostern, ich schwör's Euch, daß ich diesen Gedanken im Sinn hatte! Ihr habt es ja gesehen, daß ich am Nachmittag hier immer ganz allein bin: und so fange ich alle Tage an, im stillen zu denken und zu überlegen. Ihr seid ein Mann, versteht sich, und Ihr denkt nicht. Die einzige Idee der

Männer ist immer bloß sich herumzutreiben: sie gehen in die Weinkeller, in die Wirtschaften... Sie denken nicht. Aber die Frauen dagegen, die denken! – Und wenn ich Euch hier vorn im Laufschritt vorbeikommen sah, so wie heute, dann hatte ich immerzu diese Idee: ›Er könnte sich auch ab und zu einmal hier hereinbequemen in mein Haus und Assuntina ein bißchen trösten, die hier ganz allein ist!‹«

Es entstand eine Pause. Mit gesenkten Augen blickte sie mich nur ganz verstohlen an: »Aber nachher«, fügte sie schließlich hinzu, »dann dachte ich, daß ich vielleicht gut daran täte, sie zu vergessen, diese Idee. Ja, es schien mir sogar, als hörte ich in mir drinnen eine Stimme wie von einer Alten, die zu mir sagte: ›Du, Assunti...! Er rennt womöglich, weil er zu irgendeiner Verabredung geht mit seinem Mädchen. Wer weiß, wie viele hübsche Mädchen der da hat. Du, statt dessen, so hübsch bist du ja gar nicht, auch ohne an das schlimme Bein zu denken. Und dann, neben ihm bist du ja sogar fast eine Alte.‹«

Als sie so geredet hatte, versank sie aufs neue in Schweigen mit einer Miene, als wolle sie sich brüsten mit ihrem Kummer. Sie stand mit gesenkten Augen da wie eine tugendsame Person, und dabei spielte ihre kleine dunkle Hand mit einer Schnur von Korallen, welche ihren Hals schmückten.

Da ich nicht wußte, was sagen, rief ich kühn und draufgängerisch: »Was für schöne Korallen Ihr habt!«

»Ach, das ist wahr, ja, häßlich sind sie nicht«, erwiderte sie ziemlich selbstgefällig, aber gleichwohl ein wenig traurig, »und ich hab nicht nur *diese* Korallen, ich hab auch noch andere. Genau passend zu dieser Kette hab ich auch Ohrringe, ein Armband und eine hübsche Brosche, eine ganz vollständige *Parure*«, sie gebrauchte wahrhaftig dieses französische Wort, ich entsinne mich ganz genau daran. »Sicherlich, alle zusammen kann ich mir nicht umbinden, besonders nicht nach dem Trauerfall«, bemerkte sie mit einiger Betrübnis.

Dann nahm ihre Stimme einen schwebenden weichen Klang an. »Ich bewahre sie zu Hause auf«, teilte sie mir mit, »da oben in meinem Stübchen... Na, wenn Ihr Freude habt

an schönen Korallen, so kommt doch dann und wann einmal, macht es Euch bequem, daß ich sie Euch zeige... Wann Ihr wollt, dann und wann...«
Und sie forschte in meinem Gesicht. Ich ließ mir nicht anmerken, ob ich diese ihre umständliche Einladung annahm oder ablehnte. Wie aus dem Hinterhalt fragte sie mich dann: »Und wo geht Ihr hin von hier aus, um diese Zeit?«
Und über ihr bräunlich getöntes Gesicht breitete sich ein Rosa, das weder dem der Schamhaftigkeit noch dem der Beschämung glich: vielmehr, möchte ich sagen, dem Gegenteil.
Ich wußte nicht, was antworten auf ihre Frage: in Wahrheit wußte nicht einmal ich selber, wohin ich ging, und genaugenommen ging ich nirgendwo hin. »Ach, wie heiß es ist um diese Zeit«, redete sie wieder, »und alle schlafen...« Während sie das sagte, richtete sie unter den länglichen und dicht bewimperten Lidern hervor, die ihr auf den Augen zu lasten schienen, einen Blick auf mich, welcher deutlich sprach: als ob sie eine Odaliske wäre und ich der Sultan!

Der kleine Biß

Und sie nahm mich bei der Hand und zog mich mit einem bedeutsamen und rätselvollen Lächeln mit sich ins Häuschen. Dort beendete sie als erstes unter meinen Augen sehr sorglich ihre Fußwäsche; darauf nahm sie die Korallenkette ab, welche sie auf das Tischchen neben dem Bett legte, und dann löste sie ihr schön gescheiteltes und glattes Haar aus den Spangen (es sah aus, als knüpfe sie die Bänder eines rabenschwarzen Häubchens auf).
So hatte ich an jenem Tag meine erste Geliebte. Im Verlauf dieser rühmlichen Stunde fielen meine Augen hin und wieder zufällig auf die Korallenkette dort neben dem Bett, und später hat der Anblick von Korallen mir stets den ersten Eindruck der Liebe ins Gedächtnis gerufen mit einem Geschmack von blinder und festlicher Heftigkeit, von frühzeitigem Sommer. Es macht nichts, daß ich diesen ersten Geschmack erfahren habe mit einer, welche ich nicht

liebte. Trotzdem hat er mir gefallen und gefällt mir überaus, und ab und zu des Nachts träume ich wieder von Korallen.
Als der Nachmittag zur Neige ging, riet mir Assunta, mich fortzumachen, weil bald ihre Familie heimkommen mußte. Ehe sie mich verabschiedete, reichte sie mir einen Spiegel und einen Kamm, damit ich mir die Haare ordne, und als ich mich im Spiegel erblickte, gewahrte ich, daß ich auf der Unterlippe eine winzige Wunde hatte, aus welcher ein Blutstropfen rann. Da gemahnte mich mein Gedanke wie mit einem Stoß an die Ursache dieser eben empfangenen Wunde, und zwar kam mir wieder in den Sinn, daß ich kurz zuvor in dem Augenblick, als ich Assunta liebte, mir die Lippen blutig beißen mußte, um nicht einen anderen Namen zu schreien: Nunziata!
Seit jenem Augenblick war es, als hätte ich dort vor dem kleinen Spiegel eine außerordentliche Enthüllung empfangen. Ich glaubte nämlich erst jetzt zu begreifen, was ich in Wirklichkeit wollte von meiner Stiefmutter: nicht Freundschaft, nicht Mütterlichkeit, sondern Liebe, gerade das, was Männer und Frauen miteinander tun, wenn sie verliebt sind. Folglich gelangte ich zu dieser großen Entdeckung: daß ich also ohne Zweifel in N. verliebt war. So war wirklich sie in meinem Leben die *erste Liebe*, von welcher man in Romanen und Gedichten erzählt! Ich liebte Nunz, und sicherlich hatte ich sie, ohne es zu wissen, geliebt seit jenem hinreichend bekannten Nachmittag ihrer Ankunft, vielleicht seit demselben Augenblick, als sie mir beim Aussteigen auf der Landungsbrücke erschienen war mit ihrem Tuch um den Kopf und ihren eleganten Schuhchen mit den hohen Absätzen. Überzeugt nunmehr von einer solchen Gewißheit, durchlebte ich jetzt in meinem Gedächtnis abermals alle launischen Wechselfälle, allen Widerstreit und Schmerz, die mich seit diesem fernen Nachmittag bis heute in ihrer Gewalt gehabt hatten: und alle Dinge, welche ich mir zuvor nicht zu erklären gewußt hatte, schienen mir jetzt erklärt. Ich sah nun all jene verstrichenen Monate vor mir wie eine unsinnige und richtungslose Überfahrt unter Stürmen, Schlingern und Verwirrung, bis sich mir zur Orientierung der Polarstern gezeigt

hatte. Und dies war er, mein Polarstern: Nunz, sie, meine erste Liebe! Eine solche Entdeckung erfüllte mich anfangs mit einem strahlenden und unbewußten Frohlocken; aber dann wurde ich mir sogleich klar über mein verzweifeltes Geschick. Wenn es unter den vielen Frauen, die auf der Welt lebten, eine gab, welche mir unerreichbarer war als alle anderen, meiner Liebe verwehrt durch ein höchstes Verbot, so war diese Eine N., meine Stiefmutter, die Gattin Wilhelm Geraces! Bis vor kurzem, als ich noch nicht wußte, daß ich sie liebte, durfte ich mir die Hoffnung erlauben, mich ihr wieder zu nähern, ihre liebreiche Freundschaft aufs neue zu verdienen. Jetzt hingegen war mir keine Hoffnung gestattet. Ja, ich hätte dem Kriegszustand danken müssen, welchen N. zwischen sich und mir aufrechterhielt: da er nämlich meine verbrecherischen Versuchungen wenigstens an jeder Gelegenheit hinderte, sich zu offenbaren. Und nicht allein das: sondern dank dieses Krieges, welcher uns trennte, vermochte ich noch ohne allzu große Gefahren oder Gewissensbisse in Procida zu bleiben, in demselben Hause mit meiner Liebe, und konnte die unerträgliche Pein vermeiden, ihr Angesicht nicht mehr zu sehen!

Ränke der Galanterie

So hatte ich abermals die Möglichkeit gefunden, einen Abschied hinauszuzögern, welcher sich mir nunmehr ankündigte wie eine notwendige Pflicht, und die sommerliche Jahreszeit, die gewöhnlich meine Tage mit Reichtum und Bewegung erfüllte, half mir bei diesem Verweilen. Alle Tage um die Nachmittagsstunde kehrte ich zum Häuschen Assuntinas zurück, die auf mich wartete. Und dort mit ihr in ihrem Kämmerchen fand ich ein wenig Ruhe in meiner Ruhelosigkeit. Sie wunderte sich, daß ich, obschon ich immer mit ihr ins Bett ging, ihr niemals einen Kuß gab, auch nicht den kleinsten und einfachsten, den man sogar einer Schwester gibt, und ich antwortete ihr, daß ich Küsse nicht gern hätte, daß sie mir läppisch vorkämen. Die Wahrheit jedoch war eine andere: daß ich es niemals vermochte, jenen ersten, einzigen Kuß zu vergessen, welchen ich N. gegeben

hatte. Und diese andere Frau zu küssen, die ich ja nicht liebte, wäre mir wie ein Verrat an N. erschienen.
Jetzt erfüllte meine Erinnerung – die Täuschungen von früher erkennend – jenen Kuß, den ich N. gegeben hatte, mit dem ganzen glühenden Geschmack der Liebe: mit allen sinnlichen Wonnen, den leidenschaftlichsten Gedanken. Mir war, als hätte ich in jenem so kurzen Augenblick, als ich N. küßte, alle Verheißungen des Paradieses erfahren, welche einzig der wahren Liebe angehören und die ich mit Assuntina niemals erfahren konnte. Wenn ich das schamlose Gebaren von jener sah, vergegenwärtigte ich mir das so bescheidene, so lautere Betragen von N., und vor Jammer schmerzte mir das Herz. Wenn sie dann sah, wie ich düster wurde im Gesicht, fragte mich Assuntina: »Na, was hast du?« – »Laß mich in Frieden«, sagte ich zu ihr, »ich hab die Traurigkeit.« – »Und kann ich dich nicht vielleicht trösten?« – »Du kannst mich nicht trösten, weder du noch sonst wer. Ich bin ein wahrhaft Unglücklicher.«
Obschon ich Assuntina nicht liebte, war ich dennoch froh, eine Geliebte zu haben, und vor allem stolz, so sehr, daß es mir gefallen hätte, dem ganzen Volk die Nachricht mitzuteilen (außer allein meinem Vater; vor ihm hätte ich mich geschämt, ich weiß nicht warum). Assuntina dagegen, wie es nur natürlich ist, empfahl mir immer wieder vollkommene Verschwiegenheit, und ich unterwarf mich diesem Opfer nach den gerechten Gesetzen der Ehre. Allerdings fand ich Mittel und Wege, um durch eine gewisse Haltung überlegener Albernheit zu verstehen zu geben, daß in meinem Leben irgend etwas war...
Es hätte mich gefreut, wenn es insbesondere einer bestimmten Person zu Ohren gekommen wäre...
Eines Tages, so entsinne ich mich, hegte ich den Plan, zum Beispiel ein paar Meter Spitze (auf Kredit, versteht sich) zu kaufen oder auch Strumpfbänder für Frauen bei einer mit N. befreundeten Krämerin, die ich ermahnen wollte, kein Wörtchen über meinen Einkauf verlauten zu lassen, vor niemandem, und ganz besonders nicht vor meiner Stiefmutter: auf diese Weise hätte die Krämerin ohne weiteres begriffen, daß es in meinem Leben eine geheimnisvolle

Frau gab! Aber leider fehlte mir, als ich vor der Ladentür angelangt war, die Dreistigkeit hineinzugehen, und ich kehrte um, ohne etwas ausgerichtet zu haben. Hier bemerke ich, daß ich mich bei der Vorbereitung auf dieses verfehlte Unternehmen keineswegs über die Verschwiegenheit der Krämerin täuschte, ja, ich war sogar schon im voraus überzeugt, daß diese niemals den Mund hätte halten können N. gegenüber. Ich sage: ›Ich war überzeugt‹; aber ich täte besser daran zu sagen: ›Ich zählte darauf.‹

Assuntina hielt trotz ihrer treuen und eifrigen Freundschaft mit der Signora Gerace ihre eigene galante Romanze mit deren Stiefsohn Arturo sorgfältig vor ihr verborgen. Und so blieb die Stiefmutter dank Assuntinas Vorsicht in völliger Unkenntnis dieser großen Neuigkeit: nicht weniger als es Carminiello sein konnte. Darüber hätte ich mich nach der sittlichsten Logik trösten müssen; statt dessen war ich in meinem Innern eher verärgert darüber.

Die Ruhmsucht, welche mich reizte, vor der Öffentlichkeit meine Eroberung herauszuposaunen (so daß ich, was mich anlangte, die Nachricht gern in den Zeitungen abgedruckt hätte), zielte, glaube ich, in Wirklichkeit geradenwegs auf die Stiefmutter. Bei der Vorstellung, daß ihr irgendeine Klatschbase einen Hinweis, irgend etwas Ausspioniertes, ins Ohr flüstern würde, fing ich unwillkürlich zu lachen an. Aber genug: mein friedloses Herz hätte eine Art von Erfolg ausgekostet, wenn sie auf die eine oder andere Weise zu wissen bekommen hätte...

Der Fußsteig

Aber wieso ein Erfolg?! Was zum Teufel war es denn für ein Erfolg? Zweifellos, auf diese Frage zu antworten, wäre ein großes Problem für mich gewesen. Ich machte mir jedoch nicht so viele Probleme, wenn ich mich meinen Phantasien überließ.

Und während ich vorgab, Assuntinas Zurückhaltung vor N. zu achten, hegte ich in Wirklichkeit insgeheim eine entgegengesetzte Absicht. Diese Absicht lehrte mich listenreiche und gewundene Wege. Dann und wann ließ ich in Gegenwart von N. ein paar halb enthüllende Worte fallen, oder aber ich warf auf Assuntina feurige Blicke oder ich winkte ihr kleine Zeichen des Einverständnisses zu, wobei ich so tat, als glaubte ich, die Stiefmutter schaue uns in diesem Augenblick nicht an... Die schlaue Assuntina setzte dann sogleich die Miene einer Heiligen auf, und später im Häuschen tadelte sie mich: »Gib acht, sei vorsichtiger!« Ich aber versicherte ihr als Entgegnung: »Geh, mach dir keine Gedanken, meine Stiefmutter begreift rein gar nichts, die hat weniger Verstand als Carmine. Ihre Gedanken bestehen bloß aus Avemaria und Vaterunser: alles andere sieht sie nicht und begreift sie auch nicht. Was meinst du, selbst wenn sie in diesem Augenblick hier zur Tür hereinschaute, würde die sogar denken, daß wir miteinander im Bett liegen, bloß um in aller Seelenruhe zu schlafen wie Bruder und Schwester.«

Und zum mindesten in diesem Punkt (daß die Stiefmutter allzu schwerfällig wäre im Begreifen) waren meine Worte nicht gelogen, sondern entsprachen meinen Gedanken.

Jeden Tag fing ich an, wenn der Nachmittag zur Neige ging, um die Stunde, da ich das Häuschen verließ, unter verschiedenen Vorwänden darauf zu bestehen, daß Assunta mich den Fußsteig zu meinem Haus hinaufbegleite. Und auf dem Weg, besonders auf dem letzten Stück, schickte ich mich unversehens an, sie zu umarmen, sie um die Hüfte zu fassen. »Paß auf, was du tust!« empörte sie sich und versuchte, mir zu entfliehen. »Doch nicht hier, auf der Straße! Es könnte uns jemand sehen!« – »Ach, wer soll uns wohl sehen!« erwiderte ich ihr. »Wo es ganz einsam ist!« In Wirklichkeit dagegen hatte ich bereits einen Augenblick, ehe ich sie umarmte, dort oben an dem Küchenfensterchen des Bubenhauses einen lockigen und flüchtigen Schatten erspäht, welcher sich bestürzt hinter das Fenstergitter zurückzog, sobald unser Paar hinter der letzten Biegung oben am Weg auftauchte, gerade unter dem Fensterchen.

In jenen Tagen offenbarte sich im Verhalten meiner Stiefmutter etwas Ungewohntes, das auch ein mittelmäßiger Beobachter sicherlich bemerkt hätte. Sie schien in eine Art von Gedankenlosigkeit gesunken, welche ihrem Gesicht eine traurige, fast bläuliche Blässe verlieh. Sie führte ihre

Arbeit, ihre gewohnten häuslichen Verrichtungen mit einer lastenden Trägheit aus und zuweilen mit einer zerstreuten Zusammenhanglosigkeit, als ob ihr Körper sich gegen seinen Willen bewegte, von ihrem Geist getrennt, und ihre Sanftmut war einer Erregtheit gewichen, welche an Jähzorn grenzte. Ich hörte sie Carmine schelten; sie ging sogar so weit, meinem Vater schroff zu antworten, und ihre Freundinnen beklagten sich über ihr sonderbares Wesen, das ganz anders sei als sonst.

Eines Tages, als ich die Augen hob, überraschte ich sie, wie sie mich anschaute. Im ersten Moment blieb ihr Blick, als er den meinigen kreuzte, unwillkürlich auf mir haften mit dem Ausdruck eines rauhen, pochenden Schmerzes; sogleich aber wurde er wieder bewußt und zog sich unter die blassen Lider zurück. Ich entsinne mich nicht, ob das Folgende sich gerade an dem Nachmittag dieses selben Tages zutrug oder aber an einem anderen späteren Tag. Ich stieg den Fußweg in Begleitung Assuntinas hinauf, und wie gewöhnlich warf ich hin und wieder einen heimlichen Blick zum Fensterchen des Bubenhauses, bis ich kurz darauf jenen kleinen vertrauten Schatten erblickte, der sich dort oben hinter das Fensterkreuz preßte. Da beeilte ich mich, Assunta ohne weiteres leidenschaftlich zu umfassen. Und ich, der ich sie sonst niemals küßte, drückte ihr da ganz unerwartet einen wunderschönen Kuß mitten ins Gesicht.

Weiberszene

Zu einer bestimmten Stunde des folgenden Morgens, als ich vom offenen Meer hereinkommend an meinem Strand landete, hatte ich den Einfall, für einen Augenblick zum Hause hinaufzugehen, vielleicht um ein Ruder meines Bootes auszuwechseln oder aus anderen ähnlichen Gründen. Und schon am Ende der Terrasse wurde ich von wildem Weibergeschrei überrascht, welches von der Küche herkam und in das sich das Weinen Carmine's mischte. Auf der Schwelle der Fenstertür angelangt, fand ich mich vor einer ungewöhnlichen Szene. In der Küche waren außer dem Stiefbruder die Stiefmutter und Assunta, und die erstere,

von Wut verzerrt, schrie auf die zweite ein, als ob sie sie zerfleischen wollte.
Assuntina, die völlig bestürzt und verstört aussah, brach bei meinem Eintreten in Tränen aus und rief mich zum Zeugen dieser Szene an, indem sie sagte, sie begriffe gar nichts davon. Sie erklärte, sie sei kurz zuvor hier hereingeraten, um Nunziata zu begrüßen wie üblich, und sie habe Carmine aus seinem Körbchen aufgenommen, um ihn auf dem Arm zu wiegen, wie sie es so viele Male tat. Aber da sei in diesem Augenblick meine Stiefmutter über sie hergefallen wie ein wildes Tier und habe ihr Carmine aus den Armen gerissen, und dann, als der Junge, so brutal weggerissen, zu weinen anfing, habe sie ungerechterweise gegen sie, Assunta, losgeschimpft und sie, ausgerechnet sie der Schuld bezichtigt, den Jungen zum Weinen gebracht zu haben! Und so habe sie immer weitergeschimpft und ihr befohlen, sich von jetzt an ja davor zu hüten, ihn auf den Arm zu nehmen, weil er, dies Kindchen, einen Haß auf Assunta habe wie Rauch in den Augen, und wenn er sich bloß von ihr angefaßt fühle, sei ihm schon zum Weinen zumute. Und gerade da sei ich darüberzugekommen, schloß Assunta unter Tränen, und nun könne ich in Treu und Glauben dies von ihr geschworene Zeugnis zur Kenntnis nehmen: daß es nicht ihre Schuld sei, wenn mein Brüderchen weine! Sie konnte also nicht einsehen, warum sie so schändlich behandelt wurde: als ob es ein Verbrechen geworden sei, ein kleines Kind auf den Arm zu nehmen!
Bei diesen Rechtfertigungen Assuntas geriet die Stiefmutter, anstatt sich zu beruhigen, in einen immer schlimmeren Zorn, bis sich von einem Augenblick zum anderen ihr Gesicht verwandelte wie eine Furie.
»Du«, schrie sie ihre Freundin plötzlich an, »bei mir, hier in diesem Haus, darfst du dich nie mehr blicken lassen!«
So schimpfend, schüttelte sie den Kopf in der Art zänkischer Weiber aus den niederen Gassen: »Ich will dich hier nicht haben! Ich bin die Herrin in diesem Hause!« fuhr sie fort, ganz außer sich. Und auf einmal wollte sie sich auf die andere stürzen. Zum Glück jedoch kam ich rechtzeitig dazwischen, um sie daran zu hindern, und ich packte sie an den Handgelenken und stieß sie mit Gewalt gegen die Wand.

Dort gegen die Wand gedrückt, versuchte sie nicht einmal um sich zu schlagen aus Stolz. Aber ich spürte durch ihre Handgelenke hindurch all ihre Muskeln beben, eine verzweifelte Wildheit entwickelnd, und ihre Pupillen glichen in diesem Augenblick geradezu den Feuern zweier im Sturm verirrter, elender und erhabener Sterne. Weiß unter den wirren und vom Schweiß auf der Stirn klebenden Locken wandte sie das Gesicht von mir ab und kehrte es der Gegnerin zu: »Geh!« schrie sie ihr zu, wie hingerissen von Haß. Und setzte hinzu: »Geh, du von Gott Gezeichnete!«

Diese Worte ›von Gott Gezeichnete‹ sind eine äußerste Gemeinheit, die bei uns zulande von herzlosen Menschen gebraucht werden, um die Krüppel, die Lahmen und dergleichen Unglückliche zu beleidigen. Bei einer so ruchlosen Anspielung brach die arme Assunta in Schluchzen aus und lief mit ihren kleinen fehlerhaften Schritten auf die Tür zu. Und ich ließ entrüstet die abscheuliche Stiefmutter stehen und ging zusammen mit ihr hinaus, um sie ein Stückchen Weges zu begleiten, wie ich es für meine Pflicht ansah.

Obgleich sie sich dankbar zeigte für diese meine ritterliche Zuvorkommenheit, fing sie trotzdem an, sobald wir allein waren, mir meine Unvorsichtigkeit vorzuwerfen: »Wenn du achtgegeben hättest, wie ich dir immer geraten habe, dann hätte deine Stiefmutter nie und nimmer was geahnt, denn sie ist nicht argwöhnisch. Und jetzt siehst du, was dabei herauskommt. Sie hat, glaube ich, alles entdeckt! Wahrhaftig, wenn ich mich auch da vor ihr so gestellt habe, als glaubte ich an diesen Vorwand mit Carminiello, begreife ich doch ganz gut, daß dies bloß ein Vorwand von ihr gewesen ist, um mir nicht die Wahrheit ins Gesicht zu sagen. Übrigens, wenn ich jetzt dran denke, machte sie mir schon seit mehreren Tagen so ein finsteres Gesicht. Die Wahrheit ist die, wenn du Assunta hören willst: daß sie deinetwegen, weil du zu leichtsinnig bist, gemerkt hat, daß wir beide uns treffen. Und nach ihrer Meinung ist das, was wir tun, eine schandbare Sünde, und eine Frau wie ich, die das tut, ist eine Frau ohne Ehre und Sitte. Weil sie ehrsam ist, ekelt sie sich vor meiner Freundschaft und will nichts mehr davon wissen. Na gut, ganz wie sie will! Aber ihre Meinung ist ungerecht: denn ich bin nicht Mädchen, ich bin Witwe, und eine Witwe, wenn sie auch mit jemand zusammenkommt, begeht doch nicht eine so große Sünde wie ein Mädchen: eine viel kleinere! Nichts zu machen, ich wußte es ja, daß sie eine Betschwester ist... Aber daß sie so hart ist, wußte ich nicht. Wer hätte das je gedacht, daß eine so sanfte Frau, die wie eine Bruthenne zu sein scheint, so ein böser, grimmiger Adler werden könnte!«

Die steinerne Stiefmutter

Unter solcherlei Ausbrüchen Assuntas waren wir ein gutes Stück Wegs hinabgestiegen, als sie mich ermahnte, mich zu entfernen – da sie nämlich von weitem eine Verwandte erspäht hatte, die auf das Häuschen zuging –, um nicht neue bösartige Verdächtigungen heraufzubeschwören. Und ohne zu widersprechen, trennte ich mich von ihr und bog in eine andere Straße ein.

Ich war diesem Zufall dankbar, der es mir erlaubte, ein wenig allein zu sein und mich ohne Zeugen meinem tiefen, unvernünftigen Jubel hinzugeben.

In Wahrheit hätte ich keinen Jubel empfinden sollen, sondern Reue. In der Tat, Assunta stellte sich nicht vor, in welchem Maße ich schuldig war: sie klagte mich eines unvorsichtigen Verhaltens an, ohne jemals das Schlimmste erraten zu können: daß nämlich dieses mein unvorsichtiges Verhalten nicht allein Leichtsinn, sondern auch Absicht gewesen war. Dennoch, obgleich meiner Schuld bewußt, spürte ich im Herzen gar keine Reue: im Gegenteil, ein innerstes, triumphierendes Frohlocken, welches meinen Schritt so beschwingt machte, als ob meine Füße die Erde nicht berührten.

Fast ohne es zu merken, hatte ich den Heimweg eingeschlagen; es war ungefähr Mittag, in der Küche schlief Carmiello friedlich in seinem Korb, und die Stiefmutter stand aufrecht vor dem Tisch. Darauf waren die üblichen Vorbereitungen für den Makkaroniteig zu sehen, die wegen der Szene von vorhin unterbrochen worden waren, und die

Hände von N. bewegten sich schwach auf diesem ausgerollten Teig, als wären sie willig, sich damit zu beschäftigen, aber besäßen nicht die Kraft, sich zu rühren. Ihr Antlitz war so weiß, so starr und verstört, daß es an eine schwere Krankheit denken ließ.
Ich fragte sie, ob mein Vater noch nicht aus seinem Zimmer heruntergekommen sei, und sie bewegte kaum merklich die Lider, um ›nein‹ zu antworten, doch selbst diese geringe Bewegung schien sie eine solche Anstrengung zu kosten, daß ihr ganzes Gesicht und insbesondere ihre Lippen zu zittern anfingen.
Erschrocken über ihren Anblick, fragte ich sie nun: »Was habt Ihr? Fühlt Ihr Euch schlecht?« (Seit sie diesen Abstand zu mir wahrte, des berühmten Kusses wegen, hatte ich diese Neuerung eingeführt: sie mit ›Ihr‹ anzureden. Und ich hätte nicht zu sagen gewußt, ob ihr dies von meiner Seite aus vorsätzlichen Respekt bedeuten sollte oder vielmehr Schmollen.)
Sie blickte mich mit zitternden Augen an, ohne zu antworten; aber als nähme mein Mitleid ihr die letzte Macht des Widerstandes, fiel sie auf einmal auf die Knie und, ihr Gesicht auf einem Stuhl verbergend, brach sie in ein schreckliches, trockenes Schluchzen aus. »Was hast du?« sagte ich zu ihr, »sag mir doch, was du hast!« Ich fühlte ein sanftes Verlangen, sie zu streicheln, wenigstens ihr übers Haar zu streicheln. Aber ihre Stirn, ihre kleinen, von der Arbeit verdorbenen Hände sahen so bleich aus, daß ich nicht wagte, sie zu berühren: ich fürchtete, ich würde sie töten. Unterdessen fing sie in diesem Schluchzen zu sprechen an mit einem Klang in der Stimme, welcher nicht der ihrige schien – so erwachsen, zerreißend war er: »Ach, ich bin verdammt. Ich bin verdammt. Gott ... verzeiht mir nicht ... mehr ...«
Worte unwillkürlicher Anbetung drängten sich mir auf die Lippen; ich hätte zu ihr sagen mögen: ›Aber du bist doch meine Selige des Paradieses! Du bist mein Engel!‹, doch ich begriff, daß ich sie damit erschreckt hätte. ›In diesem Augenblick‹, so dachte ich, ›ist es besser, wenn ich zu ihr spreche, als wäre ich ihr Vater oder etwas Ähnliches.‹ Und mit einer Stimme die mir zum Trotz einzig eine lachende und verwegene Leidenschaft ausdrückte und nicht die Strenge

eines Vaters, sagte ich zu ihr: »Ach geh! Verdammt?! Aber hör doch auf, benimm dich nicht so blöd!«
Endlich löste sich ihr grausames Schluchzen in Tränen auf, und ihr Stimmchen wurde mir aufs neue erkennbar, wenn auch von unerhörter Qual verzerrt: »Aber wie konnte ich nur«, klagte sie sich an im Weinen, »ein so schändliches Wort sagen zu dieser armen Frau! Es ist doch gar nicht ihre Schuld, wenn sie dies Leiden hat! Ach, so ein Wort zu sagen ist schlimmer als töten! Ich schäme mich, am Leben zu sein! Und was soll ich jetzt machen? Was soll ich machen? Ich muß zu diesem Christenmenschen hingehen und sie bitten, mir zu vergeben, die Worte zu vergessen, die ich gesagt habe, und hier zu mir zu kommen wie bisher... Ah, nein, ich kann nicht! Ich kann nicht!« Und wie entsetzt über sich selber, verbarg sie ihren Mund in den beiden Handflächen, indes ihre Augen beim Gedanken an Assuntina sich weiteten in einem wilden Haß.
»Ah, was soll ich mit mir anfangen? Was soll ich machen?« stammelte sie. Und unter diesen Fragen wandte sie mir einen tränenvollen und verirrten Blick zu, der von mir Hilfe oder Rat zu erflehen schien, als wäre ich Gott. Aber ihre Augen waren dabei so schön geworden, daß ich nicht mehr auf ihren Schmerz achtete: mir war, als erblickte ich auf dem Grunde ihrer Schwärze wie in zwei verwunschenen Spiegeln ferne Orte voller Licht und vollkommener Glückseligkeit! Und mit einem Aufjauchzen rief ich:
»Weißt du, was du tun mußt? Du mußt von Procida fortgehen, zusammen mit mir. So brauchst du Assunta niemals mehr wiederzusehen, wenn sie dir doch so unangenehm ist. Wir reißen alle miteinander aus, ich, du und Carminiello.« Und ich fügte ziemlich bitter hinzu: »Mein Vater kümmert sich sowieso nicht um uns; der bringt es fertig, es nicht einmal zu merken, wenn wir abreisen. Wir gehen alle drei zusammen in irgendein herrliches Land, ganz weit weg von Procida, ich suche es dir aus. Und da werd ich dafür sorgen, daß du besser lebst als eine Königin!«
Mit einer plötzlichen Bewegung hatte sie sich bei meinen Worten das Gesicht mit den Händen bedeckt; aber trotzdem war die heftige Röte zu sehen, welche sie bis zum Hals und zu den nackten Armen übergoß. Eine Weile gelang es ihr

nicht, mir zu erwidern; ihr stockender Atem verwandelte sich, während er ihr in der Kehle aufstieg, in eine rauhe, wilde Klage. Schließlich sagte sie:

»Artu!... du bist ja noch ein Bub, da wird Gott dir die schlimmen Sachen verzeihen, die du sagst, das Böse...«

Vielleicht wollte sie gerade aussprechen ›das Böse, das du tust‹, aber es mußte ihr wohl als ein zu strenges Wort gegen mich erscheinen, und sie beendete es nicht. Ich wurde bei ihrem Vorwurf, anstatt zu bereuen, von einem Aufruhr voller Freude durchdrungen, der mich noch mehr als zuvor toll und bedenkenlos machte: in Wahrheit war ihre Stimme hinter der kleinen Maske ihrer Hände hervor wie ein wundersamer Klang zu mir gelangt, welcher, deutlicher noch als ihre Nachsicht, die Herzensangst vor einem Verzicht unweigerlich verriet, und zugleich fast die Labsal einer süßen Dankbarkeit! Ich lief zu ihr hin und rief: »Ach, bitte, schau mir ins Gesicht, schau mir in meine Augen!« und mit Sanftmut und Kühnheit gewappnet, zog ich die Handflächen von ihrem Gesicht. Einen Augenblick blitzte ihr betroffenes Antlitz vor mir auf, noch sanft, noch rosig von der vorherigen Röte; aber schon war sie auf die Füße gesprungen, mit einer Blässe, die sie beinahe entstellte. Und gegen die Wand zurückweichend begann sie: »Nein! Nein! Was tust du? Geh weg... Artu... komm mir nicht mehr nahe, wenn du nicht willst, daß ich...« und ein wenig den Kopf zur Wand drehend, lehnte sie ihre Stirn daran, die sie in tiefe Falten zog, so als sammle sie in ihrer Schwäche, welche sie beinahe zu Boden gleiten ließ, all ihre Sinne in einem gigantischen und verzweifelten Willen.

Und ohne mich anzublicken, wandte sie von neuem ihr Antlitz zu mir, welches unkenntlich geworden war: tief gefurcht, erloschen, die dichten schwarzen Augenbrauen auf der Stirn zusammentreffend, schien sie das unheimliche und seelenlose Abbild irgendeiner barbarischen Göttin, einer wahrhaft verbrecherischen Stiefmutter.

»Artu«, sagte sie zu mir mit einer kleinen tonlosen Stimme, die zu einer Frau von vierzig Jahren gepaßt hätte – »früher hatte ich dich lieb... wie einen Sohn. Aber jetzt... hab ich dich nicht mehr lieb.«

Hier zitterte ihre Stimme wie in einem erstickten Krampf;

und dann sagte sie mit geschlossenen Augen in einem schrillen, verzerrten und beinahe hysterischen Ton: »Und deshalb... je weniger wir uns sehen werden, und je weniger du mit mir sprichst, um so besser wird es sein. Denke, ich wäre immer eine Fremde für dich geblieben; denn unsere Verwandtschaft ist auf immer tot! Und ich bitte dich, halte dich immer von mir fern, denn wenn du in meiner Nähe bist, ekelt es mich!«

Ich vermute, daß einer, der erfahrener gewesen wäre als ich, an meiner Stelle nicht daran gezweifelt hätte, daß sie log. Und er hätte ihr wohl gar gesagt: ›Schäm dich, ungezogene Lügnerin, und lerne wenigstens, mit mehr Geschick dich zu verstellen! Weil dir nämlich zu der Schändlichkeit der Lügen, die du sagst, der Mut nicht reicht und du dich an die Wand lehnen mußt, als wärest du darauf gefaßt, wie vom Blitz getroffen umzufallen. Und du schauderst dermaßen, daß ich auf diese Entfernung sehen kann, wie du sogar Gänsehaut bekommst!‹

Statt dessen hatte ich, als ich sie anhörte, zwar nicht die Gewißheit, aber doch die Vermutung, ihre Worte seien wahrhaftig ein Abbild ihrer Gefühle! Und diese Vermutung genügte, mich in eine eisige Traurigkeit zu stürzen, als hätte man mich mit einemmal dazu verdammt, mein Dasein in einer Polarnacht zu beschließen. Ich war urplötzlich versucht, zu ihr zu sagen: ›Wenn es wahr ist, was du behauptest, schwöre es!‹ Doch ich wagte es nicht; ich hatte allzu große Angst, daß sie wahrhaftig schwören und mir damit eine endgültige Gewißheit geben würde. Was mir am meisten weh tat, war dieses Wort ›es ekelt mich‹, das sie gesagt hatte; und ich stellte mir vor, daß der offensichtliche Schauder, der ihr geradezu Gänsehaut gemacht hatte, während sie in dieser Weise sprach, eben die natürliche Wirkung ihres Abscheus vor mir gewesen wäre. Nunmehr war ich fast soweit, mich davon zu überzeugen, daß Assuntina sich nicht irrte, wenn sie jene Szene, die sie ihr gemacht hatte, einer sittlichen Entrüstung zuschrieb! Und wenn man bedenkt, daß ich mir dagegen sogar geschmeichelt hatte, einer Eifersuchtsszene beizuwohnen und geradezu eine heimliche Befriedigung empfand bei dem Gedanken, daß zwei Weiber sich meinetwegen beinahe in die Haare gefahren wären unter meinen Augen! Nichts war trauriger, als auf so süße, zauberische Albernheiten verzichten zu müssen, einer häßlichen und ernsten, kalten Wirklichkeit wegen.

Die indische Sklavin

So schlimm verletzte sie mich mit diesen ihren Worten, daß ich verstummte; ich entgegnete ihr nichts. Es geschah in diesem Augenblick vielleicht, daß Carmine erwachte oder mein Vater hinzukam; ich entsinne mich nicht mehr genau daran; gewiß aber ist, daß bei diesen Worten unser Zwiegespräch abbrach.

Und von diesem Augenblick an blieb ihre Haltung mir gegenüber immer gleich und starr. Im Verlauf der Tage zeigte sie mir niemals mehr ein anderes Gesicht als dieses seelenlose und barbarische Bild mit den trüben Augen, den zusammentreffenden Brauen, welche mit der Falte der Stirn ein dunkles Kreuz bildeten. Ach, ich hätte es bei weitem vorgezogen, von ihr wirklich so behandelt zu werden wie von der falschesten Stiefmutter der Romane. Ich hätte es vorgezogen, sie in eine mörderische Wölfin verwandelt zu sehen als in dieses Standbild.

Unter anderem grübelte ich auch – in der Hoffnung, von ihr Vergebung zu erlangen – über einem Plan, Assuntina mit viel Aufsehen zu verlassen, da ich dachte, daß sie mich und jene auf die gleiche Stufe moralischer Verworfenheit stellte. Aber sofort kam mir in den Sinn, daß in Wirklichkeit ihr Entsetzen vor mir früher begonnen hatte, ehe ich mich mit Assunta verband: es hatte an dem Morgen jenes meines verhängnisvollen Kusses begonnen. Nein, auch Assunta zu verlassen, hätte mir zu nichts genützt. Es gab keinen Ausweg mehr für mich: N. verabscheute mich, ohne Verzeihen.

Ich verspürte ein solches Bedürfnis, mich mitzuteilen, wenigstens irgend jemandem, mich trösten zu lassen, daß ich manchmal versucht war, alles Assunta anzuvertrauen: meine geheime Liebe zu N., meine Verzweiflung, alles. Aber stets hielt ich mich rechtzeitig davor zurück, vor allem aus dieser Befürchtung: daß Assunta früher oder später meine Vertraulichkeiten N. erzählen würde. Sicherlich wäre der Abscheu von N. zum Äußersten gelangt, wenn sie zu wissen bekommen hätte, daß ich sie liebte. Eine derartige Enthüllung hätte sie in der Vorstellung bestätigt, die sie sich vielleicht schon von mir machte: daß ich nämlich ein fürchterliches Ungeheuer voller Bosheit sei, eine wahre Inkarnation des Satans. Dieser Gedanke genügte, mir jeden Wunsch nach Mitteilungen zu verbeißen. Und so erfuhr Assunta zum Glück niemals gewisse Wahrheiten.

Infolge dieser letzten Begebenheiten erschien mir meine Geliebte weniger schön als zuvor: sogar ihr schlimmes Bein, welches früher in meinen Augen etwas so Liebreizendes gewesen war, mißfiel mir. Die Versuchung, mich mit dieser Frau zu rühmen, verfolgte mich nicht mehr; und ich fand weniger Gefallen daran, mit ihr zusammenzusein. Gleichwohl fuhr ich fort, alle Tage zu ihr zu gehen, da nämlich jenes Häuschen die einzige Zuflucht war, die mir blieb. Ja, Assunta sagte sogar mit Genugtuung, daß ich leidenschaftlicher geworden sei als zuvor! Vielleicht weil die verzweifelten Flammen, die ich im Herzen verbarg, schließlich aufloderten und nicht mehr einzudämmen waren.

Überdies widerfuhr es mir zuweilen, daß ich, selbst ohne Assunta zu lieben, in einem Gefühl von Mitleid für sie erglühte, welches fast wie eine Liebe brannte. Gerade um des Gedankens willen, daß ich sie nicht liebte und daß sie mir nicht gefiel, oder daß ich mich geradezu langweilte, bei ihr zu sein, hatte ich Mitleid. So zart und klein und nackt auf der Matratze aus Mais, mit ihren olivbraunen kleinen Brüsten mit den geranienfarbenen Spitzen, ein wenig schlaff und länglich, daß man an Ziegen denken mußte; und mit diesem aufgelösten glatten Haar schien sie mir mitunter wie ein Wesen aus anderen Ländern, vielleicht gar eine kleine indische Sklavin. Und ich war ihr Oberhaupt und machte mit ihr, was ich wollte! Dann zeigte sich mir N. dort oben im Hause der Buben in der Gestalt einer großen weißen Herrin, funkelnd vor Verachtung; und um jenes betörende, schmerzliche Bildnis zu verscheuchen, ließ ich mich an Assunta aus, mißhandelte sie fast mit meiner unwirschen Glut. Jedoch küßte ich Assunta nie; meine Küsse sollten nur N. geweiht sein, das

war mir wie ein heiliges Gebot, das man nicht übertrat, ohne die Liebe zu beleidigen.
Wenn ich sodann um die Stunde des Sonnenuntergangs aus dem Häuschen trat, schämte ich mich vor mir selbst, daß ich so unwürdig war, mich unter den Augen von N. mit einer elenden Sklavin abgegeben zu haben. Ich schlenderte einsam in den Feldern umher, aus denen die zerrissenen und wuchtigen, rosa getönten Mauern des Bubenhauses aufragten; und ich hob die Augen nicht mehr zu jenem besagten Fensterchen, da ich doch wußte, daß ich es verlassen finden würde. Dort hinter jenen Mauern wohnte, umgeben von düsteren Verboten, meine Schloßherrin N., entrückt und unerreichbar. In der Ferne wurde mir ihre Gestalt größer als in Wahrheit; und es kam mir vor, als umkreisten sie im Fluge die Engel ihrer Phantasie wie Schwärme von schimmernden Uhus, Störchen und Möwen, die ihr bei Tag und bei Nacht einflüsterten, mich zu verdammen.

Siebentes Kapitel
Die Festung

O flots abracadabrantesques
(A. R.)

Lieber als die Sonne

Während ich unter demselben Dach mit N. wohnte und mir zumute war wie einem Verdammten an einem himmlischen Hofe, hatte ein anderes Kastell mittlerweile begonnen, meinen Geist zu beherrschen mit einer vielleicht noch phantastischeren Betörung. Die Strafanstalt der Insel, welche in meinen Augen stets die traurige Wohnstatt der Finsternisse gewesen war (kaum weniger hassenswert als der Tod), erstrahlte für mich während jenes Sommers in einem schimmernden Glanz: wie in den Verwandlungen der Alchemie, wo Schwarz in Gold übergeht.
Der Sommer schien in diesem Jahr vergebens zu leuchten für Wilhelm Gerace. Man wohnte einer in unserer Geschichte völlig neuen Begebenheit bei: daß sich nämlich mein Vater in der hochsommerlichen Jahreszeit während der lichtvollsten Stunden des Tages in geschlossenen Räumen dahinschleppte, als stünde die Zeit für ihn still in einer ewigen Winternacht. Er mied mit Verbissenheit alle köstlichen Beschäftigungen der schönen Sommerzeit, welche immer unsere höchste gemeinsame Glückseligkeit gewesen waren; und die weiße Farbe seiner Haut in den Monaten Juli und August flößte mir eine trauervolle und widernatürliche Empfindung ein, als wohnte ich irgendeiner ungesunden Veränderung des Kosmos bei.
Mehrmals, vor allem zu Anfang, stellte ich mich vor ihn hin mit gesenkter und grollender Stirn, um darauf zu beharren, daß er zum Strand hinunterkäme oder gemeinsam mit mir im Boot hinausführe. Diese meine Aufforderungen wurden von ihm stets mit verächtlicher Ablehnung zurückgewiesen, mit einem Anflug theatralischer Beklommenheit. Seinen Antworten nach hätte man meinen kön-

nen, daß er in diesem Jahre der Sonne, dem Meer, der brennenden freien Luft – ehemals so sehr von ihm geliebt – einen unbesiegbaren und rachsüchtigen Haß geschworen habe, zugleich aber mit dem Verzicht auf diese Dinge eine Art von heiligem und sühnendem Opfer darbrächte – nicht sehr verschieden von dem eines Andächtigen, der sich kasteit, um seiner Gottheit würdig zu werden.
Schließlich, so sehr er auch den Geheimnisvollen spielen mochte, brachte er es doch nicht fertig, sich nicht zu verraten – und hierin fand ich noch einmal die überirdische Anmut seines Herzens, das selbst in den verzweifeltsten Dramen immer noch ein wenig mit seinen eigenen Geheimnissen zu spielen vermochte. Aus gewissen Anspielungen begriff ich zuletzt, ohne länger zu zweifeln, seine rätselvolle Rechtfertigung, genau diejenige übrigens, die ich vorausgeahnt hatte: Irgendwer, der seiner Freundschaft teurer war als jeder andere, verbrachte seine Tage ummauert zwischen vier verfluchten Wänden. Und wie hätte er wohl einen Sommer genießen können, der jenem verwehrt war? Nein, er begehrte sehnlich, Stunde um Stunde das Leiden seines Freundes nachzuahmen; er hätte sogar auf irgendeine beliebige Weise sich eine gleiche Verurteilung verdienen mögen wie eine Ehre, wenn er nicht durch die Beraubung der Freiheit auch noch die letzte Möglichkeit verloren hätte, mit *ihm* in Verbindung zu bleiben. Allein diesem einzigen Umstand diente seine Freiheit; und die Erde mit dem Sommer und dem Meer, und der Himmel mit der Sonne und allen Planeten deuchten ihm nur Gerippe und flößten ihm Schauder ein.

Herkömmliche Perlen und Rosen

Bei solcherlei Aussprüchen meines Vaters war ich versucht zu entgegnen, daß ich wohl wüßte, auf wen er anspielte. Daß ich auf der Mole in einer Entfernung von vier Metern diese besagte Persönlichkeit gesehen hätte und diesen Menschen mit ganzer Seele verachtete, ja für eine stinkende Fratze hielte, unwürdig auch nur angeschaut zu werden, von Freundschaft ganz zu schweigen, so hassenswert wäre seine Häßlichkeit! Ich sprach jedoch nicht: ich runzelte hochmütig die Stirn und drehte meinem Vater den Rücken, als hätte ich seinen Worten nicht einmal zugehört, und wie immer machte ich mich allein auf den Weg hinunter zur Marina.

Nach jener unserer hinreichend bekannten Begegnung an der Schiffsanlegestelle hatte ich es stets vermieden, in Gedanken zu dem Bild des jungen Unbekannten zurückzukehren, den ich zwischen zwei Wachtposten auf der Mole hatte vorüberschreiten sehen. Die Szene dieses Nachmittags, von meinen anderen damaligen Bitternissen überschattet, war in den hintersten Winkel meines Gemütes zurückgescheucht worden, genau auf die gleiche Weise, wie jener dort hinauf in sein Gefängnis verbannt worden war. Für mich war er etwas Unheilverheißendes; und so wie ich an jenem Tage seine Gesichtszüge nicht deutlich habe beobachten wollen, so wollte ich mich jetzt nicht damit aufhalten, ihn mir ins Gedächtnis zu rufen. Wenn mir zum Trotz meine Gedanken zufällig wieder auf jenen Übeltäter fielen, so unterschieden sie nicht eine klar umrissene menschliche Gestalt, sondern eher so etwas wie eine unförmige Tonmasse, grau und trübe, von Häßlichkeit gezeichnet.

Doch zu gleicher Zeit schoß mir auch jener Gang wieder durch den Sinn, die beflügelte Eleganz, die Unverschämtheit und Naivität seiner Schritte, als er seinem Los entgegenging... Die anmutige Erscheinung, die vor meiner Verachtung wie ein Schwert aufblitzte, bohrte sich mir ins Herz mit einer Qual, die mich zusammenzucken ließ. Plötzlich erblickte ich an Stelle eines unseligen, in einem Zuchthaus begrabenen Schemens einen großartigen Aufschneider, durch liebenswerte Reize ausgezeichnet, dem sich vielleicht sogar die Schergen und Gefängniswärter zu Dienern machten.

In verräterischer Weise kamen mir aus meiner Kindheit auch gewisse romantische Vorurteile zurück, um ihn zu schmücken. Ich will damit sagen, daß nur schon die Bezeichnung ›Zuchthäusler‹ mir als Kind soviel wie ein Wappen galt. Und so erging es auch dem erwachsenen Wilhelm Gerace!

In der Tat (jetzt werde ich mir dessen bewußt), der Glaube Wilhelm Geraces strebte, um entbrennen zu können, nach dem urtümlichen Funken irgendeiner konventionellen Verführung: und die Figur des Zuchthäuslers kam seinen Sehnsüchten entgegen, die ewig kindlich waren wie die des Universums. Geradeso verlangt das Theaterpublikum, um seine Begeisterung anzufachen, nach herkömmlichen Heldinnen (La Traviata, die Sklavin, die Königin)... Und so bildet in aller Ewigkeit jede Perle des Meeres die erste Perle nach, und jede Rose formt sich wieder nach der ersten Rose.

Metamorphosen

Also, obgleich ich nicht darüber nachdachte, wußte ich doch in Wirklichkeit schon lange, wem die Gelübde und die ungewöhnlichen Qualen galten, die seit dem letzten Herbst das Dasein Wilhelm Geraces marterten. Dieses finstere Wissen aber entwirrte und verzweigte sich, unter meinen Gedanken verborgen, in den Tagen jenes fiebrigen Sommers.

Die wenigen Andeutungen meines Vaters, von denen ich gesprochen habe, waren zwischen uns beiden die einzigen Hinweise auf dieses Thema. Ich gab es auf, ihn in die Marina oder woandershin einzuladen, und von seinen Geheimnissen wurde zwischen uns nicht mehr gesprochen. Dieses zähe und peinigende Schweigen war nicht so sehr seinem Willen zuzuschreiben als vielmehr dem meinigen. Das Schweigen erschien mir fast wie ein Pfand, das ich mir selber schuldete für meine Verachtung gegen jenen Ungenannten von der Mole, und vielleicht täuschte ich mir vor, auf diese Art das Dasein jenes Menschen wahrhaftig unter einem Grabstein zu erdrücken, indem ich seine geheimnisvolle Macht leugnete. Es kam sogar so weit, daß ich einmal, als ich, warum weiß ich nicht, zufällig vor meinem Vater die Strafanstalt erwähnte, vor Empörung und Scham über mich selbst errötete.

Alle Tage zu einer bestimmten Stunde (meistens um den späten Nachmittag) unterbrach mein Vater seine verdrießliche Klausur und ging, jegliche Begleitung ablehnend, hinaus. Nun hatte ich es gewiß nicht nötig, ihm nachzuspüren, um zu erfahren, wohin er seine Schritte lenkte. Und das wie ein Turm emporragende Viertel der Zitadelle, welches ich schon in der Vergangenheit aus einer Art ehrfürchtiger Scheu stets bei meinen Spaziergängen gemieden hatte, umgab sich für mich mit einem neuen Verbot, sonderbar und ungeheuerlich. Es fällt mir noch heute schwer, mein Gefühl zu beschreiben, das zu ergründen ich mich damals übrigens selber weigerte. Vielleicht könnte man es mit jenem vergleichen, welches die mosaischen Volksstämme für den Tempel des Baal in Babylonien empfinden mußten; oder mit irgend etwas Ähnlichem!

Die gelegentlichen Andeutungen meines Vaters hatten mir schließlich bestätigt, daß er und der Verurteilte von der Mole sich kannten und Freunde waren schon vor jenem bewußten Tage, als ich sie in Procida aus demselben Schiff hatte aussteigen sehen. Und die verborgene Gunst des Schicksals (sie konnte kein Zufall sein), die ihn auf den Boden geführt hatte, der meinem Vater so teuer war, wurde mir zum erneuten Beweis eines magischen Bundes, der zwischen den beiden bestand. Das bei der Landung zur Schau getragene Verhalten des jungen Mannes genügte nicht, mich glauben zu lassen, daß er die Freundschaft meines Vaters nicht erwiderte: da nämlich die Frechheit dieses Menschen mir als sein natürliches Kleid erschien, so wie für den Leoparden das gefleckte Fell.

Ich kannte nicht das von unserem Eingekerkerten begangene Verbrechen. Immerhin aber hatte ich Gründe, ihm ein schweres Verbrechen zur Last zu legen, zumal die Strafanstalt von Procida selten unbedeutende Verbrecherlein beherbergte, und nach meiner Ansicht von den Dingen lautete das Urteil, das ihm am ehesten anstand, auf lebenslängliches Zuchthaus. Darum gab ich ihm schließlich in meinen Gedanken fast immer den Namen ›der Zuchthäusler‹.

Eine solche Vorstellung, daß er zeit seines Lebens hinter Mauern verbringen würde, konnte auch ein wenig Trost für mich sein; in Wirklichkeit aber handelte es sich um einen ebenso armseligen wie grausamen Trost. Ich spürte nämlich, daß seine Eigenschaft als Zuchthäusler, wenn sie auch einerseits die Herrschaft dieses Menschen über meinen Va-

ter einschränkte, ihn andererseits noch stolzer verherrlichte in seinen Augen, nicht weniger als in den meinen!
Mittlerweile begann sich mein kindliches und abergläubisches Vertrauen in die Autorität meines Vaters, die mir übermenschlich und wundermächtig erschien, wieder zu regen. Ich wußte, daß nach dem Gesetz die Häftlinge des Zuchthauses nur in weiten Abständen Besuch von Fremden empfangen durften, für die Dauer von wenigen Minuten und immer im Beisein der Wärter. Aber in irgendeinem unerforschten Grunde meines Geistes nistete sich dennoch die Meinung immer mehr ein, mein Vater begäbe sich alle Tage, wenn er ausging, zu einer Zusammenkunft mit dem Eingekerkerten. Dank wer weiß welcher unerklärlichen Mächte oder listiger Bestechungen gelangten sie durch unterirdische, geheime Gänge zueinander und weilten täglich beisammen. Jetzt nahmen in der für gewöhnlich schlafenden Region meiner Phantasie diese ihre Begegnungen wie in einem undurchsichtigen Nebel eine undeutliche, doch geheimnisvoll schaurige Gestalt an. Das seltsame Bild aus Ton, dunkel und flüssig wie Lava, das in meiner Anschauung, ich weiß nicht warum, den jungen Zuchthäusler darstellte, verwandelte sich durch einen widerlichen Zauber in die Person meines Vaters, in sie zerfließend und sich umgestaltend zu einem formlosen Standbild, schillernd und sagenhaft. Und diese unenträtselbare Metamorphose erhielt für mich den verborgenen Wert gewisser Träume, die uns später, wenn wir erwacht sind, sinnlos erscheinen und allein, solange wir träumen, wie unheilvolle Orakel vorkommen.
Und in diesem wirren Entsetzen loderte abermals, schlimmer als alles andere, jene Flamme gebieterischer und unvergleichlicher Anmut empor, welche in meinem Innern die Erscheinung von der Mole neu verklärte. Es war, als würfe der junge Sträfling mir einen höhnischen Gruß zu, indes er sich abermals aus einem mißgestalteten Ungeheuer in eine liebliche heraldische Figur verwandelte, welche meiner Verachtung zurief: ›Betrug!‹ Mitleidlos kehrten meine berühmten kindlichen Vorurteile aufs neue zurück, um ihn zu schmücken... Und in demselben Augenblick zeigte sich mir die Strafanstalt dem Kastell der Ritter von Syrien ähn-

lich, märchenhafte heraldische Abenteurer, einem blutigen Gelübde geweiht, drängten sie sich in den Mauern des Palastes, in dem allein mein Vater empfangen wurde. Jene dort oben beherrschten die Insel durch ihre tragische Verzauberung: auf ihren abgezehrten Gesichtern wurden die verschiedenartigsten Verbrechen und ihr Sklaventum ein Kunstgriff der Verführung wie das Rußschwarz auf dem Antlitz der Frauen. Und sie alle scharten sich im Kreis um jenen nebelhaften, unterirdischen Ort, ihn mit ihrer Schweigepflicht beschützend, wo mein Vater mit der Erscheinung von der Mole zusammentraf.

Wie nahe sie auch lag, so hatte sich die Gegend um die Zitadelle für mich in eine unbetretbare Dimension verschoben, außerhalb des menschlichen Bereiches, fast als wäre sie ein trauervoller Olymp. Ich war dahin gelangt, sie nicht allein von meinen gewohnten Reisewegen auszuschließen, sondern, soweit es möglich war, auch aus meinem Blickfeld. Im Boot vermied ich es, aus der Nähe die Nordspitze zu umschiffen, hinter welcher das Kastell oben auf einem Felssockel senkrecht über dem uferlosen Meer emporragte. Und wenn ich in der Weite dort vorüberfuhr, wandte ich die Augen stets dem offenen Meer zu und lenkte sie ab von jenem unregelmäßigen und massiven Umriß, der in der Ferne einem zernagten Tuffsteingebirge glich. Mein Aberglaube erweckte in mir bei diesem Vorüberfahren auf dem Meere manche Eindrücke, von denen ich wußte, daß sie falsch waren, die mich aber dennoch betörten. Mir war, als hörte ich aus der Tuffsteingestalt in meinem Rücken sonderbar melodische Echos, die im Gleichklang herüberhallten. Und es erschreckte mich der merkwürdige Verdacht, mitten in jenem Chor plötzlich die Stimme meines Vaters zu unterscheiden, unwirklich wie die eines Fetischs oder eines Gestorbenen. Er streifte dort umher in grabeshafter Herrlichkeit mit seinem weißen und verfallenen Gesicht.

Nun war es Ende September geworden. Eines Tages verspätete ich mich so sehr mit meinem Boot auf hoher See, daß ich, fast ohne es gewahr zu werden, die Stunde verstreichen ließ, da ich für gewöhnlich Assuntina aufsuchte. Als ich am Ufer landete, urteilte ich nach dem Stand der Sonne, daß es ungefähr vier Uhr nachmittags sein mußte; und tatsächlich hörte ich es kurz darauf vom Glockenturm ein Viertel nach vier schlagen. Ich beschloß, es sei zu spät, zu Assuntina zu gehen, und so verzichtete ich auf sie für diesen Tag. Nachdem ich das Boot aufs Trockene geschleift hatte, zog ich unter dem üblichen Stein, wo ich sie stets am Morgen zurückließ, meinen zerfetzten Pullover und die Stoffschuhe hervor, und ich schickte mich an, ziellos über gewisse steile Feldwege emporzuklettern, die bis ins Dorf hineinführten.

Die Schatten der Baumstämme und Grashalme waren schon ganz lang und die Farben gedämpft und kühl. Zwei Monate zuvor um die gleiche Nachmittagsstunde glühte noch die ganze Insel in einem Feuerbrand. Seither waren die Tage viel kürzer geworden. Bald würde der Sommer zu Ende sein.

An anderen Tagen war mir in Assuntinas Gesellschaft nie der Gedanke gekommen, diese Wirklichkeit zu beachten. Es war, als zeigte sich mir heute, meine Einsamkeit ausnutzend, ein trauriger, bleicher Geist mit halbgeschlossenen Lidern; er grüßte mich und glitt durch das Gras mit einem herbstlichen Rauschen. Sein Gruß bedeutete Abschied – als hätte ich damals gewußt, daß dies mein letzter Sommer auf der Insel war.

Wenn auch auf undeutliche Weise, so hatte ich mir doch, um die Wahrheit zu sagen, in jenen Monaten immer das Ende des gegenwärtigen Sommers als den äußersten Zeitpunkt gesetzt für meinen Aufbruch von Procida. Aber sobald ich ›Sommer‹ dachte, sah ich damals in meinem Sinn eine unbestimmte Jahreszeit ohne Grenze gleich einem ganzen Dasein. Ich gab mich in einer verworrenen Zuversicht der schmeichlerischen Hoffnung hin, daß eben dieser Sommer, so wie er die Trauben, die Oliven und die anderen

Früchte der Gärten zur Reife bringen würde, auf irgendeine Weise zugleich auch die Herbheiten meines Geschickes reifen und meine Schmerzen auflösen müßte in einer großen tröstenden Erklärung. Daß ich dagegen am Sommerende mit meinen unvermindert herben Schmerzen stand, dies war die Vorahnung, die ich nicht wahrhaben wollte und die ich gleichwohl im Lichte und im sachten Wehen der Luft wahrnahm wie einen doppeldeutigen und lähmenden Gruß. ›Frage ohne Antwort‹ bedeutete in Worte übersetzt jener Gruß: und nichts und niemand sagte mir ein anderes Wort; auch nicht die Augen von N., welche so schön und mütterlich waren und allein für mich zu Stein erstarrten!
Von meinem zerstreuten Sinn gelenkt, fand ich mich auf dem steilen Anstieg der ›Due Mori‹ wieder, der auf die Piazzetta del Monumento einmündet. Die Piazzetta, die nach Westen zu im Blickfeld der Marina von einem einfachen Geländer begrenzt ist, glänzte um diese Stunde in einem ruhigen und wunderbaren Feuer inmitten ihrer rosa-orangefarbenen Mauern und dem großen goldenen Widerschein des Wassers. Ich habe verschiedene Male von dieser schönen Piazzetta gesprochen, aber vielleicht habe ich noch nicht gesagt, daß von ihr im ganzen vier Straßen abzweigten. Eine davon war eben gerade dieser abschüssige Weg der Due Mori. Eine andere war jene, die wir so oft in der Kutsche gefahren waren und die zur Hafengegend hinunterführte und die dann auf der entgegengesetzten Seite der Piazza mit einem anderen Namen sich fortsetzte in das berühmte Gäßchen zwischen den Gärten. Die letzte Straße schließlich, die breiteste, gut gepflasterte auf der Seite gen Sonnenuntergang, schlängelte sich, gleichsam ein gewundener Aussichtsturm, zur Anhöhe der Bergfeste hinauf. Dasselbe Geländer der Piazzetta führte an ihrer äußeren Seite entlang, und auch sie war zu dieser Stunde, ebenso wie die Piazzetta, der vollen Sonne preisgegeben, die sie aufflammen ließ in einem wunderbaren orangefarbenen Rosa.

Dies war die einzige Straße auf der Insel, die zum Tor der Festung (so nennt das Volk zum Andenken an die altertümlichen Befestigungen die Gegend um die Strafanstalt) führte. Hier war es, wo das Lastauto, welches die neuen Gefangenen vom Hafen heraufbrachte, entlangfuhr. Und ich weiß nicht mehr, seit wie langer Zeit ich diese Straße nicht gegangen war, welche dazumal für mich wie ausgelöscht schien von der Insel.

An diesem Tage jedoch schlug ich sie unwillkürlich ein ohne langes Zögern oder Verwunderung. Ich verspürte höchstens ein rasches Herzklopfen, als vollbrächte ich mit dem Übertreten meines Gebotes eine tollkühne, aufsehenerregende Tat. Das lange Band der Straße war bis zur letzten sichtbaren Biegung verlassen, und es gab mir ein Gefühl von Ruhe, durch jene verzauberte Stille hinaufzusteigen, die mir fast eine Zuflucht zu bieten schien in ihrer grausigen Melancholie. Die Insel, die sich dort unten in ihrer Delphingestalt ausstreckte, umwogt von den Spielen des schäumenden Meeres, mit dem Rauch ihrer kleinen Häuser und dem Summen der Stimmen, erschien sehr fern und nicht mehr betörend für mich, der ich ernstere Betörungen suchte! Ich drang vor in eine Zone außerhalb des Jahres, wohin das Ende des Sommers weder Hoffnungen noch Abschiede brachte. Dort oben in den tragischen Palästen der Festung währte eine einzige reife und verzweifelte Jahreszeit, geschieden von der Welt der Mütter, wie eine erhabene Wüste.

Am obersten Stück der Steigung, zur Linken, dem Geländer gegenüber, begannen die ersten Gebäude der Strafanstalt mit den Wohnungen der Angestellten, den Büroräumen und Krankenstuben. Am Ende erweiterte sich der steile Weg zu einer Terrasse, welche auf zwei Seiten den Blick auf das Meer bot, das sich am Horizont in einer leuchtendblauen Kühle verlor. Hier ragte das gigantische Tor der Festung auf mit seinem hohen Steingewölbe und den in die Pfeiler eingehauenen Unterständen für die Wachtposten. Vor einem dieser Unterstände schritt unentwegt eine bewaffnete Schildwache auf und ab, die jedoch den freien

Vorübergehenden den Eintritt nicht verwehrte, weil jenseits des Tores außer der Stadt der Gefängnisse eine dichtbevölkerte Ortschaft lag mit altertümlichen Kirchen und Klöstern.
Als ich auf der Terrasse anlangte, sah ich wenige Meter vor mir meinen Vater, der, halb auf dem Geländer sitzend, der Aussicht den Rücken zukehrte und in einer Art verträumter Teilnahmslosigkeit sich das Haar von der Westbrise zausen ließ. Ich zuckte vor Schreck zusammen und blieb stehen, als ich ihn erblickte; doch er bemerkte mich nicht. Sein Gesicht, eckig vor Magerkeit, erschien gegen das Leuchten der sinkenden Sonne fast wie das Gesicht eines Jünglings, und die Schatten seines ungepflegten Bartes umgaben es wie ein goldener Flaum. Kurz darauf ging er weiter in seinem blauen verblichenen Leinenanzug, der auf der weißen Brust aufgeknöpft war und in der Luft flatterte, und ging unter der Wölbung des Tores hinein. Nun machte auch ich mich mit einem schleppenden Schritt, um die Entfernung von ihm einzuhalten, in der gleichen Richtung auf den Weg. Jetzt schien es mir, als hätte ich bereits vorher gewußt, daß ich hierher gekommen war, um ihm nachzuspüren. Und es wurde mir klar, daß ich vielleicht seit dem Beginn des Sommers mich darauf vorbereitet hatte, irgendeinmal den Spuren seines Geheimnisses zu folgen.

Die Jagd

Unter dem Gewölbe des Torweges hindurch, einem finsteren Gang, der auf der Tünche von oben bis unten mit staubigen, schwarzen Kreuzen bemalt war, gelangte man auf die Piazza Centrale der Festung hinaus, die ihrer gewaltigen Ausdehnung wegen wie ein Platz in einer Großstadt anmutete, aber immer seltsam verödet war. Zur Linken dieser Piazza, am Ende eines steilen gepflasterten Hohlweges, versperrte eine Pforte den Zugang zu einem weiten und unbedeckten gelben Hof, in welchem riesengroße rechteckige Gebäude emporragten. Auf der Pforte las man die Inschrift: ›Zuchthaus‹ rings um ein farbiges Relief der heiligen Muttergottes der Barmherzigkeit.

Das war der Eingang zur Strafanstalt. Von hier aus stieg der Hügel der Gefängnisse hinan über ein paar niedrige, von Mauerwerk geschützte Bauten hinter der Piazza Centrale bis hinauf zum alten Kastell, das man wie einen Turm aufragen sah, zur Rechten jenseits der kleinen Ortschaft, die sich zu seinen Füßen kauerte. Eine Sekunde lang wartete ich mit schwankendem Herzen, daß mein Vater mit sicherem Schritt in den Hohlweg hinuntergehen und wie durch ein Wunder sogleich hinter jener verbotenen Pforte meinen Blicken entschwinden würde. Statt dessen aber wandte er sich nach rechts und am Platz entlanglaufend schlug er den Weg zum oberen Teil der Festung ein, wo sich oben an den Stufen der altertümlichen Burgfeste in einem Labyrinth von Wegkreuzungen, Aufstiegen und Abstiegen die ärmlichen Häuschen der Ortschaft seit Jahrhunderten zusammenhäufen.
Zum Unterschied von der Piazza Centrale, die nun schon zu drei Vierteln im Schatten lag, wurde diese Gegend noch von der Sonne beschienen, welche durch die darübergebauten alten Arkaden die kleinen Glasfenster, die ungleichen Dächer und die mit Paprikaschoten und Geranien blühenden Loggien mit flammendem Rot übergoß. Mit schrägem Schritt, fast wie ein Betrunkener ging mein Vater durch diese im Sonnenuntergang grelleuchtenden Gäßchen. An den Füßen trug er die flachen Sandalen mit Holzsohlen, wie man sie gewöhnlich im Sommer an unserem Strand trägt, und die auf den Pflastersteinen widerhallten und mich hinter ihm herführten in das Gewirr der engen Gassen hinein. Meine Schritte hingegen waren dank meiner Stoffschuhe geräuschlos; aber obschon ich ihm in kurzem Abstand folgte, verspürte ich keinerlei Furcht mehr, daß er mich entdecken könnte. Ich fühlte mich von einer Art Zynismus und einem unvermeidlichen Schicksal beschützt, als ob ich den Ring, der unsichtbar macht, verschluckt hätte, und er gleichzeitig ein Elf wäre, ein irrlichtiges Wesen, mit dem es keinerlei Verständigung geben kann. Fast gewann ich den Eindruck, als ob die Bewohner, die in den Gäßchen verstreut umherstanden oder sich über die Balkons lehnten oder auf den Außentreppen sitzend einander zuriefen und sich unterhielten, nicht sähen, daß wir vorübergingen.

Mein Denken war träge geworden; aber eine unwillkürliche, beinahe trostlose Gewißheit sagte mir, daß Wilhelm Gerace nunmehr wehrlos vor mir herging wie ein blinder Führer, und daß ich unausweichlich sehr bald, ich wußte nicht wie, mitten hineingeführt würde in den Schauplatz seiner Mysterien.
Ich empfand nicht einmal Neugier, nur ein Gefühl von Gedächtnislosigkeit oder Krankheit, jenem ähnlich, das man im Traum verspürt. Es mochten höchstens fünf oder sechs Minuten verstrichen sein, doch mir schienen es Stunden, seitdem ich das Tor der Festung durchschritten hatte.
Das Ziel W.G.'s konnte jetzt in dieser Gegend nur eines sein: das alte Kastell. Offensichtlich war es dort, wo man dem Eingekerkerten seine Wohnstatt zugewiesen hatte. Er mußte wohl in einer jener kleinen Zellen wohnen mit den Wolfsmaul-Fensterchen, welche aufs Meer schauten, ohne es sehen zu können, und auf welche die Reisenden auf den Dampfern, wenn sie neugierig an der Reling lehnend an Procida vorüberfuhren, ihre traurige Aufmerksamkeit richteten. Aber obschon das Ziel meines Vaters kein anderes sein konnte als einzig dieses, so fuhr er noch eine Weile fort, hier und da planlos in den Gassen und Quersträßchen einherzuschlendern rings um die einzige Straße, Via del Borgo genannt, welche auf die Zugänge des Kastells führte. Ich fragte mich, ob er nicht wirklich zufällig getrunken hätte. Dieses sein sinnloses Hinundherlaufen erinnerte an das irre Flattern der Nachtschmetterlinge rund um die Lampen. Endlich entschloß er sich und, wie ich erwartet hatte, schlug er die Via del Borgo ein. Hier war es, wo ich unversehens seine Spur verlor.
Die Via del Borgo war eine Art bedeckter Gang, welcher unterhalb der Wohnungen in das felsige Gelände eingehauen war und keine andere Bepflasterung hatte als eine dicke Schicht von Schmutz. Zwischen dem Bogen des Eingangs und dem des Ausgangs zum Kastell erhielt er auf seiner ganzen Strecke (vielleicht etwa dreihundert Meter lang) nur ein wenig Licht durch eine Spalte, die auf halbem Wege, so breit wie ein Türchen, ins Freie führte. In weiten Abständen blieb daher diese Straße, welche die Bewohner den *Canalone*, den großen Kanal, zu nennen pflegten, in eine ewige

Dunkelheit getaucht. Nur stellenweise schimmerte auf den Seiten ein wenig Helligkeit durch ein paar kleine, in die Erde gebaute, grottenähnliche Eingänge, von denen ein Treppchen ins Innere der darüberliegenden ärmlichen Häuser führte.

Als ich in die Via del Borgo einbog, war der blaue Fleck vom Anzug meines Vaters, der wenige Meter vor mir herging, bereits von der Dunkelheit verschlungen. Anfangs allerdings unterschied ich noch eine Zeitlang in geringer Entfernung vor mir das Geräusch seiner Holzschuhe, die kaum vernehmlich unter dem Gewölbe widerhallten; dann nichts mehr. Von der Ortschaft darüber hörte man Mädchenstimmen, die ihre Geschwister von der Straße heraufriefen, weil der Tag zu Ende ging, und in den kleinen schwarzen Eingängen erspähte man hier und dort einen Knaben, der neben der Treppe am Boden saß und spielte, umgeben von Hunden und Hühnern und zuweilen aufflatternden Ringeltauben. Jetzt hatten sich meine Augen an dieses spärliche Licht gewöhnt; doch meine Schritte beschleunigend schärfte ich vergebens den Blick in dem Versuch, vor mir meinen Verfolgten wiederzusehen. Um ihn einzuholen, legte ich den restlichen Teil der Via del Borgo im Laufschritt zurück, und im Nu war ich am Ausgang auf dem weiten, grasbewachsenen, häßlichen Hof, an dessen Ende man durch ein massives, in eine Art Bastion eingelassenes Türchen zu den unterirdischen Gewölben des nahen Kastells gelangte. Doch von meinem Vater keine Spur. Auf der ausgedörrten Wiese vor dem verriegelten Türchen stand nur der Wachtsoldat mit umgehängter Waffe, der mich aus halb zugekniffenen Augen mehr schläfrig als mißtrauisch anschaute. Außer jenem war rundum kein Anzeichen einer anderen menschlichen Gegenwart zu sehen. Ich blieb eine Weile bestürzt dort stehen, und schließlich ging ich achselzuckend mit trägen Schritten die Via del Borgo wieder zurück. Es schien mir nutzlos, den finsteren Canalone von Anfang bis zum Ende abermals zu durchlaufen, und ich brach auf halbem Wege ab und stieg durch den Spalt der Mauer ins Freie hinaus. Mir kam in den Sinn, daß mein Vater sich vielleicht ebenfalls hierher gewandt haben könnte, und auf diese Weise erklärte sich sein Verschwinden ohne so viel phantastische Umschweife. Es konnte sein. Aber selbst wenn dies die richtige Spur war, wer wußte, wo er sich jetzt in dieser Stunde befand! Und, letzten Endes, was kümmerte mich eigentlich W.G.? Was kümmerte es mich, seine Geheimnisse zu entdecken? Auf einmal hatte mich – mehr noch als die Hoffnung – der Wunsch verlassen, ihn wiederzufinden. Als ich zur Anhöhe der Burgfeste hinaufstieg, traf ich auf eine Schar von Knaben, die von dort herunterkamen und einen Drachen trugen, und ich war versucht, mich bei ihnen zu erkundigen, ob sie nicht einen hochgewachsenen Mann in hellblauem Anzug gesehen hätten; doch ich beschloß, daß es der Mühe nicht wert sei, sie zu fragen. Jetzt hatte ich beinahe darauf verzichtet, meine Jagd fortzusetzen. Und ich ging allein aus Stumpfheit weiter, ohne eine bestimmte Absicht.

Der Palazzo

Durch die geborstene Wand des Canalone stieg man über Haufen von Trümmern und Schutt zu einem verödeten Gelände empor, der Guarracino genannt, welches im Rücken der Ortschaft verlief, am äußersten Saum der Festung entlang, hoch oben auf den höchsten Felsen der Insel. Der Guarracino war am Ende von dem gewaltigen Bau des ehemaligen Kastells versperrt, und das letzte Stück bestand aus einem Berg zerstörter Häuschen (seit der Zeit der türkischen Korsaren, glaube ich), die zum großen Teil unter Erdhügeln zugedeckt und begraben lagen. Dieser kleine Berg von Ruinen wurde von dem Kastell, welches fast in einer Linie mit den Klippen dort gegenüber aufragte, durch eine natürliche unüberschreitbare Schlucht getrennt, auf deren Grund Kehrricht und Steine verstreut herumlagen, und zur Rechten, zwischen abschüssigen Wäldchen von Brombeersträuchern und Gestrüpp, fiel er stufenförmig ab bis zur Steilküste des Meeres. Dort unten lag die Nordspitze der Insel, jene, von der ich mich während des vergangenen Sommers, jedesmal wenn ich mit meinem Boot dieses Meer kreuzen mußte, ferngehalten hatte, als wäre sie ein Gespenst. Jetzt vernahm man von unten herauf das Meer,

das, von den Auskehlungen des Felsenriffs angesaugt, unaufhörlich leise brodelte. Außer diesem war in der Nähe kein anderer Laut zu hören. Der Guarracino war vollkommen verlassen, und während ich jenen aufgewühlten und borkigen Hügel hinankletterte, fühlte ich mich von einer trostlosen Traurigkeit ergriffen.
Die Stimmen, die aus den nicht sehr fernen Wohnhäusern weich und gedämpft zu mir drangen in der Stille der Luft, deuchten mich Stimmen eines kindlichen Geschlechtes, das von dem meinigen verschieden war, und als ich sie vernahm, spürte ich das Gefühl, welches ein betrübter fahrender Ritter spüren mußte, wenn er gegen Abend, einsam durch Wälder und Täler streifend, dem Zwiegesang der Vögel lauschte, die sich auf den Bäumen versammeln, um alle beieinander zu schlafen. Ich sehnte mich nach den anderen Tagen zurück, da ich mich um diese Zeit am Hafen herumtrieb, gesättigt von den Stunden der Liebe mit Assuntina, und fast schon schlaftrunken. Ich empfand einige Gewissensbisse der kleinen indischen Sklavin gegenüber, die mich heute vergebens erwartet hatte. In diesem selben Augenblick – so dachte ich – macht sie sich dort unten im Häuschen zu schaffen, um das Abendessen für ihre Verwandten zu bereiten, die von den Feldern zurückgekehrt sind. Und die Stiefmutter im Bubenhaus singt neben dem Körbchen Carmine in Schlaf. Aber Carmine ist nicht müde und möchte noch spielen... Sie alle beschäftigten sich mit einfachen, natürlichen Dingen. Ich allein verfolgte schreckliche und unerhörte Geheimnisse, welche es vielleicht nicht einmal gab, und die ich überdies nicht mehr zu wissen begehrte.
Zwischen den überblühten Trümmern jener begrabenen Häuschen ragte noch hier und dort als Überrest höherer Gebäude ein Stück Mauer empor, etwa zwei oder drei Meter hoch, mit zerbröckelnden viereckigen Rahmen an Stelle der ehemaligen Fenster. Unvermutet erblickte ich am Fuß einer jener Mauern die hölzernen Sandalen meines Vaters.
Ich wich zurück und versteckte mich rasch hinter der Mauer; plötzlich, nachdem ich W. G. so sehr gesucht hatte, fürchtete ich mich, ihn zu sehen, sei es auch nur, ohne von

ihm gesehen zu werden. Und ich verharrte unschlüssig, mit aufgewühltem Herzen, ohne mich mehr aus meinem Versteck herauszuwagen. Offensichtlich hatte er seine Sandalen dort hingestellt, um barfuß schneller laufen zu können auf jenem unwegsamen Gelände; er konnte nicht weit entfernt sein, da nämlich dort zwischen dem Felsabsturz und dem Meer jeglicher Weg abbrach. Aber wie sehr ich auch sogar den Atem anhalten mochte, so war doch im Verlauf der Sekunden kein Anzeichen einer lebendigen Gegenwart rundum zu bemerken.

Der Bau des Kastells hatte auf dieser Seite des Hügels weder Fenster noch Türen: nichts als gigantisches blindes Mauerwerk, von Pfeilern, Strebepfeilern und blinden Arkaden gestützt, dergestalt, daß er eher einer Mole aus natürlichen Felsen ähnelte als irgendeinem menschlichen Ort. Nur auf einem im Halbkreis vorspringenden Flügel, welcher senkrecht über dem Meer hinauslehnte, ließen sich hier vom Land aus wenige schmale Wolfsmaulfenster sehen; doch aus diesen Fenstern war kein Laut zu vernehmen und keine Bewegung. Als ob die Gestalten in der düsteren weißen Uniform, die den Palazzo bewohnten, im Winterschlaf lägen, verkrochen zwischen jenem Gemäuer.

Zum mindesten, wenn man keine Flügel hatte, war es unmöglich, von dieser Seite der Festung aus die Räume des Palazzos zu erreichen. Und in dem verlassenen Schweigen rings um mich her zeigten sich wieder alle Arten phantastischer Visionen, welche W. G. betrafen. Erstürmungen, geheime Gänge, sagenhafte Schleichwege, oder vielleicht gar der Tod. Ich sah ihn vor mir, wie er, nachdem er seine Holzschuhe abgestellt hatte, über das Felsriff hinabstürzte und zerschmetterte; und nun schien es mir, als ginge er mich nichts mehr an, selbst wenn er tot wäre. Ob er tot war oder lebendig, nah oder fern, konnte mich nicht mehr berühren. Ich begehrte auf einmal, schon von der Insel abgereist und unter fremden Leuten zu sein, ohne Wiederkehr. Und ich beschloß, daß ich in Zukunft allen neuen Bekannten, denen ich begegnete, weismachen würde, daß ich ein Findelkind sei, ohne Vater, ohne Mutter oder Verwandtschaft. In den Windeln zurückgelassen auf einer Treppenstufe und aufgewachsen in einem Findelhaus, oder so etwas Ähnlichem.

Ich gähnte, um den unsichtbaren Schatten W. G.'s zu beleidigen. Aber abgekämpft blieb ich stehen, ohne zu wissen, worauf ich wartete. Die Sonne war fast vollständig im Meer versunken; ich weiß nicht, wie viele Minuten verstrichen waren, als ich nicht weit entfernt ihn hörte. Er sang.

Die jämmerliche Stimme und die Signale

Seine Stimme, die ich sogleich mit Erschrecken erkannte, kam aus den tiefsten, verborgensten Ausläufern des Hügels, so daß es war, als stiege sie aus der Tiefe des Abgrundes vom Meere herauf. Eine solche Täuschung verlieh der Szene die unruhige Feierlichkeit der Träume. Aber das Seltsamste für mich war vor allem dies: daß er sang. Man hörte ihn sonst niemals singen, und seine Stimme war tatsächlich nicht schön (sie war, man kann wohl sagen, das einzig Häßliche an ihm). Sie hatte einen schrillen, fast weibischen, mißtönenden Klang. Aber gerade weil dieser sein Gesang der Musik und der Anmut entbehrte, erschütterte er mich auf geheimnisvolle Weise um so mehr. Ich glaube, nicht einmal die Melodie eines Erzengels hätte mich in solchem Maße zu rühren vermocht.
Er sang eine vierzeilige Strophe aus einem neapolitanischen Lied, einem der verbreitetsten, das ich, man kann sagen, seit der Zeit kannte, da ich sprechen lernte; und für mich war es gewöhnlich und banal geworden von den vielen Malen, die ich es gehört und selber immer wieder gesungen hatte. Dieses, in dem es heißt:

Nun trovo 'n'ora 'e pace
a notte faccio iurno
'sempe pe sta'cca 'ttuorno
speranno 'e te parlà!

Doch er sang es mit einer so rohen und verzweifelten Bitterkeit der Überzeugung, daß ich da stand und es anhörte, als lernte ich eine neue große Kanzone von tragischer Bedeutung kennen. Diese vier Verse mit ihrer Melodie, die er langsam, schleppend und schreiend sang, kamen mir gerade so vor, als sprächen sie von meiner eigenen Einsamkeit: seitdem ich in der Gegend umherschweifte, von N. gemieden, ohne Freundschaft, ohne Glück und ohne Ruhe; und auch von heute, da ich auf diesen Hügel des Elends geraten war, in dieses verwegene Versteck, um die letzte Traurigkeit zu begreifen.

Weil es mir von dort, wo ich stand, nicht gelang, die Gestalt W.G.'s zu erspähen, kletterte ich auf einen Mauervorsprung hinauf, hinter dem ich mich versteckt hatte. Und durch ein altes, zerbrochenes Fenster spähend, entdeckte ich von da oben sogleich meinen Sänger. Er war allein, halb hingestreckt auf einem Zipfel eines von Unkraut blühenden Geländes unten an den letzten Abbrüchen zum Felsenriff; und von diesem schmalen, abschüssigen Beet sang er wie eine elende Kröte, die den Mond ansingt, zum Palazzo hinauf. Seine Augen waren starr genau auf eines jener kleinen Fenster gerichtet, welche man auch vom Land aus erblicken konnte, in dem im Halbkreis vorgeschobenen Flügel zwischen der Vertiefung des Hügels und dem Meer. Es war ein in halber Höhe für sich liegendes Fensterchen; und gleich den anderen gab es kein Zeichen von Leben durch die kleine offene Höhlung oberhalb des Wolfsmaules: nichts als Schweigen und Dunkel.

Dennoch hatte es den Anschein, als erwarte mein Vater irgendwie eine Antwort auf seinen Gesang. An dem Schluß der Strophe angekommen, verharrte er eine Zeitlang in einem begierigen Schweigen, sich schmerzlich auf dem Erdboden wälzend wie ein Kranker in einem Krankenhausbett. Darauf nahm er den Gesang von Anfang an wieder auf, mit dem gleichen Vers wie zuvor. In diesem Augenblick verließ ich, aus Furcht er könnte mich entdecken, meinen Beobachtungsposten und sprang mit einem Satz zum Fuß der Mauer hinunter. Von hier aus konnte ich, mich ein wenig seitlich vorbeugend, auch ohne ›ihn‹ zu sehen, jenes gleichgültige Fensterchen des Palastes überwachen. In der Tat wandte ich die Augen nicht mehr davon ab.

Noch drei- oder viermal war vom Grunde des Hügels seine Stimme zu vernehmen, die ihren Gesang mit einer finsteren und kindlichen Starrköpfigkeit wieder aufnahm. Er wiederholte von dem mir bekannten Liedchen fortwährend nur diese einzige Strophe; und bei jeder Wiederholung drückte seine Betonung einen anderen Schmerz aus: Flehendes Bitten, Befehl, oder tragische, fordernde Laune. Das Fensterchen aber blieb taub und blind: als wäre der Eingekerkerte, welcher dahinter wohnte, aus seinem Zimmerchen entwichen oder gestorben, oder zum mindesten in einen tiefen Schlummer gesunken.

Schließlich brach der vergebliche Gesang ab. An Stelle des Gesanges hörte man jedoch bald darauf, als einen erneuten Versuch des Anrufes zum Fenster hinüber, kurze rhythmische Pfiffe aus dem verborgenen Tälchen heraufkommen. Und als ich sie vernahm, zitterte ich, von plötzlicher Eifersucht gepeinigt.

Ich hatte sofort beim Rhythmus dieser Pfiffe eine geheime Zeichensprache, eine Art Morsealphabet, wiedererkannt, welche mein Vater und ich gemeinsam erfunden hatten in den glücklichen Zeiten meiner Kindheit und Knabenjahre. Wir bedienten uns dieses Alphabetes von Pfiffen, um uns auf weite Entfernung Nachrichten zuzuschicken, im Sommer bei unseren Spielen im Meer; und auch bisweilen, um – unter uns einig – am Hafen oder im Café an der Piazza gewisse Typen von anwesenden Procidanern, die es nicht merkten, zum besten zu haben.

Offenbar also mußte der Eingekerkerte von meinem Vater in dieses geheimnisvolle Alphabet eingeweiht worden sein, von welchem ich glaubte, es sei allein unser beider Eigentum: meines und das von Wilhelm Gerace!

Diese erfundenen Signale waren mir seit Jahren so vertraut, daß ich sie mir beim Hören im selben Augenblick in Worte zu übersetzen wußte, besser als ein langjähriger Telegraphist. Die eifersüchtige Erregung, die mich überrascht hatte, ließ mir allerdings die ersten Silben der von meinem Vater gesendeten Botschaft entgehen. Das Folgende, welches ich hörte, lautete so:

›. . . kein – Besuch – kein – Brief – nichts
Wenigstens – ein – Wort
Was kostet's – dich?‹

Es trat ein neues wartendes Schweigen ein von seiten meines Vaters; aber das Fensterchen bestand hartnäckig auf seiner grabesgleichen Teilnahmslosigkeit. Mein Vater wiederholte:

›*Wenigstens – ein – Wort*‹
und nochmals, nach einem weiteren Schweigen:
›*Was kostet's – dich?*‹
Endlich sah man durch die kleine Höhlung oben im Fensterchen – wo das Wolfsmaul sich wie ein Blasebalg erweiternd das letzte Stück der Vergitterung freiläßt – zwei Hände sich an die Stangen klammern. Sicherlich sah sie auch mein Vater sofort, und ungestüm sprang er auf die Füße, so daß ich ihn erblicken konnte, von den Schultern aufwärts, wie er auf den Rand des Absturzes zulief. Dort hielt er inne, beinahe unter dem Palazzo, von welchem ihn der leere Raum des Meeres um nur drei oder vier Meter trennte; und er verharrte in stummer Erwartung, als wären diese elendiglich angeklammerten Hände zwei Sterne, erschienen, ihm sein Geschick zu verkünden.
Kurz darauf ließen die beiden Hände die Gitterstäbe los; aber gewiß stand der Eingekerkerte dennoch aufrecht dort hinter dem Fenster, vielleicht auf seine Pritsche gestiegen, um bis unter das Wolfsmaul hinaufzureichen; und dort legte er zwei Finger an die Lippen, um seine Antwortsignale höher hinaufzuschleudern! Wahrhaftig dauerte es nicht lange und seine Pfiffe waren zu hören, sehr scharf und rhythmisch, in einer Folge barbarischer Eintönigkeit. Und mit einem unglaublichen Gefühl der Gewißheit erkannte ich in ihnen sogleich wie in einer peitschenden Stimme, stolz vor Jugendlichkeit und Verachtung, die einzigartige erbitterte Kaltherzigkeit des Übeltäters von der Mole! Seine Botschaft an meinen Vater, die ich im stillen unverzüglich übersetzte, bestand im ganzen aus den folgenden zwei Worten:
›*Geh, Parodie!*‹
Dann nichts mehr. Allein mir schien, vielleicht aus einer einfachen Täuschung des Gehörs, als vernähme ich ringsum aus den benachbarten Fenstern einen Chor leisen Gelächters gleich einem großen düsteren Hohn gegen meinen Vater. Darauf wurde wieder eine allgemeine Grabesstille, die wenig später von dem Klopfen unterbrochen wurde, das die Wärter, welche die Runde machten, mit ihren Stöcken an den Gittern hervorbrachten, um vor dem Abend die Stangen zu prüfen. Dieses Geräusch kam nach

und nach näher von den unsichtbaren Fensterchen der Fassade her, die aufs Meer hinausschaut. Und ich sah meinen Vater bei diesem Klang sich von seinem Platz entfernen und sich anschicken, langsam wieder hinaufzusteigen. Da lief ich, aus Angst er könnte mich überraschen, Hals über Kopf den Hügel hinab und legte mit eiligen Schritten den Heimweg zurück.
Auf dem ganzen Wege bis nach Hause wiederholte ich immerfort bei mir selber, um es nicht zu vergessen, dieses Wort ›Parodie‹, über dessen Bedeutung ich mir nicht ganz im klaren war. Und zu Hause angelangt, suchte ich es sogleich in einem uralten Schulwörterbuch, welches seit Jahren in meinem Zimmer stand: vielleicht hatte es einst der kleinen Lehrerin, meiner Großmutter, gehört, oder vielleicht auch dem Studenten von Romeo, dem Amalfitaner. Bei dem Wort ›Parodie‹ las ich:

Nachahmung einer Dichtung, bei der, was darin ernst ist, ins Lächerliche, Komische oder Groteske gezogen wird.

So hatte mir Wilhelm Gerace den letzten Streich gespielt. Wahrlich, wenn er mit vollem Bewußtsein und in voller Absicht die arglistigste Weise ersonnen hätte, mich wieder unter seinen Zauber zu bannen, so hätte er kein hinterhältigeres Spiel als dieses erfinden können, in welchem er mich wieder an sich gefesselt hatte, ohne es zu wissen! Jetzt nämlich erschien es mir deutlich, daß auf seinen Pilgergängen zur Festung ihn nichts anderes erwartete als eine beschämende Verlassenheit; daß er dort oben gedemütigt und verstoßen wurde wie der niedrigste Diener. Und bei einer solchen Entdeckung – warum weiß ich nicht – flammte meine Liebe zu ihm, die ich erstickt und fast erloschen glaubte, bitterer denn je in mir auf, verzehrend und beinahe schrecklich!

Achtes Kapitel
Abschied

Non piú andrai, farfallone amoroso,
notte e giorno d'intorno girando,
delle belle turbando il riposo . . .
. . . Coi guerrieri poffarbacco!
(Aria di Figaro)

Verhaßter Schatten

Zwei weitere Monate verstrichen. Es war etwa Ende November. Zu dieser Zeit erfuhr ich, daß Assuntina mich betrog.

Unnütz, daß ich mich damit aufhalte zu erzählen, wie ich es zu wissen bekam; ich muß mich nun beeilen, diese Erinnerungen zu Ende zu bringen. Und so genügt es, zu sagen, daß ich von der Sache Kenntnis erhielt und kein Zweifel möglich gewesen wäre; und nicht mit einem einzigen Liebhaber betrog sie mich, sondern mit mehr als einem; und zwar hatte sie, schon bevor sie sich mit mir einließ, diese verschiedenen Liebhaber! An dem Tage, da ich dies alles erfuhr, ging ich absichtlich an ihrem Hause vorüber; und als sie sah, daß ich nicht stehenblieb, lief sie hinter mir her, ich drehte mich um und wies sie mit so treffenden Beleidigungen und solcher Heftigkeit ab, daß sie verängstigt zurückwich. Später ging ich noch einmal dort vorbei: doch war niemand vor dem Häuschen, die kleine Tür war geschlossen. Ich schnitt mit einem Taschenmesser in das Holz dieser Tür die Zeichnung einer Sau, dazu die Inschrift: ›Addio für immer.‹ Danach schlenderte ich dort in der Gegend in den Feldern herum; und schließlich warf ich mich auf eine Wiese und brach in Schluchzen aus.

Ich hatte Assuntina niemals geliebt, das stimmte; aber in letzter Zeit hatte ich sogar daran gedacht, sie zu heiraten, so sehr wünschte ich mir, eine Frau zu haben, die mir zugetan wäre und wirklich mir gehörte. Ich hatte mir vorgenommen, daß ich gleich nachdem ich sie geheiratet hätte, ihr auch Küsse geben würde, gerade solche wie jenen, den ich einmal N. gegeben hatte, und niemals ihr. Und dann – das war die Hauptsache – würden wir einen Sohn zusammen haben. Die Vorstellung, einen Sohn zu haben, gefiel mir ungeheuer, und es machte Spaß, mir auszudenken, wie es sein würde, und ich plante, ihn auf meinen zukünftigen Reisen mit mir zu nehmen wie meinen richtigen Freund. Nun schwand auch dieser Plan dahin, gerade wie so viele andere.

Wenn wenigstens meine Mutter noch am Leben gewesen wäre, hätte ich mich befreien und irgendwem meinen Kummer erzählen können. Einen Augenblick lang erschien mir die Vision von N., wie sie in früherer Zeit zu mir gewesen war; sogleich aber wurde dieses, ihr Bild von früher, durch ihr jetziges Bild überdeckt: so finster, daß es einem vorkam, als wären selbst ihre Löckchen zu grimmigen Krallen geworden! Wahrhaftig, daran konnte man erkennen, daß es richtig war, was die infame Assuntina einmal gesagt hatte: daß nämlich meine Stiefmutter unter dem äußeren Anschein eines Lämmchens die unbezähmbare Härte eines wilden Tieres verbarg!

Genug: jetzt war ich wirklich allein. Und was eigentlich gab mir noch Hoffnung auf dieser verhexten Insel? Was hielt mich davon zurück, sie für alle Ewigkeit zu verlassen, wie ich es mit meiner abscheulichen treulosen Geliebten getan hatte?

Antwort: Wilhelm Gerace, welcher in anderen Jahren für gewöhnlich um diese Zeit des Herbstes schon eine ganze Weile wieder auf Reisen gegangen war, beehrte dagegen in diesem Jahre Procida noch mit seiner Anwesenheit.

Oft sind manche unserer Neigungen, welche wir für wunderbar, ja geradezu übermenschlich halten, in Wirklichkeit fade und schal, allein eine irdische, vielleicht sogar entsetzliche Bitterkeit kann wie das Salz den geheimnisvollen Geschmack ihrer tiefen Mischung hervorrufen. Während meiner ganzen Kindheit und meiner Knabenjahre hatte ich geglaubt, W. G. zu lieben; und vielleicht täuschte ich mich. Vielleicht fange ich erst jetzt an, ihn zu lieben. Es widerfuhr

mir etwas Überraschendes, das ich in der Vergangenheit gewiß nicht geglaubt haben würde, wenn man es mir vorausgesagt hätte: W.G. tat mir leid.
Auch für andere hatte ich in meinem Leben das Gefühl des Mitleids verspürt. Zum Beispiel hatte ich es für fremde Leute oder Unbekannte empfunden, bisweilen sogar für manche Vorübergehende. Für Immacolatella. Für N. Auch für Assuntina. Kurzum, ich hatte bereits erfahren, wie unvergleichlich furchtbar dieses Gefühl war. Aber die Menschen, für welche ich es empfunden hatte, waren dennoch, auch wenn sie mir nahestanden, immer nur durch Zufall oder Wahl mit mir verbunden gewesen; sie waren nicht durch Geburt mit mir verwandt. Zum erstenmal dagegen lernte ich jetzt diese unmenschliche Heftigkeit kennen: Mitleid zu haben mit meinem eigenen Blut!
Trotz der winterlichen Langeweile, welche schon über der Insel herrschte, zeigte sich W.G. seit einigen Wochen umgänglicher und weniger düster. Gewiß nicht, daß er geheilt gewesen wäre von seinem ständigen Gedanken; im Gegenteil, ich würde sagen, daß dieser Gedanke ihn mehr denn je in seiner souveränen Gewalt hatte. Nur daß er ihn jetzt aus seinem kummervollen Halbschlaf aufrüttelte und ihn Tag um Tag zu einer neuen und dunkel-festlichen Ungeduld zu zerren schien, welche ihn friedlos von einem Zimmer zum andern gehen und in den Gassen durch das Dorf, auf den Pfaden durch die Felder wandern ließ, als würde er von einer Horde grausamer Ahnungen und unmöglicher Vorbedeutungen verfolgt. Zuweilen brach er in einen überschwenglichen Frohsinn aus, harmlos wie ein unreifer Mensch; dieser Frohsinn aber schien ihn verzweifelt zu ermüden; und dann flüchtete er sich aus dem Bedürfnis nach Ruhe in eine grauenvolle Melancholie.
Ich hatte bemerkt, daß er seine Pilgergänge zur Festung seltener unternahm; das reichte jedoch nicht hin, mich zu täuschen. Immerfort erkannte ich in seinen Augen, in seinem Gehaben jenen verhaßten Schatten, der seinen Sinn beschäftigte. Und darum zeigte ich ihm stets ein schmollendes, schweigsames Gesicht. Wenn er (das kam seit ein paar Tagen wieder vor) sich ins Dorf aufmachte oder zum Spaziergang durch die Felder, dann suchte er meine Gesell-

schaft; ich folgte ihm mißmutig und widerstrebend. Und wenn er mich anredete, so entgegnete ich ihm wenige unhöfliche Worte.
Jene letzten Wochen kommen mir, wenn ich daran zurückdenke, wahrhaftig wie ›weggeflogen‹ vor. Und wer weiß, wie lang sie dagegen ihm schienen, der gewiß die Tage zählen mußte! Die dramatische und ungeduldige Freude einer Erwartung war um ihn her in der Luft. Ich spürte, daß irgendeine Neuigkeit sich ereignen würde, doch weigerte ich mich so sehr, sein heiteres Drama zu teilen, daß ich nicht einmal versuchte, mir diese Erwartung zu erklären, oder vielleicht machte ich mir auch vor, ich merkte nichts davon. Die Erklärung jedoch erfolgte bald.

Eines Abends

Eines Abends in den ersten Dezembertagen kam ich sehr spät heim. Seitdem N. mir ihre unheilbare Abneigung kundgetan hatte, kehrte ich am Abend immer erst spät nach Hause zurück, um nicht mit ihr bei Tisch zu sitzen. Ehe sie sich zum Schlafen zurückzog, stellte sie mir mein Abendessen warm neben die glühenden Kohlen; ich hatte es mir jedoch seit einigen Wochen angewöhnt, häufig für mich zu essen im Dorf, im Gasthaus zum Hahn oder im Café der Witwe. Ich war tatsächlich sehr reich in jenem Herbst: Mein Vater überschüttete mich mit Geld. Man kann wohl sagen, daß kein Tag verging, ohne daß er mir einen Fünfziger- oder Hunderterschein geschenkt hätte, und an jenem Morgen schenkte er mir die unsinnige Summe von fünfhundert Lire. Ich wußte nicht, was ich mit soviel Reichtum anfangen sollte, und ich ließ die Banknoten zwischen den Buchseiten und zwischen den Fetzen in der Schublade liegen. Ich hatte ständig mindestens sechs oder acht Scheine, alle zusammengehäuft und zerknittert, in der Tasche, und ich gab grandiose Trinkgelder, so daß die Procidaner, um vielleicht irgendeinen anderen ähnlichen Fall in ihrer Geschichte wiederzufinden, bis auf das spanische siebzehnte Jahrhundert zurückgehen mußten.
Für gewöhnlich ging ich gegen sieben Uhr zum Abend-

essen in die Wirtschaft; aber dann bummelte ich bis zehn oder noch länger im Dorf herum, so daß ich beim Nachhausekommen schon wieder ziemlich hungrig war und gern auch noch die Gerichte aß, welche die Stiefmutter mir hingestellt hatte. In dieser Absicht begab ich mich, als ich an jenem Abend nach Hause kam, in die Küche. Und dort erwartete mich eine Überraschung: die Asche der Kohlen war noch warm, aber die beiden kleinen irdenen Tiegel, in denen mir N. für gewöhnlich das Abendessen bereithielt, standen daneben, – ohne Deckel und leer. Und auf dem Tisch waren nicht wie an jedem anderen Abend die Teller und das Besteck zu sehen, die N. für mich aufgedeckt hatte.

Es war das erstemal, daß so etwas vorkam; ich nahm ein Stück Brot aus der Schublade und ging auf die Terrasse hinaus. Aber dort spürte ich, daß mir der Hunger vergangen war, und ich warf es fort.

Es war eine erloschene Nacht, von einem feuchten und ziemlich kalten Wind durchweht. Ich hatte kaum ein paar Schritte getan, als die Windstöße die Flügel der erleuchteten Fenstertür in meinem Rücken, die ich offengelassen hatte, wieder zuschlugen. Ohne Lampe noch Mond war die Terrasse so schwarz, daß man ihre Abgrenzung nicht mehr sah: sie erschien mir wirklich nicht einladend, und kurz darauf entschloß ich mich, ins Haus zurückzugehen, das sich dort hinter mir erhob, ganz still und in Schlummer getaucht. Während ich mich dem Haus wieder näherte, geschah es, daß ich hinter der großen Fensterscheibe des Saales einen schwachen rötlichen Schimmer gewahrte.

Besonders im Winter wurde dieser eiskalte, riesige Raum von unserer Familie stets verschlossen und unbenutzt gelassen. Das erste, woran ich dachte, waren – auch ohne daß ich daran glaubte – die Geister: Mir kamen die Märchen wieder in den Sinn, welche mich, seit ich ein Knabe war, in Zweifel versetzt hatten: das Gespenst des Amalfitaners, seine Buben... ›Vielleicht‹, so dachte ich, ›sind es auch die Gespenster gewesen, die mein Abendbrot aufgegessen haben...‹ Und als ich skeptisch und unschlüssig wieder eintrat, ging ich ohne weiteres in das große Zimmer.

Ich sah sofort, daß der rötliche Schimmer, welchen ich von

draußen erspäht hatte, vom Kamin herkam. Irgend jemand, der sich der falschen Hoffnung hingab, diese Art Höhle, welche das große Zimmer war, ein wenig zu erwärmen, hatte ein paar Stücke Holz in dem alten Kamin der Mönche angezündet, welcher den Raum bereits ziemlich verräuchert hatte, da er seit einem halben Jahrhundert nicht mehr daran gewöhnt war, benutzt zu werden. Bei meinem Eintreten bewegte sich eine einzelne Gestalt auf einem der verbeulten Diwane neben dem Kamin, und anfangs im Dunkel kam es mir vor wie ein Hund. Doch es erhob sich: es war ein Mann, und als ich den Lichtschalter andrehte, erkannte ich ihn sogleich. Auch wenn ich nicht seine Züge und seinen Anzug wiedererkannt hätte (derselbe sonntägliche Anzug, welchen er an jenem Tage auf der Mole trug), so hätte mir, um ihn zu erkennen, der plötzliche, herbe und verzehrende Haß genügt, welchen ich unverzüglich gegen ihn verspürte.

Im großen Zimmer

Der verstaubte Lampenschirm an der Decke erhellte nur matt diese Ecke des großen Zimmers. Doch selbst in diesem erbärmlichen Schein wurde meinen Augen unvermittelt, wie ein deutlich sich abhebendes Bild, der gastfreundliche und jubelnde, fürstliche Empfang offenbar, welchen mein Vater in einer unerfahrenen Improvisation diesem Menschen bereitet hatte: eine Art von ungeordnetem naivem Festmahl! Auf dem Tisch, der neben den Diwan gerückt worden war, standen Teller mit den Resten meines Abendessens, Oliven, Blätterteigkuchen, Datteln, Zigaretten, Wein, auch eine – schon geleerte – Flasche Sekt und eine andere mit Likör. Am Boden – wer weiß, von wo im Hause aufgetrieben – sogar ein Teppich, und auf dem Diwan ein Kopfkissen und die wollenen Decken meines Vaters ... All dies nahm in meinen Augen, welche die Augen eines verwundeten Wilden waren, die Bedeutsamkeit königlichen Prunkes an!
Auch die Gesichtszüge dieses Menschen zeigten sich mir diesmal (anders als an jenem Tage auf der Mole) unversehens mit außerordentlicher Deutlichkeit: schlimmer als

wenn ein Leuchtturm sie angestrahlt hätte! Sobald ich ihn wiedersah, nahm ich wahr, wie sehr ich mich auf der Mole geirrt hatte, als ich ihn für häßlich hielt. Und dies plötzliche Bewußtwerden, daß er in Wirklichkeit schön war, durchfuhr mich wie eine Klinge. Vielleicht hätte ich seine Schönheit nicht in solchem Maße verwünscht, wenn er blond gewesen wäre; aber er war schwarzhaarig so wie ich und sogar noch schwärzer als ich, und das rief in meinen Gefühlen, ich weiß nicht warum, die Erschütterung eines unerträglichen Dramas hervor.

Meine Unterhaltung mit ihm ist mir in der Erinnerung geblieben wie in eine rauchige Szene eingehüllt, von meinem Haß in Brand gesetzt. Der Umriß seines Körpers flößte mir Haß ein, so hoch gewachsen, gut entwickelt, in welchem die Muskeln, die im Gefängnis nicht gelitten zu haben schienen, bei seinen Bewegungen hervortraten. Und seine Schultern. Und der kräftige Hals, der stolz das Haupt trug, in das die Blässe der Gefangenschaft eine verwegene Anmut gemeißelt hatte. Und das schöne schwarze Haar, sorgfältig und kindlich geschnitten, mit seinem ziemlich niedrigen Ansatz auf der Stirn wie bei den Skulpturen... Es war auch nicht ein Zug, nicht eine Geste an ihm, die mich zum Verzeihen hätte bewegen können.

Seine Augen im Schatten der tiefliegenden Augenhöhlen mit den struppigen Brauen hatten eine verächtliche und anmaßende, kriecherische Gewohnheit, den Gesprächspartner nicht gerade anzusehen, sondern schräge und scheel. Sein harter und hübscher Mund teilte beim Lächeln die Lippen nicht auseinander und beschränkte sich darauf, sie auf der einen Seite ein wenig hochzuziehen in einer eigenartig zweideutigen Brutalität; als ob ein wahres freundliches Lächeln seiner Männlichkeit widerspräche. Und auf dem Kinn hatte er, kaum angedeutet, ein Grübchen, das seinem Ausdruck noch Kühnheit und Entschlossenheit hinzufügte.

»Wo ist mein Vater?« fuhr ich ihn als erstes an, kaum war ich im Zimmer. Mein aggressiver, aufrührerischer Ton sollte ihm ankündigen, daß zwischen mir und ihm von vornherein Feindschaft geschworen war. Er blinzelte mich an, ohne sich einen Schritt aus der Kaminecke zu rühren.
»Wer ist denn dein Vater?« fragte er mich mit gespielter Unwissenheit als Antwort.
»He! Mein Vater! Der Besitzer von hier! Ich bin Arturo Gerace!«
»Ah! Sehr angenehm...« versetzte er mit einer Miene lässiger und vorgetäuschter Förmlichkeit, »er ist gerade nach oben gegangen, ›der Besitzer‹; aber es wird nicht lange dauern, bis er wieder herunterkommt.«
»Dann warte ich hier auf ihn«, erklärte ich. Und ich stellte mich dort auf die Schwelle mit dem Rücken gegen den Türpfosten.
»Nimm ruhig Platz«, erwiderte er mit einer gleichgültigen Grimasse, als wollte er damit sagen, daß meine Anwesenheit oder die einer Ameise für ihn genau dasselbe bedeute. Darauf legte er sich wieder der Länge nach auf den Diwan und fügte hinzu: »Übrigens, mach aber das Licht wieder aus. Dein Vater hat darum gebeten, es nicht anzudrehen: es ist gefährlich, gesehen zu werden von draußen...«
Ich rührte mich nicht; und er blinzelte mich verstohlen an.
»Na, worauf wartest du?« fragte er. Und bei meinem entschlossenen Ungehorsam stützte er sich auf den Ellenbogen, während ein plötzlicher Strahl, etwa wie scherzende Heimlichkeit und Anmaßung zugleich in seinen Pupillen aufblitzte. »Es ist gefährlich, sag ich dir«, drohte er undeutlich, »die Polizei...« dann, die Stimme dämpfend, brachte er mit begeistertem und spitzbübischem Nachdruck hervor: *»Ich bin ausgebrochen!«*
Ich blickte ihn an, ohne mit der Wimper zu zucken. Und aus seinem Verhalten, seinem Ton hatte ich sofort die Geheimnistuerei gewittert; aber trotzdem hätte es auch sein können, daß seine Worte der Wahrheit entsprachen, sie stimmten sicherlich in idealer Weise mit dem Bild überein, das ich mir seit dem ersten Tage von ihm gemacht hatte...

Und nur so wurde mir die Anwesenheit eines zu lebenslänglichem Zuchthaus Verurteilten, den ich von Anfang an in ihm vermutet hatte, heute abend in unserem Hause erklärlich.

Für einen Augenblick ließ ich mich meinem Haß zum Trotz von diesem Blendwerk herrlichen Komplicentums betören, das mich überraschend, unvorhergesehen durchzuckte: in unserem Hause einen echten Ausgebrochenen zu verstecken, dem die Polizei nachstellte! Es war eine Ehre, und zu gleicher Zeit vergrößerte es meine Macht über diesen Menschen: ihn auf Gnade oder Ungnade zu behalten...

Obschon noch im Zweifel, ließ ich das Licht brennen: nicht aus anderen Gründen, sondern nur, weil dieser Mensch sich nicht einzubilden brauchte, daß ich ihm im Ernst glaubte.

Er blickte mich wieder an. »Worauf wartest du noch?« wiederholte er.

Ich zuckte die Achseln mit einem Ausdruck des Widerwillens. Nun brach hinter seinen arrogant verschlossenen Lippen beinahe gegen seinen Willen ein kurzes kindliches Gelächter hervor. Gleichzeitig, indem er sich eine ironische Haltung überlegener Herablassung gab, zog er die Brauen hoch, so daß seine Stirn sich runzelte.

»Pah!« sagte er. »Meinetwegen tu, was dir paßt. *Ich bin ausgebrochen* ist der Titel eines Films. Was hast du denn gemeint? Ich bin ein freier Bürger seit heute abend, und mit den Behörden in Ordnung. Man hat mir rechtmäßig gekündigt an meinem Wohnsitz in der Villa da oben, genau um 19 Uhr heute am 3. Dezember, wenn du es gern wissen willst!«

Als er das sagte, warf er mir, ohne sich aus seiner lässigen Stellung zu erheben, einen trägen und teilnahmslosen Blick zu, der jedoch mit einem arglistigen Hintergedanken behaftet war: »Da bist du bös enttäuscht, was?« versetzte er nach einer Pause. »Sag die Wahrheit: du hattest dir die Geschichte mit dem Auskneifen natürlich gleich aufbinden lassen und weidetest dich schon an der Vorstellung... hinzulaufen und mich anzuzeigen.« Ich hatte mir von dem Augenblick an, als ich mich dort ihm gegenüber aufgestellt hatte, vorgenommen, überhaupt kein Wort mehr an ihn zu richten und mich nicht mit ihm abzugeben, als wäre er

etwas Niedrigeres als ein Tier. Aber als ich ihn eine so irrsinnige Verleumdung aussprechen hörte, vermochte ich nicht, einen schallenden und hochmütigen Spott von meinen Lippen zurückzuhalten.
Er jedoch gab mir als Antwort nichts als ein halbes selbstgefälliges Lächeln, als ob er seine Meinung nur bestätigt fände. »Genug, du kannst dir die Umstände ersparen«, fuhr er unbeirrt fort und machte sich's auf dem Diwan bequemer. »Und was das Licht anbetrifft, meinetwegen, ich versichere dir, daß mir angezündete oder gelöschte Lampen völlig gleichgültig sind heute abend. Es ist dein Vater, der aus Vorsichtsgründen sich diesen Trick ausgedacht hat, die Lampen zu löschen. ... Aber die Polizei hat nichts damit zu tun. Es handelt sich um eure privaten Sachen, Familienangelegenheiten.«
Hier gähnte er und zündete eine Zigarette an. »Na gut, damit du Bescheid weißt«, erklärte er genauer, »dein Vater ist nicht so dafür, daß ihr andern hier im Hause erfahrt, daß ich hier bin. Und darum ist es auch, daß er, wie du siehst, mich nicht nach oben gebeten hat. Ich glaube, vor allem liegt ihm nichts daran, mich der Signora vorzustellen...«
Er hatte beim Sprechen einen Tonfall, der sich von dem üblichen neapolitanischen, den ich zu hören gewohnt war, unterschied; robuster und weniger singend. Er sprach jedoch keinen Dialekt, sondern einigermaßen gutes Italienisch. Ja, es schien ihn sogar zu belustigen, aus einem Spaß am Lächerlichmachen, gewählte Worte zu verwenden. Sein plebejisches Wesen begehrte dagegen auf, während er sich hochmütig stellte, um den Gebildeten zu spielen. Er sprach gedehnt zwischen einem Zigarettenzug und dem andern. Und jedesmal, wenn er wieder ›dein Vater‹ sagte, legte er einen Klang ironischer Ergebenheit und Abweisung in seine Stimme, so als ginge er einem jämmerlichen und lästigen Gegenstand aus dem Wege und als verspotte er zugleich jene Vaterschaft, welche ich rühmte. »Und das versteht sich«, fuhr er fort und ließ mit der Miene eines unbestrittenen Sultans seinem Mund die Worte entfallen, als hielte er sich für den bedeutendsten Gangster des Jahrhunderts, »ich bin nicht so einer für Familie und so was, ich bin ein gefährlicher Vorbestrafter... Beim Prozeß«, erklärte er prahle-

risch, »hatten sie mir zwei Jahre gegeben! Tja, aber dann haben sie mir einiges erlassen müssen, weil inzwischen diese großen internationalen Ereignisse eingetreten sind, und als Folge davon der Straferlaß von S.M. dem König ... Gratulierst du dir nicht zu diesem glücklichen Zusammentreffen? Wäre nicht der Lauf der Geschichte dazwischengekommen, dann säße ich jetzt nicht hier in euerm Palazzo, um diesen reizenden Abend zu genießen!«

Als ich diese Rede vernahm, wandte ich ihm, ohne es zu wollen, einen unschlüssigen und beinahe fragenden Blick zu. Nicht etwa der ›großen internationalen Ereignisse‹ wegen, welche er andeutete, von denen ich nichts wußte und die mich in diesem Augenblick nicht interessierten, sondern wegen etwas anderem. ›Nur zwei Jahre!‹ dachte ich fassungslos. Also dieser Mensch, den ich für einen echten ›Zuchthäusler auf Lebenszeit‹ gehalten hatte, war statt dessen anscheinend nur ein kleiner Verbrecher von geringer Bedeutung. Aber – und das bemerkte ich nun voller Zorn – nicht einmal das Wissen, daß er womöglich nur ein kläglicher Taschendieb oder ein Raufbold war – statt eines fatalen Mörders oder Gesetzlosen –, konnte dazu dienen, seine schwarze, verhaßte Großartigkeit in meinen Augen zu schmälern.

Um ihm trotzdem nur geringe oder überhaupt keine Bedeutung beizumessen, verzog ich die Lippen zu einer angewiderten Grimasse. Er seinerseits hatte unterdessen übertrieben zu gähnen angefangen, als ob dieser ›reizende Abend‹ bei der bloßen Erwähnung einen verfluchten Überdruß in ihm hervorriefe. Doch verlor er kein weiteres Wort darüber.

Es verstrichen ein paar schweigsame Augenblicke. Ich lehnte mich aufrecht dort gegen den Türpfosten, die Hände in der Tasche, mit der Haltung eines Bandenführers, der einem anderen feindlichen Bandenführer entgegentritt, mitten in der Verlassenheit der Pampas. Schließlich brach ich das Schweigen, um mich finster zu erkundigen: »Was? Schläfst du etwa hier heute nacht?«

»Wo soll ich sonst wohl schlafen gehen? Im Grand Hôtel? – Wieso?« fuhr er nach einer Weile sarkastisch fort. »Stört dich vielleicht die Vorstellung? Vielleicht ...«

Ich zuckte die Achseln mit der Verachtung eines Grandseigneurs. »Pfff... Du kümmerst mich einen Dreck!« entgegnete ich.
»Naja, ich hab die Einladung deines Vaters angenommen«, fing er wieder an im Ton ruhiger Zugeständnisse und mit der Großmut eines Untadeligen, »denn alles in allem schien mir dies noch das bequemste Hotel hier auf der Insel, da ich noch eine letzte Nacht an diesem Ort verbringen muß. Vor morgen früh gibt es keine Dampfer mehr zum Festland.« In diesem Augenblick glitt eine sehnsüchtige und lang gehütete Ungeduld über sein Gesicht, die ihn noch viel ungestümer machte, geradezu kindlich. »Allerdings, wenn nicht dein Vater dran schuld wäre, der sich in mein Schicksal eingemischt hat«, brach er mit einem Male los im Ton einer maßlosen Auflehnung und zog die Beine vom Diwan herab, »dann könnte ich heute nacht schon in Rom schlafen bei meinem Mädchen! Von den Gefängnissen in Viterbo, wo ich zuerst war, bis zu mir nach Hause am Flaminio braucht man weniger als eine Stunde im Auto. Er ist es gewesen, und er will das auch noch leugnen, der unter wer weiß welchem Vorwand meine Versetzung in diese schöne Oase von Procida zuwege gebracht hat: so eifrig hat er sich bemüht bei seinen Bekanntschaften in den hohen Gesellschaftskreisen...«
Ach, so!... Bei diesen Worten sah ich wieder flüchtig und verschleiert wie einen Hofstaat von Getreuen die ganze erhabene, geheimnisvolle und namenlose Gesellschaft, die ich mir schon als Kind im Dienste meines Vaters vorgestellt hatte. Und ehrgeizig schmeichelte ich mir beinahe mit diesem väterlichen Ansehen, genau wie als Kind. Nun wurde mir klar, warum die berühmte Festung diesen so kärglichen, zu einer unbedeutenden Gefängnisstrafe verurteilten Häftling jemals beherbergt hatte... Es war der Wille meines Vaters gewesen, der ihn auf das Hoheitsgebiet der Gerace hatte schleppen lassen, widerstrebend, starrköpfig, wie einen Sklaven...
Bei einer solchen Vision jedoch kam mir ganz unvermutet erst jetzt (und ich erstaunte, nicht früher daran gedacht zu haben) mit einem wahren Schauder das berühmte ehemalige Versprechen in den Sinn, welches mein Vater dem to-

ten Amalfi geschworen hatte, sich niemals mit irgendeinem anderen Freund zu umgeben auf dieser Insel und in diesem Hause, die auf immer einem einzigen Andenken gewidmet waren! Mir klangen noch die Worte Wilhelm Geraces in den Ohren: ›Wenn ich dieses Versprechen bräche, dann wäre ich meineidig und ein Verräter.‹ Da sah man also, was er war!
Mein Geist mußte die plötzliche innere Bestürzung ausdrücken, die mich durchdrang. Und vielleicht war es dieser mein wehrloser Ausdruck, der auf der Stelle die Laune meines Gegners zu einer gewissen Höflichkeit umstimmte. Mit einer zerstreuten Bewegung seines grollenden und schwarzen Blickes deutete er in Richtung auf den festlich gedeckten Tisch und versetzte im Tonfall beinahe vornehmer Wohlgesittetheit: »Übrigens, ich habe mich noch gar nicht bei dir entschuldigt, daß ich dein Abendbrot aufgegessen habe...«
Diese seine Entschuldigung ließ mich beben vor Wut; aber ich wollte ihm nicht die Freude gönnen, und indem ich ihm die Fratze eines Piraten zeigte, der den verdächtigsten Prassereien in den Kneipen verfallen ist, warf ich ihm in grimmiger Geringschätzung hin: »Von welchem Abendessen redest du? Ich esse immer auswärts.« »Ach ja, richtig, daran habe ich nicht gedacht...« erwiderte er in seiner üblichen zeremoniellen Art. Mittlerweile aber begann er mich neugierig zu betrachten und lachte mich aus den Augen an. »Sag mal, Bürschchen, übrigens«, fügte er mit einer anderen Betonung indiskret und voll versteckter Absicht hinzu, »wieso kommst du eigentlich so spät heim am Abend? Hast du ein Mädchen?«
»Nein!« erklärte ich finster.
»Du hast kein Mädchen«, versetzte er mit einem plötzlichen Ausdruck von Mitwisserschaft in den blitzenden Augen, »weil du mindestens zwei oder drei Mädchen hast. Weißt du, was ich gerade eben von deinem Vater erfahren habe? Daß du auswärts zu Abend ißt und spät zu Bett gehst, weil du alle Abend ausgehst, nach Weibern zu jagen, wie ein Miezekater. Daß du toll bist nach Frauen! Und schon Geliebte hast!«
Ich spürte, wie ich rot wurde: also wußte W.G. irgend etwas von meinen Angelegenheiten, ohne daß ich es ahnte!

Jedenfalls dieser da bemerkte zum Glück vielleicht nicht, daß ich errötete wie ein kleiner Junge. Er hatte den Blick von mir abgekehrt, und unversehens hatte sein Lächeln sich in eine schwarze Laune verwandelt. Er stieß einen tiefen und gierigen Seufzer aus, welcher sich anhörte wie der eines Wolfes. Und dann erhob er sich und verkündete in einem triumphierenden und zugleich drohenden Ton, als ob er auf Tod und Leben herausforderte, wer immer es wagte, seine Worte anzuzweifeln: »Auch mir gefallen die Frauen!« Und er bekräftigte noch drohender als zuvor: »Mir gefallen die Frauen, *und damit Schluß!*«
Darauf schickte er sich an, im großen Zimmer hin und her zu laufen mit seinem elastischen und wilden Jockei-Schritt. Er richtete wütende Blicke auf die mit Fresken von vorgetäuschten Laubengängen, Weinranken und Trauben bemalten Wände, auf die verschnörkelten Namenszüge der ›Buben‹, auf das festlich gedeckte Tischchen, auf alles ringsum, als befände er sich noch im tiefsten Kerker; und er beklagte sich bei mir: »Ach, wenn du irgendeine hübsche Frau kennst hier im Ort, warum hast du sie dann nicht heraufgebracht, so hätten wir doch wenigstens ein bißchen Spaß gehabt heute abend!«
Und er warf sich von neuem auf den Diwan, der aus seinen Eingeweiden ein klagendes Quietschen hören ließ. Die Lampen in der Mitte, welche meinem Vater zum Trotz angezündet geblieben waren, gaben nicht mehr Licht als ein paar Wachskerzen, und dann und wann flackerten ihre kleinen Flammen unter den Stromstößen gleich eingefangenen Insekten im Todeskampf.
Mein Vater verspätete sich. Alle Augenblicke beschloß ich, nach oben zu gehen; aber ich weiß nicht, welche barbarische Forderung meines Instinktes – vielleicht die Vorbestimmung zu neuen Bitternissen – mich statt dessen in jenem verwünschten Zimmer festhielt, diesem Menschen gegenüber. Diesmal war er es, der das Schweigen brach. Mit einer unzufriedenen, verdrießlichen Stimme und kaum ein Auge auf mich richtend meinte er: »He! Arturo Gerace!«
Als Antwort ließ ich ein Gebrummel hören. Darauf hob er, ohne seine schläfrige Rückenlage aufzugeben, die beiden

Hände wie ein Sprachrohr an den Mund, und mit dem verzerrten und gekünstelten Nachdruck einer Kriminalkomödie deklamierte er: »*Achtung! Achtung!* Es wird ein gefährlicher Verbrecher gesucht, aus dem Zuchthaus von Sing-Sing ausgebrochen! Achtung auf die Kennzeichen: gerade Nase, regelmäßiger Mund, griechisches Profil...« Dann begann er leise in sich hinein zu lachen mit sicherer und boshafter (wenngleich fast leutseliger) Anspielung auf meine Leichtgläubigkeit von vorhin. Ich war versucht, ihm mit irgendeiner teuflischen Beleidigung zu entgegnen; doch er war schon wieder in sein schmachtendes und gelangweiltes Schweigen versunken, als schlummere er vor sich hin... Und da geschah es, daß ich in die Stille hinein, beinahe ohne selber darauf gefaßt zu sein, ihm auf einmal mit gebieterischer Schroffheit eine Frage hinschleuderte, die ich seit allzu langer Zeit verschlossen hielt: »Warum warst du eigentlich eingesperrt? Was hattest du gemacht?«

Er wandte sich zu mir hin, allerdings nach einigem Zögern, wobei er, um mich durch die Wimpern zu betrachten, die Lippen zu einem Lächeln eitlen Stolzes hochzog, welches mir eine Antwort freilich nicht zu verwehren schien. »Du bist neugierig, was, das rauszukriegen?« bemerkte er gleichsam als Vorrede... Und wahrhaftig vergaß ich sogar meine Abneigung und schaute ihn gespannt an in dem abenteuerlichen Verlangen, etwas von ihm zu hören. Fast erwartete ich, es müsse sich mir aus seiner bevorstehenden Vertraulichkeit jetzt, hier im großen Zimmer, ein vollkommen einzigartiges und außergewöhnliches Verbrechen enthüllen, wie ich es niemals zuvor in meinem Leben gehört, niemals in einem Buch gelesen hatte: mit wer weiß welchen wunderbaren, gehaßten Verlockungen ausgeschmückt. Und das erweckte in mir ein unwahrscheinliches Gefühl: wie von trauervoller Einweihung oder mannhafter Beförderung voll Bedeutsamkeit und faszinierter Abscheu.

Mittlerweile, der Länge nach ausgestreckt, die Lider halb geschlossen, reckte er sich gemächlich; und er ließ mich noch ein wenig auf seine Antwort warten, um schließlich, in die Luft schauend, mit geheimnistuerischer Stimme zu beginnen: »Also... Na ja, bewaffneter Raubüberfall! Ich

habe eine Postkutsche überfallen... sie fuhr mit neunhundert (Metern) die Stunde... auf der Straße von Buffalo... in Texas...«
Aber es dauerte nicht lange und er widerrief seine Worte, indem er mit der gleichen Betonung wieder begann: »Vielmehr, nein, ich habe eine entführt und vergewaltigt... ein Frauchen von siebenundfünfzig Jahren... aus königlichem Geblüt!«
Dann, nach einer abermaligen Pause: »Vielleicht, nein, ich habe mich geirrt... ich habe ja gestohlen... den Frack des Pfarrers!« Und er schloß: »Jetzt kannst du dir auswählen.«
»Wen kümmert es schon, das zu erfahren!« rief ich mit verächtlichem Hohnlachen. Und von diesem Augenblick an beschloß ich, völlig stumm zu bleiben, als ob für mich dort auf dem Diwan an Stelle dieses Menschen eine Leiche läge oder eine ägyptische Mumie. Er jedoch, als suche er kurz darauf einen Vorwand, sich wieder mit mir zu versöhnen, bot mir eine Zigarette an. Ich lehnte ab. Dabei stellte er sich aufrecht hin, und in einem Ton andächtigen Ernstes fuhr er mich schließlich an: »Weißt du, wer ich bin?«
Ohne zu sprechen, hob ich das Kinn zum unwilligen Zeichen der Verneinung. Da tauchte er einen Finger in den Wein seines Glases, und mit dem nassen Finger malte er auf die Wand zwischen die alten Zeichnungen und Namenszüge der Buben die Figur eines Sternes.
»Ich bin Stella. Tonino Stella!« erklärte er.
Und bei meiner gewiß nicht verheimlichten Gleichgültigkeit verkündete er protzig und verärgert: »Mein Name hat in allen Zeitungen gestanden!«
Dann kam er näher, und wie um mir seine Identität zu bezeugen, zog er sich den Ärmel etwas hoch und zeigte mir auf seinem Handgelenk einen winzig kleinen tätowierten Stern.
Aber ehe ich noch die Tätowierung des Sternes angeschaut hatte, erblickte ich zufällig an seinem Handgelenk etwas anderes, das mich, als ich es bemerkte, geradezu zusammenzucken ließ: eine Uhr, allzu berühmt und vertraut, als daß ich sie nicht unter allen Uhren Europas zu unterscheiden gewußt hätte! Außer der Marke ›Amicus‹ erkannte ich

sogar einen kleinen Kratzer auf dem Zifferblatt und auf dem stählernen Armband ein paar Salzflecke. Es war, ohne daß ein Zweifel möglich gewesen wäre, die rühmlich bekannte Uhr, welche mein Vater vom ›Algerischen Dolch‹ zum Geschenk erhalten, als heiliges Pfand ihrer Freundschaft, und von der er sich Jahre hindurch niemals getrennt hatte. Ich erinnerte mich, sie bis zu diesem selben Morgen noch an seinem Handgelenk gesehen zu haben; und einen Augenblick lang verdächtigte ich Stella, er hätte sie ihm gestohlen. Doch unvermittelt begriff ich, daß es in Wahrheit anders war: es handelte sich nicht um einen Diebstahl, sondern um ein Geschenk, welches mein Vater an diesem ihrem Festabend Stella gemacht hatte, ohne jegliche Rücksicht auf seinen ehemaligen Getreuen. So hatte W. G. im Verlauf eines einzigen Tages zuerst Romeo und dann Marco verleugnet, die beiden treuesten Gefährten seines Geschickes. Zwiefacher Verräter – und Eidbrüchiger. Zu Ehren dieses Undankbaren.

Parodie

Stella, dessen bin ich fast sicher, mußte sogleich im ersten Augenblick gewahr werden, daß ich die Uhr erkannte; aber er zeigte dennoch weder Verlegenheit noch Reue. Ja, selbst ohne in seinem unbefangenen Plaudern innezuhalten, warf er einen Blick auf diese herrliche Stoppuhr in dem offenkundigen Wohlgefallen, sie zu besitzen. Und unterdessen fuhr er hochmütig fort: »Na so was, kommen denn die Zeitungen aus Rom nicht bis hierher? In einigen erschien sogar meine Photographie, vor ungefähr einem Jahr, damals, als ich gesucht wurde... Frag deinen Vater danach, wenn du noch mehr wissen willst!... Tja, es war genau zu der Zeit, glaube ich, während ich mich hier und dort versteckte, als ich die ›Ehre‹ hatte, seine Bekanntschaft zu machen! – Übrigens«, bemerkte er an dieser Stelle, »er läßt heut abend auf sich warten, ›der Graf‹... Es wird über eine halbe Stunde her sein, seit er nach oben gegangen ist!«
Und mit einem plötzlichen Ruck des Unterarms ließ er

den Ärmel wieder über das Handgelenk hochrutschen und sah auf der Uhr nach.
»Ganz genau«, verkündete er, »siebenundzwanzigeinhalb Minuten!«
Anscheinend hatte er es darauf abgesehen, mich zu ärgern mit dieser Uhr. Er zog sie prahlerisch auf, hielt sie dann ans Ohr. Endlich der Richtung meiner Blicke folgend, bemerkte er mit lauernder Anmaßung: »Was? Kommt es dir vielleicht so vor, als kenntest du diese Uhr? Pah, dann teile ich dir mit, daß sie in meinen Besitz übergegangen ist: *von Rechts wegen!*«
Ich zuckte die Achseln; und um zu zeigen, wie egal mir das war, versetzte ich einem Sessel, der da in der Nähe stand, einen Fußtritt. Er beteuerte abermals: »*Von Rechts wegen,* tja, allerdings, er war sie mir *schuldig*, dein Vater. Und außer der Uhr *schuldet* er mir auch noch ein Marinefernglas, ein Angelgewehr und eine Unterwassermaske, was er alles schon im Haus hat, wie er sagt, oben verborgen. Außerdem *schuldet er mir* gleich morgen einen vollständigen, neuen Anzug, der in einer erstklassigen Schneiderwerkstatt in Neapel gekauft werden muß, und ein Paar neue Schuhe mit bester Gummisohle. Dann ist er mir, der Abmachung gemäß, ein Kapital an Geld schuldig: soviel wie ich benötige, um in Rom eine Garage aufzumachen, damit ich mich verheiraten kann mit meinem Mädchen!«
Er hatte sich bequem hingesetzt, die aufrechten Schultern gegen die Rückenlehne des Diwans, mit Großartigkeit und königlicher Unbefangenheit. Doch bei den letzten Worten trat ein zaudernder Schatten über seine Stirn.
»Übrigens«, fragte er mich aus, »ist es eigentlich wahr, daß dein Vater so reich ist?«
Aus seiner Betonung war ein hämischer Argwohn deutlich zu hören, und da begann der Zorn, den ich zu lange schon mit Gleichgültigkeit maskiert hatte, verhängnisvoll in meiner Brust zu toben. Aber heftiger denn je spürte ich nun, daß, hätte ich meine Gleichgültigkeit aufgegeben, es eine allzu erwünschte Genugtuung für diesen Menschen da gewesen wäre. Und ich beschränkte mich darauf, als Antwort nur ein dumpfes Gemurmel von mir zu geben. »Wenn man ihn nämlich so reden hört«, behauptete er, die Lippen in

einem kaum verhüllten Zweifel aufwerfend, »ist er steinreich und kann soviel ausgeben, wie es ihm Spaß macht... Aber wenn man ihn sich anguckt, dann glaubt man es nicht recht, daß er so ein großartiger Millionär ist. Er hat nicht das Ansehen eines ›Signore‹, wahrhaftig...«

»Ach, was du nicht sagst...«

»Allerdings, das sag ich! Aber jeder andere, der was auf sich hält, denkt es, auch wenn er es nicht sagt! Was für 'ne Sorte von ›Signore‹ der schon sein kann, der in Lumpen herumläuft, die nicht einmal geflickt sind, und der sich auch nicht rasiert und nie wäscht, bis er stinkt...«

»Heh, paß auf, was du redest!«

»Na ja, entschuldige.«

»Paß auf, was du redest, sag ich dir noch einmal!«

»Und ich sag dir noch einmal: entschuldige... Andererseits«, beharrte Stella, »wenn ich mich für seine Finanzen interessiere, so ist das eine geschäftliche Angelegenheit. Es handelt sich nämlich um ein Geschäft, das dein Vater mir vorschlägt: er bezahlt mir so viel, wie ich dir schon gesagt habe, in Gegenständen und Geld, und ich willige dafür ein, als Gegenleistung vierzehn Tage mit ihm auf Reisen zu gehen... Aber, mit den Kröten (das Geld, das er versprochen hat, meine ich) will er erst nach Ablauf der vierzehn Tage herausrücken, nicht eher, denn wenn er im voraus bezahlt, dann, sagt er, verliert er die letzte sichere Garantie, daß ich mich nicht davor drücke... Na gut, meinetwegen! Ich nehme ihn beim Wort. Aber ich will ihm bloß geraten haben, mich nicht zu beschummeln, sonst geht's ihm an den Kragen!« Hierbei blickte Stella mich streng und drohend an, als riefe er mich zum Zeugen und Garanten. »Das ist doch klar«, schloß er mit einer höhnischen Grimasse, »daß wenn ich, anstatt sofort wieder zu meinem Mädchen nach Rom zu gehen, mit ihm zusammen die Sonnenuntergänge betrachte, das nicht seinem hübschen Gesicht zuliebe tue!«

Darauf schien er sich in ein eingehendes und grollendes Nachdenken zu vertiefen, als wäre diese versprochene Reise, auf welche er sich vorbereitete, bei der bloßen Vorstellung schon eine Marter für seine Nerven. Was mich anlangt, so war ich, seitdem ich zuerst dieses Wort ›Reise‹ von

ihm vernommen hatte, bleich und atemlos geworden und völlig verstummt.
Beinahe erkannte ich meine Stimme nicht wieder, so schwach und verloren klang sie auf einmal bei der Frage, welche aus den untersten kindlichen Regionen auf meine Lippen drang: »... reist ihr... weit?...«
Stella hob ein Augenlid. »Weit... wieso?« meinte er mit schwerfälliger Miene, »ich? sagst du? Mit deinem Vater? Ach, wegen unserer Reise meinst du! ›Lluntano assaie‹! ... überaus weit! Man stelle sich vor! Im großen und ganzen wird man hier so in der Gegend bleiben, im üblichen Umkreis...« Er verzog kaum merklich die Lippen zu einem gelangweilten Lächeln, zweifelnd und spöttisch. »Dein Vater«, fügte er hinzu wie jemand, der eine allgemein bekannte Feststellung macht, »ist nicht so einer, der sich weit weg begibt. Der würde eingehen vor Heimweh. Er ist so einer, der immer in derselben Gegend in der Nähe herumreist. Kennst du die alten Fesselballons? Na ja, genauso ist er...«
Unsicher blickte ich zu meinem Gesprächspartner auf, wie um ihn zu fragen, ob er das im Ernst meinte. Es war nicht das erstemal, daß ein solches unerwartetes Urteil mir zu Ohren kam. Ich erinnerte mich daran, daß ich schon früher einmal jemand anderen etwas Ähnliches hatte behaupten hören. Und sie kam mir jetzt verhext vor (gleichsam eine verzwickte, rätselvolle Anspielung auf mein Wesen und mein Geschick), diese Wirklichkeit: daß zwei Zeugen, obschon Gegensätze und einander unbekannt und zu verschiedener Zeit sich in einer Meinung einig waren, welche ich dagegen, ich vielleicht als letzter auf der ganzen Welt, immer noch mit Verbissenheit als Ketzerei ansah.
»Du«, schrie ich, »du verstehst überhaupt nichts von meinem Vater!«
»Ach, verstehst du etwa mehr von ihm...?«
»Du kannst dir nicht einmal im Traum die Reisen vorstellen, die mein Vater gemacht hat!–« rief ich. – »Sein ganzes Leben lang ist er auf Reisen in den fernsten, fremden Ländern! Immer! Sein ganzes Leben lang!«
Mit einer leichten ironischen, aber ziemlich ehrlichen Überraschung mich anschauend, zog Stella in seiner ge-

wohnten Art die Brauen hoch, so daß sich auf seiner Stirn viele Querfalten bildeten. »Ach, tatsächlich?« bemerkte er, »das ist mir neu... Und welche wären es, wenn es gestattet ist, das zu erfahren, die hauptsächlichsten Reisen, die er gemacht hat? Na schön: Deutschland – Italien, vor ungefähr vierzig Jahren, das ist bekannt. Und dann?... Man weiß ja, die Runde um den Vesuv herum, die hat er abonniert...«

»Du tust mir leid!« erklärte ich, flammend vor Verachtung.

»Ach, ich tu dir leid... Schau mal an!... Aber, um darauf zurückzukommen, vielleicht kannst du mir auch diese Neugier befriedigen, wenn es dir nichts ausmacht. Warum widmet er sich eigentlich sein ganzes Leben lang diesen großartigen Kreuzfahrten? Zu welchem Zweck? Als Tourist?... Als Missionar?... Oder wozu sonst?«

Ich spürte, wie mir die Nerven zuckten, das Blut brauste, ein solcher Geist bitterer Unduldsamkeit und Empörung brannte in mir.

»Wozu!« wiederholte ich, »zu welchem Zweck? Heh! Weil er die Freiheit dazu hat! Weil er echte Kenntnisse erwerben will! Das ist der Zweck! Um die ganze Welt kennenzulernen, von Anfang bis zu Ende, und alle Nationen...«

Stella wandte sich um und lachte vor sich hin. »Schluß damit, geh doch«, unterbrach er mich, eine Hand hebend mit einer Miene, als hätte er es satt, »ich hab dich soweit... jetzt hab ich den Beweis, daß es wirklich stimmt, was er gesagt hat: daß du ihn anhimmelst.«

»Wer hat das gesagt?«

»Er. Er hat gesagt: ich hab zwei Söhne: einen kleinen blonden und einen dunklen: schönere Söhne als meine wird nie jemand fertigbringen. Und der Dunkle... seitdem er geboren ist, *verhimmelt* er mich!«

»Es ist nicht wahr, daß er das gesagt hat!«

»Doch ist es wahr, daß er das gesagt hat. Und es ist auch wahr, daß du ihn anhimmelst.«

»Es ist nicht wahr!«

»Ist es etwa nicht wahr, daß du ihn anhimmelst?«

»Nein.«

»Aber dann, wenn es nicht wahr ist, wie erklären sich

dann gewisse Märchen, die du mir über ihn erzählst? Daß er einem, wenn man dich so hört, wie eine Art von Ozeanüberflieger vorkommt, ein...« er stand feierlich auf, »ein... ein wirklicher ›Bürger des Weltenraumes‹!« fuhr er dann im Ton grimmigen Spottes fort, – »während er in Wahrheit ganz der Typ ist, der sich niemals entwöhnt hat von der Brust seiner Mutter und sich auch nie entwöhnen wird! Und was die Reisen anbelangt... seitdem er sich da aus seinen barbarischen Gefilden aufgemacht und sein Nest hier gefunden hat in diesem schönen Vulkan, ist es, soviel ich weiß, schon weit, wenn er bis Benevent oder Rom-Viterbo gekommen ist!«

Hier zeigte Stella zum erstenmal, seit er von meinem Vater sprach, ein absonderliches Lachen von beinahe nicht zu unterdrückender, freundschaftlicher und schlecht verhüllter Nachsicht. »Vielleicht«, fing er wieder an, »hat er Angst, diese heilige Schatzinsel könnte ins Meer versinken, sobald er sie aus den Augen verliert. Kaum entfernt er sich drei oder vier Stationen zu weit, beginnt er schon zu toben wie ein Waisenknabe. Und wenn man ihn dran erinnert, macht er ein Gesicht... Er ist sogar eifersüchtig auf sie, wie auf eine Frau! Und zwar so sehr, daß er mit Spitznamen ›Procida‹ genannt wird.«

Diese letzten Neuigkeiten, ob sie nun Wahrheit oder Lüge waren, hörte ich gar nicht so ungern! Und ich wartete fast begierig darauf, daß Stella fortfahren möge. Aber Stella dagegen ließ mit einemmal das Thema fallen. Und indem er sich in ziemlich derber und spitzbübischer Heiterkeit wieder auf den Diwan warf, schüttelte er so ungestüm den Kopf, daß all seine Haare, die er sogar glattgekämmt und reichlich mit Pomade gefettet hatte, in Unordnung gerieten. Über seine Züge glitt ein plebejischer Ausdruck kindlicher Anmut, in dem ich weiß nicht welche Überlegungen, Vergnügen und Ausschweifungen, Ruhelosigkeiten und Intrigen zusammentrafen mit seinem hochmütigen Dünkel. Es war deutlich zu erkennen, daß unversehens sein Sinn sich verirrt hatte, um einem Gedanken nachzugehen, von welchem ich, der ich daneben stand, ausgeschlossen war; doch es war nicht zu begreifen, ob dieser Gedanke ihn anzog oder ihn abstieß. So wie man auch nicht begreift, wenn

man eine Katze beobachtet, die hinter einer Feder herjagt, ob ihre Laune die eines Spieles oder die einer Tragödie ist.
Mit einer gelangweilten Miene erhob er sich plötzlich und reckte die Arme; dann ließ er sich wieder zurückfallen und setzte sich. Aber unvermittelt brach er in ein sonderbar ernstes, fast dramatisches Gelächter aus und rief:
»Dein Vater ist eine Parodie!«
Nun war es fatal: der unheilvolle, unbezähmbare Zorn überwältigte mich. Die Fäuste geballt, ging ich auf Stella los mit diesen Worten: »Jetzt spuck ich dir ins Gesicht.«
Da fiel ein harter, seltsam schräger Schatten über Stellas Gesicht. Er kam ebenfalls auf mich zu, und mit gedehnten Silben sagte er: »Wem – spuckst du ins Gesicht?«

Der letzte Auftritt

Außer mir vor rasender Wut, war ich als Entgegnung, darauf schon im Begriff, mich auf ihn zu stürzen; doch in diesem selben Augenblick hallte ein bekannter eiliger Schritt auf dem Korridor; und ich wurde von meinem Vater, der hinter mir durch die Tür getreten war, am Arm gepackt.
Er hatte gerade Stellas letzte Worte gehört, und wie ein Echo wiederholte er: – »Wem spuckst du ins Gesicht?« – und in einem Anflug von Drohung und Besorgnis richtete er einen durchdringenden Blick auf mich, wobei er sehr bleich wurde im Gesicht. Diese seine angstvolle Blässe entwaffnete mich. Aber dennoch geschah es mit schroffer Heftigkeit, als ich mich aus seiner Umklammerung befreite und mich weigerte, ihm eine Erklärung zu geben. Nun ließ ich verdrossen von Stella ab, welcher, seinerseits auf die Schlägerei verzichtend, sich wieder auf den Diwan gesetzt hatte in einer teilnahmslosen und sarkastischen Pose. Und ich blieb in der Kaminecke stehen, ein paar Schritte von den beiden entfernt.
In einem Bündel auf seinem Arm brachte mein Vater von oben Bettücher, Decken und ein Kopfkissen. ›Wie ein Diener!‹ dachte ich. Gleichzeitig wurde ich mit einem verbit-

terten Erstaunen gewahr, daß er sich neue Kleidung angezogen hatte, die ich heute zum erstenmal sah: Hosen aus geripptem Samt und eine graue gestrickte Wolljacke und um den Hals ein Tuch aus türkisblauer Seide! Er hatte sich mit Sorgfalt rasiert und sogar gekämmt, das Haar glatt zurückgestrichen. So sauber und elegant erschien er mir schön wie ein großer Prinz aus dem Roman; doch während ich ihn verzaubert anschaute, ertappte ich mich dabei, unsinnigerweise jenes komische und groteske Aussehen verzweifelt an ihm zu suchen, das ihm von Stella den Beinamen ›Parodie‹ eintrug.

Ich brannte geradezu darauf, wirklich etwas Lächerliches an ihm zu entdecken; leider aber erblickte ich nichts als Anmut in seiner Gestalt. Seine nervöse Magerkeit, welche in seiner Luxuskleidung einzigartig hervortrat, ließ ihn schwächer und jünger erscheinen, und die kindliche Gesundheit Stellas war neben ihm beleidigend wie eine Frechheit oder eine Trivialität.

Er ließ noch einen von Besorgnis beschatteten Blick zwischen Stella und mir hin und her gehen, doch stellte er keine weiteren Fragen. Dann lenkte er sogleich absichtlich von unserer mysteriösen Schlägerei ab, als ob nichts gewesen wäre, ging zum Diwan, wo er Bettwäsche und Decken neben Stella fallen ließ, und verkündigte mit freimütiger Erregung: »Also, es ist alles fertig. Ich hab' auch den Koffer gepackt!«

Darauf zu mir gewandt, mit einer anderen, von eigenwilligem Hochmut schwingenden Stimme: »Übrigens, Arturo, ich habe dich gesucht, um es dir zu sagen, aber du warst nicht in deinem Zimmer. Ich verreise morgen früh mit dem ersten Dampfer!« Morgen früh! Bis zu diesem letzten Wort hatte ich mich geweigert, das unmittelbar Bevorstehende dieser Wirklichkeit zu begreifen, welche dieses *Morgen* und alle meine weiteren künftigen Tage in ihr stürmisches Verderben stieß. Ich starrte meinen Vater mit verirrten Augen an. Und stirnrunzelnd teilte er mir noch mit: »Es ist besser, wir verabschieden uns jetzt, denn morgen früh werde ich keine Zeit dazu haben...«

Meine Stimme unterbrach ihn, erstickt vor Empörung: »Du verreisest... zusammen mit dem!«

»Das geht dich nichts an«, erwiderte mein Vater.
»Das kannst du nicht tun! Nein! Das kannst du einfach nicht!«
Mein Vater, in seinem leuchtenden Glanz mich überragend, warf mir einen schrägen Blick zu.
»Ich«, entgegnete er mir, »verreise, mit wem es mir paßt. Mit gütigem Verlaub von Euer Gnaden.«
Ich spürte, daß er sich mit seinem schlimmsten Stolz gegen mich brüstete, schon um in Stellas Augen noch mehr zu glänzen; vielleicht auch, um die niedrigste Knechtschaft, in der Stella ihn hielt, an mir zu rächen mit seiner Herrschsucht. Stella selbst schien dies zu begreifen; er betrachtete ihn verstohlen und ironisch, ohne es besonders zu schätzen. Er aber bemerkte diese Ironie nicht, so besessen war er von seinem theatralischen Feuer. »Also, Arturo, sind wir uns einig?« schloß er, indem er sich halb zu mir umdrehte, mit einem entschiedenen und endgültigen Ausdruck, der eine Aufforderung sein sollte, mich zu verabschieden. Beinahe hätte ich geantwortet: ›Gewiß! Leb wohl‹ und ihm den Rücken gekehrt. Doch ein Instinkt, wilder als alles Wollen (ähnlich jenem, den man ›Selbsterhaltungstrieb‹ nennt) dröhnte mir wie Donner in den Ohren, daß es danach zwischen ihm und mir aus wäre und daß dort draußen vor dem Zimmer, das ich nun verlassen müßte, eine bodenlose Nacht auf mich wartete! Ich tat einen Schritt und, nachdem ich Stella mit einem verächtlichen Blick flüchtig gestreift hatte, als wäre seine Anwesenheit für mich etwas, was man am besten übersah, stellte ich mich vor ihn hin.
»Ich bin sechzehn Jahre alt!« rief ich aus. »Du hast versprochen, mit mir zu verreisen, sobald ich ein Mann wäre. Und jetzt ist diese Zeit gekommen! Ich hab das Alter! Ich bin ein Mann!« »Ah! Sehr erfreut«, sagte mein Vater. Hierauf begab er sich, die Hände in den Hosentaschen, an das andere Ende des Kamins und sich daran anlehnend, forderte er mich im Ton erzwungener Ruhe auf: »Komm, Arturo, hier zu mir her, bitte.« – Sicherlich fürchtete er, ich könnte abermals mit Stella anbinden. Unwillig gehorchte ich ihm. Und mich fest anblickend sagte er nur: »Wollen wir uns nicht auf anständige Weise voneinander trennen, Arturo?«

Ich runzelte die Stirn, ohne ihm zu antworten. »Na, in dem Fall«, fuhr er fort und beherrschte nur mit Mühe seine stürmische Ungeduld, »bitte ich dich, das Thema auf eine andere Gelegenheit zu verschieben und dich nach oben zu verziehen, wenn du nichts dagegen hast. Was das Versprechen anlangt, von dem du redest, sind wir uns einig: das versteht sich, jedes Versprechen ist heilig unter Ehrenmännern... Aber dies scheint mir nicht die passendste Stunde, sich darüber zu unterhalten: um Mitternacht, während ich gerade bei der Abreise bin. Sprechen wir mit mehr Ruhe wieder darüber, wenn ich zurückkomme.«
Ich lachte mit verzweifeltem Zynismus. Er wurde wieder finster: »So wirst du inzwischen Zeit haben«, fügte er mit einer noch erregteren und trüberen Stimme hinzu, »noch ein bißchen erwachsener zu werden, hoffentlich. Zum Beispiel wirst du dir's abgewöhnen, nicht so anzugeben wie hier heute abend, denn auf diese Weise zeigst du sonst allen, daß du, auch wenn du das Alter hast, noch ein Bübchen bist, sogar ein Baby! Gute Nacht!« Ich fühlte, wie ich feuerrot wurde und dann totenbleich. »Ja«, antwortete ich ihm, »ich gehe. Aber deine Versprechen, die kannst du selber behalten! Ich will sie nicht...«
Verwirrt nahm ich wahr, daß meine Stimme zu schreien anfing. Jetzt war sie eine richtige Männerstimme geworden, nicht mehr mißtönend wie noch vor ein paar Monaten; als ich sie hörte, hatte ich erneut die sonderbare Empfindung, daß ein unbekannter Fremder, ein Barbar, aus meinem Munde spräche. Ich dachte nicht an das, was ich sagte; und ich sah nichts mehr außer der Gestalt W.G.'s, der mich mit einer gewissen Neugier aus den umwölkten, dunkelblauen Augen ansah. Meine Pupillen, begierig auf Bitternis, richteten sich auf sein linkes Handgelenk, das der Uhr beraubt war: »Du hältst überhaupt keine Treue!« fuhr ich zu schreien fort, »und kein Versprechen, und auch keinen Schwur! Du hast sogar die Freundschaft verraten! Jetzt kenne ich dich! Daß du ein Verräter bist!«
Mir war, als befände ich mich verloren und umhergetrieben in einem wirklichen Sturm, ohne mehr einen anderen Halt unter den Füßen zu verspüren als ein entsetzliches Rollen. Ich sah W.G.'s Gestalt sich langsam von der Seite des Ka-

mins lösen und mit seinem ein wenig müden, aber entschlossenen Gang auf mich zukommen; ich wartete darauf, daß er mich schlagen würde. Es wäre das erstemal gewesen in unserem Leben, daß er mich geschlagen hätte; und selbst in diesem blitzartigen Augenblick dachte ich rechtzeitig, daß ich ganz bestimmt auf keinen Fall zurückschlagen würde. Er war mein Vater, und Väter haben gegenüber ihren Söhnen das Recht, sie zu schlagen. Obgleich ich nunmehr erwachsen war, blieb doch immer er es, der mich in die Welt gesetzt hatte.

Man kann indessen nicht eigentlich sagen, daß er mich schlug. Er beschränkte sich darauf, mich an den Armen zu packen, oben am Schultergelenk, und zu sagen: »He! Moro!« Dann ließ er mich mit einem Ruck heftig los, mit grimmigem Gesicht; gleichzeitig aber stieß er ein fast belustigtes kleines Gelächter aus. Und er fügte hinzu: »Aha, du kennst mich jetzt also! Was du nicht sagst! – Na, und wenn du mich von jetzt ab kennst« – fing er wieder an, zwei oder drei Schritte auf mich zugehend, »ich dagegen kenne dich schon seit einer ganzen Weile, mein Mohrchen!« »Nein, du kennst mich überhaupt nicht«, stammelte ich, »keiner kennt mich! Niemand!«

»Oh, wahrhaftig, mein großer Unbekannter! Ich kenne dich aber ganz genau! Ich kenne dich wie meine eigene Hand! Und jetzt, hier vor Zeugen will ich dir sogar sagen, was du bist!«

»Sag's doch. Wer kümmert sich schon drum!«

Er blieb einen Schritt von mir entfernt stehen in einer kämpferischen und mitleidlosen Haltung. Und in einem solchen Augenblick begannen auf seinem Gesicht Herrlichkeit und festliche Freude vorüberzugleiten, und Mitwisserschaft und die höchsten Urteilssprüche, und Zweideutigkeit und Einfalt und Vernichtung! Kurzum, alle diese schon von jeher bekannten Mienen, welche er annahm, sobald nicht zu begreifen war, ob er (vielleicht) irgendeine erhabene und mörderische Maßnahme vorbereitete, oder ob er nicht vielmehr auf eine höllische Bosheit sann. »Gut«, stieß er hervor, »also, hiermit bezeuge ich, und die ganze Welt soll es wissen, daß du, Arturo, *eifersüchtig bist!* Ja, mit größerer Genauigkeit müßten wir sagen, daß Euer Hochwohlgeboren den Titel eines Eifersucht-Genies verdient. In der Tat, Ihr, o großer Hidalgo, o Don Giovanni, o Herzenskönig, Hals über Kopf vernarrt Ihr Euch in alle. Und schleudert Eure Pfeile wie Amor, der Sohn der Venus, auf alle miteinander, und wenn Ihr sie nicht trefft, dann werdet Ihr eifersüchtig... Ihr erhebt den Anspruch, die ganze Welt müßte verliebt sein in Arturo Gerace. Aber was Euch anbelangt, so liebt Euer Hochwohlgeboren niemanden, weil Ihr nämlich launenhaft und eitel seid, und ein Egoist und Spitzbube obendrein, einzig und allein von Eurer Schönheit eingenommen. Und jetzt mach, daß du schlafen gehst. Los!«

»Ich geh, ja...« sagte ich mit leiser Stimme. Dann immer lauter, düsterer, verzweifelter wiederholte ich: »Ja, ich gehe! Und ich will dich vergessen! Für immer! Hörst du! Das ist mein letztes Wort!«

»Ausgezeichnet«, sagte er, »wir sind uns einig. Das ist das letzte Wort!«

Ich wandte mich ungestüm zur Tür; doch bei dieser Bewegung geriet mir Stella unter die Augen, halb hingeworfen auf dem großen Diwan an der Wand. Die ganze Zeit über hatte er in aller Behaglichkeit, ohne ein Wort zu äußern, von dort aus unserem Zusammenstoß beigewohnt, als wäre er im Theater; und während der letzten Rede meines Vaters hatte er manchmal ein unterdrücktes Gelächter hören lassen. Tatsächlich ertappte ich ihn, wie sein Mund noch zum Lachen verzogen war; und das ließ mich in diesem Augenblick den letzten Schimmer von Vernunft verlieren. Ich ging einen Schritt zurück und, außer mir, ohne auch nur zu wissen, was ich tat, ergriff ich aufs Geratewohl das Besteck, das noch vom Abendessen dort auf dem Tischchen lag, und schleuderte es gegen ihn.

Mein Vater blieb einige Sekunden lang reglos, gebannt vor Zorn und Verwunderung, während Stella, geschickt dem Wurf ausweichend, das Besteck (ich glaube nicht, daß es ein Messer war, eher eine Gabel, aber ich kann es nicht genau sagen) mit völliger Ruhe wieder hinlegte auf einen Stuhl daneben.

Unterdessen hatte ich mich in der Mitte zwischen Kamin und Tür aufgestellt und wartete entschlossen. Nach einer

solchen Herausforderung konnte ich wahrhaftig nicht ohne weiteres davongehen und riskieren, verdächtigt zu werden, daß ich aus Angst vor Stella womöglich ausriß. Aber ohne sich auch nur vom Diwan zu erheben, lächelte jener mich an mit großem Ernst und sagte zu mir in versöhnlichem Ton: »Na, warum hast du's denn jetzt mit mir? Entschuldige, aber es war ja gar nicht über dich, daß ich lachte.« Dann wandte er sich mit einer Miene anmutiger und überlegener Geduld an meinen Vater:
»Vom ersten Augenblick an«, sagte er zu ihm, »kaum hatte er den Fuß in dies Zimmer gesetzt, suchte er gleich auf alle mögliche Art, mit mir Streit anzufangen.«
»Raus hier! Geh, und laß dich nicht wieder blicken! Hast du mich verstanden!« wiederholte mein Vater, der nun in einem wahrhaft schrecklichen Zorn bebte.
Nun glitt mein harter Blick rings im großen Zimmer herum, welches vor meinen Augen zu kreisen schien wie eine Drehbühne, die im Begriff ist, für immer zu verschwinden; und Hals über Kopf stürzte ich hinaus. Als ich in meinem Zimmer war, dachte ich nicht einmal daran, das Licht anzumachen. Ich warf mich aufs Bett, das Gesicht ins Kopfkissen vergraben, und mehrere Minuten lang blieb ich so, einen Weltuntergang erwartend oder ein Erdbeben oder irgendeine beliebige kosmische Verheerung, welche diese verhaßte Nacht auflösen sollte. Einerseits hätte ich nie gewollt, daß der Morgen käme; aber andererseits maß ich voll Angst die endlosen Stunden der Nacht, da ich nämlich gewiß war, daß ich nicht würde schlafen können.

Der Brief

Mein eigener Wille war es, die ganze Nacht wach zu verbringen; zugleich aber hätte ich auch in einen tiefen Winterschlaf fallen mögen, welcher Tage, Monate und sogar Jahrhunderte dauerte wie in den Märchen. Die Augenlider brannten mir, doch ich war nicht müde. Nach einer Weile zündete ich das Licht an und schrieb einen Brief an meinen Vater.
Natürlich habe ich den genauen Text dieses Briefes nicht

mehr im Gedächtnis; doch an den Inhalt entsinne ich mich sehr deutlich. Ungefähr lautete er kurz so: ›*Lieber Pa, mein letztes Wort, das ich Dir jetzt schreibe, ist dies: daß Du Dich geirrt hast heute abend, wenn Du wirklich glaubtest, daß ich noch mit Dir zusammen reisen möchte, wie ich es mir früher gewünscht hatte. Damals stimmte es vielleicht, aber jetzt ist dieser Wunsch vorbei. Und Du irrst Dich ebenfalls, wenn Du glaubst, daß ich neidisch bin auf Deine Freunde. Als kleiner Junge war es vielleicht wahr, daß ich sie beneidete; aber nun habe ich erfahren, daß es verbrecherische Ungeheuer sind und abscheuliche Schufte. Und ich hoffe, einer von ihnen wird dort in den Städten, wo Du Dich mit ihnen triffst, Dich irgendwann einmal umbringen. Denn ich hasse Dich. Und ich wäre viel lieber ohne Vater geboren. Und ohne Mutter, und ohne irgend jemand. Addio. Arturo.*‹ Ich weiß nicht, wie lange Zeit ich wach blieb, um mit angespanntem Ohr zu horchen, ob mein Vater wieder in sein Zimmer hinaufginge, weil ich die Absicht hatte, sobald sein Schritt zu hören wäre, auf den Korridor hinauszugehen und ihm meinen Brief zu geben, ohne ein Wort zu ihm zu sagen. Doch jenseits meiner angelehnten Türe unterbrach kein Schritt und kein Geräusch die Stille der Nacht. Ich hätte allerdings den Brief in sein Zimmer bringen und ihn auffällig auf den Koffer legen können; und ich hatte vor, es zu tun. Aber die Vorstellung, mich nach dort draußen zu begeben, auf den Korridor und in das große verlassene Zimmer, schreckte mich. Mich deuchte, diese Wände, all diese vertrauten Gegenstände wären heute nacht unheilvoll geworden und gezeichnet durch die Beleidigungen, welche ich empfangen hatte. Und als wäre, ihrer stummen Gegenwart allein gegenüberzutreten, ebenfalls eine neue Beleidigung für mich.
So warf ich mich, ohne mich entschlossen zu haben, diesen schrecklichen Brief an seinen Bestimmungsort zu tragen, wieder aufs Bett, wo ich allmählich einschlief bei der brennenden Lampe. Ich wachte urplötzlich wieder auf, als es noch nicht Tag war, und als ich auf dem Tischchen meinen auseinandergefalteten Brief erblickte, nahm ich ihn und versteckte ihn unter dem Pullover, den ich anbehalten hatte. Dann legte ich mich wieder aufs Bett, und nachdem ich das Licht gelöscht hatte, wickelte ich mich ganz und gar in die Decke ein, weil mir sehr kalt war.

Aber ich schlief nicht wieder ein. Man hörte bereits die Hähne krähen, und nicht lange darauf erschien der erste Schimmer der Morgendämmerung. Da drang durch das geschlossene Fenster von unten, von der Straße, ein Geräusch von Pferdehufen und Rädern herauf, die unter unserer Gartenpforte anhielten. ›Das ist die Kutsche, die sie abholt, um sie zum Hafen hinunter zu fahren‹, sagte ich mir. Ich dachte auch an den Brief, den ich unter dem Pullover versteckt hielt für meinen Vater; doch jetzt war mir nicht mehr danach zumute, ihn auf irgendeine Weise ihm zukommen zu lassen, und ich blieb regungslos unter der Decke. Krampfhaft horchte ich auf die leisesten Laute im Hause. Für gewöhnlich geriet bei den sonstigen Abreisen meines Vaters die ganze Familie in Aufruhr; diesmal hingegen war die Stiefmutter nicht geweckt worden. Die Zimmer und der Korridor im oberen Stockwerk ruhten in Schweigen und Stille. Von der Straße her war hin und wieder das Gebrummel des Droschkenkutschers zu vernehmen, welcher allein mit seinem Pferd sprach. Auf einmal hörte man auf dem Korridor lange und eilige Schritte, die sich bemühten, leise zu sein. Die Tür wurde aufgestoßen, sachte und ohne Geräusch. Und mein Vater trat in mein Zimmer, die Tür hinter sich schließend.

Ich drückte in größter Eile die Augenlider zu, um mich schlafend zu stellen. Er schüttelte mich ein wenig und stieß durch die Lippen den üblichen kurzen Pfiff aus, den er von jeher anwandte, wenn er mich am Morgen aufwecken wollte. Dann rief er mit leiser Stimme: »Arturo... Arturo...« wiederholte er. Ich öffnete die harten und starren Augen, ohne ihn anzublicken. »Ich«, sagte er, »ich reise in wenigen Minuten ab...« Ich zuckte nicht mit der Wimper und rührte mich nicht. Selbst ohne ihn anzuschauen, ahnte ich im noch eisigen Licht des Morgengrauens die Färbung seiner dunkelblauen Augen. Eine gewisse Sehnsucht war an ihm zu spüren, welche in der ruhelosen und nervösen Fröhlichkeit der Abreise ihn gespannt hielt über mir und sein Herz zerteilte. Sein Atem war mir nahe mit einem frischen Hauch. Und mir schien, als trüge er in mein ge-

schlossenes Zimmerchen rings um sich herum wie einen zweiten aus Luft bestehenden Körper die ganze frostige und festliche Kühle der Wintermorgen auf den Molen mit dem regen Leben der Landungsplätze.
»He, hörst du mich, Arturo?« beharrte er, immer noch gedämpft sprechend, »ich reise gleich ab. Die andern hab ich schlafen lassen, ich hab mich sowieso schon gestern abend von ihnen verabschiedet... Ich bin gekommen, dir Lebewohl zu sagen.«
»Na gut«, sagte ich, »addio.«
»Dieser Freund von mir«, fing er wieder an, »ist schon vorausgegangen zum Hafen, auf eigene Faust. Er erwartet mich auf dem Dampfer. Ich fahr allein hinunter in der Kutsche.«
Man hörte das Pferd unten am Gartentor mit den Hufen stampfen. »Die Kutsche«, fuhr er fort, »steht schon bereit...« Ich drehte mich ein wenig in der Decke um, und bei dieser Bewegung fühlte ich unter dem Pullover ein leichtes Kratzen auf der Haut von dem Brief, den ich dort verborgen hielt. Jetzt oder niemals mehr war der Augenblick, ihm meinen Brief zu geben. Aber ich vermochte es nicht.
»Tja, und nun, was machst du, Arturo?« fragte er. »Stehst du nicht auf? Begleitest du mich nicht wie sonst in der Kutsche zum Hafen hinunter?«
»Nein«, entgegnete ich ihm.
»Willst du nicht?« fragte er zurück in einem einladenden und schmollenden Ton, der zwischen Vorwurf, Lächeln und Reue schwankte. Zugleich aber spürte man seine Nerven vibrieren vor Ungeduld fortzugehen, hinunter zum Hafen, auf den Dampfer, wo Stella ihn erwartete!
»Nein!« wiederholte ich; und ich drehte mich auf dem Kissen herum mit der unsicheren Gebärde, als wolle ich ihm den Rücken zukehren wie jemand, der verdrießlich will, daß man ihn schlafen läßt. Meine flüchtigen Augen streiften ihn, der noch säumte über mir mit enttäuschter Stirn, in welche beim Herunterneigen ein paar wirre Haarbüschel fielen. Und da, als mein Blick sich auf jene nahen Haarbüschel richtete, wurde ich gewahr, daß zwischen dem Blond einige weiße Haare waren.

»Dann ... Auf Wiedersehen«, sagte er und zeigte sich unbefangen.
»Auf Wiedersehen«, antwortete ich ihm. Und während er aus dem Zimmer verschwand, dachte ich: ›Auf Wiedersehen ... aber in Wirklichkeit werden wir uns niemals wiedersehen!‹

Am 5. Dezember

Als die Tür sich hinter seinem Rücken wieder geschlossen hatte, verkroch ich mich in die Decke bis übers Gesicht, meine Ohren mit den Fäusten zuhaltend, um seinen Schritt nicht zu hören, welcher sich entfernte, und nicht das Hin und Her der Abreise in den Zimmern, und nicht das letzte Rollen der Kutsche, welche den abschüssigen Weg hinunterfuhr. Ich verharrte lange in dieser unnatürlichen Todesstarre. Als ich mich schüttelte und die Decke fortwarf, schien die Sonne schon in mein Zimmer hinein, und das Haus lag wieder in Schweigen getaucht.
Ich öffnete das Fenster, und mich so weit, wie ich nur konnte, hinauslehnend, sandte ich den Blick durch die Gitterstäbe auf die Straße nach draußen. Unterhalb der Gartenpforte waren die kurze ebene Fläche und die Straße verlassen; und auch nicht ein fernes Echo von Rädern oder Pferdehufen war mehr zu vernehmen. Nur fremde Stimmen, fern und verstreut, hallten durch die klare Kälte des Morgens. Aber diese wirklichen Stimmen wurden für mich von einem unwirklichen und sehr hohen Klang, einem einzigen schrillen Ton überwältigt, den ich in meinem Gehirn zu hören meinte: etwas wie ein betäubender und unglaublicher Ruf, der sich vielleicht in diese Worte übersetzen ließ: Addio, Wilhelm Gerace!
Ich verspürte eine unsinnige Versuchung, Hals über Kopf auf die Straße hinunterzustürzen in der Hoffnung, die Kutsche noch zu erreichen und neben ihm zu sitzen, wenigstens für eine kurze Strecke. Doch selbst mit dieser Versuchung, die mir das Herz zerriß, blieb ich reglos stehen und ließ die Minuten verstreichen, bis jegliche Hoffnung unmöglich wurde.
Die Geräusche, die vertrauten Stimmen in den Zimmern

begannen hörbar zu werden; die Stiefmutter und das Stiefbrüderchen waren aufgestanden. Ich lief wütend zur Tür und drehte den Schlüssel herum. In diesem Augenblick wäre mir in meinem Zimmer allein die Gesellschaft eines Hundes lieb gewesen, der mein Freund wäre und mir sanft die Hände leckte mit seiner rauhen Zunge, ohne mir eine Frage zu stellen. Aber jede menschliche Nähe und selbst der Anblick der Landschaft und alle bekannten Orte erschienen mir unerträglich, wenn ich daran dachte. Ich hätte mich in eine Statue verwandeln mögen, um nichts mehr zu fühlen.

So hielt ich mich in meinem Zimmer eingeschlossen, als wäre ich gestorben. Mehrere Stunden lang kümmerte sich niemand um mich. Dann, um die Nachmittagszeit, vernahm man ein Klopfen, und die Stiefmutter fragte mich mit einer unsicheren, ganz feinen Stimme, ob ich nicht essen wolle und ob ich mich schlecht fühle, und warum ich nicht aufgestanden sei. Ich scheuchte sie schimpfend davon mit bösen Worten. Gleichwohl hörte man es ein paar Stunden später zum zweitenmal klopfen, und dieselbe Stimme, noch unsicherer und noch feiner geworden, teilte mir mit, daß, wenn ich wollte, vor der Tür draußen auf einem Stuhl mein Vesperbrot stünde. Beinahe schreiend antwortete ich, daß ich nichts wünschte, weder zu essen noch zu trinken, nur in Frieden gelassen zu werden.

Zum erstenmal in meinem Leben hatte ich, obschon ich nicht krank war, keinen Hunger. Dann und wann schlummerte ich ein, doch sogleich schreckte ich plötzlich wieder auf, als empfände ich einen furchtbaren Stoß oder ein entsetzliches Tosen; und unmittelbar darauf wurde ich mir bewußt, daß es in Wirklichkeit nichts gewesen war, weder Getöse noch Erdbeben. Es war der Schmerz, der seine boshaften Listen anwandte, um mich wachzuhalten und mich niemals loszulassen. Wahrhaftig, er ließ mich nicht los, den ganzen Tag! Es war das erstemal, solange ich lebte, daß ich wirklich den Schmerz kennenlernte. Oder zum mindesten glaubte ich, ihn kennenzulernen!

Nunmehr wußte ich mit äußerster Entschiedenheit, daß dieses die letzten Stunden waren, die ich auf der Insel verbrachte; und daß der erste Schritt, den ich über die Schwelle

meines Zimmers setzte, auch der Aufbruch war. Deshalb vielleicht bestand ich hartnäckig darauf, eingeschlossen in meinem Zimmer zu bleiben: um wenigstens für ein paar Stunden diesen unwiderruflichen und drohenden Schritt hinauszuzögern.
Ich wollte nicht weinen, – aber ich weinte. Ich hätte W. G. vergessen wollen wie einen bedeutungslosen Menschen, dem man einmal flüchtig im Café oder an einer Straßenecke begegnet ist; und statt dessen überraschte ich mich dabei, wie ich im Weinen »Pa!« rief – wie ein kleiner Junge von zwei Jahren! In einem gewissen Augenblick nahm ich den Brief, den ich noch unter dem Pullover trug, und zerriß ihn.
Sicherlich, es war auch das Fasten, das mich schwach machte. Durch das viele Denken an meinen Vater bildete ich mir schließlich ein, daß auch er in diesem Augenblick in gleicher Weise an mich dachte. Und daß, während ich – ›Pa!‹ – rief, auch er, wo er sich gerade aufhielt, im stillen ›Arturo!‹ riefe, ›mein lieber Moro‹, oder irgend etwas Ähnliches. Zuletzt, fast unmöglich, es zu glauben, zeigte sich mir im Verlauf der Stunden eine letzte Hoffnung, der es gegen Abend gelang, mich durch ihre Verlockung beinahe völlig zu überzeugen. Es handelte sich um dies: Ich habe noch nicht gesagt, daß der Tag darauf der 5. Dezember war, nämlich mein Geburtstag (ich vollendete gerade mein sechzehntes Lebensjahr). Aus Stolz hatte ich meinen Vater am Abend zuvor nicht an dieses Datum erinnert. Und von sich aus pflegte er sich niemals an Geburtstage oder dergleichen Dinge zu entsinnen. Aber diesmal fing ich an zu hoffen, daß sein Gedächtnis, gleichsam durch ein Wunder gerührt, ihn plötzlich auf der Reise auf seine Vergeßlichkeit aufmerksam machte. Und daß er unverzüglich bei diesem Einfall sich entschließen würde, umzukehren, um mir seine Glückwünsche zu sagen – und vielleicht sogar meinen Festtag gemeinsam mit mir auf der Insel zu verleben. Ich sagte mir, daß er vielleicht zu dieser Stunde noch nicht allzu weit weg sei: vielleicht war er noch in Neapel, und von dort aus wäre es ihm ein leichtes, für einen Tag zurückzukommen. Ich dachte wieder an den bedauernden Ausdruck seines Gesichtes, als er wenige Stunden zuvor sich über mich gebeugt

hatte, hier in meinem Zimmer; und jetzt hätte ich beinahe geschworen, daß ein solches Bedauern (zusammen mit der Verzweiflung, daß ich ihn nicht zur Mole begleitet hatte) ihn morgen auf die Insel zurückbringen müßte! Als die Nacht hereinbrach, war die Hoffnung in meiner Phantasie zu einer Gewißheit geworden. So sehr, daß ich mich durch diesen Trost überschwenglich und zugleich müde fühlte. Ich lehnte mich aus der Tür, um das Vesperbrot zu holen, das die Stiefmutter mir auf den Stuhl gestellt hatte: da lagen Brot, Apfelsinen und auch eine Tafel Schokolade – eine ungewohnte Leckerei in unserem Hause. Ich aß, legte mich hin und fiel in Schlaf.

Wie am Tage zuvor erwachte ich in der Morgendämmerung. Und so nahm dieser zweite Vormittag seinen Anfang, welcher für mich noch sehr viel schlimmer verlaufen sollte als der vorherige.
Sogleich bei meinem Erwachen, als mir einfiel, daß heute mein Geburtstag war, verspürte ich ein festliches Gefühl und war mehr denn je von der Rückkehr Wilhelm Geraces überzeugt. In dieser Erwartung blieb ich wie am gestrigen Tage hinter der doppelt verschlossenen Tür freiwilliger Gefangener meines Zimmers. Heute morgen jedoch war diese Gefangenschaft eher ein Orakelspiel als etwas anderes; und ich sah meine glorreiche Befreiung unmittelbar bevorstehen. Ich fühlte tatsächlich eine Art von magischer Sicherheit, daß mein Vater mit dem ersten Dampfer eintreffen werde, der genau um acht Uhr in Procida landete. Aber als ich es von meinem Fenster, wo ich Ausschau hielt, neun schlagen hörte, ohne daß sich irgend etwas Neues ereignet hatte, da verwandelte sich meine Zuversicht rasch in die Erkenntnis, daß er nicht nur mit dem zweiten Dampfer um zehn Uhr, sondern überhaupt nicht mehr zurückkommen werde. Die Hoffnung hatte sich allerdings jetzt in mir eingenistet wie ein Schmarotzer, der nicht gutwillig aus seinem Nest herausgeht; und für weitere zwei Stunden fuhr ich fort, alle Viertelschläge vom Glockenturm zu zählen, ständig meinen Platz zu verändern vom Bett zum Fenster, bald mir absichtlich die Ohren zuzuhalten, bald wieder angespannt zu horchen, und immer aufs neue zu überlegen,

ob er nicht zufällig mit irgendeinem außerplanmäßigen oder privaten Dampfer kommen könnte, bei jedem Geräusch, Pfiff oder Rascheln aufzuspringen und im Zimmer auf und ab zu laufen. Kurzum, die üblichen Geschichten, wenn jemand wartet und hofft. Schließlich – es war lange nach elf Uhr – begriff ich endgültig, daß ich ein Narr gewesen war und meine sentimentalen Einbildungen mit himmlischen Vorahnungen verwechselt hatte; und daß W.G. nicht einmal im Traum daran gedacht hatte, umzukehren, und daß er nicht mehr kommen würde.
Jetzt schien es mir zum erstenmal, seit ich auf der Welt war, als wünsche ich ehrlich den Tod.
Es schlug Mittag mit dem üblichen langanhaltenden Glokkengeläute. Den ganzen Vormittag über hatte es zum Glück niemand gewagt, mich zu belästigen; doch kurz nach dem Glockenkonzert wurde wiederum wie am Tage zuvor an die Tür geklopft mit einem noch sanfteren Pochen als dem von gestern, beinahe unhörbar. Ich begriff, was leicht daraus zu entnehmen war, daß hinter der Tür die Stiefmutter mit Carmine stand. Die Stiefmutter – da sie nicht wagte, es selber zu tun – hatte dem Bübchen die Hand geführt zum Klopfen. Und nun lehrte sie ihn ganz leise, die Worte: ›Herzlichen Glückwunsch‹ zu mir zu sagen, welche er wiederholte auf seine barbarische Weise gehorsam und kreischend.
Eine derartige familiäre Aufmerksamkeit empörte mich in diesem Augenblick schlimmer als eine gräßliche Beschimpfung. Und ohne weitere Antwort versetzte ich der Tür einen Fußtritt, um eindeutig zu bekunden, daß ich keine Glückwünsche wollte und alle zum Teufel jagte.
Ungefähr für weitere anderthalb Stunden ließ sich niemand mehr hören. Aber es konnte nur wenig fehlen bis zwei Uhr nachmittags, als man wieder dieses eigensinnige Klopfen an der Türe vernahm. Diesmal war sie es, die klopfte: und stärker, beinahe brutal. Ich gab kein Zeichen, daß ich es gehört hätte; und da rief sie mit einer unsicheren, vor Erschrecken und Zurückhaltung nahezu erstarrten Stimme: »Artu…«

Ich antwortete nicht. »Artu!« fing sie dann wieder an, hastiger und mit wenig Atem wie jemand, der beim Laufen spricht, »was machst du? Warum stehst du nicht auf? Ich habe süße Pizza gebacken wie letztes Jahr für deinen Festtag...«

Wenn ich auch nie meine Meinung geändert hatte, daß sie im Grunde dumm war in ihrem Denken, so erschien mir ihre Dummheit doch niemals so groß wie diesmal: riesig, größer als die Unendlichkeit. Wie konnte sie nur kommen, um mir von so nichtigen Dingen wie süßer Pizza zu sprechen in einem so entscheidenden Augenblick? Und selbst ihre Freundlichkeiten, an die ich seit langem nicht mehr gewöhnt war und die mir noch vor ein paar Tagen das Herz weit gemacht hätten, verbitterten mich heute. Ich hätte es vorgezogen, sie wäre feindselig gewesen, strenge wie sonst, und mir schien, daß auch sie all das begreifen müßte. »Geh, Dummkopf, Idiotin!« schrie ich sie an; und in einer verzweifelten Wildheit stieß ich mit Gepolter die Tür auf. Da stand sie, den Buben auf dem Arm, mit zitternden Lippen, weiß wie eine Tote. Ich bemerkte sofort mit vor Zorn geschärftem Blick, daß sie sich den berühmten Samtrock angezogen und auch Carmine festlich gekleidet hatte, gewiß, um den Tag würdig zu feiern. All das – anstatt mich zu besänftigen – verschlimmerte meinen Groll. Indessen trieb mich, ich weiß nicht welch ein Impuls äußerster Bitternis dazu, als erstes in meines Vaters Zimmer zu laufen. Das Zimmer befand sich noch mehr oder weniger in der Unordnung der Abreise. Die Stiefmutter hatte es ihrer natürlichen Veranlagung nach nie allzu eilig, die Zimmer aufzuräumen, und so hatte sie nur die alten Kleidungsstücke, Schuhe, Zeitungen, Bücher, leeren Zigarettenschachteln, die mein Vater offensichtlich in der Eile des Kofferpackens auf dem Boden verstreut zurückgelassen hatte, in einer Ecke zusammengehäuft. Auf dem Bett lag nichts weiter als die Matratze, ohne Decken oder Kopfkissen. Und ein rascher Blick in den offenstehenden Schrank genügte, um meine Vorahnung zu bestätigen: daß nämlich der gewohnte Platz, an dem W.G. seine – unsere histori-

schen Schätze verwahrte (das Angelgewehr, das Marinefernglas usw.), leer war.
Von der Wand beim Bett lächelte wie immer, unbewußt, mit seinen freundlichen blinden Augen das Bildnis Romeos, des Amalfitaners.
Wie im Fieber ging ich in diesem verlassenen Zimmer hin und her unter den jammervollen und verstörten Blicken der Stiefmutter, die mir bis auf die Schwelle gefolgt war. »Weißt du, mit wem er abgereist ist?« schrie ich nun, »er ist nicht allein abgereist, wie er dir weisgemacht hat! Er ist mit Stella abgereist!« Sie schaute mich wieder an, wobei sie gleichzeitig versuchte, mit dem Kopf Carmine abzuwehren, welcher durch mein absonderliches Benehmen nervös geworden war und, um sich zu trösten, sich damit beschäftigte, in ihren Locken zu spielen. In meiner rachsüchtigen Verbissenheit fuhr ich wie ein richtiger kleiner Junge fort: »Er hat Stella lieber als dich!«
Beunruhigt trat sie ins Zimmer und setzte Carmine auf das große Bett. »Wer ist Stella? Ist es eine von hier?« erkundigte sie sich, und ihre Züge waren plötzlich verzerrt von einer drohenden und barbarischen Wildheit. Man verstand aus ihrer Frage, daß sie bei dem Namen, den sie soeben zum erstenmal gehört hatte, meinte, Stella wäre eine Frau. Doch kaum hatte sie von mir vernommen, daß es sich um einen gewissen Tonino Stella handelte, als ihr Antlitz sich wieder entspannte und vor Erleichterung rötete.
Bei dem offensichtlichen Ausdruck dieser ihrer wechselnden Erregungen spürte ich in mir auch eine andere, vergangene (wenn auch nie eingestandene) Eifersucht zurückkehren. »Ah«, rief ich ihr zu voller Schmerz, von einer zwiefachen Eifersucht überwältigt, »aber er liebt Stella! *Er liebt ihn!*«
»Er liebt ihn ...« wiederholte sie; und ihre Stimme war bei der Wiederholung dieses Wortes ausdruckslos gleich einem kalten und unschuldigen Echo. Kaum jedoch hatte sie es ausgesprochen, da hielt sie inne mit zögerndem Mund und zuckte zusammen in plötzlicher Scham. Ihre Augen blickten fragend und unschlüssig auf mich, um mich zu erforschen. Dann wandten sie sich schnell nach einer anderen Seite.

»Ja, er liebt ihn! *Er liebt ihn!* Und er ist ihm viel, viel wichtiger als du... und als Carmine... und als ich! Und als alle!« fing ich wieder an, wie von Sinnen.
Sie bewegte die Lippen, um zu widersprechen. Doch sie schwieg mit einer schwachen und mühseligen Grimasse, welche ihr einen Ausdruck vorzeitiger gereifter Kindlichkeit verlieh. Meinem Blick ausweichend, schien sie sich eine Weile ganz in sich zu verschließen, einem kranken Spatz ähnlich, der sich zum Schutz in seinen Federn verkriecht; dann begehrte sie auf und wandte sich fast brutal gegen mich. »Du«, rief sie mit bebendem Atem. »Du sagst keine gerechten Worte...« Währenddessen schaute sie Carmine verstohlen an, vielleicht fürchtete sie, er könnte mit seinem Verstand von einem Jahr meine schändlichen Worte gegen den Vater begriffen haben!
»Dieser Stella da, der mit ihm abgereist ist«, fuhr sie rechthaberisch fort mit gerunzelter Stirn, »kann überhaupt nie dasselbe sein wie ein Verwandter von ihm. Das ist eine Freundschaft...« Dann zuckte sie leicht die Achseln. »Das da ist etwas anderes!« schloß sie mit einer eigentümlichen Miene einfältiger Skepsis, voll Nachsicht und Verachtung zugleich.
In diesem Augenblick schien eine leuchtende, fast prunkvolle Reife sie zu umkleiden. Und sie schwieg, erhaben und ruhig, mit zusammengezogenen Brauen, wie um mir zu bedeuten, daß das Gespräch beendet sei.
Da schrie ich ihr in einem unsinnigen Ausbruch zu: »Aber du, liebst du ihn?«
Ich sah sie bei einer so unvermuteten Frage zusammenschrecken und im Nu die Fassung verlieren, als ob das Herz ihr urplötzlich versage. »Wie... ich... wen?« stammelte sie.
»Ihn! Meinen Vater!« sagte ich, »liebst du ihn?«
Die Wangen von einer dunklen Röte übergossen, von einem Brand, der ihr die Haut versengte, stand sie mir aufrecht gegenüber auf der anderen Seite des großen Bettes, das unsere beiden Gestalten trennte, und sie achtete nicht einmal mehr auf Carmine, so verstört war sie. »Was sagst du?« wiederholte sie zwei- oder dreimal. »Er... ist mein Gatte...« Glaubte sie vielleicht, ich klagte sie an, daß sie

meinen Vater *nicht* liebte? Und dabei war es das Gegenteil, weshalb ich Unseliger sie anklagte!

»Ich weiß es!« stieß ich endlich hervor, meiner ganzen Bitterkeit die Zügel schießen lassend, »ich weiß, daß du ihn liebst!« Anstatt bei diesen meinen Worten wieder Mut zu fassen, zuckte ihr Gesicht heftig zusammen wie unter einem Hieb, und sie schaute mich mit großen, wehrlosen, weit offenen Augen an in einer eigenartig verworrenen Bitte.

»Ich weiß! Du liebst ihn!« wiederholte ich. »Warum liebst du ihn?«

»Ach... ich kann... diese Worte... nicht hören... Ich bin doch... seine Frau...«

»Er hat dich beleidigt! Dich beleidigt!«

»Ach, Artu... weshalb sprichst du so... von ihm? Er ist dein Vater...« unterbrach sie mich. Eine ungestüme Rührung nahm alle Farbe aus ihrem Gesicht, ihre vorherige Röte in ein fiebriges, schüchternes Rosa verwandelnd. »Und dann«, fügte sie hinzu, »ist er unglücklicher als du...«

»Mein Vater... ist unglücklich?«

»Oh, du... bist glücklicher... als er«, bekräftigte sie und schüttelte bedächtig den Kopf. Unwillkürlich, wie ohne sich bewußt zu werden, war sie wieder zu Carmine getreten und, sicherlich um ihn von unseren so überaus gottlosen Gesprächen abzulenken, ließ sie ihn mit einem Bändchen spielen, das sie aus ihrem Haar gezogen hatte. »Du hast mehr Glück als er«, wiederholte sie, »ach, du – wer weiß, wie viele schöne Frauen du haben wirst in deinem Leben...«

Als sie mir diese Weissagung machte, zitterte ihr leicht das Kinn gerade wie bei einem kleinen Mädchen. Und die angeborene, ein wenig spröde, beinahe fade Harmlosigkeit ihrer Stimme erhielt (von den verborgenen Tränen) eine Resonanz, welche den unvollkommenen Klängen gewisser armseliger und kindlicher Instrumente ähnlich war. Noch immer ihr Haupt wiegend, fuhr sie fort: »Und ihn dagegen... ihn mögen sie gar nicht so gern, die Frauen! Er ist... zu natürlich... er ist nicht diplomatisch... es kommt ihm nie in den Sinn, ihnen schön zu tun. Pah, die meisten Frauen mögen so einen gar nicht, der bloß so ein klein bißchen mit ihnen zusammen ist und dann nicht mehr dran denkt. Und ohne jemals so eine kleine Nettigkeit, ohne eine hübsche Schmeichelei oder so was, als hätte er es mit irgendeinem schlechten Weibsbild zu tun. Deswegen denken sich viele Frauen, daß es sich nicht gut ausnimmt für sie...«

Solcherlei Worte, die wohl nötig waren, um mir ihre Überzeugung deutlich zu machen, entrangen sich ihrer Brust mit sichtbarer Verlegenheit (unter Erröten vor Unschuld und Ungeschicklichkeit, und vielleicht auch, weil sie ein Echo – kaum wahrnehmbar in ihrem Atem – unfreiwilliger, geheimer Seufzer waren...), aber dennoch mit der Würde einer sehr erfahrenen Frau! Und fast mit dem Gefühl von Belustigung erkannte ich nun in ihrer eben vorgebrachten Beweisführung gewisse berüchtigte Reden ihrer Mutter Violante.

»Also, darum«, schloß sie, »habe ich dir von ihm gesagt, daß er unglücklicher ist: denn mit den Frauen kann er kein Glück haben!«

»Aber«, wandte ich ein, »er ist ein sehr schöner Mann!«

»Na ja, sehr schön... ich will nicht gerade sagen, daß er häßlich ist, nein, bewahre! Es geht so... Außerdem ist er alt.«

»Alt?«

»Na und, ist er etwa nicht alt? Weißt du, wie viele Jahre er alt ist?« sie zählte an den Fingern ab, »fünfunddreißig vollendet, er ist im sechsunddreißigsten! Er hat schon Falten, weiße Haare...«

Das hatte auch ich bemerkt; aber ich hatte trotzdem noch nicht gedacht, daß mein Vater tatsächlich nunmehr ein alter Mann wäre.

»Also, darum«, fing sie wieder an, »hab ich dich gebeten, dich dran zu erinnern... an den Respekt vor deinem Vater. Denn außer, daß du sein Sohn bist... bist du mit deinem Los, verglichen mit seinem Los, wie ein großer Signore, so reich! Wo dir in deinem Leben wer weiß wie viele hübsche Frauen begegnen werden, und elegante Fräulein, und Ausländerinnen, die... die... dich lieben werden... Und wer weiß, was für eine hübsche Braut du bekommen wirst...«

Sie schluckte ein-, zweimal. Ihre Stimme war von neuem

brüchig geworden. Bald darauf jedoch schloß sie, die Stirne senkend, mit einem milden und sanften, überzeugenden Ernst: »Und er dagegen, wenn er nicht mich genommen hätte, wo hätte er sonst wohl, jetzt wo er auch noch alt ist, die Zuneigung von einem anderen Christenmenschen finden können? Eh, wenn ich nicht da gewesen wäre, vielleicht hätte sich überhaupt keine andere Frau eingelassen mit ihm... Und er, so wie er ohne Familie geboren ist, der Ärmste, wär er allein und ein Zigeuner geblieben sein ganzes Leben lang, gerade wie ein Soldat von der Legion... Jetzt in seinem Leben, um für ihn zu sorgen, bin ich allein da...«

Diese letzten Worte brachte sie nicht mit Demut hervor, sondern im Gegenteil, mit dem Selbstgefühl einer matronenhaften Überlegenheit, in welche sich die Miene einer fast kindlichen Tüchtigkeit mischte. Und in einer solch komischen Mischung erschien mir ihre unerreichbare Schönheit wundervoll, eines wahren Königs würdig! Ich verharrte einen Augenblick lang, sie zu betrachten; dann stieß ich hervor:

»Du irrst dich, wenn du glaubst, daß ich mir eine Braut nehmen werde!«

»Artu...! Warum...«

»Du irrst dich! Es gibt nur eine einzige Frau, die meine Braut sein könnte! Ich weiß ganz genau, wer es ist! Und eine andere will ich nicht! Ich werde mich niemals mit irgendeiner verheiraten!«

Sie starrte mich an mit immer ängstlicherem Gesicht, als hätte ich ihr einen Fluch zugeschrien. Doch ohne es zu wollen, sprach ihr Blick eine beflügelte, lachende Dankbarkeit aus, selbst in der Ungläubigkeit, die ihn beschattete: fast als wäre sie im Grunde nicht unzufrieden, wenn ich Junggeselle bliebe zu Ehren dieser einen gewissen Frau!

Da erfaßte mich wieder meine ganze Liebe zu ihr in einem großen Feuer von Bedauern, Forderungen und Aufbegehren. Einem irren Feuerrad ähnlich, entbrannten in meiner Phantasie all die schönen Schmeichelworte, die ich ihr sagen würde, wenn ich ihr Mann wäre; und die Liebkosungen und die Küsse, die ich ihr geben, und wie ich jede Nacht eng an ihrem nackten Körper schlafen würde, um ihre Brust neben mir zu fühlen, auch im Schlummer. Und die hübschen Kleider, die ich ihr kaufen würde; und auch in einem seidenen Unterrock würde ich sie haben wollen und in einem Hemd aus Seide und mit Stickerei, um es an ihr zu sehen, wenn ich sie auskleidete. Und ich würde sie auf Besuch bringen zu ihrer Mutter Violante, in Pelz gekleidet, mit einem Federhut, wie eine erste Dame aus Neapel! Und die Reisen, die ich machen würde, waren einzig und allein zu dem Zweck unternommen, ihr alle Tage Briefe zu senden, so schön geschrieben wie Dichtungen eines Genies. Und ich würde bis nach Amerika reisen und bis in das ferne Asien, um ihr von dort Juwelen mitzubringen, wie sie keine andere besaß. Aber nicht, damit sie diese verwahrt hielte, sondern daß sie ihren Hals damit bedeckte und ihre Ohren und ihre kleinen Hände, als wären es alles meine Küsse. Daß, wenn ihre Freundinnen und Bekannten sie mit Gold und echten Edelsteinen so reich geschmückt vorüberschreiten sähen, alle sagen müßten: ›Die Glückliche, die einen so bedeutenden Gatten hat!‹

Diese Gedanken (die ich schon mehr als einmal gedacht und in den vorangegangenen Monaten mühsam verscheucht hatte, seit dem berühmten Tag, als ich entdeckt hatte, daß ich sie liebte) wirbelten mir durch den Sinn – ich wiederhole es – wie ein Fest von Feuern. Die Unmöglichkeit, welche solcherlei Gedanken der Freude in Schmerz verwandelte, war eine widernatürliche Ungerechtigkeit, die mich verzehrte; aber dieweil N. dort vor mir stand, atmend und leiblich, wurde mir mit einemmal jegliche Unmöglichkeit absurd. In einer Anmaßung von Glückseligkeit lief ich auf die andere Seite des Bettes zu ihr hin und sagte: »Ich liebe dich!«

Es war das erstemal in meinem Leben, daß ich dieses Wort aussprach: und mir war, da ich es mich sagen hörte, als müsse sie die gleiche Erschütterung empfinden wie ich, der es sagte. Statt dessen war es die gewohnte ungeheure Verneinung (welche mir in diesem Augenblick verhaßter erschien als irgendein niedriger Aberglaube), die ihr das Gesicht zerriß. Sie schrie: »Nein, Artu! Man darf nichts Böses tun!«

Und da – mit der raschen Wut dessen, der sein Recht will –

umschlang ich sie fest und versuchte, sie auf den Mund zu küssen. Doch rasch entzog sie sich meinem Kuß, fieberhaft den Kopf nach hinten drehend, und rief abermals: »Nein! Nein!« in einer Art von wildem Hilfeflehen, als ob hier im Zimmer außer dem verängsteten wehrlosen Carminiello irgend jemand wäre, der ihr zu Hilfe kommen könnte! Darauf fing sie an, sich gegen mich zu verteidigen, mit den Knien, mit den Ellenbogen und den Fäusten kämpfend, sogar mit den Nägeln und den Zähnen. Ein Raubtier der Wüste hätte, um mich zu töten, nicht soviel Wildheit entwickeln können, wie sie es tat, um mir einen Kuß zu verweigern! Da verkehrte sich meine Liebe in Haß; und ehe ich von ihr abließ, ohne sie geküßt zu haben, tobte ich mit wütenden Händen mich aus, indem ich ihre zurückgebogenen Wangen, ihren Hals und ihre Haare blindlings mißhandelte. Bis ich mit bestürztem Staunen (welches viel mehr aus einer seltsamen Unschuld als aus Reue bestand) in der Wirrnis ihrer Locken ihr kleines rosiges Ohr sich mit ein paar Blutstropfen beflecken sah.

In meinem unbesonnenen Zorn hatte ich sie so gewaltsam am Ohrring gezerrt, daß der Verschluß sich aufgehakt und ihr das Ohrläppchen ein wenig eingerissen hatte. Und als ich sie losließ, fand ich zwischen meinen Fingern als armselige Beute jenen kleinen goldenen Ring. Unterdessen hörte ich wie im Traum den Stiefbruder weinen, der sicherlich überzeugt war, daß ich ihm seine Mutter umbringen wollte! Und ich sah, wie sie totenbleich den Buben an sich zog und sich an seinem Kleidchen hielt, als wäre sie sonst zu Boden gefallen. Ich glaube, sie klagte nicht einmal, so fassungslos war sie, und sie starrte mich mit den großen, weit aufgerissenen Augen, schwach und voller Schmerzen, an, als erwarte sie sich von mir irgendein neues Entsetzen. Ich warf ihr den Ohrring vor die Füße: »Schändliche, Verruchte!« schrie ich ihr zu. »Hab keine Angst, ich werde dich nie mehr küssen.« Und aus dem Zimmer laufend, setzte ich hinzu: »Addio! Für immer! Es ist alles zu Ende!«

Sie war reglos stehengeblieben, ans Bett gelehnt, ohne ein Wort. Doch als ich auf dem Treppenabsatz war, hörte ich, wie sie mich voller Erschrecken von der Türschwelle des Zimmers rief: »Artu! Artu! Wohin gehst du?« Darauf vernahm man vom Zimmer drinnen Carmines Weinen, das schriller wurde, und wie sie wieder hineinging und ihn eilig zu beruhigen suchte. Während ich den Gang durchquerte, erreichte mich ihre Stimme aufs neue, die oben von der Treppe aus wieder atemlos zu rufen begonnen hatte: »Wohin gehst du? Artu!« zugleich mit dem Poltern ihrer Holzschuhe, welche die ersten Stufen hinunterliefen, und mit dem Wimmern Carmines, den sie auf dem Arm trug. Aber im Nu war ich bereits auf der Straße; und die Stimmen des Hauses erloschen hinter mir mit der Entfernung wie Laute aus einer anderen Welt.

Ich wußte nicht genau, wohin ich entfloh. Ich hatte gar keinen Freund auf der Insel, und überdies hatte ich es in meiner Raserei unterlassen, mich mit Geld zu versehen, und mein ganzes Kapital in meinem Zimmer zurückgelassen. Außerdem, wenn man von dem Brot, der Schokolade und dem Obst absieht, hatte ich seit anderthalb Tagen gefastet, und gewiß war auch diesem Umstand die bizarre Empfindung von Unwirklichkeit zuzuschreiben, welche mich mit sich fortriß und meine Beklommenheit ein wenig linderte. Mit einer unwiderruflichen Entschlossenheit wußte ich, daß in Bälde für mich die Insel der Vergangenheit angehören würde. Jetzt, an diesem Tag, gab es keine Dampfer mehr, welche zum Festland hinüberfuhren; doch es kümmerte mich nicht, mit Genauigkeit zu erfahren, wie und wann ich fortgehen würde. Das, wonach mich im Augenblick verlangte, war einzig, mich ein wenig zu verkriechen in irgendeinem verlassenen Winkel der Insel, wo ich meine jämmerliche Einsamkeit verbergen konnte: »Und so«, sagte ich mir voll Bitterkeit, »so endet nun der Tag meines Festes!«

Ich überquerte die Piazza mit dem Standbild Christi als Fischer, dann die Marina Grande, die Mole hinter mir lassend; und selbst ohne ein bestimmtes Ziel suchte ich unbewohnte und verlassene Orte und wandte mich nach links, dem letzten kleinen grauen Strand zu, der die Insel auf dieser Seite abschließt. Auf der ebenen Fläche, die sich vor der Landzunge des Leuchtturms auftut und wo dicht an dicht wie in einem Arsenal Boote auf dem Trockenen lagen zur Reparatur, spielten ein paar kleine Dorfmädchen, indem sie in mit Kreide auf den Boden gezeichnete Vierecke sprangen. Bei meinem rücksichtslosen Vorübereilen stieß ich fast gegen eine Springerin; doch ohne auf ihre Empörung und die ihrer Gefährtinnen zu achten, entfernte ich mich in Richtung auf das Ufer.

Dort sind in die Felsen verschiedene natürliche Grotten eingehöhlt. Zwei oder drei von diesen – mit einem Eingang nicht breiter als das Ausmaß einer Tür, aber mit einem ziemlich geräumigen und bequemen Inneren – werden von einigen Bootsbesitzern als Abstellraum für Geräte, Ruder usw. verwendet. Diese zahlen der Gemeinde dafür eine Miete, und sie haben sie am Eingang mit kräftigen Brettertüren versehen, welche für gewöhnlich wohl verschlossen gehalten werden; aber am Ufer entlanglaufend gewahrte ich, daß eine dieser Türen offenstand. Vielleicht hatte der Mieter der Grotte die Insel verlassen, oder dieser Raum wurde nicht mehr benutzt. Im Innern fand ich tatsächlich nichts weiter als einen Haufen alten, beinahe verfaulten Tauwerks und ein paar mit Schimmel bedeckte Leimtöpfe.

Ich war, man kann wohl sagen, durch Zufall an dieses Ufer geraten, und der Zufall half mir! Dieses verlassene Stübchen war genau das, was ich brauchte. Ich trat dort ein und zog die Tür zu, die in der feuchten Witterung so aufgequollen war, daß sie sich vorzüglich in ihren Rahmen einfügte, so daß es von draußen zweifellos so aussah, als sei sie verschlossen wie die anderen. Um sie besser gegen den Wind zu sichern, verbarrikadierte ich sie mit diesem Haufen von Tauen, auf den ich mich ausgestreckt hinwarf. Und dort auf diesem Lager, von niemandem gesehen, fühlte ich mich frei und allein wie ein unglücklich Umherirrender.

Das Fasten, gefolgt von dem langen Lauf, fing an, sich mir bemerkbar zu machen mit leichtem Summen in den Ohren und einer verworrenen Erschöpfung. Ich machte mir keine

Gedanken über mein Geschick und nicht einmal über das der nächsten Stunden. Es schien gar nicht mir zu gehören, sondern irgendeinem anderen, welchen ich noch nicht kannte und den kennenzulernen mir nicht sehr wichtig war. Und ich haßte meinen Vater nicht mehr, ich liebte N. nicht mehr. An Stelle der dramatischen Schmerzen, welche noch vor kurzem mich erregt hatten, verspürte ich eine formlose Traurigkeit, aber keine Gefühle – für niemanden mehr.

Die Göttin

Der Wind war zum Schirokko geworden und das Wetter war lau, stürmisch und düster. Die Spalten der Brettertür ließen einen Schimmer trüben Lichtes in die Grotte fallen, vermischt mit dem salzigen und schweren Geruch der Luft. Das kleine Gestade war zu dieser Jahreszeit verlassen wie die letzte Grenze der Welt; und mehrere Minuten lang erreichte mich kein anderer Laut als das Tosen des vom afrikanischen Wind bewegten Meeres. Doch bald darauf hörte ich mitten in diesem Tosen dieselbe Stimme im Wind näher kommen, welche mich im Augenblick meiner Flucht bis in den Gang verfolgt hatte und die fortfuhr zu rufen, gebrochen vom schnellen Lauf und der Atemnot: »Ar-tuuuro! Ar-tuuu!«

Die Stiefmutter hatte sich offenbar kaum die Zeit genommen, um Carmine irgendwohin an einen sicheren Platz zu legen, und war sofort hinter mir hergelaufen, auf der Suche nach mir. Von irgend jemandem, der mich hatte vorüberlaufen sehen, und zuletzt von den kleinen Mädchen, die mit der Kreide spielten, mußte sie die Richtung erfahren haben, die ich eingeschlagen hatte. Aber niemand hatte mich in die Grotte eintreten sehen; und ich, einigermaßen sicher in meinem Versteck, erhob mich von meinem Lager aus Tauwerk und spähte hinter der Tür verborgen zwischen den Ritzen der Bretter hindurch.

Gleich darauf sah ich vom Ende des Strandes meine Stiefmutter auftauchen, ganz außer Atem; und aus ihrem Gebaren glaubte ich mit Gewißheit und ohne viel Schwierigkeiten ihren Gedanken zu erraten! Als sie diesen meinen letzten

Gruß oben im Zimmer vernahm: »Addio für immer!« da mußte sie den Verdacht geschöpft haben, daß ich abermals an den berühmten Säulen des Herakles vorüber wollte, und dieses Mal ohne Wiederkehr (übrigens, so erkläre ich hiermit, hatte ich es in gewisser Weise vielleicht sogar darauf abgesehen, ihr etwas Derartiges zu verstehen zu geben). Und jetzt, vor diesem schaurigen, verlassenen Gestade, wuchs ihr Verdacht ins Ungeheuerliche!

Sie lief an den Abstell-Grotten vorüber, ohne anzuhalten, denn offensichtlich, da es sich um private und in der Regel verschlossene Räume handelte, vermutete sie nicht, daß ich mich dort aufhalten könnte... Sie rannte am Strand entlang bis zur letzten Felsenbarriere, dann kehrte sie um, noch aufgelöster; dann lief sie von neuem dieselbe Strecke hin und zurück. Und alle Augenblicke machte sie sich daran, mit den Fäusten gegen die Türen der Grotten zu wüten. Aber sicherlich war es nur ihre Heftigkeit, die sich austobte gegen dieses Holz, ohne irgendeine wirkliche Hoffnung: in der wahnsinnigen Verwirrtheit ihrer Schläge spürte man ihre Gewißheit, gegen die Leere zu klopfen. Auch schien mir, als hörte ich, daß sie mit ihren kleinen Händen versuchte, die Tür der Grotte neben der meinen mit Gewalt zu öffnen! Plötzlich jedoch ließ sie von einem solchen Unternehmen ab, das ihr sinnlos und vergebens vorkommen mußte.

Und abermals lief sie am Ufer hin und zurück wie eine verzweifelte Missetäterin. Vielleicht sah sie mich zu dieser Stunde bereits in die Strudel hinuntergestürzt und fortgerissen in wer weiß welche Fernen! Sie rannte, »Artu« schreiend, in alle Richtungen mit einer neuen seltsamen und sinnlichen Stimme von zerreißender Schrille, und ohne jegliche Scham ließ sie zu, daß der Wind ihr die Kleider zerrte. Ihr schwarzes Umschlagetuch war ihr vom Kopf geglitten, ihre Locken entblößend, die ganz wirr und zerzaust waren nach dem Kampf mit mir, und wenn sie mit dem Wind lief, bedeckten die Haare ihr das Gesicht, gerieten ihr in den Mund, ihre Schreie erstickend. Dann und wann verlangsamte sie ihre Schritte und die Knie versagten ihr, und ihre Lippen, die von dem allzu vielen Schreien bläulich und beinahe geschwollen waren, erschlafften in

einer brutalen und entmutigten Herbheit. In den wenigen Minuten, seit wir uns zu Hause getrennt hatten, schien sie sich in eine Frau von dreißig Jahren verwandelt und mit einemmal ihre ehrsame Seele mit der Seele einer Sünderin vertauscht zu haben. Von ihrer gegenwärtigen erdfahlen und verfallenen Häßlichkeit einer ältlichen Frau ging ein Glanz von Barbarei und Süße aus. Als ob ihre Seele sprechend flehte: »Ach, Arturo, sei nicht tot, hab Mitleid mit einer armen Geliebten! Erscheine wieder lebendig vor mir, und ich möchte dir hier auf der Stelle, auf diese Steine hingeworfen, nicht allein Küsse geben, sondern alles das, was du willst. Und wenn ich auch in die Hölle komme für dich, meine heilige Liebe, so werde ich stolz darauf sein!«
Doch mit einer trostlosen und grausamen Unerbittlichkeit dachte ich, indes ich ihr nachspähte: »Geh. Jetzt ist es zu Ende. Ich habe keine Liebe mehr für dich, noch Haß für andere. Ich habe für niemanden mehr ein Gefühl. Geh nach Hause, geh, du gefällst mir nicht einmal mehr.«
Und ich legte mich wieder hin, die Arme unter dem Kopf, und hoffte, daß sie bald weggehen und mich allein lassen möge.
Noch eine Weile hörte ich, wie sie auf dem Strand hin und her ging und immerfort wiederholte: »Artu«, jetzt aber leise in einer Art untröstlichen Stammelns. Schließlich entfernte diese jämmerliche Stimme sich immer weiter auf dem Rückweg zum Dorf, und der Strand wurde wieder leer.
Nun verspürte ich fast im Ernst das Gefühl, als sei ich leblos auf dem untersten Grunde des Meeres, wie sie so sehr fürchtete. Kaum war sie fortgegangen, da tönte mitten im Wind das Tuten des Drei-Uhr-Dampfers, der in den Hafen einfuhr, zu mir herüber. Aber das bedeutete nichts mehr für mich, ich wartete auf niemanden mehr. Die Gewißheit, daß mein Vater bestimmt nicht zu meinem Festtag zurückkehren würde, verursachte mir übrigens gar keinen Schmerz mehr. Ja, noch schlimmer, ich war überzeugt, daß sein Kommen mich jetzt auch nicht mehr gefreut hätte.
In einer Stunde oder etwas später wird es dunkel sein, dachte ich mit Genugtuung, und niemand wird mehr an diesem vergessenen Strand vorübergehen; man wird nicht

mehr kommen und mich belästigen. Eine Nacht ohne Dauer oder Bewußtsein war vielleicht der einzig erträgliche Abschluß dieses Tages.
Mit dem Verstreichen der Minuten fühlte ich meine Muskeln in der Regungslosigkeit steif werden und meine Gedanken sich verzaubern, als verwandelte ich mich nach und nach in eine riesenhafte Schildkröte des Meeres mit einem Panzer aus schwarzem Stein. Das zweite Signal des Dampfers, welcher nach dem kurzen Aufenthalt den Hafen verließ, drang zu mir wie durch einen Abstand von Jahrhunderten, aus wer weiß welchen märchenhaften Sagen, die ich nicht mehr hören wollte. In meiner Nähe, vor der Tür meines mir angeeigneten Kämmerchens, vermischten sich die Geräusche des Windes und der Wellenschläge, und dieser natürliche Chor ohne irgendeine menschliche Stimme unterhielt sich gewiß über mein Schicksal in einer Sprache, die unverständlich war wie der Tod.
Und es geschah in diesem Augenblick (das Abfahrtssignal war vor kurzem in der Ferne verhallt), daß ich abermals vom Ende des Strandes eine Stimme herannahen hörte, nicht die einer Frau, eine männliche diesmal; und nicht aufgeregt, sondern sicher und beinahe heiter, welche den Namen ›Arturo‹ rief. Es war nicht der Klang von meines Vaters Stimme; und auch der rasche Schritt, welcher im Näherkommen, in schweren großen Schuhen, widerhallte auf den Steinen des Strandes, war gewiß nicht der seine.
Ich stand auf, um wie schon vorher durch die Bretter zu spähen. Und dort draußen, wenige Meter von mir entfernt, sah ich einen Soldaten vorübergehen.
Er war dunkel und kraushaarig, von eher kleiner als mittlerer Statur, mit rundem Gesicht, schwarzem Schnurrbärtchen und dunklen lebhaften Augen, die forschend um sich blickten.
Im ersten Augenblick schien es mir nicht so, als ob ich ihn kannte; aber dennoch gewahrte ich in seiner Gestalt sogleich irgend etwas merkwürdig Vertrautes, das mir Herzklopfen machte vor Überraschung und Geheimnis.
Ich rief hinter meiner Tür hervor: »He, welchen Arturo suchst du?«
Er antwortete: »Na, Arturo Gerace!«

Da machte ich die Tür auf. »Arturo Gerace«, sagte ich, »das bin ich!«
Darauf rief er »Arturo!« und lief mit strahlender Freude herbei. Und ohne lange Geschichten küßte er mich auf beide Backen. »Du erkennst mich wohl nicht?« fügte er hinzu. Und dabei zeigte er mir mit einem vielsagenden und geheimnisvollen Lächeln am Ringfinger seiner Rechten einen silbernen Ring mit einer eingefaßten Kamee, welche den Kopf der Göttin Minerva darstellte.

Die verwunschene Nadel

Vielleicht bringt unsere Natur es mit sich, daß wir die Spiele des Unvorhergesehenen als nichtiger und willkürlicher ansehen, als sie es sind. So klagen wir zum Beispiel jedesmal, wenn in einer Erzählung oder in einer Dichtung das Unvorhergesehene mit irgendeiner geheimen Absicht des Geschickes übereinzustimmen scheint, den Schriftsteller des Lasters an, romanhaft zu sein. Und im Leben erscheinen uns manche unvorhergesehenen Begebenheiten, die an sich natürlich und einfach sind, unserer augenblicklichen Verfassung wegen, außergewöhnlich oder geradezu übernatürlich.
Nehmen wir einmal den Fall an, daß an diesem meinem verhängnisvollen Geburtstag mein einziger Freund aus einem unbewußten Instinkt meine Verzweiflung aus der Ferne gespürt hätte und darum herbeigeeilt wäre... Nun gut, auch ein solcher Fall sollte dem Verstand und der Wissenschaft nach keineswegs ein Wunder scheinen. Wo doch selbst Schwalben und andere ihresgleichen, einfache Zugvögel, von allein den Zeitpunkt der Abreise spüren und ihren Weg finden, ohne daß es sie jemand gelehrt hätte!
Auf mich aber hatte die Ankunft dieses unerwarteten Besuchers, der auf einmal hierher geraten war, mich an jenem Gestade zu überraschen, eine so romanhafte Wirkung, daß ich im ersten Augenblick eher an eine Sinnestäuschung glaubte als an eine lebendige Gegenwart. Der unvermutete Anblick jener Kamee – mein berühmtes Geschenk an meinen Pflegevater Silvestro und eindeutiges Beweisstück sei-

ner Identität – benahm mir den Atem. Als ob mit einem Male hier am Strand vor meinen Augen ein ›Tal der Könige‹ ausgegraben wäre oder irgendeine ähnliche unterirdische Chimäre.

Ein wenig später allerdings, die Wirklichkeit wieder erkennend, stammelte ich »Silvestro!« und unverzüglich erwiderte ich seine beiden Küsse auf die Wangen, mit der erfreuten Gewißheit, daß wenigstens er, da er mein rechtmäßiger Pflegevater war, mich nicht dieser paar Küßchen wegen beschuldigen würde, seine Seele in die Hölle zu verdammen!

Und in dem nämlichen Augenblick, da ich ihn küßte, wurde ich mir darüber klar, daß seine Anwesenheit hier in Procida an diesem Tag meines Festes – wenn auch neu – so doch in Wahrheit gar nicht so sonderbar war. In diesem Fall hatte das Sonderbare (und auch die Undankbarkeit) an mir gelegen: bei dem Anlaß des heutigen Tages gerade ihn ganz und gar vergessen zu haben, der meine Geburtstage niemals vorübergehen ließ, ohne sich auf irgendeine Weise bemerkbar zu machen, sei es auch nur durch eine einfache Glückwunschkarte. In der letzten Zeit hatte ich allzusehr an andere Menschen gedacht, um auch nur einen einzigen Gedanken an diesen einen zu bewahren!

Er erklärte mir, da er wieder unter die Waffen gerufen worden sei, habe er einen Urlaub und auch die Ermäßigung, die den Soldaten auf den Dampfern gewährt wurde, ausgenutzt, um diesen Ausflug zu machen, den er sich seit ungefähr zehn Jahren vorgenommen hatte, und war nun gekommen, um mir seine Glückwünsche persönlich zu überbringen... Er erzählte mir sodann, daß er gerade eben, kaum war er in Procida gelandet, beim Überqueren der Piazza von einer Schar von Frauen und kleinen Mädchen den Namen Arturo immer wieder in aufgeregter Weise gehört habe. Und als er erfuhr, daß eine Dame dort unter den anderen meine Stiefmutter war, die nach mir suchte, da hatte er sich ihr vorgestellt. Darauf hatte er ihr angeboten, allein umzukehren und das Ufer zu durchforschen, während sie ihre Suche rings um die Piazza herum fortsetzte. Jene kleinen Mädchen behaupteten in der Tat, ich könnte auch wieder auf die Piazza zurückgekommen und gewisse

unwegsame Abkürzungen von den oberen Felsen hinuntergestiegen sein, dort hinter den Abstellräumen...
Hier riet mir Silvestro, der Stiefmutter sogleich meine Wiederauffindung mitzuteilen, da nämlich diese arme Frau von einer übermäßigen Angst gepackt sei. Sie müsse wohl, so fügte er hinzu, ein ausnehmend nervöses Wesen haben.
»Nein«, sagte ich nun lachend, »ihrem Wesen nach ist sie nicht nervös. Aber, es ist begreiflich, daß sie sich Kummer macht. Na ja, sie hält mich für tot!«
»Tot?«
Ich zuckte die Achseln und erachtete es für klüger, nicht allzu viele Erklärungen hinzuzufügen. Immerhin fand ich Silvestros Ratschlag richtig; und sogleich machte ich mich gemeinsam mit ihm auf den Weg zur Landzunge des Leuchtturms. Als wir dort von weitem eines jener kleinen Mädchen von vorher erblickten, das ich vom Sehen her kannte und das sich noch allein verweilte, indem es in die Kreidevierecke sprang, riefen wir ihm zu. Es lief herbei, und ich sagte zu ihm:
»Geh gleich auf die Piazza und suche die Signora Gerace. Und sag ihr, daß du mich hier mit meinem Freund zusammen gesehen hast, und daß ich vorher dort oben auf den Felsen gewesen sei, um mich auszuruhen hinter jenem Gebüsch. Sag ihr, daß ich und mein Freund jetzt eine Weile allein miteinander zu sprechen haben; und daß sie deshalb inzwischen ruhig wieder nach Hause gehen solle, und daß wir ihr später nachkommen würden...«
Es gelang mir, diese ganze Rede in einem Atemzug hervorzubringen; aber als das Mädchen fort war, um ihren Auftrag auszurichten, setzte ich mich plötzlich auf die Erde. Und ich flehte Silvestro an, um Himmels willen vor allem anderen zuerst in den Laden an der Ecke zu laufen und mir etwas zu essen zu besorgen, denn vor Hunger fiele ich beinahe um. Selbstverständlich, so fügte ich hinzu, würde ich ihm alle Auslagen umgehend ersetzen, denn zu Hause besäße ich ein großes Vermögen.
Sogleich verschaffte mir dieser vollendete Pflegevater frische Eier, frischen Käse und Brot aus dem Laden, die bei mir die Wirkung eines Lebenselixiers taten. Dann kehrten wir miteinander zu meiner Grotte zurück, die ich heute

liebgewonnen hatte, als wäre sie mein Generalszelt oder sonst ein ähnliches Quartier von Wert und Bedeutung. Und dort setzten wir uns auf den Haufen von Tauwerk, um behaglich zu plaudern.

Er teilte mir mit, daß er schon morgen in der Frühe mit dem ersten Dampfer wieder von Procida abreisen müsse, weil leider sein Urlaub abliefe. Darauf fragte ich ihn, warum er denn wieder Soldat geworden sei. »Man fängt an, die Leute einzuberufen«, antwortete er, »im Hinblick auf den Krieg.«

»Was für einen Krieg?« fragte ich.

»Wie? Du weißt nichts vom Krieg? Hast du es nicht am Radio gehört? In den Zeitungen gelesen?«

Die Wahrheit war, daß ich niemals Zeitungen zu sehen bekam: Mein Vater sagte, sie seien schändliches Zeug, voll von den alltäglichsten Flausen und blödem Geschwätz, derart, daß man sich sogar abgestoßen fühle, wenn man sie nur auf dem Abort verwendet. Und was das Radio anlangt – im Dorf gab es seit einiger Zeit wohl eines, das demselben Gastwirt gehörte, der sich einstmals den Uhu hielt. Und manchmal, wenn ich vorüberging, hatte ich es auch zufällig sprechen und singen hören; bei diesen wenigen Gelegenheiten jedoch übertrug es nur Liedchen oder Verschiedenerlei, nichts Ernsthaftes.

Schließlich kannte ich die Geschichte seit den Zeiten der Alten Ägypter und das Leben der vortrefflichen Heerführer und die Schlachten aller vergangenen Jahrhunderte. Aber von der zeitgenössischen Epoche wußte ich nichts. Selbst jene wenigen Zeichen der gegenwärtigen Zeit, die auf die Insel gelangten, hatte ich gerade nur flüchtig wahrgenommen, ohne jegliche Aufmerksamkeit. Die Aktualität hatte niemals meine Neugier erweckt. Als wäre alles gewöhnliche Zeitungschronik, außerhalb der phantastischen Geschichte und der *Unbedingten Gewißheiten*. Und jetzt, da ich die Nachrichten vom Weltgeschehen vernahm, die Silvestro mir gab, schien es mir, als hätte ich sechzehn Jahre lang geschlafen, gerade wie das Mädchen im Märchen: in einem Hof voll wildwachsender Kräuter und Spinnengeweben, zwischen Eulen und Uhus, eine verwunschene Nadel in die Stirne gebohrt! Er erklärte mir nach und nach, daß trotz eines kürzlich getroffenen Friedensabkommens, welches mit großartiger Feierlichkeit von den Mächten unterzeichnet worden war (dies also, jetzt begriff ich es, mußten die berühmten ›internationalen Ereignisse‹ gewesen sein, auf welche Stella angespielt hatte, die Ursache der Amnestie und seiner Freilassung), in Wirklichkeit der Krieg unmittelbar und unabwendbar bevorstand. Er konnte von einem Monat auf den andern ausbrechen, vielleicht von einem Tag auf den anderen. Und auch, wer dagegen war wie er, steckte mitten darin in dieser dämonischen Verwicklung!

Nachdem ich solche Neuigkeiten vernommen hatte, verharrte ich eine Weile grübelnd in meine Gedanken versunken. Und darauf offenbarte ich Silvestro meine Beschlüsse. Insbesondere vertraute ich ihm an, daß bestimmte, geheime, sehr schwerwiegende, ja tragische Gründe mir verboten, mich weiterhin auf der Insel aufzuhalten, sei es auch nur noch für einen einzigen Tag. Daher beabsichtige ich, gemeinsam mit ihm abzureisen, mit dem ersten Dampfer morgen in der Frühe, um vielleicht niemals mehr auf die Insel zurückzukehren! Wenn dann wahrhaftig, so fuhr ich fort, der Krieg näher rückte, war ich unbedingt entschlossen, mich freiwillig zu melden, gleich am ersten Tag unserer nationalen Mobilisierung. Ich wollte um jeden Preis am Krieg teilnehmen, selbst wenn ich mich heimlich aufs Schlachtfeld stehlen mußte, im Fall, daß mein Gesuch auf Grund meines zu geringen Alters zurückgewiesen würde.

Silvestro hörte mit tiefem Ernst meine Rede an. Aus Diskretion vermied er es, mir irgendwelche Fragen zu stellen über die geheimen Gründe, derentwegen ich mich von Procida entfernen mußte; doch ohne es nötig zu haben, sie zu kennen, begriff er, daß es sich um gerechte und schwerwiegende Gründe handelte. Und er nahm meinen Entschluß, am nächsten Morgen gemeinsam mit ihm abzureisen, mit Beifall, ja mit Freude auf. Hingegen schien er dem zweiten Teil meines Programms nicht ebenfalls zuzustimmen: und zwar meiner Absicht, mich für den bevorstehenden Krieg freiwillig zu melden. Als ich ihn so überaus bestürzt und

voll Widerspruch sah über diesen Punkt, da erklärte ich ihm mit meinem glühendsten Eifer, daß meiner Auffassung nach ein Mann nicht ein Mann sei, solange er die Feuerprobe des Krieges nicht bestanden habe. Und daß zu Hause zu bleiben, ohne zu kämpfen, während andere kämpften, für mich ein Verdruß und eine Unehre seien.
Er hörte mich wenig überzeugt an, mit widerstrebendem Ausdruck. Zum Schluß sagte er, daß meine Idee vielleicht für die ehemaligen Kriege gelten könnte; doch seien seiner Meinung nach die modernen Kriege etwas anderes. Soviel wie er davon verstünde, sagte er, sei der moderne Krieg bloß die Maschinerie eines Gemetzels und ein abscheuliches Ameisengewimmel von Zusammenbrüchen, ohne ein eigenes Verdienst echter Tapferkeit. Was sodann den jetzigen, in Frage kommenden Krieg betraf, so hatte nach seiner Auffassung von den beiden Parteien, die ihn kämpften, im allgemeinen (das heißt also vom Gesichtspunkt der ›wahren Ursache‹) weder die eine noch die andere recht. Aber diejenige von den beiden, welche unrecht hatte, war unbedingt unsere Seite! Und in dieser Weise zu kämpfen, ohne Gründe, sondern mit dem Unrecht, wäre dasselbe wie gratis zu singen mit einem Stachel in der Kehle. Ein schweres Unheil, ohne jegliche Belohnung.
Diese seine so vernünftigen Worte brachten mich ein wenig zum Nachdenken, aber auch zum Lachen. Jedenfalls erwiderte ich ihm entschlossen, daß ich für den Augenblick mich nicht viel kümmerte um Recht oder Unrecht. Das, was ich indessen wollte, war kämpfen, um kämpfen zu lernen, gleich den Samurai des Orients. An dem Tage, da ich im sicheren Besitz meiner Tapferkeit wäre, würde ich meinen Grund wählen. Doch um zu einer solchen Beherrschung zu gelangen, mußte ich eine Prüfung bestehen. Die Prüfung, die sich mir bot, wäre dieser Krieg; und ich wollte ihn nicht versäumen, anderes kümmerte mich nicht.
»Dies ist sozusagen dasselbe«, bemerkte er in einem Ton bitterer Ungewißheit, »als ob einer danach trachtet, sich wegen nichts umbringen zu lassen.« Darauf fragte er, mich ernst und forschend anblickend: »Warum zum Teufel hast du Lust, dich für nichts umbringen zu lassen?«
Ich errötete, als verkünde er ein geheimnisvolles, unerhör-

tes Ärgernis, das verschwiegen werden sollte! Aber sogleich faßte ich mich wieder mit Hilfe meiner früheren Ideen. Und voller Leidenschaft erklärte ich ihm, daß, seitdem ich klein war, eine ungeklärte Herausforderung bestand zwischen mir und dem Tod. Wie manche kleinen Kinder der Dunkelheit mißtrauen, so mißtraute ich dem Tod: und dem Tod allein! Dieser Abscheu vor dem Tode vergiftete mir die Sicherheit des Lebens. Und solange ich nicht die Gleichgültigkeit vor dem Tode gelernt hätte, könnte ich nicht wissen, ob ich wahrhaft erwachsen sei. Schlimmer noch: ob ich tapfer sei oder ein Feigling.
Nun legte ich ihm in Kürze meine Anschauungen über das Leben dar, und auch die *Unbedingten Gewißheiten*. Diese hatte ich nahezu vergessen in den letzten Monaten, und als ich sie jetzt neu erstehen ließ vor ihm, war mir zumute, als mache ich einen Verrat wieder gut. Ich begeisterte mich von neuem dafür, indem ich davon sprach, und er, als er sie vernahm, begeisterte sich ebenso wie ich. Auf einmal vertraute er mir mit einem verschämten, harmlosen Lächeln an, daß meine Anschauungen auf wunderbare Weise mit den seinigen übereinstimmten, und zwar mit der Revolution des Volkes. Er sei nämlich, sagte er, ein Revolutionär, und jetzt sei er ganz entzückt zu hören, daß ich alleine hier in Procida, ohne jemals mit irgendwem zu sprechen, bei mir selber die gleichen Ideen ausgedacht hätte wie die größten Lehrmeister! Als er mir derartige Erklärungen machte, gab er in Mienen und Ton seine große Bewunderung für Arturo Gerace deutlich zu erkennen. Andererseits aber war an seinem Gebaren zu sehen, daß diese seine Bewunderung für A.G. nicht erst von jetzt stammte, sondern bereits vorher bestanden haben mußte, man kann sagen, seit jeher! Daß er in aller Ewigkeit nichts anderes getan hätte, als auf neue Gelegenheiten zu warten, um sie zu bestätigen. Sie war mir geweiht, grenzenlos und beinahe magisch! In gewisser Weise – damit wir uns verstehen – jener ähnlich, welche ich für W.G. empfunden hatte.
Schließlich überzeugte ich mit meinem Feuereifer Silvestro von alledem, was mir gefiel: auch von meinem moralischen Bedürfnis, auf gut Glück zu kämpfen in dem ersten Krieg, der verfügbar war. Wer weiß, so malten wir uns voller

Hoffnung aus, ob wir nicht zufällig in dasselbe Regiment kommen! (Unsere Hoffnung verwirklichte sich dann allerdings nicht. Ich wurde in eine Kompanie von jungen Leuten etwa meines Alters gesteckt, und er woandershin mit den älteren Einberufenen.)
Zuletzt zog er das Geschenk aus der Tasche, welches er mir zu meinem Fest mitgebracht und bis zu diesem Augenblick vergessen hatte, zerstreut von allzu vielen Aufregungen: es war ein Halstuch aus roter Wolle, eine Arbeit seiner Frau, und voller Befriedigung legte ich es mir sogleich um den Hals. So teilte er mir auch mit, daß er sich vor kurzem verheiratet hatte mit jener, die schon seit Jahren sein Mädchen gewesen war. Jetzt, da er unter den Waffen stand, hatte seine Frau sich ins Haus ihrer Mutter begeben, in ein kleines Dorf in der Nähe von Neapel, und wenn ich wollte, sagte er zu mir, könnte ich in der ersten Zeit ihr Gast sein. Ohnehin könnte man von jenem Dörfchen mit der Straßenbahn in wenigen Minuten nach Neapel kommen.

Unter diesen Gesprächen war es Abend geworden, und Silvestro gemahnte mich daran, daß es nun an der Zeit sei, zum Haus hinaufzusteigen, dem Versprechen gemäß, daß ich der Stiefmutter gegeben hatte. Hierbei fühlte ich die Röte mir ins Gesicht schlagen; doch zum Glück war es jetzt dunkel, und Silvestro wurde es nicht gewahr. Ich spürte, daß meine Stimme zittern würde bei den Worten, die ich im Begriff war zu sagen; aber entschlossen sagte ich sie trotzdem.
»Hör mal«, sagte ich, »aus persönlichen Gründen, die ich niemandem anvertrauen kann, darf ich nicht mehr nach Hause zurückkehren. Geh du allein und sprich mit ihr und lasse sie die folgende Lüge glauben: daß ich schon abgereist sei mit dem Dampfer um halb fünf, der nach Ischia fährt, und daß du mir morgen früh nach Ischia nachkämest, und wir von dort aus zusammen nach Neapel weiterführen, von wo ich mich dann sofort einschiffen würde ins Ausland... Sag ihr, ich schickte ihr meinen Abschiedsgruß, denn ich und sie, wir werden uns für eine lange Zeit nicht wiedersehen, wenn wir uns überhaupt je wiedersehen werden. Und daß sie mich in der Erinnerung behalten und mir den Kum-

mer verzeihen soll, den ich ihr gemacht habe. Und grüß auch meinen Bruder Carminiello von mir.«

»Bitte sie, daß sie dir einen Koffer gibt; sag ihr, du würdest ihn mir morgen früh nach Ischia bringen. Und geh in mein Zimmer und nimm sämtliche beschriebenen Blätter, die du dort findest, und all mein Geld, wovon ein ganzer Haufen da ist in meinem Zimmer, zwischen den Büchern und in den Schubladen verstreut. Und vor allem bitte ich dich: die beschriebenen Blätter, nimm sie alle, laß kein einziges zurück, die sind wichtig, denn ich bin ein Schriftsteller.«

»Du kannst, wenn du willst, heute nacht da oben im Haus schlafen, dein Zimmer ist immer noch das gleiche mit dem Klappbett und dem übrigen. Aber bevor du schlafen gehst, müßtest du mir Decken und was zum Abendessen bringen. Wahrhaftig, bis zur Abreise morgen früh will ich nicht einmal im Vorbeigehen mehr an die Piazza kommen, weil ich zu viele Erinnerungen dort habe. Und heute nacht werde ich in dieser Grotte schlafen, wo ich es ziemlich gemütlich finde. Zumal es ja nicht kalt ist, zum Glück. Es ist Schirokko.«

Silvestro versprach, daß er alle Aufträge bestens ausführen würde; er sagte jedoch, da ich unten in der Grotte schliefe, wolle auch er, um mich nicht allein zu lassen, anstatt im Hause mit mir in der Grotte schlafen. Er hätte sowieso fast sein ganzes Leben lang, da er Aufseher bei einem Bauunternehmen war, in Baracken geschlafen, und jetzt als Soldat müßte er sich darauf vorbereiten, in den Löchern der Schützengräben zu schlafen. Das sei anders als Grotten! Eine Grotte wie die unsere sei ein Vatikanspalast im Vergleich mit den Löchern der Schützengräben.

So wartete ich auf ihn, der so schnell wie möglich mit allem Nötigen zurückkommen würde.

Widrige Träume

Kaum zwei Stunden später sah ich weit hinten vom finsteren Strand den schwankenden Schein einer kleinen Laterne mit Kerzenlicht herankommen, und rasch ging ich Silvestro entgegen, welcher zurückkam, das Laternchen vor sich hin haltend, schwerer beladen als der Nikolaus. Außer dem Koffer voller Manuskripte und Proviant und einigen Dekken aus schwerer Wolle, trug er auch eine Steppdecke und sogar einen Eimer mit Kohlengrus, um die feuchte Luft in der Grotte ein wenig anzuwärmen. Einen Teil der Ausrüstung hatte dieser fürsorgliche Mann sich im Bubenhaus verschafft, aber einen anderen Teil hatte er sich lieber im Dorf geliehen, damit die Stiefmutter keinen Verdacht schöpfte, die nicht wissen sollte, daß ich auf der Insel übernachtete.

Als erstes, kaum war ich in seiner Nähe, fragte ich ihn: »Hast du mit ihr gesprochen... wie ich es dir gesagt habe?« – »Ja«, antwortete er. – »Und... hat sie dir geglaubt?« – »Ja«, sagte er, »sie hat mir geglaubt.« Und für den Augenblick fragte ich ihn nichts weiter.

Wir stellten die Laterne auf einen vorspringenden Felsblock in eine Ecke der Grotte, breiteten die Steppdecke über den gut auf dem Boden verteilten Haufen von Tauen aus und setzten uns auf dieses improvisierte, aber ziemlich bequeme Bett und machten uns zum Abendessen bereit. Unter den verschiedenen Eßwaren, welche Silvestro aus dem Koffer hervorholte, war auch, in festes Makkaronipapier eingewickelt, eine große süße Pizza. Und er teilte mir mit, daß die Stiefmutter ihn gebeten habe, sie mir nach Ischia mitzubringen, wobei sie ihm sagte, sie habe sie für meinen Festtag gebacken und jetzt ohnehin nicht Lust, sie zu essen.

Außer der süßen Pizza schickte sie mir als Geschenk für den Fall, daß ich in Not geriete, alle ihre Ersparnisse, welche Silvestro mir übergab: ungefähr vierhundertfünfzig Lire, in ein ziemlich schmutziges Taschentuch geknotet. Zuletzt hatte sie Silvestro, indem sie ihn bat, mir zu sagen, ich möge ihn zu ihrem Andenken aufbewahren, einen einzelnen Ohrring aus Gold anvertraut. Als ich aus Silvestros Händen diesen kleinen goldenen Reif entgegennahm, errötete ich. Dann warf ich mich ausgestreckt auf die Steppdecke und, da unten liegend, das Gesicht dem Schatten zugekehrt, bat ich ihn, mir seinen Auftritt mit der Stiefmutter zu erzählen, ganz genau wie er sich zugetragen hatte.

Ich erfuhr also, daß, als sie ihn allein im Bubenhaus ankommen sah, sie ihn unsicher angeschaut hatte, ohne ihn jedoch

nach mir zu fragen. Dann, schon bei seinen ersten Worten: »Arturo läßt Euch sagen...« war sie langsam sehr weiß geworden im Gesicht; aber dennoch hatte sie die Kraft gefunden, zu murmeln: »Warum bleibt Ihr stehen? Nehmt Platz«, und sie selbst hatte sich auf den Stuhl gesetzt vor dem Küchentisch. Danach hatte er ihr in Eile gesagt, was er sagen sollte. Und als sie vernahm, daß ich mich schon eingeschifft hatte und auf dem Meer befand, außerhalb von Procida, da hatte sie ihn mit großen Augen angestarrt, ernst und kalt, daß es schien, als sähen sie nichts mehr. Und plötzlich war ihre Blässe unnatürlich geworden, grün wie bei einer Toten, und ohne ein einziges Wort oder einen Ausruf oder einen Seufzer ausgestoßen zu haben, war sie ohnmächtig geworden und mit der Stirn auf die Tischplatte geschlagen.
In wenigen Augenblicken jedoch hatte sie sich wieder aufgerichtet; ja, um die Wahrheit zu sagen, hatte sie ihm nahegelegt, mich nichts wissen zu lassen von diesem Schwächeanfall, der sie überkommen hatte und von dem sie verwirrt und stotternd sprach wie von einer Schande. Und gleich einem blutlosen Schatten hierhin und dorthin gehend, hatte sie ihm auch geholfen, den Koffer einzupacken, der mir nach Ischia gebracht werden sollte. An dieser Stelle unterbrach ich Silvestro – ich lag immer noch ausgestreckt mit dem Gesicht im Dunkeln – und bat ihn, mir den Gefallen zu tun, nicht mehr von ihr zu sprechen, von jetzt an niemals mehr. Ich zog es vor, nicht einmal mehr ihren Namen zu hören, von nun an.
Nachdem wir das Abendessen beendet hatten, blieben ich und Silvestro wach und plauderten lange. Zum Glück hatte er daran gedacht, sich mit ein paar Ersatzkerzen zu versehen für unsere kleine Laterne. Wir redeten von tausend Dingen, von der Vergangenheit, aber hauptsächlich von der Zukunft und von den ›Unbedingten Gewißheiten‹ und der Revolution usw. Auch bat mich Silvestro, ihm das eine oder andere meiner Gedichte vorzulesen; ich wählte natürlich jene aus, die am schönsten waren, am besten wirkten, und ich sah, daß ihm, als er sie hörte, geradezu die Tränen das Gesicht hinunterliefen.
Das glühende Kohlenbecken in der Mitte zwischen uns bei-

den strömte eine angenehme laue Wärme zu uns, und bei dem geheimnisvollen Licht dieser Glaslaterne dort in der Grotte auf jener prunkvollen orangefarbenen Steppdecke sitzend, konnten wir uns wahrhaftig vorstellen, in einem arabischen oder persischen Zelt zu sein und das ferne Bellen der Hunde wäre das Gebrüll von exotischen wilden Tieren. Der Wind und das Meer hatten sich besänftigt, uns für den nächsten Morgen eine ruhige Überfahrt versprechend. Gegen zehn Uhr stellten wir das Kohlenbecken vor die Tür, um nicht Gefahr zu laufen, uns mit den Ausdünstungen zu vergiften. Wir zogen die Tür heran, löschten die kleine Laterne. Und eingewickelt in unsere Decken schickten wir uns an zu schlafen.

Im Gegensatz zu dem so schönen Abend, den ich verbracht hatte, träumte ich angstvolle Träume. Wirr durcheinander kamen N. darin vor, Carminiello, mein Vater. Und dann ein Dröhnen von Tanks, ein Durcheinander von schwarzen Fahnen mit Totenköpfen als Wappen, Kämpfende in schwarzer Uniform zwischen dunkelhäutigen Königen und indischen Philosophen und todbleichen und blutenden Frauen. Diese ganze Menschenmenge schritt mit gewaltigem Getöse über einen gemauerten Schützengraben, in welchem ich ausgestreckt lag. Und ich wollte heraussteigen, um in die Schlacht zu gehen, aber da war kein Ausgang. Ich spürte ein Gewicht von Sand mich hinunterziehen, das im Sog rund um meinen Körper eine Art von schaurigen, menschlichen Seufzern hervorbrachte. Und ich rief alle diese Leute, die über mich hinweggingen, doch keiner hörte mich.

Mitten in der Nacht wachte ich plötzlich auf, überrascht von einem lauten tosenden Geräusch, das an den Felsenwänden rings um mich her widerhallte. In den ersten Augenblicken entsann ich mich an nichts, weder an die Begebenheiten des vorherigen Tages, noch warum ich mich in diesem steinernen Kämmerchen befand. Aber es dauerte nicht lange, und ich sammelte meine Gedanken, und es wurde mir bewußt, daß jenes Tosen, über das ich mich verwundert hatte, einfach das Schnarchen Silvestros war. Es war so laut, daß man es für das Schnarchen eines ganzen Regiments halten konnte und nicht für das eines einzelnen

Soldaten. Diese Entdeckung erheiterte mich sehr. Ich suchte mich an die Tausende von Malen zu erinnern, die ich diese gleiche Melodie schon gehört haben mußte, zu den Zeiten, da ich als kleiner Bub mit Silvestro schlafen ging, und ich lachte im stillen, als ich mir die Gedanken vorstellte, welche ich damals wohl gehabt haben mochte, wenn ich meinen Pflegevater so sonderbare Musik hervorbringen hörte! Ich nahm mir daher vor, ihn gleich nach dem Aufstehen morgen früh zum besten zu haben mit seiner Kunst.

Dieses grandiose Schnarchen, das sich mir kurz zuvor im Traum in die phantastischen Laute des Todes verwandelt hatte, erfüllte mich nun während der kurzen Spanne meines Wachseins im Gegenteil mit einem Gefühl von Ruhe und Vertrauen. Und gleichsam eingewiegt von seinem angenehmen und freundschaftlichen Rhythmus, schlummerte ich wieder ein, diesmal in einen ruhigen Schlaf.

Der Dampfer

Das natürliche Erwachen jedoch überkam mich sehr bald. Es war noch tiefe Dunkelheit, und beim Schein eines Streichholzes konnte ich auf dem Wecker, den Silvestro sich im Dorf geborgt hatte, lesen, daß noch mehr als dreißig Minuten fehlten bis zur Stunde unseres Aufstehens. Dennoch hatte ich nicht mehr die geringste Lust zu schlafen, und indem ich achtgab, Silvestros Schlaf nicht zu stören (der fortfuhr zu schnarchen, wenn auch mit mehr Diskretion), schlich ich mich aus der Grotte.

Ich hing mir die Decke um die Schultern und benutzte sie nach sizilianischer Sitte als Mantel; aber eigentlich war es nicht kalt, nicht einmal jetzt, da der Schirokkowind sich gelegt hatte. An dem blanken Schimmer der Steine war zu erkennen, daß es während der Nacht geregnet haben mußte. Hier und dort waren in dem aufgerissenen Himmel die kleinen Dezembersterne zu sehen, und eine letzte Mondsichel verbreitete einen sehr bleichen Dämmerschein. Das Meer, geglättet vom windlosen Regen, wogte leicht schlaftrunken und eintönig. Und als ich in jenem großen Mantel am Meer entlangging, fühlte ich mich schon wie eine Art Räuber, ohne Heimat noch Haus, mit einem Totenkopf auf die Uniform gestickt!

Vom Land herüber hörte man bereits die kleinen Hähne krähen. Und auf einmal beschwerte ein trostloses Bedauern mir das Herz bei dem Gedanken an den Morgen, welcher über der Insel heraufsteigen würde genau wie an den anderen Tagen: die Kaufläden, die geöffnet wurden, die Ziegen, die aus den Hütten herauskamen, die Stiefmutter und Carminiello, die in die Küche hinunterstiegen... Wenn doch wenigstens der gegenwärtige Winter für immer angedauert hätte auf der Insel, kränklich und bleich. Aber nein, auch der Sommer würde unfehlbar wiederkehren, gerade wie sonst. Man kann ihn nicht töten, er ist ein unverwundbarer Drache, welcher immer neu geboren wird in wunderbarer Jugend. Und es war eine grauenvolle Eifersucht, die mich bitterlich schmerzte: an die Insel zu denken, wie sie der Sommer aufs neue entflammte, ohne mich. Der Sand wird abermals warm sein, die Farben werden wieder erglühen in den Grotten, die Zugvögel, zurückkommend aus Afrika, werden wieder durch den Himmel fliegen... Und in einem solchen angebeteten Fest wird niemand, nicht einmal irgendein beliebiger Spatz oder eine winzige Ameise oder das niedrigste Fischlein des Meeres diese Ungerechtigkeit beklagen: daß der Sommer auf die Insel zurückgekehrt ist, ohne Arturo! In der ganzen gewaltigen Natur hier ringsum wird auch nicht ein Gedanke für A. G. übrigbleiben. Als wäre hier niemals ein Arturo Gerace vorübergegangen!

Ich legte mich in meiner Decke auf die nassen, blauschwarzen Steine und schloß die Augen und tat eine Weile so, als wäre ich zurückgekehrt zu irgendeiner vergangenen Jahreszeit, und als läge ich auf dem Sand meines kleinen Strandes ausgestreckt, und als wäre dieses nahe Rauschen das heitere und kühle Meer von dort unten, bereit, das ›Torpedoboot der Antillen‹ zu empfangen. Das Feuer jener nie endenden kindhaften Zeit stieg mir ins Blut mit einer furchtbaren Leidenschaft, die mich fast vergehen ließ. Und meine einzige Liebe jener Jahre kam mir zurück, um mich zu grüßen. Ich sagte mit lauter Stimme zu ihm, als wäre er wirklich neben mir: »Addio, Pa.«

Urplötzlich kam die Erinnerung an seine Gestalt mir in den

Sinn: nicht wie eine deutliche Figur, sondern wie eine Art herangleitender Wolke, mit Gold beladen und trübem Blau; oder wie ein bitterer Geschmack, oder wie das Stimmengewirr einer Menschenmenge, statt dessen aber war es das mannigfaltige Echo seiner Rufe und Worte, welche aus jedem Winkel meines Lebens widerhallten. Und gewisse Züge, welche ihm eigentümlich, doch fast nicht erwähnenswert waren: sein Achselzucken, sein zerstreutes Lachen, oder auch die große und ungepflegte Form seiner Nägel, die Gelenke seiner Finger, oder sein Knie, von den Felsenriffen zerkratzt... kamen vereinzelt wieder, um mir das Herz klopfen zu machen, gleichsam die einzigartigen, vollendeten Symbole einer vielfältigen, geheimnisvollen Anmut, ohne Ende... und eines Schmerzes, welcher mir herber wurde aus diesem Grunde: weil ich spürte, daß er etwas Kindliches war; gleich einem Aufeinandertreffen wirbelnder Strömungen stürzte er sich ganz und gar in dieses gegenwärtige kurze Vorübergleiten des Abschieds! Und dann würde ich ihn natürlich vergessen, verraten. Von hier würde ich zu einem anderen Alter gelangen und auf ihn zurückblicken wie auf ein Märchen.
Jetzt verzieh ich ihm alles. Und selbst diese seine letzte strenge Rede, in welcher er mich im Beisein Stellas außer allem übrigen einen ›Herzensdieb und Don Giovanni‹ genannt und die mich nicht wenig beleidigt hatte.

In der folgenden Zeit, wenn ich aus der Entfernung daran zurückdachte, habe ich mich gefragt, ob seine Rede im Grunde nicht doch gerecht war, wenigstens zum Teil... Vielleicht war es wahrhaftig so, daß, während ich in diese oder jene Person oder in zwei oder auch drei Personen zugleich mich verliebt wähnte, ich in Wirklichkeit niemanden liebte. Tatsache ist, im allgemeinen, daß ich allzu sehr verliebt war in das Verliebtsein: dies ist immer meine wahre Leidenschaft gewesen!
Es mag nach bestem Wissen sein, daß ich niemals im Ernst W.G. geliebt habe. Und was N. anbelangt – wer war eigentlich diese hochberühmte Frau? Eine arme kleine Neapolitanerin ohne irgend etwas Besonderes, wie es in Neapel so viele gibt!

Ja, ich hege den begründeten Verdacht, daß jene Rede nicht gänzlich verfehlt war; den Verdacht, wenn auch nicht gerade die Gewißheit... So ist also das Leben ein Geheimnis geblieben. Und ich bin mir selbst noch das erste Geheimnis!
Aus diesem unendlichen Abstand denke ich jetzt wieder an W.G. Ich stelle ihn mir vor, vielleicht mehr denn je gealtert, von Falten häßlich geworden, mit grauem Haar. Wie er kommt und geht, einsam, zerrissen, und den anbetet, der ›Parodie‹ zu ihm sagt. Von niemandem geliebt, da ja selbst N., die ebenfalls nicht schön war, einen anderen liebte... Und ich möchte ihn wissen lassen: es tut nichts, auch wenn du alt bist: Für mich wirst du immer der Schönste bleiben.
... Von ihr erfuhr ich seinerzeit in Neapel ein paar Neuigkeiten durch Reisende, die aus Procida gekommen waren. Es ging ihr gut, gesundheitlich, wenngleich sie sehr mager geworden war. Und ihr gewohntes Leben im Bubenhaus ging weiter mit Carmine, der mit jedem Tag reizender wurde. Jedoch pflegte sie ihn nicht mehr Carmine zu nennen; sie nannte ihn mit Vorliebe bei seinem zweiten Namen Arturo. Und was mich angeht, so freue ich mich, daß es auf der Insel wieder einen Arturo Gerace gibt, einen blonden, der vielleicht zu dieser Stunde frei und selig umherläuft an den Gestaden...

Aus der Grotte, deren Tür ich angelehnt gelassen hatte, drang das Schrillen des Weckers zu mir. Ich lief herbei aus Furcht, er würde nicht ausreichen, um den Schlummer meines Pflegevaters wachzurütteln; hingegen fand ich ihn bereits mitten zwischen den Decken sitzen, wie er sich betäubt die Augen rieb und jenes lästige Schrillen mit ›zum Donnerwetter noch mal‹ anbrummte. Unverzüglich zu ihm gehend, verkündete ich ihm mit triumphierender Ungeduld: »He! Weißt du, daß du schnarchst?«
»Was?« machte er noch völlig verschlafen, ohne recht zu verstehen. Da rief ich ihm ins Ohr mit donnernder Stimme und einer Lust zu lachen, die mir zwischen den Worten herausplatzte: *»Weißt du, daß du schnarchst, wenn du schläfst?«*
»He! Du kitzelst mich mit deinem Atem!« protestierte er

und rieb sich das Ohr. »Ich schnarche ... ach ... und was ist dabei? Versteht sich«, fuhr er dann fort und fing gerade erst an aufzuwachen, »darf ich etwa nicht schnarchen? Jeder Christenmensch schnarcht, wenn er schläft.«

»Tja!« rief ich aus und wälzte mich geradezu auf dem Boden vor Lachen. »Aber es gibt solche und solche Art. Du schlägst die Weltmeisterschaft! Du hörst dich an wie ein Radio-Orchester auf äußerster Lautstärke!«

»Ach, ist das wahr? Freut mich ungemein!« versetzte er vollkommen wach und ziemlich gereizt, »aber wieso, meinst du vielleicht, Bürschchen, daß du etwa leise schnarchst? Als ich heute nacht zu einer gewissen Zeit einmal rausgehen mußte an den Strand, um ein Tröpfchen zu machen, da hörte man in einer Entfernung von zehn Metern noch ein Schnarchen aus der Grotte, als ob ein ganzes Geschwader im Tiefflug vorüberflöge!« Diese Nachricht machte mich glücklich. In der Tat, wenn ich auf diese Weise schnarchte, so war es das deutliche Zeichen, daß ich mich nunmehr als erwachsen ansehen konnte, reif und wahrhaft männlich, in jeder Beziehung.

Wir beluden uns mit dem Gepäck, den Decken usw. und machten uns auf den Weg zum Dorf, am Ufer entlang, welches langsam im Morgengrauen erblaßte. Am östlichen Küstenstrich kündete eine rote Färbung unter Streifen düsterer Wolken einen Tag unbeständigen Wetters an. Als wir auf der Piazza anlangten, begab sich Silvestro zum Hafenkommando, das bereits geöffnet war, um einem gewissen Bekannten von ihm die einzelnen Gegenstände abzuliefern, die er gestern geborgt hatte, damit sie so den verschiedenen Besitzern zurückgegeben würden. Er übernahm es ebenfalls, die Fahrkarten für unsere Überfahrt zu besorgen, während ich ihm zur Mole voranging.

Die ersten sich brechenden und leuchtenden Strahlen der Sonne fielen lang auf das beinahe glatte Meer. Ich dachte daran, daß ich bald Neapel sehen würde, das Festland, die Städte, wer weiß welche Vielfältigkeiten! Und es erfaßte mich ein Verlangen, abzureisen, fort von diesem Platz und diesem Landungssteg.

Der Dampfer lag bereits da und wartete. Und als ich ihn anschaute, da fühlte ich die ganze Seltsamkeit meiner ver-

sunkenen Kindheit. So viele Male hatte ich dieses Schiff anlegen und abfahren sehen, und niemals war ich eingestiegen für die Reise! Als ob dieses für mich nicht ein armseliges Kursschiffchen gewesen wäre, eine Art Straßenbahn, sondern ein entweichender und unzugänglicher Schemen, mit dem Ziel zu wer weiß welchen verödeten Gletschern!
Silvestro kam mit den Fahrkarten zurück, und die Matrosen gingen daran, die Laufbrücke auszulegen zum Einsteigen. Während mein Pflegevater sich mit ihnen unterhielt, zog ich, ohne mich dabei sehen zu lassen, aus der Tasche jenen kleinen goldenen Reif, welchen N. mir gesandt hatte am Abend zuvor. Und heimlich küßte ich ihn.
Als ich ihn wieder ansah, verdunkelte eine berauschende Schwachheit mir auf einmal den Blick. Und plötzlich übersetzte sich das Geschenk des Ohrrings in all seine Bedeutungen: Abschied, Vertraulichkeit, und schmerzliche und wunderbare Koketterie! So hatte ich jetzt erfahren, daß sie auch kokett war, meine liebe kleine Verliebte! Ohne es selbst zu wissen, freilich, aber sie war es. Wahrhaftig, welcher Gruß einer Frau könnte wohl je eine schönere Koketterie ausdrücken als die ihrige in ihrer Unwissenheit? Zum Andenken mir nicht das Zeichen meiner Liebkosung oder eines Kusses zu senden, sondern einer schändlichen Mißhandlung. Wie um mir zu sagen: auch deine Mißhandlungen sind Dinge der Liebe für mich.
Ich verspürte die rasende Versuchung umzukehren, zurückzulaufen zum Bubenhaus. Und mich neben sie zu legen und ihr zu sagen: »Laß mich ein bißchen bei dir schlafen. Ich werde morgen abreisen. Ich meine ja nicht, daß wir uns lieben sollen, wenn du nicht willst. Aber laß mich dich wenigstens küssen, da am Ohr, wo ich dich verletzt habe.«
Doch schon zerriß der Matrose unten am Treppchen unsere Fahrkarten zur Kontrolle; schon stieg Silvestro zusammen mit mir das Treppchen hinauf. Die Sirene tutete zur Abfahrt.
Als ich auf dem Sitz neben Silvestro saß, verbarg ich das Gesicht auf dem Arm, gegen die Rückenlehne. Und ich sagte zu Silvestro: »Hör mal. Ich mag das nicht, Procida sehen wie es sich entfernt, sich verwischt, wie etwas Graues wird... Ich will lieber so tun, als hätte es Procida nicht ge-

geben. Deshalb ist es besser, wenn ich bis zu dem Augenblick, bis man nichts mehr davon sieht, gar nicht hinschaue. Sag mir Bescheid in dem Augenblick.«

Und ich verharrte mit dem Gesicht auf dem Arm, gleichsam in einem Übelsein, ohne irgendeinen Gedanken, bis Silvestro mich sanft schüttelte und zu mir sagte: »Arturo, los, du kannst aufwachen.«

Rings um unser Schiff war das ganze Meer einförmig, grenzenlos wie ein Ozean. Die Insel war nicht mehr zu sehen.

Bitte umblättern:

fi 136/7

Marlen Haushofer

Die Mansarde

Roman

Das Mansardenzimmer eines großen Hauses ist Zuflucht und Ort der Imagination für eine Frau, die sich dorthin zurückzieht, um nachzudenken, zu zeichnen und sich zu erinnern.
Die Mansarde ist auch der Ort, an dem die Vergangenheit wieder lebendig wird. Ein unheimlicher Vorgang zwingt die Frau, sich an sich selbst zu erinnern, an eine Zeit, die sie getrennt von ihrer Familie, durch eine vorübergehende Taubheit vollständig isoliert, in den Bergen verbrachte.
Erzählt wird in tagebuchähnlichen Aufzeichnungen die Geschichte einer Woche, von Sonntag zu Sonntag, ausgefüllt mit der routinierten Alltäglichkeit eines Hausfrauendaseins, überschattet von dem lautlosen Drama einer Ehe, in der ein altes Zerwürfnis durch Stillschweigen schon lange tabuisiert wurde.

Band 5459

Fischer Taschenbuch Verlag

fi 596/1

Kenneth White

Der blaue Weg

Eine Reise

Band 5343

Was Kenneth White im Untertitel »Eine Reise« nennt, ist kein Roman, kein Reisebericht im üblichen Sinne, kein Essay, sondern eine höchst ungewöhnliche, poetisch-meditative Collage aus erzählenden Passagen, Elementen des Reiseberichts, Erinnerungen, Reflexionen, lyrischen Einsprengseln, Träumen, Stimmungs- und Landschaftsbildern und Gedanken aus der gesamten abendländischen Philosophie-und Geistesgeschichte. Es ist eine Collage zum Thema der Suche, einer Suche nach der unzerstörten Natur, nach der Weite der Landschaft, nach Ursprünglichkeit, nach Entgrenzung; nach Einsamkeit, Erneuerung, Erkenntnis, nach dem eigenen Selbst. »Das Unbehagen in der Kultur« ist bei ihm übermächtig geworden, er »hat die Nase voll« von Staaten und Nationen, Institutionen und dem Lärm unserer Zivilisation, deshalb macht er sich auf nach einer anderen existentiellen Erfahrung. Auf einer Route des geplanten Zufalls.

Fischer Taschenbuch Verlag

fi 591/1

Joseph Zoderer

Das Glück beim Händewaschen
Roman. Band 5440

Das Glück beim Händewaschen kann nur empfinden, wer die Welt der Gehorsamen, Sauberen, Fleißigen und Leistungsfähigen zu der seinen macht. Wieviel verdrängt, zerschlagen und abgetötet werden muß auf dem Weg in dieses Glück, beschreibt Joseph Zoderer in minutiösen Bildern vom Leben eines Internatszöglings, den es nach 1945 in das von Patres geführte »Haus der Regel« verschlagen hat.

Lontano
Roman. Band 5998

Ein Mann wird von seiner Frau verlassen, Katastrophe und Katharsis der Trennung finden statt. Die Sehnsucht nach Ferne (Lontano) und der Wunsch, so frei zu sein wie Mena, seine Frau, die ihn verlassen konnte, aber auch die Furcht vor dem Sterben der krebskranken Mutter, lassen Zoderers in den eigenen »Schmerzegoismus« vertieften Helden in das Land der unbegrenzten Möglichkeiten fliehen.

Die Walsche
Roman. Band 5441

»Zoderer geht es um den Konflikt von Heimat und Fremde, um das Spannungsverhältnis von Südtirolern und Italienern. Er deckt auf, wie fragwürdig die Ursprünglichkeit und die Umstände sein können, von denen sich Heimatgefühle nähren. Er demontiert die idyllische Anschauung eines Bergbauerndorfes, indem er die angestammte Roheit der Bewohner ans Licht bringt und den modernen Schwindel beschreibt, der dem Tourismus zuliebe die alten Fassaden restauriert. Der Autor zeigt am Schicksal einer jungen Frau, daß sich heimisch und zu Hause fühlen ein kaum erreichbarer Zustand inneren Erlebens ist.«

Frankfurter Allgemeinen Zeitung

Fischer Taschenbuch Verlag

fi 603/1

fi 660 / 1